脂砚斋重评石头记甲戌校本

九次修订

[清] 曹雪芹 / 著

[清] 脂砚斋 / 评

邓遂夫 / 校

作家出版社

图书在版编目（CIP）数据

脂砚斋重评石头记甲戌校本：九次修订 /（清）
曹雪芹著；（清）脂砚斋评；邓遂夫校订 . -- 北京：
作家出版社，2025.5. -- ISBN 978-7-5212-3308-7

Ⅰ. I242.4

中国国家版本馆 CIP 数据核字第 20255B8K37 号

脂砚斋重评石头记甲戌校本（九次修订）

作　　者:（清）曹雪芹
评　　点:（清）脂砚斋
校　　订:邓遂夫
责任编辑:杨新月　单文怡　刘潇潇
装帧设计:许军杰
出版发行:作家出版社有限公司
社　　址:北京农展馆南里 10 号　　　邮　　编:100125
电话传真:86-10-65067186（发行中心）
　　　　　86-10-65004079（总编室）
E-mail:zuojia @ zuojia.net.cn
http://www.zuojiachubanshe.com
印　　刷:北京盛通印刷股份有限公司
成品尺寸:152×230
字　　数:601 千
印　　张:30
印　　数:001—6000
版　　次:2025 年 5 月第 1 版
印　　次:2025 年 5 月第 1 次印刷
ISBN 978-7-5212-3308-7
定　　价:68.00 元

著名红学家周汝昌先生为本书题诗手迹

甄士稀逢贾化繁　九重昏瘴一开轩
回环剥复曾无滞　代谢新陈自有源
瓦缶鸣时旗眩乱　脂毫苦处字翩翩
横空忽睹珍编出　甲戌庚辰总纪元

时在庚辰大雪节　周汝昌书

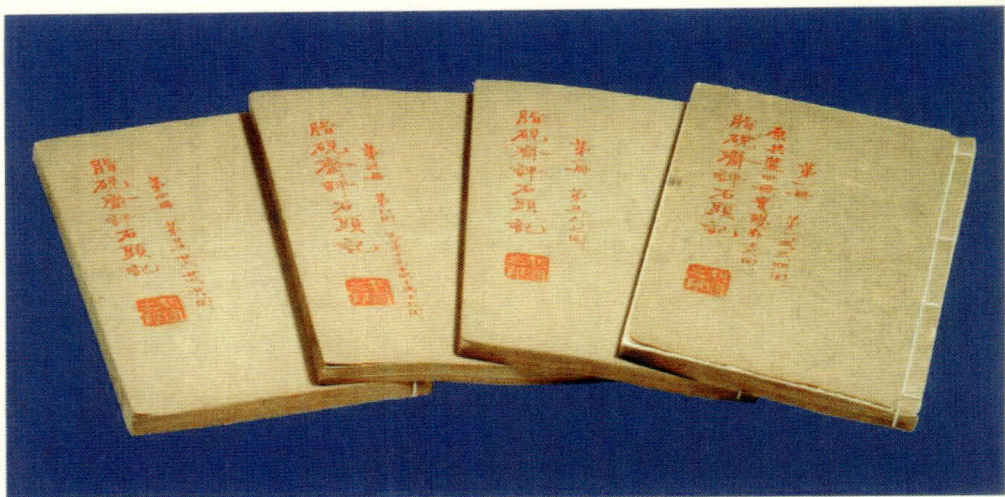

甲戌本原件

原藏美国康奈尔大学图书馆，现藏上海博物馆

封面红色题字，系原收藏者胡适先生手迹

甲戌本出售者胡星垣致胡适先生函

一九二七年五月二十二日

字字看来皆是血，
十年辛苦不寻常。
甲戌本曹雪芹自题诗

甲戌本发现及收藏者胡适先生
（1891—1962）在原件上的题词：

字字看来皆是血
十年辛苦不寻常
甲戌本曹雪芹自题诗

甲戌本原件印章集锦

脂硯齋重評石頭記

凡例

紅樓夢旨義

是書題名極　　一　　　　一曰紅樓夢是總其全部之名也又曰風月寶鑑是戒妄動風月之情又曰石頭記是自譬石頭所記之事也此三名皆書中曾已點睛矣如寶玉作夢夢中有曲名曰紅樓夢十二支此則紅樓夢之點睛又如道人親眼見石上大書一篇故事則係石頭所記之往來此則石頭記之點睛處然此書又名曰

第一回

甄士隱夢幻識通靈　賈雨村風塵懷閨秀

此開卷第一回也作者自云曾歷過一番夢幻之後故將真事隱去而借通靈之說撰此石頭記一書也故曰甄士隱云云但書中所記何事何人自又云今風塵碌碌一事無成忽念及當日所有之女子一一細考較去覺其行止見識皆出於我之上何我堂堂鬚眉誠不若彼裙釵哉實愧則有餘悔又無益之大無可如何之日也當此日欲將已往所賴天恩祖德錦衣紈袴之時飫甘饜肥之日背父兄教育之恩負師友規談之德以至今日一技無成半生潦倒之罪編述一集以告天下人知我之罪固多然閨閣中本自歷歷有人萬不可因我之不肖自護己短一併使其泯滅也雖今日之茅椽蓬牖瓦灶繩床其晨夕風露階柳庭花亦未有妨我之襟懷筆墨者雖我未學下筆無文又何妨用假語村言敷演出一段故事來亦可使閨閣昭傳復可悅世之目破人愁悶不亦宜乎故曰賈雨村云云更於篇中間用夢幻等字卻是此書本旨兼寓提醒閱者之意

滿紙荒唐言　一把辛酸淚

都云作者痴　誰解其中味

早期收藏者刘铨福（号白云吟客）等人所作跋语

刘跋作于同治二年癸亥（1863）及同治七年戊辰（1868）

借阅者濮文暹（青士）濮文昶（椿余）兄弟之跋作于同治四年乙丑（1865）

甲戌本上的后人墨眉批之一

作批者系刘铨福之友、四川绵州太守孙桐生

（字小峰，号左绵痴道人）

刘铨福致孙桐生函墨迹

四川绵阳孙氏后人收藏

冯其庸 摄

吾友劉君子重，大興舊族也。自其上世好聚書。至尊甫覽夫先生及君，好尤甚；見可喜者，值貴之，雖稱貸典質必購之。……人亦多借者，君不吝，故借者無不歸且速也。……先生守辰州；君以書從。時雨湖戒嚴，不患無兵，患無餉。先生劇郡，作入稍優。先生出貲募兵勇，不以朋大使安司農，故楚南躑躅。規編，郡彌不校兵。又以其餘購大姓蔣氏書若干卷。未幾，以精勞去。溫飽末疾，遂投勦歸。貲無以治裝，乃以所攜及新購經明竹坞春而樓中。既歸京師數年，倉念不能置。……君乃屬春貴書龐君寫是圖以娛先生，而屬余爲之記。

……七月代州馮志沂所寫的「竹樓藏書記」。

庄少甫所作《竹㘹春雨楼藏书图》 刘宽夫、刘铨福父子藏书之所

王鷺雲先生收藏的常州莊少甫畫的竹㘹春雨樓藏書圖，有代州馮志沂的記，有貴筑黃彭年的後記。圖與記都是劉寬夫和他的兒子子重兩代的傳記資料。我最愛馮君說子重藏書：

書借人觀，庋書連牀，蹦几搁取异，無佚色……又大多巧思，時出己意教肆工匠，治之，無金玉錦繡，修，而精雅可愛。玩朋友游書肆，見异本力不能致者。多樂以告君，謂書入他人家不若在君家為得所也，以故，君藏書日以富。

三十多年前，我初得子重原藏的乾隆甲戌脂硯齋重評石頭記十六回。承說注意這四本書絕無裝潢，而蓋有劉子重的私人印章八顆之多。又有他的短跋四條，都很有見地。裝潢無金玉錦繡之修，而能細讀所收的書，並指出其佳勝處，寫了一跋又一跋，這是真正愛書的劉銓福先生。

胡適敬記 卅七，九，三

胡适为藏书楼图卷所作跋语（本页图片原载影印甲戌本台湾二、三版）

現存的八十四本石頭記，共有三本，一為有正書局石印的戚蓼生本，一為徐星署藏八十回鈔本（我有長跋），一為我收藏的劉銓福家舊藏殘本十六回（我也有長跋）。三本之中，我這殘本為最早寫本，故最近於曹雪芹原稿，最可寶貴。今年周汝昌君（燕京大學三年生）和他的哥哥借我此本去鈔了一個副本。我盼望這殘本將來總有影印流傳的機會。

胡適 一九四八，十二，一

前得此本在一九二七年。此本二月我寫長跋，
詳說此本的重要性。一九三三年一月前寫長跋，
致送徐星署藏的八十回本（缺六十四及六十七回，又世界書局
脂硯齋四閱評本，一九四八七月，南偶然欲見高鶚藏書，
生了戴惟五十四川（一九三三甲戌三之亥松坡，見高鶚本，
胡適 一九五八夜，打松坡 的價值了。

此余所見石頭記之第一本也，脂硯齋所批亦作者同時故每分追音
若不勝情，然此書價值公有可商權者，非脂評原本，乃由後人過錄有三
澄焉，自第六回以後，往往抄寫時筆墨，先留一段空預備填入，破批一誤
字甚影隱之可見也，二為文字難不誤而抄指手位置的，如第六回頁三宮云
滴下淚來不免失許曰玉兄也非客易，其中有許多極開客字
又凡評本所錄先否出許一人之手，卻有人附益之處，以上所
評似也有全混用千的信息可見倒如大香堪為此書盡威空詢失然為火坡
於富之聞余氏之死有夫評曰繼家稿字者合閱死之夫然乃呈某其火坡
心為為情不有此血淚玉，誤此不但遺之延正觀短書全書之諸屬坐談堂大脂
齋之華子是不可解者以
適之先生命為跋語室志所見，一二十右方
新莊新武所俟君玉。

二十年六月十九日俞平伯閱時記。

廿七年六月自 適之先生借得興祜昌先同看
兩月乃為錄副 周汝昌謹識

胡適、俞平伯、周汝昌為甲戌本原件所作跋語

（此圖片乃本書首次刊布）

汝昌先生：

在民国日报图书副刊裏见到 大作「曹雪芹生卒年」，我很高兴。慰斋诗钞的发见，是先生的大贡献。先生推定东皋集的编年次序，我很赞同。红楼梦的史料都添了六首诗，昌为庆幸。先生推测雪芹大概死在癸未除夕，我很同意。敬诚的甲申挽诗，得敦敏甲诗互证，大概没有大错的。现在关于雪芹的年岁，我还不能改动。第一，请先生不要忘了 敦诚敦敏是宗室，而曹家是被包衣，是奴才，故他们稱「芹圃」，稱「雪君」，己是很客气了。第二，最要紧的是雪芹弟生由的太晚，就赶不上妳见曹家繁华的时代了。「先生说是吗？」

每一向如。

知～往南迁去了，这信要转寄，今天才寄上。

胡适
卅七·一·十八

胡适致周汝昌函（一）
一九四八年一月十八日

北大时期的胡适先生

青年时期的周汝昌先生

航

南京中央研究院转
胡适之先生 台启
北平燕京大学四楼周汝昌

周汝昌复胡适函的信封

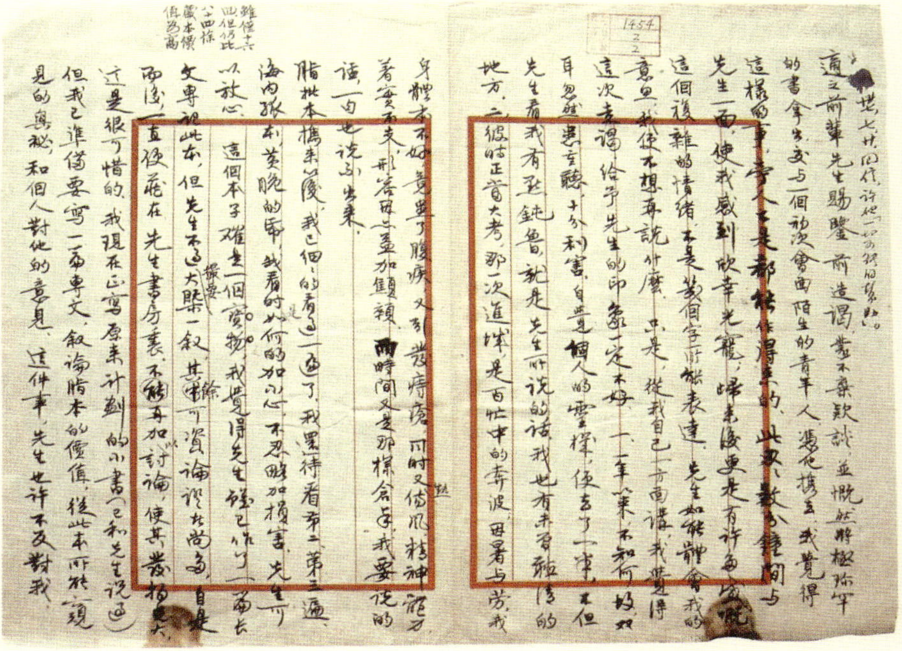

周汝昌致胡适函

一九四八年七月十一日

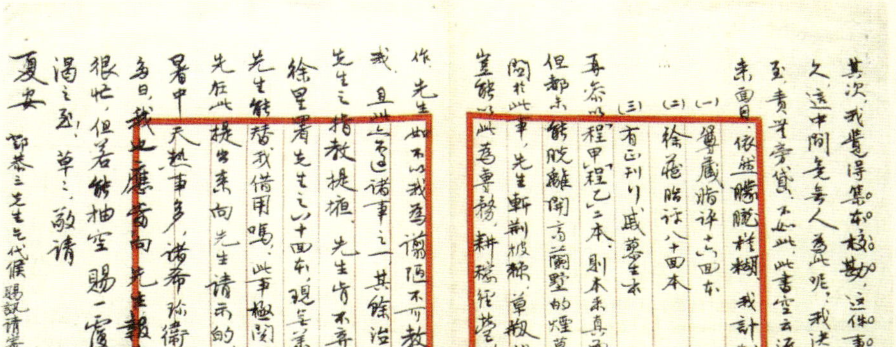

汝昌兄：

谢谢你的长信。那天你要题回去，我很明白。你的身体不强健，我一见便知。你千万不要多心，觉得你画了不好的印象。

红楼梦的研究，我当然很高兴，所以我写我很佩服你发表的许多诗词的材料。

我对于你最近的程课——集手校勘——速考是最重要和有益的工作，做一十多卸东先人做做。但这是笔墨的工作，我可以给你一切可能的便利与援助。

有正书局本有两种：一是民国初年的大字本，一是民国八年重写付印的小字本。你若没有兄到大字本，我可以借给你。威梦生是乾隆三十四卸三甲进士，正是曹雪芹的同时人。故他的小原本可以表示他在乾隆晚近都小说的艺术价值，故他的本子不应该是一部校敦精校的同年本。(他是本子高明的通人，不免有校改的地方了。)

威梦生的姓名，盖是浙江德清人，杜联喆(新旦之燕大出身)增校的清朝进士题名录，忽然发现威梦生的姓名，

我大高兴，因为近个小发现可以抬高威本的历史价值。(我当初总疑威梦生是否在程本之后，现在我可以相信威本是在程本以前了。)

可惜徐星署的八十回本，现已不知下落了。徐星署是王克敏的亲戚，当初也是王克敏帮他给我的。听说，有一回八十回本在一两年前卖给我藏书园板。现不知流入谁家。将来或可以出现。

我的程甲程乙两本，曾向藏书园板——做过参图板——我的胎本硯本，诚如你所说，只是一个粗——

用採过的窖藏，还有许多没有提出讨论过的材料。你的继续研究，我当然欢迎。

四松堂集现已影出，也等候你来看。

暴如，我戴花你暂时的把你的印表烱起。专力去做一件事，固然要紧；撤用一切成见，以虚心做出发点，也很重要。你说是吗？

暴热中害魅力休息，不要太用功。

　　　　　　　　胡适

　　　　　　卅七，七，廿

胡适致周汝昌函(二)

一九四八年七月二十日

序

廿七年暑期雁翅圜課罷携胡藏脂硯齋重評
石頭記以俱歸一見傾賞喜出望外乃發心抄録副本
頌賦性躁急點畫舰陋實難稱職原應館閣中人工
楷寫之始得耳然此事工書者未必樂為樂為者未必
有此機遇有此空閒余之為此則興會有以促成之也于
時天倫聚首鶴鸰在原雁翅方從事述作紅樓評
一書相見不談則已談即紅樓復出以古楷（光緒二十年
舊帳紙距今五十年余家藏時物也）老父三哥及裔君
葉洲相繼舰以新毫硃墨於今不抄更待何人且吾家
興衰之迹相形紅樓頗多似愛契協神交會心不遠何
幸見此最近於原槁之孤本廬山面目昭然若揭瀚洗存
真賞無孝寶者焉放眼世塵人非物換舊時大家風致
後人视之势將茫然不解則雪芹之書後人亦將不能
鮮耶悲夫余幸生於末世尚在筵席之中回知今日清
福異時浩嘆安得雪芹妙手有以傳寫之乎
戊子威暑沽水周君度識於古隤豆子航故園之西窗

周汝昌之兄周祜昌所作甲戌副录本序

甲戌副录本第一回首页书影

此为一九四八年秋，周汝昌借得胡适所藏
甲戌本后，托其家兄周祜昌誊抄之副录本

周汝昌所作副录本跋

脂硯齋重評石頭記
凡例
紅樓夢旨義　是書題名極
夢是總其全部之名也又
戒妄動風月之情又曰石
頭記是自譬石
頭所記之事
紅樓
是

上海人民出版社一九七五年版挖去胡造补字及印鉴以凡例中相同字填补

脂硯齋重評石頭記
凡例
紅樓夢旨義　是書題名極多
夢是總其全部之名也又
戒妄動風月之情又曰石
頭記是自譬石
頭所記之事
紅樓
是

上海古籍出版社一九八五年版又恢复胡造补字及印鉴

脂硯齋重評石頭記
凡例
紅樓夢旨義　是書題名極多
夢是總其全部之名也又
戒妄動風月之情又曰石
頭記是自譬石
頭所記之事
紅樓
是

甲戌本版本小秘密之二
台湾影印初版墨眉批
"我也说不妥"（见右图）

我也说不妥

得無名之症
某人而
治餘不
招衆人
都不走
百也而
繁的人
無話了
妥等我
天色

已说不妥

得無名之症
某人而
治餘不
招衆人
都不走
百也而
繁的人
無話了
妥等我
天色

台湾影印第三版墨眉批则变成
"已说不妥"（见左图）

甲戌本版本小秘密之三

台湾初版此批有墨点断句

生養
說嬌
奇緣一顧
只一
下世
原來

好極與英蓮有命
無運四字遙：相映
射蓮主也否僕必今
蓮反無運而否則兩
全可知世人原在運數
不在眼下之高低也
此則大有深意存
焉、
註明
俗語者此又更奇之至
從來只見集古集唐等句未

台湾三版原墨点或消失或变红

生養
說嬌
奇緣一顧
只一
下世
原來

好極與英蓮有命
無運四字遙：相映
射蓮主也否僕必今
蓮反無運而否則兩
全可知世人原在運數
不在眼下之高低也
此則大有深意存
焉、
註明
俗語者此又更奇之至
從來只見集古集唐等句未

上海人民出版社一九七五年版有墨点

生養
說嬌
奇緣一顧
只一
下世
原來

好極與英蓮有命
無運四字遙：相映
射蓮主也否僕必今
蓮反無運而否則兩
全可知世人原在運數
不在眼下之高低也
此則大有深意存
焉、
註明
俗語者此又更奇之至
從來只見集古集唐等句未

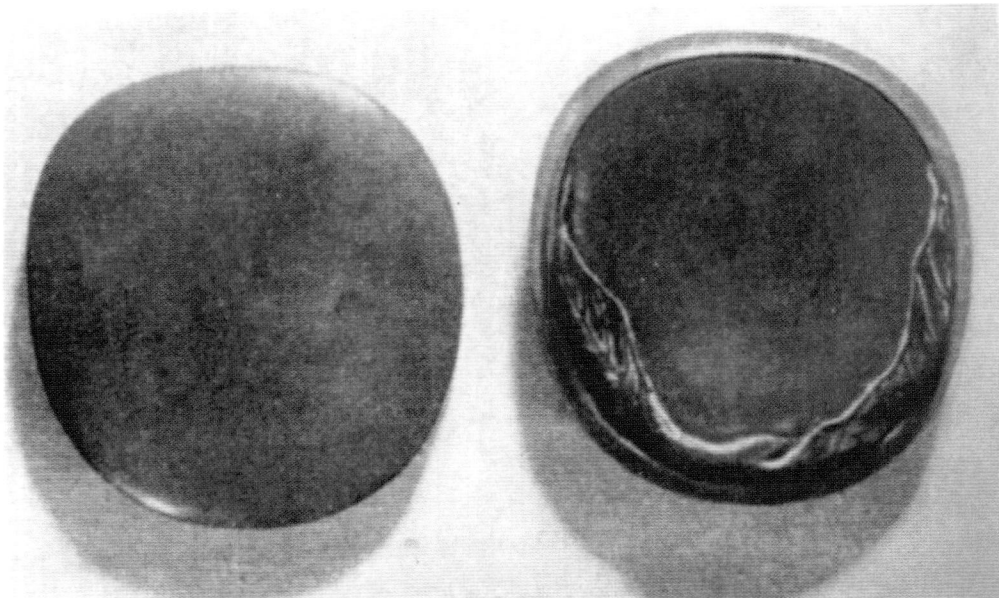

脂砚斋阅评《红楼梦》所使用的"脂砚"
(左为砚盖)

砚侧刻字:

脂研(砚)斋所珍之研其永保

砚背题诗:

> 调研浮清影　咀毫玉露滋
> 芳心在一点　余润拂兰芝
> 　　　素卿脂研　王穉登题

(据《文物》1973年第二期)

此砚原为明代江南名妓薛素素(号素卿)之物。砚盖内刻有薛素素小像一帧。砚背所刻题诗为明代著名文士王穉登手迹。砚匣底部刻有"万历癸酉姑苏吴万有造"字样。此砚1955年发现于重庆,曾为吉林省博物馆收藏,"文革"中被江青调看后下落不明。

目　　录

1

序

周汝昌

（一）

与遂夫因红学而相识，转眼二十年矣。犹记贵阳一会，他的《曹雪芹》歌剧演出，颇极一时之盛。雪芹之影，见于舞台之上，此为创举，史家应记一笔。他也有专著问世，曾为制序。如今他又出示新书稿，为甲戌本《脂砚斋重评石头记》作出一个校勘整理的印本，嘱我略书所见，仍为之序。此事辞而不获，复又命笔——执笔在手，所感百端，感触既繁，思绪加絮。故而未必足当序引之品格，先请著者读者鉴谅。

辞而不获者，是实情而非套语。所以辞者，目坏已至不能见字，书稿且不能阅，何以成序？此必辞之由也。其不获者，遂夫坚请，上门入座，言论滔滔，情词奋涌，使我不忍负其所望；加之一闻甲戌本之名，即生感情，倘若"峻拒"，则非拒遂夫也，是拒甲戌本也——亦即拒雪芹脂砚之书也，是乌乎可？有此一念，乃不揣孤陋，聊复贡愚。言念及此，亦惭亦幸，载勉载兴。

甲戌本《石头记》是国宝。但自胡适先生觅获入藏并撰文考论

1

之后，八十年来竟无一人为之下切实功夫作出专题研究勒为一书，向文化学术界以及普天下读者介绍推荐（所谓"普及"）。它虽有了影印本，流传亦限于专家学者而已。今遂夫出此校本，以填补八十年间之巨大空白，其功如何，无待烦词矣。

甲戌本是红学的源头，正如《四松堂集》与《懋斋诗抄东皋集》是曹学的源头一样——我自己久想汇集二集的不同抄、印本（《四松》有三本，《懋斋》有二本），加以校整笺释，命之为《寿芹编》；然至今未能动手。举此，以为可供对比，遂夫有功，我则无成也。

甲戌本，有原本与"过录"之争，有甲戌与"甲午"之争，有十六回与不止十六回之争，复有真本与"伪造"之争。也许不久还会有"新争更新争"出来，亦未可知。遂夫似乎不曾因此而有所"动摇"，保持了自己的见解，并为之下真功夫，使成"实体"，而非空言。

有人硬说甲戌本之称是错误的，只因上面有了甲午年的朱批而大放厥词。他竟不晓：某年"定型"之本，可以在此年之后不断添加复阅重审的痕迹。说"甲戌"，是指它足能代表甲戌年"抄阅再评"的定本真形原貌。这有什么"错误"可言？至于也有一种主张，说此本定型时只写出了十六回，甚至认为中间所缺的回数，也非残失——雪芹当时即"跳过四回"而续写的。……

我觉得这类看法很难提供合乎情理的论证。

"真伪"之争的先声是大喊大叫："凡例"不见于其他抄本，乃是"书贾伪造"云云。后来发展，就出现了认为甲戌本正文、批语、题跋……一切都是彻底的假古董，本"无"此物；而且脂本诸抄，皆出程高活字摆印本之后，程本方是"真文"。

对于这些"仁智"之见，遂夫在本书中自有他自己的评议。

甲戌本是红学的源头，自它出现，方将芹书二百年间所蒙受垢辱一洗而空，恢复了著作权和名誉权。

于此，已可见红学研究是如何地重要与必要。

于此，也可见红学研究是一件多么复杂、曲折、艰苦、孤立、"危险"的工作。

甲戌本之得以保存无恙，也有很大的传奇性与幸运性。我是局"内"人、亲历者，知之较详，它处略有所记，兹不重述。

1948年之夏，我从胡适先生处借得甲戌本后，亡兄祜昌一手经营了一部甲戌录副本，以供不断翻阅研读——为了珍保原书的黄脆了的纸页。当时经验一无所有，等于盲目寻途，抄毕只能用"一读一听"的办法核对了一下，对许多的异体书写法，不能尽量忠诚照写，此为疏失，因此乃原本一大特色，十分重要，甚至可以透露若干雪芹原稿书法的痕迹（请参看拙著《石头记鉴真》，华艺出版社再版时改为《红楼梦真貌》）。

甲戌本当然也是"脂学"的源头，因为有正书局石印戚序本虽然早已出版，却不为人识，尤其戚序本已将"脂砚斋"名字的一切痕迹删净，"脂学"的建立只能等到甲戌、庚辰二本并出之时了。但我还是要着重表明：甲戌本的重要价值，远胜于庚辰、己卯之本。

我写了这些的用意，归结到一点：遂夫首先选定甲戌本而决意为之工作，为之推广普及，是一件有识有功的好事，必能嘉惠于学林，有利于红学。无识，则不会看中"甲戌"；无志，也不会将此工作列为平生治"红"的一项重要课程。

二百多年了，曹雪芹的真文采真手笔一直为妄人胡涂乱抹，其事最为可悲。程、高之伪篡偷改偷删，不必再说了，只看这甲戌本上另一个妄人的浓墨改字的劣迹，就足令人恶心了，他自作聪明，不懂雪芹原笔之妙义，奋笔大抹；然而也有人见赏，以为改笔是"真"是"好"。

说世上万事万态，只是个现象而已；根本问题，乃是中华文化的大问题——教养，修养，素养，功夫，水平，涵泳之功，积学之富，灵性之通，性分之契……许多因素，是研治红学的不可缺少的因素。这已经是文化层次高下深浅的事，而绝非什么"仁智"之见一类俗义可为之强解诡辩的了。

我有一个不一定对的想法久存心里：胡适先生收得宝物甲戌

本，虽多次题记，却未作出正式的集中的深入研究成果，不知何故？如谓他胜业甚繁，不像人们所想的以红学为至要，故搁置而难兼顾，那么他可以指导友辈门人等协助为之，但也未见他如此安排，反而晚年还是津津乐道他的程乙本。这确实让我疑心他是否真的识透了甲戌本的价值？

甲戌与程乙，文字有霄壤之别，他却似乎并不敏感，反以程乙为佳——我不愿对前贤多作苛论，惟独这一点我真觉太不可解。甲戌本之未得早日出现整校本，或许与此不无关系。

现在这个校本的问世，也可以表明：红学的出路虽然也需要"革新"与"突破"，而没有基本功的"新"与"破"则是假新假破；不务实学，醉心于高调空词，以为已有的红学研究之路都是陈旧可弃和多余可厌的"歧途"和"误区"，此种浅见颇盛于年轻一代学人的论说中。

遂夫并不"老大"，但他却历过了一二十年的深研拿出了这部书。这个现象不应视为偶然，该是耐人寻味的吧。

红学红学，往何处去？思之思之再思之。

一些杂感，举以代序，善不足称，空劳嘱托，尚望宽谅，进而教之。

仍系以诗曰：

曾叹时乖玉不光，十年辛苦事非常。
脂红粉淡啼痕在，相映情痴字字香。

庚辰清和之月　记于红稗轩

（二）

遂夫学人嘱我为他校订的一部重要的新书作序。多年不得晤语，全不晓他所事何事——甚至认为他已不再涉足红学了；今因索序，方知他不但对红学仍然执着地关切，而且不辞辛苦，立志校勘一套《红楼梦脂评校本丛书》。他说，甲戌本《石头记》的发现至关重要，而八十年来却无人为之谋求一个普及于大众的办法，故出此本，广其流传，为雪芹的本怀真笔涮洗积垢，恢复光芒。

这真是一种"菩萨之心"，为"情圣"雪芹说法宣教。我听了十分感动。加上我对甲戌本有一些特殊的经历和关系，为此新书制序，当然是义不容辞，欣然命笔。

但序稿交付之后，方又读到他寄来的导论文章《走出象牙之塔》。没有想到他在导论中论述了这么多这么重大的问题——这又使我觉得初序未免空泛了，应该把读后引发的感想略加补记，以为序之"续"与"絮"。

我与亡兄为甲戌本录副的往事，已不止一次叙过了。录副是"先斩后奏"，胡适之先生虽然慷慨表示，副本可由我自存，以便研究，不必给他，但毕竟我不能由此而取得发表权。中间向我借阅的，计有：陶心如、陈梦家（燕京大学教授）、徐邦达（故宫鉴定专家）、王毓林（青年工人）。朱南铣也索借过，当时不在手边，未能借出。王毓林研究版本，出了专书，他对我们的录副本颇加评议，态度谨严——认为有些字抄写得不忠实（指旧时文人十分喜欢考究的异体字）。这一点其实我们自己也发觉了，当时匆匆赶抄，以为异体字无关文义，遂未尽依原本写出。这也正是后来不愿再借与人的一个缘由。

我于1949年将原书送还了胡先生。那时是学生，什么也不曾想过，只是一点通常的道义之心，我不能匿为己有（交还是正当的，不然也可能引起日后的极大麻烦乃至灾难）。

六十年代，方从出版社领导同志处得见台湾省的影印本。后来大陆方有翻印本（个别地方作了技术改动，不忠实）。

今日遂夫为之校订出版，这方是"通于大众"的第一次重要创举。我说是"菩萨之心"，如嫌此词有释家气，那么就改云"仁人志士"——不知又有什么"语病"否？总之，在红学上讲句话，是提心吊胆地惯了,经验太丰富了,不知哪句话就让诸公不高兴,群起而攻之了。惊弓之鸟,遂夫可以体谅吗?

令我异常惊讶的,是遂夫在导论中多次提到了我,而且说了不少话。我既惭又感。若在高人,定会避嫌,不必提到这一点——甚至连序也要"避"的。我非高人,所以初序之后,还又追加了这个续序。

做学问,起码的条件似乎要有读通古人文字句义的水平,要有学术良知,要有学术道德,要有求索真理的本怀诚意。此外,"有识之士"四个大字,在遂夫导论收束处特笔点醒,这个"识"字是学术的灵魂。

比如遂夫所标出的"自叙说"与"新自叙说",就是有识的最好表现与证明。

当然,涉及此义,"识"外又须有一个"胆"字。

雪芹的"自叙",是中华文化、文学史的最伟大的独创,是东方的,民族的,天才的——也是历史造英雄的。在这一点上,引西方的理论与有无"自传"小说,已落"第二义",它说明不了多大问题。我自己也引过,今日想来也是幼稚无知的做法,大可不必。遂夫于此,绝不带水拖泥。

我希望今年真是个转折之年。九十年代,红学低谷①,剥极必复,大道难违。古历龙年,西元二千,忽有遂夫此论"横空出世",谓为非一大奇,可乎?

确实的,从西方时间观念的"世纪论"而言之,该有红学的希望之光——哪怕是一点熹微的曙色——示现于东方天际了。

遂夫的导论,开篇两节纵论脂本的意义所在,最为精警,真是大手笔!我不知所谓"红学界"中"大人物"谁能写出这样的好文章,岂不令旁观者也为之愧煞叹煞?当然,他写此论,只是表述己见(深切的感受与震动),并无与人争胜或立异的任何用意。高就高在这里,可佩也在这里。他说了别人不肯说、不便说、不敢说的真话。可钦又在于此。

当我看到他论畸笏的诸段文字时，又不禁松散了暗存的顾虑（我们二人在脂本价值上如此契合，有人必又出谤语，说是什么"周派"的自相唱和而已……），因为遂夫对畸笏与脂砚二名的真关系与我截然大异，这就让那些谤者再无诬谤的"理据"了。所以我虽不同意他的论点，却又十分欣赏他自标所见的学术精神。因是作序，文各有体，不宜申辩异同，故不多赘②。

这本书用意是普及雪芹原本真貌，而导论中对程高本篡改之酷烈却未及深说，所论皆是因脂砚之批注而引发的诸多问题。这也足见脂批的重要性了。此为本书一大特点。至于他的这方面的论点，也是经过覃思细究，下了真实的苦功夫而得来的，不同于那些开口胡云之流的谬说。其严肃认真的治学精神，可为此界人士一个示范之良例。当然这不等于说他说一万句，一万句皆是看准了说对了的，就是遂夫自己也不会这么想。

治红学，需要学力、识力，要"证"，但也要"悟"。这不仅仅是字句文法水平的事，是灵性的层次之事了。

这本新书的问世是一件大事，我为它喝彩，为之浮一大白！

我还相信，凡属学人，义在追寻真理的有识之士，也会因此书而深思，而有悟。

言不尽意，以诗足之，句曰：

> 甄士稀逢贾化繁，九重昏瘴一开轩。
>
> 回环剥复曾无滞，代谢新陈自有源。
>
> 瓦缶鸣时旗眩乱，脂毫苦处字翩翻。
>
> 横空忽睹珍编出，甲戌庚辰总纪元。③

题于古历龙年申月　吉日良辰

注　释

①不但九十年代。二十年来，已有专业性机构与其机关刊物，到今为止，其工作表现除了几种编纂性出版物而外，毕竟将学术实质向前推动了几何？提出了什么重大问题？解决了几个？出色的人才培养出了几位？想我愚拙，

是看不太清楚的。至于学术民主,"双百"方针的体现如何?读者、研者也有看法。因属序文外,只在此附及一二,这与本书的撰者与论述并无关系,特此声明。

②遂夫之论畸笏,劈头即下了一个"(雪芹)长辈亲属"的大前提,从而引发了那么多的新说(如立松轩改造等),甚异于他一贯详密交代各种歧见与论证的做法,不知何故?窃以为这个前提是可以商榷的。"因命芹溪删去"一语中之"命"字,绝不代表什么"长辈"。雪芹书中,门子对知府大人,凤姐对贾琏夫主,皆用"令"与"不令"的字样,难道都是"长辈"?此前提不能成立,引申诸说遂需要重新研析了。又"甲午"无论如何"草体",也讹不成"甲申"——有人造伪证以迎合俞先生,已为石昕生、李同生二先生以力证揭露了。愿遂夫勿为所赚。敦诚甲申开年第一诗即挽雪芹,而云"晓风昨日拂铭旌",此正癸未除夕逝世之证。"壬午除夕",错记干支,碑版史册,常见此例。

③又有小句云:"苦心二字在宽容,不觉悚然此语中。八七之秋脱斯界,到今何幸尚题红。"我于1987年秋自海外归来,李希凡先生来看我,即向他表明:我不再于"红研所"挂名,可在艺术研究院任何一个地方供职。故至今属于"院办"部门。人或有未明者,附志于此。

走出象牙之塔

——《红楼梦脂评校本丛书》导论

邓遂夫

一、脂评本的发现及其价值

回眸二十世纪的中国文化史,有三项古代文献的重大发现,闪耀着举世瞩目的光芒——敦煌文书、甲骨文、《红楼梦》脂评本。前两项,直接导致了两门世界性显学的诞生;后一项,则促使旧有的红学转变成世界性显学。

脂评本的初露头角,本来应该是上海有正书局1911年石印出版的所谓《国初抄本原本红楼梦》(即后来所称之戚序本),但由于它的石印底本已屡经嬗变,在很大程度上丧失了曹雪芹原稿的本来面目,故未引起学术界普遍注意。真正堪称发现脂评本的里程碑,还是1927年,"新红学派"创始人胡适先生偶然购得的一部残缺不全——仅存一至八回、十三至十六回、二十五至二十八回——题名为《脂砚斋重评石头记》的《红楼梦》早期稿本的过录本。因其

第一回楔子中有一句在通行印本上不曾见过的话"至脂砚斋甲戌抄阅再评,仍用《石头记》",遂被称为甲戌本。

时隔五年之后的1932年春天,与胡适同属"新红学派"代表人物的俞平伯先生有一个亲戚叫徐星署,他在北京隆福寺小摊上花了八元钱,又奇迹般地购得一部据说出自城北某旗人之家的传抄本。书名也叫《脂砚斋重评石头记》,却有八大册共七十七回——在一至七十九回中,缺六十四、六十七回①。当时徐先生购得此本并不在意,连自己的亲戚俞平伯也没告诉。仍是在胡适闻讯阅过之后加以评介,才引起世人注意的。因其回目页上有"脂砚斋凡四阅评过"及"庚辰秋月定本"字样,亦被援例称为庚辰本。以其珍贵程度观之,庚辰本和甲戌本堪称双璧。

这两个相继发现的传抄本,当初最令人惊讶之处,还不在于其正文与通行印本存在较大的差异,而是由于在抄本的字里行间、眉端空白或回前回后,存在着大量用朱墨两色抄写的脂砚斋所作——偶尔也能见到署名畸笏叟、棠村、松斋的"诸公"所作的不同寻常的批语(后来通称脂批或脂评)。从这些批语的内容和语气来看,脂砚斋们不仅对此书作者曹雪芹的情况了若指掌,而且常常直指书中所写的情节是"作者与余实实经过","句句都是耳闻目睹者",甚至细数书中提及的某些往事已经"屈指二十年矣"(批于较晚期的则说是"三十年前事");而对另一些明显带有虚构或"幻笔"色彩的描写,则常常提醒"是作者用画家'烟云模糊〔法〕'"等狡猾之笔在"瞒人",或谓以"隐语微词""指东击西"等手法"讳知者"。尤其对书中主人公贾宝玉及其象征物石头,更是直言不讳地指为作者本人的"化身"或曰"自寓"。

这就给当时以胡适为代表的"新红学考证派"所倡导的"曹雪芹自叙说"提供了有力佐证;自然也给"旧红学索隐派"喧嚣一时的"顺治与董鄂妃恋情说""纳兰成德家事说"②"康熙朝政治说"等带来了致命的打击。因此,从一定的意义上说,甲戌本、庚辰本的发现——或者说,包括后来各有渊源的己卯本、蒙府本等在内的十二种③早期传抄本（通称脂评本或脂本）的发现，对于"旧红学"的衰落，"新红学"的崛起，乃至当代红学的发展，无疑都起了极大的推动作用。

然而，脂评本的真正价值并不在此。它应该体现在两个大的方面。

第一，有助于《红楼梦》版本的正本清源，为尽可能恢复这一中国最伟大的小说巨著的本来面目提供了依据，同时还可以据此追索出原著的大致修改、演变过程。

在脂评本发现之前，一般人都误以为清乾隆年间程伟元、高鹗用木活字摆印的百二十回本《红楼梦》便是此书的原本。脂评本的发现终于让人明白：曹雪芹生前的最后定本其实只有前八十回（现在看来，这里面也还有一点小小的误会：曹雪芹留下的原稿，应该是七十九回本。参见注①），后面的原稿，在创作这部小说的早期就"被借阅者迷失"；而且迷失的原稿不论在内容情节还是回目数量上，都与程高本后四十回大相径庭，说明程高本的后四十回只不过是一种较能为读者所接受的续书罢了（一般学者都推测是高鹗所续）。不仅如此，用脂评本去作比较，还可以发现程高本前八十回的许多文字和情节，亦被作了相应的篡改。这些，都是任何一个不带偏见的研究者很容易判断出来的。然而近年有少数学者忽然标新立异地提出所谓"程前脂后说"，认为程高本才是真正的《红楼梦》原著，脂评本反倒是后人"作伪"的产品。此论之荒谬不经，实不值一驳。但这种论调的出现，却从另一角度提醒人们：当前红学界在脂评本版本源流的研究上，实在有太多的空白需要填补。

比如，现存十二种脂评本，它们各自的底本渊源和相互之间的流变关系到底是怎样的？它们和程高本之间，又是怎样一种具体的演变过程？这在当前的海内外红学界，可以说还没有理出一个真正的头绪。以致在最早发现的甲戌本、庚辰本、戚序本已被研究了大半个世纪，较晚发现的苏联列藏本等也至少研究了三十年的今天,竟然还没有一部稍具说服力的全面论述脂评本源流的专著问世④,甚至连一份合乎逻辑的、囊括了现存各脂评本及与之相应的原稿本关系的《脂评本源流示意图》也不曾编制出来。这不能不说是当代红学的致命弱点,也是脂评本研究中一些见木不见林的误解和偏见长期泛滥成灾的根本原因。

第二,脂评本的重要价值,还体现在它所保存的大量脂批上。这是脂评本带给《红楼梦》读者和研究者最大的福音,也是当前脂评本研究的首要课题之一。

过去谁都赞叹《红楼梦》是一部"奇书",谁都觉得这部巨著气象恢宏,意境深远,奥妙无穷,却很少有人充分认识到:可以通过对脂批的深入研究,较为准确地揭示这部"奇书"的诸多奥秘——包括作者真相、创作过程、素材来源、时代背景、表现手法,以及透过这些手法所传达的思想艺术内涵,等等。尤其最后两项,即通过脂批去揭示此书的独特表现手法和潜在的思想艺术内涵,我以为是脂评本研究的重中之重。

有人曾简单化地将脂批与明清小说评点派的文字相提并论,甚至觉得它并不比后者高明。这是很不恰当的。事实上,脂批所具有的种种特性,不仅使它大大地超越了明清评点派而独树一帜,就是在整个的中国文学批评史上恐怕也算得上一个特例。

首先,脂批是和现在公认的这部中国最伟大的小说巨著相伴而生的。所谓"相伴而生",我是指从曹雪芹生前十余年,即从甲戌定本之前的一两次修订稿开始,便形成了一种几乎是固定的运作程式——作者每修订一次书稿,脂砚斋立即作一次"阅评",畸笏叟也紧接着誊抄一次新的定本。一部伟大巨著的诞生,竟采取了创作与评论(或曰解说)同步进行的独特方式,这在古今中外的文学史上委实闻所未闻。更重要的是,在那小说不登大雅之堂的封建时代,脂批从一开始便认定《红楼梦》是一部"打破历来小说窠臼"的"千古未有之奇书","其笔则是《庄子》《离骚》之亚"。这一经得起长期历史检验的总体评价,以及慧眼独具的评论视角与方法,都是那些在作品已经产生影响之后再去作"事后诸葛亮"式评点的明清评点派所永难望其项背的。

其次,从现存脂评本所反映的情况来看,曹雪芹自甲戌以降的历次修订稿,书名都清一色地写作《脂砚斋重评石头记》(若按第一回楔子所列书名演变顺序推测,在甲戌定本之前,或许还曾有过《脂砚斋评红楼梦》和《脂砚斋重评金陵十二钗》这两次带脂批的定本⑤)。这大概可以说明,自脂批产生伊始,作者便一直坚持在书名中将脂砚斋的"评"和他的小说相并列,从而凸显出脂批与《红楼梦》浑然一体、不可分割的特点。这从脂批在解读《红楼梦》诸多谜题中不可或缺的作用上,亦可相应地得到证明。此外,作者坚持使用这样的书名,分明表达了他希望脂批与《红楼梦》不独"相伴而生"还应"共存永葆"的心愿。脂批与《红楼梦》这种与生俱来的不可或缺、不可分割的特性,也是其他任何小说评点所不具备的。

再者,脂砚斋在批语中公然以作者的亲属兼助手的"知情者"面目现身说法,这在过去的文学批评尤其小说评点中亦属罕见。须知,并不是任何一部文学作品都适宜采用这种容易产生"王婆卖瓜"之嫌的方式去评说的,可是对于《红楼梦》这部充满了难解之谜的"奇书"来说,却唯有采用这种独特方式,才最能引起读者的重视与思索。相信每一位认真阅读过甲戌本和庚辰本的读者,定能对此有所体会。

二、《红楼梦》:一座罕见的文学迷宫

事实上,脂批的种种特性,乃至脂批这一形态的产生,都与《红楼梦》的独特内容和它的独特表现手法分不开。换言之,脂批正是《红楼梦》的"独特性"的必然产物。

关于此书的内容如何独特,这里暂且不谈。先谈谈它的表现手法的独特之处。

过去评论家们往往习惯于用现实主义或浪漫主义去概括《红

楼梦》的手法特征。殊不知这部历来公认的"奇书",除了奇在它的内容引人入胜而又扑朔迷离之外,恐怕很大程度上正是由于它的表现手法不落俗套而又变化多端,让人感到难以捉摸。里面有没有现实主义或浪漫主义的手法呢?当然有,而且可以说运用得相当成功。但不能不看到,《红楼梦》的表现手法是千变万化的,绝非用简单化的一两种概念就能涵盖得了的。现在的读者,不仅可以明显地感觉到一些近乎魔幻的或荒诞的或黑色幽默的东西存在其间,而且有的手法和二十世纪拉丁美洲的超现实主义作家所追求的"离奇的想象、梦幻和梦呓"⑥十分接近。尤其是书中几乎无处不在的大量象征隐喻手法,则简直和后来被黑格尔称之为"象征"、被法国诗人让·莫雷亚斯命名为"象征主义"的艺术表现手法如出一辙⑦。而《红楼梦》运用这类手法之娴熟,效果之出神入化,几乎令人难以相信是出自二百五十年前一位拖着辫子的中国人之手。

现在的关键问题却在于,历史已经跨入二十一世纪,我们这些掌握了先进思想武器和高科技手段的新时代的《红楼梦》读者和专家学者们,对于曹雪芹当初运用这些艺术手法所要传达的真实内涵,究竟了解了多少?

举例说,一般人读《红楼梦》,印象最深的自然是宝、黛、钗的爱情婚姻悲剧。读过之后,口里不一定说出来,心里却多半会想:这和古往今来的才子佳人小说到底有多大区别——更高雅?更真挚?更清纯脱俗?更具悲剧色彩?……可是作者一开始就申明了,他最看不起的便是历来小说"千部共出一套,且其中终不能不涉于淫滥"的才子佳人模式。难道话音刚落,他又一头栽入此套,仅仅就为了一点更高雅更真挚更清纯脱俗等的区别?这有没有一点自打耳光的味道呢?……

且慢为曹雪芹担忧!脂批的过人之处正显露在这些方面——书中刚刚出现一面叫作"风月宝鉴"的镜子,道士说了一声"千万不可照正面",脂批立即不失时机地提醒说:

> 观者记之！不要看这书的正面，方是会看。

这不明明告诫我们：不要光看表面描写的故事，才是会看此书的人吗？而当书中提到这面镜子"两面皆可照人"时，脂批立马将这句话"翻译"成：

> 此书表里皆有喻也！

说明不仅在故事的表面含有隐喻，甚至可能含有相当于谜语中的"卷帘格"似的多层次隐喻。

你看，脂批把作者所写一面镜子的特征，偏偏解释成是在教给读者一种阅读此书的"法儿"，是否有点匪夷所思呢！可是细细一想，又的确合情合理。因为作者一开始就讲了，在此书众多的书名之中本来就有《风月宝鉴》之名，作者借这面与书同名的镜子向读者暗示一下阅读此书的"法儿"，应该是顺理成章的事情。然而一般没有见过这些脂批的读者，我真难想象会有多少人往这上面琢磨。读《红楼梦》之必须读脂评本，于此可见一斑。

但是切莫误会，不要以为脂批会把书中的隐喻一股脑和盘托出——没有这样便宜的事！如果脂批可以把什么东西都直捅出来，曹雪芹也没有必要去绞尽脑汁故弄玄虚了。这里面分明有他"不得已无奈何"的隐情存在。脂批的难能可贵主要表现在：每到关键处，总要适当地提醒、暗示一下读者，或以不经意之状泄露一点"天机"——当然也只是点到为止，以期引起读者的注意和深思。但却不能不承认，有这种提示与没有这种提示，读起来的感受会大不一样，理解的深度也会迥然不同。

脂砚斋在借书中所写这面镜子的特征向读者微示阅读《红楼梦》的"法儿"时，还批了一句令人动容的话：

> 凡看书人从此细心体贴，方许你看，否则，此书哭矣！

这和作者本人一开头题写的一首绝句：

满纸荒唐言,一把辛酸泪。

都云作者痴,谁解其中味?

在以沉重而真切的心情渴求读者理解上,同样让人唏嘘慨叹。

由此可见,《红楼梦》的独特表现手法,虽然在客观效果上为作品增添了神秘的色彩和非凡的魅力;但从作者的初衷来说,则是因其内容必然受到尚健在的家族成员和严酷的社会环境的约束,在迫不得已"戴着镣铐跳舞"的过程中所展现的天才技艺。这就如同一粒神异的种子,压上重重巨石,反倒扭曲地生长出姿容绝世的奇葩。或许一部伟大杰作的诞生,与它独异的内容、特殊的环境和作者超凡的才华,都密不可分甚至缺一不可吧!

然而如此营造出来的艺术氛围,却使得越是深入阅读《红楼梦》的读者,越是觉得像走进了一座迷宫—— 一座掩藏着无数珍宝,却又布满无数暗道机关的罕见的文学迷宫。所幸曹雪芹并不像当今某些末流先锋艺术家那样,只顾把一些毫无光彩又不知所云的破玩意儿抛给观赏者就完事大吉。曹雪芹是既对自己的作品超越古今的艺术成就充满了自信,同时又真正把读者视为上帝,因而从他生前十余年开始,便煞费苦心地与脂砚斋密切合作,为读者留下了一把打开这座迷宫的钥匙——这就是脂批。

然而遗憾的是,这一把凝聚着曹雪芹的苦心和脂砚斋的心血的钥匙,后来却被改头换面了,甚至彻底地隐藏起来了,一直没有把它交给广大的《红楼梦》读者。其间的蹊跷与曲折,十足令人深思!

三、篡改脂评本的始作俑者

甲戌本上有两条颇似"临终绝笔"的脂批,写在作者所题"都云作者痴,谁解其中味"这首诗的眉端(当然在过录时位置稍有偏离):

　　能解者,方有辛酸之泪哭成此书。壬午除夕,书未成,芹为泪尽而逝。余尝哭芹,泪亦待尽。每意觅青埂峰再问石兄,奈(原误余)不遇癞(原误獭)头和尚何?怅怅!

　　今而后,惟愿造化主再出一芹一脂,是书何幸(原误本)!余二人亦大快遂心于九泉矣!

　　　　　　　　　　甲申(原误午)八月(原误日)泪笔

　　甲戌本的过录者抄写态度十分认真,但文化水平显然不高,常常出现因不识原底本上的草书字而产生的讹误,这两段批语的几个错字即属此列。本来是不难判断和校正的,却不知何故,唯独在"甲午"是否真为"甲申"之误这一点上,研究者们意见总是不能统一。

　　这个问题其实很容易解决。第一,批语里将"一芹一脂"和"余二人"并提,其为脂砚所作,应毫无疑问。第二,脂砚斋自乾隆二十九年甲申(1764)写下这一"绝笔"之后,果然就离开了人世,根本没有活到十年之后的乾隆三十九年甲午(1774),这也是从畸笏后来的批语中可以得到证实的。畸笏曾于雪芹在世的乾隆二十七年壬午(1762),在庚辰原本上首次过了一把"阅评"瘾,持续时间亦较长,从"壬午春"一直批到"壬午九月"。当他写下一条特别注明是"壬午九月,因(雪芹?)索书甚迫,姑志于此"的批语之后,便一下子中断了作批。正是这一年的"除夕",雪芹离开了人世。可是这个稿本似乎并没有因为雪芹的去世立即回到畸笏手中,而是到了乾隆三十年乙酉(1765),即脂砚在甲申八月写出"泪笔"的第二年,庚辰本上才又出现了落款为"乙酉冬雪窗,畸笏老人"的批语。说明到了这个时候,庚辰原本和其他所有的稿本,才作为芹、脂二人的遗物被畸笏所拥有。同时也就说明脂砚确实死于"甲申八月"至"乙酉冬"之间。当然还有另一条更有力的证据。庚辰本上有一条眉批:

> 凤姐点戏、脂砚执笔事,今知者寥寥(原误聊聊)矣,〔宁〕
> 不悲(原误怨)乎!

这条眉批,大约是脂砚在己卯冬第四次阅评时所作,因批语中以脂砚自称,故未再落款。当时所谓"知者寥寥",毕竟尚有雪芹、脂砚、畸笏叟等几位"知者"在世。然而到了丁亥年,畸笏在这条批语之后复又作一眉批云:

> 前批"知(原误书)者寥寥(原误聊聊)",今丁亥夏,只剩
> 朽物一枚,宁不痛乎!

这就雄辩地证明,至少到了乾隆三十二年丁亥(1767),脂砚已经和雪芹一样不在人世了,怎么可能活到七年之后的甲午(1774)呢?

如此费事地澄清此点,我是想要提出另一个问题:在脂砚甲申年所作的"临终绝笔"中,为什么对理当成为芹、脂事业继承人的畸笏视而不见,却近乎于绝望地祈求"造化主再出一芹一脂"呢?——再出"一芹"可以理解,再出"一脂"就似乎没有道理。畸笏既是雪芹的长辈亲属兼稿本抄录者⑧,又在雪芹生前进行过一次胜任愉快的"阅评"操练,理当成为接替芹、脂未竟之业,确保稿本按原貌整理传世的最佳人选。而脂砚竟如此忧心忡忡,难道已经察觉出了畸笏会成为背叛"耶稣"的"犹大"?——偏偏从畸笏后来的表现中,又果真证明了这一点。畸笏在获取芹、脂遗稿之后所整理传世的一种新的定本,的确从根本上改变了脂评定本的特性和原貌。

我所指的新定本,即立松轩在整理它的"立松轩本"之前,所依据的那个业已增补完备的八十回足本。而"立松轩本",则如郑庆山先生所考证的,正是现存蒙府本前八十回及戚序、戚宁这三种本子的共同母本⑨。

过去周汝昌先生曾猜测蒙府本的前八十回似源于丙子本。郑先生则认为蒙、戚诸本的共同母本"立松轩本",是由丙子、己卯和杨本(即梦稿)的底本拼凑过录后重加整理而成的。周、郑二先生

在"立松轩本"的主要特征及该本整理者立松轩其人的探索上颇多建树,但对其底本渊源的推考却值得商榷。在我看来,立松轩所依据的底本既不是丙子本,也不是丙子、己卯、梦稿底本的抄配之本(一般人很难有汇集多种底本进行过录的条件;即便能够汇集,也很难相信会采用这种东拼西凑的方式去过录),实际上应该是畸笏叟以原来的甲戌定本为基础经过精心改造并增补完备的那个八十回足本——姑称之为增补甲戌原本。

如此认定蒙、戚诸本的底本渊源,自然会牵涉到一系列问题,比如:经过丙子本的修订,为什么甲戌原本还会毫发无损地保留下来? 甲戌原本和现存甲戌本的底本——脂砚甲戌抄阅再藏本之间,究竟是什么关系? 二者有何异同? 既然这两种甲戌稿本都原封不动地保存到了芹、脂去世以后,那么,当初雪芹又是用什么稿本来修订丙子本的? 诸如此类的一些看起来不可思议的问题,其实都可以通过对现存脂评本的研究,找出正确的答案来。

为了减少后文叙述上的缠夹,这里先把我对甲戌系统诸本的底本渊源关系的理解,作一个简略的概述。

据我初步研究,现存十二种脂评本,全都源于雪芹的四次定本——甲戌、丙子、己卯、庚辰。后三种的传本相对较少:丙子、己卯皆为单传,庚辰有四种传本;而前面的甲戌一系,竟占了现存脂本的一半即六种传本[⑩]。有人老在猜想:现存脂本中,有没有来自甲戌之前更早期定本的传抄本呢? 或者说,有没有在某一个传抄本的某些部分,含有甲戌之前某些早期定本的"遗存"呢? 我可以在这里肯定地回答:绝对没有。除了丙子、己卯、庚辰定本的六种传抄本,现存的其余六种,全都来源于甲戌定本系统——甚至可以说,就连丙、己、庚原定本的本身,亦是甲戌原定本的一大分支。所以,仔细分析起来,雪芹的甲戌定本实际上应统分为三大源头、四大支脉:

第一大源头,脂砚甲戌自藏本(它的支脉即现存甲戌本)。这是脂砚在对雪芹的甲戌修订手稿作阅评时自己抄存的。其突出特征是：A. 脂批未被删节；B. 有"凡例"；C. 正文忠于雪芹手稿，如三、五、七等回的回目名称保持了雪芹此次修订的原貌，第一回完整保存了后来被畸笏遗失的一整叶（两面）约四百余字正文等；D. 每一叶中缝皆写着"脂砚斋"三字的自藏本标记。

第二大源头，畸笏据脂砚阅评过的雪芹手稿正式誊录的甲戌定本。其突出特征是：A. 脂批已被大量删节（约删去三分之二）；B. 删除了"凡例"，只把"凡例"的最后一条整理移作第一回回前批；C. 在抽取雪芹手稿的"凡例"作删汰时，不慎丢失了第一回的一整叶约四百余字正文⑪，同时改写了三、五、七等回的回目名称。但这仅仅是甲戌原本前期的面貌（它的支脉即现存甲辰、郑藏本⑫两种，其中的擅改、配抄及未录脂批等因素除外）。而在雪芹去世后，畸笏对此本再作增补改造，则变成了后期的增补甲戌原本（它的支脉即"立松轩本"及其传抄本蒙府、戚序、戚宁本三种，合称蒙、戚诸本）。增补甲戌原本的特征，放到后文（第四小节）去谈。

第三大源头，则是雪芹原有的甲戌修订手稿。这份手稿，在畸笏誊录甲戌定本后已发生了较大变化：A. 脂砚甲戌阅评的三分之二脂批被涂抹删除；B. "凡例"被抽出删汰；C. 遗失了第一回的第二叶（两面）共四百余字；D. 改动了三、五、七等回的回目。一般学者往往忽略了这一点：雪芹在丙子年的再次修订，正是在这个甲戌手稿本上进行的，因而并没有损坏畸笏誊录的甲戌定本。于是这个雪芹甲戌修订手稿，到后来又再次变成了丙子修订手稿，畸笏正是据此誊录出了丙子原本。所以从某种意义上说，丙子原本，以及在它上面相继作了两次修订（己卯、庚辰）和四次阅评（己卯、壬午、甲申、丁亥）而先后形成的丙子、己卯、庚辰原本，都是在雪芹甲戌修订手稿基础上再经演变而形成的一大支脉（包括现存梦稿、己卯、庚辰、列藏、卞藏、舒序六种）。

这就是雪芹的甲戌修订稿所派生出来的脂评本之三大源头四大支脉的基本线索。只有理顺了这层关系，才能拨开笼罩在脂评本源流问题上的重重迷雾。但是为了更科学地划分，我们现在只能将第一大源头和第二大源头所派生出来的三大支流中的现存脂本,统称为"甲戌系统诸本";而将第三大源头(即雪芹的原甲戌修订手稿)所派生出来的丙子、己卯、庚辰原本旗下第四大支脉中的本子,统称为"丙、己、庚系统之本"。

这就有必要把第三源头所派生出来的丙子原本的特征及其现存传本的问题,首先在这里澄清一下。

因为第一、第二这两大源头派生出来的现存甲戌系统诸本,虽渊源各异,但其小说正文的基本特征仍是大体一致的;尤其和经过多次修订的丙子、己卯、庚辰相比较,甲戌系统诸本的共同特征应该更显突出。所以,如果要在现存脂评本中去寻找第三大源头所首先派生出来的丙子原本的现存"后裔",就必须非常精细地在甲戌系统之本与己、庚二本(尤其是己卯本)之间,去寻找更具过渡性版本特征的现存脂本。这就可以发现,唯有梦稿本,才具有这种明显处于甲戌与己卯夹缝之中的过渡性版本特征。

举一个较典型的例子。甲戌系统诸本都把甄士隐之女写作"乳名英莲",且大都有脂批"设言'应怜'也"解释命名本意。可是到了己卯本,则被改作"乳名英菊";到了庚辰本,更是写作"乳名唤作英菊"。为什么要这样改?因己、庚二本前十一回未抄脂批,不能看到脂砚的解释。想来怕是"设言'应去'"之意吧(江南方言,"菊""去"音近)。也许作者后来觉得这小女子虽遭拐卖,却因祸得福进了大观园,反倒比留在甄家遭祸更好一些,故把她的名字也改了。耐人寻味的是,梦稿本此名,既同于甲戌一系作"英莲"(说明其底本起码早于己、庚),却又在距此仅十余字之隔的同一行文字中,唯独和己卯本的另一改笔相合,反倒异于甲戌一系,甚至和更往后的庚辰一系即庚辰、列藏、卞藏、舒序本亦不相同。这便是紧接着写甄士隐的一句话。这句话甲戌本作:"士隐于书房闲坐,至手倦抛书,伏几少憩。"其中"手倦抛书"四字,因有确切出典[13],自然是作者原文无疑,而且看来所有的甲戌系统之本乃至丙、己、庚系统之本所据的底本都全同（庚、卜、蒙三本虽有一个共同的错字，将"倦"误作"捲"，卜、蒙二本还将"抛"误作"拢"，但很明显是过录者的抄误或妄改，并不能改变其基本面貌仍与此类底本同的事实）。可是唯独梦、己二本却作"倦时拢书"。若单凭"拢书"与"抛书"之别，或许还可以如蒙府本那样解释为过录者的抄误；但其"倦时"与各本之"手倦"这一大差异，却只能表明是一种有意的擅改（当然更是妄改）。这一版本现象的特异之处在于，己卯本是目前最能肯定为直接过录自曹雪芹原定本（即己卯原本）的一种本子，为什么单单与梦稿一道出现如此整齐划一的奇特妄改呢？只有一种解释：二者所依据的底本或祖本，正是一个曾被原定本抄录者忽然心血来潮作了同样妄改的本子。

这个本子是什么？不妨用反证法来归谬排查。首先应该排除的是甲戌系统诸定本（包括脂砚甲戌抄阅自藏本、畸笏正式抄录的早期甲戌定本及后期增补甲戌定本），这些定本所派生的六种现存脂本皆无"倦时"之妄。其次要排除的是庚辰原本，这个原本所派生出来的庚辰、列藏、卜藏、舒序四种传本，显然也是因为作者的最后订正而回归了"手倦抛书"的正确行列。最后要排除的是己卯原本，因为现存己卯本是直接从该原本过录而来的，却又在前述"英莲""英菊"的另一大差异中独与庚辰同而与梦稿及甲戌系统诸本异，这就说明：梦、己二本所共同出现的"倦时拢书"，只可能来源于比己卯原本更早的那个定本。换句话说，梦稿所据之底本或曰祖本，既有条件让己卯定本沿袭其"倦时拢书"的妄改，又还没有如己卯定本那样把和甲戌系统诸本相同的"英莲"改作和庚辰定本相同的"英菊"——这不是丙子定本又是什么？像这样明显处于甲戌与己卯夹缝之中的真正的丙子本特征，可以说在梦稿中比比皆是。至于梦稿在过录中和过录后的某些擅改，以及曾据他本校改和抄配一些回目等情形，则又另当别论了。

四、畸笏对甲戌原本的改造

理清了脂评本源流的这一层复杂关系,也就很容易弄清楚:畸笏是如何改造甲戌原本的。仔细研究现存脂评本,可以看出畸笏在芹、脂去世以后做了三件事。

第一件事,是他在乾隆三十二年丁亥(1767)重阅庚辰本期间,作了不少批语。其中最有价值的,是联系八十回后原稿的迷失发了不少感慨,为后人了解雪芹原著的真相提供了宝贵资料。

第二件事,是对脂砚自己抄存的甲戌自藏本(即现存甲戌本的底本)作了少量加工整理。主要是把庚辰本上的后期批语选择了一部分稍加整理,作为脂砚自藏本的回前回后批,同时把他自己在壬午和丁亥年所作较为得意的眉批,以及少量脂砚作于己卯冬的眉批,过录了一部分到这个本子上仍作眉批。但这一工作很快便中止了,其原因是他中途改变了主意。据我分析,畸笏整理脂砚自藏本的初衷,亦如他后来整理自己誊录的甲戌原本一样,都是想用一个相对不太珍重(可以随意删改)的底本为基础,增补改造出一个新的定本来公之于世——当然也是为了满足雪芹亲友或崇拜者索阅此书的需求。按理说应该以雪芹的最后定本庚辰原本为基础去整理传世才对。但畸笏大约不愿意把这个蕴藏着太多秘密的庚辰原本直接拿出去,更舍不得在这个珍贵的最后定本上去大动手术随意删改;若用重抄的办法去整理,可能在时间精力上还一时办不到。于是,便采用了暂以脂砚自藏本进行整理的权宜之计。可是刚刚增补了一点眉批和回前回后批,他便发觉用这个本子去整理还是不行。主要是这个本子上的脂批特多、特暴露——用现在的话来说,其"信息量"和"曝光率"都远远超过经他誊抄删节过的其他定本(这或许正是他重新整理新定本所希望解决的问题吧)。而且要在这个本子上去动手术也不好办。直接去大片涂抹吧,肯定会让借阅的亲友见疑;小心地去作挖补吧,总得填补进相应数量的文字才行,其工作量又实在太大……显然正是因为这样一些问题难以妥善解决,畸笏才放弃对脂砚自藏本的整理,改用过去誊抄时已经对脂批作过删节的甲戌原定本去作整理和增补。

(真应该庆幸畸笏的这一改变!不然的话,我们今天还哪有机会见到这个保存了脂砚"阅评"原貌的甲戌本呢?)

畸笏所做的第三件事,便是我要着重谈到的对甲戌原本的增补改造问题。在这件事情上,应该说畸笏是有功有过,却过大于功的。所谓功,即对该本原来存在的一些缺失作了增补。例如:

1. 补足了雪芹甲戌修订之前便已缺失的六十四、六十七回——我指的是现存蒙府本保存下来的这两回文字(戚序、戚宁本的过录者对六十七回作了一些低劣的修改,不足为训)。仔细衡量蒙府本这两回文字,包括它的情节安排,尽管尚有一些矛盾欠合之处,但其基本的艺术水准,却并非畸笏、立松轩或高鹗之流所能达到的;因而只可能理解为是雪芹原稿的复出。据我分析,这两回原稿应该是雪芹在某一次修订时抽出待改而不慎另存而迷失的;畸笏在芹、脂去世后清理二人遗物时又重新找到了它,于是对其稍加整理,便补入其所存甲戌原定本中。

2. 补写了在甲戌修订时即已破失的第二十二回末尾惜春谜语之后的一段文字——我也是指的蒙府本上的补文。这一段文字当然不是雪芹所补,因为庚辰本上除了保存着雪芹在破失之处"暂记"的一首"宝钗制谜"诗之外,还另有一条批语:"此回未成而芹逝矣,叹叹!丁亥夏,畸笏叟。"说明雪芹生前确实未来得及补写。但后来所补的"贾政悲谶语"一节文字,若非以前抄录时存有印象的畸笏所为,换了其他人怕是补不出那么贴切的内容来。只要对比一下梦觉主人在甲辰本上的补文[14],仅仅胡乱补写了宝、黛、钗的诗谜便草草收场,且把不知从何处抄来的雪芹"暂记"的宝钗诗谜张冠李戴地放到了黛玉头上,又置回目上标明的"贾政悲谶语"于不顾,便不难看出畸笏补文之佳妙。当然,畸笏所补也有粗疏之处,他只把现成的宝钗制谜补进去，便匆忙转入"贾政悲谶语"的情节；为了掩饰其未写宝、黛谜语的粗率，还特意在结尾处写了一句凤姐后悔没有当着老爷的面撺掇宝玉"也作诗谜儿"的笑言。有趣的是，梦稿和程高本后来把畸笏、梦觉主人的两种补文合而为一，虽然也算一种聪明的办法，但合起来后已经有了宝、黛的诗谜，却没有意识到应该删去凤姐那句掩饰宝玉无谜的话，这却是梦稿、程高本的疏漏。像这样的疏漏，在梦、程本上可以说比比皆是，恰恰是对所谓"程前脂后说"最有力的否定（梦稿属脂评本中形成时间最晚的本子，且有较多的擅改痕迹，实乃程高本最初的底本或曰"工作本"之一；程高本的另一"工作本"或曰参校本，则是甲辰本）。

3. 畸笏将甲戌原本上不曾分开的十七、十八回（与己卯、庚辰本同）和原是一回的七十九回（与列藏本同），作了新的划分处理；并补写了原缺的十八、十九回和所谓"八十回"的回目名称——后者当然是妄补（参见注①及文末补记）。这些虽然并不费事，却也是他大致能够做的（既然比较费事的前述两项都完成了，这件事情他不可能撒手不管，故我分析仍是畸笏所为，不会遗留给立松轩去做）。使我稍感奇怪的是，雪芹在甲戌之前的那一次定本（即他自题书名为《金陵十二钗》的那个本子）中，就已经"纂成目录，分出章回"了，后来又经过数次修订，为什么直到最后修订"庚辰秋月定本"时，仍未将这极简单的十七、十八回的分回和补写十八、十九两个回目名称（即联语）的工作做好呢？实在令人费解！

如果畸笏对甲戌本的整理增补到此为止，我们今天就唯有感谢他的份儿，而且理当尊他为继承芹、脂遗志的一大功臣。遗憾的是，他整理的目标本不止此，因而继续费心费力地干了一桩背叛芹、脂的蠢事。那就是——取消了雪芹坚持使用十余年的书名中的"脂砚斋重评"字样，并干净彻底地删除了批语中所有的脂砚斋署名。一言以蔽之，即从书中完全抹掉脂砚斋其人的痕迹，彻底消除其"知情者现身说法"的独特作用和影响。

可不能小看了这件事情的严重性！

畸笏更改书名,取消脂砚斋的名分,再加上此次和原来对甲戌阅评之批的重要删节,以及基本上没有补入脂砚在己卯四评尤其是甲申五评时的重要批语等一系列举措,也都从根本上改变了"知情者现身说法"这一脂批最重要的特性,为后来在传抄中脂批逐渐被人忽视乃至淘汰,最终导致《红楼梦》长期以白文本或后人评本的形式付梓行世,都埋下了祸根。

但是,有人还是会问:你凭什么说蒙、戚诸本所显示的对脂砚斋署名及批语的删改,也只能是畸笏而不是立松轩或戚蓼生、狄葆贤⑮所为呢?这个问题很简单,只要用蒙、戚诸本与己、庚二本作比较,即可一目了然。

过去有的学者确实把戚序本上显露出来的对雪芹原本的整理改造痕迹(包括对脂批的删节和对脂砚斋署名的根除),看作是戚蓼生或狄葆贤所为。后来,新发现了戚序本石印时的半部底本和蒙府、戚宁二本,狄葆贤擅删脂批和署名的嫌疑总算解除了,而戚蓼生的嫌疑却仍然存在。但周汝昌先生很早就注意到蒙、戚诸本所显露出的整理痕迹,可能与这些本子上偶然留下的一个署名"立松轩"的人有关。郑庆山先生近年经过研究,则明确提出了蒙、戚诸本的共同母本是立松轩整理的"立松轩本"的概念。这些,都对研究脂评本的源流问题有所推动。但是,这里面存在的问题,一是如前文所述,对"立松轩本"的底本渊源有误解;二是没有合理地划清立松轩所作的整理与底本上原有的整理之间的界限。

实际上,立松轩的整理,只增写了那些从风格到内容都与现存甲戌、己卯、庚辰各本迥异的回前回后的诗、词、曲及明显带有骈骊句式的批语;而对缺文的增补以及删除脂砚斋署名之类,则分明与立松轩无涉,应该是他所据以过录的底本——增补甲戌原本早已形成的。对于后者,可以说非畸笏莫属。这不仅从前述对六十四、六十七回等的增补上可以明显看出来,而且从蒙、戚诸本所体现的删除脂砚斋署名的奇怪方式上,亦可以洞若观火。

众所周知,将己、庚与蒙、戚的相同脂批加以比较:凡己、庚双夹批中有"脂砚"字样的,在蒙、戚中无一例外地都用数量相近的字词取代了,有时简直取代得十分笨拙牵强,纯属画蛇添足。例如:

己卯、庚辰本脂批	蒙府、戚序、戚宁本脂批
……且将香菱身分写出。脂砚	……且将香菱身分写出来矣。
写贾蔷乖处。脂砚	写贾蔷乖处,如见。
所谓"好事多魔"也。脂砚	所谓"好事多磨"也。奈何!
脂砚斋所谓不知是何心思……	此评者所谓……
调侃"宝玉"二字,妙极!脂砚	调侃"宝玉"二字,妙极!确极!
愈不通妙,愈错会意愈奇。脂砚	愈不通愈妙,愈错会意愈奇,却董(懂?)窍。

这就不难看出,如果真是蒙、戚诸本的过录者或立松轩想要删去脂砚的署名,他们完全可以像脂砚自藏本删去这些署名一样,略去署名不抄就行——即便偶尔抄上去了,用笔涂掉即可,何须费这么大心思去画蛇添足地填补其他字词加以替代呢?采用如此古怪而笨拙的方式去删改署名,只有在一种情况下是可以解释的,那就是:删改者在对一个原本就留有许多署名的本子进行精心的挖补式改动,且既要达到删除的目的,似乎又在尽力避免留下过多的空白让别人(尤其是雪芹的亲友)见疑。想想看,除了拥有雪芹遗稿而又试图加以篡改的畸笏叟,还有谁会抱着如此奇怪的心理去干这种费力不讨好的傻事呢?

当然,上举这类带脂砚署名的批语,大都是己、庚二本正文中的双行夹批,属于早期署名批语的残留。其实书名正式挂了脂砚评本的招牌,脂砚作批一般就不再署名了;只在留给其他"诸公"作批的眉端空白去偶尔作批时,脂砚才会想到写一个署名或纪年以示区别。但"忘记"写的时候仍然较多。这就有一个值得注意的问题,既然属于后期稿本的己、庚本双夹批中都还残留有脂砚的署名,较早期的甲戌定本自然同样会有(从前述蒙、戚诸本的古怪填补方式即可看出),然而现存甲戌本上与己、庚相同的那些批语,为什么其署名也被删除了呢?——虽然删除的方式不像蒙、戚那么别扭。

我分析有两种可能。一是脂砚在抄录甲戌自藏本时,考虑到书名已定为《脂砚斋重评石头记》,留下自己的少量署名反而引起误会,所以每到有自己署名的地方就省略未抄。这虽然也是删除,其动机和效果却与畸笏的删除迥然有别。畸笏之删,的确达到了彻底消除脂砚影响的目的;而脂砚之删,则反而突出了自己"批语主人"的地位。这一区别的根子,即在书名的不同(当然也还由于畸笏删去了许多暴露书中隐秘的批语之故)。可见畸笏篡改书名,的确是改变脂评定本的性质和作用的最有效手段。第二种可能,则是畸笏在整理脂砚自藏本的回前回后批时,或许也在上面作了删改脂砚署名的工作,只不过当时他考虑不细,并没有去作挖补掩饰,就径直把脂砚的署名涂掉了(现在保留下来的是过录本,自然见不到这一涂抹痕迹)。后来看看涂改太多,若是再把其他大量该删的脂批也成片涂掉,拿出去实在不好向雪芹的其他亲友交代,于是才中止了对这个本子的整理。

不论属于哪一种情况,只要最终脂砚自藏本的书名没有改变,里面的批语没有整条整条地删除,便无损于这个本子的本来面目。

综上所述,畸笏在芹、脂逝后推出增补甲戌原本,其负面影响肯定是巨大的。至少在导致两百余年来《红楼梦》长期丧失脂评定本的本来面目这一问题上,畸笏此举起了不可推卸的肇始作用。因为脂批一旦失去与作者休戚与共的"知情者"特定名分,对读者的吸引力和影响力必将大为削弱,所以后来在传抄中逐渐被淘汰,乃致最后以白文本或后人评本的形式付梓行世,均可以说是这一恶果最明显的体现。若不是侥幸出现了甲戌、己卯、庚辰这几个"漏网之鱼",如今恐怕谁也不知道世间还曾有过脂砚斋其人,《红楼梦》原稿的真相亦将成为千古之谜。

五、甲戌本和庚辰本传世之谜

从总体上说,在现存十二种脂评本中,真正能够较为准确地体现曹雪芹原稿真貌的本子,只有甲戌、己卯、庚辰三种。而这三种本子,居然能在畸笏叟的严密监控之下,成为最终得以传世的"漏网之鱼",也实在算得上是一个谜。当然,真正从畸笏手中传出去的,其实只有甲戌、庚辰两种;但恰恰这两个本子最能揭示雪芹原稿的真相,因而畸笏的放行,委实令人不解。

为什么要排除畸笏对己卯本的放行呢?因为己卯本的过录,明显与畸笏无涉,那是怡亲王弘晓在雪芹生前就借去抄藏的。怡府和曹家以前的密切关系,在现存故宫档案里有明确的记载[16];虽然曹家败落了,两家的关系不可能完全断绝。只是我一直不解,对曹雪芹家世和己卯、庚辰本都素有研究的冯其庸先生,何以会对他们两家的密切关系表示怀疑?竟由此而断定怡府过录己卯本不大可能在雪芹生前,倒"可能是在丁亥即乾隆三十二年以后"[17]。且不说两家关系如何,单从丁亥年怎么可能存在己卯原本供怡府过录这一点,就无论如何讲不通。一个显而易见的简单事实:所谓己卯、庚辰原本,无非是在丙子原本上面分别作过两次局部的修订而已,并没有再去誊抄新的定本。这从现存己、庚二本的许多版本特征上都很容易判断出来。因此,丙子、己卯、庚辰这三个实际上是同一稿本上不同修订阶段的称谓,除了最后确定下来的"庚辰秋月定本"会无限期存在直至亡佚之外,所谓"丙子夏月定本"和"己卯冬月定本",其实都只是昙花一现的"匆匆过客"。丙子原本存世稍长一点,从"乾隆二十一年五月初七日对清"到己卯冬再次修订,中间有三年的间隔;而己卯原本从己卯冬算到"庚辰秋定"之前,充其量也就半年左右。这从怡亲王府安排九个不同笔迹的抄手赶抄己卯本的情景,即可约略窥见其借阅期限之紧迫。既然冯其庸先生已经合理地认定现存己卯本极可能直接过录于雪芹的己卯原本，那么按照正常的逻辑推理，在雪芹的己卯原本已被改造成庚辰原本达八年之久的丁亥，怎么还会过录出一个己卯本来呢？所以，己卯本绝非丁亥以后从畸笏手中传出，应是确切无疑的事实。

而我真正感到奇怪的，首先是庚辰本的"漏网"传世。

不论这个本子是否确有一部分是从现存己卯本上转录过来的[18]，反正最后形成它现在的全貌，在时间上不会早于乾隆丁亥（1767）——因为上面过录了畸笏作于丁亥春、丁亥夏的大量批语。我主要是觉得，畸笏既然已经下决心用一个篡改之本去取代雪芹原本传世，就无论如何不应该让这个保存着太多秘密的庚辰原本被传抄出去。然而事实证明还是被传抄出去了——1932年庚辰过录本的惊现于世即是明证。

分析起来，当初这一稀世珍本的侥幸传抄，或许有两种可能：一是畸笏出借的时候，还没有搞好那个改头换面的增补甲戌原本；二是这位借抄者，恐怕也不是一般的旗人，很可能是和怡亲王有点关系的另一皇室中人物。从庚辰本众多的笔迹中有两种与己卯本抄手的笔迹相同，以及在庚辰本抄录中除例行避康、雍、乾的讳之外，偶尔也在避老怡亲王允祥的讳（当然不像己卯本对允祥、弘晓两代怡亲王皆处处避讳那么严格）等迹象，皆可证此本的抄主与怡府是肯定有关系的；甚至可能仍然是通过怡府出面，指名要借雪芹的这个最后定本。真要遇到这种情况，作为曹家旧人的畸笏叟，除了从命之外，恐怕很难有别的选择。

如果说庚辰本的"漏网"还勉强可以解释的话，那么甲戌本的"漏网"就实在不可思议了。按畸笏以往誊录稿本删节脂批的标准，可以说这个脂砚甲戌自藏本比其他任何稿本（包括庚辰原本）都更加"危险"，更加不能外传。因为这个本子上的脂批从来就没有经过畸笏删节，其内容之无遮拦，其数量之巨，在甲戌本残存的十六回中便可见一斑。试与同属甲戌定本体系,亦同样忠实过录底本脂批的戚序本作比较——当然这里只能比较脂批的数量——甲戌本残存十六回,在篇幅上只及戚序本的五分之一,其所存脂批的条数反倒比后者多出35%[⑲]。若以相同数量的回目作比较,这一比例还会成倍地加大。比如两者的脂批都较为集中的前八回:甲戌本共1105条,戚序本共356条,前者即是后者的三倍以上。可以想象,按照这样的大致比例去推算甲戌本佚失部分的全部脂批,其数量必定相当惊人。可惜这些数量惊人的脂批,由于甲戌本大部分回目的佚失,已经与我们永远失之交臂!

但在畸笏还完整地保存着甲戌本的底本时,这些数量惊人的脂批——而且大都是在他誊录甲戌定本时曾经毫不留情加以删除的——却如一头巨鲸般实实在在地潜伏于该本,畸笏怎么可能轻易地让它"漏网"而去呢?难道又是什么有来头的人指名硬借?不可能。即便像怡亲王府那样的旧交和对稿本修订情况有所了解的人,也绝不可能知道脂砚自藏本的存在。我甚至断定,连身为稿本抄录者的畸笏,以前也不知道有这个本子,否则他在丢失第一回的一整叶文字时,早就用这个本子补抄进去了。而更重要的是,从甲戌本的过录情况看,抄手的态度固然十分认真仔细,却每每出现因误识底本上的草书而发生的低级错误,甚至连稍有身份的人都应该注意的避康、雍、乾等"国讳"的问题,也一概不讲究,可见此公属于文化程度不高的普通"草民"。奇怪的是,畸笏对这样一个身份低微的抄录者,却似乎一反常态地大开方便之门——甲戌本的过录丝毫不见己卯、庚辰本上那种匆促赶抄的痕迹,而是自始至终从容不迫作正楷抄写,对底本上的一切款式都一丝不苟地依样画葫芦,连原底本每一叶中缝的藏书标记"脂砚斋"三字,亦照录不误。以这样慢条斯理的过录情形来看,就是什么活儿不干,没有半年以上的时间,恐怕也是无法把七十七回书(应与现存庚辰、列藏本回数相同)抄出来的。

总之,不论从哪个角度去分析,我以为甲戌本的过录都不像是畸笏把不住关而放行的。当然更不可能是脂砚在世时让人过录的(正如前文所述,甲戌本上已经有了畸笏在丁亥之后增补的回前回后批和一部分眉批)。唯一的可能,便是畸笏在穷愁潦倒中突然步脂砚的后尘到"青埂峰再见石兄"去了——"临行"前没有来得及妥善处理这一"祸害",乃至让其流落民间,被一位极普通的《红楼梦》爱好者访得此稿而精心抄存了一部。那偶然获得其原本的另一幸运儿,或因保管不善,或因随意借阅,反倒逐渐把那价值连城的脂砚原物给弄丢了或损坏了。

抄存下来的这一部过录本,显然也在岁月的流逝中数易其主,以致逐渐佚失残缺——同治二年癸亥(1863)春日,北京大兴县一位博学多才的诗人、画家、书法家兼藏书家刘铨福先生喜获此本,其时尚存八册共三十二回[20];等到时光再度飞逝六十余年,传到胡适先生手里,则只剩四册共十六回了……

历史到这里总算定了格。

侥幸残存十六回的国宝级的甲戌本,虽然有一段流落异邦的遗憾,现已被上海博物馆不惜重金购回,再也不会湮没了!

随后发现的尚存七十七回的庚辰本,当然更不会湮没了!

接踵而来的己卯、蒙府、列藏本等等,全都不会湮没了!

然而,我不得不再说一声——遗憾……

六、不应锁进象牙之塔

脂评本的发现,时间最长的已近百年;时间较短的,除新近发现的卞藏本外,也至少过了二三十个春秋。海内外专家学者倒是欢欣雀跃久矣,怎么就忘了普通的《红楼梦》读者呢?怎么就忘了九泉之下"一芹一脂"至今不曾"大快"的心绪和充满渴望的目光呢?

如果说,畸笏当初篡改雪芹原本,只是为了剔除这把打开《红楼梦》迷宫的钥匙的一部分齿牙,使之丧失开启某些隐秘之门的功能,那么,在甲戌、庚辰本重现于世达半个多世纪的今天,我们的专家学者仍然只顾长期关起门来反复把玩——或许试图径自去修复这把重新觅得的"原配钥匙"的残缺——不也同样会让九泉之下的"一芹一脂"伤心落泪、喟然长叹吗?

早就该让这把虽有残缺而仍不失其神奇的钥匙走出象牙之塔,直接为广大《红楼梦》读者所掌握了!也就是说,早就该把雪芹、脂砚一直渴盼广大读者见到的原汁原味的《脂砚斋重评石头记》稿本,按现存条件择要校印出来让大家分享了!单是把更合乎雪芹原意的小说正文塞给读者也不行,那样实比畸笏当年删削脂批来得更彻底;单是把尽可能搜罗到的脂批以"辑评"方式让读者"会餐"也不行,那样所产生的朦胧与错觉,比起不同底本的脂批与各有差异的正文准确对位所产生的奇妙体验来,简直就像将一席各具风味的佳肴煮成一锅大杂烩似的倒胃口。

我承认,我在此时此刻来说这个话,难免有广告宣传之嫌。但我心里明白,其实我更多的还是自责与忏悔。因为从我最初颖悟到这一点并开始付诸行动,到现在已整整二十年;出版社将我的行动正式变为出版计划,也过了十多个寒暑。然而纯粹由于我个人的原因,生生把这计划给耽误了、拖延了;待到重新拾起"旧梦",新世纪的曙光已然映红了我的羞愧……

如今推出这一套《红楼梦脂评校本丛书》——包括《脂砚斋重评石头记甲戌校本》《脂砚斋重评石头记庚辰校本》《蒙古王府本石头记校本》,则只能算是亡羊补牢的一种初步尝试。

为什么要选择印行以上三种脂评校本?

从小说正文的角度说,甲戌、庚辰本通过优势互补,可以大致体现雪芹原著的全貌;微有不足的六十四、六十七回缺文和二十二回结尾部分的破损,则可以通过对蒙府本的了解得以弥补。因为蒙府本这三处补文,较为忠实地保存了畸笏整理增补的文字,是其他脂评本同类文字中最佳也最可信的。

从脂批的角度说,无论批语的数量质量,甲戌、庚辰在脂评本中都是遥遥领先的,二者再通过优势互补,便大致可以将现存脂批囊括殆尽;二者全缺的九至十一回脂批,亦可通过蒙府本聊作补充。对于后者,有人可能觉得蒙府与戚序、戚宁不相上下。但恰恰在这一点上,蒙府还有胜于戚序、戚宁的另一优势——它还有着数量不小的独特旁批七百余条。虽然这些蒙府本独有的旁批多半出自立松轩的手笔,但里面确实夹杂着相当一部分明显的脂批——其中八十余条与甲戌、庚辰本上的脂批重出即是明证㉑;里面另有一些从内容和风格上足可判定为脂批却不见于现存甲戌、庚辰二本的,应该说也是甲戌本缺失回目中所原有的。据我分析,这应该是立松轩整理完他的本子以后,又见到现存甲戌本(当时还完整无缺),或直接见到了甲戌本的底本脂砚甲戌自藏本,在翻阅之中把他感到陌生而又有趣的脂批,随意过录了一部分到他的"立松轩本"上作旁批。而戚序、戚宁的过录者,大约因为所录正文及正文中的双行夹批字迹工整,字体较大,行距相对狭窄,怕再抄旁批会损伤其本子的整洁性,所以干脆把这些旁批给统统省略了。于是便成全了蒙府本在蒙、戚诸本乃至整个脂评本中的这一独特优势。

更重要的是,上述这三种脂评本,较为典型地体现了曹雪芹原著从甲戌定本到己卯、庚辰定本再到畸笏后期增补改造这三个阶段发展演变的基本轨迹。现在集中推出这一套囊括了三种典型定本形态的《红楼梦脂评校本丛书》,对于广大的《红楼梦》读者尤其是古典文学爱好者来说,足可成为真正认识了解曹雪芹原著概貌的宝贵读物,值得反复玩味,永远珍藏。有了它,《红楼梦》神秘的大门,必将在您面前徐徐开启。而对于专家学者,这一套丛书亦可作为方便检索参考的工具书使用。

七、新旧红学的历史功过及"自叙说"的破绽

　　由于这一套丛书主要是面向普通读者的,有必要再把与脂评本密切相关的一些重要而有趣的问题,在此略作介绍。

　　前面我已谈到,甲戌、庚辰本的发现,首先给以胡适为代表的"新红学派"所倡导的"自叙说"以有力支持。这诚然是事实。但深究起来,当时人们第一次从脂批中印证了此书的作者是曹雪芹,印证了曹雪芹确是以他自己及其家庭的"真事"为蓝本进行创作的,这些情况又恰好与胡适最引人注目的论点相契合——这一突出而强烈的印象,不仅使当时论战的双方,就是在当今的许多学者心目中,都会很自然地以为脂批俨然成了"新红学派"的同盟军。而实际上,这多少算是一种错觉。如果更深入地研究一下甲、庚二本的脂批全貌,我以为对新、旧红学实际上都各打了五十大板。

　　胡适标榜他的新红学为"考证派",即用所谓"科学的考证"去"考定这书的著者究竟是谁,著者的事迹家世,著者的时代,这书曾有何种不同的本子,这些本子的来历如何"[22]。仅此而已。而以蔡元培为突出代表的形形色色的旧红学"索隐派",则是用不同历史时期的史事与书中的描写相比附,从中去"探赜索隐,钩深致远",试图揭示《红楼梦》的"微言大义"。其实,"索隐"也好,"考证"也罢,说到底都属于中国传统的考据学范畴,新、旧红学在方法论上的区别,仅在于前者更注重材料的可靠性和论证的逻辑性,而后者则往往流于凭空臆想与捕风捉影。故在结论的合理性上,"考证派"显然占了上风;但在其出发点和目的性上,则又显然落后于"索隐派"。

　　"考证派"的所有努力和成果,对于《红楼梦》研究只是一种"过程",最终所应该达到的目的,是通过考订作者和小说的真实背景,去进而探索出作者为什么要这样写,作品所体现的思想艺术内

涵是什么。恰恰在这至关重要的问题上,"新红学派"的几大主将包括胡适、俞平伯和顾颉刚,他们都不感兴趣,当然也就不愿意在这上面多下功夫。究其根源,即在于他们全都不同程度地低估了《红楼梦》巨大的思想艺术价值和非凡的艺术表现力。俞平伯在其代表作《红楼梦辨》里曾直言不讳地说:

> 《红楼梦》在世界文学中底位置不是很高的。这一类小说,和一切中国底文学——诗、词、曲,在一个平面上。这类文学底特色,至多不过是个人身世性格底反映。……故《红楼梦》性质亦与中国式的闲书相似,不得入于近代文学之林。㉓

胡适的评价,表面看似乎高一些,却也仍然说:

> 《红楼梦》只是老老实实的描写这一个"坐吃山空""树倒猢狲散"的自然趋势。因为如此,所以《红楼梦》是一部自然主义的杰作。㉔

事实上,不论从书中的实际描写,还是从脂批的一再提醒,都可以清楚地看到:《红楼梦》并非仅仅是"个人身世性格底反映",也并非是什么"自然主义的""老老实实的描写",而恰如脂批所言——"作者之笔狡猾之甚",处处潜藏着深刻的隐喻和沉重的人生感悟。"新红学派"的主将们不论出于赞美还是贬低,总的来说都只是简单化地在读《红楼梦》的表面文章,甚至可以说连表面文章也没有读懂。如果脂砚斋泉下有知,我想一定会悲叹:"此书哭矣!"

恰恰在这一点上,"旧红学派"的感受是真切的。不能不承认,"索隐"本身并没有错。书中本来就到处都有"隐",让人随时都能感受到作者有"言外之意""弦外之音""象外之旨",为什么不应该去索解呢?所以他们的这种出发点和动机都没有错,错就错在对此书的作者及其真实背景缺乏深入了解,只是凭空地去"猜笨谜"。如果能将"索隐派"的正常感受和出发点,与"考证派"对作者及其家庭、社会背景的研究结合起来，再加以发扬光大，红学本来应该产生一个巨大的飞跃才对。

然而迄今为止，这样的"飞跃"并没有真正出现。究其原因，一是对"索隐派"全盘否定，甚至一提"索隐"二字便避之犹恐不及。这是"倒脏水把孩子一起泼掉"的典型表现，也与脂评本所反映的真相背道而驰。二是对"考证派"的成果时而全盘接受，时而全盘否定，缺乏真正一分为二的分析与合理的发展完善。

我所谓"考证派"的成果，重点是指胡适的"自叙说"。尽管后来许多人都使劲批判过此说，但细审其锋芒所向，似乎只在于强调应该划清生活真实与艺术创作的界限；而在这些批判者的骨子里，在"自叙说"的本义上，实乃深信不疑。平心而论，胡适的"自叙说"虽然有时表述为"自传"或"自叙传"，其本意，仍是就作者所使用的生活素材而言的，与作为传记类作品的"自传"之义实有本质区别。比如胡适曾一再申明："经过我的一点考据，我证明贾宝玉恐怕就是作者自己，(《红楼梦》是)带一点自传性质的一个小说。"[25]既称是"带一点自传性质的小说"，说明胡适并没有糊涂到把生活与艺术完全画等号。可见过去对此问题的批判，多少有一点"风马牛不相及"的意味。然而直到现在，有人一提到胡适的"自叙说"，仍在有意无意地将它与纯粹意义的"自传"混为一谈，这就不单有失公允，反倒把自己的思想给搞乱了。所以，只有首先把这个问题分辨清楚，才能真正谈得上实事求是地批判继承和发展胡适的"自叙说"。

我始终坚信，"自叙说"依然是我们今天乃至将来认识了解《红楼梦》和从事红学研究的重要基石。离开了这一基石，任何奇谲的遐想和理论建构都只能是空中楼阁。

什么叫"自叙说"？用周汝昌先生的通俗解释，就是"写自己"；与之相对立的形形色色的观点，周先生则称之为"写别人"。这是非常形象而绝妙的概括。不过为了不留下任何一点歧义让人徒增误会，我想再给周先生的概括作一点"注疏"——"自叙说"，即认定作者是以他自己作小说主人公原型的观点；反过来说，凡认定作者是以别人作小说主人公原型的，不论其是否同时又以为作者也把自己的形象放到里面去充当"配角"或"跑龙套"，都统统叫作"写别人"，而不得纳入"自叙说"之列。这里面最要紧的是"主人公"之义。比如有人也承认曹雪芹是以自己的家庭为蓝本，但以为主人公的原型却并非作者自己，而是作者的父辈。这就不叫真正的"写自己"，因而不能混称作"自叙说"。胡适本人对此也表达得很清楚，在把他的"自叙说"解释为证明《红楼梦》是"带一点自传性质的小说"的同时，特别强调的还是"证明贾宝玉恐怕就是作者自己"。所以我相信，我在这一点上恐怕并没有曲解胡博士的本意，同时也就希望今后任何一位学者提及此说，都该具有这种明确的共识。不然，"风马牛"的讨论永难止息。

胡适"自叙说"最大的一个破绽，便是总想千方百计地把曹雪芹的年龄加大，把他的生年尽可能提前，以便让他能够出生在曹家繁华盛世之末的康熙五十六年（1717）左右。之所以要这样做，他在《与周汝昌书》中说得很坦白："雪芹若生的太晚，就赶不上亲见曹家繁华的时代了。"[26] 胡适最初以敦诚作于乾隆甲申（1764）的《挽曹雪芹》诗"四十年华付杳冥"句，推定雪芹"死于甲申"，"死时年约四十，或四十余"。这本来是较近于事实的。但他立即想到，"若四十岁，生时当雍正二年"，显然就赶不上"曹家繁华的时代了"，于是在"或四十余"的"余"字上做文章，突飞猛进地"假定他死时年四十五岁"，一下子就将诗中的"四十年华"增加了五岁[27]。如此一来，雪芹便可以出生在康熙五十八年（1719）。当他后来发现了甲戌本，从里面的脂批获知雪芹实卒于"壬午除夕"，便喜不自胜地赶紧把雪芹生年再提前两年，而所谓"四十五岁"的"假定"则依然如故，于是又改为雪芹出生在康熙五十六年（1717）[28]。这样，也就可以让雪芹在呱呱坠地时刚好赶上曹家的最后一次"接驾"。

可是这一切，正如周汝昌先生在《曹雪芹的生平——答胡适之先生》的公开信中所一针见血指出的,全都来自于"先生凭空里虚算出的四十五岁的那个'五岁'"[29]。胡适如此牵强地用"增寿"的办法让雪芹"赶上曹家繁华的时代",目的就是为了证明:《红楼梦》真正要写的,是"在南京做织造时的曹家",小说里说贾府在北京,"只是文学的背景",是"小说的假托"。而他深知,这一切又必须建立在书中一再强调的作者"亲睹亲闻"的基础上才行,失去了作者亲身经历这一条,不仅"自叙说"难以成立,竟连作者到底是不是曹雪芹也都成了问题。所以胡适早就很敏感地意识到了这一难以自圆的薄弱环节,大概以为唯一的办法便是咬紧牙关硬把雪芹的年龄"虚算"几岁。

这就给胡适的"自叙说"埋下了一个巨大的陷阱。

更要命的是,胡适为雪芹"凭空虚算"的五岁,亦同样不解决问题——即便按雪芹生于康熙五十六年(1717)计算,到雍正六年(1728)正月十五日曹家被抄,雪芹也不足十一岁(胡适说是十二岁,那是尽量往大里说);而实际上自雍正一上台,曹家便开始倒霉和过紧日子了,若减去雍正上台这六年,再倒回康熙末年,雪芹则只有五岁;若再倒回曹家最后一次接驾即勉强可以真正体验繁华景象的时期,雪芹充其量刚刚出生——往后的这几年,他纵然再早熟,恐怕一个出生不久的孩子,也绝不会有书中宝玉那种情窦初开甚至搞同性恋的真切体会吧。

正因为胡适的"自叙说"存在这么一个天大的漏洞,在后来的数十年间,即便是基本赞同此说的学者,亦往往在这个问题上陷入两难之境。要么将雪芹的年龄进一步夸大(说成四十八九岁),要么把宝玉的原型说成是雪芹的长辈或与长辈的合并(这在实际上已经背离"自叙说")。至于反对者,更是抓住这些漏洞大做文章,从而根本否定"自叙说",甚至否定《红楼梦》作者是曹雪芹。

可以说,数十年来,红学领域掀起的一次又一次风浪与较量,除开政治上的原因,其内在的风源无不来自"自叙说"留下的这一漏洞。可见"自叙说"自诞生伊始,便是辉煌与危机并存。

八、"新自叙说":红学的希望之光

也许很少有人意识到:有一位孜孜不倦的大学者,从很早就坚持捍卫"自叙说"的核心论点,同时又不断地弥补其缺憾,从而逐渐形成一种崭新的"自叙说"——姑名之曰"新自叙说"。这位大学者便是现已八九十岁高龄的周汝昌先生。

周先生自二十世纪四十年代潜心于红学以来,著述甚丰,硕果累累,举世公认。但我以为他最大的贡献,还是倡导了"新自叙说"。

1947 年,当他还是燕京大学西语系一个普通学生的时候,便引起了胡适的注意和赞赏,并与之在报刊上以公开信的形式切磋探讨"自叙说"的得失。后来周先生从胡适手中借得甲戌本,竟与他的兄长周祜昌先生一道亲自抄录了一个副本,并以此为重要契机,撰写出版了他的划时代的红学专著——《红楼梦新证》。所谓"划时代",绝非耸人听闻。当代的海内外红学大家,谁敢说他可以完全避开周先生这一卷帙浩繁的巨著而跨入红学殿堂? 当今之世,又有哪一部红学专著能够取代《红楼梦新证》而堪称当代红学的奠基之作?

当然,作为一位有才华有个性而心无旁骛的学术巨子,周先生既有他的伟绩,又有他不可避免的为人为学的某些过失。但我以为,不论是作为他的晚辈还是同辈的学人,都应该对这位为红学奉献一生的老人,抱有更多的宽容和敬意。我个人在学术上与周先生是有同有异,在感情上亦只能算是典型的君子之交。我在这里借机而发的这一番题外的议论,绝无半点私心偏袒或门派恩怨夹杂其间。是耶非耶,相信历史自有公断!

周先生对胡适"自叙说"的修正和发展,正始于他们之间首次以公开信形式进行的学术交流。先是胡适见到周先生 1947 年发表在《天津民国日报》副刊的一篇文章，立即热情地写了一篇《与周汝昌书》刊载于同一副刊，对周先生发现《懋斋诗抄》并以敦诚、敦敏的诗篇推断雪芹应卒于癸未除夕（1764）而不是壬午除夕（1763）大表赞赏，同时又坦率地说：

> 关于雪芹的年龄，我现在还不愿改动。……最要紧的是雪芹若生的太晚，就赶不上亲见曹家繁华的时代了。[30]

针对胡适这一挥之不去的"心病"，周先生在答复中诚恳而友善地向他进言：大可不必担心雪芹赶不上曹家的繁华，因为书中所写的贾府，本来就在北京；作者写宝玉对金陵这块繁华佳丽之地印象模糊，且书中毫无一点写江南实景的地方，正说明雪芹在雍正六年迁回北京时年龄尚小，所写皆为北京之事。周先生还详细开列了一份小说与历史相对应的纪年表，用以说明书中写宝玉自童年伊始便一直在北京生活的各个年龄段的情形，与现实中雪芹年仅五岁便随家人迁居北京的生活轨迹完全吻合。周先生由此明确提出：

> 曹家的繁华，我以为雪芹确实未曾赶上。[31]

这在当时，无异于石破天惊之论。遗憾的是，从后来的情况看，胡适或许由于成见太深，并未据周先生此论而深省和修正自己的谬误。甚至迄今为止，也很少有学者对周先生此说予以重视。

这里特别要提到，周先生在作了上述论证以后，还检讨说：

> 我在上次文里所说"《红楼梦》所写乃是当日雪芹家在金陵时盛况无疑"等语，则因旧有的笼统错误观念一时难除，又未能细考而即妄说，实是大错，现在亟应声明撤销！[32]

这既是勇敢地否定自己过去的失误，又是在向胡适公开表明其与"自叙说"所含错误观念彻底划清界限、坦然面向未来的决心。

尽管自此之后,周、胡以这不同的学术观念为分水岭,逐渐成了"两股道上跑的车",但在当时,却丝毫没有因此而影响他们之间的友谊和交往。其时学风之纯正,实令当今之我辈汗颜!

以上所述,还只是周先生为"新自叙说"发出的第一枚信号弹。在他1953年出版的《红楼梦新证》里,则对此作了更为全面系统的阐发。遗憾的是,周先生这一新说和他后来的这部学术巨著一样,都有点"生不逢辰"。随之而来的一场矛头对准胡适、俞平伯等"新红学派"代表人物的非学术的批判风暴,虽然没有过多触及周先生的新说及新著,但自此之后的数十年间,人们在对周先生这部学术经典有保留的肯定之中,就总也离不开一种买椟还珠般的奇特视角——肯定其无比丰富的资料价值,却忽略甚至无视周先生以此为依据所孕育形成的一系列闪闪发光的学术玄珠。此风一直延续到今天,仍未得到根本性的扭转。

这是当代红学最大的悲哀!

正因为有这"生不逢辰"的际遇,周先生倡导了足足半个世纪的"新自叙说",既没有引起人们的重视,也没有获得更深入全面的研究。现在来拂去其历史尘埃,我们依然能够感觉到它耀眼的光芒。这是红学的希望之光!——足以引领当代红学拨开重重雾瘴,摆脱长期徘徊不前的困境。

九、"新自叙说"的核心与灵魂

《红楼梦》并没有写贾府的盛世,曹雪芹并没有以南京时期的曹家为蓝本来构筑他的小说,书中主人公全然是以自童年时代便一直生活在北京曹家末世的作者本人为原型。这就是"新自叙说"的核心与灵魂。

从胡适开始,一直到当代海内外的众多红学家,之所以从来不愿意正视这一点,一言以蔽之,便是误解太深。而且平心而论,这一误解不自今日始,早在雪芹生前就已经根深蒂固地产生了。雪芹最亲密的朋友敦诚、敦敏,在题赠给他的诗中每有"秦淮旧梦人犹在,燕市悲歌酒易醨""燕市哭歌悲遇合,秦淮残梦忆繁华""扬州旧梦久已觉,且著临邛犊鼻裈"之句。这里面的"秦淮旧梦""秦淮残梦""扬州旧梦",分明就含有影指雪芹在《红楼梦》中所写内容的成分在内。这也实在难怪,越是熟悉了解曹雪芹的人,读起此书来便越会联想起曾经赫赫扬扬的南京曹家盛世,尤其联想起曹家在南京"四次接驾"的无限风光。

有人可能会说:曹雪芹为什么不给他的朋友解释清楚呢?我却要反问一句:请设身处地想一想,他该怎样去解释?又怎么解释得清楚?因为别人读了此书该怎么想都行,唯独雪芹本人不便明言。难道还能直截了当地向这些皇室后裔们承认"这确是在写我曹家,只是没有写南京盛世,而写的北京末世"吗?

现在想来,雪芹后来一次又一次地让脂砚斋作批,让此书以脂评定本的面貌问世,在很大程度上,便与他不能不有所解释,却又不能亲自去解释的尴尬处境有关。

试看全书刚刚开头,冷子兴像拉开"序幕"似的首次"演说荣国府",刚刚说了一句:"如今这荣国两门也都消疏了,不比先时的光景。"脂砚斋一连在此写了三条批语:

> 记清此句! 可知书中之荣府已是末世了。
>
> 作者之意,原只写末世。
>
> 此已是贾府之末世了。

这里左一个"荣府末世",右一个"贾府末世",而且是"只写末世",已经把问题说得够清楚了——脂砚斋当然不可能直截了当地说"作者是在写他北京时期的曹家末世"。综观甲戌、庚辰本上的脂批,尽管时时点明书中之事"作者与余实实经过",也时时提到"雪芹撰此书"如何如何,却从未提到一个"曹"字,更没有直言贾府即"曹家"。只在有一次书中写"自鸣钟敲了四下",脂砚斋似乎豁出去了,作批云:"按四下乃寅正初刻。'寅'此样〔写〕法,避讳也。"差点就把"避曹寅(雪芹祖父)讳也"说出来了,却依然只点到"寅"字为止,未直言乃"曹家"之事。

不直言曹家,显然是脂砚作批的最后底线。除此之外,脂批及小说正文,对这个问题其实都反复作了交代,按理是不应该再引起误会的。

比如,一般学者难免不提出这样的疑问:若说曹雪芹是以雍正六年被抄家之后的曹家末世为蓝本写《红楼梦》的,那时曹頫卸职解京,虽不似李煦那样充军发配,毕竟已经衰败了,哪里还有书中这样的光景? 其实曹雪芹早就料到会有此一说,所以在书中借贾雨村向冷子兴发问,已经把这问题回答得十分透彻。贾雨村说他曾到金陵地界去看过昔日的宁、荣二府:"大门前虽冷落无人(脂批特意在此注明:'写出空宅')……后一带花园子里,树木山石也都还有翁蔚洇润之气,那里像个衰败之家?"冷子兴的回答则绝妙:

> 亏你是个进士出身,原来不通! 古人有云:"百足之虫,死而不僵。"如今虽说不似先年那样兴盛,较之平常仕宦之家,到底气象不同。

这句话里的关键,正在"死而不僵"四字。实际上就是作者在明白告诉读者:此时的贾府,已经是"死"过一次、"输"过一局的了;只不过这个百年望族根基雄厚,如同"百足之虫",死了也不会一下子就倒下去。言外之意,必须再经过一点什么折腾,方可彻底崩溃。《红楼梦》所写,正是这个"死"了却没有"倒"下去的"百足之虫",在"都中"经过再一次折腾而彻底崩溃的过程。

我说书中的贾府已经"死"过一次、"输"过一局,是不是凭空臆想呢? 不是。就在"演说荣国府"这一回,几乎所有的现存脂本上都有一首回前诗:

> 一局输赢料不真,香销茶尽尚逡巡。

欲知目下兴衰兆,须问旁观冷眼人。

诗里通过一连串的比喻,已经把问题说得再清楚不过。"输赢"并提,只是为了合辙顺口,真正强调的还是:输了一局,如同香销茶尽,尚有余烟剩水逡巡不散,难以预料往后的兴衰,必须要由冷子兴这样的"旁观冷眼人"来破解。特别需要指出的是,这输过一局的"输"字,和"死而不僵"的"死"字,有人总不愿意相信是指"抄家"这样严重的问题。恰恰在这一点上,小说也有很明确的表述。请看庚辰本第七十四回探春重提此语的一段诠释:

> 你们别忙,自然连你们抄的日子有呢!你们今日早起不曾议论甄家——"自己家里好好的,抄家,果然今日真抄了"?(此处有脂批云:"奇极!此日甄家事。"言外之意:分明是当日贾家事嘛!)——咱们也渐渐的来了!可知这样的大族人家,若从外头杀来,一时是杀不死的,这是古人说的"百足之虫,死而不僵";必须先从家里自杀自灭起来,才能一败涂地。

这就解释得毫不含糊了:像贾府这样的大族人家,单是抄家这样"从外头杀来"的死法,是"一时杀不死的"——这就是"百足之虫,死而不僵"的真实内涵!

事实上,书中还真用象征隐喻的手法,十分形象地描写过北京贾府的前身惨遭巨变的情景。这个"前身",便是书中若隐若现的"甄家"。甄者,真也,这是脂批一再提示过的。然而仔细区分,书中的"甄家"实际上有两个,二者各有隐喻。"金陵体仁院总裁"甄家,一直像影子一样贯串全书,我以为主要是象征贾府北迁之后尚留在南京的分支亲族,当然有时也"扮演"一下贾家前身的角色,如刚才提到的"真抄了",又如十六回在回忆"二三十年"前的往事时,说"如今现在江南的甄家""独他家接驾四次"等,均属此列。另外还有一个甄士隐的甄家,则只在全书开头未曾正式描写贾家之前才存在,因而主要是以近乎于戏剧中的"序幕"似的写意手法,去象征贾府的"前身"(即遭巨变之前的贾家)。对这个甄家,那是地地道道"将真事隐去"了,处处采用虚拟象征的手法进行描写。其着重描写的,则是甄家遭受了一场飞来横祸般的火灾。而这场火灾,不论从时间、地点、场景等任何一个方面的象征隐喻特征去看,可以说都是对贾家的前身——也即作为小说蓝本的北京曹家的前身——在南京曾被抄家的绝妙暗示。当然,如果不借助于脂批的提示和指引,读者是很难明白这一层意义的。

首先,写甄士隐与贾雨村相识叙谈,忽然家人飞报:"严老爷来拜!"士隐便匆匆往前厅迎见严老爷了。奇怪的是,书中并未再写这位"严老爷"找他何事,显得这一情节十分突兀,让人莫名其妙。甲戌本在"严老爷来拜"一语的旁边有脂批云:"炎也。炎既来,火将至矣!"可见是为了用谐音的"严"老爷来拜,预示甄家即将遭火灾。接着,写癞僧向士隐吟出四句谶语:

> 惯养娇生笑你痴,菱花空对雪澌澌。
> 好防佳节元宵后,便是烟消火灭时!

前两句是预示士隐之女英莲的命运;后两句则是在说这场火灾发生的具体时间——"佳节元宵后"。脂砚斋还嫌不够明确,批道:"前后一样。不直云前而云后,是讳知者。"既是"前后一样",说明应为元宵节的当天,为什么又说"不直云前而云后,是讳知者"呢?细细一想,过元宵节一般是正月十五的晚间,既然应"直云前",说明发生灾祸时元宵节还没有来得及过,就只能是正月十五的白天。从脂批如此精微的暗示中,可见这场火灾所隐喻的惨祸,在雪芹、脂砚等人的印象里,是何等地刻骨铭心!

到后来正式描写这场火灾,作者又故弄狡狯,虽把"十五"这个日期直书出来,却偏不说是"正月十五",而再次虚晃一枪以"讳知者",改称"三月十五"。说是这一天隔壁葫芦庙炸供,油锅火逸烧着窗纸,"于是接二连三牵五挂四,将一条街烧得如火焰山一般",

甄家自然也就被牵连而"烧成一片瓦砾场了"。有趣的是,脂砚在"接二连三牵五挂四"一语的上面,加了一条眉批:

　　写出南直召祸之实病。

　　这真是"图穷匕首见"了——原来甄家毁于火是写的"南直召祸"!所谓"实病",自然是就"接二连三牵五挂四"这一互相牵连的特征而言的,确切地说,便是所谓"一损俱损"。关键是,"南直召祸"是指什么?南直,即南直隶的省称。明成祖迁都后,曾以北京为北直隶,以江南为南直隶。但是到了清初,南直隶已经改为了江南省,而脂砚斋既忍不住要提示读者,却又小心翼翼地借用明代建制之称,说明这的确是一个特须隐讳的敏感问题。然而"南直"当实指江南省,或径指南京,则是无疑的。

　　查现存故宫档案,在曹𬈑行为不轨骚扰驿站后,曹家在大量亏空未补清的情况下,竟鬼迷心窍地去"暗中转移家产"(即探春所说"自己家里好好的,抄家"),这才触怒雍正皇帝,下令江南总督范时绎查封曹家(即探春所说"果然真抄了")。谕旨是雍正五年十二月二十四日下达的,经内务府登记留档再传达下去,不论从水路还是陆路送达南京,到最后执行,没有个一二十天下不来。仔细一算,范时绎的人马进入曹家,正应该是雍正六年元宵节的光景——借用周先生喜欢使用的一个词语来形容,真可谓"若合符契"!由此可见,《红楼梦》在构思布局上,正是以隐写南京曹家被抄的甄家遭祸,来为整个一部隐写北京曹家末世光景的贾家故事拉开"序幕",以便揭示书中所写"外面的架子虽未甚倒,内囊却也尽上来了"的贾家现状之历史根源。

　　可能有人还是会说:你有没有搞错?——甲戌本十六回有一条回前批:"借省亲事写南巡,出脱心中多少忆昔(原误惜)感今。"这不明明是说:书中"写省亲是假,写南巡是真"(戴不凡语)[33]吗?怎么能说书中的贾府不是影射曹家的南京盛世呢?

我却要说:这完全是一场天大的误会!脂批所称"借省亲事写南巡",并不是指作者在以虚构的省亲之事,去模拟当年康熙皇帝南巡时书中人物议论曹家四次接驾的盛况;而是说,作者在这一回书里,借助于描写书中人物议论省亲之事,夹写了一段类似"白头宫女说玄宗"那样追忆往昔繁华的文字。其目的正是要"忆昔感今"——即用过去这个家族的真正繁华,来和眼下早已捉襟见肘的贾家"末世"作对比。

那么,书中又是怎样具体描写这一段"借省亲事写南巡"的重要插曲的呢? 这在第十六回里写得明明白白:

> 凤姐道:"……才刚老爷叫你说什么?"贾琏道:"就为省亲。"凤姐忙问道:"省亲的事,竟准了不成?"贾琏笑道:"虽不十分准,也有八分准了。"……凤姐笑道:"若果如此,我可也见个大世面了! 可恨我小几岁年纪,若早生二三十年,如今这些老人家也不薄我没见世面了。说起当年太祖皇帝仿舜巡的故事,比一部书还热闹,我偏没造化赶上。"

于是,经历过当年"接驾"盛况的"白头宫女"赵嬷嬷,便趁机有声有色地给大家讲了一段当年甄家与贾家在江南"接驾"的"好势派"。但赵嬷嬷说:"那时候我才记事儿。"似乎还只是一个小丫头。年龄比宝玉大得多的凤姐,更是恨不"早生二三十年"。作者像这样去描写书中人(自然也包含作者本人)的"忆昔感今",岂不正是在清楚地告诉读者:书中所写的贾府,实与早年的盛世风光相距远矣! 怎么可以反倒理解为:书中之贾府,便是对曹家南京盛世的写照呢?

十、从脂评本看曹雪芹的生卒年

由于曹家到雪芹之父的一代就败落了,加之雪芹去世之前又断了后[34],所以现存的曹家谱牒、档案及各种曹氏传略,除了提到曹颙亡兄曹颙有一个遗腹子之外,在曹颙的身后就成了一片空白。因而雪芹的生卒年,在历史档案上至今无从查考。

但是自从发现了甲戌本,从中见到一条重要脂批:"壬午除夕,书未成,芹为泪尽而逝。"雪芹的卒年首先就有了着落。当然,这里面也有一点小小的争议。周汝昌先生从敦敏《懋斋诗抄》上发现一首《小诗代简寄雪芹》,邀请雪芹"上巳前三日,相劳醉碧茵",而这首诗恰恰置于一开头便注明了纪年为"癸未"的另外三首诗之后。癸未是壬午的次年,既然这时敦敏还邀约雪芹在三月初一去赏花饮酒,似乎表明至少在这一年的春天,雪芹还活着。再加上敦敏的弟弟敦诚所作《挽曹雪芹》诗,纪年为甲申,正好是癸未的次年,则不能不让周先生怀疑:脂砚作批时,是否把干支写错了一年,而应为壬午次年癸未的"除夕",即乾隆二十八年十二月三十日(1764年2月1日)。反对者则认为,敦敏写诗相邀,或许因雪芹居住在偏僻的西郊,尚不知雪芹已逝,这就并不能肯定雪芹尚在,而敦诚诗集的现存手稿,本有剪贴颠倒的痕迹(乃因付梓前作整理筛选所致),其挽诗的纪年还值得怀疑。有的则说,即便纪年可靠,敦诚的挽诗有"絮酒生刍上旧坰"之句,则可能是来年祭扫所作,似仍以脂砚所记"壬午除夕"即乾隆二十七年十二月三十日(1763年2月12日)为雪芹卒年方妥。在这一问题上,我曾经是个折中主义者,主张两说并存,或以脂砚所记之"壬午除夕"为准,或以周汝昌先生考证之"癸未除夕"为准,反正只相差一年。但后来,我综后诸多证据链加以融会贯通地求证,终于明白:脂砚所记"芹为泪尽而逝"的"壬午除夕"这一确切年月日,应该是刻骨铭心的,单从芹、脂二人的亲密关系和通常情理上讲,就不大可能记错,再加上联系敦诚《挽曹雪芹》诗这一重要外证,和对《红楼梦》脂评本正文及脂批所透露的大量内证,作更深入细致地钩稽和梳理解析,不仅雪芹的卒年可以准确认定,就是其出生年月日也可以相应地得出可靠结论。

那么,从脂评本上又可不可以找出雪芹生年的线索来呢? 似乎也可以办到。周先生近年来对此颇多新见,与我在1982年所作

《关于〈红楼梦〉时代背景的若干问题》⑥一文中"能否从书中寻出曹雪芹生年的线索"一节的许多观点不谋而合。

　　庚辰本五十六回写"江南甄府家眷奉旨进京",派了四个家人到贾府请安,说是第二天要"进宫朝贺"。这就是一个很关键的特笔描写。正如前文所述,"江南甄家"在《红楼梦》里扮演着极特殊的角色。时而被作为贾府的前身——即作者所暗示的抄家前南京曹家的影子;时而又作为贾府在江南的特殊亲族——也就是暗指曹家被抄后仍留在江南的一部分旁支亲属。书中"护官符"的一条注就透露了:"宁、荣二公之后,共二十房分。除亲派八房在都外,(江南)原籍住者十二房。"甄府的人在贾府说了一句很特别的话:"已经十来年没进京了。"这就可以理解为是在暗示曹家的江南亲属在抄家前后的十余年间,一直不敢进京;而现在忽然"奉旨进京"还要"进宫朝贺",这在曹家的历史上就有迹可寻了。因为早在曹家被抄之前四年,雍正就在"御批"中给曹頫打过招呼,叫他家里人"不要乱跑门路,瞎费心思力量买祸受"。从那时起,一直到曹頫这一"亲派正脉"被查抄而迁居北京,在相当长一段时间里,那些留在江南的旁支亲属恐怕都会老老实实待在原籍。然而"十来年"之后,会有什么不寻常的事情让这些曹家原籍的人忽然"奉旨进京",而且要"进宫朝贺"呢? 唯一的可能,就是乾隆元年的新皇改元(此时距雍正二年给曹家打招呼正好"十来年")。实际上乾隆皇帝在雍正十三年已正式即位,第二年即改元乾隆。他在那一段时间实行的政策比较宽松,对过去治过罪的人大都予以赦免,重新起用。虽然在现存多有散佚档案中找不到直接起用曹頫的明确记载,但曹家巨额亏空和骚扰驿站所欠银两在雍正末年即已"宽免",却是有案可查的。曹頫本人,显然早在这以前就随着他的皇室姻戚平郡王福彭等人的重新受宠而"一荣俱荣"了,留在江南的一些曹家闲置人员,亦可能在乾隆即位的宽松气氛中被起用。可见,书中特笔所写江南甄家的人在"十来年"之后"奉旨进京"和"进宫朝贺",正与曹家的族人在乾隆元年"新皇改元"这一历史转折时期的现状相符。

我想要说的是,书中于此特意让贾府的人问了一下甄宝玉的年龄。甄府来人回答:"十三岁。"甄、贾二玉,实际上是同一个原型人物的分身描写,说明贾宝玉此时也十三岁。这就和作者本人在乾隆元年的年龄相吻合了——此前还仅仅当然是以雪芹逝于壬午或癸未(1763年或1764年),敦诚悼诗称其"四十年华付杳冥"来大致推算的。因为不论是以脂砚的壬午卒年说(乾隆二十七年)还是以周先生的癸未卒年说(乾隆二十八年),享年仅四十岁的曹雪芹,在倒回去二十七八年的新皇改元之年,均可谓十三岁。胡适及当今一些学者总想尽是夸大雪芹的年龄,称其享年应为四十五六岁甚至四十八九岁来计算,则敦诚悼雪芹诗就该称"五十年华付杳冥"才对,而绝无作悼诗反给亲朋减寿之理。

但据此仅仅能够推出雪芹的生年,还有没有办法知道其确切的生辰日期呢?

我们来看二十七回。里面写大观园女儿们喜气洋洋地游园,说这一天"乃是四月二十六日……未时交芒种节。尚古风俗,凡交芒种节的这日,都要摆设各色礼物,祭饯花神。言芒种一过,便是夏日了,众花皆谢,花神退位,须要饯行,然闺中更兴这件风俗"。可是这一回的脂批里却说:"饯花辰不论典与不典,只取其韵致生趣耳。"言外之意,书中所称这一"尚古风俗"本属杜撰。问题在于,这里不是一般性地杜撰一个芒种节的"饯花神"盛典,而是非常确切地指出这个芒种节刚好是四月二十六日。

我查对了康、雍、乾交替那段时期的年历,芒种节与四月二十六日相交合的年份只有两次:一次是雍正三年乙巳(1725),另一次正是乾隆元年丙辰(1736)。据此再细细揣摸,便可知大观园这个四月二十六日交芒种节的热闹场面,正是曹雪芹在故弄玄虚地暗写贾宝玉的生日庆典。何以这样说呢?这就牵涉到宝玉这个人物的形象特征问题了。简而言之,书中所"饯"之"花神",不是专管一样花的"花神",而是宝玉在第七十四回所说"一样花一位神之

外"还该有的"总花神"。"总花神"便是"花王"。第三十七回李纨
貌似不经意地透露宝玉旧号为"绛洞花王"㊱,正是再次为"饯花
神"的曲笔点睛——表明那所饯之"花神"实乃宝玉。这就不单把
贾宝玉这个人物形象正式确立为大观园女儿国的"花王"(即更高
层次的一种"护花使者"),而且为中国文学殿堂塑造了一位千古不
朽的"情圣"(即脂批所称在雪芹八十回后佚稿的末回"警幻情榜"
中总领十二钗、赐号"情不情"的情之至尊)㊲。

可注意的是,《红楼梦》凡写其他人的生日,皆标明日期,如黛
玉是二月十二日,宝钗是一月二十一日,探春是三月初二,连薛蟠
也写明白是五月初三,却唯独在"寿怡红群芳开夜宴"里写这位书
中主人公的隆重寿宴时,反倒绝口不提确切日期。只在寿宴前提
到有小厮向人讨杏子吃(吃杏子的时候正是旧历四月),寿宴上又
写宝玉、芳官直"嚷热",且又穿着"小夹袄""夹裤",其为四月下旬
甚为明显。而这一次与芒种节相合的四月二十六日盛典,虽然不
称贺寿而称"饯花神",但在几天之后的五月初一,贾府家庙清虚观
的张道士向贾母问起宝玉时,则说:

前日四月二十六日,我这里做遮天大王的圣诞,人也来的少,
东西也很干净,我说请哥儿来逛逛,怎么说不在家?(见庚辰本第
二十九回)

不仅重提"四月二十六日",还补明确是寿诞日,而且是一个非
得请宝哥儿去逛逛的寿诞日——这便是绘画上的所谓"三染法",
把暗含作者真实年龄的一个宝玉特殊寿诞日(即十三周岁时恰逢
四月二十六日交芒种节),从不同的角度作多次渲染。只不过作者
在这里又耍了一个新的花招,杜撰出一个古今未闻的"遮天大王圣
诞"的名目。这就如同王夫人称宝玉为"混世魔王"和宝玉自号"绛
洞花王"一样,分明是作者对书中主人公——同时也是对他自
己——的又一标榜或曰调侃。

总之,作者越是在写主人公的生日上用曲笔,则越是表明这个
日子并非随意虚构,而是以其"追踪蹑迹,不敢稍加穿凿"的写作原

则,在真实地写他自己的生辰。我们也就有充分的理由将其与现实生活中乾隆元年正是四月二十六日交芒种节、雪芹也差不多十三岁这一事实相对应,从而准确地获悉雪芹的生辰日期。周先生据此判断雪芹当生于雍正二年闰四月二十六日(1724 年 6 月 17 日)。但我以为更大的可能性,还是雍正元年四月二十六日(1723 年 5 月 30 日)。依后者,到了乾隆元年四月二十六日交芒种节的这一天,才可能真正是雪芹的整十三周岁生日——也才与书中写"饯花神"之前数月,人称宝玉为"十二三岁公子"全然吻合,且与"壬午除夕,芹为泪尽而逝"及"四十年华付杳冥"等记载更是一丝不差。

当然,对曹雪芹这样并无确切年谱记载的伟大作家的年龄认定,亦不妨采用稍灵活一点的记述方式:曹雪芹(1723? 1724? —1763? 1764?)。这就可以把方方面面的因素都包罗进去了。但综合以上内证外证材料观之,雪芹不可能生于康熙年间,亦不可能活到四十五岁以上甚至四十八九岁,则是确定无疑的。

十一、神秘的曹家末世复苏与二次遭变

以上所论,意在说明"新自叙说"与胡适"旧自叙说"的原则区别。这一区别,不仅使雪芹的生卒年趋于合理化,更主要的是把整个一部《红楼梦》的时代背景作了时空上的合理转换。即在时间上,从过去误解的康熙末年至雍正初年阶段,移到了雍正末年至乾隆初年阶段;在空间上,从过去误解的南京繁华旧梦,变为了北京末世悲歌。通过这样一个时代背景的大转换,曾经长期争论不休的许多问题,如《红楼梦》著作权问题,生活与艺术的联系与区别问题,对作品内容的合理认定及其内涵的正确诠释问题,书中的语言基调和地理特征问题,等等,也才有了获得真正解决的坚实基础。

但是,还有一个至关重要的问题须得略作说明。既然《红楼梦》是以曹家在北京的末世境况为背景,那么,按书中所写这个家

族的兴衰际遇和雪芹后来的穷愁潦倒情况,其北京曹家就必然还有一个短暂复苏和再次遭变的过程。这在历史上有没有根据呢?

就目前所掌握有关曹家的档案材料来看,曹家自雍正六年获罪抄家迁居北京后,在次年即雍正七年七月(1729)及同年十二月(1730)的两件刑部致内务府"移会"与"咨文"㊳中,还曾提到曹頫尚"因骚扰驿站获罪,现今枷号",同时提到其母"曹寅之妻"(即雪芹祖母)等曹家妇孺尚在"崇文门外蒜市口地方房屋十七间半"里艰难度日。最后的这两件档案亦是近年才发现的,自此以后的情况,便再无下文。这都是因为故宫档案在近百年的变乱中损失甚巨,使得涉及曹家日后兴衰的直接档案材料,几乎完全成了空白。所以仅从现存的曹家档案而论,这个问题实难作出确切的回答。如果以书中探春对"百足之虫,死而不僵"的明确解释,以及她宣称像江南被抄的甄家"这样的大族人家,若从外头杀来,一时是杀不死的"这种坚定口气来判断,则又完全可以肯定曹家在南京被抄家之后必定还有一段"杀不死"而略微复苏的小康光景。当然从探春的话同样可以断定,这样的光景也一定不会维持多久——"从家里自杀自灭起来"而致"一败涂地"的结局是注定了会很快到来的。这从《红楼梦》整个一部书的内容及作者后来的穷愁潦倒,都可以得到证明。总之不论怎么说,在雍正末年至乾隆初年之间如果曹家没有一段复苏的光景,那么,以雪芹卒于乾隆二十七八年而称"四十年华"的年龄去推算,就很难再找到可以获得书中主人公那种从"富贵不知乐业"到"贫穷难耐凄凉"的真切体验之机会,世界上恐怕也就根本不会再有《红楼梦》这部书存在了。

可是仅仅用这样合理的推断来作结论显然不够,还得尽量从真实的历史材料中去寻找线索——没有直接证据,间接的也必不可少。周汝昌先生在这方面做了大量工作。他的《红楼梦新证》最新修订版,单是"第七章:史事稽年",即约五百页达三十四万余字,相当于一本沉甸甸的书,其勾稽史料之详备可谓叹为观止。里面关于曹家在北京复苏和二次遭变的直接史料固然阙如,但间接的材料却不少。这里只能就我的理解,略提几点。

曹家在雍正六年被查抄的前夕,其在皇室中的重要姻戚平郡王纳尔苏(曹寅长女婿)即获罪革职圈禁,王爵虽由其子福彭(雪芹大表兄)承袭,却仍属坐冷板凳的处境;另一重要姻戚盛京户部侍郎傅鼐(曹寅妹夫)亦被革职解京。曹家在南京被查抄,或许与这些重要姻戚之失势不无关系。然而到了雍正九年以后,这些姻戚的处境便逐渐有所好转。傅鼐又再行起用,恢复原授职衔。袭平郡王爵的福彭,更是逐渐被委以要职受到重用。且福彭与即位前之乾隆——时为宝亲王——关系甚洽,而宝亲王在雍正末年即渐次参政。凡此种种,皆可作为曹家复苏的一种间接征兆。尤其到了雍正十三年,乾隆正式即位,在现存档案中不仅能见到在"宽免"欠款的奏折中胪列了曹寅、曹颙的大宗亏空款及骚扰驿站所欠银两,且能见到对曹家过世祖宗曹振彦、曹尔正及其配偶进行追封的"诰命"文本。加之此后平郡王福彭曾任正白旗满洲都统和内务府总管,若直接行使权力让其舅父曹颙复官内务府,亦可以不费吹灰之力。我甚至以为,只要现在发现不了曹家在这段时间仍然获罪靠边的反证,以上旁证材料便足可证明《红楼梦》所写贾家在北京的末世风光确有其现实依据。我们永远不可忘记书中一再提起的所谓"连络有亲""一荣俱荣、一损俱损"的话。

然而好景毕竟不长。到了乾隆三年戊午(1738),当时雪芹大约十五岁光景,曹家的几门姻戚又开始出问题了。先是傅鼐以"误举参领明山事"获罪,革职入狱,寻病卒。随即福彭亦因"与策令(蒙古额驸)互参事",交宗人府查议。到了乾隆四年,素与曹家关系甚密的怡亲王允祥之子弘晈因参与庄亲王允禄等"谋逆"案被严查。而平郡王福彭在参与审讯的过程中旋即"消失",竟连议事奏事大臣的列名中亦从此不见其踪影(直到三年之后始得复见)。据周先生分析,福彭本与乾隆关系甚密,而这段时间的"消失",则很可能因"自身亲戚、属下人等与此案发生干连"所致㊳。周先生还分析,曹家重遭变故,势不出乾隆四、五年;其案由,则显然与"谋逆"案所涉之人有染㊵。此时,雪芹年当十六七岁,与《红楼梦》佚失的后半部书中宝玉在贾府被"抄没、事败"时的年龄,庶几不相上下。

其实,关于曹家二次遭变的猜想,早在二十世纪二十年代鲁迅所著《中国小说史略》中就提出来了:

> 雍正六年,颎卸任,雪芹亦归北京,……然不知何因,是后曹氏似遭巨变,家顿落。㊶

这里面的"是后曹氏似遭巨变",即指曹家在北京的二次遭变。

这本来是任何人按正常的理性思维都会得出的可靠结论,偏偏证明起来却因史料的丧失而变得十分艰难。就好比数论中的哥德巴赫猜想,拓扑学或图论中的四色定理,在实践中明明知道是千真万确的真理,若用数学公式去求证,却足以耗去一代又一代人的智慧与生命——甚至可能成为永远不可求证的"准真理"般的谜题。因而曹家二次遭变之说,如果不出现新史料面世的奇迹,便极可能成为这种永远找不到确证的"准真理"。

十二、还脂砚斋以本来面目

凡接触过脂评本的人,不可避免地都会生出一个疑问:脂砚斋究竟是谁?

我本来犹豫再三,不想在这里涉及这一问题。主要觉得过去在这上面偏见太深,在有限的篇幅里很难说得清楚。后来想想,既是谈脂评本,对如此重大的问题采取完全回避的态度,实在不应该;倒不如干脆借此机会抛砖引玉,让阅读这一套丛书的读者都来参与思考,或可促使这一谜题早日水落石出,也未可知。

胡适初读甲戌本时,曾猜测脂砚斋是雪芹的"嫡堂弟兄或从堂弟兄"。这可能是受了甲戌本一条脂批的影响：

> 雪芹旧有《风月宝鉴》之书，乃其弟棠村序也。今棠村已逝，余睹新怀旧，故仍因之。

也许胡适以为，雪芹既然曾有个叫棠村的弟弟为他作序，又何尝没有其他弟兄为其作批呢！但是，胡适此说并没有提出确切的根据来，基本上属于臆想的范畴。后来其他研究者则多主"雪芹家叔说"。此说则可能是受清人裕瑞《枣窗闲笔》的影响，其中提到：

> 曾见抄本，卷额本本有其叔脂砚斋之批语，引其当年事甚确。

既然裕瑞是见了"抄本"才知道有脂砚斋的批语存在，"其叔"云云，实不知从何说起——迄今所见脂评抄本中从来就没有明指或暗示脂砚斋是雪芹"家叔"的记载。可见裕瑞的说法本身，仍是一种无根据的猜测。而这种猜测的来源，显然也和现在信从此说的学者一样，都是因为看了畸笏叟等被脂砚称为"诸公"的人所作批语的口气而推断出来的。本来，将脂砚与畸笏等其他"诸公"之批作比较，在作批的内容、风格和语气上都有明显区别。可是较早期的某些研究者，往往习惯于把他们的批语混为一谈。这一"习惯"，竟连对脂批深有研究的周汝昌先生也未能幸免，而且至今不愿意改变过来。

应该承认，在这些"诸公"的署了名或未署名的批语里，确有流露出雪芹长辈口吻的内容。尤其是畸笏，不仅一开始作批就自称"叟""老朽"，而且无意间透出可以"命芹溪（即雪芹）删去某某内容"这样居高临下颐指气使的语气，其为雪芹"家叔"的可能性确实很大。此外，甲戌本第三回黛玉初入荣府，去拜见贾赦，贾赦让人传出话来，说是"连日身上不好，见了姑娘彼此倒伤心，暂且不忍相见"云云。在这段话的旁边有脂砚的旁批："追魂摄魄！"意在感叹作者活画了贾赦之生活原型托词不见客的"常态"。看得出来，脂砚此批是一种明显的旁观者清的审视眼光。而上面另有一条眉批则很不一样：

> 余久不作此语矣,见此语未免一醒。

一副对号入座且带点赧颜自责的语调。这就分明是雪芹的叔伯辈所作无疑了,遗憾的是偏偏未留下署名(或许正因有愧,而不好意思留下他的大号吧)。但其人并非脂砚斋则是肯定的(脂砚斋一般不作无署名落款的眉批)。同样,在甲戌本十三回针对凤姐治理宁国府"五病"而作的一条眉批：

> 旧族后辈,受此"五病"者颇多,余家更甚。三十年前事,见书于三十年后,令余悲(原误想)恸,血泪盈〔面〕!

对书中所写"五病",亦颇带忏悔意味地承认"余家更甚"——"余家"者,相对于"宁府"而言之"荣府"也。说明仍是相当于书中贾赦,亦即雪芹亲叔伯[42]中的那位"久不作此语"之人所批。此外,在甲戌本第二回的一副对联"身后有余忘缩手,眼前无路想回头"的后面,也有一条酷似此人口气的批语：

> 先为宁、荣诸人当头一喝。却是为余一喝。

总之,此人在批语中每称"余家",每以宝玉的长辈或家族败落"责任人"的身份对号入座,其为曹氏门中的雪芹长辈应属无疑。

问题在于,像上述这类批语,恰恰表明并非脂砚所作(畸笏所作的嫌疑倒是很大)。反过来说,真正能够肯定是脂砚所作的批语,则往往表明:脂砚虽是雪芹亲属,却并非曹氏之族,而是与雪芹同辈的一位异姓女子。

表明脂砚不是曹氏族人的最有力证据,便是前面提到的"自鸣钟已敲了四下"之后的双夹批：

> 按四下乃寅正初刻。"寅"此样〔写〕法,避讳也。

此处写"自鸣钟已敲了四下",只不过形容夜已深,倒不一定表明作者真在"避讳"。但不论是脂砚理解拘泥,还是故意借题发挥泄露天机,总之可以据此揭示此书作者应为曹寅后人,则是肯定的。反之,足证明脂砚并非曹氏门中人,因而不避此讳。

但不是曹氏族人,不等于说脂砚不是雪芹的亲属。只须看脂砚作批时每以"余二人"合称雪芹和自己,其亲密程度便超乎寻常(此点可以和敦诚悼雪芹诗"新妇飘零目岂瞑"之"新妇"对看)。前述"惟愿造化主再出一芹一脂,余二人亦大快遂心于九泉矣",是一例。庚辰本二十四回写贾芸向他舅舅求助时,说:"还亏是我呢,要是别的〔人〕,死皮赖脸三日两头儿来缠着舅舅,要三升米二升豆子的,舅舅也就没有法呢!"亦有脂砚旁批:

　　余二人亦不曾有是气。

很明显,这是在说:"我和雪芹亦不曾死皮赖脸去纠缠那些有钱亲戚。"而当那"不是人"(卜世仁)的舅舅顾左右而言他,表露出不想帮芸哥儿时,芸哥儿毅然"起身告辞",脂砚又批道:

　　有志气,有果断!

从脂砚的这类批语,很容易使人联想起雪芹"举家食粥酒常赊"的困顿处境,和敦敏《寄怀曹雪芹》诗:

　　劝君莫弹食客铗,劝君莫叩富儿门。
　　残杯冷炙有德色,不如著书黄叶村。

可见,现实生活中的脂砚和雪芹,正是在这种"有志气"而不求告有钱亲戚的苦撑苦熬中,相濡以沫地共同走完了他们辉煌的人生之路。二人的关系,应该不言自明。

至于脂砚在批语中经常下意识地流露女性口吻之处,更是不

胜枚举。而既表明是女性,又足以表明与雪芹关系非同寻常的最典型的例子,则是甲戌、庚辰本二十六回共有的一条旁批,其末句云:

> 玉兄若见此批,必云:"老货! 他处处不放松我,可恨可恨!"回思将余比作钗、颦等乃一知己,余何幸也。一笑!

脂砚在雪芹生前作批,虽然历来诙谐活泼,处处流露出与作者的亲昵之状,但像这样明提"玉兄"(实乃脂砚呼之为"玉兄之化身"的作者本人)曾将其比作"钗、颦等(故意用一'等'字来隐讳另一重要人物之'湘'字)乃一""知己"的批语,仍十分罕见。这就不仅是女性身份的自供,更是雪芹"红颜知己"(妻子或情人)的明白曝光了。而且脂砚设想"玉兄"见了此批会笑骂自己为"老货"云云,这个"老货"之称,原是对女性的侮辱性称呼,多用来笑骂女性的(《红楼梦》中不乏其例);但此处之笑却分明饱含爱意而倍感亲昵。这样的词汇和用法,在古今汉语中实属多多。

其他如宝玉借《西厢记》的词句("若与你多情小姐同鸳帐"云云)开紫鹃的玩笑,黛玉听了"登时撂下脸来",脂批云:

> 我也要恼。

宝玉见黛玉无玉,将自己的玉摔在地上,黛玉感动落泪,脂批云:

> 我也心疼,岂独颦颦! 他天生带来的美玉,他自己不爱惜,遇知己替他爱惜,连我看书的人也着实心疼不了。不觉背人一哭,以谢作者![43]

像这样的语气、情态、内容,怎么可能是雪芹的"家叔"所能批得出来的呢?

此外,像"凤姐点戏,脂砚执笔事,今知者寥寥(原误聊聊)矣",表明脂砚曾在当年那种女眷们扎堆的场合,代替不识字的"凤姐"

写过戏单,这是雪芹的叔伯长辈能去掺和的吗？书中写史湘云设螃蟹宴,宝玉叫拿合欢花浸的酒来喝。脂砚批道:

> 作者犹记矮𫓶舫前以合欢花酿酒乎？屈指二十年矣。

可见作者写史湘云住处有合欢花浸的酒,亦非随意虚构,而是二十年前实有之事,并且是脂砚和作者在一个叫"矮𫓶舫"的地方共同"酿制"的——不仅作者没有忘记,把它写进了书中,脂砚也至今记忆犹新。甚至仅从这一条对其童年时代曾与雪芹一道玩合欢花浸酒(加上冰糖密封起来备饮)的近乎"过家家"游戏的追忆,便不难想象"一芹一脂"青梅竹马的关系特殊。难怪周汝昌先生当年会提出"脂砚斋即史湘云原型"的假说[44]。其所举例证甚多,但这一例我以为是最堪玩味的。我在二十年前所作《曹雪芹续妻考》中,亦曾结合其他诸多新材料,推考此人系雪芹祖母李氏的娘家兄弟苏州织造李煦的孙女,名李兰芳;她在历经抄家甚至被"变卖"等磨难之后,与雪芹"遇合"于"燕市"(即敦敏"燕市哭歌悲遇合"之所指),而后结为夫妇。[45]

　　当然,这些不无合理性的推考,在目前尚缺乏最直接的证据。但不论怎么说,以脂砚斋的上述一类批语,去印证敦诚《挽曹雪芹》诗所称"新妇飘零目岂瞑""泪迸霜天寡妇声",从而判断雪芹留下的这位孤苦伶仃的遗孀正是脂砚斋——即自称"余尝哭芹,泪亦待尽……惟愿造化主再出一芹一脂,余二人亦大快遂心于九泉矣"的作批者,我以为是合乎情理的。至于她究竟是不是姓李,是不是曹雪芹青梅竹马的表妹,是不是书中史湘云的原型,则可以见仁见智继续探讨。

　　涉及脂评本的话题还有不少,但本文篇幅已经够长,只好就此打住。总之一句话:《红楼梦》之谜的破解,红学的发展与突破,都应该寄希望于"众人拾柴火焰高"的更广泛的参与,以及从中涌现出来的有识之士。所以,我热烈地主张——

脂评本要走出象牙之塔！

红学,也要走出象牙之塔！

2000 年 8 月 18 日于北京龙华园

2003 年 7 月修订于自流井释梦斋

2006 年 1 月 9 日再订于北京万科星园

2007 年 7 月 16 日新订于北京万科星园双子座

注　释：

①在本丛书第一种《脂砚斋重评石头记甲戌校本》前三版的七次印刷本中,此处曾按传统的提法写作:"却有八大册共七十八回——在一至八十回中,缺六十四、六十七回。"现据本丛书第二种《脂砚斋重评石头记庚辰校本》的校订结果予以纠正。参见文末"补记"。

②"纳兰成德家事说",亦称"明珠家事说"。此说首见于清乾隆年间一些文人笔记类著作,后来多有附会者。此说之核心论点,即认为《红楼梦》一书乃影射康熙朝大学士明珠家事,并谓书中金钗十二,皆明珠之子纳兰侍卫奉为上宾者。纳兰侍卫,即明珠长子纳兰成德(1655—1685),后更名纳兰性德,字容若,号楞伽山人,康熙十五年(1676)丙辰科进士,官一等侍卫,以诗词名世,乃曹寅(曹雪芹祖父)青少年时代挚友。

③所谓"十二种",是将 2006 年 6 月发现于上海的一种仅存前十回文字及第三十三至八十回回目的卞藏本亦计算在内。自此,本丛书的参校本及相关校注、源流图等,均增入卞藏本。关于现存脂评本的数量,按过去的常识,皆通称十一种(即甲戌、己卯、庚辰、蒙府、戚序、戚宁、列藏、舒序、梦稿、甲辰、郑藏),如今加上卞藏则为十二种。可是当今红学界的某些权威专家,却于近年忽将程伟元、高鹗在乾隆五十六年(1791)作了大量篡改之后首次印行的程甲本,亦计算到脂评本的行列之中,称"现存脂评本为十三种"云云。其理由是,程甲本有相当一部分文字亦来源于脂本。这就奇怪了！程甲本既然也是《红楼梦》,则无论作了多大程度的篡改,其主体仍来源于曹雪芹的原著或原著的某一传抄本,这有什么可说的？如果仅凭此点就可以将其归入脂本行列,那么,被唯一当成非脂本的程乙本,其主体内容难道就不来源于曹雪芹原著及其传抄本了吗？倘依此说,程高本这一版本概念,哪里还有存在的价值？如此荒谬的"学说",竟出自当今主流红学之核心,并以各种方式加以强化推行,不能不

说是学术的悲哀。

④就笔者的视野所及,迄今为止,较为全面系统地研究脂评本的专著,计有台湾学者王三庆的《红楼梦版本研究》和大陆学者朱淡文的《红楼梦论源》两种。前者罗列各本的版本特征和各家的散论加以评述,资料可谓翔实,对各本的评说亦颇见新意,可惜对脂评本源流仍缺乏总体把握性质的论证。后者虽有探索脂评本源流的明确意识,其基本结论,则与近年来在脂评本研究上用力甚勤的大陆学者杨传镛所零星发表的一些观点颇接近。即认为除"今甲戌本是甲戌原本的过录本"之外,其余十种现存脂评本皆出自"己卯庚辰原本体系"云云。应该说,这一结论下得实在有些轻率、肤浅。主要是对各脂评本的本质特征抓得不准。在很大程度上混淆了作者对原稿的修订、原稿抄录者畸笏(近乎于责任编辑)的删改,以及传抄中的擅改与抄误——这三者之间的界限。因而在对脂评本源流的判断上,不可避免地存在着简单化甚至本末倒置的诸多弊病。

⑤我所理解的甲戌"再评",应该是"三评"。丙子修订时,脂砚斋或因故未作"阅评",故庚辰本上只有纪年"己卯"而无纪年"丙子"的批语。此外,己卯、庚辰本皆标明"脂砚斋凡四阅评过",则不仅证明丙子修订时确实无"评",连庚辰修订时亦无"评"。故在"四阅评过"之前,唯有甲戌年的"阅评"可以坐实到"三评"上。如此,则甲戌定本之前就该有两次"阅评"才对。而在现存脂批中又确实可以看到,除有大量称此书为《石头记》的之外,亦有不少称此书为《红楼梦》和《金陵十二钗》的,足见这三种书名的稿本都经脂砚阅评过。再依楔子所叙书名演变的顺序来看,便该是《红楼梦》初评,《金陵十二钗》二评,甲戌本《石头记》三评,己卯本正好是四评。显然正因为雪芹生前真有以《红楼梦》为书名之稿,且脂砚斋在上面作过初评,故由脂砚斋草拟的甲戌本《凡例》才称"《红楼梦》是总其全部之名也"。

⑥参见陈光孚《魔幻现实主义》,花城出版社1986年版。

⑦参见周思源《红楼梦创作方法论》,文化艺术出版社1998年版。

⑧关于《红楼梦》稿本的抄录者是畸笏而不是过去长期被人们误认的脂砚斋的问题,此处不作枝蔓。可参阅拙文《〈红楼梦〉稿本的抄录者不是脂砚斋》,载《红楼梦学刊》1983年第4辑;后收入拙著《红学论稿》(重庆出版社1987年版)和《草根红学杂俎》(东方出版社2004年版)。

⑨郑庆山:《立松轩本石头记考辨》,中国文联出版公司1992年版。下引

郑先生论点皆出此书,不另注。

⑩关于雪芹四次定本的传抄本问题,这里有一点小小的修正。在此前出版的这套丛书第一种——《脂砚斋重评石头记甲戌校本》里,此处的提法是:"后三种皆属单传;唯独甲戌一系,竟占了现存的八种。"详见本文"补记"。

⑪此四百余字,我以为在现存甲戌本中是自第一回首叶 B 面"丰神迥别"的"别"字起,至次叶 B 面"变成一块"的"成"字止(在字数的计算上还不包括其间的七条脂批)。然而据我分析,在雪芹的甲戌修订手稿上,这四百余字应该正好构成一整叶的 AB 两面。原因是,手稿上的第一回第一面,为了节省纸张,应是抄在《凡例》余下的末叶 B 面空白上的;加之手稿上增删字句的差异,其第二叶的两面便正好挪至前述的起讫位置。现存脂评本在缺失之处皆有畸笏随意添补进去的"异来至石下席地而坐长谈见"共十二字加以连缀,其与甲戌本的相异之处皆自"别"字起、至"见"字止,即是明证。正因为有了这一行连缀字句,使得这一段缺文前后的文字从表面上看来文从字顺(细辨自然不通之至),故在雪芹、脂砚后来修订和阅评时均未引起注意,乃至贻误至今。"程前脂后说"论者坚称甲戌本为"后人作伪",不妨请他们认真鉴别一下甲戌本这一整叶文字:看看到底是甲戌本凭空伪造而杜撰出来的呢,还是程高本确实阙如?二者相较,究竟孰优孰劣,孰真孰假?——可以说,仅凭对这一早期定本缺文的辨析,"程前脂后说"之荒谬即无可遁形。

⑫郑藏本只残存二十三、二十四两回,加之存在大量奇怪的异文,给人的感觉似乎其底本渊源与现存诸本皆异。其实仔细考察,仍不难分辨郑藏本种种特征的实质。大致说来有这么几点:A. 其底本仍属于甲戌原本的支脉(是前期原本还是后期增补本,则难遽断;因所存两回皆与畸笏的增补无涉);B. 这是一个经辗转传抄的晚近之本,产生的时间与梦稿本接近(已将《红楼梦》与《石头记》二名混用);C. 其抄主亦如甲辰本抄主一样,是一个有一定文学素养却不免自作聪明的人,抄录中每有擅改——有改得对的(纠正了底本的抄误),但大多属画蛇添足。如二十三回,宝玉见"金钏儿、彩云、彩霞、绣鸾、绣凤等众丫头都在廊檐下站着",此本独缺"彩云"二字,可能是底本即已夺漏;紧接着描写金钏调皮,各本皆作"彩云一把推开金钏",唯此本作"绣凤一把推开金钏"。大约见前句无"彩云",便觉后句的"彩云"平空冒出,干脆删掉,而随意拉一个"绣凤"来顶替。至于此本在一些次要人物的姓名或其他文字上所作的随意改动,更是比比皆是。

⑬过去,由于笔者孤陋寡闻,尚不知此语出典。故在本丛书最初推出的《脂砚斋重评石头记甲戌校本》2000 年 12 月至 2001 年 3 月的第一版前三次印刷本中,对此语校订有误,且在导论中作了不尽妥当的文字优劣分析。后承著名红学家胡文彬先生及河南洛阳读者梁栋先生指正,并惠告其出典,遂在新版中一并予以修正。"手倦抛书",语出北宋蔡确《夏日登车盖亭》诗:"纸屏石枕竹方床,手倦抛书午梦长。睡起莞然成独笑,数声渔笛在沧浪。"按:此诗在我手边的一种长春古籍书店影印出版的古本《绘图千家诗注释》中则题为《水亭》。

⑭甲辰本和舒序本一样,其据以过录的主要底本,亦显然源于畸笏誊录前期的甲戌定本,故其二十二回末尾文字原属阙如;甲辰本所补文字实为过录主持者的手笔。细审在甲辰本上作序之梦觉主人的文字功力,似可大致推断此公即甲辰本的抄主,上面诸多改笔及二十二回补文,亦出其手。但其补文比蒙、戚诸本之补文实在大为逊色。非才力不逮畸笏,实因不知原稿内情所致也。

⑮戚蓼生,字晓圹,浙江德清人。据《德清县续志》等史籍记载,他是乾隆二十七年(1762)举人,三十四年(1769)进士,后历任四川乡试副考官、江西南康知府、福建盐法道、福建按察使等职,并有诗集传世。现存戚序、戚宁二本皆有他所作的序,文字优雅,颇有见地,很可能其中之一便是他自己的抄藏之本。狄葆贤,亦称狄平子、狄楚青,清末民初上海有正书局老板,系戚序本的最后收藏者,曾于 1911 年将此本照相石印出版,题名《国初抄本原本红楼梦》。石印本前四十回有他所作的若干眉批。

⑯雍正二年(1724)曹頫的《请安折》上有雍正帝朱批云:"你是奉旨交与怡亲王传奏你的事的,诸事听王子教导而行,……不要乱跑门路,瞎费心思力量买祸受。……若有人恐吓诈你,不妨你就求问怡亲王,况王子甚疼怜你,所以朕将你交与王子。主意要拿定,少乱一点;坏朕声名,朕就要重重处分,王子也救你不下了。"(见故宫博物院明清档案部编《关于江宁织造曹家档案史料》,中华书局 1975 年版)可见在曹家被抄之前,怡亲王府与曹家似不仅仅是一个"传奏"的工作关系,在交往的感情上也应该是密切的——"王子甚疼怜你"之语,绝非空穴来风。

⑰冯其庸:《论庚辰本》第 26 页,上海文艺出版社 1978 年版。

⑱现存庚辰本是从现存己卯本转录后再据庚辰原本校对的,这是冯其庸

所著《论庚辰本》一书的中心论点。此论在学术界颇有争议。我的看法则近乎折中。说庚辰本全都是从己卯本转录后再据庚辰本校对的,恐与事实不符;但由于借抄庚辰原本的时间有限,在借抄之前就已经据己卯本作了部分过录,这种可能性倒是有的。否则,冯先生论述中所举己、庚二本在某些抄录起讫上如此吻合,实难解释。

⑲据我粗略统计,甲戌本十六回共有脂批 1631 条(后人批语除外),戚序本八十回共有脂批 1208 条(立松轩等人批语亦除外)。故甲戌本仅十六回脂批的总数,便高出戚序本八十回脂批总数 35%。

⑳在胡适之前的甲戌本收藏者刘铨福,曾有作于清同治二年癸亥(1863)五月的跋语云:"……(此本)惜止存八卷。海内收藏家处有副本,愿抄补全之则妙矣!"他所谓的"八卷",显然是指八册。以每册四回计,当为三十二回无疑。胡适刚发现此本时,曾猜测说:"我曾疑心甲戌本以前的本子没有八十回之多,也许止有二十八回,也许只有四十回。……如果甲戌以前雪芹已成八十回,那么,从甲戌到壬午(除夕),这九年之中雪芹做的是什么书?"胡适在当时这样猜测是可以理解的,因为他还没有见到庚辰本,还不知道庚辰本上的脂批已经一再谈到,不仅作者早就写完了前八十回,竟连八十回后的原稿也是在很早以前的稿本中即已写出,而后才"被借阅者迷失"的。但奇怪的是,后来胡适明明见到了庚辰本上的此类批语,却非但没有改变"甲戌本以前的本子没有八十回"的"疑心",反倒进一步说:"甲戌本虽然已经'披阅十载,增删五次',其实止写成了十六回。……故我这个甲戌本真可以说是雪芹最初稿本的原样了。"(均见《胡适红楼梦研究论述全编》第 328—329 页,上海古籍出版社 1988 年版,以下简称《红论全编》)而对于刘铨福跋语中的"惜止存八卷",则牵强附会地解释为:"大概当时十六回分装八册,故称八卷;后来才合并为四册。"实际上现存的四册,应为此本分册之原貌,这是有明显证据的:甲戌本每一册的开头一页,皆有和正文字迹完全一致的一行书名"脂砚斋重评石头记";而其他回目的开头则无。这就说明不仅此抄本自始至终如此分册,其所据之底本显然也是这样,哪有什么"合并改装"的痕迹。

㉑参见郑庆山《立松轩本石头记考辨》,中国文联出版公司 1992 年版。

㉒胡适:《红楼梦考证(改定稿)》,转引自《红论全编》第 86 页。

㉓俞平伯:《红楼梦辨》,转引自《俞平伯说红楼梦》第 93 页,上海古籍出版社 1998 年版。

㉔胡适:《红楼梦考证(改定稿)》,转引自《红论全编》第 107—108 页。

㉕胡适:《谈〈红楼梦〉作者的背景》,原载胡颂平著《胡适之先生年谱长编初稿》,转引自《红论全编》第 127、135 页。

㉖胡适:《与周汝昌书》,载 1948 年 2 月 20 日《天津民国日报》副刊,转引自《红论全编》第 209 页。

㉗见胡适《一九二二年四月十九日日记(节录)》及《跋〈红楼梦考证〉》,转引自《红论全编》第 127、135 页。

㉘见胡适《考证〈红楼梦〉的新材料》,转引自《红论全编》第 162 页。

㉙周汝昌:《曹雪芹的生平——答胡适先生》,载 1948 年 5 月 21 日《天津民国日报》副刊,转引自《红论全编》第 211—219 页。

㉚与注㉖同。

㉛㉜与注㉙同。

㉝见戴不凡《石兄和曹雪芹——揭开〈红楼梦〉作者之谜第二篇》,载《北方论丛》1979 年第 3 期。

㉞敦诚:《挽曹雪芹(甲申)》诗"孤儿渺漠魂应逐"句后,有小注云:"前数月,伊子殇,因感伤成疾。"

㉟该文系笔者参加 1982 年在上海举行的全国红学研讨会论文,后收入拙著《红学论稿》,重庆出版社 1987 年版。

㊱"绛洞花王",在脂评本中唯甲辰、梦稿本妄改作"绛洞花主",程高本因之,遂使迄今为止的通行印本皆以讹传讹。实则现存脂评本大都作"绛洞花王",这才是雪芹原文。如庚辰、列藏、舒序、戚宁等皆如是;己卯、戚序亦原抄"绛洞花王",却被后人据程高本在"王"字顶端妄加一点;蒙府则因抄手笔误,在"王"字旁边误加一点,作"绛洞花玉"。参见拙文《"绛洞花王"小考》(1983 年全国红学研讨会论文,收入拙著《红学论稿》,重庆出版社 1987 年版)、《是"绛洞花主"还是"绛洞花王"》(载《人民政协报》2000 年 1 月 20 日学术家园版)、《关于"绛洞花主"之误》(载《鲁迅研究月刊》2000 年第 4 期和《光明日报》2000 年 5 月 11 日文荟副刊)、《"绛洞花主"确属后人妄改——兼答蔡义江先生》(载《明清小说研究》季刊 2001 年第 2 期)等。此外,周汝昌《红楼梦与中华文化》(工人出版社 1988 年版)、刘世德《读红脞语·宝玉的别号》(载《红楼梦学刊》1992 年第 2 期)亦持此说。

㊲雪芹将宝玉塑造成"情圣"般的"总花神"或曰"花王",绝非随意之笔,

而是有着周密的构想和精心安排的。二十七回首次以大观园女儿们"祭饯花神"来暗写宝玉的生日庆典,所用回目联语却为"滴翠亭杨妃戏彩蝶,埋香冢飞燕泣残红",这便是有意将和宝玉有着爱情("木石前盟")及婚姻("金玉良缘")关系的两位女主人公,直喻为"花神"之双妃。而当三十七回进一步点明宝玉的"绛洞花王"身份时,作者又特意用"蘅芜君"和"潇湘妃子"的尊号,来再次突出钗黛二人形同娥皇、女英的地位。更耐人寻味的是,从现存八十回的种种伏笔还可以看出,俟"林潇湘"泪尽夭亡后,尚有另一位以金麒麟为象征物的"后补潇湘妃子"史湘云,去填补其娥皇、女英的空缺。这都是对贾宝玉"绛洞花王"身份的有力烘托。

㊳载《历史档案》1983 年第 1 期。

㊴周汝昌:《红楼梦新证》(最新修订版)下卷第 562 页,华艺出版社 1998 年版。

㊵周汝昌:《红楼梦新证》(最新修订版)下卷第 562、563 页,华艺出版社 1998 年版。

㊶鲁迅:《中国小说史略》第 207 页,人民文学出版社 1974 年版。

㊷雪芹在世时应该是有亲叔伯的,且不止一位。因其父曹頫原非曹寅亲子,是在曹寅所遗独子曹颙早逝后,奉旨过继给曹寅之妻为嗣的。頫之生父曹荃(此为满文档案译名,据周汝昌先生考证,实乃"宣"字的满文音译再转汉译之讹;后经冯其庸先生从新发现的康熙二十三年未刊稿本《江宁府志·曹玺传》中研究证实确为"宣"),本是曹寅感情最深的亲弟弟。荃(宣)逝后,弟兄四人皆被曹寅带往江南抚养长大,视同己出,所以档案中每称其为"曹寅之子"云云。頫排行第四,其上三位哥哥,长名顺,次名颜,三名颀。对老二、老三的名字,由于档案译名混乱,学术界颇有歧议。周先生以为老二应为桑额,老三为颀。张书才先生则以为桑额乃满语"三哥儿"之汉译,故荃(宣)子中称"桑额"者实与曹寅诗中称"三侄顗"者为同一人,并谓老二应名頔(亦是档案中译名)。朱淡文先生则认为"桑额"虽是荃(宣)之三子,却与顗非同一人;谓顗实为曹寅堂弟曹宜之子,寅诗称其"三侄",应是大排行。我比较同意朱先生关于"桑额"为荃(宣)之三子且与顗非同一人的观点;但我以为这位行三的荃(宣)子桑额,实乃新发现满文档中被误译之曹頔。而这个所谓"曹頔",正是周先生所考曹寅诗中赞其幼而善骑射的"骥侄"——即乳名"骥"、学名应为"颀"者。我以为"桑额"正是此人的满语小名,犹今之呼行三者为"三儿"。且

"頩"与"頯"语义相联,作弟兄命名极恰(《说文》谓"頯"为"举头也","頩"为"低头也")。由此可见,在曹頫的三位哥哥中,真正有可能在后来替侄子曹雪芹抄书批书的,唯有二伯曹颜和三伯曹頩。因曹顺年龄偏大,在康熙二十九年(1690)已十三岁,至雪芹去世(1763)已八十六岁,至丁亥(1767)畸笏作批时则年届九旬,在当时恐难有此高寿。而曹颜在康熙二十九年只三岁,曹頩(頔)年龄自然更小,至雪芹去世均不超过七十五岁,至丁亥则充其量近八旬,与畸笏作批每称"叟""老朽""朽物"颇契合。再从书中称"抄录"《石头记》之人为"空空道人"和"情僧"的名目看,畸笏应是一位崇信佛道之人。有材料称雪芹进城曾至"家叔所寓寺宇",恐非空穴来风。顺便说一句,周汝昌先生以为过去曾被《五庆堂谱》误记为"颢子"的天佑一名,实乃曹顺的表字,典出《易·系辞十二》:"自天佑之,吉,佑者,助也;天之所助,顺也。"此说亦较合情理,可供参考。若此,则档案所称曾"任州同"的"天佑",实乃雪芹大伯曹顺,而非"颢子"及雪芹堂兄,当然也就更不可能是雪芹本人了。

㊸此系蒙府本独有之旁批,以其内容及语言风格观之,与脂砚斋批语实无异。即如前文所述,蒙府本旁批中实混有相当数量的脂批,其中八十余条与甲戌、庚辰本现存脂批同,即可证。

㊹周汝昌:《红楼梦新证》初版,棠棣出版社1953年版。

㊺邓遂夫:《曹雪芹续妻考》,载《红岩》1982年第1期;后收入邓遂夫《红学论稿》(重庆出版社1987年版)和《草根红学杂俎》(东方出版社2004年版)。

[补记一]

现在这个导论,与本丛书第一种《脂砚斋重评石头记甲戌校本》前三版共七次印刷本中的文字比较,又有几处重要改动:

一、在第三节概述现存脂评本的源流时,我把原归入第二大源头的四种本子(列藏、甲辰、舒序、郑藏)改成了三种,即将列藏一种的源头更合理地归入到庚辰原定本旗下。这在本丛书第二种《脂砚斋重评石头记庚辰校本》的一些校注中有所论述。

二、提及程高本的底本来源时,在梦稿本之外还明确地加上了甲辰本。这是从大量的版本现象中都可以看出的,亦在庚辰校本的校注中有所论述。基于上述两点,导论后所附《〈红楼梦〉脂评本源流示意图》亦作了相应的调整。

三、在提及庚辰本总回数时,将过去按习惯表述的"八大册共七十八回——在一至八十回中,缺六十四、六十七回",更正为"八大册共七十七回——在一至七十九回中,缺六十四、六十七回"。这最后一点,因是一个新提法,在导论中未及深论。请读者留意本丛书第二种《脂砚斋重评石头记庚辰校本》修订新版第七十九回的相关校注,便大致可以了解其中详情。

2006 年 1 月 10 日补记于北京六里屯排字房

[补记二]

自本丛书第二种——《脂砚斋重评石头记庚辰校本》第三版开始,随着一种新发现的脂评本卞藏本的面世,校订者经初步研究,又对这个导论作了两点重要的增补和改动:

一、在第三节概述现存脂本源流时,将 2006 年发现于上海的卞藏本(存前十回文字及第三十三至八十回总目),按其基本的版本特征增补归入到庚辰原定本的旗下。

二、也由于卞藏本的发现及其版本特征的凸显,连带着将原归入畸笏正式誊录的早期甲戌原定本旗下的三种本子(甲辰、舒序、郑藏),改正为两种,即将舒序本更合理地置于列藏本之后而归入到庚辰原本的旗下。这在庚辰校本第三版的校勘说明及相关回目的校注中,均有所提及(参见本文所附《脂评本源流示意图》说明文字第 4 条)。

2007 年 1 月 8 日又补记于北京万科星园双子座

[补记三]

在庆祝新中国成立六十周年的前夕,校订者又对本丛书的前两种——甲戌校本和庚辰校本——作了一次更深入细致的全面修订。且都是作为各自的终结版推出的——当然是就这两本(部)的简体横排本而言的——甲戌为总第七版,庚辰为总第四版。

　　这两种新版,除了在校勘上作了相应修订之外,还在本导论中涉及版本源流的论述上作了某些重要的学术性调整。主要将原笼统置于早已亡佚的庚辰原定本旗下之现存舒序本,更具体更合理地归入到由现存庚辰本直接承传的位置;从而认定现存列藏本和卞藏本则与现存庚辰本并无此种直接承传关系,它们只是与现存庚辰本一样分别来源于那个共同的母本——曹雪芹在庚辰年秋天改定的庚辰原定本。这是校订者近两年深入研究脂评本源流,尤其是深入研究梦、己、庚、列、卞、舒之间的关系,所进一步得出的结论。

2009 年 8 月 26 日补记于北京马连洼西

《红楼梦》脂评本源流示意图

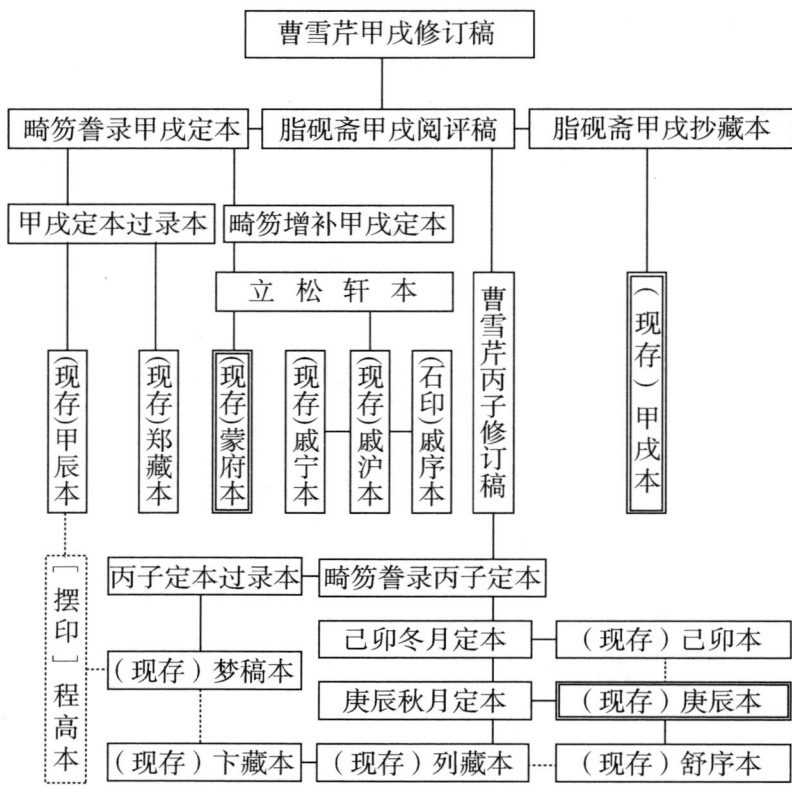

曹雪芹甲戌修订稿

畸笏誊录甲戌定本　脂砚斋甲戌阅评稿　脂砚斋甲戌抄藏本

甲戌定本过录本　畸笏增补甲戌定本

立 松 轩 本

〔现存〕甲辰本　〔现存〕郑藏本　〔现存〕蒙府本　〔现存〕戚宁本　〔现存〕戚沪本　〔石印〕戚序本　曹雪芹丙子修订稿　〔现存〕甲戌本

〔摆印〕程高本

丙子定本过录本　畸笏誊录丙子定本

己卯冬月定本　（现存）己卯本

庚辰秋月定本　（现存）庚辰本

（现存）梦稿本

（现存）卜藏本　（现存）列藏本　（现存）舒序本

说　明：

1. 本图所示源流关系,仅依各本之主要底本来源而定,并不旁及据他本配补、校改等复杂关系。又因所示仅为脂评本源流,故以梦稿、甲辰本为主要底本和参校本的程高本仅用虚线表示;程高本之后的各种雕版、石印本及当今之影印、排印本,除石印戚序本外,概不涉及。

2. 凡标明"(现存)"符号及字样者,均系目前存世之抄本;凡标明"〔石印〕""〔摆印〕"符号及字样者,为目前存世之印本;其余则为现已亡佚之作者手稿、誊录定本及过录传抄本;外框加双线者(即现存之甲戌本、庚辰本和蒙府本),为本丛书所据之三种底本。

3. 目前习称为戚序本者,亦称有正本,实乃上海有正书局 1911 年出版之石印本(略似今之影印本)。故从严格意义上讲,此本不应直接划入脂评本行列。但因该本所据之底本戚沪本,是近年才重新发现的,且仅存一至四十回,故学术界仍按惯例以拥有完整八十回之有正石印本取代戚沪本的脂评本地位。而事实上,有正石印本与其底本是微有区别的。有正本除增加了书局老板狄葆贤的大量眉批之外,还在照相制版前对正文作了不少贴条修改。前四十回的贴条在戚沪本中还保留着,后四十回的贴条情况则只能通过与戚宁、蒙府本的对照略作辨识。但一般情况下,戚序、戚宁和蒙府这三种本子的正文和脂批(甚至包括这三本独有而明显属别人整理添加的回前回后批等),大体上也还是一致的,故可统称此三本为蒙、戚诸本。

4. 本图与最初出版的《脂砚斋重评石头记甲戌本》一至四版及《脂砚斋重评石头记庚辰校本》一至二版所附之图相比,又有两处重要改动:一、增加了 2006 年新发现之卞藏本;二、依卞藏本之版本特征,将其与庚辰、列藏、舒序本一道,统列为庚辰原定本旗下之传本;三、鉴于卞、舒二本与梦稿本(或梦稿所据原底本)之间,亦有某些参校性的渊源关系(如更改书名及校改少量正文和回目联语等),故本书第五、六版特于梦、舒之间复用虚线连接,以略表此种关系(参见本丛书导论之"补记")。

5. 在本丛书甲戌校本出修订七版之后,本源流图又有一点重要改进:将原置于列藏、卞藏本后笼统算作庚辰原定本旗下之舒序本,更合理地改列到直接源于现存庚辰本的位置。至于舒序本在抄录过程中尚有某些直接或间接参校梦稿等本文字的情况,仅以虚线连接到列藏本的方式作间接标示。

校勘说明

一、这是作家出版社在新千年之初推出的《红楼梦脂评校本丛书》之一。本书以清代传抄的《脂砚斋重评石头记》"甲戌抄阅再评"本（通称甲戌本，原藏美国康奈尔大学图书馆，现藏上海博物馆，今据台湾中央印制厂 1961 年和 1975 年、上海人民出版社 1975 年、上海古籍出版社 1985 年出版的四种影印本）为底本，经校勘整理后用简化字横排出版。适宜古典文学爱好者阅读欣赏和专家研究参考。

二、甲戌本在国内外现存的十二种《红楼梦》早期传抄本（通称脂评本和脂本）中，属于版本价值较高却残缺较多的一种本子，仅存一至八回、十三至十六回、二十五至二十八回。为保持底本原貌，本书对原缺回目概不配补。

三、甲戌本最大的特色，是每一回所保留的曹雪芹的亲属兼著书助手脂砚斋等人的批语（通称脂批或脂评），比现存其他脂评本批语的数量更多，内容更丰富，甚至有着任何一种脂评本都不曾见到的一些涉及曹雪芹生平和著书情况的重要内容，因而其研究价值和欣赏价值都相对较高。从曹雪芹去世前修订的最后几次定本全都定名为《脂砚斋重评石头记》的情况来看，作者本人对这类批语的器重，是显而易见的。本书的突出特点，正在于首次将一个重要脂评本的批语和小说正文合并校勘印行，介绍给广大读者，从而真正实现曹公数百年前的遗愿。

四、鉴于《红楼梦》成书过程和脂评本流传情况的复杂性，以及甲戌本独特的版本价值和鉴赏价值，本书在校勘的体例上，与出版其他古籍有所不同。不仅重要的勘误要作校注（不同于通常出版古籍之简单"校记"，略具版本探源的思辨性，以及对特殊字词的简明考证与训诂），凡校改之处，均以不同方式体现底本原貌。具体做法为：

（1）补改文字，一律用黑体，使之和原文区别，便于读者比较。

（2）改字，除用黑体外，还在后面加圆括号标注"（原误某）"或
"（原作某）"——这里的"某"，即原抄文字。

（3）补字，则外加六方括号作"〔某〕"，或"〔某某某〕"，直接楔
入所补的位置——这里的"某"即补字，用黑体。

（4）原有的缺文留空，有缺文号（□）者原样照排，无缺文号者
补加。均在缺文号后再加六方括号添入补文，如：
"□〔某〕"，"□□□〔某某某〕"——这里的补文，亦用
黑体。

（5）衍文，直接删去，然后在校注中录出所删原文并作说明。

（6）凡补、改、删相混杂，改动字数较多的词组或句、段，将改正
后的词组或句、段整个用黑体，后面加圆括号标注"（原作
某……）"——这里的"某……"，指改正前的原抄文字；
补、改、删文字中，凡有其他版本依据的，一般都作校注
说明。

（7）底本中凡属稿本抄录者或连录抄手因书写习惯而出现的
错字，如"眼睛"作"眼晴"，"倒是"作"到是"，"䁱眼"作
"展眼"，"名字"作"名子"，"正经"作"正紧"，"和"作
"合"，"戴"作"带"，"旁"作"傍"，"睬"作"采"，"弯"作
"湾"，"橱"作"厨"，"费"作"废"，"壁"作"璧"，"候"作
"侯"（或"侯"作"候"），"谅"作"量"（或"量"作"谅"），
"礼"作"理"（或"理"作"礼"），"座"作"坐"（或"坐"作
"座"），"账"作"帐"（或"帐"作"账"）等，凡这类出现频率
较高，一般不涉及版本之间的内容歧异者，姑称之为"习惯
字"，亦大致按俗体字、通假字之例予以径改，所改字亦不
用黑体。

（8）底本中凡在当时貌似可以通用，实乃抄录者不严格按照作
者精准用字而随意混用出错的不同字词，如"合式"与"合

适","新闻"与"新文","一会"与"一回","似的"与"是
的"等;尤其"挑唆""挑拨"常误作"调唆""调拨","顽"与
"玩"、"做"与"作"、"得"与"的"经常混用出错等等,均须
按现存各脂本中不同程度保留的一部分作者精准使用这
类字词的原貌,予以统一订正,一般都径改不作校勘标识,
也一般不作校注,只对极少数特需澄清者,方于其或正或
误的首次出现之处,加注说明;另,底本中依清代用字习惯
所使用的一些同义字词,如"线"均作"线","唯"均作
"惟"(仅在表应答之义时才用"唯")等,则仍存底本原貌,
不按当今之用字规范强作统一。

(9)底本原有的旁改、涂改或点删文字,多属后人所为,一般只
以原抄文字作校订;仅在其改删字词恰与各本相同时,方
可权当原抄字词处理。

　　五、过去出版供专家研究用的影印甲戌本,其最大的阅读难
点,在于其中多数眉批、旁批在过录时对位不准或不明,少数原双
行夹批亦存在误植,或因文字夺讹而造成歧解等。这正是本书试
图解决的首要课题之一。即通过规范化的校勘整理,尽可能恢复
甲戌本脂批的本来面目和准确对位。倘能如此,必将为《红楼梦》
这一伟大名著的阅读增添无穷魅力。同时,在本书批语的排印上,
也要既作规范化处理,又力求体现底本原貌。具体做法为:

　　A.原有的朱墨两色双行小字夹批,分条用方括号冠以〔朱夹〕
〔墨夹〕的标记,仍用双行小字排在原来的位置;个别误植
者,改移到合理位置,并作校注说明。

　　B.写在正文旁边和书眉的朱墨两色旁批、眉批,亦分条冠以
〔朱旁〕〔墨旁〕〔朱眉〕〔墨眉〕标记,统一用双行小字排在相
应的正文或原夹批之后。

　　C.回前回后批,则用比正文低格的略小字,分别冠以〔回前朱〕
〔回前墨〕,〔回后朱〕〔回后墨〕标记,仍排在回前回后的相
应位置。

D. 明显可辨属后人添加的批语,则分别冠以方头括号的【朱眉】【墨眉】【朱旁】【墨旁】标记,仍排在相应位置供参阅。

E. 底本收藏者和传阅者写在底本上的题跋,亦作为附录,按大致的时间先后顺序排印在全书之后。

六、底本发现者兼最后收藏者胡适,为台湾版影印本所作的缘起(相当于前言)和跋文,以及涉及到底本发现、收藏、传播情况的重要资料,亦作为附录排印供参考。

七、本书的宗旨,在于以规范化面貌再现甲戌本自身的版本特色,其极终目标,亦不过力求恢复这一传抄本的原始底本或曰祖本(即"脂砚斋甲戌抄阅自藏本",而非通常意义上的"甲戌原本")的本来面目。故在与其他各脂本作校订时,并不以单纯的文字优劣定取舍,凡勉强可通者,皆保持原文;确须勘误处,亦力求以同属甲戌定本体系的甲辰及蒙府、戚序、戚宁(后三种亦合称蒙、戚诸本)等本为主,辅以己卯、庚辰、列藏、舒序、卞藏、梦稿等本之可靠文字。凡以各参校本为依据的校改,均作校注。在校注的用语上,亦与常规微有区别。如"据某本改(或补、删)",表示所误系过录抄手所致,是在据某本恢复原稿本应有之文字;而"从某本改(或补、删)",则表示所误之处在雪芹各原定本中似带普遍性(或属稿本抄录者之误,或属作者本人笔误),这里仅仅是权依某本予以校正而已。一些特须指出的版本疑难问题,亦在校注中略作申说。

八、本书的校订,尽可能吸取前人的校勘成果。为避免繁琐,恕不一一注出。但在一些特殊问题上,若与前人的判断有较大关系或明显歧异者,则作校注说明,供读者参考、比较。本书主要参校书目如下:

1. 影印《乾隆甲戌本脂砚斋重评石头记》(简称甲戌本,胡适出版,台湾中央印制厂印制,台湾商务印书馆、台湾启明书店、香港友联出版社 1961 年首版及 1975 年三版)

2. 影印《脂砚斋重评石头记》甲戌本(简称甲戌本,上海人民出版社 1975 年版)

3. 影印《脂砚斋甲戌抄阅再评石头记》(简称甲戌本,上海古籍出版社 1985 年版)

4. 影印《蒙古王府本石头记》(简称蒙府本,书目文献出版社 1986 年版)

5. 影印《戚蓼生序本石头记》(简称戚序本,人民文学出版社 1975 年版)

6. 复印《戚蓼生序本石头记南京图书馆藏本》(简称戚宁本)

7. 影印《脂砚斋重评石头记》己卯本(简称己卯本,上海古籍出版社 1981 年版)

8. 影印《脂砚斋重评石头记》庚辰本(简称庚辰本,人民文学出版社 1975 年版及 1993 年版)

9. 影印《苏联列宁格勒藏抄本石头记》(简称列藏本,中华书局 1986 年版)

10. 影印《卞藏脂本红楼梦》(简称卞藏本,北京图书馆出版社 2006 年版)

11. 影印《舒元炜序本红楼梦》(简称舒序本,载《古本小说丛刊》第一辑,中华书局 1986 年版)

12. 影印《乾隆抄本百廿回红楼梦稿》(简称梦稿本,上海古籍出版社 1984 年版)

13. 影印《甲辰本红楼梦》(简称甲辰本,书目文献出版社 1989 年版)

14. 影印《程甲本红楼梦》(简称程甲本,书目文献出版社 1992 年版)

15. 影印《程乙本红楼梦——桐花凤阁批校本》(简称程乙本,北京图书馆出版社 2001 年版)

16.《脂砚斋重评石头记汇校》(简称脂评本汇校,冯其庸主编,红楼梦研究所汇校,文化艺术出版社 1989 年版)

17.《红楼梦》新校本(简称新校本,中国艺术研究院红楼梦研究所校注,人民文学出版社 1982 年版)

18.《红楼梦八十回校本》(简称俞校本,俞平伯校订,王惜时参校,人民文学出版社 1963 年版)

19.《脂砚斋红楼梦辑评》(简称俞辑,俞平伯辑,上海文艺联合出版社 1954 年版、古典文学出版社 1957 年版及中华书局 1960 年版)

20.《新编石头记脂砚斋评语辑校增订本》(简称陈辑,〔法〕陈庆浩编著,中国友谊出版公司 1987 年版)

21.《红楼梦脂评校录》(简称朱辑,朱一玄校录,齐鲁书社 1986 年版)

脂砚斋重评石头记

凡 例

　　红楼梦旨义。是书题名极□〔多〕。□□〔一曰〕《□□〔红楼〕梦》，是总其全部之名也。又曰《风月宝□〔鉴〕》，□〔是〕①戒妄动风月之情〔也②〕。又曰《石头记》，是自譬石头所记之事也。此三名皆书中曾已点睛矣。如宝玉做③梦，梦中有曲，名曰《红楼梦十二支》。此则《红楼梦》之点睛。又如贾瑞病，跛道人持一镜来，上面即錾"风月宝鉴"四字。此则《风月宝鉴》之点睛。又如道人亲眼见石上大书一篇故事，则系石头所记之往来。此则《石头记》之点睛处。然此书又名曰《金陵十二钗》，审其名，则必系金陵十二女子也。然通部细搜检去，上中下女子岂止十二人哉？若云其中自有十二个，则又未尝指明白系某某。及（原误极）至"红楼梦"一回中，亦曾翻出金陵十二钗之簿籍，又有十二支曲可考。

　　书中凡写"长安"，在文人笔墨之间，则从古之称；凡愚夫妇儿女子家常口角，则曰"中京"，是不欲着迹于方向也。盖天子之邦，亦当以中为尊，特避其"东""南""西""北"四字样也。

　　此书只是着意于闺中。故叙闺中之事切，略涉于外事者则简，不得谓其不均也。

　　此书不敢干涉朝廷。凡有不得不用朝政者，只略用一笔带出，盖实不敢以写儿女之笔墨，唐突朝廷之上也，又不得谓其不备。④

校 注

　　①这段话中所补"□〔多〕""□□〔一曰〕""□□〔红楼〕"及"□〔鉴〕"

"□〔是〕"共七字,底本上原破失(似因此等处钤有原藏主印鉴,被人撕去)。原已补写"多""红楼""鉴""是"五字("鉴""是"尚存左半,仅添补右半),均为胡适手迹,故钤"胡适"朱文印二方。今从所补,并加补"一曰"二字。大陆1985年之前出版的影印本,曾挖去胡适补字及印鉴,改用原抄本中相同笔迹的文字填补,对读者和研究者易产生误导。

②"也",据前句释《红楼梦》"是总其全部之名也"及后句释《石头记》"是自譬石头所记之事也"的统一句式补。此乃抄手过录时夺漏甚明。

③"做梦",其"做"字,原误"作"。按本书《校勘说明》第四条第8款所示,凡遇此类明显可考,在作者曹雪芹或评者脂砚斋原稿中用字无误,却常被其历次定本的抄录者畸笏叟或后来的传抄者不经意混用致误的一般性错字,均按通假字之例径改不作校勘标识,也一般不作校注;而只对其中某些至今仍让人难以准确区分,甚至因之前的《红楼梦》古今校印本均未对这类混用字词作统一订正,从而对当今乃至将来的汉字规范有可能产生误导的少数易混用字词(如此处之"做"与"作"混用,后文更常见的"得"与"的"、"坐"与"座"、"玩"与"顽"混用,以及抄录者常将"挑唆""挑拨"误作"调唆""调拨"等等),方于其或正或误的首见之处作注说明。

此处特需说明的有两点。第一,本书所据底本每一叶(相当于今之两页)折叠处的中缝文字,除标明了卷数(实指回数)及叶码外,还在底端罕见地标明了"脂砚斋"三字。这说明,其所据之母本正是脂现斋在对曹雪芹的甲戌修订稿阅评已毕,或因特别看重此本之修订和自己的评批而抄存备查的一个私藏本。抄毕,才将已修订阅评的雪芹甲戌原稿,按流程送交畸笏叟誊清为甲戌定本。正因现存甲戌本之母本乃脂砚斋亲自抄录,其与过录自畸笏历次定本的现存其他脂评古抄本相比较,在更忠实地反映作者及批者文字原貌的可信度上便更具优势。尽管现存甲戌本也是再经转抄之本,但看得出来,此转抄者在对原底本的款式安排及每一叶的行数、字数上,都特别忠实于底本,且极少随意擅改的文字。虽然抄录中仍不免出错,但出错的概率亦相对较低。或许是在刚开始抄录这个凡例时还不大在意,故在抄至此处的"做梦"一语时无意间按平时极易混淆"做""作"二字的习惯误抄了"作"字。然而到了正式抄录后面的小说正文,其混用出错的概率便极低了。仅以第一回为例,或因作者在开篇叙述著书缘起时,其近乎文言的书面语气息稍浓,故所用"作"字的词语相对多些,一共有七处:"倩谁记去作奇传""假作真时真亦假""引他出来作要""兄宜作速入都",以及脂批"莫作升斗之'斗'看"等,全都没有抄错。而该回有口语"做"字的词语仅两处,一是"主仆三人日夜做些针线发卖",二是"只一味好吃懒做",也都没有与"作"字混淆。只是第二处的"好吃懒做"不知何故此本作"好吃懒用";己卯、梦稿本更是作"好吃懒动";而其余各本均为"好吃懒做"(只庚辰本抄手误将"做"字混抄为"作"了)。总之,仅以开篇第一回这些实例,便足证向来用字考究的天才作家曹雪芹,是不大可能在原稿中混用"做""作"二字的;至于其他各本越到后文越多混用此二字的地方,亦明显可见属于原稿本抄录者越到后来越不注意严格照抄原文所致的习惯性混用。以上种种事实,均为促使本丛书校订者要一改过去校订《红楼梦》皆不对"做"与"作"之类混抄字词严加订正的陈规陋习,下决心要对此严格规范,竭力恢复此一经典名著原文真貌的思想依据。

由此,也就引出了我在这条校注中还须稍加说明的第二点:这个至少在唐宋时期就已经从广义的"作"字中分化出来,逐渐在形音义上都与原"作"字有了明显差异,且更狭义更具口头语色彩的"做"字,为什么到了元明清定都北京而使北方语音在客观上形成"官话"之后,反倒在文人墨客中又越来越难以将二者作准确区分了呢?我的回答是,这都缘于受了北方方言将"做"与"作"误读为同音字的不良影响所致。因为,自从相对狭义的"做"字之音义,在千余年前我国中南部广大地区的普通民众口语中已被广泛使用,且由不知哪位底层文人新创字形为"做"之后,它的形音义便都与其母体"作"字有了明显的区别。尽管到了北宋时期的官方韵书《广韵》(1008 年)和稍后扩充重编的《集韵》中,都不得不对"作"字所分化出来的这个口语字新音新义"另辟蹊径",即将广义的"作"字仍放到入声铎韵中释义"为也,起也,行也,役也,始也,生也,又姓",并仍注反切音"则落切"(即现代拼音之 zuò,或更近南方真实读音之 zò)的同时;却又在依旧排斥新造"做"字的表象之下,将其新音新义仍用"作"字另编入去声暮韵当中,仅释义"造也",注反切音"臧祚切"或"宗祚切",即现代拼音之 zù(因其韵母"祚"在同一去声暮韵的反切音便是"存故切(cù)",而非现代拼音之 zuò。《广韵》绝口不提这个去声之"作"即民间流行已久的新造"做"字;《集韵》倒是提到了,却谓"俗作'做',非是"。像这样"此地无银三百两"式的否定,亦丝毫改变不了当时的民众甚至不少著名文人对这个"做"字的广泛运用。如北宋四大书法家之一的米芾,不仅在其书法论著《海岳名言》里频繁地使用"做"字,而且两次使用了至今仍被当作口头禅的

"做作"一词。如云:"唯吉州'庐山'题名,题讫而去。后人刻之,故皆得其真,无做作凡俗之差。"又云:"世人多写大字时用力捉笔,字愈无筋骨神气,作圆笔头如蒸饼,大可鄙笑。要须如小字,锋势备全,都无刻意做作,乃佳。"然而据我观察,这个至今仍被民众挂在嘴边且极富意趣的口语词汇"做作",似乎只有和米芾一样生长在我国中南部地区的民间方言发音"zù·zò"或"zù·zuò",才能真正体现古人将此形音义皆有差异的"做作"二字所组成的这一复合词之无穷奥妙。若是按后来逐渐流行的北方话误读音或当今的普通话将其读作同音的"zuò·zuo",则不仅让听者觉得费解,也会让说者感到尴尬。所以,要从根本上解决当代乃至今后学习汉语的人不易辨别"做""作"二字的不同用法,以及在表达"做作"一词时所面临的尴尬,恐怕都得在"坚持以北京语言为标准音,以北方话为基础方言,以典范的现代白话文著作为语法规范"的大前提下,仍须针对少数被北方口语长期误读而导致音义混淆不清的一些字词(如"做"与"作"、"得"与"的"等),皆须参中南部地区更近古音的方言发音加以甄别和纠正,使之与传统的古音更接轨,也更科学。如将此处所说更广义更具书面语特色的"作"字,仍按普通话注音为 zuò;又将更狭义且更具口语特色的"做"字,按照从古至今俱存活于中南部方言的真实音,订正拼音为 zù,则上述问题均可迎刃而解。其至,即便是单为解除人们在用普通话说"做作"一词所面临的尴尬与困扰,这一订正也是值得的。

④此段文字后,底本尚有"此书开卷第一回也"一大段文字及紧接之"诗曰"和以"浮生着甚苦奔忙"开句的七律诗一首。这后一段文字及题诗,分明是本书第一回正文前须降格抄写的回前批,和与正文相连的回前题诗。不知何故,竟被传抄者抑或"阅评"后抄录自存的脂砚斋本人,一并移抄到此本凡例之后混作了凡例内容。而源于稿本抄录者所录历次定本的现存其余各本,则将与此本略有异同的这段文字,直接当作第一回开头的正文抄录,且删除了此本紧接之七律诗。现按本书后面一些回目的正常体例,将混入凡例末尾的这段文字及题诗,一并移至第一回开头作[回前总评]及回前题诗。

第一回

甄士隐梦幻识通灵　贾雨村风尘怀闺秀

[回前墨]①

　　此书开卷第一回也。作者自云："因曾历过一番梦幻之后，故将真事隐去，而撰此《石头记》一书也。"故曰"甄士隐梦幻识通灵"。但书中所记何事？又因何而撰是书哉？自云："今风尘碌碌，一事无成。忽念及当日所有之女子，一一细推了去，觉其行止见识皆出于我之上；何堂堂之须眉，诚不若彼一干裙钗？实愧则有余、悔则无益之大无可奈何之日也！当此时，则自欲将已往所赖——上赖天恩，下承祖德，锦衣纨绔之时，饫甘餍美②之日，背父母教育之恩，负师兄③规训之德，以致今日一事无成、半生潦倒之罪，编述一记，以告普天下人。虽我之罪固不能免，然闺阁中本自历历有人，万不可因我不肖，则一并使其泯灭也。虽今日之茅椽蓬牖，瓦灶绳床，其风晨月夕，阶柳庭花，亦未有伤于我④之襟怀笔墨者；何为不用假语村言敷演出一段故事来，以悦人之耳目哉？"故曰"风尘怀闺秀"，乃是第一回题纲正义也。

　　开卷即云"风尘怀闺秀"，则知作者本意，原为记述当日闺友闺情，并非怨世骂时之书矣。虽一时有涉于世态，然亦不得不叙者，但非其本旨耳。阅者切记之。

诗曰：

　　　　浮生着甚苦奔忙，盛席华筵终散场。
　　　　悲喜千般同幻渺⑤，古今一梦尽荒唐。
　　　　谩言红袖啼痕重⑥，更有情痴抱恨长。
　　　　字字看来皆是血，十年辛苦不寻常！

列位看官，你道此书从何而来？说起根由虽近荒唐， [朱旁]自占地步。

[朱旁]自首荒唐。妙！ 细谙则深有趣味。待在下将此来历注明，方使阅者了然不惑。

原来，女娲氏炼石补天[朱旁]补天济世，勿认真用常言。之时，于大荒山[朱旁]"荒唐"也。无稽崖[朱旁]"无稽"也。，炼成高经十二丈[朱旁]照⑦（原误总）应十二钗。、方经二十四丈[朱旁]照应副十二钗。顽石三万六千五百零一块。娲皇氏只用了三万六千五百块，[朱旁]合周天之数。只单单的剩了一块未用，[朱旁]剩了这一块，便生出这许多故事。使当日虽不以此补天，就该去补地之坑陷，使地平坦，而不得有此一部鬼话。便弃在此山青埂峰下。[朱眉]妙！自谓落堕"情根"，故无补天之用。谁知此石自经锻炼之后，灵性已通。[朱旁]锻炼后，性方通。甚哉，人生不能〔不〕学也！因见众石俱得补天，独自己无材不堪入选，遂自怨自叹，日夜悲号惭愧。

一日，正当嗟悼之际，俄见一僧一道远远而来，生得骨格不凡⑧，丰神迥别⑨，说说笑笑来至峰下，【墨眉】此下四百二十四字，戚本作"席地而坐长谈见"七个字⑩。坐于石边高谈快论。先是说些云山雾海、神仙玄幻之事，后便说到红尘中荣华富贵。此石听了，不觉打动凡心，也想要到人间去享一享这荣华富贵。但自恨粗蠢，不得已，便口吐人言，[朱旁]竟有人问："口生于何处？"其无心肝，可笑可恨之极！向那僧道说道："大师！弟子蠢物，[朱旁]岂敢岂敢！不能见礼了。适闻（原误问）二位谈那人世间荣耀繁华，心切慕之。弟子质虽粗蠢，[朱旁]岂敢岂敢！性却稍通。况见二师仙形道体，定非凡品，必有补天济世之材，利物济人之德。如蒙发一点慈心，携带弟子得入红尘，在那富贵场中、温柔乡里受享几年，自当永佩洪恩，万劫不忘也。"二仙师听毕，齐憨笑道："善哉，善哉！那红尘中有却有些乐事，但不能永远依恃；况又有美中不足、好事多魔⑪八个字紧相连属；瞬息间则又乐极悲生、人非物换；究竟是到头一梦、万境归空。[朱旁]四句乃一部〔书〕之总纲。倒不如不去的好。"这石凡心已炽，那里听得进这话去，乃复苦求再四。二

6

仙知不可强制，乃叹道："此亦静极思动、无中生有之数也！既如此，我们便携你去受享受享。只是到不得意时，切莫后悔。"石道："自然，自然。"那僧又道："若说你性灵，却又如此质蠢，并更无奇贵之处。如此，也只好踮脚而已。[朱旁]锻炼过，尚与人垫（原误踮）脚；不学者又当如何？今大施佛法助你助，待劫终之日，复还本质，[朱旁]妙！佛法亦须偿还，况世人之债（原误偿）乎！近之赖债者来看此句——所谓游戏笔墨也。以了此案。你道好否？"石头听了，感谢不尽。那僧便念咒书符，大展幻术，[朱旁]明点"幻"字。好！将一块大石登时变成一块鲜明莹洁的美玉，且又缩成扇坠大小的可佩可拿。[朱旁]奇诡险怪之文。有如韩苏《石钟》《赤壁》用幻处。那僧托于掌上，笑道："形体倒也是个宝物了，[朱旁]自愧之语。还只没有实在的好处。[朱旁]妙极！〔今⑫〕之金玉其外、败絮其中者，见此大不欢喜。须得再（原误在）镌上数字，使人一见便知是奇物方妙。[朱旁]世上原宜假不宜真也。谚云："一日卖了三千⑬假，三日卖不出一个真。"信哉！然后好携你到那昌明隆盛之邦、[朱旁]伏长安大都。诗礼簪□〔缨⑭〕之族，[朱旁]伏荣国府。花柳繁华地、[朱旁]伏大观园。温柔富贵乡，[朱旁]伏紫芸⑮轩。去安身乐业。"[朱旁]何不再添一句云："择个绝世情痴作主人。"石头听了，喜不能禁，乃问："不知赐了弟子那几件奇处？[朱旁]可知若果有奇贵之处，自己亦不知者；若自以奇贵而居，究竟是无真奇贵之人。又不知携了弟子到何地方？望乞明示，使弟子不惑。"那僧笑道："你且莫问，日后自然明白的。"说着便袖了这石，同那道人飘然而去，竟不知投奔何方何舍。[朱眉]昔子房后谒黄石公，惟见一石，子房当时恨不随此石去。余⑯亦恨不能随此石而去也。聊供阅者一笑。

　　后来，不知又过了几世几劫。因有个空空道人访道求仙，忽从这大荒山无稽崖青埂峰下经过，忽见一大石上字迹分明，编述历历。空空道人乃从头一看，原来就是无材补天、幻形入世，[朱旁]八字便是作者一生惭恨。蒙茫茫大士、渺渺真人携入红尘，历尽离合悲欢、炎凉

7

世态的一段故事。后面又有一首偈云：

> 无材可去补苍天，[朱旁]书之本旨枉入红尘若许年！[朱旁]惭愧之言，呜咽如闻。
>
> 此系身前身后事，倩谁记去作奇传？

诗后便是此石堕落之乡、投胎之处，亲自经历的一段陈迹故事。其中家庭闺阁琐事，以及闲情诗词，倒还全备，或[朱旁]"或"字谦得好！可适趣解闷；然朝代年纪、地舆邦国[朱旁]若用此套者，胸中必无好文字，手中断无新笔墨。却反失落无考。[朱旁]据余说，却大有考证。空空道人遂向石头说道："石兄，你这一段故事，据你自己说有些趣味，故编写在此，意欲问世传奇。据我看来，第一件，无朝代年纪可考；[朱旁]先驳得妙！第二件，并无大贤大忠、理朝廷治风俗的善政，[朱旁]将世人欲驳之腐言，预先代人驳尽。妙！其中只不过几个异样的女子，或情或痴，或小才微善，亦无班姑、蔡女之德能。我纵（原误总）抄去，恐世人不爱看呢！"石头笑答道："我师何太痴也！若云无朝代可考，今我师竟假借汉唐等年纪添缀，又有何难？[朱旁]所以答得好。但我想，历来野史皆蹈一辙，莫如我这不借此套者反倒新奇别致，不过只取其事体情理罢了，又何必拘拘于朝代年纪哉！再者，市⑰（原误世）井俗人，喜看理治之书者甚少，爱看适趣闲文者特多。历代野史，或讪谤君相，或贬人妻女，[朱旁]先批其大端。奸淫凶恶不可胜数。更有一种风月笔墨，其淫秽污臭、荼（原误涂）毒笔墨、坏人子弟又不可胜数。至若佳人才子等书，则又千部共出一套，且其中终不能不涉于淫滥。以致满纸潘安、子建、西子、文君，不过作者要写出自己的那两首情诗艳赋来，故假拟出男女二人名姓，又必旁出一小人其间拨乱，亦如剧中之小丑然。且鬟婢开口即者也之乎，非文即理。故逐一看去，悉皆自相矛盾、大不近情理之话。竟不如我半世亲睹亲闻的这几个女子，虽不敢说强似前代书中所有之人，但事迹原委，亦可以消愁破闷；也有几首歪诗熟话，可以喷饭供酒。至若离合悲欢，兴衰际遇，则又追踪蹑（原误摄）迹，不敢稍加穿凿，徒为供人之目而反失其真传者。[朱眉]事则实事，然亦叙得有间架、有曲折、有顺逆、有映带、有隐有见、有正有闰，以至草蛇灰线、空谷传声、一击两鸣、明修栈道、暗渡陈仓、云龙雾雨、两山对峙、烘云托月、背面傅（原误传）粉、千皴万染，诸奇书中之秘法亦复不（原误不复）少。余亦于（原作干）逐回中搜剔刳剖，明白注释，以待高明再批示误谬。　[朱眉]开卷一篇立意，真打破历来小说窠臼。阅其笔，则是《庄子》《离骚》之亚。　[朱眉]斯亦太过！⑱　今之人，贫者日为衣食所累，富者又怀不足之心，纵（原误总）一时稍闲，又有贪淫恋色、好货（原误贷）寻愁之事，那里有工夫去（原误去有工夫）看那理治之书⑲？所以，我这一段〔故⑳〕事，也不愿世人称奇道妙，也不定要世人喜悦检读，[朱旁]转得更好！　只愿他们当那醉余饱卧之时，或避世去愁之际，把此一玩，岂不省了些㉑（原误此）寿命筋力？就比那谋虚逐妄，却㉒（原误去）也省了口舌是非之害，腿脚奔忙之苦。再者，亦令世人换新眼目，不比那些胡牵乱扯，忽离忽遇，满纸才人、淑女，子建、文君、红娘、小玉等通共熟套之旧稿。我师意为何如？"[朱旁]余代空空道人答曰：
"不独破愁醒盹，且有大益。"

空空道人听如此说，思忖半晌，将这《石头记》[朱旁]本名。再检阅一遍。[朱旁]这空空道人也太小心了，想亦世之一腐儒耳！因见上面虽有些指奸责佞、贬恶诛邪之语，[朱旁]亦断不可少。亦非伤时骂世之旨；[朱旁]要紧句。及至君仁臣良、父慈子孝，凡伦常所关之处，皆是称功颂德，眷眷无穷，实非别书之可比。虽其中大旨谈情，亦不过实录其事，又非假拟妄称，[朱旁]要紧句。一味淫邀艳约、私订偷盟之可比。因毫不干涉时世，[朱旁]要紧句。方从头至尾抄录回来问世传奇。因空见色，由色生情，传情入色，自色悟空，遂易名为情僧，改《石头记》为《情僧录》。至吴玉峰题曰《红楼梦》。东鲁孔梅溪则题曰《风月宝鉴》。[朱旁]雪芹旧有《风月宝鉴》之书，乃其弟棠村序也。今棠村已逝，余睹新怀旧，故仍因之。后因曹雪芹于悼红轩中披阅十载，增删五次，

9

[朱眉]若云雪芹"披阅增删",然则(原误后)开卷至此这一篇"楔子"又系谁撰？足见作者之笔,狡猾之甚。后文如此处者不少。这正是作者用画家"烟云模糊〔法〕"处,观者万不可被作者瞒蔽(原误弊)了去,方是巨眼。纂成目录,分出章回,则题曰《金陵十二钗》。并题一绝云:

满纸荒唐言,一把辛酸泪。

都云作者痴,谁解其中味？[朱夹]此是第一首标题诗。 [朱眉]能解者,方有辛酸之泪哭成此书。壬午除夕,书未成,芹为泪尽而逝。余尝哭芹,泪亦待尽。每意觅青埂峰再问石兄,奈(原误余)不遇癞(原误癫)头和尚何？怅怅！[朱眉]今而后,惟愿造化主再出一芹一脂,是书何幸(原误本)！余二人亦大快遂心于九泉矣！甲申(原误午)八月(原误日)泪笔㉓【墨眉】此是八月。【墨眉】此下十五字,戚本无。㉔

至脂砚斋甲戌抄阅再评,仍用《石头记》。

出处(原误则)既明㉕,且看石上是何故事。按那石上书云:[朱旁]以〔下系〕石上所记之文。㉖

当日地陷东南,这东南一隅有处曰姑苏,[朱旁]是金陵。有城曰阊门者,最是红尘中一二等富贵风流之地。[朱旁]妙极！是石头口气。惜米颠不遇此石！这阊门外有个十里街,[朱旁]开口先(原误失)云"势利",是伏甄、封二姓之事。街内有个仁清巷,[朱旁]又言"人情",总为士隐火后伏笔。巷内有个古庙,因地方窄狭,[朱旁]世路宽平者甚少。[朱旁]亦凿！人皆呼作葫芦庙,[朱旁]"糊涂"也。故假语从此兴㉗(原误具)焉。庙旁住着一家乡宦,[朱旁]不出荣国大族,先写乡宦小家。从小至大,是此书章法。姓甄,[朱眉]"真"。后之甄宝玉亦借此音,后不注。名费[朱旁]"废"。字士隐。[朱旁]托言将"真事隐去"也。嫡妻封氏[朱旁]"风"。因风俗来。情性贤淑,深明礼义。[朱旁]八字正是写日后之香菱,见其根源不凡。家中虽无甚富贵,然本地便也推他为望族了。[朱旁]本地推为望族,宁、荣则天下推为望族。叙事有层落。只因这甄士隐禀性恬淡,不以功名为念,每日只以观花修竹、酌酒吟诗为乐,[朱旁]自是"羲皇上人",便可作是书之朝代年纪矣。总写香菱根基原与正十二钗无异。倒是神仙一流人品。只是一件不足，如今年已半百，膝下无儿，[朱旁]所谓"美中不足"也。只有一女，乳名英莲，[朱旁]设云"应怜㉘（原误伶）"也。年方三岁。

一日，炎夏永昼。[朱旁]热日无多。士隐于书房闲坐，至手倦抛书，伏几少憩，不觉朦胧睡去。梦至一处，不辨是何地方。忽见那厢来了一僧一道，[朱旁]是方从青埂峰袖石而来也。接得无痕。且行且谈。只听道人问道："你携了这蠢物，意欲何往？"那僧笑道："你放心。如今现有一段风流公案正该了结，这一干风流冤家尚未投胎入世。趁此机会，就将此蠢物夹带于中，使他去经历经历。"那道人道："原来近日风流冤孽又将造劫历世去不成？但不知落于何方何处？"那僧笑道："此事说来好笑，竟是千古未闻的罕事。只因西方灵河岸上，三生石畔，[朱旁]妙！所谓"三生石上旧精魂"也。[朱眉]全用幻，情之至莫如此。今采来压卷（原误巷），其后可知。有绛珠[朱旁]点"红"字。细思"绛珠"二字，岂非"血泪"乎？草一株。时有赤瑕[朱旁]点"红"字、"玉"字二。[朱眉]按"瑕"字，本注："玉，小赤也。"又："玉有病也。"以此命名，恰极！宫神瑛[朱旁]单点"玉"字二。侍者，日以甘露灌溉。这绛珠草便得久延岁月。后来既受天地精华，复得雨露滋养，遂得脱却草胎木质，得换人形，仅修成个女体，终日游于离恨天外。饥则食密青果为膳，渴则饮灌愁海水为汤。[朱旁]饮食之名奇甚！出身履历更奇甚！写黛玉来历，自与别个不同。只因尚未酬报灌溉之德，[朱旁]妙极！恩怨不清，西方尚如此，况世之人乎？趣甚，警甚！故其五衷便郁结着一段缠绵不尽之意。[朱眉]以顽石、草木为偶，实历尽风月波澜、尝遍情缘滋味至无可如何，始结此木石因果，以泄胸中恺郁。古人之"一花一石㉙如有意，不语不笑能留人"，此之谓耶？恰近日神瑛侍者凡心偶炽，[朱旁]总悔轻举妄动之意。乘此昌明太平朝世，意欲下凡造历幻缘，[朱旁]点"幻"字。已在警幻[朱旁]又出一"警幻"，皆大关键处。仙子案前挂了号。警幻亦曾问及：'灌溉之情未偿，趁此倒可了结的？'那绛珠仙子道：'他是甘露之惠，我并无此水可还；他既下世为人，我也去下世为人，但把我一生所有的眼泪还他，也偿还得过他了。'[朱旁]观者至此，请掩卷思想：历来小说，可曾有此句千古未闻之奇文?㉚　[朱眉]知眼泪还债,大都作者一人耳。余亦知此意,但不能说得出。因此一事,就勾出多少风流冤家来,陪他们去了结此案。"[朱旁]余不及一人者,盖全部之主,惟二玉二人也。那道人道:"果是罕闻,实未闻有'还泪'之说。想来,这一段故事比历来风月**故事**㉛(原作事故),更加琐碎细腻了?"那僧道:"历来几个风流人物,不过传其大概,以及诗词篇章而已;至家庭闺阁中一饮一食,总未述记。再者,大半风月故事,不过偷香窃玉、暗约私奔而已,并不曾将儿女真情发泄**一二**。**想这一干人**㉜(原误一干人这一人)入世,其情痴色鬼、贤愚不肖者,悉与前人传述不同矣。"那道人道:"趁此,你我何不也去下世度脱几个,岂不是一场功德?"那僧道:"正合吾意。你且同我到警幻仙子宫中,将这蠢物交割清楚,待这一干风流孽鬼下世已完,你我再去。如今虽已有一半落尘,[朱旁]若从头逐个写去,成何文字?《石头记》得力处在此。　丁亥春然犹未全集。"道人道:"既如此,便随你去来。"

　　却说甄士隐俱听得明白,但不知所云"蠢物"系何东西。遂不禁上前施礼,笑问道:"二仙师请了!"那僧道也忙答礼相问。士隐因说道:"适闻仙师所谈因果,实人世罕闻者。但弟子愚浊,不能洞悉明白,若蒙大开痴顽,备细一闻,弟子则洗耳谛听;稍能警省,亦可免沉沦之苦。"二仙笑道:"此乃玄机不可预泄者。到那时,只不要忘了我二人,便可跳出火坑矣。"士隐听了,不便再问,因笑道:"玄机不可预泄,但适云'蠢物',不知为何,或可一见否?"那僧道:"若问此物,倒有一面之缘。"说着,取出递与士隐。士隐接了看时,原来是块鲜明美玉,上面字迹分明,镌着"通灵宝玉"四字,[朱旁]凡三四次,始出明玉形。隐屈之至!后面还有几行小字。正欲细看时,那僧便说"已到幻境",[朱旁]又点"幻"字,云书已入幻境矣。便强从手中夺了去,与道人竟过一大石牌坊。那牌坊上大书四字,乃是"太虚幻境"。[朱旁]四字可思。两边又有一副对联,道是:

假作真时真亦假，无为有处有还无。[朱夹]叠用"真""假""有""无"字。妙！

士隐意欲也跟了过去，方举步时，忽听一声霹雳，有若山崩地陷。士隐大叫一声，定睛一看，[朱旁]醒得无痕，不落旧套。只见烈日炎炎，芭蕉冉冉，梦中之事便忘了对半。[朱旁]妙极！若记得，便是俗笔了。又见奶姆正抱了英莲走来。士隐见女儿越发生得粉妆玉琢，乖觉可喜，便伸手接来，抱在怀中逗他玩耍一会，又带至街前看那过会的热闹。方欲进来时，只见从那边来了一僧一道。[朱旁]所谓"万境都如梦境看"也。那僧则癞头跣足，那道〔则㉝〕跛足蓬头，[朱旁]此则（原误门）是幻像。㉞疯疯癫癫、挥霍谈笑而至。

及到了他门前，看见士隐抱着英莲，那僧便哭起来，[朱旁]奇怪！所谓"情僧"也。又向士隐道："施主，你把这有命无运、累及爹娘[朱眉]八个字屈死多少英雄，屈死多少忠臣孝子，屈死多少仁人志士，屈死多少词客骚人！今又被作者将此一把眼泪洒与闺阁之中，见得裙钗尚遭逢此数，况天下之男子乎！[朱眉]看他所写开卷之第一个女子，便用此二语以订终身，则知托言寓意之旨。谁谓独寄兴于一"情"字耶？　[朱眉]武侯之三分，武穆之二帝，二贤之恨及今不尽，况今之草芥乎！[朱眉]家国君父，事有大小之殊，其理其运其数，则略无差异。知运知数者，则必谅而后叹也！㉟之物抱在怀内做甚？"士隐听了，知是疯话，也不去睬他。那僧还说"舍我罢，舍我罢"，士隐不奈烦，便抱着女儿撤身进去。那僧乃指着他大笑，口内念了四句言词，道是：

惯养娇生笑你痴，[朱旁]为天下父母痴心一哭！

菱花[朱旁]生不遇时。空对雪澌澌。[朱旁]遇又非偶。

好防佳节元宵后，[朱旁]前后一样。不直云"前"而云"后"，是讳知者。

便是烟消火灭时！[朱旁]伏后文。

士隐听得明白，心下犹豫，意欲问他们来历。只听道人说道："你我

13

不必同行，就此分手，各干营生去罢，三劫[朱眉]佛以世谓劫。凡三十年为一世，三劫者，想以九十春光寓言也。后，我在北邙山等你，会齐了同往太虚幻境销号。"那僧道："妙妙妙！"说毕，二人一去，再不见个踪影了。士隐心中此时自忖："这两个人必有来历，该试一问。如今悔却晚也。"

这士隐正痴想，忽见隔壁[朱旁]"隔壁"二字，极细极险。记清！葫芦庙内寄居的一个穷儒，姓贾名化[朱旁]"假话"。妙！字表时飞、[朱旁]"实非"。妙！别号雨村者，[朱旁]雨村者，"村言粗语"也。言以村粗之言，演出一段假话也。走了出来。这贾雨村原系湖㊱（原误胡）州[朱旁]"胡诌"也。人氏，原系诗书仕宦之族，因他生㊲（原误出）于末世，[朱旁]又写一末世男子。父母祖宗根基已（原误一）尽㊳，人口衰丧，只剩得他一身一口，在家乡无益，因进京求取功名，再整基业。自前岁来此，又淹蹇住了，暂寄庙中安身，每日卖字作文为生，故士隐常与他交接。[朱旁]又夹写士隐实是翰林文苑，非守钱虏也。直灌入"慕雅女雅集苦吟诗"一回。当下雨村见了士隐，施礼陪笑道："老先生倚门伫望，敢〔是㊴〕街市上有甚新闻否？"士隐笑道："非也。适因小女啼哭，引他出来作耍，正是无聊之甚。兄来得正妙，请入小斋一谈，彼此皆可消此永昼。"说着，便令人送女儿进去，自携了雨村来至书房中。小童献茶。方谈得三五句话，忽家人飞报："严老爷来拜！"[朱旁]"炎"也。炎既来，火将至矣。士隐忙得起身谢罪道："恕诳驾之罪，略坐，〔弟㊵〕即来陪。"雨村忙起身亦让道："老先生请便。晚生乃常造之客，稍候何妨。"说着，士隐已出前厅去了。

这里雨村且翻弄书籍解闷。忽听得窗外有女子嗽声。雨村遂起身往窗外一看，原来是一个丫鬟，在那里撷花，生得仪容不俗，眉目清朗，[朱旁]八字足矣。虽无十分姿色，却亦有动人之处。[朱眉]更好。这便是真正情理之文。可笑近之小说中，满纸"羞花闭月"等字。[朱眉]这是雨村目中，又不与后文㊶（原误之人）相似。雨村不觉看得呆了。[朱旁]今古穷酸，那甄家丫鬟撷了花方欲走时，猛抬头见窗内有人，敝巾旧服，色心最重。虽是穷贫，然生得腰圆背厚，面阔口方，更兼剑眉星眼，直鼻权腮。[朱旁]是莽、操遗容。 [朱眉]最可笑世之小说中，凡写奸人，则用"鼠耳""鹰腮"等语。这丫鬟忙转身回避，心下乃想："这人生得这样雄壮，却又这样褴褛，想他定是我家主人常说的什么贾雨村了，每有意帮助周济，只是没甚机会。我家并无这样贫穷亲友，想定系此人无疑了。怪道又说他必非久困之人。"[朱眉]这方是正文。又最恨近之小说中满纸"红拂""紫烟"。如此想，不免又回头两次。雨村见他回了头，便自为这女子心中有意于他，[朱旁]今古穷酸，皆会替女妇⑫心中取出自己。便狂喜不禁，自为此女子必是个巨眼英豪，风尘中之知己也。一时小童进来，雨村打听得前面留饭，不可久待，遂从夹道中自便出门去了。士隐待客既散，〔知⑬〕雨村自便，也不去再邀。

一日，早又中秋佳节。士隐家宴已毕，乃⑭（原误及）又另具一席于书房，却自己步月至庙中，来邀雨村。[朱旁]写士隐爱才好客。原来雨村自那日见了甄家之婢曾回头顾他两次，自为是个知己，便时刻放在心上。今又正值中秋，不免对月有怀，因而口占五言一律云：[朱夹]这是第一首诗。后文"香奁""闺情"皆不落空。余谓雪芹撰此书中，亦有（原误为）传诗之意。

未卜三生愿，　频添一段愁。

闷来时敛额，　行去几回头。

自顾风前影，　谁堪月下俦？

蟾光如有意，　先上玉人楼。

雨村吟罢，因又思及平生抱负，苦未逢时，乃又搔首对天长叹，复高吟一联云：

玉在匮⑮中求善价，钗于奁内待时飞。[朱旁]表过黛玉，则紧接上宝钗。

[朱夹]前用二玉合传,今用
二宝合传,自是书中正眼。

恰被(原误至)⁴⁶士隐走来听见,笑道:"雨村兄真抱负不浅也!"雨村忙笑道:"岂敢!不过偶吟前人之句,何敢狂诞至此?"因问:"老先生何兴至此?"士隐笑道:"今夜中秋,俗谓团圆之节,想尊兄旅寄僧房,不无寂寞之感,故特具小酌,邀兄到敝斋一饮,不知可纳芹意否?"雨村听了,并不推辞,便笑道:"既蒙谬爱,何敢拂此盛情。"

[朱旁]写雨村
豁达气象不俗。说着,便同了士隐复过这边书院中来。

须臾茶毕,早已设下杯盘。那美酒佳肴自不必说。二人归座,先是款斟漫饮,次渐谈至兴浓,不觉飞觥限斝起来。当时街坊上家家箫管,户户弦歌,当头一轮明月,飞彩凝辉,二人愈添豪兴,酒到杯干。雨村此时已有七八分酒意,狂兴不禁,乃对月寓怀,口号一绝云:

时逢三五便团圆,[朱旁]是
将发之机。满把晴光护玉栏。[朱旁]奸雄心
事,不觉露出。

天上一轮才捧出,人间万姓仰头看。[朱眉]这首诗非本
旨,不过欲出雨村,

不得不有者。 [朱眉]用中秋诗起,用中秋诗收,又用
起诗社于秋日。所叹者,三春也,却用三秋作关键。

士隐听了,大叫:"妙哉!吾每谓兄必非久居人下者,今所吟之句,飞腾之兆已见,不日可接履于云霓之上矣。可贺,可贺!"乃亲斟一斗[朱旁]这个"斗"字,莫作"升斗"之"斗"看。为贺。雨村因干过,叹道:"非
【朱旁】可笑! 【朱旁】此语批得谬!

晚生酒后狂言,若论时尚之学,[朱旁]四字新而含蓄最广。
若必指明,则又落套矣。晚生也或可去

充数沽名,〔只〕⁴⁷是目今行囊路费一概无措,神京路远,非赖卖字撰文可能到者。"士隐不待说完,便道:"兄何不早言?愚每有此心,但每遇兄时,兄并未谈及,愚故未敢唐突。今既及此,愚虽不才,'义利'二字却还识得。且喜明岁正当大比,兄宜作速入都,春闱一战,方不负兄之所学也。其盘费余事,弟自代为处置,**亦**(原误尔)⁴⁸不

枉兄之谬识矣。"当下即命小童进去速封五十两白银，并两套冬衣。又云："十九日乃黄道之期，兄可即买舟西上，待雄飞高举，明冬再晤，岂非大快之事耶！"〔朱眉〕写士隐如此豪爽，又全无一些粘皮带骨之气相。愧杀近之读书假道学矣！雨村收了银衣，不过略谢一语，并不介意，仍是吃酒谈笑。〔朱旁〕写雨村真是个英雄。那天已交三鼓，二人方散。

士隐送雨村去后，回房一觉直至红日三竿方醒。〔朱旁〕是宿酒。因思昨日之事，意欲再写两封荐书与雨村带至神京，使雨村投谒个仕宦之家为寄足之地。〔朱旁〕又周到如此。因使人过去请时，那家人去了回来说："和尚说，贾爷今日五鼓已进京去了，也曾留下〔话㊷〕与和尚转达老爷，说'读书人不在黄道黑道，总以事理为要，不及面辞了'"。〔朱旁〕写雨村真令人爽快！士隐听了，也只得罢了。

真是闲处光阴易过，倏忽又是元宵佳节矣。因士隐命家人霍启〔朱旁〕妙！"祸起"也，此因事而命名。抱了英莲，去看社火花灯。半夜中，霍启因要小解，便将英莲放在一家门槛上坐着。待他小解完了来抱时，那有英莲的踪影？急得霍启直寻了半夜，至天明不见。那霍启也就不敢回来见主人，便逃往他乡去了。那士隐夫妇见女儿一夜不归，便知有些不妥；再使几个人去寻找，回来皆云，连音响皆无。夫妻二人半世只生此女，一旦失落，岂不思想？因此昼夜啼哭，几乎不曾寻死。〔朱眉〕喝醒天下父母之痴心。看看一月，士隐先就得了一病。当时封氏孺人也因思女构疾，日日请医疗病。

不想这日三月十五，葫芦庙中炸供，那些和尚不加小心，致使油锅火逸，便烧着窗纸。此方人家多，用竹篱木壁者多，〔朱旁〕土俗人风。大抵也因劫数，于是接二连三牵五挂四，〔朱眉〕写出南直召祸之实病。将一条街烧得如火焰山一般。彼时虽有军民来救，那火已成了势，如何救得下去，直烧了一夜,方渐渐熄去,也不知烧了几家。只可怜甄家在隔壁,早已烧成一片瓦砾场了。只有他夫妇并几个家人的性命不曾伤了。急得士隐惟跌足长叹而已。只得与妻子商议,且到田庄上去安身。偏值近年水旱不收,鼠盗蜂起,无非抢粮夺食,鼠窃狗偷,民不安生,因此官兵剿捕,难以安身。士隐只得将田庄都折变了。便携了妻子与两个丫鬟,投他岳丈家去。

他岳丈名唤封肃,[朱旁]本贯大如州人氏,[朱眉]虽是

[朱旁]风俗。⑩

[朱眉]托言"大概如此之风俗"也。

务农,家中都还殷实。今见女婿这等狼狈而来,心中便有些不乐。[朱旁]所以大概之人情如是,风俗如是也。幸而士隐还有折变地的银子未曾用完,拿出来托他随分就价,薄置些须房地,为后日衣食之计。那封肃便半哄半赚,些须与他些薄田朽屋。士隐乃读书之人,不惯生理稼穑等事,勉强支持了一二年,越觉穷了下去。封肃每见面时便说些现成话,且人前人后又怨他们不善过活,只一味好吃懒**做**⑪(原作用)等语。[朱旁]此等人何多之极!士隐知投人不着,心中未免悔恨,再兼上年惊唬,急忿悲痛已伤,暮年之人贫病交攻,竟渐渐露出那下世的光景来。

可巧,这日拄了拐挣挫在街前散散心时,忽见那边来了一个跛足道人,疯狂落脱,麻屣鹑衣,口内念着几句言词,道是:

世人都晓神仙好,惟有功名忘不了;

古今将相在何方? 荒冢一堆草没了。

世人都晓神仙好,只有金银忘不了;

终朝只恨聚无多,及到多时眼闭了。

世人都晓神仙好,只有娇妻忘不了;

君生日日说恩情,君死又随人去了。

世人都晓神仙好,只有儿孙忘不了;

痴心父母古来多,孝顺儿孙谁见了!

士隐听了,便迎上来道:"你满口说〔**些**⑫〕什么? 只听见些'好了'

'好了'。"那道人笑道:"你若果听见'好了'二字,还算你明白。可知世上万般,好便是了,了便是好。若不了,便不好;若要好,须是了。我这歌儿,便名《好了歌》。"士隐本是有宿慧的,一闻此言,心中早已彻悟,因笑道:"且住! 待我将你这《好了歌》解注出来何如?"道人笑道:"你解,你解!"士隐乃说道:

陋室空堂,当年笏满床;[朱旁]宁荣未有之先。衰草枯杨,曾为歌舞场。

[朱旁]宁荣既败之后。蛛丝儿结满雕梁。[朱旁]潇湘馆、紫芸轩等处。绿纱今又糊在蓬窗上。[朱旁]雨村等一干新荣暴发之家。[朱眉]先说场面,忽新忽败,忽丽忽朽,已见得反复不了。

说什么脂正浓、粉正香,如何两鬓又成霜? [朱旁]宝钗、湘云一干人。㊾昨日黄土陇头送㊾白骨,

[朱旁]黛玉、晴雯一干人。㊿今宵红灯帐底卧鸳鸯。[朱旁]甄玉、贾玉一干人。㊿ [朱眉]一段妻妾迎新送死,倏恩倏爱,

倏痛倏悲,缠绵不了。金满箱,银满箱,辗眼乞丐人皆谤。[朱旁]熙凤一干人。正叹他人

命不长,那知自己归来丧。[朱眉]一段石火光阴,悲喜不了;风露草霜,富贵嗜欲,贪婪不了。训有方,

保不定日后[朱旁]言父母死后之日。作强梁;[朱旁]柳湘莲一干人。择膏粱,谁承望流落在

烟花巷。[朱眉]一段儿女死后无凭,生前空为筹画计算,痴心不了。因嫌纱帽小,致使锁枷扛。

[朱旁]贾赦、雨村一干人。昨怜破袄寒,今嫌紫蟒长。[朱旁]贾兰、贾菌一干人。[朱眉]一段功名升黜无时,强

夺苦争,喜惧不了。乱哄哄,你方唱罢我登场,[朱旁]总收。[朱眉]总收古今亿兆痴人,共历幻场。此幻事扰扰纷纷,

无日可了。反认他乡是故乡;[朱旁]太虚幻境、青埂峰一并结住。甚荒唐,[朱旁]语虽旧句,用于此妥极是极!到

头来都是为他人作嫁衣裳![朱旁]苟能如此,便能了得。[朱眉]此等歌谣,原不宜太雅,恐其不能通俗,故只此便

妙极。其说得痛切处,又非一味俗语可到。

那疯跛道人听了,拍㊼(原误指)掌笑道:"解得切,解得切!"士隐便笑一声:"走罢!"[朱旁]如闻如见。[朱眉]"走罢"二字,真悬崖撒手,若个能行?㊽将道人肩上褡裢

抢了过来背着,竟不回家,同了疯道人飘飘而去。当下烘动街坊,众人当作一件新文传说。封氏闻得此信,哭个死去活来。只得与父亲商议,遣人各处访寻,那讨音信?无奈何,少不得依靠着他父母度日。幸而身边还有两个旧日的丫鬟伏侍,主仆三人日夜做些个针线发卖,帮着父亲用度。那封肃虽然日日抱怨,也无可奈何了。

这日,那甄家的大丫鬟在门前买线,忽听得街上喝道之声。众人都说新太爷到任。丫鬟于是隐在门内看时,只见军牢快手一对一对的过去,俄而大轿内抬着一个乌帽猩袍的官府过去。[朱旁]雨村别来无恙否?可贺,可贺![朱眉]所谓"乱烘烘,你方唱罢我登场"是也。丫鬟倒发个怔,自思:这官好面善,倒像在那里见过的。于是进入房中,也就丢过不在心上。[朱旁]是无儿女之情,故有夫人之分。至晚间,正该歇息之时,忽听一片声打得门响,许多人乱嚷,说:"本府太爷差人来传人问话!"封肃听了,唬得目瞪口呆,不知有何祸事。

校　注

①此回前批及之后的正文回前题诗均从原误置于凡例末尾的一大段文字及题诗中,依各本之例,改移作第一回仍作回前批等(参见凡例注④)

②"饫甘餍美",甲辰本作"饮甘餍饱",其余各本作"饫甘餍肥"。

③"师兄",各本皆作"师友"。

④"伤于我",庚辰、戚序、戚宁本作"防我",其余各本作"妨我"。

⑤"悲喜千般同幻渺",原文如此。且此前专家征引及俞、陈、朱三辑所录此句,从未提出任何异议,亦未作任何校改。然不知何故,在俞校本(1963年初版后多次再版)及以此为底本的"中学生课外文学名著必读"本(人民文学出版社2000年初版后多次再版)中,此句却不作任何注释地径改为"悲喜千般同幻泡"。颇疑乃俞校本初版之擅改或误排并贻误至今。不过"幻泡"二字亦可成词。因佛教《金刚般若波罗蜜经》(俗称《金刚经》),便有"一切有为法,如梦幻泡影"等语,故"梦幻""泡影"曾被后世广泛运用,而单取中间二字

成词的"幻泡"，在诗词中亦并不鲜见。然此处之"幻渺"本可通，似不必强校作更其生僻的"幻泡"。且"梦""幻""渺""茫"四字，乃此书核心词语。仅以书中象征性人物的名字加以点示者，即有"痴梦仙姑""警幻仙子""渺渺真人""茫茫大士"，却并不见以"泡"字命名的人物。

⑥"谩言红袖啼痕重"，此"谩言"之"谩"字，与第五回判词"漫言不肖皆荣出"之"漫"字有所不同。若以现代汉语论，前者或为错字；但在古人的用法中，二者皆可通。如宋·周邦彦词："寿阳谩斗，终不似，照水一枝清瘦。"金·董解元《西厢记诸宫调》："谩叹息，谩悒怏。"其"谩"字，皆与"漫"字一样作"莫""别""不要"之义解。何况这一其余各本皆无而原置于凡例之诗，极可能出自为此书作"阅评"的脂砚斋手笔；而第五回判词中的"漫言"，则系作者正文，二人用字习惯有别亦不奇怪。故各存其原貌。

⑦"照"，在共有此批的梦稿、甲辰及蒙、戚诸本（即蒙府、戚序、戚宁本的合称，下同）中，梦稿缺此字，据其余各本改。

⑧"生得骨格不凡"，句中"得"字，因是此本首次出现的一个正确使用于汉语白话文中的动词谓语和补语之间的结构助词（类似这样用字无误的补语结构助词"得"，在后文中还大量存在）。足见后文中不时出现的一些常将只能用于主语或宾语之前作定语助词的"的"，以及当初也可以用在动词之前作状语助词的"的"（如今的状语助词早已规范为"地"了），经常会不慎与动词后的补语助词"得"字混用致误，其实并非作者原文有误，而是原稿本抄录者或定本传抄者的习惯性混用所致。故在本书的校勘中，必须严格予以订正。订正的方式，按本书《校勘说明》第四条第8款之约定：凡遇此类明显可考在作者曹雪芹或评者脂砚斋的原稿中用字无误，却常被其历次定本的抄录者畸笏叟或后来的传抄者不经意混淆致误的这类一般性错字，均按通假字之例径改不作校勘标识，亦不作校注。而只对极少数特需澄清的字词混用问题，于其或正或误的首次出现处加注说明。本书所据之传抄底本中少量存在的助词"得"与"的"混用，主要是表现在前者易被误为后者（且当今的文人书写，此类混用愈发严重）。原因何在？则须略作说明。

首先要说的一点是，若按当今汉语用字规范，结构助词"的、地、得"都该明确区分；为什么本书只针对过去《红楼梦》校印本从不订正传抄本中助词"得"与"的"混用而严加订正，却不涉及对动词前的状语助词"地"作订正呢？这是因为，现当代普遍使用的状语助词"地"，在距今约两三百年前的清中叶时代,尚未在文人中普及。包括作者曹雪芹、批者脂砚斋和畸笏叟等在内的现存十二种古抄本中所显示的文字,均不见一处使用过状语助词"地",故不能以现代的规范化标准去超前校订。尽管比曹雪芹早生五百余年的金代董解元所著《西厢记诸宫调》(简称董西厢),已经把助词"的、地、得"区分使用得非常清楚,几乎可以和当今用词最严谨的作家相媲美。但因"的"与"地"同音,董西厢亦偶有在这两个字上混用出错的个例,却绝无与读音相异之"得"字混用者。

这就引出了第二个问题:助词"的"与"得"之区分,比董西厢区分"的"与"地"的历史还要早,在文人用字中也更早普及,为什么直到现在,文人们在混用助词"的"与"得"的问题上,甚至比《红楼梦》稿本的抄录者和传抄者还要严重呢?一言以蔽之,仍属北方语音中对某些字音的误读,又无形中变成了"官话"的影响所致。古代的元明清皆定都北京,自然会这样;当今的中华人民共和国不仅定都北京,其法定的普通话亦全面覆盖了影视、播音及教育体系,其混用会愈演愈烈也就不足为奇了。然而在现实生活中,人口占全国总人口绝大多数的中南部各省区的方言口语中,连文盲都不可能混淆助词"的"与"得"(如今从上幼儿园起便一直接受普通话教育的新生代按理应该除外;但新生代一旦离开了学校,大多数仍留在故乡或中南部地区工作而习惯使用方言,便同样不会混淆)。所以究其常被文人严重混用之症结,正在于北方方言中的这三个助词在口语中变成了同一个读音,这才是容易混淆致误的关键所在。而自始至终沿袭了汉字古音的中南部方言口语中,其定语助词"的"(包括法定的状语助词"地"),皆读作与古音更为接轨的去声 dì。古音"的"本属入声,后来入声逐渐式微,中南部省区大多演变成了去声。当然亦因长期受到北方"官话"影响而将入声"的"向上挑,好些地方讹变成了平声"滴";还有讹变成平声"哩"或"勒"者。总之都与读音迥异的"得"(dé)字不相混淆。所以,在北方语音或现今普通话的这三个助词发音中,反倒是稍变为轻声的补语助词"得"大致与古音接轨;其余的定语助词"的"和状语助词"地",为求全国语音更加统一计,似乎也该将以北方语音为基础的普通话发音,订正为向中南部大多数方言发音看齐才对。这便是我所谓从根本上解决助词"的""地"与"得"字易生混淆的最有效方法。这就如同前述从根本上解决"做"与"作"相混淆的方法一样,即将这类长期被北方语音误读的字词,大致按中南部地区的现存发音而正确地与古音接轨。确切地说,便是助词"得"仍保持普通话读音不变，而下决心将助词"的"与"地"恢复为古音 dì（改读轻声是可以的）。这样的合理改进，其实在当今的美声和民族唱法的歌词及传统戏曲的吐词中，一直都在坚持。现将其扩展到口语发音中，亦属顺理成章之事。这样不仅可以彻底解决文人用字易混淆的问题，连中国大多数地区的底层民众及婴幼儿说话都会减少许多障碍。或许，在试行此改进的初始阶段，讲普通话会略感别扭；但在影视发音和播音主持的坚持推广下，用不了多久，均会习以为常的。

⑨"丰神迥别"，各本"迥别"作"迥异"。但此后至"将一块大石登时变成"处，多出约四百余字的一段情节，各本皆无。疑此甲戌底本之外的其他原稿本，皆于"迥"字后丢失一整叶（共两面，相当于现在的两页），却被稿本抄录者妄加连缀所致。此一整叶文字的丢失，应源于畸笏正式誊录的甲戌定本。

⑩此批为胡适笔迹。他是从戚序本与此本共有的"来至峰（戚序本峰作石）下"四字起，算至两本共有的"一块鲜明莹洁的美玉"之前，计缺四百二十四字。但从各本残缺而又显然经人补缀连接的情况观之，当初缺失的一叶（两面），则分明是从"丰神迥"三字后开始（方有后来补缀连接时从"别"字起便出现异文的情况），至各本皆有的"一块鲜明莹洁的美玉"之前为止，应该是共缺四百三十字。以所缺行数计，也恰好是二十四行（即一叶两面）。

⑪"魔"，此本及庚辰本后文批语中，凡重提此语，多作此字（此本十六回批语作"好事多磨"，可能是抄手无意之改；因庚辰本该回此批仍作"魔"字）。可见是历次原稿本皆如此。己卯及蒙、戚诸本批语和正文中皆作"磨"，应属过录者擅改。按"好事多魔"一语，通常固然作"好事多磨"。如宋词中即有"从来好事多磨难"之句（晁端礼《安公子》词），后之董解元《西厢记诸宫调》、西周生《醒世姻缘传》等也都用了"好事多磨"一语。但曹雪芹用字每有别解，且以此"好事多魔"和通常习用之语对照，似乎有此"魔"字者方为这个成语的原初本字。《汉语大字典》注"魔"字本义即为："梵文'魔罗'的略称。意为扰乱、破坏、障碍等。佛教指能扰乱身心、破坏好事、障碍善法者。"以此义用于该成语，似更具深意。然此用法是否有更早的确切出处，尚待考。

⑫"今"，据蒙、戚诸本补。

⑬"千"，俞辑径作"个"，陈辑校作"个"。

⑭"□〔缨〕"，原留空（胡适曾云：此处系原件被"挖空一字"），据各本补。

⑮"芸"，共有此批的甲辰及蒙、戚诸本作"芝"。

⑯此批"余"字后,甲辰本多"今见此石"四字,且录在"安身乐业"后作夹批。另,俞辑漏载此批。

⑰"市",据各本改。

⑱"斯亦太过",是对前批"……《庄子》《离骚》之亚"的否定,看来不像是脂砚斋等著书圈内人之批。然其抄写笔迹如一,则为过录时已有之早期批语无疑(本回后面的"亦凿"一批,亦属此列),故不归入后人批语的范畴。

⑲"好货(原误贷)寻愁之事,那里有工夫去(原误去有功夫)看那理治之书",句中"货"字,据各本改;"有工夫去",庚辰、舒序本同误"去有工夫",据其余各本改。

⑳"故",据庚辰本补,其余各本同缺。

㉑"些",据各本改。

㉒"却",列藏本缺此字,据其余各本改。

㉓"甲申(原作午)八月(原作日)泪笔",此落款中的"午""日"二字,均疑为转抄者据底本中草书"申""月"二字的误识误钞。因甲申(1764)后三年,畸笏叟在庚辰本上作批云:"今丁亥夏,只剩朽物一枚,宁不痛杀!"可知此时脂砚斋已不在人世,故不可能在丁亥后七年的甲午(1774)还能作此批。而此批将"一芹一脂"和"余二人"并称,则只可能是脂砚临终前作批的语气无疑。

㉔此处两条墨眉批皆为胡适笔迹。第二条批所谓"以下十五字",即指"至脂砚斋甲戌抄阅再评,仍用《石头记》"一语。

㉕"处",据甲辰本改,除卞藏本作"迹",其余各本同误"则",疑为原稿本誊录者(畸笏)误识手稿中"处"字草书作"则"所致。因作者后来往往只作局部修订,故此类在原稿本中誊录致误而未被发现者甚多。

㉖"以〔下系〕石上所记之文",据蒙、戚诸本补"下系"二字。甲辰本亦有此批,然"以"和"石"之间破损空缺二字,表明仍有此二字(甲辰在"上"和"记"之间亦空缺一字,故无"所"字)。

㉗据共有此批的甲辰及蒙、戚诸本改。

㉘"设云'应怜(原误伶)'也。"据共有此批的各本改"怜"字。然蒙、戚诸本"设云"作"设法",甲辰本则作"犹云",皆似抄误或妄改,仍以此本为佳。

㉙"一花一石",此语在刘长卿《戏赠干越尼子歌》中原作"一花一竹"。

㉚此批后半,陈辑断作:"历来小说可曾有此句?千古未闻之奇文。"

㉛"故事",从己卯、梦稿及蒙、戚诸本改,某余各本同误"事故"。

㉜"一二。想这一干人",据各本改。

㉝"则",卞藏本同缺,据其余各本补。

㉞"此则(原误门)是幻像。"据甲辰本改"则"字(然甲辰此批却误"像"作"缘"),蒙、戚诸本则缺此字。称一僧一道之"癞头跣足""跛足蓬头"为"幻像",可由本回一僧一道初次登场叙其"生得骨格不凡,丰神迥别"处的脂批获得佐证(甲辰及蒙、戚诸本均于该处有双夹批云"这是真像,非幻像也")。

㉟后面这两条朱眉批,不知何故俞辑漏载。

㊱"湖",庚辰、卞藏本同误"胡",据其余各本改。

㊲"生",据各本改。

㊳"父母祖宗根基已(原误一)尽",从庚辰、己卯、梦稿、甲辰本改"已"字。其余各本同误"一",可见乃原定本誊录之误。按本书体例,"根基一尽"亦勉强可通,本可仍存底本原貌,但此本下回叙贾雨村处有脂批云:"先云根基已尽,故今用此四字。细甚!"可证作者原文确为"已尽",故必作校改方妥。

㊴"是",从梦稿、己卯本补,卞藏本作"间",其余各本同缺。是历次定本夺漏。

㊵"弟",据各本补。

㊶"文",据唯一共有此批的甲辰本改。原误"之人",乃"文"之形讹。

㊷"女妇",甲辰本作"妇女",句末多"妙极"二字。

㊸"知",据己卯、庚辰、卞藏本补。

㊹"乃",据己卯、庚辰、卞藏本改。

㊺"匮",戚序、戚宁本作"匵"(即椟),亦通;然其余各本尽皆作"匮"(卞藏本作"櫃",亦同),是作者原文如此。韩愈《送权秀才序》有"卞和之匮多美玉"句,当为所本。新校本是以庚辰本为主要底本,却舍弃庚辰、甲戌等绝大多数本子之合理原文,而独取戚序、戚宁本未必更佳之改笔,实不妥。

㊻"被(原误至)",据己卯、梦稿本改。庚辰、蒙府、舒序本同误"至",其余各本各有异同。

㊼"只",据各本补。

㊽"亦",据各本改。

㊾"话",舒序本同缺,据其余各本补,原亦另笔旁添。

㊿"风俗。"此一朱旁批,在过去影印出版的各种甲戌本中皆缺失。可能是胡适在初出甲戌本时,尚不理解此二字短批之真意,误以为是一句并未抄

全的话，便在审影印清校时将其剔除所致。今甲戌本原件已回归国内上海市博物馆，方见此二字真貌。

(51)“好吃懒做(原误用)”，据列藏、甲辰、舒序及蒙、戚诸本改“做”字；己卯、梦稿本“做”字作“动”，庚辰、卞藏本作“作”，实乃与列藏、甲辰、舒序及蒙、戚诸本之“做”字同。

(52)“些”，据各本补。

(53)“宝钗、湘云一干人”，原抄于“脂正浓，粉正香”句旁，对位欠准。

(54)“送”，另笔点改作“堆”。各本皆作“送”，是作者原文如此。

(55)“黛玉、晴雯一干人”，原抄于“如何两鬓又成霜”句旁，非是。

(56)“甄玉、贾玉一干人“，原与”熙凤一干人“所抄位置正相反，似不确。现对调互换。

(57)“拍”，据各本改。

(58)此批语意欠通，似有夺讹。据传二十世纪六十年代在南京迷失的靖藏本中，有毛国瑶先生抄存的一部分戚序本所无的脂批，其中所录此批为：“‘走罢’二字，如见如闻，真悬崖撒手！非过来人，若个能行?”则语意畅通，可供参考。

第二回

贾夫人仙逝扬州城　冷子兴演说荣国府

[回前墨]

　　此回亦非正文，本旨只在冷子兴一人，即俗谓"冷中出热，无中生有"也。其演说荣府一篇者，盖因族大人多，若从作者笔下一一叙出，尽一二回不能得明，则成何文字？故借用冷子①（原误字）一人，略出其大半②，使阅者心中已有一荣府隐隐在心。然后用黛玉、宝钗等两三次皴染，则耀然于心中眼中矣。此即画家三染法也。

　　未写荣府正人，先写外戚，是由远及近，由小至大也。若使先叙出荣府，然后一一叙及外戚，又一一③至朋友，至奴仆，其死板拮据之笔，岂作《十二钗》人手中之物④？今先写外戚者，正是写荣国一府也。故又怕闲文赘累⑤，开笔即写贾夫人已死，是特使黛玉入荣之速也。

　　通灵宝玉于士隐梦中一出，今于子兴口中一出，阅者已洞然矣。然后于黛玉、宝钗二人目中，极精极细一描，则是文章锁合处。盖不肯一笔直下，有若放闸之水，燃（原误然）信之爆，使其精华一泄而无余也。究竟此玉原应出自钗、黛目中，方有照应；今预从子兴口中说出，实虽写而却未写。观其后文可知。此一回则⑥是虚敲旁击之文，笔则是反逆隐曲⑦（原误回）之笔。

诗云：[朱夹]只此一诗便妙极！此等才情，自是雪芹平生所长。余自谓评书，非关评诗也。

　　一局输赢（原误赢）**料不真，香销茶尽尚逡巡。**

　　欲知目下兴衰兆，须问旁观冷眼人。[朱眉]故用冷子兴演说。

　　却说封肃因听见公差传唤，忙出来赔笑启问。那些人只嚷：[朱旁]一丝不乱。**"快请出甄爷来！"**封肃忙赔笑道："小人姓封，并不姓甄。

只有当日小婿姓甄，今已出家一二年了，不知可是问他？"那些公人道："我们也不知什么'真''假'，[朱旁]点睛妙笔！因奉太爷之命来问。他既是你女婿，便带了你去亲见太爷面禀，省得乱跑。"说着，不容封肃多言，大家推拥他去了。封家人各各惊慌，不知何兆。

那天约有二更时分，只见封肃方回来，欢天喜地。众人忙问端的。他乃说道：[朱旁]出自封肃口内，便省却多少闲文。"原来本府新升的太爷，姓贾名化，本湖州人氏，曾与女婿旧日相交。方才在咱门前过去，因看见娇杏[朱旁]"侥幸"也。 [朱旁]托言当日丫头回顾，故有今日，亦不过偶然侥幸耳，非真识（原误实）得〔风〕尘中英杰也⑧。非近日小说中满纸红拂、紫烟之可比。那丫头买线，所以他只当女婿移住于此。我一一将原故回明，那太爷倒伤感叹息了一回。又问外孙女儿，[朱旁]我说看灯丢了。太细爷说：'不妨，我自使番役务必采访回来。'[朱旁]为葫芦案伏线。说了一会话⑨（原误说），临走倒送了我二两银子。"甄家娘子听了，不免心中伤感。[朱旁]所谓旧事凄凉不可闻也。一宿无话。 [朱眉]余批重出。余阅此书，偶有所得，即笔录之；非从首至尾阅过，复从首加批者。故偶有复处。且诸公之批，自是诸公眼界；脂斋之批，亦有脂斋取乐处。后每一阅，亦必有一语半言重加批评于侧，故又有前后照应之说等批。

至次日，早有雨村遣人送两封银子、四匹锦缎答谢甄家娘子；[朱旁]雨村已是下流人物。看此，今之如雨村者，亦未有矣。又寄一封密书与封肃，转托他向甄家娘子要那娇杏作二房。[朱旁]谢礼却为此。险哉，人之心也！封肃喜得屁滚尿流，巴不得去奉承，便在女儿前一力撺掇[朱旁]语道尽。成了，乘夜只用一乘小轿，便把娇杏送进去了。雨村欢喜自不必说。乃封百金赠封肃外，又谢甄家娘子许多物事，令其好生养赡（原误瞻），以待寻访女儿下落。[朱旁]找前伏后。封肃回家无话。[朱旁]士隐家一段小荣枯，至此结住。所谓"真不去，假焉来"也。

却说娇杏这丫鬟，便是那年回顾雨村者。因偶然一顾，便弄出这段事来，亦是自己意料不到之奇缘。[朱旁]注明一笔，更妥当。谁想他命运两济，[朱眉]好极！与英莲"有命无运"四字遥遥相映射。莲，主也；杏，仆也。今莲反无运，而杏则两全，可知世人原在运数，不在眼下之高低也。此则大有深意存焉！不承望自到雨村身边，只一年，便生了一子；又半载，雨村嫡妻忽染疾下世。雨村便将他扶册⑩作正室夫人了。正是：

偶因一着错⑪，[朱旁]妙极！盖女儿原不应私顾外人之谓。便为人上人。[朱旁]更妙！可知守礼俟命者终为饿殍。其调侃寓意不小。　[朱眉]从来只见集古、集唐等句，未见集俗语者。此又更奇之至！

　　原来，雨村因那年士隐赠银之后，他于十六日便起身入都，至大比之期，不料他十分得意，已会了进士，选入外班，今已升了本府知府。虽才干优长，未免有些贪酷之弊，且又恃才侮上，那些官员皆侧目而视。[朱旁]此亦奸雄必有之理。不上一年，便被上司寻了一个空隙，做成一本，参他"生性（原误情）狡猾⑫，擅篡礼仪，且沽清正之名而暗结虎狼之属⑬，致使地方多事，民命不堪"[朱旁]此亦奸雄必有之事。等语。龙颜大怒，即批革职。该部文书一到，本府官员无不喜悦。那雨村心中虽十分惭恨，却面上全无一点怨色，仍是喜悦⑭自若，[朱旁]此亦奸雄必有之态。交代过公事，将历年做官积的些资本并家小人属，送至原籍安插妥协，[朱旁]先云根基已尽，故今用此四字。细甚！却又自己担风袖月，游览天下胜迹。[朱旁]已伏下至金陵一节矣。

　　那日，偶又游至维扬地面，因闻得今岁鹾政点的是林如海。这林如海姓林名海，字表如海，[朱旁]盖云"学海""文林"也。总是暗写黛玉。乃是前科的探花，今已升至兰台寺大夫，本贯姑苏人氏，[朱旁]十二钗正出之地，故用真。今钦点出为巡盐御史，[朱眉]官制半遵古名，亦好。余最喜此等半有半无、半古半今、事之所无、理之必有、极玄极幻、荒唐不经之处。到任方一月有余。原来这林如海之祖，曾袭过列侯，今到如海，业经五世。起初时，只封袭三世。因当今隆恩盛德，远迈前代，额外加恩，[朱眉]可笑近时小说中，无故极力称扬浪子淫女，临收结时，还必致感动朝廷，使君父同入其情欲之界，明遂其意。何无人心之至！不知彼⑮（原误被）作者有何好处，有何谢报到朝廷廊庙之上？直将半生淫污（原误朽）秽渎睿聪，又苦拉君父做一干证护身符，强媒硬保，得遂其淫欲哉？至如海之父，又袭了一代。至如海，便从科第出身。虽系钟鼎之家，却亦是书香[朱旁]要紧二字！盖钟鼎亦必有书香方至美⑯。之族，只可惜这林家支庶不盛，子孙有限，虽有几门，却与如海俱是堂族而已⑰（原误矣），没甚亲支嫡派的。[朱旁]总为黛玉极力一写。今如海年已四十，只有一个三岁之子，偏又于去岁死了。虽有几房姬妾，奈他命中无子，亦无可如何之事。今只有嫡妻贾氏，[朱旁]带写贤妻。生得一女，乳名黛玉，年方五岁。夫妻无子，故爱女如珍。且又见他聪明清秀，[朱旁]看他写黛玉，只用此四字。可笑近来小说中，满纸"天下无二""古今无双"等字。便也欲使他读书识得几个字，不过假充养子之意，聊解膝下荒凉之叹。[朱眉]如此叙法，方是至情至理之妙文。最可笑者，近〔来〕小说中，满纸班昭、蔡琰、文君、道韫。

雨村正值偶感风寒，病在旅店将一月光景。方渐愈，一因身体劳倦，二因盘费不继，也正欲寻个合式之处暂且歇下。幸有两个旧友亦在此境居住，[朱旁]写雨村自得意后之交识也。[朱旁]又为冷子兴作引。因闻得盐政欲聘一西宾，雨村便相托友力，谋了进去，且作安身之计。妙在只一个女学生，并两个伴读丫鬟，这女学生年又极小，身体又极怯弱，功课不限多寡，故十分省力。

堪堪又是一载的光阴，谁知女学生之母贾氏夫人一疾而终，女学生侍汤奉药、守丧尽哀，遂又将要辞馆别图。林如海意欲令女守制读书，故又将他留下。近因女学生哀痛过伤，本自怯弱多病的，[朱旁]又一染。触犯旧症，遂连日不曾上学。[朱眉]上半回已终。写仙逝，正为黛玉也，故一句带过，恐闲文有妨（原误防）正笔。⑱

雨村闲居无聊，每当风日晴和，饭后便出来闲步。这日偶至郭外，意欲赏鉴那村野风光。[朱眉]大都世人意料此，终不能此；不及彼者，而反及彼。故特书：意在村野风光，却忽遇见子兴，一篇荣国繁华气象。忽信步至一山环水旋、茂林深竹之处，隐隐有座庙宇，门巷倾颓、墙垣朽败。门前有额，题着"智通寺"[朱旁]谁为"智"者？又谁能"通"？一叹！三字；门旁又有一副旧破的对联，曰：

　　　　身后有余忘缩手，眼前无路想回头。[朱夹]先为宁、荣诸人当头一喝。却是为余一喝。

雨村看了，因想道（原误到）⑲："这两句话，文虽浅，其意则深。[朱旁]一部书之总批。也曾游过些名山大刹，倒不曾见过这话头，其中想必有个翻过筋斗来的，也未可知。[朱旁]随笔带出禅机，又为后文多少语录不落空。何不进去试试？"想着，走入看时，只有一个聋肿⑳老僧，在那里煮粥。[朱旁]是雨村火气。雨村见了，便不在意。[朱旁]火气。及至问他两句话，那老僧既聋且昏，[朱旁]是"翻过"来的。齿落舌钝，[朱旁]是"翻过"来的。所答非所问。雨村不耐烦，便仍出来，[朱眉]毕竟雨村还是俗眼，只能识得阿凤、宝玉、黛玉等未觉之先，却不识得既证之后。　[朱眉]未出宁、荣繁华盛处，却先写一荒凉小境；未写通部入世迷人，却先写一出世醒人。回风舞雪，倒峡逆波，别小说中所无之法。意欲到那村肆中沽酒三杯，以助野趣。

　　于是款步行来。刚入肆门，只见座上吃酒之客有一人起身大笑，接了出来，口内说："奇遇，奇遇！"雨村忙看时，此人是都中古董行中贸易的，号冷子兴者。[朱旁]此人不过借为引绳，不必细写。旧日在都相识，雨村最赞这冷子兴是个有作为大本领的人；这子兴又借雨村斯文之名，故二人说话投机，最相契合。雨村忙亦笑问："老兄何日到此？〔弟㉑〕竟不知。今日偶遇，真奇缘也。"子兴道："去年岁底到家，今因还要入都，从此顺路找个敝友说一句话，承他之情，留我多住两日。我也无甚紧事，且盘桓两日，待月半时也就起身了。今日敝友有事，我因闲步至此，且歇歇脚，不期这样巧遇。"一面说，一面让

31

雨村同席坐了，另整上酒肴来。二人闲谈漫饮，叙些别后之事。[朱旁]好！若多谈，则累赘。

雨村因问："近日都中可有新闻没有？"[朱旁]不突然，亦常问常答之言。子兴道："倒没有什么新闻。倒是老先生你贵同宗家，[朱旁]雨村已无族中矣，何及此耶？看他下文。出了一件小小的异事。"雨村笑道："弟族中无人在都，何谈及此？"子兴笑道："你们同姓，岂非同宗一族？"【朱眉】同姓即同宗出，可发一笑。雨村问是谁家。

子兴道："荣国府贾府中，可也不玷辱了先生的门楣了。"[朱旁]剜小人之心肺，闻小人之口角。雨村笑道："原来是他家。若论起来，寒族人丁却不少，自东汉贾复以来，支派繁盛，各省皆有，谁能逐细考查？若论荣国一支，却是同谱。[朱旁]此话纵真，亦必谓是雨村欺人语。但他那等荣耀，我们不便去攀扯，至今越发生疏难认了。"子兴叹[朱旁]叹得怪！道："老先生休如此说。如今这荣国两门，也都萧疏了，不比先时的光景。"[朱旁]记清此句！可知书中之荣府，已是末世。雨村道："当日宁、荣两宅的人口极多，如何就萧疏了？"[朱旁]作者之意，原只写末世。[朱旁]此已是贾府之末世了。冷子兴道："正是，说来也话长。"雨村道："去岁我到金陵地界，因欲游览六朝遗迹，那日进了石头城，[朱旁]点睛。神妙！从他老宅门前经过。街东是宁国府，街西是荣国府，二宅相连，竟将大半条街占了。大门前虽冷落无人，[朱旁]好！写出空宅。隔着围墙一望，里面厅殿楼阁也还都峥嵘轩峻；就是后[朱旁]"后"字何不直用"西"字？恐先生堕泪，故不敢用"西"字。一带花园子里，树木山石也都还有翁蔚洇润之气。那里像个衰败之家？"冷子兴笑道："亏你是个进士出身，原来不通！古人有云：'百足之虫，死而不僵。'如今虽说不似先年那样兴盛，较之平常仕宦之家，到底气象不同。如今生齿日繁，事物日盛，主仆上下安富尊荣者尽多，运筹谋画者无一;[朱旁]二语乃今古富贵世家之大病。其日用排场费用又不能将就省俭。如今外面的架子虽未甚倒,[朱旁]"甚"字好!盖已"半倒"矣。内囊却也尽上来了。这还是小事,更有一件大事。谁知这样钟鸣鼎食之家,翰墨诗书之族,[朱旁]两句写出荣府。如今的儿孙竟一代不如一代了!"[朱眉]文是极好之文,理是必有之理,话则极痛极悲之话!

雨村听了,也〔纳⑫〕罕道:"这样诗书之家,岂有不善教育之理? 别家不知,只说这宁、荣两宅,是最教子有方的。"[朱旁]一转,有力。子兴叹道:"正说的是这两门呢! 待我告诉你。当日宁国公[朱旁]演。与荣国公,[朱旁]源。是一母同胞弟兄两个。宁公居长,生了四个儿子。[朱旁]贾蔷、贾菌之祖,不言可知矣。宁公死后,长子贾代化袭了官,[朱旁]第二代。也养了两个儿子。长子贾敷至八九岁上便死了,只剩了次子贾敬袭了官,[朱旁]第三代。如今一味好道,只爱烧丹炼汞(原误永),[朱旁]亦是大族末世常有之事。叹叹!余者一概不在心上。幸而早年留下一子,名唤贾珍,[朱旁]第四代。因他父亲一心想作神仙,把官倒让他袭了。他父亲又不肯回原籍来,只在都中城外和道士们胡羼。这位珍爷也倒生了一个儿子,今年才十六岁,名叫贾蓉。[朱旁]至蓉,五代。如今敬老爹一概不管,这珍爷那肯读书,只是一味高乐不已,把宁国府竟翻了过来,也没有〔人㉓〕敢来管他。[朱旁]伏后文。再说荣府你听——方才所说异事就出在这里。自荣公死后,长子贾代善袭了官,[朱旁]第二代。娶的金陵世勋史侯家的小姐为妻。[朱旁]因湘云,故及之。生了两个儿子,长子〔名〕贾赦,次子〔名〕贾政㉔。[朱旁]第三代。如今代善早已去世,太夫人尚在,[朱旁]记真! 祖姑史氏太君也。湘云长子贾赦袭着官。次子贾政,自幼酷喜读书,祖父最疼,原欲以科甲出身的,不料代善临终时遗本一上,皇上因恤先臣,即时令长子袭官外,问还有几子,立刻引见，遂额外赐了这政老爹一个主事之衔，[朱旁]嫡真实事，非妄拟(原误拥)也。令其入部习学，如今现已升了员外郎了。[朱旁]总是称功颂德。这政老爹的夫人王氏，[朱旁]记清！头胎生的公子名唤贾珠，十四岁进学，不到二十岁就娶了妻生了子，[朱旁]此即贾兰也。至兰，第五代。一病死了。[朱眉]略可望者即死。叹叹！第二胎生了一位小姐，生在大年初一，这就奇了；不想次年又生了一位公子，说来更奇：一落胎胞，嘴里便衔下一块五彩晶莹的玉来。上面还有许多字迹，[朱旁]青埂顽石，已得下落。就取名叫作宝玉。[朱眉]一部书中第一人，却如此淡淡带出，故不见后来玉兄文字繁难。你道是新奇异事不是？"

雨村笑道："果然奇异！只(原误这)怕这人来历不小。"子兴冷笑道："万人皆如此说，因而乃祖母便先爱如珍宝。那年周岁时，政老爹便要试他将来的志向，便将那世上所有之物摆了无数，与他抓取。谁知他一概不取，伸手只把些脂粉钗环抓来。政老爹便大怒了，说：'将来酒色之徒耳！'因此便大不喜悦。独那史老太君还是命根一样。说来又奇，如今长了七八岁，虽然淘气异常，但其聪明乖觉处，百个不及他一个。说起孩子话来也奇怪，他说：'女儿是水作的骨肉，男人是泥做的骨肉。[朱旁]真千古奇文奇情！我见个㉖女儿，我便清爽；见了男人，便觉浊臭逼人。'你道好笑不好笑？将来色鬼无疑(原误移)㉗【墨眉】疑。了！"[朱旁]没有这一句，雨村如何罕然厉色，并后奇奇怪怪之论？雨村罕然厉色忙止道："非也！可惜你们不知这人来历。大约政老前辈也错以淫魔色鬼看待了。若非多读书识事，加以致知格物之功，悟道参玄之力者，不能知也。"子兴见他说得这样重大，忙请教其端。

雨村道："天地生人，除大仁大恶两种，余者皆无大异。若大仁者，则应运而生；大恶者，则应劫而生。运生世治，劫生世危。尧、舜、禹、汤、文、武、周、召、孔、孟、董、韩、周、程、张、朱，皆应运而生者。蚩尤、共工、桀、纣、始皇、王莽、曹操、桓温、安禄山、秦桧等，

[朱旁]此亦略举大概几人而言。皆应劫而生者。大仁者，修治天下；大恶者，挠乱天下。清明灵秀，天地之正气，仁者之所秉也；残忍乖僻，天地之邪气，恶者之所秉也。今当运隆祚永之朝，太平无为之世，清明灵秀之气所秉者，上至朝廷，下至草野，比比皆是。所余之秀气，漫无所归，遂为甘露、为和风，洽然溉及四海。彼残忍乖僻之邪气，不能荡溢于光天化日之中，遂凝结充塞于深沟大壑之内，偶因风荡或被云推（原误摧）㉗，略有摇动感发之意，一丝半缕误而泄出者，偶值灵秀之气适过，正不容邪，邪复妒正，[朱旁]譬得好！两不相下，亦如风水雷电；地中既遇，既不能消，又不能让，必致搏击掀发后始尽。故其气亦必赋人，发泄一尽始散。使男女偶秉此气而生者，上则不能成仁人君子，下亦不能为大凶大恶。[朱旁]恰极！是确论。置之于万万人之中，其聪俊灵秀之气则在万万人之上，其乖僻邪谬不近人情之态又在万万人之下。[墨眉]绝大议论，实能发前人所未发。若生于公侯富贵之家，则为情痴情种；若生于诗书清贫之族，则为逸士高人；纵再偶生于薄祚寒门，断不能为走卒健仆甘遭庸人驱制驾驭，亦必为奇优名娼。如前代之许由、陶潜、阮籍、嵇康、刘伶、王谢二族、顾虎头、陈后主、唐明皇、宋徽宗、刘庭芝、温飞卿、米南宫、石曼卿、柳耆卿、秦少游，近日之倪云林、唐伯虎、祝枝山，再如李龟年、黄幡绰、敬新磨、卓文君、红拂、薛涛、崔莺、朝云之流，此皆易地相同㉘之人也。"[朱旁]《女仙外史》中论魔道已奇；此又非《外史》之立意，故觉愈奇。

子兴道："依你说，'成则王侯败则贼'了？"雨村道："正是这意。你还不知，我自革职以来，这两年遍游名省，也曾遇见两个[朱旁]先虚陪一个。异样孩子。所以方才你一说这宝玉，我就猜着了八九亦是这一派人物。不用远说，只金陵城内钦差金陵省体仁院总裁[朱旁]此衔无考，亦因寓怀而设，置而勿论。甄家，[朱眉]又一个"真正之家"！特（原误持）与"假家"遥对，故写"假"则知"真"。你可知么？"

子兴道："谁人不知！这甄府和贾府就是老亲，又系世交，两家来往极其亲热的。便在下,也和他家来往非止一日了。"［朱旁］说大话之走狗,逼真②！雨村笑道:"去年我在金陵,也曾有人荐我到甄家处馆。我进去看其光景,谁知他家那等显贵,却是富而好礼之家,［朱旁］如闻其声。［朱眉］只一句,便是一篇家传。与子兴口中倒是个难得之馆。但这一个学生,虽是启蒙,却比一个举业的还劳神。说起来更可笑,他说:'必得两个女儿伴着我读书,我方能认得字,心里也明30,不然我自己心里糊涂。'［朱旁］甄家之宝玉,乃上半部不写者,故此处极力表明,以遥照贾家之宝玉。凡写贾宝玉之文,则正为甄(原误真)31宝玉传影。又常对跟他〔的〕小厮们〔说32〕:'这女儿两个字极尊贵、极清净的,比那阿弥陀佛、元始天尊的这两个宝号还更尊荣无对的呢！［朱眉］如何只以释、老二号为譬,略不敢及我先师儒圣等人？余则不敢以顽劣目之。你们这浊口臭舌,万不可唐突了这两个字要紧;但凡要说时,必须先用清水香茶漱了口才可。'【朱旁】恭敬。设若失错,便要凿牙穿腮等事。

【朱旁】罪过！其暴虐、浮躁、顽劣、憨痴种种异常。只一放了学,进去见了那些女儿们,其温厚、和平、聪敏、文雅,［朱旁］与前八个字敔(原作嫡)对。竟又变了一个〔人了33〕。因此,他令尊也曾下死笞楚过几次,无奈竟不能改。每打得吃疼不过时,他便'姐姐''妹妹'乱叫起来。后来听得里面女儿们拿他取笑:'因何打急了只管唤姐妹作甚？莫不是求姐妹去讨情讨饶？你岂不愧些？'他回答得最妙,他说:'急疼之时,只叫姐姐妹妹字样,或可解疼也未可知。因叫了一声,便果觉不疼了,遂得了秘方:每疼痛之极,便连叫姊妹起来了。'你说可笑不可笑？［朱眉］以自古未闻之奇语,故写成自古未有之奇文。此是一部书中大调侃寓意处。盖作者实因鹡鸰之悲,棠棣之威,故撰此闺阁庭帏之传。也因祖母溺爱不明,每因孙辱师责子,因此我就辞了馆出来,如今在巡盐御史林家坐馆了。你看,这等子弟,必不能守祖父之根基,从师友之规谏的。只可惜他家几个好姊妹,都是少有的。"［朱旁］实点一笔,余谓作者必有！

子兴道："便是贾府中现有三个亦不错。政老爹㉞之长女，名元春，[朱旁]"原"也。现因贤孝才德选入宫中作女史去了。[朱旁]因汉以前例。妙！二小姐乃赦老爹前妻所出，名迎春。[朱旁]"应"也。三小姐乃政老爹之庶出，名探春。[朱旁]"叹"也。四小姐乃宁府珍爷之胞妹，名唤惜春。[朱旁]"息"也。因史老夫人极爱孙女，都跟在祖母这边一处读书，听得个个不错。"雨村道："更妙在甄家之风俗，女儿之名，亦皆从男子之名命字，不似别家另外用这些'春''红''香''玉'等艳字的。何得贾府亦落此俗套？"子兴道："不然。只因现今大小姐是正月初一日所生，故名元春；余者方从了'春'字。上一辈的，却也是从弟兄而来的。现有对证：目今你贵东家林公之夫人，即荣府中赦、政二公之胞妹，在家时名唤贾敏。不信时，你回去细访可知。"雨村拍案笑道："怪道这女学生读〔至㉟〕凡书中有'敏'字，他皆念作'密'字，每每如是；写字时遇着'敏'字，又减一二笔。我心中就有些疑惑。今听你说，是为此无疑矣。怪道我这女学生言语举止另是一样，不与近日女子相同。度其母必不凡，方得其女。今知为荣府之孙，又不足罕矣。可伤上月竟亡（原误忘）故了！"子兴叹道："老姊妹四个，这一个是极小的，又没了㊱（原误有）；长一辈的姊妹，一个也没了。只看这少一辈的将来之东床如何呢！"

雨村道："正是。方才说这政公，已有了一个衔玉之儿，又有长子所遗一个弱孙；这赦老竟无一个不成？"子兴道："政公既有玉儿之后，其妾后又生了一个，[朱旁]带出贾环。倒不知其好歹。只眼前现有二子一孙，却不知将来如何。若问那赦公，也有二子，长名贾琏，今已二十来往了，亲上做亲，娶的就是政老爹夫人王氏之内侄女，[朱旁]另出熙凤一人。今已娶了二年。这位琏爷身上，现捐（原作镯）的是个同知，也是不喜读书、于世路上好机变言谈去的，所以如今只在乃叔政老爷家住着，帮着料理些家务。谁知自娶了他令夫人之后，倒上下无一人不称颂他夫人的,琏爷倒退了一射之地。说模样,又极标致,言谈又爽利,心机又极深细,竟是个男人万不及一的。"[朱旁]未见其人,先已有照。[朱眉]非警幻案下而来为谁?

雨村听了,笑道:"可知我前言不谬。[朱旁]略一总住。你方才所说的这几个人,都只怕是那正邪两赋而来一路之人,未可知也!"子兴道:"邪也罢,正也罢,只顾算别人家的账;你也吃一杯酒才好。"雨村道:"正是。只顾说话,竟多吃了几杯。"子兴笑道:"说着别人家的闲话,正好下酒,[朱旁]盖云:此一段话,亦为世人茶酒之笑谈耳。即多⑥几杯何妨。"雨村向窗外看道:[朱旁]画。"天也晚了,仔细关了城⑧。我们慢慢进城再谈,未为不可。"于是二人起身,算还酒账。[朱旁]不得谓此处收得索然,盖原非正文也。方欲走时,又听得后面有人叫道:"雨村兄,恭喜了! 特来报个喜信的。"[朱旁]此等套头,亦不得不用。雨村忙回头看时——

校 注

①"冷子(原误字)",从甲辰、卞藏及蒙、戚诸本改"子"字(甲辰、卞藏还作"冷子兴","兴"字属妄添);其余各本同误"冷字",疑系原稿本抄手之误。

②"大半",除与梦稿同,甲辰本作"半",卞藏本作"文",其余各本则作"文半"。庚辰本另笔点改作"文好",亦谬。

③"一一"后,原重出"未写荣府正文"至"外戚又"共三十八字衍文,据各本删。

④"也",除甲辰本作"哉",各本同;此本有旁改"耶"字,亦系后人改笔。

⑤"赘累",原作"癞瘰",梦稿本作"瘰癞",甲辰本作"累赘",其余各本皆与此本同。

⑥"则",除甲辰本缺此字,梦稿本作"文则",其余各本皆与此本同。梦稿本虽佳,却非原文。

⑦"曲",据共有此批的列藏、己卯、庚辰、卞藏及蒙、戚诸本改。

⑧"非真识(原误实)得〔风〕尘中英杰也",句中"风"字,从陈辑校字补。

⑨"话",据各本改。

⑩"扶册",与己卯、列藏、卞藏本同。其余各本各有异同。

⑪"着错",另笔点改作"回顾",系后人据程本(程本则据甲辰本)妄改。现存脂本中,除甲辰本作"回顾",梦稿本作"着巧",舒序本误抄"着借",其余各本皆作"着错"。其义,有旁批之解释为证。

⑫"生性(原误情)",据列藏、卞藏、舒序及蒙、戚诸本改"性"字。己卯、梦稿本作"情性",庚辰本同误"生情",唯辰本作"性情"(亦属改笔)。

⑬"擅纂礼仪,且沽清正之名而暗结虎狼之属",此句本来文从字顺,且与各本大致相同;唯甲辰本异文较多("纂"作"改","属"作"势",缺"而"字)。然因后来印行的程高本此句悉依甲辰擅改文字,竟使此本此句亦被另笔点改得与甲辰和程高本一致,均不足为训。

⑭"喜悦",己卯本作"喜笑",列藏、梦稿、舒序、卞藏本作"嬉笑",其余各本则作"嘻笑"。

⑮"彼",从俞辑校改。

⑯"美",俞辑录作"矣",非是。

⑰"而已(原误矣)",甲辰本缺此二字,据其余各本改"已"字。

⑱此批前半,俞辑、陈辑均断作:"上半回已终写仙逝,正为黛玉也。"似误。另,俞辑录后半"句"字作"勾",非是。

⑲"道(原误到)",庚辰、舒序本同误,据其余各本改。

⑳"聋肿",己卯、梦稿本同。戚序、戚宁本作"胧肿";蒙府本作"聋踵",甲辰、列藏、卞藏本作"聋钟",庚辰、舒序本作"龙钟"。

㉑"弟",据各本补。

㉒"纳",各本皆缺,唯庚辰本另笔旁添此字。从庚辰本旁添字补。

㉓"人",据列藏、卞藏及蒙、戚诸本补,其余各本同缺。

㉔"名",庚辰、舒序本同缺,据其余各本补。

㉕"个",各本作"了"。此本疑因简体"个"字与"了"字形近而讹,然亦勉强可通,仍存原貌。

㉖"将来色鬼无疑(原误移)",己卯、庚辰本同误"移"字,据其余各本改"疑"。是原稿本誊录之误。然此本已被另笔涂改作"疑",因涂改不甚清晰,复又加一墨眉批:"疑。"涂改及墨眉批均为孙桐生笔迹。

㉗"推(原误摧)",庚辰、甲辰、列藏本同误,梦稿本作"催",舒序本作

"拥",据其余各本改。

㉘"相同",卞藏本作"则皆同",其余各本作"则同"。

㉙"逼真",应用"逼"字,而非"毕"字,接近之谓也。

㉚"明",与庚辰本同。其余各本作"明白"。

㉛"甄(原误真)",据各本改。

㉜"又常对跟他〔的〕小厮们〔说〕","的",据各本补;"说",蒙、戚诸本作"道",据其余各本补。

㉝"人了",据己卯、梦稿本补。

㉞"爹",原残缺下半之"多",据庚辰本补,其余各本作"爷"。

㉟"至",己卯、梦稿本同缺,据其余各本补。

㊱"了",甲辰本作"子",据其余各本改。

㊲"多",蒙府本同,其余各本作"多吃"。

㊳"城",列藏、戚序、戚宁本作"城门",其余各本与此本同。

第三回

金陵城起复贾雨村　　荣国府收养[朱旁]二字触目凄凉之至！林黛玉

　　却说雨村忙回头看时，不是别人，乃是当日同僚一案参革的号张如圭者。[朱旁]盖言"如鬼如蜮"也，亦非正人正言。他本系此地人，革职后家居，今打听都中奏准起复旧员之信，他便四下里寻情找门路，忽遇见雨村，故忙道喜。二人见了礼，张如圭便将此信告诉雨村，雨村自是欢喜，忙忙的叙了两句，遂作别各自回家。[朱旁]画出心事。冷子兴听得此言，便忙献计，[朱旁]毕肖！赶热灶者。令雨村央烦林如海，转向都中去央烦贾政。雨村领其意，作别回至馆中，忙寻邸报看真确了。[朱旁]细！

　　次日，面谋之如海。如海道："天缘凑巧！因贱荆去世，都中家岳母念及小女无人依傍教育，前已遣了男女船只来接，因小女未曾大痊，故未及行。此刻正思，向蒙训教之恩，未经酬报；遇此机会，岂有不尽心图报之理。但请放心！弟已预为筹画，至此已修下荐书一封，转托内兄务为周全协佐，方可稍尽弟之鄙诚。即有所**费**（原误废）用之例，弟于内兄信中已注明白，亦不劳尊兄多虑矣。"雨村一面打躬①，谢不释口，一面又问："不知令亲大人现居何职？只怕晚生草率，[朱旁]奸险小人欺人语。不敢骤然入都干渎。"[朱旁]全是假，全是诈。如海笑道："若论舍亲，与尊兄犹系同谱，乃荣公之孙。大内兄现袭一等将军之职，名赦，字恩侯。二内兄名政，字存周，[朱旁]二名二字，皆颂德而来，与子兴口中作证。现任工部员外郎，其为人谦恭厚道，大有祖父遗风，非膏粱轻薄仕宦之流。故弟方致书烦托。否则，不但**有**②（原误不）污尊兄之清操，即

41

弟亦不屑为矣。"^[朱旁]写如海,实写③政老,所谓此书有"不写之写"是也。雨村听了,心中方信了昨日子兴之言,于是又谢林如海。如海乃说:"已择了出月初二日小女入都,尊兄即同路而往,岂不两便?"雨村唯唯听命,心中十分得意。如海遂打点礼物并饯行之事,雨村一一领了。

那女学生黛玉,身体大愈,原不忍弃父而往,无奈他外祖母致意务④去,且兼如海说:"汝父年将半百,再无续室之意;且汝多病,年又极小,^[朱旁]可怜!上无亲母教养,下无姊妹兄弟扶持,^[朱旁]一句一滴血!一句一滴血之文。今依傍外祖母及舅氏姊妹去,正好减我顾盼之忧,何云不往?"

黛玉听了,方洒泪^[朱旁]实写黛玉。拜别,遂同奶娘及荣府中几个老妇人登舟而去。雨村另有一只船,带两个小童,依附黛玉而行。^[朱旁]老师依附门生。怪道今时以收纳门生为幸!

有日^[朱旁]繁中减笔。到了都中,进入神京,雨村先整了衣冠,^[朱旁]且按下黛玉,以待细写。今故先将雨村安置过一边,方起荣府中之正文也。带了小童,^[朱旁]至此,渐渐好看起来也。拿着"宗侄"的名帖,^[朱旁]此帖妙极!知雨村的品行矣。至荣府门前投了。彼时贾政已看了妹丈之书,即忙请入〔相⑤〕会。见雨村相貌魁伟,言谈不俗,且这贾政最喜读书人,礼贤下士,拯溺济危,大有祖风,况又系妹丈致意,因此优待雨村,更又不同。^[朱旁]"君子可欺其方"也,况雨村正在"王莽谦恭下士"之时,虽政老亦为所惑。在作者,系指东说西也。便竭力内中协助,题奏之日,轻轻谋了^[朱旁]春秋字法!一个复职候缺。不上两个月,金陵应天府缺出,便谋补^[朱旁]春秋字法!了此缺,拜辞了贾政,择日到任去了,不在话下。^[朱旁]因宝钗故及之。^[朱旁]一语过至下回。【墨眉】予闻之故老云:贾政指明珠而言,雨村指高江村。盖江村未遇时,因明珠之仆以进身,旋膺奇福,擢显秩。及纳兰势(原误执)败,反推井而下石焉。玩此光景,则宝玉(原误石)之为容若无疑。请以质之知人论世者! 同治丙寅季冬月,左绵痴道人记⑥

且说黛玉，[朱旁]这方是正文起头处，此后笔墨，与前两回不同。自那日弃舟登岸时，便有荣国府打发了轿子并拉行李的车辆久候了。这黛玉常听得[朱旁]母亲三字细。说过，他外祖母家与别家不同。他近日所见的这几个三等的仆妇，已是不凡了，何况今至其家。因此步步留心，时时在意，不肯轻**易**（原误意）⑦多说一句话，多行一步路，生恐被人耻笑了他去。[朱旁]写黛玉自幼之心机。自上了轿，进入城中，便从纱窗〔**内往**〕外瞧了一瞧⑧，其街市之繁华，人烟之阜盛，自与别处不同。[朱旁]先从街市写来。又行半日，忽见街北蹲着两个大石狮子，三间兽头大门，门前列坐着十来个华冠丽服之人。正门却不开，只有东西两角门有人出入。正门之上，有一匾，匾上大书"敕造宁国府"五个大字。[朱旁]先写宁府，这是由东向西而来。黛玉想**道**⑨（原误到）：这是外祖母之长房了。想着，又往西行。不多远，照样也是三间大门，方是荣国府了。却不进正门，只进了西边角门。那轿夫抬进去，走了一射之地，将转弯时，便歇下退出去了。后面婆子们已都下了轿，赶上前来，另换了三四个衣帽周全的十七八岁的小厮上来，复抬起轿子。众婆子步下围随，至一垂花门前落下。众小厮退出，众婆子上来打起轿帘，扶黛玉下轿。林黛玉扶着婆子的手，进了垂花门，两边是超⑩手游廊，当中是穿堂，当地放着一个紫檀架子大理石的大插屏。转过插屏，小小三间内厅，厅后就是后面的正房大院。正面五间上房，皆是雕梁画栋，两边穿山游廊厢房，挂着各色鹦鹉、画眉等鸟雀。台矶之上，坐着几个穿红着绿的丫鬟，一见他们来了，便忙都笑迎上来，[朱旁]如见如闻，活现于纸上之笔。好看煞！说："才刚老太太还念呢，可巧就来了。"于是三四人争着打起帘栊。[朱旁]真有是事，真有是事！一面听得人回话："林姑娘到了！"

黛玉方进入房时，只见两个人搀着一位鬓发如银的老母迎上来，[朱眉]此书得力处全是此等地方，所谓"颊上三毫"也。黛玉便知是他外祖母。方欲拜见时，早被他外祖母一把搂入怀中，"心肝儿肉"叫着，大哭起来。［朱旁］几千斤力量写此一笔！

当下地下侍立之人，无不掩面涕泣。［朱旁］旁写一笔，更妙！黛玉也哭个不住。

［朱旁］自然顺写一笔。一时众人慢慢的解劝住了，黛玉方拜见外祖母——此即冷子兴所云之史氏太君也，贾赦、贾政之母⑪。［朱旁］书中人目太繁，故明注一笔，使观者省眼。

当下贾母一一指与黛玉："这是你大舅母；【墨旁】赦老夫人。这是你二舅母；【墨旁】政老夫人。这是你先珠大哥的媳妇珠大嫂。"［朱眉］书中正文之人，却如此写出，却是天生地设章法，不见一丝勉强。黛玉一一拜见过。贾母又说："请姑娘们来，今日远客才来，可以不必上学去了。"众人答应了一声，便去了两个。

不一时，只见三个奶嬷嬷并五六个丫鬟，［朱旁］声势如现纸上。撮⑫拥着三个姊妹来了。［朱眉］从黛玉眼中写三人。第一个，【墨旁】迎春肌肤微丰，［朱旁］不犯宝钗合中身材，腮凝新荔，鼻腻鹅脂，温柔沉默，观之可亲。［朱旁］为迎春写照。第二个，【墨旁】探春削肩细腰，［朱旁］《洛神赋》中云"肩若削成"是也。长挑身材，鸭蛋脸面，俊眼修眉，顾盼神飞，文彩精华，见之忘俗。［朱旁］为探春写照。第三个，【墨旁】惜春身量未足，形容尚小。［朱眉］浑写一笔，更妙！必个个去写，则板矣。可笑近之小说中，有一百个女子，皆是"如花似玉"，一副脸面。其钗环裙袄，三人皆是一样的妆饰。［朱旁］是极。［朱旁］毕肖！黛玉忙起身迎上来见礼，［朱旁］此笔亦不可少。互相厮认过，大家归座。丫鬟们斟上茶来，不过说些黛玉之母如何得病，如何请医服药，如何送死发丧。不免贾母又伤感起来，［朱旁］妙！因说："我这些儿女，所疼者，惟有你母。今日一旦先舍我去了，连面不能一见，今见了你，我怎么不伤心？"说着，搂了黛玉在怀，又呜咽起来。众人忙都宽慰解释，方略略止住。［朱旁］为黛玉自此不能别往。

众人见黛玉年纪虽小，其举止言谈不俗，［朱眉］从众人目中写黛玉。身体面庞虽怯弱不胜，[朱旁]写美人是如此笔仗(原误伏)，看官怎得不叫绝称赏![13]　[朱眉]草胎卉质，岂能胜物耶？想其衣裙，皆不得不勉(原误免)强支持者也。

却有一段自然风流态度。[朱旁]为黛玉写照。众人目中，只此一句足矣。便知他有不足之症。因问："常服何药？如何不急为疗治？"黛玉笑道："我自来是如此。从会吃饮食时，便吃药，到今未断。请了多少名医，修方配药，皆不见效。那一年我才三岁时，听得说[朱旁]文字细如牛毛!【墨旁】三岁上，尚未能甚记事，故云"听说"，莫以为亲闻亲见。来了一个癞头和尚，说要化我去出家，[朱眉]奇奇怪怪一至于此。通部中假借癞僧、跛道二人，点明迷情幻海中有数之人也，非袭《西游》中一味无稽，至不能处便用观世音可比。我父母固是不从。

他又说：'既舍不得他，只怕他的病一生也不能好的；若要好时，除非从此以后总不许见哭声，除父母之外，凡有外姓亲友之人一概不见，【墨旁】惟宝玉是方可平安了此一世。更可见之人。[朱眉]甄英莲乃副十二钗之首，却明写癞僧一点；今黛玉为正十二钗之冠(原误贯)，反用暗笔。盖正十二钗，人或洞悉可知；副十二钗，或恐观者忽(原作惑)略，故须(原作写)极力一提，使观者万勿稍加玩忽之意耳。疯疯癫癫说了这些不经之谈，[朱旁]是作书者自注。也没人理他。如今还是吃人参养荣丸。"[朱旁]人生自当自养荣卫。贾母道："这正好，我这里正配丸药呢，[朱旁]为后菖、菱伏脉。叫他们多配一料就是了。"一语未了，【墨旁】接榫(原误筍)甚便。史公之笔力!

只听得后院中有人笑声说：[朱旁]懦笔庸笔何能及此!　[朱眉]另磨新墨掭锐笔，特独出熙凤一人。未写其形，先使闻声，所谓"绣幡开遥见英雄俺"也。"我来迟了，不曾迎接远客!"[朱旁]第一笔，阿凤三魂六魄已被作者拘定了，后文焉得不活跳(原误挑)纸上! 此等非仙助亦(原误即)非神助，从何而得此机括耶？

　　黛玉纳罕道："这些人个个皆敛声屏气，恭肃严整如此，这来者系谁，这样放诞无礼？"[朱旁]原有此一想。心下想时，只见一群媳妇丫鬟围拥着一个人，从后房门进来。这个人打扮与众姊妹不同，彩绣辉煌，恍如神妃仙子。头上戴着金丝八宝攒珠髻，绾着朝阳五凤挂珠钗；[朱旁]头。项上戴着赤金盘螭璎珞圈；[朱旁]颈。裙边系

着豆绿宫绦双衡比目玫瑰佩；[朱旁]腰。身上穿着缕金百蝶穿花大红

洋缎窄裉⑭（原作褃）袄，外罩五彩刻丝石青银鼠褂；下着翡翠撒

花洋绉裙。一双丹凤三角眼，两弯柳叶掉梢眉，身量苗条，体格风

骚，粉面含春威不露，丹唇未启笑先闻。[朱旁]为阿凤写照。 [朱眉]试问诸公：从来小说中，可有写

[朱眉]形追像 黛玉连忙起身接见。贾母笑道：[朱旁]阿凤一至，贾母方笑。"你不与后文多少"笑"字作偶。

认得他，他是我们这里有名的一个泼皮破落户儿，南省俗谓作

'辣子'，你只叫他'凤辣子'就是。"[朱旁]阿凤笑声进来，老太君打谇，虽是空口传声，却是补出：一

向晨昏起居，阿凤于太君处承欢应候，[是]一 黛玉正不知以何称呼，只见众刻不可少之人。看官勿以闲文淡文[看]也。

姊妹都忙告诉他道："这是琏嫂子。"黛玉虽不识，亦曾听见母亲

说过⑮（原误道），大舅贾赦之子贾琏，娶的就是二舅母王氏之

内侄女，自幼假充男儿教养的，学名叫王熙凤。[朱旁]奇想，奇文！[朱旁]以女子曰"学

名"固奇；然此偏有学名的反倒不 黛玉忙赔笑见礼，以"嫂"呼之。这熙凤识字，不曰学名者反若假[男儿]⑯。

携着黛玉的手，上下细细的打量了一回，[朱旁]写阿凤，全部传（原误转）神。第一笔也。便仍

送至贾母身边坐下。因笑道："天下真有这样标致人物，我今才算

见了！[朱旁]这方是阿凤言语，若一味浮词套语，岂复为阿凤哉？ [朱眉]况且这"真有这样标致人物"，出自[阿]凤口中，黛玉丰姿可知。宜作史笔看。

通身的气派，竟不像老祖宗的外孙女儿，竟是个嫡亲的孙女。

[朱旁]仍归太君，方不失《石头记》文字，且是阿凤身心之至文。怨不得老祖宗天天口头心头一时不忘！

[朱旁]却是极淡之语，偏能恰投贾母之意。只可怜我这妹妹这样命苦，[朱旁]这是阿凤见黛玉正文。怎么姑妈

偏就去世了！"[朱旁]若无这几句，便不是贾府媳妇。说着，便用帕拭泪。贾母笑道："我才

好了，你倒来招我！[朱旁]文字好看之极！你妹妹远路才来，身子又弱，也才劝

住了，快再休提前话！"[朱旁]反用贾母劝。阿凤之术，亦甚矣！这熙凤听了，忙转悲为喜

道："正是呢，我一见了妹妹，一心都在他身上了，又是欢喜又是伤

心，竟忘记了老祖宗。该打，该打！"又忙携黛玉之手，问："妹妹几岁了？〔可也⑰〕上过学？现吃什么药？在这里不要想家。想要什么吃的、什么玩的，只管告诉我。丫头、老婆们不好了，也只管告诉我。"一面又问婆子们："林姑娘的行李东西可搬进来了？带了几个人来？^{[朱旁]当家的人事（原误车）如此。毕肖！}你们赶早打扫两间下房，让他〔们⑱〕去歇歇。"

　　说话时，已摆了茶果上来。〔熙凤⑲〕亲为捧茶捧果。又见二舅母问他^{[朱旁]总为黛玉眼中写出。}"月钱放完了不曾？"熙凤道："月钱也放完了。^{[朱旁]不见后文，不见此笔之妙！}才刚带着人到后楼上找缎子，^{[朱旁]接闲文，是本意避繁也。}找了这半日，也并没有见昨日太太说的那样，想是太太记错了。"^{[朱旁]却是日用家常实事。}王夫人道："有没有，什么要紧！"因又说道："该随手拿出两个来，给你这妹妹去裁衣裳的。等晚上想着，叫人再去拿罢，^{[朱旁]仍归前文。妙妙！}可别忘了！"熙凤道："倒是我先料着了，知道妹妹不过这两日到的，我已预备下了，等太太回去过了目，^{[朱旁]试看他心机。}好送来。"王夫人一笑，点头不语。^{[朱旁]深取之意。}　　^{[朱眉]余知此缎阿凤并未拿出，此借王夫人之语，机变欺人处耳。若信彼果拿出预备，不独被阿凤瞒过，亦且被石头瞒过了。}

　　当下茶果已撤。贾母命两个老嬷嬷带了黛玉去见两个母舅。时贾赦之妻邢氏忙亦起身，笑道："我带了外甥女过去，倒也便宜。"贾母笑道："正是呢，你也去罢，不必过来了。"邢夫人答应一个"是"字，遂带了黛玉，与王夫人作辞。大家送至穿堂前，出了垂花门，早有众小厮们拉过一辆翠幄青绸车来。邢夫人携了黛玉坐上，众婆娘放下车帘，方命小厮们抬起拉至宽处，方驾上驯骡，亦出了西角门。往东，过了荣府正门，便入一黑油大门中，至仪门前放（原误方）⑳下来。众小厮退出，方打起车帘，邢夫人搀了黛玉的手，进入院中，黛玉度其房屋院宇，必是荣府中之花园隔断过来的。^{[朱旁]黛玉之心机眼力。}进入三层仪门，果见正房厢庑游廊，悉皆小巧别致，不似方才那边轩峻壮丽,且院中随处之树木山石皆有。[朱旁]为大观园伏脉。 [朱旁]试思:荣府园今在西,后之大观园偏写在东,何不畏难之若此?一时进入正室,早有许多盛装丽服之姬妾丫鬟迎着。[朱旁]这一句都是写贾赦,妙在全是指东击西、打草惊蛇之笔。若看其写一人,即作此一人看,先生便呆了!邢夫人让黛玉坐了,一面命人到外面书房中请贾赦。一时人来回说:"老爷说了:'连日身上不好,见了姑娘彼此倒伤心,[朱旁]追魂摄魄! [朱眉]余久不作此语矣,见此语未免一醒。暂且不忍相见。[朱旁]若一见时,不独死板,且亦大失情理;亦不能有此等妙文矣!劝姑娘不要伤心、想家,跟着老太太和舅母,是同家里一样。姊妹们虽拙,大家一处伴着,[朱旁]赦老亦能作此语。叹叹!亦可以解些烦闷。或有委屈之处,只管说得,不要外道才是。'"黛玉忙站起来,一一听了。再坐一刻,便告辞。那邢夫人苦留吃过晚饭去。黛玉笑回道:"舅母爱恤赐(原误吃)饭㉑,原不应辞,只是还要过去拜见二舅舅,恐领赐[朱旁]得体去不恭;异日再领,未为不可。望舅母容谅!"邢夫人听说,笑道:"这倒是了。"遂命两三个嬷嬷,用方才的车好生送了过去。于是黛玉告辞。邢夫人送至仪门前,又嘱咐众人几句,眼看着车去了,方回来。

一时黛玉进入荣府。下了车,众嬷嬷引着,便往东转弯,穿过一个东西的穿堂,[朱旁]这一个穿堂,是贾母正房之南者;凤姐处所通者,则是贾母正房之北。向南大厅之后,仪门内大院落。上面五间大正房,两边厢房,鹿顶耳房钻山。四通八达,轩昂壮丽,比贾母处不同。黛玉便知这方是正经正内室,一条大甬路直接出大门的。进入堂屋中,抬头迎面先看〔见㉒〕一个赤金九龙青地大匾,匾上写着斗大三个字,是"荣禧堂";后有一行小字:"某年月日书赐荣国公贾源",又有"万几宸翰之宝"。大紫檀雕螭案上,设着三尺来高青绿古铜鼎,悬着待漏随朝墨龙大画,一边是金蜼彝,[朱旁]蜼,音垒㉓,周器也。一边是玻璃盒。[朱旁]盒音海,盛酒之大器也。地下两溜十六张楠木交椅。又有一副对联,乃是乌木联牌,镶(原误厢)着錾㉔(原误凿）银的字迹，[朱旁]雅而丽，富而文。道是：

　　　座上珠玑昭日月，堂前黼黻焕烟霞。[朱夹]实贴！

下面一行小字，道是：同乡世教弟勋袭东安郡王穆莳拜手书。[朱旁]先虚陪一笔。

　　原来王夫人时常居坐宴息，亦不在这正**室**㉕（原误堂），只在这正室东边的三间耳房内。[朱旁]黛玉由正室一段而来，是为拜见政老耳，故进东房；若见王夫人，直写引至东廊小正室内矣㉖。于是老嬷嬷引黛玉进东房门来。临窗大炕上〔**铺着**㉗〕猩红洋毯，正面设着大红金钱蟒靠背，石青金钱蟒引枕，秋香色金钱蟒大条褥。两边设一对梅花式洋漆小几。左边几上，文王鼎匙箸香盒；右边几上，汝窑美人觚内插着时鲜花卉，并茗碗唾壶㉘等物。地下面西一溜四张椅上，都搭着银红撒花椅搭，底下四副脚踏。椅子两边也有一对高几，几上茗碗花瓶俱备。其余陈设自不必细说。[朱旁]此不过略叙荣府家常之礼数，特使黛玉一识阶级座次耳，余则繁。老嬷嬷们让黛玉炕上坐。炕沿上却也有两个锦褥对设。黛玉度其位次，便不上炕，只向东边椅子上坐了。[朱旁]写黛玉心意。本房内的丫鬟忙捧上茶来。黛玉一面吃茶，一面打量那些丫鬟们，妆饰衣裙、举止行动果亦与别家不同。

　　茶未吃了，只见穿红绫袄青缎掐牙背心的一个丫鬟走来，[朱旁]金乎？玉乎？笑说道："太太说，请姑娘到那边坐罢！"老嬷嬷听了，于是又引黛玉出来，到了东廊三间小正房内。正面炕上横设一张炕桌，桌上垒着书籍、[朱旁]伤心笔！堕泪笔！茶具。靠东壁，面西设着半旧青缎靠背引枕。王夫人却坐在西边下首，亦是半旧青缎靠背坐褥。见黛玉来了，便往东让。黛玉心中料定这是贾政之位。[朱旁]写黛玉心到眼到。俗夫但云"为贾府叙座位"，岂不可笑！因见挨炕一溜三张椅子上，也搭着半旧的[朱旁]三字有神！弹墨椅袱，[朱旁]此处则一色旧的，可知前正室中亦非家常之用度也。可笑近之小说中，不论何处，则曰"商彝""周鼎""绣幕""珠帘""孔雀屏""芙蓉褥"等样字眼。　[朱眉]近闻一俗笑语云：一庄农人进京，回家众人问曰："你进京去，可见些个世面否？"庄人曰："连皇帝老爷都见了。"众罕然问曰："皇帝如何景况？"庄人曰："皇帝左手拿一金元宝，右手拿一银元宝，马上捎（原误稍）着一口袋人参，行动人参不离口。一时要屙屎了，连擦屁股都用的是鹅黄缎子。所以京中掏茅厕的人都富贵无比。"试思凡稗官写"富贵"字眼者，悉皆庄农进京之一流也，盖此时彼实未身经目睹，所言皆在情理之外焉。　[朱眉]又如人嘲作诗者，亦往往爱说富丽话，故有"胫骨变成金玳瑁，眼睛嵌作碧琉璃（原作璃琉）"[29]之诮。余自是评《石头记》，非鄙薄前人也。黛玉便向椅上坐了。王夫人再四携他上炕，他

方挨王夫人坐了。王夫人因说："你舅舅今日斋戒 [朱旁]点缀宦（原误官）途 去了，再见罢。[朱旁]赦老不见，又写政老，政老又不能见。是"重不见重，犯不见犯"，作者惯用此等章法。 只是有一句话嘱咐你：你三个姊妹倒都极好，以后一处念书认字学针线，或是偶一玩笑，都有尽让的。但我不放心的最是一件：我有一个孽根祸胎，[朱旁]四字是血泪盈面，不得已无奈何而下！四字是作者痛哭！[30] 是这家里的'混〔世[31]〕魔王'，[朱旁]与（原误占）"绛洞花王"为对看。 今日因庙里还愿去了，[朱旁]是富贵公子。 尚未回来。晚间你看见便知。你只以后不用睬他，你这些姊妹都不敢沾惹他的。"

　　黛玉亦常听见母亲说过，二舅母生的有个表兄，乃衔玉而诞，顽劣异常，[朱旁]与甄家子恰对。 极恶读书，[朱旁]是极恶每日"诗云（原误诸之）[32]""子曰"的读书。 最喜在内帏厮混；外祖母又极溺爱，无人敢管。[朱眉]这是一段反衬章法。黛玉心思（原误用），〔与〕猜度蠢物等句对看（原误着去），方不失作者本旨。[33]　[朱眉]不写黛玉眼中之宝玉，却先写黛玉心中已早（原误毕）有一宝玉矣——幻妙之至！自（原误只）冷子兴口中之后，余已极思欲一见，及今尚未得见——狡猾之至！[34] 今见王夫人如此说，便知说的是这表兄了。因赔笑道："舅母说的，可是衔玉所生的这位哥哥？在家时亦曾听见母亲常说：这位哥哥比我大一岁，小名就唤宝玉，[朱旁]以黛玉道宝玉名，方不失正文。 虽极憨顽，[朱旁]"虽"字是有情字，宿根而发，勿得泛泛看过。 说在姊妹情中极好的。况我来了，自然和姊妹同处，[朱旁]又登开一笔。妙妙！ 兄弟们自是别院另室的，岂得去沾惹之理？"王夫人笑

道："你不知原故。他与别人不同，自幼老太太疼爱，原系同姊妹一处，〔朱旁〕此一笔收回，是明通部同处原委也。娇养惯了的。若姊妹们有日不理他，他倒还安静些，纵然他没趣，不过出了二门，背地里拿着他的两三个小幺儿出气，咕唧一会子就完了，〔朱旁〕这可是宝玉本性真情。前四十九字迥异之批⑤，今始方知：盖小人口碑，累累如是，是是非非，任尔口角，大都皆然。若这一日姊妹们和他多说一句话，他心里一乐，便生出多少事来。所以嘱咐你别睬他。他嘴里一时甜言蜜语，一时有天无日，一时疯疯傻傻，只休信他。"

　　黛玉一一的都答应着。只见一个丫鬟来回："老太太那里传晚饭了。"王夫人忙携了黛玉，从后房门〔朱旁〕后房门。由后廊〔朱旁〕是正房后廊也。往西，出了角门，〔朱旁〕这是正房后西界墙角门。是一条南北宽夹道。南边是倒座三间小小抱厦厅，北边立着一个粉油大影壁，后有一半大门，小小一所房子㊱（原作宇），王夫人笑指向黛玉道："这是你凤姐姐的屋子㊲（原作宇），回来你好往这里找他来。少什么东西，你只管和他说就是了。"这院门上也有〔朱旁〕二字是他处不写之写也。四五个才总角的小厮，都垂手侍立。王夫人遂携黛玉穿过一个东西穿堂，〔朱眉〕这正〔是〕贾母正室后之穿堂也，与前穿堂是一带之屋。中一带，乃贾母之下室也。记清！便是贾母的后院了。〔朱旁〕一丝写得清，不错。于是进入后房门，已有多少人在此伺候，见王夫人来了，方安设桌椅。〔朱旁〕不是待王夫人用膳，是恐使王夫人有失侍膳之礼耳。贾珠之妻李氏捧饭，熙凤安箸，王夫人进羹。贾母正面榻上独坐，两旁四张空椅。熙凤忙拉了黛玉在左边第一张椅上坐了，黛玉十分推让，贾母笑道："你舅母和嫂子们不在这里吃饭。你是客，原应如此坐的。"黛玉方告了座，坐了。贾母命王夫人坐了。迎春姊妹三个告了座，方上来。迎春便坐右手第一，探春左第二，惜春右第二。旁边丫鬟执着拂尘、漱盂、巾帕。李、凤二人立于案旁布让。外间伺候之媳妇丫鬟虽多，却连一声咳嗽不闻。寂然饭毕，各有丫鬟用小茶盘捧上茶来。当日林如海教女以惜福养身，云饭后务待饭粒咽尽，过一时再吃茶，方不伤脾胃。[朱旁]夹写如海一派书气。最妙！今黛玉见了这里许多事情不合家中之式，不得不随的，少不得一一的改过来，因而接了茶。早[39]有人捧过漱盂来，黛玉也照样漱了口。然后盥手毕，又捧上茶来，方是吃的茶。[朱旁]总写黛玉以后之事。故只以此一件小事，略一表也。 [朱眉]今看至此，故想日前所[39]（原误后以）阅"王敦初尚公主"，登厕时，不知塞鼻用枣，敦辄取而啖之，早为宫人鄙诮多矣。今黛玉若不漱此茶，或饮一口，不为[40]（原误无）荣婢所诮乎？观此，则知黛玉平生之心思过人。贾母便说："你们去罢，让我们自在说话儿。"王夫人听了，忙起身又说了两句闲话，方引李、凤二人去了。

　　贾母因问黛玉念何书。黛玉道："只刚念了四书。"[朱旁]好极！稗官专用"腹隐五车书"者来看！黛玉又问姊妹们读何书。贾母道："读的是什么书，不过是认得两个字，不是睁眼的瞎子罢了。"一语未了，只听院外一阵脚步响，[朱旁]与阿凤之来，相映而不相犯。丫鬟进来笑道："宝玉来了！"[朱旁]余为一乐。黛玉心中正疑惑着：这个宝玉，不知是怎生个惫懒人物，[朱旁]文字不反，不见正文之妙。似此，应从《国策》得来。懵懂顽劣之童？——倒不见那蠢物[朱旁]这蠢物不是那蠢物，却有个极蠢之物相待。妙极！也罢了！心中正想着，忽见丫鬟话未报完，已进来了一个轻年公子。头上戴着束发嵌宝紫金冠，齐眉勒着二龙抢珠金抹额，穿一件二色金百蝶穿花大红箭袖，束着五彩丝攒花结长穗〔宫绦[41]〕，外罩石青起花八团倭缎排穗褂，登着青缎粉底小朝靴。面若中秋之月，[朱眉]此非套"满月"。盖人生有面扁而青白色者，则皆可谓之"秋月"也；用"满月"者不知此意。色如春晓之花，[朱眉]"少年色嫩不坚牢[42]（原误劳）"，以及"非夭即贫"之语，余犹在心，今阅至此，放声一哭！鬓若[43]（原作如）刀裁，眉如墨画，眼似[44]桃瓣，睛若秋波。虽怒时而若笑，即瞋视而有情。[朱旁]真真写杀！项上金螭璎珞，又有一根五色丝绦系着一块美玉。黛玉一见，便吃一大惊，[朱旁]怪甚。心下想

52

道:"好生奇怪,倒像在那里见过的一般,[朱旁]正是。想必在㊺(原误有)灵河岸上三生石畔曾见过。何等眼熟到如此!"只见这宝玉向贾母请了安,贾母便命:"去见你娘来!"

宝玉即转身去了。一时回来,再看已换了冠带。头上周围一转的短发,都结成了小辫,红丝结束,共攒至顶中胎发,总编一根大辫,黑亮如漆。从顶至梢,一串四颗大珠,用金八宝坠角。[身㊻]上穿着银红撒花半旧大袄,仍旧(原误就)戴着项圈、宝玉、寄名锁、护身符等物,下面半露松花撒花绫裤腿、锦边弹墨袜、厚底大红鞋。越显得面如敷粉,唇似施脂,转盼多情,语言常笑,天然一段风骚㊼全在眉梢,平生万种情思悉堆眼角。看其外貌最是极好,却难知其底细。后人有《西江月》二词,批这宝玉极恰。其词曰:

> 无故寻愁觅恨,有时似傻如狂,纵然生得好皮囊,腹内原来草莽。　潦倒不通世务,愚顽怕读文章,行为偏僻性乖张,那管世人诽谤。

> 富贵不知乐业,贫穷难耐凄凉,可怜辜负好韶光,于国于家无望。　天下无能第一,古今不肖无双,寄言纨绔与膏粱,莫效此儿形状![朱眉]二词更妙! 最可厌野史"貌如潘安""才如子建"等语。　[朱眉]末二语最要紧,只是**纨绔**(原衍纨裤绔)膏粱亦未必不见笑我玉卿。可知能效一二者,亦必不是蠢然纨绔矣。

贾母因笑道:"外客未见,就脱了衣裳。还不去见你妹妹!"宝玉早已看见多了一个姊妹,便料定是林姑母之女,忙来作揖。厮见毕归座,细看形容,与众各别——两弯似蹙非蹙罥㊽烟眉,[朱旁]奇眉妙一眉,奇想妙想!一双似口[泣]非口口口口[泣含露目]㊾,[朱旁]奇目妙目,奇想妙想!态生两靥之愁,娇袭一身之病,泪光点点,娇喘微微,闲静时如娇花照水,行动[时㊿]似弱柳扶风,[朱旁]至此八句,是宝玉眼中。[朱眉]又从宝玉目中细写一黛玉,直画一美人图。心较比干多一窍,[朱旁]此一句,是宝玉心中。　[朱眉]更奇妙之至!"多病如西子胜三分。窍,一窍"固是好事,然未免偏僻了,所谓"过犹不及"也。

[朱旁]此十句定评，直抵一赋。　[朱眉]不写衣裙妆饰，正是宝玉眼中不屑之物，故不曾看见。黛玉之举（原作居）止容貌，亦是宝玉眼中心中评。若不是宝玉，断不能知黛玉终是何等品貌。

宝玉看罢，因笑道：[朱旁]看他第一句是何话。[朱眉]黛玉见宝玉写一"惊"字；宝玉见黛玉写一"笑"字。一存于中，一发乎外。可见文于（原误子）下笔必推敲得准稳，方才用字。"这个妹妹我曾见过的。"[朱旁]疯话。与黛玉同心，却是两样笔墨。观此，则知贾卿心中，有则说出，一毫宿滞皆无。

贾母笑道："可又是胡说，你又何曾见过他。"宝玉笑道："虽然未曾见过他，然我看着面善，心里就算是**旧相识**⑤（原误就相认识），[朱旁]一见，便作如是语，宜乎？王夫人谓之疯疯傻傻也。今日只作远别重逢，未为不可。"

[朱旁]妙极，奇语！全作如是等语，〔**焉**㉜〕怪人谓曰痴狂。　[朱旁]作小儿语，瞒过世人亦可。

贾母笑道："更好，更好！若如此，更相和睦了。"[朱旁]亦是真话。宝玉便走近黛玉身边坐下，又细细打量一番，[朱旁]与黛玉两次打量，一对。因问："妹妹可曾读书？"[朱旁]自己不读书，却问**别**㉝（原误到）人。妙！黛玉道："不曾读书，只上了一年学，些须认得几个字。"宝玉又道："妹妹尊名是那两个字？"黛玉便说了名字。宝玉又问表字。黛玉道："无字。"宝玉笑道："我送妹妹一个妙字，莫若'颦颦'二字，极好。"探春[朱旁]写探春便问何出。宝玉道："《古今人物通考》上说：'西方有石名黛，可代画眉之墨。'况这林妹妹眉尖若蹙，用取这两个字，岂不两妙！"探春笑道："只恐又是你的肚撰㊺。"宝玉笑道："除四书外，肚撰的太多，[朱旁]如此等语，焉得怪彼世人谓之怪？只瞒不过批书者。偏只我是**杜**（原误肚）撰不成？"

又问黛玉："可也有玉没有？"[朱旁]奇极、怪极、痴极、愚极！焉得怪人目为痴哉？众人不解其语。黛玉便忖度着：因他有玉，故问我也有无㉟。因答道："我没有那个，想来那玉亦是一件罕物，岂能人人有的？"[朱眉]奇之至，怪之至！又忽将黛玉亦写成一极痴女子。观此初会二人之心，则可知以后之事矣。宝玉听了，登时发作起痴狂病来，摘下那玉，就**狠**（原误恨）命摔去，[朱旁]试问石兄：此一摔，比在青**埂**（原误峰）峰下萧然坦卧，何如？骂道："什么罕物！连人之高低不择，还说通灵不通灵呢！我也不要这劳什子了！"吓得地下众人一拥争去拾玉。贾母急得搂了宝玉道："孽障！[朱旁]如闻其声。恨极语,却是疼极语。

你生气要打骂人容易,何苦摔那个命根子！"[朱旁]一字一千斤重！宝玉满面泪

痕,泣[朱旁]千奇百怪！不写黛玉泣,却反先写宝玉泣。道："家里姐姐妹妹都没有,单我有,我就

没趣。如今来了这么一个神仙似的妹妹,[朱眉]"不是冤家不聚头",第一场也。也没有,

可知这不是个好东西。"贾母忙哄他道："你这妹妹原有这个来的,

因你姑妈去世时舍不得你妹妹,无法可处,遂将他的玉带了去了。

一则全殉葬之礼,尽(原误进)你妹妹之孝心;二则你姑妈之灵亦可

权作见了女儿之意。因此,他只说没有这个,不便自己夸张之意。

你如今怎比得他？还不好生慎重戴上,仔细你娘知道了。"说着,便

向丫鬟手中接来,亲与他戴上。宝玉听如此说,想一想,竟大有情

理,也就不生别论了。[朱旁]所谓"小儿易哄"。余则谓"君子可欺以其方"云。

当下,奶娘来请问黛玉之房舍。贾母便说："今将宝玉挪出来,

同我在套间〔暖阁儿㊱〕里面,把你林姑娘暂安置碧纱橱㊲里。等过

了残冬,春天再与他们收拾房屋,另做一番安置罢。"宝玉道："好

祖宗,[朱旁]跳出一小儿。我就在碧纱橱外的床上很妥当,何必又出来,闹得

老祖宗不得安静！"贾母想了一想说："也罢了。每人一个奶娘并一

个丫头照管,余者在外间上夜听唤。"一面早有熙凤命人送了一顶

藕合色花帐,并几件锦被缎褥之类。黛玉只带了两个人来。一个

〔是㊳〕自幼奶娘王嬷嬷;一个是十岁的丫头,亦是自幼随身的,名唤

雪雁。[朱旁]新㊴(原误杂)雅不落套,是黛玉之文章也。贾母见雪雁甚小,一团孩气,王嬷嬷又

极老,料黛玉皆不遂心省力的,便将自己身边一个二等的丫头名唤

鹦哥者,[朱眉]妙极！此等名号,方是贾母之文章。最厌近之小说中,不论何处,满纸皆是红娘、小玉、嫣红、香翠等俗字。与了黛玉。外

亦如迎春等例,每人除自幼乳母外,另有四个教引嬷嬷;除贴身掌

管钗钏盥沐两个丫鬟外,另有五六个洒扫房屋、来往使役的小丫

头。当下,王嬷嬷与鹦哥陪侍黛玉在碧纱橱内。宝玉之乳母李嬷

嬷并大丫鬟名唤袭人者，[朱旁]奇名、新名，必有所出。陪侍在外〔面⑩〕大床上。

　　原来这袭人亦是贾母之婢，本名珍珠。[朱旁]亦是贾母之文章。前鹦哥已伏下一鸳鸯，今珍珠又伏下一琥珀矣。以（原误已）下乃宝玉之文章。贾母因溺爱宝玉，生恐宝玉之婢无竭力尽忠之人，素喜袭人心地纯良、克尽职任，遂与了宝玉。宝玉因知他本姓花，又曾见旧人诗句上有"花气袭人"之句，遂回明贾母，即更⑪（原误便）名袭人。这袭人亦有些痴处：[朱旁]只如此写，又好极！最厌近之小说中，满纸"千伶百俐""这妮子亦通文墨"等语。伏侍贾母时，心中眼中只有一个贾母；今与宝玉，心中眼中又只有个宝玉。只因宝玉性情乖僻，每每规谏，宝玉不听，心中着实忧郁。是晚，宝玉、李嬷嬷已睡了。他见里面黛玉和鹦哥犹未安歇，他自卸毕妆，悄悄进来，笑问："姑娘怎还不安歇？"黛玉忙笑让："姐姐请坐。"袭人在床沿上坐了。鹦哥笑道："林姑娘正在这里伤心，[朱旁]可知前批不谬。自己淌⑫眼抹泪[朱旁]黛玉第一次哭，却如此写来。的说：'今儿才来了，就惹出你家哥儿的狂病来，倘或摔坏那玉，岂不是因我之过？'[朱旁]所谓宝玉"知己"。全用体贴功夫。因此便伤心。[朱眉]前文反明写宝玉之哭，今却反如此写黛玉。几被作者瞒过。这是第一次算还，不知下剩还该多少？我好容易劝好了。"袭人道："姑娘快休如此，将来只怕比这个更奇怪的笑话儿还有呢！若为他这种行止你多心伤感，只怕你伤感不了呢——快别多心！"黛玉道："姐姐们说的我记着就是了。究竟不知那玉，是怎么个来历？上头还有字迹？"袭人道："连一家〔子⑬〕也不知来历。听得说，落草时从他口里掏出，上头有现成的穿眼。[朱旁]癞僧幻术，亦太奇矣！让我拿来你看便知。"黛玉忙止道："罢了！此刻夜深，明日再看不迟。"[朱旁]总是体贴，不肯多事。大家又叙了一回，方才安歇。

　　次日起来，省过贾母，因往王夫人处来，正值王夫人与熙凤在一处拆金陵来的书信看。又有王夫人之兄嫂处遣了两个媳妇来说话的。黛玉虽不知原委,探春等却都晓得,是议论金陵〔城^⑭〕中所居的薛家姨母之子姨表兄薛蟠,倚财仗势打死人命,现在应天府案下审理。如今母舅王子腾得了信息,故遣人来告诉这边,意欲唤取进京之意。

校 注

①"打躬",各本作"打恭"。

②"有",据各本改。原亦另笔旁添,却未点去原误之"不"字。

③"实写","实"字后原多"不"字,今作衍文删去。陈辑校"不"作"系"。

④"务",另笔涂改作"教",非是。己卯、列藏、卜藏、梦稿本作"务必";庚辰本亦作"务",却被另笔旁改作"务在必"。

⑤"相",庚辰本作"厢",据其余各本补。

⑥此批之末,原钤"情主人"朱文长方印。按此批署名及钤印考之,当系清人孙桐生所作(此本所录墨眉、墨旁批,多出其手)。孙桐生,字小峰,四川绵州人,号左绵痴道人,又号情主人、谶梦居士、饮真外史等。咸丰二年进士,曾任湖南酃县知县及湖南永州府知府。光绪七年曾刊刻《妙复轩评石头记》。

⑦"不肯轻易(原误意)",舒序及蒙、戚诸本同误"意"字,甲辰本则擅改"肯轻易"三字为"要";据其余各本改"易"字。

⑧"从纱窗〔内往〕外瞧了一瞧",据列藏、卜藏本补"内往"二字,其余各本皆缺此二字,此本原另笔旁添"向"。甲辰本亦缺,却改"外"作"中",虽可通,亦属擅改。程高本从甲辰,俞校本从戚序,新校本从庚辰另笔旁添字。

⑨"道",据各本改。

⑩"超",己卯、庚辰、列藏、舒序、甲辰本同,卜藏、梦稿及蒙、戚诸本作"抄"。

⑪己卯、庚辰、梦稿本此处多一"也"字,前之"史氏太君"处则无"也"。

⑫"撮",甲辰本缺此字,戚序、戚宁、舒序、卜藏本作"簇",其余各本皆与此本同(己卯本旁改作"簇",属后人所为)。

⑬"写美人是如此笔仗(原误伏),看官怎得不叫绝称赏!"从朱辑改"仗"字。现存脂批中所有的"笔仗"皆误作"笔伏":此本共四处(第三、十六、二十五、二十八回各有一处),庚辰本一处(第二十回)。或因"笔仗"一词在古人著述中不常见,不仅现存脂本皆误作"笔伏",而且在目前所见的所有字词典中均未著录(如《辞源》《辞海》《古今汉语词典》《小说词语汇释》《诗词曲语辞汇

释》等皆如是）。甚至在较早辑录脂批的俞辑、陈辑中，亦皆未做校改，甚或误识径改。朱辑出版于俞、陈二辑之后，终于作出了正确校订，惜当初发行量有限，此一词语的校改并未引起广泛注意。故本书此前六版及本丛书之庚辰校本前三版，均将原误之"笔伏"误校作"笔法"。下同不另注。

⑭"裉"，据己卯、庚辰、列藏、梦稿本改。

⑮"过"，据各本改。

⑯"不曰学名者反若假〔男儿〕"，据所针对之正文补"男儿"二字。原批明显有脱讹。共有此批的蒙、戚诸本作"不曰学名者，反若彼"，仍不可通。

⑰"可也"，据庚辰、列藏、卞藏、甲辰及蒙、戚诸本补。

⑱"们"，蒙府、甲辰本同缺，据其余各本补。

⑲"熙凤"，据各本补。

⑳"至仪门前放（原误方）下来"，以梦稿本改"放"字，其余各本同误"方"。

㉑"舅母爱恤赐（原误吃）饭"，据各本改"赐"字。

㉒"见"，舒序本同缺，据其余各本补。

㉓"蜼，音垒"，目前绝大多数字词典（包括《辞源》《辞海》《现代汉语词典》），皆注"蜼"字读音为 wěi 或 wèi。其实脂批注"音垒"（即 lěi）也并不错，如《广韵》即注三音："以醉切""力轨切""余救切"。"力轨切"即音垒（lěi）。

㉔"鋆"，庚辰、卞藏、梦稿本同误"凿"，据其余各本改。

㉕"室"，据各本改。

㉖此批原分作三处抄写，貌似三条，实乃过录抄手误植。

㉗"铺着"，从甲辰、蒙府本补。其余各本皆无此二字，是原稿本如此。

㉘"唾壶"，列藏、卞藏、舒序及蒙、戚诸本同。梦稿本作"唾盒"，庚辰本作"痰盒"，己卯本作"痰盆"，甲辰本作"茶具"，皆属抄误加擅改。

㉙"胫骨变成金玳瑁，眼睛嵌作碧琉璃（原误璃琉）"，此联语在宋人所撰《类说》中作："胫脉化成红玳瑁，眼睛变作碧琉璃。"《宋稗类抄》则作："胫挺化为红玳瑁，眼睛变成碧琉璃。"

㉚俞辑断作："四字是血泪盈面，不得已无可奈何而下四字，是作者痛哭"。

㉛"世"，据各本补。

㉜"诗云（原误诸之）"，原误之"诸之"二字，另笔用黑色描改作"诗云"。

㉝"黛玉心思（原误用），〔与〕猜度蠢物等句对看（原误着去），方不失作者本旨。"此批错漏甚多，却无他本文字可校。仅以其字形及前后语意勉强校补，使之大致可通。

㉞此批中的"早""自"二字，据蒙、戚诸本改（然蒙、戚诸本缺"冷子兴"三字）。此外，蒙、戚诸本均将此批抄于后文"黛玉一一都答应着"句后，则为其所据之立松轩本误植甚明。

㉟"前四十九字迥异之批"，非指批语，当指比王夫人介绍宝玉的话更其不堪的某四十九字正文。大致符合此一标准的正文，只有"黛玉亦常听母亲说过"至"无人敢管"一段。

㊱此处"小小一所房子"，即后句所称"凤姐姐的屋子"，因其"小小"，在"房"和"屋"之后用一"子"字，本极恰切。然此本统作"房宇""屋宇"，明系过录抄手或原稿本誊录者，以"子""宇"形近而讹或擅改。各本除后句"屋子"仍存原貌外，前面则多作"房屋"或"房室"（仍不及"房子"自然贴切）。

㊲"子"，据各本改。参见注㊱。

㊳"早"字前，原多"毕"，乃衍文，据各本删。

㊴"前所"，据蒙、戚诸本改。

㊵"为"，据蒙、戚诸本改。

㊶"宫绦"，据各本补。

㊷"牢"，据蒙、戚诸本改。另，此语所本之《金瓶梅词话》第九十六回中原文，即作："老年色嫩招辛苦，少年色嫩不坚牢。"

㊸"若"，据各本改。原作"如"字，或为抄误，虽亦可通，却有损这段骈俪文字的基本法度，故须据各本予以校正。

㊹"眼似"，舒序、卞藏、梦稿、己卯本作"眼若"，均有"眼"字，与此本略同，可见作者原稿确是以"眼似桃瓣，晴若秋波"为对偶（桃瓣喻其形，秋波喻其神也）。然庚辰及蒙、戚诸本则改"眼似"作"面如"或"脸若"，明显与前文之"面如中秋之月"重复。甲辰本更是独出心裁，改"眼似"句为"鼻如悬胆"。

㊺"在"，据蒙、戚诸本改。

㊻"身"，据各本补。

㊼"骚"，除甲辰本擅改作"韵"（程本即据甲辰），其余各本皆同。

㊽"胃"，是为原抄。己卯、列藏、卞藏本同。蒙、戚诸本作"罩"，亦是在"胃"字基础上擅改。其余各本所改则五花八门，不赘。唯甲辰本改作"笼"，

程本从之。此处亦被另笔涂改作“笼”(系据程本)。

㊾“一双似□〔泣〕非□□□□〔泣含露目〕”,据列藏本补此五字。卞藏本除“泣”字作“飘”,“含露目”三字均与列藏同。尤可注意者,列、卞二本之“露”字,与各本迥异,却十分妥帖,似可视为庚辰定本之原文真貌。此本方框号乃原有,且作朱色,可见其所据之底本(脂砚斋甲戌抄阅自藏本)上已被涂去此数字,却被抄手作方框号以示阙如。但究竟是作者涂抹待改,还是原定本誊录者擅自涂抹欲改,则无考。而以脂批赞此二句“奇”“妙”观之,似其作批时此句早期文字尚未被涂。后之己卯本原抄文字,以及可能源自丙子本的梦稿本原抄文字,均作“一双似目”,则可见经作者在丙子、己卯两度修订之后,此一被涂文字仍付阙如(因过录抄手对涂抹处略而未抄,始成“一双似目”的奇怪文字)。而在作者生前最后一次修定的“庚辰秋月定本”的过录本(即现存庚辰本)上,此处却作“一对多情杏眼”(上句亦相应改作“两弯半蹙鹅眉”)。审其词意,实难令人相信乃出自作者手笔,似乎只能理解为是该本抄手的妄改。其余各本之不同异文,亦属后人按“□”擅补无疑。即如此本“□”中原有之另笔所填“一双似喜非喜含情目”,显然来自程高本(程高本则据甲辰本)。在本书前四版中,校订者曾将列藏本独有之优异文字“一双似泣非泣含露目”,仅视为一种几可乱真的过录者补文。后从 2006 年新发现之卞藏本获知,该本异文竟与列藏本可以互为佐证,复细按其版本渊源,实与列藏、庚辰同为一脉。始知此列藏本优异文字,极有可能是庚辰定本原文之再现。

㊿“时”,己卯、甲辰本缺此字,戚序、戚宁本作“处”,其余各本皆与此本同。

(51)“旧相识”,据庚辰本改。

(52)“焉”,据蒙、戚诸本补。

(53)“别”,据蒙、戚诸本改。

(54)“肚撰”,蒙府本同,其余各本均作“杜撰”。

(55)“也有无”,庚辰及蒙、戚诸本作“有也无”;列藏、甲辰本作“有无”;己卯本作“有没有”。当以此本为是。

(56)“暖阁儿”,据列藏、舒序、梦稿、己卯、庚辰本补。甲辰及蒙、戚诸本作“暖阁”。

(57)“碧纱幮”,本回中三次出现此称,其“幮”字皆如是。此乃甲戌本独存作者原文之优异文字之一;甲辰、舒序本则作“橱”,其余各本作“厨”。从严格的意义上讲,后二者均属抄误或借代之字。然历来校印本中,多依其余各本作"厨"(本丛书之此前印本亦如是),新校本则依甲辰而作"橱",皆不妥,至少是不合作者原文。今接受读者建议予以改正(理由详见本书六版后记和本丛书第二种《脂砚斋重评石头记庚辰校本》2008 年修订四版同回注)。

⑧"是",据各本补。

⑨"新",据蒙、戚诸本改。

⑥"面",据己卯、梦稿本补,列藏本亦旁添。

⑥"更",据各本改。

⑥"淌",被另笔涂改作"流"。各本皆作"淌",是作者原文如此。

⑥"子",据各本补。

⑥"城",据各本补。

第四回

薄命女偏逢薄命郎　　葫芦僧乱判葫芦案

　　却说黛玉同姊妹们至王夫人处,见王夫人与兄嫂处的来使计议家务,又说姨母家遭人命官司等语。因见王夫人事情冗杂,姊妹们遂出来,至寡嫂李氏房中来了。

　　原来这李氏,[朱旁]起笔写薛家事,他偏写宫裁(原误哉),是结黛玉、明李纨本末,又在人意料之外。即贾珠之妻。珠虽夭亡,幸存一子,取名贾兰,今已五岁,已入学攻书。这李氏亦系金陵名宦之女,父名李守中,[朱旁]妙!盖云:人能"以理自守",安得为情所陷哉?曾为国子监祭酒。族中男女无有不诵诗读书者,[朱旁]未出李纨,先伏下李纹、李绮。至李守中承继以来,便说"女儿无才便有德",[朱旁]"有"字改的好。故生李氏时,便不十分令其读书。只不过将些《女四书》《列(原误烈)女传》《贤媛集》等三四种书,使他认得几个字,记得这前朝几个贤女便罢了,却只以纺绩井臼为要。因取名为李纨,字宫裁。[朱旁]一洗小说窠(原误巢)臼俱尽,且命名字亦不见"红香翠玉"恶俗。因此这李纨虽青春丧偶,且居处于膏粱锦绣之中,竟如槁木死灰一般。[朱旁]此时处此境,最能越理生事,彼竟不然,实罕见者。一概无见无闻,惟知侍亲养子,外则陪侍小姑等针黹诵读而已。[朱旁]出李纨,不一段叙犯熙凤。今黛玉虽客寄于斯,日有这般姐妹相伴,除老父外,余者也就无庸虑及了。[朱旁]仍是从黛玉身上写来。以上了结住黛玉,复找前文。

　　如今且说贾雨村。因补授了应天府,一下马就有一件人命官司详至案下。乃是两家争买一婢,各不相让,以致殴伤人命。彼时雨村即问原告。那原告道:"被①(原误彼)殴死者,乃小人之主人。因那日买了一个丫头,不想系拐子所拐来卖的。这拐子先已得了我家银子，我家小爷原说第三日方是好日子，再接入门，[朱旁]所谓"迟则有变"。往往世人因不经之谈，误却大事。这拐子便又悄悄的卖与了薛家，被我们知道了，去找那卖主夺取丫头。无奈薛家原系金陵一霸，倚财仗势，众豪奴将我主人竟打死了。凶身主仆已皆逃走，无影无踪，只剩了几个局外之人。小人告了一年的状，竟无人作主，望太老爷拘拿凶犯，剪恶除凶，以救孤寡，死者感戴天恩不尽。"

雨村听了，大怒道："岂有这样放屁的事！打死人命，就白白的走了再拿不来？"因发签差公人立刻将凶犯族中人拿来拷问，令他们实供藏在何处，一面再动海捕文书。未发签时，只见案边立着一个门子使眼色儿——不令他发签之意。雨村心中甚是疑怪，[朱旁]原可疑怪，余亦疑怪。只得停了手，即时退堂至密室，使从皆退去，只留下门子一人伏侍。这子忙上来请安，笑问："老爷一向加官进禄，八九年来就忘了我了？"[朱旁]语气傲慢，怪甚！雨村道："却十分面善得紧，只是一时想不起来。"那门子笑道："老爷真是贵人多忘事，把出身之地竟忘了，[朱旁]杀（原误刹）心语！自招其祸，亦因夸能恃才也。不记当年葫芦庙里之事了？"雨村听了，如雷震一惊，[朱旁]余亦一惊。但不知门子何知，尤为怪甚！方想起往事。原来这门子本是葫芦庙内一个小沙弥，因被火之后无处安身，欲投别庙去修行，又耐不得清凉景况，因想这件生意倒还轻省热闹，[朱旁]新鲜字眼。遂趁年纪②蓄了发，充了门子。[朱旁]一路奇奇怪怪调侃世人，总在人意臆之外。雨村那里料得是他，便忙携手笑道："原来是故人。"[朱旁]妙称！全是假态。又让坐了③（原误了坐）好谈。[朱旁]假极！这门子不敢坐。雨村笑道："贫贱之交不可忘，你我故人也。[朱旁]全是奸险小人态度，活现活跳。二则此系私室，既欲长谈，岂有不坐之理！"这门子听说，方告了座，斜签着坐了。

雨村因问："方才何故不令发签④？"这门子道："老爷既荣任到

63

这一省，难道就没抄一张'护官符'，[朱旁]可对'聚宝盆'。一笑！[朱旁]三字从来未见，奇之至。来不成？"雨村忙问："何为'护官符'？我竟不知。"[朱旁]余亦欲问。门子道："这还了得！连这〔个⑤〕不知，怎能做得长远？[朱旁]骂得爽快。如今凡做地方官者，皆有一个私单，上面写的是本省⑥（原误府）最有权有势、极富极贵的大乡绅名姓，各省皆然。倘若不知，一时触犯了这样的人家，不但官爵，只怕连性命还保不成呢！[朱旁]可怜可叹，可恨可气，变作一把眼泪也。所以绰号叫做'护官符'。[朱旁]奇甚趣甚！如何想来？方才所说的这薛家，老爷如何惹得他！他这一件官司并无难断之处，皆因都碍着情份脸面，所以如此。"一面说，一面从顺袋中取出一张抄写的"护官符"来，递与雨村。看时，上面皆是本地大族名宦之家的谚俗口碑，其口碑排写得明白，下面皆注着始祖官爵并房次。石头亦曾照样抄写一张，[朱旁]忙中闲笔，用得好。今据石上所抄云：

贾不假，白玉为堂金作马。　　宁国、荣国二公之后，共二十⑦（原误十二）房分。除宁、荣亲派八房在都外，现原籍住者十二房。

阿房宫，三百里，住不下金陵一个史。　　保龄侯尚书令史公之后，房分共十八。都中现住（原误任）者十房。原籍现居八房。

丰年好大雪，[朱夹]隐"薛"字。珍珠如土金如铁。　　紫微舍人薛公之后，现领内府帑银行商。共八房分。

东海缺少白玉床，龙王来请金陵王。　　都太尉统制县伯王（原误玉）公之后，共十二房。都中二房，余〔在籍〕⑧。

雨村犹未看完，[朱眉]妙极！若只有此四家，则死板不活；若再有两家，又觉累赘，故如此断法。忽闻传点人报："王老爷来拜!"雨村听说,忙具衣冠,出去迎接。[朱旁]"横云断岭法",是板定大章法⑨。有顿饭工夫,方回来细问这门子。〔门子道⑩〕:"这四家皆连络有亲,一损皆损,一荣皆荣,扶持遮饰皆有照应。[朱旁]早为下半部伏根。今告打死人之薛,就系'丰年大雪'之'薛'也。不单靠这三家,他的世交亲友,在都在外者本亦不少。老爷如今拿谁去?"雨村听如此说,便笑问门子道:"如你这样说来,却怎么了结此案?——你大约也深知这凶犯躲的方向了?"

门子笑道:"不瞒老爷说,不但这凶犯躲的方向我知道,一并这拐卖之人[朱旁]斯何人也?我也知道,死鬼买主也深知道。待我细说与老爷听。这个被打之死鬼,乃是本地一个小乡宦之子,名唤冯渊。[朱旁]真真是"冤孽相逢"!自幼父母早亡,又无兄弟,只他一个人守着些薄产过日。长到十八九岁上,酷爱男风,最厌女子。[朱旁]最厌女子,仍为女子丧生,是何等大笔!不是写冯渊,正是写英莲。这也是前生冤孽,可巧[朱旁]善善恶恶多从"可巧"而来,可畏可怕!遇见这⑪(原误着)拐子卖丫头,他便一眼看上了这丫头,立意买来作妾,立誓再不交接男子,[朱旁]谚云:"人若改常,非病即亡。"信有之乎?也再不娶第二个了。[朱旁]虚写一个情种。所以三日后方过门。谁晓这拐子又偷卖与了薛家。他意欲卷了两家银子,再逃往他省。谁知道又不曾走脱,两家拿住打了个臭死,都不肯收银,只要领人。那薛家公子岂是让人的,便喝着手下人一打,将冯公子打了个稀烂,抬回家去三日死了。薛家原是早已择定日子上京去的。头起身两日前,就偶然遇见了这丫头,意欲买了就进京的,谁知闹出这事来。既打了冯公子,夺了丫头,他便没事人一般,只管带了家眷走他的路。他这里自有兄弟奴仆在此料理,并不为此些些小事[朱旁]妙极!人命视为些些小事,总是刻画阿呆耳。值得他一逃走的。

这且别说,老爷,你当被卖之丫头是谁?"[朱旁]问得又怪。

雨村道:"我如何得知?"门子冷笑道:"这人算来还是老爷的大恩人呢!他就是葫芦庙旁住的甄老爷的小姐,名唤英莲〔的⑫〕。"

[朱旁]至此一醒。

雨村罕然道:"原来就是他!闻得养至五岁被人拐去,却如今才来卖呢?"门子道:"这一种拐子,单管偷拐五六岁的儿女,养在一个僻静之处,到十一二岁时,度其容貌,带至他乡转卖。当日这英莲,我们天天哄他玩耍,虽隔了七八年,如今十二三岁的光景,其模样虽然出脱得齐整好些,然大概相貌自是不改,熟人易认。况且他眉心中原有米粒大小的一点胭脂痣,从胎里带(原误代)来的,

[朱旁]宝钗之热,黛玉之怯,悉从胎中带来;今英莲有痣,其人可知矣。

所以我却认得。偏生这拐子又租了我的房舍居住。那日拐子不在家,我也曾问他。他是被拐子打怕了的,

[朱旁]可怜!

万不敢说,只说拐子系他亲爹,因无钱偿债,故卖他。我又哄之再四,他又哭了,只说:'我原不记得小时之事。'这可无疑了。那日冯公子相看了,兑了银子,拐子醉了,他自叹道:'我今日罪孽可满了!'后又听得冯公子三日后才娶过门,他又转有忧愁之态。我又不忍其形,等拐子出去,又命内人去解释他:'这冯公子必待好日期来接,可知必不以丫鬟相看。况他是个绝风流人品,家里颇过得,素习最又⑬厌恶堂客,今竟破价买你,后事不言可知。只耐得三两日,何必忧闷!'他听如此说,方才略解忧闷,自为从此得所。谁料天下竟有这等不如意事——第二日他偏又卖与了薛家。

[朱旁]可怜,真可怜!

[朱旁]一篇《薄命赋》,特出英莲。

若卖与第二个人还好,这薛公子的混名,人称'呆霸王',最是天下第一个弄性尚气的人,而且使钱如土。

[朱旁]"世路难行钱作马"。

遂打了个落花流水,生拖死拽把个英莲拖去,如今也不知死活。

[朱旁]为英莲留后步。

这冯公子空喜一场,一念未遂,反花了钱送了命,岂不可叹!"

[朱眉]又一首《薄命叹》。英、冯二人一段小悲欢幻景,从葫芦僧口中补出,省却闲文之法也。所谓"美中不足,好事多魔",先用冯渊作一开路之人。

雨村听了,亦叹道:"这也是他们的孽障! 遭遇亦非偶然⑭。不然,冯渊如何偏只看准了这英莲? 这英莲受了拐子这几年**折**(原误拆)磨,才得了个头路,且又是个多情的,若能聚合了,倒是一件美事,偏又生出这段事来。这薛家总比冯家富贵,想其为人,自然姬妾众多,淫佚无度,未必及冯渊定情于一人者。这正是:梦幻情缘,恰遇见一对薄命儿女! [朱眉]使雨村一评,方补足上半回之题目。所谓此书有"繁处愈繁,省中愈省⑮",又有"不怕繁中繁,只要繁中虚;不畏省中省,只要省中实"。此则"省中实"也。——且不要议论他,只目今这官司如何剖断才好?"门子笑道:"老爷当年何等明决,今日何翻⑯成个没主意的人了? 小的闻得老爷补升此任,亦系贾府、王府之力;此薛蟠即贾府之老亲。老爷何不顺水行舟,做个整人情将此案了结,日后也好见贾、王二公的。"雨村道:"你说的何尝不是,[朱旁]可发一长叹。这一句,已见奸雄全是假。但事关人命,蒙皇上隆恩起复委用,[朱旁]奸雄!实是重生再造,正当殚心竭力[朱旁]奸雄!图报之时,岂可因私[朱旁]奸雄!而废法?[**是**⑰]我实不能忍为者。"[朱旁]全是假。门子听了,冷笑道:"老爷说的何尝不是大道⑱,但只是如今世上是行不去的。岂不闻古人有云'大丈夫相时而动';又曰:'趋吉避凶者为君子。'[朱旁]近时错会书意者,多多如此。依老爷这一说,不但不能报效朝廷,亦且自身不保。还要三思为妥!"雨村低了半日头,[朱旁]奸雄欺人。方说道:"依你怎么样?"门子道:"小人已想了个极好的主意在此。老爷明日坐堂,只管虚张声势,动文书发签拿人。原凶自然是拿不来的,原告固是定要⑲将薛家族中及奴仆人等拿几个来拷问。小的在暗中调停,令他们报个暴病身亡,合⑳族中及地方上共递一张保呈。老爷只说善能扶鸾请仙,堂上设了乩坛令军民人等只管来看。老爷就说,'乩仙批了:死者冯渊与薛蟠原因夙孽相逢,今狭路既遇,原应了结;薛蟠今已得无名之症,[朱旁]"无名之症"却是病之名,而反曰"无"。妙极!被冯魂追索已死。其祸皆由拐子某人而起,拐之人原系某乡某姓人氏,按法处治,余不略及',等语。小人暗中嘱托拐子,令其实招。众人见乩仙批语与拐子相符,余者自然也都不虚了。薛家有的是钱,老爷断一千也可,五百也可,与冯家作烧埋之费。那冯家也无甚要紧的人,不过为的是钱,见了这个银子,想也就无话了。老爷细想:此计如何?"雨村笑道:"不妥不妥![朱旁]奸雄欺人。【墨眉】我也说不妥。等我再斟酌斟酌,或可压服口声。"二人计议,天色已晚,别无说话。

至次日坐堂,勾取一应有名人犯,雨村详加审问,果见冯家人口稀疏,不过赖此欲多得些烧埋之费;薛家仗势倚情,偏不相让,故致颠倒未决。[朱旁]用(原误因)此三四语收住,极妙。此则重重写来、轻轻抹去也。雨村便徇情罔㉑法,胡乱判断了此案。[朱旁]实注一笔,更好。不过是如此等事,又何用细写。所(原误可)谓"此书不敢干涉廊庙"者,即此等处也㉒,莫谓写之不到。盖作者立意写闺阁尚不暇,何能又及此等哉! [朱眉]盖宝钗一家,不得不细写者。若另起头绪,则文字死板,故仍只借雨村一人,穿插出阿呆兄人命一事;且又带叙出英莲一向之行踪,并以后之归结。是以故意戏用"葫芦僧乱判"等字样撰成半回,略一解颐,略一叹世,盖非有意讥刺仕途,实亦出人之闲文耳。冯家得了许多烧埋银子,也就无甚话说㉓(原误说话)了。[朱眉]又注冯家一笔,更妥。可见冯家正不为人命,实赖此获利耳,故用"乱判"二字为题。虽曰"不涉世事",或亦有微辞耳。但其意,实欲出宝钗,不得不做此穿插。故云:此等皆非《石头记》之正文。

雨村断了此案,急忙作书信二封,与贾政并京营节度使王子腾,[朱旁]随笔带出王家。不过说"令甥之事已完,不必过虑"等语。此事皆由葫芦庙内之沙弥新门子所知,雨村又恐他对人说出当日贫贱时的事来。因此心中大不乐业。[朱旁]瞧他写雨村如此,可知雨村终不是大英雄。后来,到底寻了个不是,远远的充发了才罢。[朱旁]至此结葫芦庙文字。又伏下千里伏线。起用"葫芦"字样,收用"葫芦"字样,盖云:一部书皆系"葫芦提"之意也。此亦系寓意处。

当下言不着雨村。且说那买了英莲打死冯渊的㉔薛公子,亦系金陵人氏，本是书香继世之家。［朱旁］本是立意写此，却不肯特起头绪，故意设出"乱判"一段戏文其中穿插；至此，却淡淡写来。只是如今这薛公子幼年丧父，寡母又怜他是个独根孤种，未免溺爱纵容些，遂致老大无成。且家中有百万之富，现领着内帑钱粮，采办杂料。这薛公子学名薛蟠，字表文龙，今年方十有五岁㉕，性情奢侈，言语傲慢。虽也上过学，不过略识几字，［朱旁］这句加于老兄，却是实写。终日惟有斗鸡走马，游山玩景而已。虽是皇商，一应经纪世事全然不知，不过赖祖父旧日的情分，户部挂虚名支领钱粮，其余事体，自有伙计、老家人等措办。寡母王氏，乃现任京营节度王子腾之妹，与荣国府贾政的夫人王氏，是一母所生的姊妹。今年方四十上下年纪，只有薛蟠一子；还有一女，比薛蟠小两岁，乳名宝钗，生得肌骨莹润，举止娴雅。［朱旁］写宝钗只如此，便（原误更）妙！当日有他父亲在日，酷爱此女，令其读书识字，较之乃兄，竟高过十倍。［朱旁］又只如此写来，更妙！自父亲死后，见哥哥不能体贴母怀，他便不以（原误已）书字为事，只省心㉖针黹家计等事，好为母亲分忧解劳。近因今上崇诗尚礼，征采才能，降不世出之隆恩，除聘选妃嫔外，凡世宦名家之女皆报名达部，以备选为公㉗（原误宫）主郡主入学陪侍，充为才人赞善之职。［朱旁］一段称功颂德，千古小说中所无。二则自薛蟠父亲死后，各省中所有的买卖承局、总管、伙计人等，见薛蟠年轻不识世事，便趁时拐骗起来，京都中几处生意，渐亦消耗。薛蟠素闻得都中乃第一繁华之地，正思一游，便趁此机会，一为送妹待选，二为望亲，三因亲自入部销算旧账目、再计新支——其实则为游览上国风景之意，因此早已打点下行装细软，以及馈送亲友各色土物人情等类，正择日已定，不想偏遇见了那拐子重卖英莲。薛蟠见英莲生得不俗，［朱旁］阿呆兄亦知不俗，英莲人品可知矣。立意买了，又遇冯家来夺人，因恃强喝令手下豪奴将冯渊打死，他便将家中事务嘱了族中人并几个老家人，他便同了母妹等竟自起身长行去了。人命官司一事，他却视为儿戏，自为花上几个臭钱，没有不了的。

［朱旁］是极！人谓薛蟠
为呆，余则谓是大彻悟。

在路不记其日。［朱旁］更妙！必云程限，则又落
套。岂〔有〕暇又记路程单哉？㉓那日已将入都时，却
又闻得母舅王子腾升了九省统制，奉旨出都查边。薛蟠心中暗喜
道："我正愁进京去有个嫡亲的母舅管辖着，不能任意挥霍挥霍，偏
如今又升出去了，可知天从人愿。"［朱旁］写尽
五陵心意。因和母亲商议道："咱
们京中虽有几处房舍，只是这十来年没人进京居住，那看守的人未
免偷着租赁与人，须得先着几人去打扫收拾才好。"他母亲道："何
必如此招摇！咱们这一进京，原是先拜望亲友，或是在你舅舅家，
［朱旁］
陪笔。或是你姨爹家。［朱旁］
正笔。他两家的房舍极是方便的，咱们先能着
住下，再慢慢地着人去收拾，岂不消停些。"薛蟠道："如今舅舅正升
了外省去，家里自然忙乱起身。咱们这工夫反一窝一拖的奔了去，
岂不没眼色些？"他母亲道："你舅舅家虽升了去，还有你姨爹家。
况这几年来，你舅舅、姨娘两处，每每带信捎书接咱们来。如今既
来了，你舅舅虽忙着起身；你贾家的姨娘，未必不苦留我们。咱们
且忙忙收拾房舍，岂不使人见怪？［朱旁］闲语中补出许多前文。
此画家之"云罩峰尖法"也！你的意思
我却知道，［朱旁］知子莫
若母（原作父）。守着舅舅、姨爹住着，未免拘紧了你，不如你
各自住着，好任意施为的。［朱旁］寡母孤儿一
段，写得毕肖、逼真！你既如此，你自己去挑
所宅子去住。我和你姨娘姊妹们别了这几年，却要厮守几日，我带
了你妹子去投你姨娘家去。你道好不好？"［朱旁］薛母
亦善训子。薛蟠见母亲如
此说，情知扭不过的，只得吩咐人夫，一路奔荣国府来。

那时，王夫人已知薛蟠官司一事，亏贾雨村就中维持了结，才
放了心。又见哥哥升了边缺，正愁又少了娘家亲戚来往，略加寂
寞。［朱旁］大家尚义，人
情大都〔如〕是也。过了几日，忽家人传报："姨太太带了哥儿、姐

儿合家进京,正在门外下车。"喜得王夫人忙带了媳妇、女儿人等接出大厅,将薛姨妈等接了进来。姊妹们暮年相见,自不必说悲喜交集、泣笑叙阔一番。忙又引了拜见贾母,将人情土物各种酬献了。合家俱厮见了,忙又治席接风。

薛蟠已拜见过贾政,贾琏又引着拜见了贾赦,贾珍等。贾政便使人上来对王夫人说:"姨太太已有了春秋,外甥年轻不知世路,在外住着恐有人生事。咱们东北角上梨香院[朱旁]好香色! 一所十来间〔房㉒〕白空闲,赶着打扫了,请姨太太和哥儿姐儿住了甚好。"[朱眉]用政老一段〔话〕,不但王夫人得体,且薛母亦免靠亲之嫌。王夫人未及留,贾母也就遣人来说"请姨太太就在这里住下,大家亲密些"等语。[朱旁]老太君口气,得情。[朱旁]偏不写王夫人留,方不死板。薛姨妈正欲同居一处,方可拘紧些儿〔子㉚〕,若另住在外,又恐〔他㉛〕纵性惹祸,遂忙道谢应允。又私与王夫人说明:"一应日费供给,一概免却,方是处常之法。"[朱旁]作者题清,犹恐看官误认〔与〕今之靠亲投友者一例。王夫人知他家不难于此,遂任从其愿。从此后,薛家母子就在梨香院中住了。

原来这梨香院,乃当日荣公暮年养静之所。小小巧巧,约有十余间房舍,前厅后舍俱全。另有一门通街,薛蟠家人就走此门出入。西南有一角门,通一夹道,出了夹道,便是王夫人正房的东院了。每日,或饭后或晚间,薛姨妈便过来,或与贾母闲谈,或和王夫人相叙。宝钗日与黛玉、迎春姊妹等一处,或看书着棋,或做针黹,[朱眉]金玉初(原误如)见,却如此写。虚虚实实,总不相犯。倒也十分乐业。[朱旁]这一句,衬出后文黛玉之不能乐业。细甚,妙甚!只是薛蟠起初之心,原不欲在贾宅中居住者,生恐姨父管约拘禁,料必不自在的。无奈母亲执意在此,且贾宅中又十分殷勤苦留,只得暂且住下,一面使人打扫出自家的房屋,再移居过去的。[朱旁]交代结构,曲曲折折,笔墨尽矣。谁知自在此间住了,不上一月的日期,贾宅族中凡有的子侄,俱已认熟了一半,凡是那些纨绔气习者,莫不喜〔与㉜〕他来往。今日会酒,明日观花,甚至聚赌嫖娼,渐渐无所不至,引诱着薛蟠比当日更坏了十倍。[朱旁]虽说为纨绔设鉴,其意原只罪贾宅,故用此等句法写来。虽说贾政训子有方,治家有法,[朱旁]八字特写㉝（原误洗）出政老来——又是作者隐意。一则族大人多,照管不到这些;二则现任族长乃是贾珍,彼乃宁府长孙,又现袭职,凡族中[墨旁]此叶下半叶"事"字起原残缺,胡适依庚辰本脂砚斋重评本补抄九十四字,又依通行校本补一"闹"字㉞。〔事自有他掌管;三则公私冗杂,且素性潇洒,不以俗务为要,每公暇之时,不过看书着棋而已,余事多不介意;况且这梨香院相隔两层房舍,又有街门另开,任意可以出入,所以这些子弟们竟可以放意畅怀的闹㉟。因此,遂将移居之念渐渐打灭了。〕

校　注

①"被",舒序本同误"彼",据其余各本改。

②"年纪",各本皆同,是稿本原文如此。唯蒙府本作"年纪小",甲辰本作"年纪尚轻",则为后人所改。

③"坐了",据各本改。

④"发签"后,原多"之故"二字,与前面的"何故"重。今从列藏、卞藏、甲辰及蒙、戚诸本作衍文删去。

⑤"个",据己卯、庚辰、列藏、卞藏、舒序及蒙、戚诸本补。

⑥"省",据各本改。

⑦"二十",据各本改。

⑧"在籍",据列藏、卞藏、甲辰及蒙、戚诸本补。梦稿本另有异文,作"原籍";己卯、庚辰本的过录者因前十一回略去批语未抄,误将此四条正文原注亦当作批语删去;舒序本整个未抄批语,亦删。

⑨此批"板定"二字似不可解,疑有抄误。

⑩"门子道",己卯、庚辰、舒序、梦稿、甲辰本同缺,据列藏本补,卞藏本作"门子说",蒙、戚诸本亦有"道"字,却缺"门子"二字。

⑪"这",据各本改。

⑫"的",据各本补。

⑬"最又",庚辰、甲辰本作"又最",卞藏本缺"又",其余各本与此本同。

⑭"这也是他们的孽障！遭遇亦非偶然。"新校本断作:"这也是他们的孽障遭遇,亦非偶然。"

⑮"省",原作"中省","中"字应属衍文,故删去。各本无此批。

⑯"翻",蒙府、戚序、戚宁本同,其余各本作"反",皆可通。

⑰"是",据各本补。

⑱"大道",庚辰、列藏本同,甲辰及蒙、戚诸本缺此二字(属擅),己卯、梦稿、卞藏、舒序本则作"大道理"(庚辰本亦另笔旁添一"理"字,均属擅补)。显而易见,"大道"方为作者原文。

⑲"要",原衍作"要自然",据庚辰本删去"自然"二字。

⑳"合",各本同,唯庚辰本作"令"。"令"字佳,"合"字亦可通。

㉑"罔",蒙府、列藏、舒序、己卯、庚辰、梦稿本皆同。唯戚序、戚宁、甲辰本作"枉",当为后人改。按"罔"字亦通,《尚书·大禹谟》即有"罔失法度"之语。

㉒"所(原误可)谓'此书不敢干涉廊庙'者,即此等处也",据文意改"所"字,各本皆无此批。原误"可"字,乃草书形讹。

㉓"话说",舒序本同误"说话",据其余各本改。

㉔此处原多"那"字,据庚辰、梦稿、列藏、卞藏及蒙、戚诸本删。其余各本亦多此字,乃原稿本誊录者误抄之衍文。

㉕"字表文龙,今年方十有五岁","文龙",各本皆作"文起";"十有五岁",各本多作"五岁"(或无此语),唯蒙府本与此本略同,作"年方一十七岁"。

㉖"省心",各本皆作"留心",唯庚辰本原抄同此(亦被另笔点改"留字")。然"省"字如此用法颇堪玩味,其在甲、庚二本同时出现,当属稿本原文。

㉗"公",从庚辰及蒙、戚诸本改;其余各本同误"宫",乃原稿本誊录者因理解错误而擅改。

㉘此批"则又"后,原多"有"字;"岂"字后,则缺"有"字。皆抄手跳看误抄,今移改。各本无此批,故俞辑、陈辑、朱辑均未校改。

㉙"房",据列藏、庚辰、梦稿本补。

㉚"子",据蒙府、戚序、戚宁、己卯、梦稿本补。

㉛"他",从蒙府、戚序、戚宁本补。

㉜"与",据各本补。

㉝"写",从陈辑校改。

㉞此批为胡适笔迹。以下补文亦从胡适所补。

㉟"闹",胡适前批称"依通行校本补",实则后来发现之己卯、梦稿本皆有此字,应为庚辰本过录者漏抄。

第五回①

开生面梦演红楼梦　立新场情传幻境情

　　却说薛家母子在荣府中寄居等事略已表明,此回则暂不能写矣。[朱旁]此等处实又非别部小说之熟套起法。如今且说林黛玉,[朱眉]不叙宝钗反仍叙黛玉,盖前回只不过欲出宝钗,非实写之文耳。此回若仍续(原误绪)写,则将二玉高搁矣。故急转笔仍归至黛玉,使荣府正文方不至于冷落也。　[朱眉]今写黛玉,神妙之至。何也?因写黛玉实是写宝钗,非真有意去写黛玉。几乎又被作者瞒过。自在荣府以来,贾母万般怜爱,寝食起居,一如宝玉;[朱旁]妙极!所谓"一击两鸣法"——宝玉身份可知。迎春、探春、惜春三个亲孙女,倒且靠后。[朱旁]此句写贾母。便是宝玉和黛玉二人之亲密友爱,亦自较别个不同:[朱旁]此句妙!细思,有多少文章。日则同行同坐,夜则同息同止,真是言和意顺,略无参商。

　　不想如今忽然来了一个薛宝钗,[朱旁]总是奇峻之笔。写来健拔(原误跋),似新出之一人耳。年岁虽大不多,然品格端方,容貌丰美,[朱眉]此处如此写宝钗,前回中略不一写,可知前回迥非十二钗之正文也。　[朱眉]欲出宝钗,便不肯从宝钗身上写来,却先款款叙出二玉,陡然转出宝钗,三人方可鼎立。行文之法,又一(原误亦)变体。人多谓黛玉所不及。[朱旁]此句定评。想世人目中,各有所取也。　[朱旁]按黛玉、宝钗二人,一如姣花,一如纤柳,各极其妙者,皆(原误然)世人性分甘苦不同之故耳。而且宝钗行为豁达,随分从时,不比黛玉孤高自许,目无下尘,[朱旁]将两个行止摄总一写,实是难写,亦实系千部小说中所未敢②(原误未敢说)写者。故比黛玉大得下人之心。便是那些小丫头子们,亦多喜与宝钗去玩笑。因此,黛玉心中便有些悒郁不忿之意,[朱旁]此一句,是今古才人同病。如人人皆如我黛玉之为人,方许他妒。　[朱旁]此是黛玉缺处。宝钗却浑然不觉。[朱旁]这还是天性,后文中则是又

75

加学力了。那宝玉亦在孩提之间,况自天性所禀来的一片愚拙偏僻,[朱旁]四字是极不好,却是极妙。只不要被作者瞒过。视姊妹弟兄皆出一体,并无亲疏远近之别。[朱旁]如此,反谓"愚痴",正从世人意中写也。其中因与黛玉同随贾母一处坐卧,故略与别个姊妹熟惯些。既熟惯,则更觉亲密;既亲密,则不免一时有求全之毁,不虞之隙。[朱眉]八字为二玉一生文字之不独黛玉、宝玉二人,亦可为纲。[朱旁]八字定评,有趣!古今天下亲密人当头一喝。这日不知为何,他二人言语有些不合起来,黛玉又气得独在房中垂泪。[朱旁]"又"字妙极!补出近日无限垂泪之事矣。此仍淡淡写来,使后文来得不突然。宝玉又自悔语言冒撞,[朱旁]"又"字妙极!凡用二"又"字,如双峰对峙,总补二玉正文。前去俯就,那黛玉方渐渐的回转来。【墨眉】此是头一次生气,以后似此者甚多,故于前略伏一笔,以后便不唐突。此文字一定章法也。

因东边宁府中花园内梅花盛开,[朱旁]元春消息动矣。贾珍之妻尤氏乃治酒请贾母、邢夫人、王夫人等赏花。是日,先携了贾蓉之妻,二人来面请。贾母等于早饭后过来,就在会芳园[朱旁]随笔带出妙!字义可思。游玩。先茶后酒,不过皆是宁荣二府女眷家宴小集,并无别样新文趣事可记。[朱旁]这是第一家宴,偏如此草草写,此如晋人倒食甘蔗"渐入佳境"一样。一时宝玉倦怠,欲睡中觉,贾母命人好生哄着,歇息一会再来。贾蓉之妻秦氏,便忙笑回道:"我们这里有给宝叔收拾下的屋子,老祖宗放心,只管交与我就是了。"又向宝玉的奶娘丫鬟等道:"嬷嬷、姐姐们,请宝叔随我这里来。"贾母素知秦氏是个极妥当的人,生得袅娜纤巧,行事又温柔和平,乃重孙媳中第一个得意之人,[朱旁]借贾母心中定评,又夹写出秦氏来。③见他去安置宝玉,自是安稳的。

当下秦氏引了一簇人来至上房内间。宝玉抬头先看一幅画贴在上面,画的人物固好,其故事乃是《燃藜图》,也不看系何人所画,心中便有些不快。又有一副对联,写的是:

世事洞明皆学问，人情练达即文章。［朱夹］看此联极俗，用于此，则极妙。盖作〔者〕

正为（原误因）古今王孙公子劈头先下金针④。　［朱眉］如此画、联，焉能入梦？

既看了这两句，纵然室宇精美，铺陈华丽，亦断断不肯在这里了，忙说："快出去，快出去！"秦氏听了笑道："这里还不好，可往那里去呢？不然往我屋里去罢。"宝玉点头微笑。有一嬷嬷说道："那里有个叔叔往侄儿的房里睡觉的理？"【墨眉】当头一喝，故用反笔提醒。秦氏笑道："嗳哟哟！不怕他恼，他能多大了，就忌讳这些个？上月你没看见我那个兄弟来了，虽然和宝叔同年，两个人若站在一处，只怕那一个还高些呢！"［朱眉］伏下秦钟！妙！［朱旁］又伏下一人。随笔便出，得隙便入，精细之极。　【墨眉】所谓"一支笔变出恒河沙数支笔"也。宝玉道："我怎么没见过？你带他来我瞧瞧。"［朱旁］侯门少年纨绔，活跳下来。众人笑道："隔着二三十里，那里带去？见的日子有呢。"说着，大家来至秦氏房中。刚至房门，便有一股细细的甜香［朱旁］此香名"引梦香"。袭了人来。宝玉便愈觉得眼饧骨软，［朱旁］刻骨吸髓之情景，如何想得来，又如何写得来？连说："好香！"【墨眉】实实写得出来！入房向壁上看时，有唐伯虎画的《海棠春睡图》，［朱旁］妙图！两边有宋学士秦太虚写的一对联，其联云：

嫩寒锁梦因春冷，［朱夹］艳极，淫极！芳气笼人⑤是酒香。［朱夹］已入梦境矣！

案上设着武则天当日镜室中设的（原误着）宝镜，［朱旁］设譬调侃耳。若真以为然，则又被作者瞒过。一边摆着飞燕立着舞过的金盘，盘内盛着安禄山掷过伤了太真乳的木瓜，上面设着寿阳（原误昌）公主⑥于含章殿下卧的榻，悬的是同昌公主制的连珠帐。【墨眉】历叙室内陈设，皆寓微意，勿作闲文看也。宝玉含笑连说："这里好！"秦氏笑道："我这屋子，大约神仙也可以住得了。"说着,亲自展开了西子浣过的纱衾,移了红娘抱过的鸳枕。[朱旁]一路设譬之文,迥非《石头记》大笔所屑;别有他属,余所不知。于是,众奶母伏侍宝玉卧好,款款散去,只留下袭人、[朱旁]一个再见。媚人、[朱旁]二新出。晴雯、[朱旁]三新出,名妙而文。麝月[朱旁]四新出。尤妙![朱旁]看此四婢之名,则知历来小说难与并肩。四个丫鬟为伴。秦氏便吩咐小丫鬟们,好生在廊檐下看着猫儿狗儿打架。[朱旁]细极!【墨旁】寓言。[朱眉]文至此,不知从何处想来?

那宝玉刚合上眼,便惚惚睡去。犹似秦氏在前,遂悠悠荡荡随了秦氏,至一所在。[朱旁]此梦文情固佳,然必用秦氏引梦,又用秦氏出梦,竟不知立意何属?——惟批书人知之。【墨眉】我亦知之,岂独"批书人"?【墨眉】何处睡卧不可入梦,而必用到秦氏房中,其意我亦知之矣![7]但见朱栏白石,绿树清溪,真是人迹稀逢,飞尘不到。[朱旁]一篇《蓬莱赋》。宝玉在梦中欢喜,想道:"这个去处有趣!我就在这里过一生,纵然失了家也愿意,强如天天被父母、师傅打去。"[朱旁]百[8](原误一句)忙里点出小儿心性。正胡思之间,忽听山后有人作歌曰:

春梦随云散,[朱夹]开口拿"春"字,最紧要。飞花逐水流。[朱夹]二句比也。

寄言众儿女,何必觅闲愁![朱夹]将通部人一喝。

宝玉听了,是女子的声音。[朱旁]写出终日与女儿厮混,最熟。歌音未息,早见那边走出一个人来,蹁跹袅娜,端的与人不同。有赋为证:

方离柳坞,乍出花房。但行处,鸟惊庭树;将到时,影度回廊。仙袂乍飘兮,闻麝兰之馥郁;荷衣欲动兮,听环佩之铿锵。靥笑春桃兮,云堆翠髻;唇绽樱颗兮,榴齿含香。纤腰之楚楚兮,回风舞雪;珠翠之辉辉兮,满额鹅黄。出没花间兮,宜嗔宜喜;徘徊池上兮,若飞若扬。蛾眉颦笑兮,将言而未语;莲步乍移兮,欲止而欲行。美彼之良质兮,冰清玉润;慕彼之华服兮,闪灼文章。

爱彼之貌容兮，香培玉琢；美彼之态度兮，凤翥龙翔。其素若何？春梅绽雪。其洁若何？秋菊披霜。其静若何？松生空谷。其艳若何？霞映澄塘。其文若何？龙游曲**沼**⑨（原误沿）。其神若何？月**射**⑩（原误色）寒江。应惭西子，实愧王嫱。吁！奇矣哉——生于孰地？来自何方？信矣乎——瑶池不二！紫府无双！果何人哉？如斯之美也！［朱眉］按此书"凡例"，本无赞赋闲文。前有宝玉二词，今复见此一赋，何也？盖此二人，乃通部大纲，不得不用此套。前词，却是作者别有深意，故见其妙；此赋，则不见长，然亦不可无者也。

宝玉见是一个仙姑，喜得忙上来作揖，笑问道："神仙姐姐，［朱旁］千古未闻之奇称，写来竟成千古未闻之奇语，故是千古未有之奇文。不知从那里来？如今要往那里去？我也不知这里是何处？望乞携带携带。"那仙姑笑道："吾居离恨天之上，灌愁海之中，乃放春山遣香洞太虚幻境警幻仙姑是也。［朱旁］与首回中甄士隐梦景一照。司人间之风情月债，掌尘世之女怨男痴。因近来风流冤孽［朱旁］四字可畏，绵缠于此处，是以前来访察机会，布散相思。今忽与尔相逢，亦非偶然。此离吾境不远，别无他物，仅有自采仙茗一盏，亲酿美酒一瓮，素练魔舞歌姬数人，新填《红楼梦》［朱旁］点题。盖作者自云："所历不过红楼一梦耳！"仙曲十二支。试随吾一游否？"宝玉听了，喜跃非常，便忘了秦氏在何处，［朱旁］细极！竟随了仙姑至一所在，有石牌横建，上书"太虚幻境"四个大字，两边一副对联，乃是：

假作真时真亦假，无为有处有还无。［朱夹］正恐观者忘却首回，故特将甄士隐梦**境**（原作景）重一渲染。

转过牌坊，便是一座宫门，也横书四个大字，道是："孽海情天"。又有一副对联，大书云：

厚地高天，堪叹古今情不尽；

　　　　痴男怨女，可怜风月债难偿。

宝玉看了，心下自思道："原来如此。但不知何为'古今之情'？又何为'风月之债'？从今倒要领略领略。"宝玉只顾如此一想，不料早把些邪魔招入膏肓（原误盲）了。[朱旁]奇极，妙文！当下随了仙姑，进入二层门内，只见两边配殿，皆有匾额、对联，[朱眉]菩萨天尊，皆因僧道而有，以点俗人；独不许幻造太虚幻境，以警情者乎？观者恶其荒唐，余则喜其新鲜。[朱眉]有修庙造塔祈福者，余今意欲起太虚幻境，似（原误以）较修七十二司更有功德。一时看不尽许多，惟见有处写的是："痴情司""结怨司""朝啼司""夜哭司""春感司""秋悲司"。[朱旁]虚陪六个。看了，因向仙姑道："敢烦仙姑，引我到那各司中游玩游玩，不知可使得？"仙姑道："此各司中，皆贮的是普天之下所有的女子过去未来的簿册，尔凡眼尘躯，未便先知的。"宝玉听了，那里肯依，复央之再四。仙姑无奈，说："也罢，就在此司内略随喜随喜罢了。"宝玉喜不自胜，抬头看这司的匾上，乃是"薄命司"[朱旁]正文。三字。两边对联写道是：

　　　　春恨秋悲皆自惹，花容月貌为谁妍？

宝玉看了，便知感叹。[朱旁]"便知"二字，是字法，最为紧要之至。

　　进入门来，只见有十数个大橱，皆用封条封着，看那封条上，皆是各省地名。宝玉一心只拣自己的家乡封条看，遂无心看别省的了。只见那边橱上封条上，大书七字云："金陵十二钗[朱旁]正文，[点①]题。正册"。宝玉因问："何为金陵十二钗正册？"警幻道："即贵省中十二冠首女子之册，故为正册。"宝玉道："常听人说，[朱旁]"常听"二字，神理极妙！金陵极大，怎么只十二个女子？如今单我们家里，上上下下就有几百女孩儿呢！"[朱旁]贵公子口声。警幻冷笑道："省省⑫女子固多，不过择其紧要者录之。下边二橱，则又次之。余者庸常之辈，则无册可录矣。"宝玉听说,再看下首二橱上,果然一个写着"金陵十二钗副册",又一个写着"金陵十二钗又副册"。宝玉便伸手先将"又副册"橱门开了,拿出一本册来,揭开一看,只见这首页上画着一幅画,又非人物,亦非山水,不过水墨滃染的满纸乌云浊雾而已(原作矣)。后有几行字迹,写道是:

霁月^⑬(原误日)难逢,彩云易散,心比天高,身为下贱,风流灵巧招人怨。寿夭多因诽谤生,多情公子空牵念。[朱夹]恰极之至!

"病补雀金裘"回
中,与此合看。

宝玉看了,又见后面画着一簇鲜花,一床破席,也有几句言词,写道是:

枉自温柔和顺,空云似桂如兰;

堪羡优伶有福,谁知公子无缘! [朱夹]骂死宝
玉,却是自悔。

宝玉看了,不解,遂掷下这个,又去开了"副册"橱门。拿起一本册来,揭开看时,只见画着一株桂花,下面有一池沼(原误沿),其中水涸泥干,莲枯藕败。后面书云:

根并荷花一茎香,[朱夹]却是
咏菱妙句。平生遭际实堪伤!

自从两地生孤木,[朱夹]拆(原
误折)字法。致使香魂返故乡。

宝玉看了,仍不解,便又掷下,再去取"正册"看。只见头一页上,便画着两株枯木,木上悬着一围玉带,又有一堆雪,雪下一股金簪。也有四句言词,道是:

可叹停机德,[朱夹]堪怜咏絮才![朱夹]
此句薛。此句林。

玉带林中挂,金簪雪里埋。[朱夹]寓意深远,
皆非生其地之意。

81

宝玉看了,仍不解,待要问时,情知他必不肯泄漏;待要丢下,又不舍。[朱眉]世之好事者,争传《推背图》之说。想前人断不肯煽惑愚迷,即有此说,亦非常人供谈之物。此回悉借其法,为儿女子数运之机,无可以供茶酒之物,亦无干涉政事。真奇想奇笔!遂又往后看时,只见画着一张弓,弓上挂一香橼。也有一首歌词云:

> 二十年来辨是非,榴花开处照宫闱。
>
> 三春争及初春景,[朱夹]显极!虎兔⑭相逢大梦归!

后面又画着两人放风筝,一片大海,一只大船,船中有一女子掩面泣涕之状。也有四句,写云:

> 才自精明志自高,生于末世运偏消![朱夹]感叹句,自寓。
>
> 清明涕送江边望,千里东风一梦遥。[朱夹]好句!

后面又画几缕飞云,一湾逝水。其词曰:

> 富贵又何为? 襁褓之间父母违。
>
> 辗眼吊斜晖,湘江水逝楚云飞!

后面又画着一块美玉落在泥垢之中。其断语云:

> 欲洁何曾洁,云空未必空。
>
> 可怜金玉质,终陷淖泥中!

后面忽画一恶狼,追扑一美女,欲啖之意。其书云:

> 子系中山狼,得志便猖狂。[朱夹]好句!
>
> 金闺花柳质,一载赴黄粱!

后面便是一所古庙,里面有一美人在内看经独坐。其判云:

> 勘破三春景不长,缁衣顿改昔年妆。

可怜绣户侯门女，独卧青灯古佛旁！［朱夹］好句！

后面便是一片冰山，上有一只雌凤。其判曰：

凡鸟偏从末世来，都知爱慕此生⑮（原作身）才。

一从二令三人木，［朱夹］拆（原误折）字法。哭向金陵事更哀！

后面又有一座荒村野店，有一美人在那里纺绩。其判曰：

势败休云贵，家亡莫论亲。［朱夹］非经历过者，此二句则云"纸上谈兵"；过来人那得不哭！

偶因济刘氏，巧得遇恩人。

诗后又画一盆茂兰，旁有一位凤冠霞帔的美人。也有判云：

桃李春风结子完，到头谁似一盆兰？

如冰水好空相妒，枉与他人作笑谈！［朱夹］真心实语。

后面又画着高楼大厦，有一美人悬梁自缢。其判云：

情天情海幻情身，情既相逢必主淫。【墨眉】判中终是秦可卿真正死法，真正实事。书中掩却真面，却从此处透逗。⑯

漫言不肖皆荣出，造衅开端实在宁。

宝玉还欲看时，那仙姑知他天分高明，性情颖慧，［朱眉］通部中笔笔贬宝玉，人人嘲宝玉，语语谤宝玉，今却于警幻意中忽写出此八字来，真是意外之想⑰（原误意）。此法，亦别书中所无。恐把仙机泄漏，遂掩了卷册，笑向宝玉道："且随我去游玩奇景，［朱旁］是哄小儿语，细甚。何必在此打这闷葫芦？"［朱旁］为前文葫芦庙一点。

宝玉恍恍惚惚，不觉弃了卷册，［朱旁］是梦中景况，细极！又随了警幻来至后面。但见珠帘绣幕，画栋雕檐，说不尽那光摇朱户金铺地，雪照琼窗玉作宫；更见仙花馥郁，异草芬芳——真好个所在！[朱旁]已为省亲别墅画下图式矣。

又听警幻笑道："你们快出来迎接贵客。"一语未了，只见房中又走出几个仙子来，皆是荷袂蹁跹，羽衣飘舞，姣若春花，媚如秋月。一见了宝玉，都怨谤警幻道："我们不知系何贵客，忙的接了出来。姐姐曾说，今日今时必有绛珠妹子[朱旁]绛珠为谁氏？请观者细思首回。的生魂前来游玩，故我等久待；何故反引这浊物来污染这清净女儿之境？"宝玉听如此说，便唬得欲退不能退，[朱旁]贵公子不怒而反退，却是宝玉天分（原误外）中一段情痴⑱果觉自形污秽不堪。[朱眉]奇笔撼奇文。作书者视女儿珍贵之至，不知今时女儿可知？余为作者痴心一哭！又为近之自弃自败之女儿一恨！警幻忙携住宝玉的手，[朱旁]妙！警幻自是个多情种子。向众姊妹笑道："你等不知原委，今日原欲往荣府去接绛珠，适从宁府所过，偶遇宁荣二公之灵，嘱吾云：'吾家自国朝定鼎以来，功名奕世、富贵传流虽历百年，奈运终数尽不可挽回者。故近之⑲子孙虽多，竟无一可以继业〔者⑳〕。[朱旁]这是作者真正一把眼泪。其中惟嫡孙宝玉一人，禀性乖张，生性（原误情）诡谲㉑，虽聪明灵慧略可望成，无奈吾家运数合终，恐无人规引入正。幸仙姑偶来，万望先以情欲声色等事，警其痴顽，[朱旁]二公真无可奈何，开一觉世觉人之路也。或能使彼跳出迷人圈子，然后入于正路，亦吾弟兄之幸矣。'如此嘱吾，故发慈心引彼至此，先以彼家上中下三等女子之终身册籍，令彼熟玩，尚未觉悟；故引彼再至此处，令其再历饮馔声色之幻，或冀将来一悟，亦未可知也。"[朱旁]一段叙出宁、荣二公，足见作者深意。说毕，携了宝玉入室。但闻一缕幽香，竟不知所焚何物，宝玉遂不禁相问。警幻冷笑道："此香尘世中既无，尔何能知？此香乃系诸名山胜境内初生异卉之精，合各种宝林珠树之油所制，名为'群芳髓'。"[朱旁]好香！【朱眉】"群芳髓"可对"冷香丸"。宝玉听了，自是羡慕。已而㉒大家入座，小鬟捧上茶来。宝玉自觉清香味异，纯美非常,因又问何名。警幻道:"此茶出在放春山遣香洞,又以仙花灵叶上所带宿露而烹,此茶名曰'千红一窟'。"[朱旁]隐"哭"字。宝玉听了,点头称赏。因看房内,瑶琴、宝鼎、古画、新诗,无所不有;更喜窗下亦有唾绒,奁间时渍粉污。壁上亦有一副对联,书云:

幽微灵秀地,[朱夹]女儿之心,女儿之境。无可奈何天。[朱夹]两句尽矣。撰通部大书不难,最难是此等处。可知皆从"无可奈何"而有。

宝玉看毕,无不羡慕。因又请问众仙姑姓名。一名痴梦仙姑,一名钟情大士,一名引愁金女,一名度恨菩提,各各道号不一。少刻,有小鬟上来调桌安椅,设摆酒馔。真是琼浆满泛玻璃盏,玉液浓斟琥珀杯。更不用再说那肴馔之**盛**㉓(原作胜)。宝玉因闻得此酒清香甘冽,异乎寻常,又不禁相问。警幻道:"此酒乃是百花之蕊、万木之汁,加以麟髓之醅、凤乳之曲酿成,因名为'万艳同杯'。"[朱旁]与"千红一窟"一对。隐"悲"字。宝玉称赏不迭。

饮酒间,又有十二个舞女上来,请问演何词曲。警幻道:"就将新制《红楼梦》十二支演上来。"舞女们答应了,便轻敲檀板,款按银筝。听他歌道是:

开辟鸿蒙——[朱夹]故作顿挫摇摆。

方歌了一句,警幻便说道:"此曲不比尘世中所填传奇之曲,【墨眉】此语乃是作者自负之辞,然亦不为过谈。必有生旦净末之别,又有南北九宫之限。此或咏叹一人,或感怀一事,偶成一曲即可谱入管弦,若非个中人[朱旁]三字要紧。不知谁是"个中人"——宝玉即"个中人"乎?然则石头亦"个中人"乎?作者亦系"个中人"乎?观者亦"个中人"乎?不知其中之妙。料尔亦未必深明此调。若不先阅其稿,后听其歌,翻成嚼蜡矣。"[朱眉]警幻是个极会看戏人。近之大老观戏,必先翻阅角本,目睹其词,耳(原误彼)听彼歌,却从警幻处学来。　[朱眉]作者能处,惯于自站地步,又惯于擅起波澜，又惯于故为曲折——最是行文秘诀。 说毕，回头命小鬟取了《红楼梦》的原稿来，递与宝玉。宝玉揭开，一面目视其文，一面耳聆其歌，曰：

　　[第一支·红楼梦引子]　　开辟鸿蒙，谁为情种？ [朱旁]非作者为谁！ 余又曰：亦非作者，乃石头耳！【墨旁】石头即作者耳。 都只为风月情浓，趁着这奈何天、伤怀日、寂寥㉔时，试遣愚衷。 [朱旁]"愚"字自谦得妙。 因此上，演出这怀金悼玉的《红楼梦》。 [朱夹]读此几句，翻厌近之传奇中，必用开场副末等套，累赘太甚。 [朱眉]"怀金悼玉"大有深意。

　　[第二支·终身误]　　都道是金玉良姻，俺只念木石前盟。空对着，山中高士晶莹雪；终不忘，世外仙姝寂寞林。叹人间，美中不足今方信！纵然是齐眉举案，到底意难平。 [朱眉]语句泼撒，不负自创北曲。

　　[第三支·枉凝眉]　　一个是阆苑仙葩，一个是美玉无瑕。若说没奇缘，今生偏又遇着他；若说有奇缘，如何心事终须化㉕? 【墨眉】虚话。 【朱眉]徐作"虚化"㉖。 一个枉自嗟呀，一个空劳牵挂；一个是水中月，一个是镜中花。想眼中能有多少泪珠儿？怎经得秋流到冬尽㉗ [朱眉]徐有"尽"字㉘。 春流到夏！

宝玉听了此曲，散漫无稽，不见得好处； [朱旁]自批驳。妙极！ 但其声韵凄惋，竟能销魂醉魄。因此也不察其原委，问其来历，就暂以此释闷而已。 [朱眉]妙！设言世人亦应如此法看此《红楼梦》一书，更不必追究其隐寓。 【墨旁】此结是读《红楼》之要法。 因又看下面道：

　　[第四支·恨无常]　　喜荣华正好，恨无常又到。眼睁睁把万事全抛，荡悠悠芳魂消耗。望家乡路远山遥，故向爹娘梦里相寻告：儿命已入黄泉，天伦呵，须要退步抽身早！ [朱夹]悲险之至！

　　[第五支·分骨肉]　　一帆风雨路三千，把骨肉家园齐来抛闪。恐哭损残年，告爹娘，休把儿悬念！自古穷通皆有定，

离合岂无缘？从今分两地，各自保平安，奴去也，莫牵连！

[第六支·乐中悲]　襁褓中父母叹双亡，纵居那绮罗丛谁知娇养？［朱旁］意真辞切。过来人见之，不免失声。幸生来英豪阔大宽宏量，从未将儿女私情略萦心上。好一似霁月光风耀玉堂！厮配得才貌仙郎，博得个地久天长，准折得幼年时坎坷形状。终久是云散高唐，水涸湘江。这是尘寰中消长数应当，何必枉悲伤！［朱眉］悲壮之极！

北曲中不
能多得。

[第七支·世难容]　气质美如兰，才华复㉙比仙，［朱旁］妙卿实当得起。天生成孤僻人皆罕。你道是，啖肉食腥膻，［朱旁］绝妙！曲文填词中，不能多见。视绮罗俗厌；却不知，太高人愈妒，［朱夹］至语㉚。过洁世同嫌。【墨眉】为吾曹痛下针砭。可叹这青灯古殿人将老，辜负了红粉朱楼春色阑。到头来，依旧是风尘肮脏违心愿。好一似无瑕白玉遭泥陷，又何须王孙公子叹无缘！

[第八支·喜冤家]　中山狼，无情兽，全不念当日根由。一味的骄奢淫荡贪还构㉛，觑着那侯门艳质同蒲柳，作践得公府千金似下流。叹芳魂艳魄，一载荡悠悠！［朱夹］题只《十二钗》，却无人不有，无事不备。

[第九支·虚花悟]　将那三春看破，桃红柳绿待如何？把这韶华打灭，觅那清㉜淡天和。说什么天上夭桃盛、云中杏蕊多，到头来谁见把秋挨过？则看那，白杨村里人呜咽，青枫林下鬼吟哦；更兼着，连天衰草遮坟墓。这的是，昨贫今富人劳碌，春荣秋谢花折磨。似这般，生关死劫谁能躲？闻说道，西方宝树唤婆娑——上结着，长生果。［朱夹］末句，关㉝（原误开）句收句。

[第十支·聪明累]　机关算尽太聪明，反算了卿卿性命。［朱旁］警拔之句。【墨眉】世之如阿凤者，盖不乏人，然机关用尽，非孤即寡，可不惧哉！生前心已碎，死后

87

性空灵。家富人宁,终有个家亡人散各奔腾。枉费了意悬悬(原作悬悬)半世心㉞,好一似荡悠悠三更梦;忽喇喇似大厦倾,昏惨惨似灯将尽。呀!一场欢喜忽悲辛。叹人世,终难定![朱夹]见得到。　[朱眉]过来人睹此,宁不放声一哭!

[第十一支·留余庆]留余庆,留余庆,忽遇恩人;幸娘亲,幸娘亲,积得阴功!劝人生济困扶穷。休似俺那爱银钱忘骨肉的狠舅奸兄。正是乘㉟(原误承)除加减,上有苍穹。

[第十二支·晚韶华]　镜里恩情,[朱夹]起得妙!更那堪梦里功名!那美韶华去之何迅?再休提绣帐鸳衾,只这带珠冠、披凤袄,也抵不了无常性命。虽说是,人生莫受老来贫,也须要阴骘积儿孙。气昂昂头戴簪缨,气昂昂头戴簪缨,光灿灿胸悬金印;威赫赫爵位高登,威赫赫爵位高登,昏惨惨黄泉路近。问古来将相可还存?也只是虚名儿,与后人钦㊱(原误欢)敬。

[第十三支·好事终]　画梁春尽落香尘。[朱旁]六朝妙句。擅风情,秉㊲月貌,便是败家的根本。箕裘颓堕皆从敬,[朱旁]深意他人不解。【墨眉】敬老悟元,以致珍蓉辈无以管束,肆无忌惮。故此判归咎此公,自是正论。家事消亡首罪宁,宿孽总因情。
[朱夹]是作者具菩萨之心,秉刀斧之笔,撰成此书。一字不可更,一语不可少!

[第十四支·收尾·飞鸟各投林][朱夹]收尾愈觉悲惨可畏。为官的,家业凋零;富贵的,金银散尽。[朱旁]二句先总宁荣。有恩的,死里逃生;无情的,分明报应。欠命的,命已还;欠泪的,泪已尽。冤冤相报岂非轻,分离聚合皆前定。欲知命短问前生,老来富贵也真侥幸。看破的,遁入空门;痴迷的,枉送了性命。[朱旁]将通部女子一总。好一似食尽鸟投林,落了片白茫茫大地真干净![朱夹]又照看葫芦庙。与"树倒猢狲散"反照。

歌毕，还又③歌副曲。[朱旁]是极！香菱、晴雯辈岂可无？亦不必再。警幻见宝玉甚无趣味，因叹："痴儿竟尚未悟！"那宝玉忙止歌姬不必再唱③（原误曲），自觉朦胧恍惚，告醉求卧。警幻便命撤去残席，送宝玉至一香闺绣阁之中。其间铺陈之盛，乃素所未见之物。更可骇者，早有一位女子在内。其鲜艳妩媚，有似乎宝钗；风流袅娜，则又如黛玉。[朱旁]难得双兼。妙极！正不知何意，忽警幻道："尘世中多少富贵之家，那些绿窗风月，绣阁烟霞，皆被淫污纨绔与那些流荡女子悉皆玷辱。[朱旁]真极！更可恨者，自古来多少轻薄浪子，皆以好色不淫为饰；又以情而不淫作案。此皆饰非掩丑之语也。好色即淫，知情更淫。是以巫山之会，云雨之欢，皆由既悦其色，复恋其情所至也。[朱旁]"色而不淫"今翻案。奇甚！吾所爱汝者，乃天下古今第一淫人也。"[朱旁]多大胆量，敢作如此之文？　[朱眉]绛芸轩中诸事情景，由此而生。　【墨眉】石破天惊鬼夜哭。宝玉听了，唬得忙答道："仙姑错了。我因懒于读书，家父母尚每垂训饬，岂敢再冒'淫'字？况且年纪尚小，不知'淫'字为何物。"警幻道："非也。淫虽一理，意则有别。如世之好淫者，不过悦容貌、喜歌舞，调笑无厌、云雨无时，恨不能尽天下之美女，供我片时之趣兴。[朱旁]说得恳切恰当之至。此皆皮肤滥淫⑩之蠢物耳。如尔则天分中生成一段痴情，吾辈推之为'意淫'。[朱旁]二字新雅。　[朱旁]按宝玉一生心性，只不过是"体贴"二字，故曰"意淫"。惟'意淫'二字，惟心会而不可口传⑪，可神通而不能语达。汝今独得此二字，在闺阁中固可为良友，然于世道中未免迂阔怪诡，百口嘲谤，万目睚眦⑫（原误眺）。【墨眉】坐此病者睹此，宁不自怨自艾？然亦是怨艾不来的。今既遇令祖宁荣二公剖腹深嘱，吾不忍君独为我闺阁增光见弃于世道，是〔以〕⑬特引前来醉以灵酒，沁以仙茗，警以妙曲，再将吾妹一人乳名兼美[朱旁]妙！盖指薛、林而言也。字可卿者，【墨眉】可卿者，即秦也。是一是二，读者自省。许配与汝。今夕良时，即可成姻。不过令汝领略此仙闺⑭(原误阁)幻境之风光尚然如此,何况尘境⑮之情景哉。**今而**(原误而今)后⑯万万解释,改悟前情,将谨勤有用的工夫⑰,置身于经济之道。"说毕,便秘授以云雨之事,推宝玉入帐。⑱

那宝玉恍恍惚惚,依警幻所嘱之言,未免有阳台巫峡之会。数日来⑲柔情缱绻,软语温存,与可卿难解难分。那日警幻携宝玉、可卿闲游⑳,至一个所在,但见荆榛遍地,狼虎同群,忽尔大河阻路,黑水淌洋,又㉑无桥梁可通。[朱旁]若有桥梁可通,则世路人情犹不算艰难。宝玉正自彷徨,只听警幻道㉒:"宝玉,再休前进,作速回头要紧!"[朱旁]机锋。【墨眉】何减当头一棒!宝玉忙止步问道:"此系何处?"警幻道:"此即迷津也![墨眉]孽海茫茫,何处是岸?噫!沉沦堕落,谁为指迷,谁为拯救耶?深有万丈,遥亘千里,中无舟楫可通,只有一个木筏,乃木居士掌舵,灰侍者撑篙,不受金银之谢,但遇有缘者渡之。尔今偶游至此,如堕落其中,则深负我从前一番以情悟道【墨眉】四字是作者一生得力处。人能悟出,庶不为情所迷。守理衷情之言㉓。"宝玉方欲回言,只听迷津内水响如雷,竟有一夜叉般怪物窜出,直扑而来。唬得宝玉汗下如雨,一面失声喊叫:"可卿救我,可卿救我!"慌得袭人、媚人等上来扶起,拉手说:"宝玉别怕,我们在这里!"

秦氏在外听见,连忙进来。一面说:"丫鬟们,好生看着猫儿狗儿打架!"又闻宝玉口中连叫"可卿救我",因纳闷道:"我的小名这里没人知道,[朱旁]"云龙作雨"。何为龙,何为云,何为雨?不知他如何从梦里叫出来?"㉔【墨眉】作者瞒人处,亦是作者不瞒人处。妙妙妙妙!

校 注

①回目前,原另起一行顶格书写《脂砚斋重评石头记》书名,今删。值得注意的是,这个回目前的书名并非每回都有,而只存在于每一册(皆含四回)的开头一页。第一册书名在"凡例"二字之前(因是本书开头,故保留);第二

册即在这第五回的回目前;现存的另外八回,则在第十三回和第二十五回的回目前。这四行书名都是和正文一起由同一笔迹抄成,而说明这个传抄本所据之底本亦如是。这一版本现象的重要意义在于:它足可证明甲戌本自始至终都是以四回装订为一册。胡适为了证明他那"曹雪芹在乾隆十九年甲戌写成的《红楼梦》止有这十六回"的猜想,曾将此本原收藏者刘铨福所作早期跋语中的"惜止存八卷"一语,曲解为:"大概当时十六回,分装八册,后来才合并为四册。"现在以这四行书名推之,却足可确证现存甲戌本的四册当为原貌;亦可确证刘铨福在1863年(同治二年癸亥)刚刚收藏此本时尚存之"八卷",实为八册共三十二回;后几经易手,到了胡适手里便只剩四册共十六回矣。

②"所未敢",据共有此批的蒙、戚诸本改。

③此批原抄作两条。"借贾母心中定评",原写在"贾母素知秦氏"句旁,固无不可;然"又夹写出秦氏来"原写在"(乃重孙媳中)第一得意之人"句旁,则语意不确(主要是"又夹写"三字费解)。疑为同一条批语被过录者无意间割裂所致,今合并移此,则通达恰切矣。

④"盖作〔者〕正为(原误因)古今王孙公子劈头先下金针",据唯一共有此批的蒙、戚诸本补改"者""为"二字。

⑤"笼",原抄如此,另笔涂改作"袭",非是(乃据当时通行的程高本涂改甚明)。己卯、庚辰、蒙府本皆与此本同,其余各本作"袭"(当属妄改)。

⑥"寿阳(原误昌)公主",各本同误"昌"字,校改详情,参见本丛书庚辰校本同回注⑨。

⑦这两条后人批语,前者的笔迹与第三回明署"同治丙寅季冬月左绵痴道人"孙桐生者的笔迹相同;后者的笔迹则与之迥异,且略显局促地批于原朱眉批和孙桐生墨批之夹缝中,是为晚出之迹甚明。

⑧"百",据共有此批的蒙、戚诸本改。原误"一句"二字乃竖写,分明是被抄手误将原"百"字错看成两个字所致。

⑨"沼",据己卯、蒙府、戚序、戚宁、甲辰本改。庚辰本亦作"沿",是为原稿本抄误。

⑩"射",据各本改。

⑪"点",据共有此批的蒙、戚诸本补。

⑫"省省",庚辰、舒序本同。此本原抄作"省ヒ","ヒ"乃抄手使用的一种叠字符号(脂本汇校录作"省上",非是),原另笔圈改作"贵省",乃据程高

本妄改甚明。甲辰、卞藏及蒙、戚诸本作"贵省",己卯、梦稿本作"诸省",皆为传抄中的改笔。再以舒序、庚辰本亦同于此本文字观之,"省省"当属作者原文无疑。按此处之"省省",乃是对前文所叙封条上写着"各省地名"之"十数个大橱"的一种泛指,"省省"即各省。不同于前句单指"金陵十二钗正册"而称"贵省中十二冠首女子"之"贵省"。然乍看之下,不免让人觉得"省省"二字在此似有不畅,故除甲戌、庚辰、舒序本抄手忠于底本,其余各本多有擅改。而此前印行的各种通行本(包括本书之前四版),亦尽皆依从其擅改之"贵省"。此一乱象所体现出来的《红楼梦》校勘中存在的盲从与无奈,足可发人深思。

⑬"月",据各本改。

⑭"虎兔",除己卯、梦稿本作"虎兕",卞藏本作"虎儿",其余各本皆与此本同。己、梦二本之"兕"字,有可能是原丙子定本的偶然抄误或妄改。但在作者"庚辰秋定"之后,便又明白无误地改回来了。关键是,二字之异,其意甚殊。若联系到本书作者曹雪芹最初的家庭衰败,正源于康、雍政权交替后发生的一系列变故;而康熙末年(1722)正为壬寅虎年,雍正元年(1723)正为癸卯兔年,所谓"虎兔相逢"之叹,岂不与此有关? 所以,新校本舍弃底本和其他各本(甚至包括后来的程高本)明白无误的"虎兔",而独依己、梦有妄改之嫌的"虎兕",大可商榷。

⑮"生",据各本改。

⑯此为孙桐生笔迹。"透逗"之义,参见第八回校注②。

⑰"想",据共有此批的蒙、戚诸本改。

⑱蒙、戚诸本亦有此批,作:"贵公子岂容人如此厌弃! 反不怒而反欲退,实实写尽宝玉天分中一段情痴来。若是阿呆至此闻是语,则警幻之辈共成齑粉矣。一笑!"按蒙、戚诸本所录与甲戌本相同之批,原多有删节(删节者当为甲戌定本之抄录者畸笏叟),而此批反较甲戌多出一段话来,甚为少见。然据此,则可证此批之"天外",实为"天分"之误抄。

⑲"近之"后,原多"于"字,今据各本删。

⑳"者",据甲辰及蒙、戚诸本补,其余各本同缺。

㉑"生性(原误情)诡谲",据卞藏本改"性"字。己卯、庚辰、蒙府本同误"情",其余各本虽有"性"字却无"生"字。这与第二回之"生性狡猾"被有的本子误作"生情狡猾"或"性情狡猾",实如出一辙(参见第二回注⑫)。这样

类型各异的两种抄误究竟是如何形成的,则是一个大可玩味的版本现象。

㉒"已而",蒙、戚诸本同。其余各本作"而已",是将其断在上句之末。二者似皆可通;然细究,则以此本及蒙、戚诸本更近作者原文。

㉓"盛",据各本改。

㉔"寞",各本作"寥",此处亦被另笔旁改作"寥"。因可通,仍保留原文。

㉕"须化",另笔涂改作"虚话"。此涂改及上面的墨眉批"虚话"二字,均为孙桐生笔迹。按历来释读此本被另笔涂改作"虚话"之原抄模糊字迹,皆误以为乃与庚辰等本同为"虚化"。近闻周汝昌先生所校新本则为"须化",甚感诧异。细辨之,果然在原涂之"虚"字处有一隐然可见之"须"字——因其左侧之"彡"原写作"氵",几乎瞒过了此前的所有专家。今改从周校。

㉖此批为胡适笔迹,并钤"适之"朱文方印。所云"徐作",即指"庚辰本作",因当时庚辰本尚属徐星署所藏。

㉗"尽",原被另笔圈去,亦是孙桐生笔迹。

㉘此批为胡适笔迹。"徐有'尽'字",即指徐星署所藏庚辰本亦有此"尽"字,不应圈删。胡适还在孙桐生墨笔圈"尽"字处,用朱笔加一"△",表示恢复此字。

㉙"复",戚序、戚宁、己卯、卞藏、梦稿本同,当属作者原文无疑。庚辰本作"阜",或为最后修订时所改;蒙府、甲辰、舒序本作"馥",则为抄手擅改。

㉚此批原抄于"却不知"三字后,系误植。

㉛"贪还构",蒙府、甲辰、己卯、庚辰本同。梦稿本误作"贪这构",卞藏本作"贪绖(即才)构",戚序、戚宁本作"贪顽觳",舒序本作"贪婚媾",程乙本则作"贪欢媾",均属妄改。"构"者,男女交合也。(《易·系辞下》:"男女构精,万物化生。"孔颖达疏:"构,合也。");"贪还构",既贪且构之谓也。

㉜"清",原误作"情",复填改作"清"。各本皆作"清"。

㉝"关",字迹模糊,实更似"开"字。俞辑、陈辑皆录作"开"。按语意,则应作"关"。

㉞"枉费了意惙惙(原误悬悬)半世心",句中"惙惙"二字,据周汝昌先生对己卯、梦稿、卞藏本更近于雪芹原文之"惙惙"的校订释读改。其余各本同误"悬悬"(应属陈陈相因的擅改)。但己、梦、卞原抄之"噄",古今罕见,亦存在一定程度对雪芹原文形讹加臆改(主要是妄添"口"旁)之嫌;而去掉"口"旁的"惄"字虽有,却属入声、"从义",与此处应有之平仄和句意皆不合。而周

先生将己、梦、卜共有之极特殊字词"嚒嚒",释读并正式校作"憗憗"(见人民出版社2006年版汇校本及漓江出版社2009年版批点本),比起因程高本的广泛印行传播而被固化的"悬悬",则更切合雪芹咏凤姐此曲之真意。这从此一离奇字形的讹变、擅改及前后语意的分析上,都容易见出此中端倪。如"憗"字异体本可作"憖",这就极可能是雪芹所用之原字;同时也更能合理解释一般抄手因"憗"字太过陌生而妄添"口"旁成"嚒"字,以及另一些抄手因与"懸(悬)"字形近而妄改之根源所在。反之,若雪芹原文作"意悬悬",怎么可能出现己卯、梦稿、卜藏这类更接近作者梦、己、庚原本的古抄本居然不约而同地把明白如话的"意悬悬",反改作极其怪异的"意嚒嚒"之理? 虽然妄改"意悬悬"者也是有语词出处的,如王实甫《西厢记》第三本第一折便有"一个睡昏昏不待观经史,一个意悬悬懒去拈针指"之句;但"意悬悬"只表达一种心神不定的情态,若用它来概括贾府女强人王熙凤"枉费了意悬悬半世心",试问如何能通? 而"意憗憗"就不一样了,虽然"憗"字多义。如《尔雅》释"愿也,强也";《说文》释"问也(《玉篇》引《说文》则作'闲也'),谨敬也";《方言》释"伤也";《广韵》释"一曰伤,又曰闲也";《广雅》释"忧也",等。毕竟里面有很抢眼的一个"强也"。而以"憗憗"之叠字组词,则既有①"惊疑貌"之义:如唐·柳宗元《黔之驴》"(虎)稍近益之,憗憗然莫相知。"又有②"强悍貌"之义:如宋·岳珂《桯史八·逆亮辞怪》"(金主亮)好为诗词,语出辄倔强憗憗。"(均见《辞源》新版)。总之,不论是古人释义之"强也""强悍貌"义,还是《中文大字典》释有之"倔强"义,甚至《现代汉语词典》所释之"小心谨慎"义,全都比一些抄手妄改后被各种印本普及了数百年,却只表"心神不定"之义来概括凤姐其人的"半世心",要贴切不知几许。

㉟"乘",据甲辰、舒序及蒙、戚诸本改。

㊱"钦",据各本改。

㊲"秉"字前,原多"宵"字,据各本删。

㊳"又",除己卯、庚辰、卜藏本作"要",舒序本作"有",其余各本皆同。

㊴"唱",据各本改,原亦另笔点改。

㊵"滥淫",原抄如此,庚辰、舒序本作"淫滥",其余各本皆与此本同。然此本被另笔点改作"臭滥",非是。

㊶"惟心会而不可口传",原抄如此,并无差错,各本亦同。然此本"惟"字被另笔点改作"可",则甚谬(似为孙桐生笔迹);嗣后又被朱笔圈"可"字并以

"△"号恢复"惟"字（似为胡适笔迹，此本前文亦有他的类似圈点及恢复符号，且有署名批语加以说明）。另，"口"字原亦被另笔添改作"言"（添改之迹不易觉察），本书前四版径依此添改字，当属误校，从第五版起已予改正。

㊷"眦"，据各本改，原亦另笔点改。

㊸"是〔以〕"，据庚辰、卜藏、舒序本补"以"字。蒙、戚诸本同缺，己卯、梦稿本作"故"（己卯本复被朱笔点改作"是以"）。此本亦被另笔点改作"故"。

㊹"闺"，据各本改。

㊺"境"，原另笔（可能也是孙桐生）点改作"世"，非是。除舒序及蒙、戚诸本作"世"，其余各本同作"境"。

㊻"今而后"，从舒序本改。此乃作者和批者的惯用语，书中正文和批语中多有此语，意思也都一样。此处各本皆误，应属稿本抄录者在历次定本中抄误或妄改。

㊼"将谨勤有用的工夫"，各本皆作"留意于孔孟之间"。此为甲戌本独特异文。自此以后的本回文字中，此类独特异文较多，甚可注意。

㊽"入帐"，各本皆作"入房"，且多出"将门掩上自去"一语。

㊾"阳台巫峡之会。数日来"，各本多作"儿女之事，难以尽述，至次日便"。此本"数日来"与各本"至次日"的时间差异，亦甚可注意。

㊿"那日警幻携宝玉、可卿闲游"，各本作"二人因携手出去游玩"，并无警幻侧身其间。

(51)"忽尔大河阻路，黑水淌洋，又（无桥梁可通）"，各本皆作"迎面一道黑溪阻路，并（无桥梁可通）"。

(52)"宝玉正自彷徨，只听警幻道"，各本作"正在犹豫之间，忽见警幻从后面追来告道"，是为警幻后上。

(53)"一番以情悟道守理衷情之言"，各本作"谆谆警戒之语"。

(54)此后，各本多出"正是：一场幽梦同谁诉，千古情人独我痴（个别文字稍有出入）。"是不是脂砚斋甲戌自藏本所据之雪芹甲戌修订手稿尚无此句，作者后来又在畸笏誊录的甲戌定本上作了添补，乃至修改了此回末尾部分？有待探究。

第六回

贾宝玉初试雨云①情　刘姥姥一进荣国府

[回前墨]

　　宝玉、袭人亦大家常事耳,写得是已全领警幻意淫之训。

　　此回借刘妪,却是写阿凤正传,并非泛文;且伏**二进**、**三进**(原误二递、三递)及巧姐之归着。

　　此〔回〕刘妪一进荣国府,用周瑞家的,又过下回无痕,是无一笔写一人文字之**弊**(原误笔)。

题曰:

　　朝叩富儿门,富儿犹未足;

　　虽无千金酬,嗟彼胜骨肉!

　　却说秦氏因听见宝玉从梦中唤他的乳名,心中自是纳闷,又不好细问。彼时宝玉迷迷惑惑,若有所失。众人忙端上桂圆汤来。呷了两口,遂起身整衣。袭人伸手与他系裤带时,不觉伸手至大腿处,只觉冰凉一片粘湿,唬得忙退出手来,问是怎么了。宝玉红涨了脸,把他手一捻。袭人本是个聪明女子,年纪本又比宝玉大两岁,近来也渐通人事,今见宝玉如此光景,心中便觉察了一半,不觉也羞得红涨了脸面。遂不敢再问,仍旧理好衣裳,随至贾母处来,胡乱吃毕晚饭,过来这边。

　　袭人忙趁众奶娘丫鬟不在旁时,另取出一件中衣来,与宝玉换上。宝玉含羞央告道:"好姐姐,千万别告诉别人要紧!"袭人亦含羞笑问道:"你梦见什么故事了?是那里流出来的些脏东西？"宝玉道："一言难尽。"说着，便把梦中之事，细说与袭人听了。然后说至警幻所授云雨之情，羞得袭人掩面伏身而笑。宝玉亦素喜袭人柔媚姣俏，遂强袭人同领警幻所训云雨之事。[朱旁]数句文，完一回题纲文字。袭人素知贾母已将自己与了宝玉的，今便如此，亦不为越礼，[朱夹]写出袭人身份。遂和宝玉偷试一番。幸得无人撞见。自此，宝玉视袭人更与别个不同，[朱夹]伏下晴雯。袭人侍宝玉更为尽职，[朱夹]一段小儿女之态，可谓追魂摄魄之笔。暂且别无话说。[朱夹]一句结（原误接）住上回"红楼梦"大篇文字，另起本回正文。

【墨眉】截断正文，另起一头，笔势蜿蜒纵肆，则庄子《南华》，差堪仿佛耳。

　　按荣府中一宅人②（原误中）合算起来，人口虽不多，从上至下也有三四百丁；事虽不多，一天也有一二十件，竟如乱麻一般，并没个头绪可作纲领。正寻思从那一件事、自那一个人写起方妙，恰好忽从千里之外、芥豆之微、小小一个人家，因与荣府略有些瓜葛，[朱旁]"略有些瓜葛"，是数十回后之正脉也。真千里伏线！这日正往荣府中来，因此便就此一家说来，倒还是头绪。你道这一家姓甚名谁？又与荣府有甚瓜葛？诸公若嫌琐碎粗鄙呢，则快（原误快）掷下此书，另觅好书去醒目；若谓聊可破闷时，待蠢物[朱夹]妙谦！是石头口角。逐细言来。

　　方才所说这小小一家，姓王，乃本地人氏，祖上曾做过小小的一个京官，昔年曾与凤姐之祖、王夫人之父识认，因贪王家的势利，便连了宗，认作侄子。[朱夹]与贾雨村遥遥相对。那时只有王夫人之大兄、凤姐之父，[朱夹]两呼两起，不过欲观者自醒。与王夫人随在京中的，知③（原误只）有此一门远族，余者皆不识认。目今其祖已故，只有一个儿子，名唤王成。因家业萧条，仍搬出城外原乡中住去了。王成新近亦因病故，只有其子小名狗儿。〔狗儿④〕亦生一子，小名板儿。嫡妻刘氏，又生一女，名唤青儿。[朱夹]《石头记》中,公勋世宦之家,以及草莽庸俗之族,无所不有,自能各得其妙。一家四口,仍以务农为业。因狗儿白日间又做些生计,刘氏又操井臼等事,青板姊弟⑤两个无人看管,狗儿遂将岳母刘姥姥[朱夹]音老,出《谐(原误偕)声字笺》。称呼毕肖。接来一处过活,这刘姥姥乃是个久经世代的老寡妇,膝下又无儿女,只靠两亩薄田地度日,如今女婿接来养活,岂不愿意。遂一心一计,帮衬着女儿女婿过活起来。

因这年秋尽冬初,天气冷将上来,家中冬事未办,狗儿未免心中烦虑。吃了几杯闷酒,在家闲寻气恼,[朱眉]自"红楼梦"一回至此,则珍馐中之齑耳。[朱夹]病此病人不少,请来看狗儿。刘氏不敢顶撞。因此刘姥姥看不过,[朱眉]好看煞!乃劝道:"姑夫,你别嗔着我多嘴。咱们村庄人,那一个不是老老诚诚的,多大碗吃多大的饭?[朱旁]能两亩薄田度日,方说的出来。你皆因年小时,托着你那老〔家⑥〕的福[朱夹]妙称,何肖之至!吃喝惯了,如今所以把持不住。有了钱,就顾头不顾尾,没了钱,就瞎生气,成个什么[朱旁]此口气自何处得来?男子汉大丈夫了![朱夹]为纨绔下针,却先从此等小处写来。如今咱们虽离城住着,终是天子脚下,这长安城中遍地都是钱,只可惜没人会拿去罢了。在家跳蹋也没中用的。"狗儿听说,便急道:"你老只会炕头儿上混说,难道叫我打劫、偷去不成?"刘姥姥道:"谁叫你偷去呢! 到底大家想方法儿裁度。不然,那银子钱自己跑到咱家来不成?"狗儿冷笑道:"有法儿还等到这会子呢! 我又没有收税的亲戚,[朱夹]骂死!做官的朋友,[朱夹]骂死!有什么法子可想的?便有,也只怕他们未必来理我们呢!"

刘姥姥道:"这倒不然。谋事在人,成事在天。咱们谋到了,靠菩萨的保佑有些机会,也未可知。我倒替你们想出一个机会来。当日你们原是和金陵王家[朱夹]四字便抵一篇世家传。连过宗的,二十年前他们看承你们还好。如今,自然是你们拉硬屎不肯去俯就他,故疏远起来。想当初，我和女儿还去过一遭，[朱夹]补前文之未到处。他家的二小姐着实响快会待人的，倒不拿大，如今现是荣国府贾二老爷的夫人。听得说如今上了年纪，越发怜贫恤老，最爱斋僧敬道、舍米舍钱的。如今王府虽升了边任，只怕这二姑太太还认得咱们。你何不去走动走动，或者他念旧有些好处，也未可定，只要他发一点好心，拔一根寒毛比咱们的腰还粗呢！"刘氏一旁接口道："你老虽说得是，但只你我这样个嘴脸，怎么好到他门上去的？ 先不先，他们那些门上人也未必肯去通报，没的去打嘴现世。"

谁知狗儿名利心甚重，[朱夹]调侃语。听如此一说，心下便有些活动起来；又听他妻子这番话，便笑接道："姥姥既如此说，况且当年你又见过这姑太太一次，何不你老人家明日就走一趟，先试试风头再说。"刘姥姥道："嗳哟哟！[朱旁]口声如闻。可是说的'侯门似海'，我是个什么东西！他家人又不认得我，我去了也是白去的。"狗儿笑道："不妨，我教你老一个法子。你竟带了外孙子小板儿，先去找陪房周瑞，若见了他，就有些意思了。这周瑞先时曾和我父亲交过一桩事，我们极好的。"[朱夹]欲赴豪门，必先交其仆。写来一叹！刘姥姥道："我也知道他的，只是许多时不走，知道他如今是怎么样？——这也说不得了，你又是个男人，又这样个嘴脸，自然去不得；我们姑娘年轻，媳妇子也难卖头卖脚去；倒还是舍着我这副老脸去碰一碰。果然有些好处，大家都有益；便是没银子来，我也到那公府侯门见一见世面，也不枉我一生。"说毕，大家笑了一回，当晚计议已定。

次日天未明，刘姥姥便起来梳洗了，又将板儿教训几句。那板儿才亦五六岁的孩子，一无所知，听见带他进城逛[朱夹]音光，去声，游也，出《谐(原误偕)声字笺》。去，便喜得无不应承。于是刘姥姥带他进城，找至宁荣街，[朱夹]街名，本地风光。妙！来至荣府大门石狮子前，只见簇簇的轿马。刘姥姥便不敢过去,且弹弹衣服,又教了板儿几句话,然后侦⑦[朱旁]"侦"字〔有〕神理。到角门前。只见几个挺胸叠肚、指手划脚的人,坐在大凳上说东谈西呢。[朱夹]不知如何想来!又为侯门三等豪奴写照。刘姥姥只得侦上来问:"太爷们纳福!"众人打量了他一会,便问是那里来的。刘姥姥赔笑道:"我找太太的陪房周大爷的,烦那位太爷替我请他出来。"那些人听了,都不瞅睬,半日方说道:"你远远的那墙角下等着,一会子他们家有人就出来的。"内中有一年老的说道:"不要误他的事,何苦耍他!"因向刘姥姥道:"那周大爷已往南边去了。他在后一带住着,他娘子却在家。你要找时,从这边绕到后街,上后门上问就是了。"[朱夹]有年纪人诚厚,亦是自然之理。刘姥姥听了,谢过。遂携了板儿,绕到后门上。

只见门前歇着些生意担子。也有卖吃的,也有卖玩意物件的,闹烘烘三二十个孩子在那里厮闹。[朱夹]如何想来? 合眼如见。刘姥姥便拉住了一个道:"我问哥儿一声:有个周大娘可在家么?"孩子道:"那个周大娘? 我们这里周大娘有三个呢,还有两个周奶奶。不知是那一行当上的?"刘姥姥道:"是太太的陪房周瑞〔之妻⑧〕。"孩子道:"这个容易,你跟我来。"说着,跳跳蹦蹦引着刘姥姥进了后门,[朱旁]因女眷,又是后门,故容易引入。至一院墙边,指与刘姥姥道:"这就是他家。"又叫道:"周大妈,有个老奶奶来找你呢!"【朱眉】逼真!孩子口气。

周瑞家的在内听说,忙迎了出来,问是那位。刘姥姥忙迎上来问道:"好呀,周嫂子!"周瑞家的认了半日,方笑道:"刘姥姥,你好呀! 你说说,能几年,我就忘了。[朱旁]如此口角,从何处出来? 请家里来坐罢!"刘姥姥一壁走,一壁笑说道:"你老是贵人多忘事,那里还记得我们了!"说着,来至房中。周瑞家的命雇的小丫头倒上茶来,吃着,周瑞家的又问:"板儿长的这么大了?"又问些别后闲语。再问刘姥姥:"今日还是路过,还是特来的?"[朱旁]问的有情理。刘姥姥便说:"原是特来瞧瞧你嫂子。二则，也请请姑太太的安。若可以领我见一见更好；若不能，便借重嫂子转致意罢了。"[朱夹]刘婆亦善于权变应酬矣。周瑞家的听了，便猜着几分意思。只因昔年他丈夫周瑞争买田地一事，其中多得狗儿之力，今见刘姥姥如此而来，心中难却其意；[朱夹]在今世，周瑞妇算是个怀情不忘的正人。二则，也要显⑨（原作现）弄自己体面。[朱眉]"也要显弄"句，为后文作地步也。陪房本心本意，实事。听如此说，便笑说："姥姥你放心，[朱旁]自是有"宠人"声口。大远的诚心诚意的来了，岂有个不教你见个真佛去的！[朱夹]好口角！论理，人来客至，回话却不与我们相干。我们这里都是各占一枝儿——[朱旁]略将荣府中带一带。我们男的只管春秋两季地租子，闲时只带着小爷们出门就完了；我只管跟太太奶奶们出门的事。皆因你原是太太的亲戚，又拿我当个人，投奔了我来，我竟破个例给你通个信去。但只一件，姥姥有所不知：我们这里又比不得五年前了。如今太太竟不大管事了，都是琏二奶奶当家。你道这琏二奶奶是谁？就是太太的内侄女，当日大舅爷的女儿小名凤哥的。"刘姥姥听了，罕问道："原来是他？怪道呢，我当日就说他不错呢！[朱夹]我亦说不错。这等说来，我今儿还得见他了？"周瑞家的道："这个自然的。如今太太事多心烦，有客来了，略可推得去的，也就推过去了；都是这凤姑娘周旋迎待。今儿宁可不见太太，倒要见他一面，才不枉这里来一遭。"刘姥姥道："阿弥陀佛！这全仗嫂子方便了。"周瑞家的道："说那里话！俗语说的，'与人方便，自己方便'，不过用我说一句话罢了，害着我什么！"说着，便唤小丫头子到倒厅上，[朱夹]一丝不乱。悄悄的打听打听：老太太屋里摆了饭了没有？

　　小丫头去了，这里二人又说些闲话。刘姥姥因说："这位凤姑娘今年大不过二十岁罢了，就这等有本事，当这样的家可是难得的！"周瑞家的听了道："嗐，我的姥姥，告诉不得你呢！这位凤姑娘年纪虽小,行事却比世人都大呢! 如今出挑得美人一样的模样儿,少说些有一万个心眼子。再要赌口齿,十个会说话的男人也说他不过。回来你见了就信了。就只一件,待下人未免太严了些。"[朱夹]略点一句,伏下后文。说着,只见小丫头回来说:"老太太屋里已摆完了饭,二奶奶在太太屋里呢。"周瑞家的听了,连忙起身催着刘姥姥说:"快走,快走! 这一下来,他吃饭是一个空子,咱们先等着去。若迟一步,回事的人也多了,难说话。再歇了中觉,越发没了时候了。"[朱夹]写出阿凤勤劳冗杂,并骄矜珍贵等事来。[朱眉]写阿凤勤劳等事,然却是虚笔,故于后文不犯。说着,一齐下了炕,打扫打扫衣服,又教了板儿几句话,随着周瑞家的,逶迤往贾琏的住宅来。

先到了倒厅,周瑞家的将刘姥姥安插在那里略等一等。自己先过影壁,进了院门,知凤姐未下来,先找着了凤姐的一个心腹通房大丫头,[朱夹]着眼! 这也是书中一要紧人。《红楼梦》[曲⑩]内虽未见有名,想亦在副册内者也。名唤平儿的。[朱夹]名字真极,文雅则假。周瑞家的先将刘姥姥起初来历说明,[朱夹]细。盖平儿原不知此一人耳。又说:"今日大远的特来请安。当日太太是常⑪(原作长)会的,今儿不可不见,所以我带了他进来了。等奶奶下来,我细细回明,奶奶想也不责备我莽撞的。"平儿听了,便做了主意:"叫他们进来,先在这里坐着就是了。"[朱夹]暗透平儿身份。周瑞家的听了,忙出去领他两个进入院来,上了正房台矶,小丫头子打起了猩红毡帘。[朱夹]是冬日。才入堂屋,只闻一阵香扑了脸来,[朱夹]是刘姥姥鼻中。竟不辨是何香味。身子如在云端里一般,[朱夹]是刘姥姥身子。满屋里之物都是耀眼争光,使人头悬目眩。[朱夹]是刘姥姥头目。刘姥姥斯时,惟点头咂嘴念佛[朱夹]六字尽矣,如何想来?而已。

于是来至东边这间屋内,乃是贾琏的女儿大姐儿睡觉之所。[朱夹]记清!平儿站在炕沿边,打量了刘姥姥两眼,[朱夹]写豪门侍儿。只得[朱夹]字法。问个好,让坐。刘姥姥见平儿遍身绫罗,插金带银,花容玉貌的,

第六回　贾宝玉初试雨云情　刘姥姥一进荣国府

[朱夹]从刘姥姥心中目中略一写，非平儿正传。便当是凤姐儿了。[朱夹]毕肖！才要称姑奶奶，忽听周瑞家的称他是"平姑娘"，又见平儿赶着周瑞家的称"周大嫂"，方知不过是个有些体面〔的⑫〕丫头。于是让刘姥姥和板儿上了炕，平儿和周瑞家的对面坐在炕沿上，小丫头子斟上茶来吃茶。刘姥姥只听见咯当咯当的响声，大有似乎打箩柜筛面的一般，[朱夹]从刘姥姥心中意中幻拟出奇怪文字。不免东瞧西望的。忽见堂屋中柱子上挂着一个匣子，底下又坠着一个秤砣般的一物，却不住的乱晃。[朱夹]从刘姥姥想，真是镜心中目中设譬拟 花水月。刘姥姥心中想着："这是个什么爱物儿，有煞用呢?"正呆时，[朱夹]三字有劲。陡听得"当"的一声，又若金钟铜磬一般，不防倒唬得〔一⑬〕辗眼，接着又是一连[朱旁]写得出！八九下。[朱夹]细是巳时。方欲问时，只见小丫头子们一齐乱跑说："奶奶下来了。"平儿与周瑞家的忙起身，命刘姥姥："只管坐着等，是时候我们来请你呢。"说着，都迎出去了。

刘姥姥屏声侧耳默候。只听远远有人笑声，约有一二十妇人，衣裙窸窣渐入堂屋，[朱旁]写的是（原误得侍）仆妇。往那边屋内去了。又见两三个妇人，都捧着大漆捧盒，进这东边来等候。听见那边说了一声"摆饭"，渐渐人才都散出，只有伺候端菜的几人。半日鸦雀不闻之后，忽见两个人抬了一张炕桌来，放在这边炕上。桌上碗盘森列，仍是满满的鱼肉在内，不过略动了几样。板儿一见了，便吵着要肉吃。刘姥姥一巴（原作扒）掌打下他去，忽见周瑞家的笑嘻嘻走过来，招手儿叫他。刘姥姥会意，于是携了板儿，下炕至堂屋中。周瑞家的又和他唧咕⑭（原作唧）了一会，方踅到这边屋内来。

只见门外錾（原误凿）铜钩上悬着大红撒花软帘，[朱旁]从门外写来。南窗下是炕，炕上大红毡条，靠东边板壁立着一个锁子锦靠背与一个引枕，铺着金心绿闪缎大坐褥，旁边有银唾沫盒。那凤姐儿家常带着紫貂昭君套，围着攒珠勒子，穿着桃红撒花袄，石青刻丝灰鼠披风,大红洋绉银鼠皮裙,粉光脂艳,端端正正坐在那里。[朱夹]一段阿凤房室起居器皿家常正传,奢侈珍贵好奇货(原误贷)注脚,写来真是好看。手内拿着小铜火箸儿,拨手炉内的灰。[朱夹]这一句是天然地设,非别文杜撰妄拟者。[朱旁]至平,实至奇。稗官中未见此笔。平儿站在炕沿边,捧着一个小小的填漆茶盘,盘内一小盖钟。凤姐儿也不接茶,也不抬头,[朱旁]神情宛肖。只管拨手炉内的灰,慢慢的问道:

[朱旁]此等笔墨,真可谓追魂摄魄。【墨眉】一幅美人图。然究是阿凤,不是别底美人。作者真是绘声绘影之笔。然非目睹情形,焉能得此出神入化之笔? 勿以杜撰目之,则不致为作者瞒过矣。"怎么还不请进来?"一面说,一面抬身要茶时,只见周瑞家的已带了两个人在地下站着了,这才忙欲起身。犹未起身〔时⑮〕,满面春风的问好,又嗔周瑞家的不早说。刘姥姥在地下已是拜了数拜,问姑奶奶安。凤姐忙说:"周姐姐,快搀住不拜罢,请坐! 我年轻,不大认得,可也不知是什么辈数,不敢称呼。"[朱旁]凡三四句一气读下,方是凤姐声口。

周瑞家的忙回道:"这就是我才回的那个姥姥了。"[朱旁]凤姐云"不敢称呼";周瑞家的云"那个姥姥"⑯。凤姐点头。刘姥姥已在炕沿上坐下。板儿便躲在背后,百端的哄他出来作揖,他死也不肯。

凤姐笑[朱旁]一笑。道:"亲戚们不大走动,都疏远了。知道的呢,说你们弃厌我们,不肯常来;[朱旁]阿凤真真可畏、可恶! 不知道的那起小人,还只当我们眼里没人似的。"【墨眉】如闻如见。好笔! 真亏他写得出! 刘姥姥忙念佛[朱旁]如闻。道:"我们家道艰难,走不起,来了这里,没的给姑奶奶打嘴。就是管家爷们看着,也不像。"凤姐笑[朱旁]三笑。道:"这话叫人没的恶心。不过借赖着祖父虚名,做个穷官儿罢了,谁家有什么! 不过是个旧日的空架子。俗语说,'朝廷还有三门子穷亲'呢,何况你我。"说着,又问周瑞家的:[朱旁]一笔不肯落空。的是阿凤!"回了太太了没有?"周瑞家的道:"如今等奶奶的示下。"凤姐儿道:"你去瞧瞧,要是有人有事就罢;得闲呢,就回,看怎么说。"周瑞家的答应着去了。

这里,凤姐叫人抓些果子与板儿吃。刚问些闲话时,就有家下许多媳妇管事的来回话。[朱旁]不落空家务事,却不实写。妙极,妙极!平儿回了,凤姐道:"我这里陪客呢,晚上再回。若有很要紧的,你就带进来现办。"平儿出去一会,进来说:"我都问了,没有什么紧事,我就叫他们散了。"凤姐儿点头。只见周瑞家的回来,向凤姐道:"太太说了,今日不得闲,二奶奶陪着便是一样。多谢费心想着!白来逛逛呢,便罢;若有甚说的,只管告诉二奶奶,都是一样。"刘姥姥道:"也没甚说的,不过是来瞧姑太太、姑奶奶,也是亲戚们的情份。"周瑞家的道:"没甚说的便罢,若有话,回二奶奶是和太太一样的。"[朱旁]周妇真心为老妪也,可谓得方便。

一面说,一面递眼色儿与刘姥姥。[朱旁]何如?余批不谬。刘姥姥会意,未语先飞红的脸,欲待不说,今日又所为何来,只得忍耻[朱眉]老妪有"忍耻"之心,故后有招大姐之事,作者并非泛写。且为求亲靠友下一棒喝。说道:"论理,今儿初次见姑奶奶,却不该说的;只是大远的奔了你老这里来,也少不的说了——"刚说到(原误道)这里,只听得二门上小厮们回说:"东府里小大爷进来了。"凤姐忙止刘姥姥不必说了,一面便问:"你蓉大爷在那里呢?"[朱旁]惯用此等"横云断山法"。

只听一路靴子脚响,进了一个十七八岁的少年,面目清秀,身材夭矫(原作娇),轻裘宝带,美服华冠。[朱旁]为(原误如)纨绔写照⑰刘姥姥此时坐不是,立不是,藏没处藏。凤姐笑道:"你只管坐着,这是我侄儿。"刘姥姥方扭扭捏捏在炕沿上坐了。贾蓉笑道:"我父亲打发我来求婶子,说上回老舅太太给婶子的那架玻璃炕屏,明日请一个要紧的客,借了略摆一摆就送过来的。"[朱旁]夹写凤姐好奖誉。凤姐儿道:"说迟了一日,昨儿已经给了人了。"贾蓉听说,嘻嘻的笑着,在炕沿下半跪,道:"婶子若不借,又说我不会说话了,又挨⑱一顿好打呢。婶子只当可怜侄儿罢!"凤姐笑[朱旁]又一笑,凡五。道:"也没见〔你们这样的〕,我们王家的东西都是好的不成？一般你们那里放着那些〔好〕东西只是看不见，〔偏〕我的才〔好〕罢！"⑲贾蓉笑道："那里如这个好呢？只求开恩罢！"凤姐道："碰一点儿，你可仔细你的皮！"因命平儿拿了楼门钥匙，传几个妥当人来抬去。贾蓉喜的眉开眼笑，忙说："我亲自带了人拿去，别由他们乱碰。"说着便起身出去了。

这里凤姐忽又想起一事来，便向窗外叫："蓉儿回来！"【墨眉】奇峰突起，好笔奇笔！如此，方是活笔，不是死笔。外面几个人接声说："蓉大爷快回来！"贾蓉忙复身转来，垂手侍立，[墨夹]听阿凤（原作何）指示。⑳那凤姐只管慢慢的吃茶，出了半日神，方笑道："罢了，你且去罢，晚饭后你来再说罢！这会子有人，我也没精神了。"[朱眉]传神之笔，写阿凤跃跃纸上。【墨眉】此等出神入化之笔，试问别书可曾有否？其中包藏东西不少，令阅者自会。作文者悟得此法，则耐人咀嚼，无意平语直之病矣。读此而不长进学问、开拓心胸者，真钝根人也！贾蓉应了，方慢慢的退去。

这里刘姥姥心身方安，[朱旁]妙！却是从刘姥姥身边目中写来。[朱旁]度至下回。方又说道："今日我带了你侄儿来，也不为别的，只因为他老子娘在家里连吃的都没有。如今天又冷了，越想没个派头儿，只得带了你侄儿奔了你老来。"说着又推板儿道："你那爹在家怎么教你了？打发咱们做煞事来？——只顾吃果子咧！"凤姐早已明白了，听他不会说话，因笑止道：[朱夹]又一笑，凡六。自刘姥姥来，凡笑五次，写得阿凤乖滑伶俐，合眼如立在前。[朱夹]若会说话之人，便听他说了，阿凤利害处正在此。问看官：常有将挪移借贷已说明白了，彼仍推聋装哑，这人比（原误为）阿凤若何？呵呵，一叹！"不必说了，我知道了。"因问周瑞家的道："这刘姥姥不知可用过饭没有呢？"刘姥姥忙道："一早就往这里赶咧，那里还有吃饭的工夫咧！"凤姐听说，忙命快传饭来。一时周瑞家的传了一桌客馔来，摆在东边屋内，过来带了刘姥姥和板儿，过去吃饭。凤姐说道："周姐姐好生让着些儿，我不能陪了。"于是过东边房里来，凤姐又叫过周瑞家的去，问他方才回了太太，说了些什么。周瑞家的道："太太说，他们家原不是一家子，不过因出一姓，当年又与太老爷在一处做官，偶然连了宗的，这几年来也不大走动。当时他们来一遭却也没空儿。他们今儿既来了，瞧瞧我们，是他的好意思，[朱旁]"穷亲戚来看，是好意思"，余又自《石头记》中见了。叹叹！ [朱眉]王夫人数语，令余几□〔欲〕[20]哭出。也不可简慢了。他便是有什么说的，叫二奶奶裁度着就是了。"凤姐听了，说道："我说呢，既是一家子，我如何连影儿也不知道！"

说话时，刘姥姥已吃毕饭，拉了板儿过来，舔唇抹嘴的道谢。凤姐笑道："且请坐下，听我告诉你老人家。方才意思，我已知道了。若论亲戚之间，原该不待上门来，就该有照应才是。但如今家里杂事太烦，太太渐上了年纪，一时想不到也是有的。[朱旁]点"不待上门，就该有照应"数语。此亦于《石头记》再见话头。况是我近来接着管些事，都不大知道这些个亲戚们。二则外头看着这里烈烈轰轰的，殊不知大有大的艰难去处，说与人也未必信罢了。今儿你既老远的来了，又是头一次见我张口，怎好叫你空回去的。[朱旁]也是《石头记》再见了。叹叹！可巧昨儿太太给我的丫头们作衣裳的二十两银子，我还没动呢，你们不嫌少就暂且拿了去罢。"

那刘姥姥先听见告艰难，只当是没有，心里便突突的；[朱旁]可怜，可叹！后来听见给他二十两，喜得浑身发痒起来，[朱旁]可怜，可叹！说道："嗳！我也是知道艰难的。但俗语说：'瘦死的骆驼，比马还大'。凭的怎么样，你老拔根寒毛，比我们的腰还粗呢！"周瑞家的在旁听他说的粗鄙，只管使眼色止他。凤姐听了，笑而不睬，只命平儿把昨儿那包银子拿来，再拿一串钱来，[朱旁]这样常例，亦再见。都送至刘姥姥跟前。凤姐乃道："这是二十两银子，暂且给这孩子做件冬衣罢。若不拿着，可真是怪我了。这串钱，雇了车子坐罢。改日无事，只管来逛逛，方是亲戚间的意思。天也晚了，也不虚留你们了。到家里该问好的问个好儿罢！"一面说，一面就站起来了。刘姥姥只管千恩万谢，拿了银钱，随周瑞家的出来。

至外厢房，周瑞家的方道："我的娘！你见了他怎么倒不会说话了？开口就是'你侄儿'。我说句不怕你恼的话，便是亲侄儿，也要说和柔些；那蓉大爷才是他的正经侄儿呢，他怎么又跑出这么个侄儿来了？"[朱夹]与前"眼色"针（原误真）对。可见文章中无一个闲字。 [朱夹]为财势一哭！刘姥姥笑道："我的嫂子，[朱旁]报颜如见。我见了他，心眼里爱还爱不过来，那里还说上话了！"二人说着，又至周瑞家。坐了片时，刘姥姥便要留下一块银，与周瑞家的儿女买果子吃。周瑞家的如何放在眼里，执意不肯。刘姥姥感谢不尽，仍从后门去了。正是：

> 得意浓时易接济，受恩深处胜亲朋！

[回后墨]

　　"一进荣府"一回，曲折顿挫，笔如游龙；且将豪华举止，令观者已得大概。想作者应是心花欲开之**时**（原误候）。

　　借刘妪入阿凤正文；"送宫花"写"金玉初聚"为引。作者真笔似游龙，变幻难测，非细究至再三再四不计数，那能领会也？叹叹！

校　注

　　①"雨云"，原文如此，且与己卯本同。其余各本皆作"云雨"。此处不作校改，理由有二：一是保存底本原貌；二是"雨云"二字，似非此本和己卯本过录者的抄误，倒更像是稿本抄录者或作者有意为之。因为将上联中的"云雨"颠倒成"雨云"二字之后，似可略微改变上下联在声韵上平仄不谐的弊端。至于如此削足适履是否必要，则另当别论。

　　②"人"，据己卯、庚辰本改，卞藏本则缺，其余各本同误"中"。

　　③"知"，据各本改。

　　④第二个"狗儿"，原夺漏，据己卯、庚辰、舒序本补。

　　⑤"姊弟"，原文如此，甲辰、梦稿及蒙、戚诸本亦同；卞藏本作"姐弟"，己卯、庚辰本作"姊妹"，舒序本则作"兄妹"。己、庚之"姊妹"亦可通。如今南方各省方言中，仍有以"姊妹"代指"兄弟姐妹"的。故此处究竟是"姊弟""姐弟"还是"姊妹"方为作者原文，仍堪斟酌。

　　⑥"托着你那老〔家〕的福"，据各本补"家"字。

　　⑦"侦"，各本颇多歧异。舒序本作"侦"，己卯本作"缜"（复用朱笔改

"徰"），甲辰、卞藏及蒙、戚诸本作"蹭"，庚辰、梦稿本作"走"。根据此本脂批及舒序、己卯本抄误的情况分析，"徰"字当为稿本原文。新校本从蒙、戚诸本作"蹭"，意义或近之，读音却有异。"蹭"，读如"层"的去声（cèng）；"徰"，则读如"秤"（chèng），《集韵》注音亦为"耻孟切"。

⑧"周瑞〔之妻〕"，据庚辰本补"之妻"二字。其余各本同缺，似为誊录历次定本时夺漏。

⑨"显"，己卯、庚辰、舒序本同作"现"，可见自甲戌定本以来皆作此字，虽亦可通，却仍似对作者原文之抄误。此处朱眉批云："'也要显弄'句，为后文作地步。"其余各本亦作"显"均可为证。故据此朱眉批及其余各本改。

⑩"曲"，原缺，另笔旁添，今从之。

⑪"常"，从庚辰、卞藏、甲辰本改，其余各本皆作"长"，似为原定本之误。

⑫"的"，据各本补。

⑬"一"，据己卯、庚辰、卞藏本补。

⑭"唧咕"，据己卯、庚辰、梦稿本改。

⑮"时"，据己卯、庚辰、梦稿本补。

⑯此批原误植于前文"拜了数拜"句旁。

⑰为（原误如）纨绔写照"，原误之"如"字，乃草书形讹所致，第四回朱旁批"虽为纨绔设鉴，其意原只罪贾宅……"，所用"为"字可证。

⑱"挨"，原衍作"挨了"，据各本删"了"字。

⑲"也没见〔你们这样的〕，我们王家的东西都是好的不成？一般你们那里放着那些〔好〕东西只是看不见，〔偏〕我的才好罢！"凤姐这段嘲讽贾蓉的话，各本多有歧异。大致可分为两大体系：一为甲戌、甲辰、舒序及蒙、戚诸本一系；二为梦稿、己卯、庚辰、列藏、卞藏本一系。二者之间最大的区别，就是在"王家的东西"句前，存在"你们"与"我们"的差异。而两者相同的致误，均存在开头"也没见"三字后语意未尽的问题。溯其源，当出自原稿本抄录者在誊抄甲戌定本之前的一次更早期定本时，便因写出"也没见你们"五字后，不慎跳看至第二句话的"我们"之后去接抄"王家的东西"等语，从而夺漏了原稿中开头句"你们"后的几个字（这便是本丛书所补"这样的"三字；其依据，容后再叙）。数年后，脂砚斋在"阅评"此甲戌定本原稿并自抄一部留存时，或因觉察到原误接之"你们王家"，与说话人王熙凤的身份错位，便将"你们"订正为"我们"（这样，与后文倒是可通了，却又遗漏了前文"也没见"之后本该有的"你

们"二字,自然更没意识到"你们"后另有夺漏字词)。再后来,稿本抄录者在据脂砚阅评过的甲戌原稿本誊抄正式的甲戌定本时,自然也会照录经脂砚改"你们"为"我们"而貌似可通的首句前半。所以,据此誊录的甲戌定本,又被多次转抄为现存甲辰、舒序及蒙、戚诸本,虽因稿本抄录者擅夺了"凡例"和脂砚斋约三分之二数量的批语,并遗失了第一回楔子中一整叶约四百余字正文等,均与现存甲戌本存在较大差异,却在其他正文的整体格局上(包括已改"你"为"我"的此句),仍大体与现存甲戌本一致,故可统称其为甲戌系统之本。

但这就显露出一个涉及《红楼梦》版本问题的奇特现象。在稿本抄录者业已誊清传世的甲戌定本完成后的第三年,即"乾隆二十一年(丙子)五月初七日"前,曹雪芹又再度修订,并经脂砚斋再度阅评,后移交稿本抄录者再度抄录"对清"的丙子定本(即现存梦稿本所据之底本),以及之后雪芹又在丙子定本基础上先后两次再订,脂砚也在上面两次再评的己卯、庚辰定本(其现存传抄本包括梦、己、庚、列、卞,故称丙己庚系统之本)。奇怪的是,在这些分明已属更为后期的传本上,那个在甲戌一系的传本子上早就被脂砚改正的"我们王家",反倒在这后期历次修订的丙己庚一系的传本上,又统统恢复为稿本抄录者最初跳看致误的"你们王家"了。这一看似不可思议的反常现象,在本丛书校订者看来,却一点都不奇怪。因为它恰好再次印证了我此前对甲戌系统之本和丙己庚系统之本在文字上一些奇特现象的推论:雪芹在后来修订丙子本时,其开头部分的十余回(自然亦包括本回),并非是在甲戌年修订誊录的甲戌定本上操作的;倒像是因故暂用了雪芹手中所存更早一轮定本(或其底稿)来修订的。我所谓"因故"之真相尚不明,或可假设为甲戌原定本的前十余回暂被朋友借阅未归还。而我所谓真正用来修订丙子本前十余回的更早一轮定本,则极可能是甲戌本楔子所云"雪芹于悼红轩中披阅十载,增删五次,纂成目录,分出章回,则题曰《金陵十二钗》"的那次定本。而稿本抄录者跳看夺漏的此句,便起源于该本。此外,据现存各本之文字异同还可看出:在雪芹"披阅十载,增删五次"而至《金陵十二钗》定本问世之后,却又从乾隆十九年甲戌(1754)起,至乾隆二十五年庚辰(1760)止,先后四次(即甲、丙、己、庚)再行修订增删。从这后期时间短促的四次再修订来看(尤其是后三次),显然并非从头至尾地通改,而只是分别有所侧重的局部修订。所以,像此处这样因抄录者早期跳看夺漏致误的语句,复经脂砚甲戌阅评及抄存时已作了不够完善的校改，却又在接下来的丙子修订和誊录中全然倒退回了早期致误的"原样"。而专注于其他修订阅评目标的作者、评者和抄录者，均毫无察觉。

然而，作为现当代经典名著的版本校勘者，则不能因此而推卸自己的责任。理当不放过任何一点线索，去尽可能公开透明地溯源出原稿本抄录者的误抄或妄改之可揭示真相，予以妥善订正。例如对凤姐这段话的校订，只要通过对前述各本的对比，找准了其跳看误抄而夺漏之问题所在，先据各本的不同情况调整好"你们"与"我们"的准确位置，增补出各本此有彼无的"好""偏"二字，再结合前后文语意及本书人物的口语习惯稍加联想，另一个看似无足轻重的夺漏词语"（也没见你们）这样的"，便脱颖而出。本书中类似"这样的"或"这样儿的"代名词（或代指人，或代指物），以及类似"没见过你这样的"或"别说你这样儿的"动宾结构口语，可谓比比皆是。如：与此回紧接的第七回便有两处。一是凤姐听说焦大居功自傲酒醉骂人，便对尤氏说："有这样的，何不打发他远远的庄子上去"。二是焦大见贾蓉让人捆他，大叫道："蓉哥儿，……别说你这样儿的，就是你爹、你爷爷，也不敢和焦大挺腰子呢！"再如：第四十回，凤姐道："昨儿我开库房，看见大板箱里还有好些匹银红蝉翼纱，也有各样……我竟没见过这样的。"凤姐此类口语，和本回同样是她所说"也没见你们这样的"，在词语和口气上都极为相似。

⑳"［墨夹］听阿凤指示。"这是一条被混入正文长达二百六十余年而未被觉察的脂批。不仅未被现存有此一回的十种脂评古抄本的抄手和后来的古今印本校订者所觉察，竟连当初无意间造成此一混淆的原定本抄录校对者，以及后来又几经修订的作者曹雪芹和阅评者脂砚斋都不曾发现。造成此一奇特现象的根本原因或许有以下几点：一、最初发生这一错误的时间，应为雪芹甲戌定本之前的某一定本（极可能是在雪芹"披阅十载，增删五次"，自题书名为《金陵十二钗》的那次定本的誊抄中发生的）。加之此批既简单又无甚特色，一旦被混入正文，谁看了都不会引起注意。二、批者当初写下此批的初衷，仅在于针对贾蓉刚出房门就被凤姐传唤回来，批者见作者只用了两句极简省的短语来写贾蓉的恭顺举止——"忙复身转来，垂手侍立"——连通常应有的问话"婶子还有什么吩咐"也没说。这才信笔写下此批来提醒读者：贾蓉"垂手侍立"，是在"听阿凤指示"。更由于此批是针对"垂手侍立"四字而作，脂砚可能担心抄录者在抄作双行夹批时放错了位置，便在"立"字下面画了一条类似一捺的楔入符号（\）。不料弄巧成拙，反被定本抄录者误以为是作者旁添

或阅评者代补的正文,因而并未抄作双行小字。三、更凑巧的是,"垂手侍立"四字,与"听阿凤指示"连起来读也通顺。所以后来脂砚再次阅评甲戌修订稿和丙己庚修订稿时,均未意识到这是以前信笔所作的批语。

分析至此,可能有读者会提出疑问:既然当初作者和批者都没意识到"听阿凤指示"是批语,那么,事隔两百余年之后,校订者凭什么能断定它不是正文呢? 难道有何铁证?

我的回答很简单:铁证就是"阿凤"二字。因为在这五字短语里,称凤姐为"阿凤",就只能是脂批,绝非雪芹正文。现存前八十回原著中,作者凡叙及王熙凤这个人物,要么直呼其名,要么简称凤姐,绝无昵称"阿凤"之先例。在书中人物的对话中,长辈和平辈皆称"凤丫头""凤辣子"或"凤姐",晚辈或下人则称"姑奶奶""二奶奶"或"婶子",总之绝无称"阿凤"的正文例证。反之,在行文中称凤姐为"阿凤",实乃脂砚作批的独家专利(至于后来不再抄录新定本的畸笏叟,从雪芹"壬午除夕"辞世前数月开始,一直到雪芹、脂砚"相继别去"的丁亥年间,亦偶有署名或不署名的批语留于现存甲戌及己、庚之本的底本中,其间是否有仿照脂砚称"阿凤"的情形存在,自不能完全排除;但即使有,亦属评语而非正文)。总之,在前八十回雪芹的叙述文字和人物对话中,除了本回混作正文的这句"听阿凤指示"的孤证,绝然找不出第二处称"阿凤"的正文来。此外,因现存庚辰本前十回未抄批语,我查核了保留脂批最完整的现存甲戌本,单是在本回的批语中习惯性昵称凤姐为"阿凤"者,即达十二处之多,且多半集中在"听阿凤指示"一语前后。试问:若不将这句称"阿凤"的短语归入到脂批行列,还有其他更合理的解释吗?

本来,这句短语在今后的《红楼梦》校印本中,不论是继续放到正文里抑或回归到脂批中,单从内容的角度看皆无足挂齿。问题是,这条并不重要的五字短语,恰恰在现存有此一回的十种脂评古抄本中,明显地体现出原定本曾对其作过两次校改;而各本的转抄者更是带着不同程度的疑惑作了各行其是的擅改。这些都直接间接地透露出:上述貌似无甚意义的奇怪现象,却对现存十二种脂评古抄本在版本源流的寻踪上,提供了极重要的新信息。同时也牵涉到本书导论及所附《脂评本源流示意图》,亦须作相应的订正。

简而言之,上述颇具版本学意义的新信息是:在现存最早的甲戌(乾隆十九年,1754)定本系统的现存五种传抄本中,或因阅评者脂砚斋在逐字抄录其自藏本时,注意到了正文中叙述凤姐的侄子"垂手侍立"后紧接的一句"听阿凤指示"。虽未意识到这是她以前写的批语，却也敏感到在叙述凤姐的侄子辈贾蓉的行为时称"阿凤"，有点乱辈分。便随手将"听阿凤指示"改成了"听何指示"。所以在后来传抄存世有此一回的六种甲戌系统古抄本（即甲戌、甲辰、舒序及蒙、戚诸本）中，均改"听阿凤"为相对较合理的"听何"；蒙、戚诸本甚至还将紧接的"指示"亦改成了"示下"（使之更显晚辈的谦恭）。然而奇怪的是，过了三年之后的丙子年，作者再次修订并交由畸笏叟于"乾隆二十一年（1756）五月"誊抄并"对清"的丙子夏月定本，以及在此新定本上又接踵作过两次局部修订和阅评的己卯冬月定本和庚辰秋月定本——当然主要体现在据丙己庚定本传抄存世的梦稿、己卯、庚辰、卞藏等有此一回的古抄本上（列藏因缺此回而暂未列入）——则又再次改回了既乱辈分且在正文中从未有过的"听阿凤"字样。这一奇特现象的发生实在让人困惑不解！明明在甲戌系统之本里已经把这句并不重要的五字短语改成了较通顺的正文，为什么到了最后一轮定本的打磨中，会要再次把它"恢复"到只需稍动一动脑子就能辨别的错误泥淖中去呢？经我反复推敲分析，再结合同样出自本回的另一处类似奇特现象（即本回注⑲所指出的，同样产生于甲戌修订之前某一定本的不慎夺漏而形成的极不通语句，也同样是在甲戌定本阅评时已被脂砚作了相应的弥补式修改，并抄录保留到甲戌自藏本上，却也同样在后来的丙己庚定本上再次变回到了全然不通状态）的考证分析，终于让我意识到：出现这种反常情形的唯一可能，便是雪芹在其生命最后七年间（从乾隆二十一年至乾隆二十七年），连续在丙子、己卯、庚辰三个时间段所作的最后一轮校订及让畸笏重抄和脂砚阅评，所依据的底本发生了一点反常的状况。即并非如我原来在研究脂评本源流时"顺理成章"理解的那样，以为是雪芹在其之前的甲戌修订手稿上进行的再修订——然后交由畸笏叟在丙子年初夏重新誊录，再交由脂砚斋于己卯冬、庚辰秋及壬午春作了三次阅评，以及雪芹在其间的"庚辰秋月"亦再次修订（参见甲戌校本一至八版、庚辰校本一至四版的导论及所附《脂评本源流示意图》）。而实际上是：丙己庚最后一轮修订所依据的底本（或至少是一部分底本，比如前十回），作者似因某种缘故，如甲戌修订手稿暂时外借之类，临时决定以他之前"批阅十载，增删五次"，亲题书名为《金陵十二钗》的那一份"前底稿"的相应回目为基础来进行的。而对该一底本上早就存在的少数抄误（如前述之六回夺漏及脂批混作正文等），皆未细审就照录了。这样所产生的客观效果，自然也就无异于对脂砚斋甲戌阅评时的弥补式校改，作了貌似"逆反式修订"的错误复原。而此后不论是作者、批者及定本抄录者，皆因并未注意到这类芥豆之微的小小失误，从而长时间形成了让后世的有心人百思不得其解的此一奇特版本现象。

㉑"□〔欲〕"，原留空。是过录者不辨此字，暂留待补，后遗忘未补所致。今添方框号，并从陈辑、朱辑补"欲"字。俞辑亦径作"欲"。

第七回

送宫花周瑞①叹英莲　谈肄业秦钟结宝玉

题曰：

十二花容色最新，不知谁是惜花人？

相逢若问名何氏，家住江南姓本秦。

话说周瑞家的送了刘姥姥去后，便上来回王夫人话，[朱旁]不回凤姐，却回王夫人——不交代处，正交代得清**处**（原误趣②）。谁知王夫人不在上房。问丫鬟们时，方知往薛姨妈那边闲话去了。[朱旁]文章只是随笔写来，便有流离生动之妙。周瑞家的听说，便转东角门出至东院，往梨香院来。刚至院门前，只见王夫人的丫鬟名金钏儿者，[朱旁]金钏、宝钗，互相映射。妙！和一个才留了头的小女孩儿，站立台矶上玩。[朱旁]莲卿别来无恙否？见周瑞家的来了，便知有话回，因向内努嘴儿。[朱旁]周画。周瑞家的轻轻掀帘进去，只见王夫人和薛姨妈长篇大套的说些家务人情等语。周瑞家的不敢惊动，遂进里间来。[朱夹]总用双歧岔路之笔，令人估料不到之文。

只见薛宝钗[朱旁]自入梨香，至此方写。穿着家常衣服，[朱夹]好！写一人换一付笔墨，另出一花样。[朱眉]"家常爱着旧衣裳（原误常）"是也。头上只挽着纂儿，坐在炕里边，伏在小炕几上，同丫鬟莺儿正描花样子呢。[朱旁]一幅《绣窗仕女图》。亏想得周到！见他进来，宝钗便放下笔，转过身来满面堆笑让："周姐姐坐。"周瑞家的也忙赔笑问："姑娘好！"一面炕沿边坐了。因说："这有两三天，也没见姑娘到那边逛逛去，只怕是你宝玉兄弟[朱旁]一人不漏，一笔不板。冲撞了你不成？"宝钗笑道：

115

"那里的话！只因我那种病[朱眉]那种病！"那"字，与前二玉"不知因何"二字，皆得天成地设之体，且省却多少闲文。所谓"惜墨如金"是也。又发了两天，所以且静养两日。"[朱旁]得空便入。周瑞家的道："正是呢，姑娘到底有什么病根儿，也该趁早儿请了大夫来，好生开个方子，认真吃几剂药，一势除了根才好。小小的年纪，倒坐下个病根，也不是玩的。"宝钗听说，便笑道："再不要提吃药。为这病请大夫、吃药，也不知白花了多少银子钱呢！凭你什么名医、仙药，总不见一点儿效。后来还亏了一个秃头和尚，[朱旁]奇奇怪怪，真如云龙作雨，忽隐忽见，使人逆料不到。说专治无名之症，因请他看了。他说我这是从胎里带来的一股热毒，[朱旁]凡心偶炽，是以孽火齐攻。幸而我先天结壮，[朱旁]浑厚故也。假使颦、凤辈，不知又何治之！还不相干，若吃凡药，是不中用的。他就说了一个海上方，又给了一包末药做引——异香异气的，不知是那里弄来的。[朱夹]卿不知从那里弄来，余则深知。是从放春山采来，以灌愁海水和成，烦广寒玉兔捣碎，在太虚幻境空灵殿上炮制配合者也。他说发了时，吃一丸就好。倒也奇怪，这倒效验些。"

周瑞家的因问道："不知是个③什么海上方儿？姑娘说了，我们也记着，说与人知道。倘遇见这样的病，也是行好的事。"宝钗见问，乃笑道："不问这方儿还好，若问起这方儿，真真把人琐碎坏了！东西药料一概都有，现易得的④，只难得'可巧'二字。要春天开的白牡丹花蕊十二两，[朱旁]凡用"十二"字样，皆照应"十二钗"。夏天开的白荷花蕊十二两，秋天开的白芙蓉花蕊十二两，冬天开的白梅花蕊十二两。将这四样〔花⑤〕蕊，于次年春分这日晒干，和在末药一处，一齐研好；又要雨水这日的雨水十二钱——"周瑞家的忙道："嗳哟！这样说来这就得一二年的工夫。倘或雨水这日⑥（原误这日雨水）不下雨水，又怎处呢？"宝钗笑道："所以了，那里有这样可巧的雨？便没雨，也只好再等罢了。白露这日的露水十二钱，霜降这日的霜十二钱，小雪这日的雪十二钱。把这四样水调匀，和了丸药，再加蜂蜜十二钱，白糖十二钱,丸了龙眼大的丸子,盛在旧磁罐内,埋在花根底下。若发了病时,拿出来吃一丸,用十二分黄柏煎汤送下。"[朱夹]末用黄柏,更妙! 可知"甘苦"二字,不独十二钱,世皆同有者。周瑞家的听了,笑道:"阿弥陀佛,真巧死了人! 等十年未必都这样巧呢!"宝钗道:"竟好,自他说了去后一二年间,可巧都得了,好容易配成一料。如今从南带至北,现就埋在梨花树下。"[朱旁]"梨香"二字有着落,并未白白虚设。周瑞家的又道:"这药可有名字没有呢?"宝钗道:"有。[朱旁]一字句。这也是癞和尚说下的,叫作'冷香丸'。"[朱旁]新雅,奇甚!周瑞家的听了,点头儿,因又说:"这病发了时,到底觉怎样?"宝钗道:"也不觉什么,只不过喘嗽些,吃一丸也就罢了。"[朱夹]以花为药,可是吃烟火人想得出者? 诸公且不必问其事之有无,只据此新奇妙文悦我等心目,便当浮一大白。

　　周瑞家的还欲说话时,忽听王夫人问:"是谁在里头?"周瑞家的忙出去答应了,趁便回了刘姥姥之事。略待半刻,见王夫人无话,方欲退出,[朱夹]行文原只在一二字,便有许多省力处。不得此窍者,便在窗下百般扭捏。薛姨妈忽又笑道:[朱夹]"忽"字"又"字,与"方欲"二字对射。"你且站住。我有一宗东西,你带了去罢!"说着,便叫:"香菱!"[朱夹]此是改名之英莲也。[朱夹]二字仍从"莲"上起来。盖英莲者,"应怜"也;香菱者,亦"相怜"之意。帘栊响处,方才和金钏儿玩的那个小女孩子进来了,问:"奶奶叫我做什么?"[朱夹]这是英莲天生成的口气。妙甚!薛姨妈道:"把那匣子里的花儿拿来。"香菱答应了,向那边捧了个小锦匣来。薛姨妈乃道:"这是宫里头作的新鲜样法堆纱花十二枝。昨儿我想起来,白放着可惜,旧了⑦,何不给他们姊妹们戴去? 昨儿要送去,偏又忘了;你今儿来得巧,就带了去罢。你家的三位姑娘,每人两枝。下剩六枝,送林姑娘两枝,那四枝给了凤哥儿罢。"[朱旁]妙文! 今古小说中,可有如此口吻者?王夫人道:"留着给宝丫头戴罢了,又想着他们。"薛姨妈道:"姨妈不知道宝丫头古怪呢![朱旁]"古怪"二字,

117

正是宝卿身份。他从来不爱这些花儿粉儿的。"〔朱夹〕可知周瑞一回,正为宝、菱二人所有,正《石头记》得力处也。

说着,周瑞家的拿了匣子走出房门,见金钏儿仍在那里晒日阳〔儿〕⑧。周瑞家的因问他道:"那香菱小丫头子,可就是时常说临上京时买的、为他打人命官司的那个小丫头子?"金钏道:"可不就是。"〔朱旁〕出明⑨(原误名)英莲。正说着,只见香菱笑嘻嘻的走来。周瑞家的便拉了他的手,细细的看了一回,因向金钏儿笑道:"倒好个模样儿! 竟有些像咱们东府里蓉大奶奶的品格。"〔朱夹〕"一击两鸣法",二人之美并可知矣。再忽然想到秦可卿,何玄幻之极! 假使说像荣府中所有之人,则死板之至。故远远以可卿之貌为譬,似极扯淡,然却是天下必有之情事。金钏儿笑道:"我也是这么说呢。"周瑞家的又问香菱:"你几岁投身到这里?"又问:"你父母今在何处? 今年十几岁了? 本处是那里人?"香菱听问,摇头说:"不记得了。"〔朱夹〕伤痛之极! 亦必(原误必亦)如此收住方妙,不然,则又将作出"香菱思乡"一段文字矣。周瑞家的和金钏听了,倒反为他叹息伤感一回。

一时周瑞家的携花至王夫人正房后来。原来近日贾母说,孙女们太多了,一处挤着倒不便,只留宝玉、黛玉二人在这边解闷,却将迎、探、惜三人,移到王夫人这边房后三间小抱厦内居住。令(原误今)李纨陪伴照管。〔朱旁〕不作一笔逸安之板〔笔〕矣。如今周瑞家的故顺路先往这里来。只见几个小丫头子都在抱厦内听呼唤,默坐。迎春的丫头司棋与探春的丫鬟待书⑩〔朱夹〕妙名! 贾家四钗之鬟,暗以"琴""棋""书""画"四字列名,省力之甚,醒目之甚,却是俗中不俗处。二人,正掀帘出来,手里都捧着茶盘茶钟。周瑞家的便知他姊妹在一处坐着,遂进入内房。只见迎春、探春二人正在窗下〔下〕围棋⑪。周瑞家的将花送上,说明原故。他二人忙住了棋,都欠身道谢⑫(原误谢道),命丫鬟们收了。周瑞家的答应了,因说:"四姑娘不在房里,只怕在老太太那边呢。"丫鬟们道:"在这屋里不是?"〔朱夹〕用画家"三五聚散法",写来方不死板。周瑞家的听了,便往这边屋内来。

只见惜春正同水月庵的小姑子智能儿,两个一处玩笑。

[朱夹]总是得空便入，百忙又带出王夫人喜施舍等事，可知一支笔作千百支用。　[朱夹]又伏后文。　[朱眉]闲闲一笔，却将后半部线索提动。见周瑞家的进来，惜春便问他何事。周瑞家的便将花匣打开，说明原故。惜春笑道："我这里正和智能儿说，我明儿也剃了头同他做姑子去呢，可巧又送了花儿来。若剃了头，把这花可戴在那里？"说着，大家取笑一会。惜春命丫鬟入画来收了。[朱夹]曰"司棋"，曰"待书"，曰"入画"，后文补"抱琴"。　[朱夹]琴、棋、书、画四字最俗，上添一虚字，则觉新雅。周瑞家的因问智能儿："你是什么时候来的？你师傅那秃歪剌往那里去了？"智能儿道："我们一早就来了。我师傅见过太太就往于老爷府里去了，叫我在这里等他呢。"[朱夹]又虚陪（原误贴）一个"于老爷"。可知祈（原误所）尚僧尼者，悉〔皆〕"愚人"也。⑬周瑞家的又道："十五的月例香供银子可得了没有？"智能儿摇头儿说："不知道。"[朱夹]妙！年轻未谙（原误任）事也。一应骗布施、哄斋供诸恶，皆是老秃贼设局。写一种人，一种人活像！惜春听了，便问周瑞家的："如今各庙月例银子，是谁管着？"周瑞家的道："是余信[朱旁]明点"愚性"二字管着。"惜春听了，笑道："这就是了。他师傅一来了，余信家的就赶上来，和他师傅咕唧了半日。想是就为这事了。"[朱夹]一人不落，一口〔事〕⑭不忽，伏下多少后文。岂真为送花哉！

那周瑞家的又和智能儿唠叨了一回，便往凤姐处来。穿夹道从李纨后窗下过，[朱夹]细极！李纨虽无花，岂可失而不写者？故用此顺笔便墨，间三带四，使观者不忽。越西花墙出西角门，进入凤姐院中。走至堂屋，只见小丫头丰儿坐在凤姐房门槛上，见周瑞家的来了，连忙[朱旁]二字着紧摆手儿，叫他往东屋里去。周瑞家的会意，慌的蹑手蹑脚的往东边房里来，只见奶子正拍着大姐儿睡觉呢。[朱旁]总不重犯，写一次有一次的新样文法。周瑞家的悄问奶子道："奶奶⑮睡中觉呢？也该请醒了。"奶子摇头儿。[朱旁]有神理。正问着，只听那边一阵笑声——却有贾琏的声音。接着房门响处，平儿拿着大铜盆出来，

【朱旁】阅者试叫丰儿舀水进去。[朱夹]妙文，奇想！阿凤之为人，岂有不着意于"风月"二字之理哉？若直以明笔写之，不但唐突阿凤声价，亦且无妙文可赏；若不写之，又万万不可。故只用"柳藏鹦鹉语方知"之法，略一皴染，不独文字有隐微，亦且不至污渎阿凤之英风俊骨。所谓此书无一不妙。[朱眉]余素所藏仇十洲《幽窗听莺暗春图》，其心思笔墨已是无双；今见此阿凤一传，则觉画工太板。　【墨眉】所谓行文"有宾有主""有虎有鼠"，《水浒记》惯用此法。作者又神而胜之。⑯

平儿便进这边来。一见了周瑞家的，便问："你老人家又跑了来做什么？"周瑞家的忙起身拿匣子与他，说送花一事。平儿听了，便打开匣子，拿出四枝，转身去了半刻工夫，手里又拿出两枝来。[朱旁]攒花簇锦文字，故使人耳目眩乱。先叫彩明来，〔吩〕咐他送到那边府里，给小蓉大奶奶戴去。[朱旁]"忙中更忙"，又曰"密处不容针"，此等处是也。次后，方命周瑞家的回去道谢。

周瑞家的这才往贾母这边来。穿过了穿堂，顶头忽见他女儿打扮着才从他婆家来。周瑞家的忙问："你这会子跑来做什么？"他女儿笑道："妈一向身上好！我在家里等了这半日，妈竟不出去，什么事情这样忙得不回家？我等烦了，自己先到了老太太跟前请了安了。这会子请太太安去。妈还有什么不了的差事？手里是什么东西？"周瑞家的笑道："嗳！今儿偏偏的来了个刘姥姥，我自己多事，为他跑了半日。这会子又被姨太太看见了，送这几枝花儿与姑娘奶奶们，这会子还没送清白呢！你这会子跑来，一定有什么事情的。"他女儿笑道："你老人家倒会猜。实对你老人家说，你女婿前儿因多吃了两杯酒，和人纷争起来，不知怎的被人放了一把邪火，说他来历不明，告到衙门里，要递解还乡。所以我来和你老人家商议商议：这个情分求那一个可了事？"周瑞家的听了，道："我就知道的，这有什么大不了的！你且家去等我。我送林姑娘的花儿去了，就回家来⑰（原误来家）。此时太太、二奶奶都不得闲儿，你回去等我，这没有什么忙的。"他女儿听如此说，便回去了。还说："妈，你好歹快来！"周瑞家的道："是了。小人家没经过什么事情，就急得你这样子。"说着，便到黛玉房中去了。[朱夹]又生出一小段来，是荣、宁中常事，亦是阿凤正文。若不

脂砚斋重评石头记甲戌校本

120

如此穿插,直用一送花到底,亦
太死板,不是《石头记》笔墨矣。

　　谁知此时黛玉不在自己房中,却在宝玉房中,大家解九连环做
戏。[朱旁]妙极!又一花样,此时二玉已隔房矣。【墨眉】周瑞家的进来笑
二玉隔房,只此一写,化板为活,令阅者不觉。真是仙笔!
道:"林姑娘,姨太太着我送花来与姑娘戴。"宝玉听说,先便说:"什
么花?拿来给我。"一面早伸手接过来了。[朱旁]瞧他　开匣看时,原
夹写宝玉!
来是两枝宫制堆纱新巧的假花。[朱旁]此处方　黛玉只就宝玉手中看
一细写花形。
了一看,[朱旁]妙!看　便问道:"还是单送我一个人的,还是别的姑娘
他写黛玉。
们都有?"[朱夹]在黛玉心中,　周瑞家的道:"各位都有了,这两枝是姑娘
不知有何丘壑。
的了。"黛玉再看了一看,[朱旁]"再看一看"　冷笑道:"我就知道,别人
传(原误仿)神![18]
不挑剩下的,也不给我,替我道谢罢!"[朱旁]吾实不知黛
卿胸中有何丘壑。

　　周瑞家的听了,一声儿不言语。宝玉便问道:"周姐姐,你做什
么到那边去了?"周瑞家的因说:"太太在那里,因回话去了,姨太太
就顺便叫我带来了。"宝玉道:"宝姐姐在家做什么呢?怎么这几日
也不过来?"周瑞家的道:"身上不大好呢。"宝玉听了,便和丫头们
说:"谁去瞧瞧?就说我和林姑[朱旁]"和林姑　打发来问姨娘、姐姐
娘"四字,着眼。
安,问姐姐是什么病,吃什么药。论理我该亲自来的,就说才从学
里来的,也着了些凉,异日再亲来。"说着,茜雪便答应去了。周瑞
家的自去无话。[朱眉]余阅(原误问)"送花"一回,薛姨妈云"宝丫头不喜这些花
儿粉儿的",则谓是宝钗正传。又至(原误主)阿凤、惜春一段,则
又知是阿凤正传。今又到颦儿一段,却又将阿颦之天性从骨中一写,方知亦系颦儿正传。
小说中一笔作两三笔者有之,一事启两〔三〕事者有之,未有如此恒河沙数之笔也!

[朱眉]余观"才从学里来"几句,忽追思昔日形景,可叹!想纨绔小儿,自开口云"学里",
亦如市俗人开口便云"有些小事",然何尝(原误常)真有事哉?此掩饰推托之词耳。宝
玉若不云"从学房里来凉着",然则便云"因
憨顽时凉着"者哉?写来一笑,继之一叹!

原来这周瑞家的女婿,便是雨村的好友冷子兴。[朱旁]着眼! 近因卖古董和人打官司,故遣女人来讨情分。周瑞家的仗着主子的势利,把这些事也不放在心上,晚间只求求凤姐儿便完了。

至掌灯时分,凤姐已卸了妆,来见王夫人,回□〔说〕⑲:"今儿甄家[朱旁]又提甄家。又送了来的东西,我已收了。[朱旁]不必细说方妙。咱们送他的,趁着他家有年下进鲜的船去,一并都交给他们带去了。"王夫人点头。凤姐又道:"临安伯老太太千秋的礼,已经打点了,太太派谁送去?"[朱旁]阿凤一生奸(原误尖)处。王夫人道:"你瞧谁闲着,不管打发〔那〕四(原误两)⑳个女人去就完了,又来当什么正经事问我?"[朱夹]虚描二事,真真千头万绪! 纸上虽一回两回中或有不能写到阿凤之事,然亦有阿凤在彼处手忙心忙矣。观此回可知。凤姐又笑道:"今儿珍大嫂子来请我明儿过去逛逛,明儿倒没有什么事。"王夫人道:"有事没事都害不着什么。每常他来请,有我们,你自然不便意;他既不请我们,单请你,可知是他诚心叫你散淡散淡,别辜负了他的心。便是有事,也该过去才是。"凤姐答应了。当下李纨、迎春等姊妹们亦曾定省毕,各自归房无话。

次日,凤姐儿梳洗了,先回王夫人毕,方来辞贾母。宝玉听了,也要逛去。凤姐只得答应着。立等换了衣服,姐儿两个坐了车,一时进入宁府。早有贾珍之妻尤氏与贾蓉之妻秦氏,婆媳两个引了多少姬妾、丫鬟、媳妇等接出仪门。那尤氏一见了凤姐,必先笑嘲一阵,一手携了宝玉,入上房来归座。秦氏献茶毕,凤姐因说:"你们请我来作什么? 有什么东西来孝敬就献上来,我还有事呢。"尤氏、秦氏未及答话,地下几个姬妾先就笑说:"二奶奶今儿不来就罢,既来了,就依不得二奶奶了。"正说着,只见贾蓉进来请安。宝玉因问:"大哥哥今日不在家?"尤氏道:"出城请老爷安去了。"又道:"可是你怪闷的,也坐在这里做什么? 何不去逛逛!"秦氏笑道:"今日巧。上回宝叔立刻要见见我兄弟,他今儿也在这里。想在书房里，宝叔何不去瞧一瞧？"［朱眉］欲出鲸卿，却先〔写〕小妯娌闲闲一聚，随笔带出，不见一丝造作（原误作造）。宝玉听了，即便下炕要走。尤氏、凤姐都忙说："好生着，忙什么！"一面便吩咐人："好生小心跟着，别委屈着他。倒比不得跟了老太太，来就罢了。"［朱夹］"委屈"二字，极不通，却㉑（原误都）是至情。写愚姐至矣！凤姐儿道："既这么着，何不请进这秦小爷来，我也瞧瞧。难道（原误到）我就见不得他不成？"尤氏笑道："罢，罢！可以不必见他。比不得咱们家的孩子们，胡打海摔的惯了；［朱夹］卿家胡打海摔，不知谁家方珍怜珠惜？此极相矛盾，却极入情。盖大家妇人口吻如此。人家的孩子，都是斯斯文文惯了的。乍见了你这破落户，还被人笑话死了呢！"凤姐笑道："普天下的人，我不笑话就罢，［朱旁］自负得起。竟叫这小孩子笑话我不成？"贾蓉笑道："不是这话。他生得腼腆，没见过大阵仗儿。婶子见了，没得生气？"凤姐啐道："他是哪吒，我也要见一见，别放你娘的屁了。再不带去，看给你一顿好嘴巴子！"［朱眉］此等处，写阿凤之放纵，是为后回伏线。贾蓉笑嘻嘻的说："我不敢强，就带他来。"

说着，果然出去带进一个小后生来。较宝玉略瘦巧些，清眉秀目，粉面朱唇，身材俊俏，举止风流，似在宝玉之上。只是怯怯羞羞，有女儿之态，【朱旁】伏笔也，不可不知。腼腆含糊的向凤姐作揖问好。凤姐喜的先推宝玉，笑道："比下去了！"［朱旁］不知从何处想来？便探身一把携了这孩子的手，就命他身旁坐下，慢慢问他年纪、读书等事。［朱旁］分明写宝玉，却先偏写阿凤。

方知他学名唤秦钟。［朱夹］设云"情种㉒（原误秦钟）"。古诗云："未嫁先名玉，来时本姓秦。"二语便是此书大纲目、大比托、大讽刺处。早有凤姐的丫鬟媳妇们，见凤姐初会秦钟，并未备得表礼来，遂忙过那边去告诉平儿。平儿素知凤姐与秦氏厚密，虽是小后生家，亦不可太俭，遂自做了主意，拿了一匹尺头，两个状元及第的小金锞子，交付与来人送过去。凤姐犹笑说"太简薄"等语。秦氏等谢毕。一时吃过饭，尤氏、凤姐、秦氏等抹骨牌，不在话下。［朱夹］一人不落，又带出"强将手下无弱兵"。

宝玉、秦钟二人随便起坐说话㉓。[朱旁]淡淡写来。那宝玉只一见秦钟人品,心中便[如㉔]有所失;痴了半日,自己心中又起了呆意,乃自思道:"天下竟有这等人物! 如今看来,我竟成了泥猪癞狗了。可恨我为什么生在这侯门公府之家? 若也生在寒儒薄宦之家,早得与他交结,也不枉生了一世。我虽如此比他尊贵,[朱旁]这一句不是宝玉本意中语,却是古今历来膏粱纨绔之意。可知绫锦纱罗,也不过裹了我这根死木;美酒羊羔,也只不过填了我这粪窟泥沟。'富贵'二字,不料遭我荼(原误涂)毒了。"[朱夹]一段痴情,翻"贤贤易色"一句筋斗。使此后朋友中,无复再敢假谈道义,虚论情常。秦钟自见了宝玉形容出众,举止不浮,[朱夹]"不浮"二字妙! 秦卿目中所取,止在此。更兼金冠绣服,骄婢侈童,[朱夹]这二句是贬不是奖。此八字遮饰过多少魑魅纨绔(原误绮),秦卿目中所鄙者。秦钟心中亦自思道:[朱旁]所谓"两情脉脉"。"果然这宝玉怨不得人人溺爱他! 可恨我偏生于清寒之家,不能与他耳鬓交结。可知'贫窭(原误富)'二字㉕限人,亦世间之大不快事。"[朱夹]"贫富"二字中,失却多少英雄朋友。二人一样的胡思乱想。[朱夹]作者又欲瞒过众(原误中)人。忽又[朱夹]二字写小儿传神(原作得神)! 有宝玉问他读什么书。[朱夹]宝玉问读书,亦想不到之大奇事。秦钟见问,便因实而答。[朱夹]四字普天下朋友来看! 二人你言我语,十来句后越觉亲密起来。一时摆上茶果吃茶,宝玉便说:"我们两个又不吃酒,把果子摆在里间小炕上,我们那里坐去,省得闹你们。"[朱夹]眼见得二人一身一体矣。

　　于是二人进里间来吃茶。秦氏一面张罗与凤姐摆酒果,一面忙进来嘱宝玉道:"宝叔,你侄儿年小,倘或言语不防头,你千万看着我,不要理他。他虽腼腆,却性子左强,不大随和些是有的。"[朱旁]实写秦钟,双映宝玉。宝玉笑道:"你去罢,我知道了。"秦氏又嘱了他兄弟一会,方去陪凤姐。一时凤姐、尤氏又打发人来问宝玉:"要吃什么,外面有,只管要去。"宝玉只答应着,也无心在饮食,只问秦钟近日家务等事。[朱夹]宝玉问读书,已奇;今又问家务,岂不更奇!秦钟因说:"业师于去岁病故。家父又年纪老迈,贱疾在身,公务繁冗,因此尚未议及再延师一事。目下不过在家温习旧课而已。再读书一事,也必须有一二知己[朱旁]眼。为伴,时常大家讨论,才能进益。"[朱眉]真是可儿之弟!宝玉不待说完,便答道:"正是呢。我们家却有个家塾,合族中有不能延师的,便可入塾读书,子弟们中亦有亲戚在内,可以附读。我因上年业师回家去了,也现荒废着。家父之意,亦欲暂送我去,且温习着旧书,待明年业师上来,再各自在家亦可。家祖母因说,一则家学里子弟太多,生恐大家淘气,反不好;二则也因我病了几天,遂暂且耽搁着。如此说来,尊翁如今也为此事悬心,今日回去何不禀明,就在我们这敞塾中来,我亦相伴,彼此有益,岂不是好事!"秦钟笑道:"家父前日在家提起延师一事,也曾提起这里的义学倒好,原要来和这里的亲翁商议引荐,因这里事忙,不便为这点小事聒絮的。宝叔果然度小侄或可磨墨涤砚,何不速速做成,又彼此不致荒废,又可以常相谈聚,又可以慰父母之心,又可以得朋友之乐,岂不是美事!"[朱眉]真是可卿之弟!

宝玉笑道:"放心,放心!咱们回来先告诉你姐夫、姐姐和琏二嫂子,你今日回家就禀明令尊,我回去再回明家祖母,再无不速成之理的。"二人计议已(原误一)定,那天气已是掌灯时候。出来又看他们玩了一会牌。算帐时,却又是秦氏、尤氏二人输了戏酒的东道,[朱旁]自然是二人输。言定后日吃这东道。一面又说了回话。

　　晚饭毕。因天黑了,尤氏㉒说,先派两个小子送了这秦相公去。媳妇们传出去半日,秦钟告辞起身。尤氏问:"派了谁送去?"媳妇们回说:"外头派了焦大。谁知焦大醉了,又骂呢。"[朱夹]可见骂非一次矣。尤氏、秦氏都道:"偏又派他做什么?放着这些小子们,那一个派不得,偏要惹他去?"[朱旁]便奇!凤姐道:"我成日家说你太软弱了,纵得家里人这样,还了得呢!"尤氏叹道:"你难道不知这焦大的?连太爷都不理他的,你珍哥哥也不理他。只因他从小儿跟着太爷们出过三四回兵,从死人堆里把太爷背了出来得了命;自己挨着饿,却偷了东西来给主子吃;两日没得水,得了半碗水给主子吃,他自喝马溺。不过仗着这些功劳情分,有祖宗时都另眼相待,如今谁肯难为他去?他自己又老了,又不顾体面,一味的嗻㉘酒。一吃醉了,无人不骂。我常说给管事的,不要派他事,全当一个死的就完了;今儿又派了他。"凤姐道:"我何曾不知这焦大。倒是你们没主意,有这样〔的〕,何不打发他远远的庄子上去,就完了。"[朱眉]这是为后协理宁国伏线。说着,因问:"我们的车可齐备了?"地下众人都应:"伺候齐了!"

凤姐亦起身告辞,和宝玉携手同行。尤氏等送至大厅,只见灯烛辉煌,众小厮都在丹墀侍立。那焦大又恃贾珍不在家——即在家亦不好怎样——更可以恣意的洒落洒落。因趁着酒兴,先骂【朱旁】来了!大总管赖二,[朱夹]记清:荣府中则是赖大,又故意综错的妙。说他"不公道,欺软怕硬,有了好差事就派别人,像这样黑更半夜送人的事就派我。没良心的忘八羔子,瞎充管家!你也不想想,焦大太爷跷起一只脚比你的头还高呢!二十年头里的焦大太爷眼里有谁?别说你们这把子的杂种忘八羔子们!"

正骂得兴头上,贾蓉送凤姐的车出去。众人喝他不听,贾蓉忍不得便骂了他两句,使人:"捆起来!等明日醒了酒,问他还寻死不寻死了?"那焦大那里把贾蓉放在眼里,反大叫起来,赶着贾蓉叫:"蓉哥儿,【朱旁】来了!你别在焦大跟前使主子性儿。别说你这样儿的,就是你爹、你爷爷,也不敢和焦大挺腰子呢!不是焦大一个人,你们作官儿享荣华受富贵?你祖宗九死一生挣下这个家业,到如今不报我的恩,反和我充起主子来了![朱旁]忽接此焦大一段,真可惊心骇目。一字化一泪,一泪化一血珠!不和我说别的还可,若再说别的,咱们红㉚(原误白)刀子进去白(原误红)刀子出来!"[朱夹]是醉人口中文法。[朱夹]一段借醉奴口角,闲闲补出宁、荣往事近故,特为天下世家一**哭**㉛(原误笑)!　凤姐在车上说与贾蓉:"以后还不早打发了这没王法的东西,留在这里岂不是祸害?倘或亲友知道了,岂不笑话咱们这样的人家连个王法规矩都没有?"贾蓉答应:"是。"

众小厮见他太撒野不堪了,只得上来几个,揪翻捆倒,拖往马圈里去。焦大益发连贾珍【朱旁】来了!都说出来,乱嚷乱叫:"我要往祠堂里哭太爷去。[朱眉]"不如意事常八九,可与人言无二三!"——以二句批是**段**(原误假),聊慰石兄。那里承望到如今,生下这些畜牲来,【朱旁】来了!每日家偷狗戏鸡,爬灰的爬灰,【墨旁】珍哥儿。养小叔子的养小叔子,【墨旁】宝兄在内。我什么不知道?咱们胳膊折了(原误子)往袖子里藏!"【朱眉】一部《红楼》,淫邪之处,恰在焦大口中揭明。【墨眉】用"背面渲染"之法,揭出正文,读之便不觉污秽笔墨。此文字三昧也!众小厮听他说出这些没天日的话来,唬得魂飞魄丧。也不顾别的了,便把他捆起来,用土和马粪满满的填了他一嘴。

凤姐和贾蓉等也遥遥的闻得,便都装作听不见。【朱旁】是极!宝玉在车上,见这般醉闹倒也有趣,因问凤姐儿道:"姐姐,你听他〔**说**㉜〕'爬灰的爬灰',什么是'爬灰'?"【朱旁】问得妙!【墨眉】反是他来问。真耶?假耶?欺人耶?自欺耶?然天下人不易瞒也。呵呵!镜里藏春,任尔起灭,文情文心,真旷绝宇宙也!凤姐听了,连忙立眉**瞋**(原误嗔)目断喝道:"少胡说!那是醉汉嘴里混呲。【朱旁】答得妙!你是什么样的人?不说不听见,还倒细问。等我回去回了太太,仔细捶你不捶你!"唬的宝玉连忙央告:"好姐姐,我再不敢说这话了!"凤姐亦忙回色哄道:【朱旁】哄得妙!"好兄弟,这才是。等回去咱们回了老太太,打发人往家学里说明白了,请了秦钟家学里念书去要紧。"说着,自回荣府而来。要知端的,且听下回分解。正是:

不因俊俏难为友,正为风流始读书。[朱旁]原来不读书即蠢物矣。

校 注

①"周瑞",似应按第六回脂批"周妇系真心为老妪"之例,称周瑞家的为"周妇"方妥。这大约是作者甲戌修订时的笔误。然畸笏正式誊录甲戌定本时也许作了修改,故这一回目各本颇有歧异,唯舒序本与此本同。列藏、卞藏及蒙、戚诸本作"尤氏女独请王熙凤,贾宝玉初会秦鲸卿",己卯、庚辰本则作"送宫花贾琏戏熙凤,宴宁府宝玉会秦钟",里面均无"周瑞"二字。

②"趣",蒙、戚诸本作"楚"。似皆有误。疑为原稿本抄录者因"处"字之音讹(南音)而误作"趣",其余有此批语之本则由立松轩校改作"楚"。此字原当作"处",是承接上句"不交代处"之"处"字而来,立松轩不察此意。

③"是个",原衍作"是那个",据各本删"那"字。

④"东西药料一概都有,现易得的",列藏本全同,卞藏、舒序、甲辰及蒙、戚诸本亦大致不差(卞藏"现"字后多"成"字,其余各本只"现"作"限");唯庚辰、己卯、梦稿本作"东西药料一概都有限(或现)"。这两种文字的差异,显然不是抄误所致,似反映出甲戌系统之本和己卯、庚辰(包括丙子)系统之本的典型差异,同时也反映出卞藏、舒序的部分文字有受梦稿影响的痕迹。

⑤"花",据各本补。

⑥"雨水这日",据各本改。

⑦"白放着可惜,旧了",在现存有此回目的十一种脂本里,除己卯、庚辰、梦稿本作"白放着可惜了儿的",其余各本与此本全同。二者似皆可通,本丛书各存底本原貌。

⑧"日阳〔儿〕",戚序、戚宁、甲辰、梦稿本同缺"儿"字,据其余各本补。

⑨"明",据蒙、戚诸本改。

⑩"待书",此为探春的丫鬟在书中首次具名。虽是一个丫鬟之名,其在《红楼梦》版本中的歧异,却堪称是一个小小的疑案。自程高本问世两百余年间,读者皆只知有"侍书"而不知有"待书"。后来陆续发现了十二种脂评古抄本(包括新近发现的卞藏本),里面除郑藏本因残缺过甚而未见此丫鬟之名外,其余十一种都有。然而作"侍书"者仅蒙府、舒序、甲辰本三种,庚辰、己卯、梦稿、甲戌、列藏、戚序、戚宁本共七种皆作"待书"(庚辰本仅七十三回一处是作"侍书",其余各处则有另笔填改"待"字作"侍"的情况,可见那一处作"侍"字者,亦为抄手擅改无疑)。新近发现之卞藏本因仅存前十回,而此丫鬟之名在前十回中只出现过一次,故该本最为独特的异文"俦书",亦仅此一见

（以其字形的讹变推测，或亦"侍书"之抄误）。另外，此本脂批中亦作"待书"（如本回后文批"入画"之名的双夹批）。再联系书中元春、迎春、惜春的丫鬟名抱琴、司棋、入画来分析，则此三小姐探春之丫鬟不论叫"侍书"还是"待书"，似乎都可与之相合。故以戚序本为底本校印之俞校本仍作"侍书"，新校本则作"待书"，本书前四版及本丛书第二种庚辰校本前二版亦曾作"侍书"。现接受读者建议，仍按甲、庚二本之原貌改正为"待书"。按"待书"之"待"字，虽无"侍"字那样明显地具有侍奉、伺候之义，但在古代仍具"供给、备用"之义，与这些丫鬟为主子赏玩琴棋书画提供服务之职能亦大致吻合。如《周礼·天官大府》所载："关市之赋，以待王之膳服。"郑玄注云："待，尤给也。"孙诒让正义："凡储物，俟其用时给之，亦为待。"又，《春官·小宗伯》载："辨六尊之名物，以待祭祀宾客。"郑玄注："待者，有事则给之。"晋陶潜《拟古》诗："春蚕既无食，寒衣欲谁待？"其"待"字皆属此义。顺便一提，有读者问：抱琴、司棋、待书的"抱""司""待"都好理解，唯入画之"入"字不好解。以校订者愚见，丫鬟而名入画，除了寓其形容姣好外，不亦表明可充当主子作画之模特儿乎？

⑪"正在窗下〔下〕围棋"，据庚辰、列藏、卞藏、蒙府、舒序本补第二个"下"字。

⑫"道谢"，据各本改。

⑬批中"陪""皆"二字，据共有此批的蒙、戚诸本改补。然蒙、戚却无"所""悉"二字，或系擅删，故以形讹意改原误之"所"字作"祈"。

⑭"□〔事〕"，原留空，是过录者不辨此字，暂留待补所致。据共有此批的蒙、戚诸本补。

⑮"奶奶"，蒙、戚诸本同。其余各本，除甲辰本作"姐姐"，皆误"姐儿"，溯其源，似皆原定本抄录者在誊录丙子定本时，即将带有叠字符号的草书"奶々"误作"姐々"所致。试想，此处若非指凤姐，而是指大姐儿，则"姐姐"之称何其别扭。此前一切通行印本亦皆作"姐儿"，通则通矣，却分明不合作者原意。周瑞家的本是来给凤姐送宫花的，丰儿堵在凤姐房门口不让进去，只摆手让她往东屋去，即表明此时不能打扰凤姐。周氏后来又悄问东屋的奶子："奶奶睡中觉呢？也该请醒了。"一是想探明究竟，二是仍希望促其"请醒"凤姐，以了却送宫花之事。奶子"摇头儿"，则是表明此时万万不可叫醒凤姐。从紧接着听见"那边"屋里有贾琏的笑声，以及平儿开门"拿着大铜盆出来，叫丰儿舀

水进去"，则知原是凤姐夫妇白日里行"风月"之事。可见，此处应为悄问是不是"奶奶睡中觉"，觉得该"请醒"凤姐了，才合乎情理，而非明知故问其拍着睡觉的"大姐儿"（且将正在拍睡的小孩子"请醒"，亦不成话）。

⑯此本原抄之眉批皆作朱色，故此墨眉批亦属此抄本形成之后的阅者所作无疑。然此批之书法高妙，与另一常作墨眉批的"左绵痴道人"（即绵州太守孙桐生字小峰者）笔迹迥异。此处之所以作注说明，乃因此批将小说《水浒传》径称为《水浒记》，显然不属笔误。以此印证庚辰本二十四回一条明署"己卯冬夜　脂砚"的朱眉批，在提示读者将醉金刚倪二赠银一节，与"《水浒记》杨志卖刀遇没毛大虫"对看时，也是以《水浒记》径指小说——显然都不是笔误。溯其源，或许与明末许自昌所著传奇剧《水浒记》曾广泛活跃于明清戏曲舞台，致使当时的文人雅士有意无意地形成了一种习惯性（或曰时尚性）的称谓，亦不无关系。关于小说《水浒传》被改编为《水浒记》，明人毛晋所编《六十种曲·水浒记》里有一首开场诗，恰似在作"题解"。其诗云："打得上情郎的阎婆息，担得起忠义的宋公明；梁山泊为头的晁保正，水浒传做记的高阳生。"（见中华书局1982年版第九卷）所谓"做记"，即指改编撰写传奇剧。元明间著名的传奇剧目多以"某某记"名之。"临川四梦"也不例外，其中被后人习称《牡丹亭》者，实原名《还魂记》。

⑰"家来"，据列藏、舒序、甲辰本改。卞藏本缺"家"字，其余各本作"家去"。

⑱此批原在后文之朱旁批"吾实不知黛卿胸中有何丘壑"句后。细辨此批，"再看一看"旁边，原有一细小的"上"字，似在指示应为上一段文字（即"黛玉再看一看"）的批语。今移植还原。另，"仿神"疑为草书"传神"之误识误抄，故校"仿"作"传"。俞辑录作"吾实不知黛卿胸中有何丘壑，再看一看上神"，将那小字"上"视为"仿"的改字；陈辑则录作"……再看一看仿神"，将"上"字视为衍文删去；朱辑更录作"……再看一看上仿神"，是囫囵吞枣照单全收。

⑲"□〔说〕"，原残缺，只剩左边的"言"旁（或因过录者难以确定而未及写出），据列藏、戚序、戚宁、舒序、甲辰、梦稿本补；己卯、庚辰本作"话"。

⑳"〔那〕四（原误两）"，"那"，据蒙府、列藏、卞藏、舒序本补；"四"，据各本改。

㉑"却"，据蒙、戚诸本改。

㉒"情种"，据戚序、戚宁本改；蒙府本误作"惜种"。其余各本无此批。

㉓"宝玉、秦钟二人随便起坐说话"一语,独不见于梦稿、己卯、庚辰本。这亦是甲戌系统之本与己卯、庚辰(包括丙子)系统之本的典型差异。

㉔"如",据列藏、卞藏、舒序及蒙、戚诸本补,庚辰本作"似"。

㉕"'贫婆(原误富)'二字",据己卯、庚辰本改"婆"字。此字梦稿本作"楼",舒序、列藏本作"寒",其余各本同误"富"。此处秦钟自思之"'贫婆'二字",乃与前文宝玉自思之"'富贵'二字"相对;故原误"贫富"实大谬。

㉖"众",从共有此批的蒙、戚诸本改。

㉗"尤氏"后原多"因"字,据甲辰、卞藏及蒙、戚诸本删,其余各本同。

㉘"哝","嗵"的俗体字。列藏、舒序及蒙、戚诸本同,己卯、庚辰、梦稿本作"吃",卞藏本作"喝",甲辰本作"好"(蒙府亦被另笔点改作"好")。

㉙"的",蒙、戚诸本同缺,甲辰本缺此句,据其余各本补。

㉚"红",据己卯、庚辰、梦稿本改(此语后半的"白"字亦然)。其余各本在"红""白"二字的顺序上皆与此本同误,属原稿本抄录者在更早期的定本上妄改后未被作者和阅评者觉察所致。大约自丙子年修订时已被作者纠正过来,故底本源自丙子定本的梦稿及后来的己卯、庚辰皆不误(庚辰的另笔妄改属后人所为)。作者原文中"红""白"二字不合常情的颠倒,后面有脂批解释:"是醉人口中文法。"误抄或妄改者因略去或不细读脂批,不明此理。

㉛"哭",共有此批的蒙、戚诸本同误"笑",是原历次定本即抄误。此据前批"忽接此焦大一段……一字化一泪,一泪化一血珠"之意改。

㉜"说",舒序、列藏本同缺(且有另文),据其余各本补。

第八回

薛宝钗小恙梨香院　贾宝玉大醉绛芸轩

题曰：

　　古鼎新烹凤髓香，那堪翠斝贮琼浆。

　　莫言绮縠无风韵，试看金娃对玉郎。

　　话说凤姐和宝玉回家见过众人。宝玉先便回明贾母，秦钟要上家塾之事，自己也有了个伴读的朋友，正好发奋。[朱旁]未必。又着实的称赞秦钟的人品、行事最使人怜爱。凤姐又在一旁帮着说"过日他还来拜老祖宗"等语，说得贾母喜悦起来。[朱旁]止此便十成了，不必繁文再表，故妙。"偷度金针法"。凤姐又趁势请贾母后日过去看戏。贾母虽年高，却极有兴头。[朱旁]为贾母写传。至后日，又有尤氏来请，遂携了王夫人、林黛玉、宝玉等过来看戏。至晌午，贾母便回来歇息了。[朱夹]叙事有法。若只管写看戏，便是一无见世面之暴发贫婆矣；写"随便"二字，兴高则往，兴败则回，方是世代封君正传。且"高兴"二字，又可生出多少文章来。王夫人本是好清静的，[朱夹]偏与邢夫人相犯，然却是各有各传。见贾母回来，也就回来了。然后凤姐坐了首席，尽欢至晚无话。[朱旁]细甚！交代毕。

　　却说宝玉因送贾母回来，待贾母歇了中觉，意欲还去看戏取乐，又恐扰得秦氏等人不便。[朱旁]全是体贴工夫。因想起近日薛宝钗在家养病，未去亲候，意欲去望他一望。若从上房后角门过去，又恐遇见别事缠绕，再或可巧遇见他父亲，[朱旁]本意正传，实是曩时苦恼。叹叹！更为不妥，[朱旁]细甚！宁可绕远路罢了。当下众嬷嬷丫鬟伺候他换衣服，见他不换，仍出

132

二门去了，众嬷嬷丫鬟只得跟随出来。还只当他去那府中看戏，谁知到了穿堂，便往东向北，绕厅后而去。偏顶头遇见了门下清客相公詹光[朱旁]妙！盖"沾光"之意。、单聘仁。[朱旁]更妙！盖"善于骗人"之意。二人走来，一见了宝玉，便都笑着赶上来，一个抱住腰，一个携着手，都道："我的菩萨哥儿！[朱旁]没理没伦，口气毕肖！我说做了好梦呢，好容易得遇见了你。"说着请了安，又问好，唠叨了半日，方才走开。老嬷〔嬷〕叫住，因问："你二位爷，是从老爷跟前来的不是？"[朱旁]为玉兄一人，却人人俱有心事。细致！他二人点头[朱旁]使人起遐思。道："老爷在梦坡斋[朱旁]妙！梦遇坡〔仙〕①之处也。小书房里歇中觉呢，不妨事的。"[朱旁]玉兄知己。一笑！一面说一面走了，说得宝玉也笑了。于是转弯向北奔梨香院来。可巧，银库房的总领名唤吴新登，[朱旁]妙！盖云"无星戥"也。与仓上的头目名唤戴良，[朱旁]妙！盖云"大量"也。还有几个管事的头目共有七个人，从账房里出来。一见了宝玉走来，都一齐垂手站住。[朱眉]一路用"淡三色烘染行云流水"之法，写出贵公子家常不即（原作迹）不离气质。经历过者，则喜其写真；未经者，恐不免嫌繁。独有一个买办名唤钱华的，[朱夹]亦"钱开花"之意。随事生情，因情得文。因他多日未见宝玉，忙上来打千儿请安。宝玉忙含笑携他起来。众人都笑说："前儿在一处看见二爷写的斗方，字法越发好了，多早晚赏我们几张贴贴？"宝玉笑道："在那里看见了？"众人道："好几处都有，都称赞得了不得，还和我们寻呢！"

[朱眉]余亦受过此骗。今阅至此，赧然一笑。此时有三十年前向余作此语之人在侧，观其形，已皓首驼腰矣。乃使彼亦细听此数语，彼则潸（原误潜）然泣下，余亦为之败兴。

宝玉笑道："不值什么，你们说给我的小幺儿们就是了。"一面说，一面前走。众人待他过来，方都各自散了。[朱夹]未入梨香院，先故作若许波澜曲折。瞧他无意中又写出宝玉写字来。固是愚弄公子之闲文，然亦是暗逗②宝玉历来文课事。不然，后文岂不太突〔兀〕。

闲言少述，[朱夹]此处用此句最当。且说宝玉来至梨香院中，先入薛姨妈室中来，正见薛姨妈打点针黹与丫鬟们。宝玉忙请了安。薛姨妈忙一把拉了他，抱入怀内，笑说："这么冷天，我的儿，难为你想着我！快上炕来坐着罢。"命人倒滚滚的茶来。宝玉因问："哥哥不在家?"薛姨妈叹道："他是没笼头的马，天天逛不了，那里肯在家一日。"宝玉道："姐姐可大安了?"薛姨妈道："可是呢，你前儿又想着打发人来瞧他。他在里间不是！你去瞧他，里间比这里暖和，那里坐着。我收拾收拾就进去和你说话儿。"宝玉听说，忙下了炕，来至里间门前，只见吊着半旧的红绸软帘。[朱旁]从门外看起，有层次。宝玉掀帘一迈步进去，先就看见薛宝钗坐在炕上做针线。头上挽着漆黑油光的纂儿，蜜合色棉袄，玫瑰紫二色金银鼠比肩褂，葱黄绫棉裙，一色半新不旧，看来不觉奢华。唇不点而红，眉不画而翠，脸若银盆，眼如水杏。罕言寡语，人谓藏愚；安分随时，自云守拙。[朱夹]这方是宝卿正传。与前写黛玉之传一齐参看，各极其妙，各不相犯，使人③难其左右于毫末。

[朱眉]画神鬼易，画人物难。写宝卿，正是写人之笔。若与黛玉并写，更难。今作者写得一毫难处不见，且得二人真体实传，非神助而何？

宝玉一面看，一面口内问："姐姐可大愈了?"宝钗抬头[朱旁]与宝玉"迈步"针对。只见宝玉进来，[朱夹]此前（原误则）神情，尽在烟飞水逝之间，一辗眼便失于千里矣。连忙起来，含笑答说："已经大好了，倒多谢记挂着。"说着，让他在炕沿上坐了。即命莺儿斟茶来，一面又问："老太太姨妈安！别的姊妹们都好！"[朱旁]这是口中如此。一面看宝玉：[朱旁]"一面"二。口中眼中，神情俱到。头上戴着累丝嵌宝紫金冠，额上勒着二龙抢珠金抹额，身上穿着秋香色立蟒白狐腋箭袖，系着五色蝴蝶**赤金**（原误鑾）绦④，项上挂着长命锁、**寄**（原作记）名符，另外有那一块落草时衔下来的宝玉。宝钗因笑说道："成日家说你的这玉，究竟未曾细细的赏鉴，我今儿倒要瞧瞧。"[朱夹]自首回至此，回回说有通灵玉一物，余亦未曾细细赏鉴，今亦欲一见。说着，便挪近前来。宝玉亦凑了上去，从**项**（原误顶）上摘了下来，递与⑤宝钗手内。宝钗托于掌上，[朱夹]试问石兄：此一托，比在青埂峰下猿啼虎啸之声何如？[朱眉]余代答曰：遂心如意！只见大如雀卵，[朱旁]体。灿若明霞，[朱旁]色。莹润如酥，[朱旁]质。五色花纹缠护。[朱旁]文。这就是大荒山中青埂峰下的那块顽石的幻相。[朱旁]注明。后人曾有诗嘲云：

女娲炼石已荒唐，又向荒唐演大荒。

失去幽灵真境界，幻来亲就臭皮囊。[朱旁]二语可入道，故前引庄叟秘诀。

好知运败金无彩，[朱旁]又夹入宝钗，不是虚图对的工。堪叹时乖玉不光。

[朱旁]二语虽粗，本是真情，然此等诗只宜如此。为天下儿女一哭！

白骨如山忘姓氏，无非公子与红妆！[朱旁]批得好！末二句似与题不切，然正是极贴切语。

那顽石亦曾记下他这幻相，并癞僧所镌的篆文。今亦按图画于后。但其真体最小，方能从胎中小儿口中衔下。今若按其体画，恐字迹过于微细，使观者大费眼光，亦非畅事。故今按其形式，无非略展放些规矩，使观者便于灯下醉中可阅。今注明此故，方无"胎中之儿口有多大，怎得衔此狼犺蠢大之物"等语之谤。[朱眉]又忽作此数语，以幻弄成真，以真弄成幻，真真假假，恣⑥意游戏于笔墨之中。可谓狡滑之至！　[朱眉]作人要老诚，作文要狡滑。

通灵宝玉正面图式　　　　　通灵宝玉反面图式

仙寿恒昌

莫失莫忘

音注云：

三知祸福

二疗冤疾

一除邪祟

音注云：

宝钗看毕，[朱夹]余亦想见其物矣，前回中总用"草蛇灰线"写法，至此方细细写出，正是大关节处。又从翻⑦过正面

[朱旁]可谓真、奇之至！来细看，口内念道："莫失莫忘，仙寿恒昌。"念了两遍，

[朱旁]是心中沉吟⑧（原作音）神理。乃回头向莺儿笑道："你不去倒茶，也在这里发呆

【朱旁】阅者试思：此一句是何意思？做什么？" [朱夹]请诸公掩卷合目，想其神理，想其坐立之势，想宝钗面上口中。真妙！ [朱眉]《石头记》立誓一笔不写

一家文字 莺儿嘻嘻笑道："我听这两句话，倒像和姑娘的项圈【朱旁】金针度矣。上的两句话是一对儿。" [朱夹]又引出一个金项圈来。莺儿口中说出方妙。 [朱眉]恨颦儿不早来听此数语。若使彼闻之，不知又有何等妙

□〔辞〕⑨趣语，以悦我等心臆？ 【朱旁】不着而着。宝玉听了，忙笑说道："原来姐姐那项圈上也有

八个字？ [朱夹]补出素日眼中虽见，而实未留心。 【朱旁】又惊又喜。我也赏鉴赏鉴。"宝钗道："你别

听他的话 【朱旁】写宝钗身份。没有什么字。"宝玉笑央："好姐姐，你怎么瞧我

的呢？"宝钗被他缠不过，因说道："是个人给了两句吉利话儿，所以

錾上了，叫天天戴着；不然沉甸甸的有什么趣儿！" [朱夹]一句骂死天下浓妆艳饰，富贵中之脂妖粉怪！一面说，一面解排扣，[朱旁]从里面大红袄上，将那珠宝晶莹、黄细！

金灿烂的璎珞掏将出来。[朱夹]按：璎珞者，颈⑩（原误头）饰也。想近俗即呼为项圈者是矣。宝玉忙托了锁看

时，果然一面有四个篆字，两面八个，共成两句吉谶。亦曾按式画下形相⑪：

璎珞正面式　　　　　　　璎珞反面式

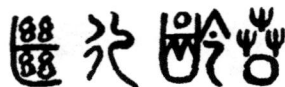

音注云：不离不弃　　　　　音注云：芳龄永继

[朱旁]合前读之,岂非一对?宝玉看了,也念两遍,又念自己的两遍,因笑问:"姐姐,这八个字,倒真与我的是一对。"[朱夹]余亦谓是一对,不知干支中四柱(原误注)八字可与卿亦对否?【朱旁】明明是一对儿。莺儿笑道:"是个癞头和尚送的,他说必须錾在金器上。"宝钗不待说完,便嗔他【朱旁】写宝钗身份。不去倒茶。一面又问宝玉从那里来。[朱旁]妙神妙理,请观者自思。 [朱眉]"花看半⑫(原误平)开,酒饮微醉",此文字是也。

宝玉与宝钗相近,只闻一阵阵凉森森、甜丝丝的幽香,【墨眉】此香可得一闻否?竟不知系何香气。遂问:"姐姐熏的是什么香?我竟从未闻见过这味儿。"[朱旁]不知比"群芳髓"又何如?宝钗笑道:"我最怕熏香——好好的衣服,熏得烟燎火气的。"[朱旁]真真骂死一干浓妆艳饰鬼怪。宝玉道:"既如此,这是什么香?"宝钗想了一想,笑道:"是了,是我早起吃了丸药的香气。"[朱旁]点冷香丸。宝玉笑道:"什么丸药这么好闻?好姐姐,给我一丸尝尝。"[朱夹]仍是小儿语气。究竟不知别个小儿[亦如此,还是⑬]只宝玉如此。宝钗笑道:"又混闹了,一个药也是混吃的?"一语未了,忽听外面人说:"林姑娘来了!"[朱旁]紧处愈紧,密不容针之文。

话犹未了,林黛玉已摇摇[朱旁]二字画出身[姿]的走了进来。一见了宝玉,便笑道:"嗳哟,我来得不巧了!"[朱旁]奇文!我实不知颦儿心中是何丘壑。宝玉等忙起身笑让座。宝钗因笑道:"这话怎么说?"黛玉笑道:"早知他来,我就不来了。"宝钗道:"我更不解这意。"黛玉笑道:"要来时一群都来,要不来一个也不来。今儿他来了,明儿我再来,如此间错开了来着,岂不天天有人来了?[朱旁]强词夺理!也不至于太冷落,也不至于太热闹了。[朱旁]好点缀!姐姐如何反不解这意思?"[朱夹]吾不知颦儿以何物为心、为齿、为口、为舌,实不知胸中有何丘壑。宝玉因见他外面罩着大红羽缎对衿褂子,[朱旁]岔开文字,[避]繁章法。妙极,妙极!因问:"下雪了么?"地下婆娘们道:"下了这半日雪珠儿了。"宝玉道:"取

137

了我的斗篷来了不曾?"黛玉便道:"是不是? 我来了,你就该去了。"[朱旁]实不知有何丘壑。宝玉笑道:"我多早晚说要去了? 不过是拿来预备着。"宝玉的奶母李嬷嬷因说道:"天又下雪,也好早晚的了,就在这里同姐姐妹妹一处玩玩罢,姨妈那里摆茶果子呢。我叫丫头去取了斗篷来,说给小幺儿们散了罢!"宝玉应允。李嬷出去命小厮们都各散去不提。

这里,薛姨妈已摆了几样细巧茶果,留他们吃茶。[朱旁]是溺爱,非势利(原误力)。宝玉因夸前日在那府里珍大嫂子的好鹅掌鸭信,[朱夹]为前日秦钟之事,恐观者忘却,故忙中闲笔,重一渲染。薛姨妈听了,忙也把自己糟的取了些来与他尝。[朱旁]是溺爱,非夸富。宝玉笑道:"这个须得就酒才好。"薛姨妈便命人去灌了些上等的酒来。[朱旁]愈见溺爱。李嬷嬷便上来道:"姨太太,酒倒罢了。"宝玉笑央道:"好妈妈,我只吃一钟。"李嬷嬷道:"不中用。当着老太太、太太,那怕你吃一坛呢。想那日我眼错不见一会,不知是那一个没调教的,只图讨你的好儿,不管别人死活,给了你一口酒吃,葬送得我挨了两日骂。[朱眉]余最恨无调教之家,任其子侄肆行哺啜。观此则知大家风范。姨太太不知道,他性子又可恶,[朱旁]补出素日。吃了酒更弄性。有一日老太太高兴了,又尽着他吃,什么日子又不许他吃? 何苦我白赔在里面。"[朱旁]浪酒闲茶,原不相宜。薛姨妈笑道:"老货,[朱旁]二字如闻。你只放心吃你的去! 我也不许他吃多了。便是老太太问,有我呢。"一面命小丫鬟:"来,让你奶奶们去,也吃杯搪搪雪气。"那李嬷嬷听如此说,只得和众人且去吃些酒水。

这里宝玉又说:"不必烫热了,我只要爱吃冷的。"薛姨妈忙道:"这可使不得! 吃了冷酒,写字手打飐儿。"[朱旁]酷肖!宝钗笑道:"宝兄弟,亏你每日家杂学旁收的,[朱旁]着眼! 若不是宝卿说出,竟不知玉卿日就何业。[朱眉]在宝卿口中说出玉兄学业,是作

〔者〕微露卸春褂（原作挂）之萌耳⑭。是书勿看正面为幸。

难道（原误到）就不知道酒性最热？若热吃下去，发散得就快；若冷吃下去，便凝结在内，以五脏去暖他，岂不受害。从此还不快不要吃那冷的呢！"〔朱夹〕知命知身，识理识性，博学不杂，庶可称为佳人。可笑别小说中，一首歪诗，几句淫曲，便自佳人相许，岂不丑杀！宝玉听这话有情理，〔朱夹〕宝玉亦听的出有情理的话来，与前问读书家务，并皆大奇之事。便放下冷的，命人暖来方饮。

黛玉嗑着瓜子儿，只抿着嘴笑。〔朱旁〕实不知其丘壑，自何处设想而来？可巧，〔朱旁〕又用此二字。黛玉的小丫鬟雪雁走来，与黛玉送小手炉来。黛玉因含笑问他说："谁叫你送来的？难为他费心，那里就冷死了我。"〔朱旁〕吾实不知何为心，何为齿、口、舌。雪雁道："紫鹃〔朱夹〕又顺笔带出一个妙名来，洗尽"春花""腊梅"等套。〔朱夹〕鹦哥改名也（原误已）。姐姐怕姑娘冷，使我送来的。"黛玉一面接了抱在怀中，笑道："也亏你倒听他的话，我平日和你说的全当耳旁风，怎么他说了你就依，比圣旨还快呢？"〔朱夹〕要知尤物方如此，莫作世俗中一味酸妒狮吼辈看去。宝玉听这话，知黛玉借此奚落他，也无回复之词，只嘻嘻的笑了两阵罢了。〔朱旁〕这才好，这才是宝玉。宝钗素知黛玉是如此惯了的，也不去睬他。〔朱旁〕浑厚天成，这才是宝钗。薛姨妈因道："你素日身子弱，禁不得冷的，他们记挂着你倒不好？"黛玉笑道："姨妈不知道。幸亏是姨妈这里，倘或在别人家，人家岂不恼？好说就看得人家连个手炉也没有，巴巴的从家里送个来？不说丫头们太小心过逾，还只当我素日是这等轻狂惯了呢。"〔朱夹〕用此一解，真可拍案叫绝。足见其以兰为心，以玉为骨，以莲为舌，以冰为神。真真绝倒天下之裙钗矣！【墨眉】强词夺理，偏他说得如许真。冰雪聪明也！⑮薛姨妈道："你是个多心的，有这样想，我就没这样之心。"

说话时，宝玉已是三杯过去了。李嬷嬷又上来拦阻。宝玉正在心甜意洽之时，和宝黛姊妹说说笑笑的，〔朱夹〕试问石兄：比⑯当日青埂峰猿啼虎啸之声何如？那肯不吃。宝玉只得屈意央告："好妈妈，我再吃两钟就不吃了。"李嬷嬷道："你可仔细,老爷今儿在家,提防问你的书。"[朱旁]不入耳之言是也。 [朱夹]不合提此话。这是李嬷嬷激醉了的,无怪乎后文。一笑! 宝玉听了此话,便心中大不自在,慢慢的放下酒,垂了头。[朱夹]画出小儿愁蹙之状,楔紧后文。黛玉先忙的说:"别扫大家的兴,舅舅[朱旁]二字指贾政也。若叫你,只说姨妈留着呢。这个妈妈他吃了酒,又拿我们来醒脾了。"[朱旁]这方是阿颦真意对玉卿之文。一面悄推宝玉,使他赌气;一面悄悄的咕哝说:"别理那老货,咱们只管乐咱们的。"那李嬷[嬷]也素知黛玉的,因说道:"林姐儿,[朱旁]如此之称,似不通,却是老妪真心道出你不要助着他了,你倒劝劝他,只怕他还听些。"林黛玉冷笑道:"我为什么助着他? 我也犯不着劝他。你这个妈妈太小心了,往常老太太又给他酒吃,如今在姨妈这里多吃一杯,料也不妨事。必定姨妈这里是外人,不当在这里的也未可知!"李嬷嬷听了,又是急,又是笑,[朱旁]是认的真,是不忍认真,是爱极颦儿疼煞颦儿之意。说道:"真真这林姑娘说出一句话来,比刀子还尖,这算了什么呢?"宝钗也忍不住,笑着把黛玉腮上一拧,[朱旁]我也欲拧。【墨眉】我则爱之不暇,岂忍拧耶?说道:"真真这个颦丫头的一张嘴,叫人恨又不是,喜欢又不是。"[朱旁]可知余前批不谬。

薛姨妈一面又说:"别怕,别怕![朱旁]是接前老爷问书之语。我的儿来了这里,没好的你吃,别把这点子东西吓得存在心里,倒叫我不安。只管放心吃,都有我呢! 越发吃了晚饭去,便醉了,便跟着我睡罢。"因命:"再热酒来,姨妈陪你吃两杯,可就吃饭罢。"[朱旁]二语不失长上之体,且收拾若干文〔字〕。千斤力量!宝玉听了,方又鼓起兴来。

李嬷嬷因吩咐小丫头子们:"你们在这里小心着,我家去换了衣服就来。悄悄地回姨太太:别任他的性多给他吃。"说着便家去了。这里虽还有三四个婆子,都是不关痛痒的,[朱旁]写的到。见李嬷嬷走了,也都悄悄的自寻方便去了,只剩了两个小丫头子,乐得讨宝玉的欢喜。幸而薛姨妈千哄万哄的，只容他吃了两杯，就忙收过了。做了酸笋鸡皮汤，宝玉痛喝了两碗，吃了半碗⑰碧粳粥。[朱旁]美粥名。一时薛、林二人也吃完了饭。又酽酽的溳上茶来⑱，每人吃了两碗，薛姨妈方放下心。雪雁等三四个丫头已吃了饭来伺候，黛玉因问宝玉道："你走不走？"[朱旁]妙问。宝玉乜斜倦眼[朱旁]醉意。道："你要走我和你一同走。"[朱旁]妙答。黛玉听说，遂起身[朱旁]此等话，阿颦心中最乐。道："咱们来了这一日，也该回去了。还不知那边怎么找咱们呢！"说着，二人便告辞。小丫头忙捧过斗笠来，[朱旁]不漏。宝玉便把头略低一低，命他戴上。那丫头便将这大红猩毡斗笠一抖，才往宝玉头上一合，宝玉便说："罢，罢！好蠢东西，你也轻些儿，难道（原误到）没见过别人[朱旁]别人者，袭人、晴雯（原误文）之辈也。戴过的？让我自己戴罢。"黛玉站在炕沿上道："啰唆什么，过来我瞧瞧罢。"宝玉忙就近前来。黛玉用手整理，轻轻笼住束发冠，将笠沿拽在抹额之上，将那一颗核桃大的绛绒簪缨扶起，颤巍巍露于笠外。整理已毕，端相了端相，说道："好了，披上斗篷罢。"[朱夹]若使宝钗整理，颦卿又不知有多少文章。宝玉听了，方接了斗篷披上。薛姨妈忙道："跟你们的妈妈都还没来呢，且略等等不是。"宝玉道："我们倒去等他们，有丫头们跟着也够了。"薛姨妈不放心，便命两个妇女跟随他兄妹方罢。他二人道了扰，一径回至贾母房中。

贾母尚未用晚饭。知是薛姨妈处来，更加欢喜。[朱旁]收的好极！正是写薛家母女。因见宝玉吃了酒，遂命他自回房去歇着，不许再出来了。因命人好生看待着，忽想起跟宝玉的人来，遂问众人："李奶子怎么不见？"[朱旁]细！众人不敢直说家去了，[朱旁]有是事，大有是事！只说："才进来的，想有事才去了。"宝玉跄跄回头道："他比老太太还受用呢，问他做什么！没有他，只怕我还多活两日。"一面说，一面来至自己卧室，只见笔墨在案。[朱旁]如此找前文，最妙，且无逗笋之迹。晴雯先接出来，笑说道："好，好，要我[19]！研了那些墨，早起高兴只写了三个字，丢下笔就走了，哄得我们等了一日。[朱旁][娇]憨活现！余双圈不及。快来给我写完这些墨才罢！"宝玉忽然想起早起的事来，[朱旁]补前文之未到。因笑道："我写的那三个字在那里呢？"晴雯笑道："这个人可醉了！你头〔里[20]〕过那府里去，嘱咐我贴在这门斗上的，这会子又这么问。我生怕别人贴坏了，[朱旁]全是体贴一人。我亲自爬高上梯的贴上，[朱旁]可儿，可儿！这会子还冻得手僵冷的呢。"[朱旁]可儿，可儿！ [朱夹]写晴雯是晴雯走下来，断断不是袭人、平儿、莺儿等语气。宝玉听了，笑[朱旁]是醉笑。道："我忘了。你的手冷，我替你焐（原作渥）着。"说着便伸手携了晴雯的手，同仰首看门斗上新书的三个字。[朱旁]究竟不知是三个什么字？妙！ [朱眉]是不作开门[21]（原误词幻）见山文字。

一时黛玉来了，宝玉便笑道："好妹妹，你别撒谎，你看这三个字那一个字好？"黛玉仰头看，里间门斗上新贴了三个字，写〔着[22]〕"绛芸轩"。[朱旁]出题。妙！原来是这三字。黛玉笑道："个个都好。怎么写的这么好了！明儿也替我写一个匾。"[朱旁]滑贼！宝玉嘻嘻的笑道："又哄我呢。"说着，又问："袭人姐姐呢？"[朱旁]断不可少。晴雯向里间炕上努嘴。[朱旁]画。宝玉一看，只见袭人和衣睡着在那里。宝玉笑道："好！太焐（原作渥）早了些。"[朱旁]绛芸轩中事。因又问晴雯道："今儿我〔在[22]〕那府里吃早饭，有一碟子豆腐皮的包子，我想着你爱吃，和珍大奶奶说了，只说我留着晚上吃，叫人送过来的，你可吃了？"晴雯道："快别提。一送了来，我知道是我的，偏我才吃了饭，就搁在那里。后来李奶奶来了，看见说：'宝玉未必吃了，拿来给我孙子吃去罢。'他就叫人拿了家去了。"

[朱夹]奶母之倚势，亦是常情；奶母之昏愦，亦是常情。然特于此处细写一回，与后文袭卿之酥酪遥遥一对。足见晴卿不及袭卿远矣。余谓晴有林风，袭乃钗副，真真不错。

接着茜雪捧上茶来，宝玉让："林妹妹吃茶。"众人笑说："'林妹妹'

[朱旁]三字是接上文口气而来，非众人之称。早走了，还让呢。"[朱眉]写鞻儿去，如此章法，从何设想？奇笔，奇文！

宝玉吃了半碗茶，忽又想起[朱旁]醉态。逼真！早起〔的⑳〕茶来，[朱夹]偏是醉人搜寻的细事，亦是真情。因问茜雪道："早起溎了一碗枫露茶，[朱旁]与"千红一窟"遥映我说过那茶是三四次后才出色的。这会子怎么又溎了这个来？"[朱旁]所谓"闲茶"是也。与前"浪酒"一般起落。茜雪道："我原是留着的。那会子李奶奶来了，他要尝尝，就给他吃了。"[朱旁]又是李嬷。事有凑巧，如此类也。宝玉听了，将手中的茶杯只顺手[朱旁]是醉后故用二字。非有心动气也。往地上一掷，豁琅一声，打个齑粉，泼了茜雪一裙子的茶，又跳起来问着茜雪道："他是你那一门子的奶奶，你们这么孝敬他？不过是仗着我小时候吃过他几日奶罢了，[朱旁]真醉了。如今逞得他比祖宗还大了。如今我又吃不着奶了，白白的养着祖宗做什么？撵了出去，大家干净。"[朱旁]真真大醉了。说着，立刻便要去回贾母撵他乳母。

[朱眉]按警幻情榜（原误讲）：宝玉系"情不情"。凡世间之无知无识，彼俱有一痴情去体贴。今加"大醉"二字于石兄，是因问包子、问茶，顺手掷杯。问茜雪、撵李嬷，乃一部中未有第二次事也。袭人数语，无言而止，石兄真大醉也。　[朱眉]余亦云：实实大醉也，〔虽〕难辞醉（原误碎）闹，非韦蟠纨绔辈可比。

原来袭人实未睡着，不过故意装睡，引宝玉来怄（原误讴）他玩耍。先闻得说字，问包子等事，也还可不必起来；后来摔了茶钟，动了气，遂连忙起来解释、劝阻。早有贾母遣人来问是怎么了。

[朱旁]断不可少之文。袭人忙道："我才倒茶来，被雪滑倒了，[朱旁]现瞧他写袭成之至！卿为人。失了手砸了钟子。"一面又安慰宝玉道："你立意要撵他也好，[朱旁]二字奇，使人一惊。我们也都愿意出去，不如趁势连我们一齐撵了。我们也好，你也不愁再有好的来伏侍你。"宝玉听了这话，方无了言语，被袭人等扶至炕上，脱换了衣服。不知宝玉口内还说些什么，只觉口齿绵缠，眼眉愈加饧（原误锡）涩，[朱旁]二字带出平素形象。忙伏侍他睡下。袭人伸手从他

项上摘下那通灵玉来，用自己的手帕包好塞在褥下，次日戴时便冰不着脖子。 [朱夹]试问煴（原作渥），比青埂石兄：此一 峰下松风明月如何？那宝玉就枕就睡着了。彼时李嬷嬷等已进来了。听见醉了，不敢前来再加触犯，只悄悄的打听睡了，方放心散去。 [朱夹]交待清楚"塞玉"一段，又为"误窃"一回伏线。晴雯、茜雪二婢，又为后文先作一引。 [朱眉]"偷度金针法"。最巧！

次日醒来， [朱夹]以上已完正题。以下是后文引子，前文之余波。此回收法，与前数[回]不同矣。就有人回："那边小蓉大爷带了秦相公来拜。"宝玉忙接了出来，领了拜见贾母。贾母见秦钟形容标致，举止温柔，堪陪宝玉读书， [朱旁]娇（原作骄）养如此，溺爱如此！心中十分欢喜，便留茶留饭。又命人带去见王夫人等。众人因素爱秦氏，今见了秦钟是这般的人品，也都欢喜，临去时都有表礼。贾母又与了一个荷包并一个金魁星——取文星和合之意。 [朱眉]作者今尚记金魁星之事乎？抚今思昔，肠断心摧！又嘱咐他道："你家住得远，一时寒热饥饱不便，只管住在我这里，不必限定了。只和你宝叔在一处，别跟着那起不长进的东西学。" [朱旁]总伏后文。秦钟一一答应，回去禀知他父亲㉕（原误父母）秦业。 [朱夹]妙名！业者，"孽"也，盖云"情因孽而生"也。

〔这秦业㉖〕现任营缮郎， [朱夹]官职更妙！设云"因情孽而缮此一书"之意。年近七十，夫人早亡。因当年无儿女，便向养生堂抱了一个儿子并一个女儿。谁知儿子又死了， [朱旁]一顿。只剩女儿，小名唤可儿。 [朱夹]出名。秦氏究竟不知系出何氏？所谓"寓褒贬""别善恶"是也。㉗秉刀斧之笔，具菩萨之心，亦甚难矣！ [朱夹]如此写出可儿（原误见）来历，亦甚苦矣！㉘又知作者是欲天下人共来哭此"情"字。 [朱眉]写可儿出身自养生堂，是褒中贬；后死封龙（原误袭）禁尉，是贬中褒。灵巧一至于此！ 【墨眉】写秦氏出身，与史公写赵飞燕"其生微矣"同一笔法。长大时，生得形容袅娜，性格风流。 [朱旁]四字便有隐意。春秋字法。因素与贾家有些瓜葛，故结了亲，许与贾蓉为妻。那秦业五旬之上，方得了秦钟。因去岁业师亡故，未暇延请高明之士，只暂在家温习旧课。正思要和亲家 [朱旁]指贾珍。

去商议，送往他家塾中去，暂且不致荒废，可巧遇见了宝玉这个机会。又知贾家塾中现今司塾的是贾代儒，[朱旁]随笔命名，省事。乃当今之老儒，秦钟此去，学业料必进益，成名可望，因此十分欢喜。只是宦囊羞涩，那贾府上上下下都是一双富贵眼睛，〔贽见礼必须丰厚，一时⑳〕轻（原作容）易拿不出来，[朱旁]为天下读书〔人〕一哭，寒素人一哭！又恐误了儿子的终身大事。[朱旁]原来读书是终身大事。说不得东拼（原误併）西凑的，恭恭敬敬[朱旁]四字可思。近之鄙薄师傅者来看。封了二十四两贽见礼，[朱夹]可知"宦囊羞涩"与"东拼（原误併）西凑"等〔字〕样，是特为近日守钱虏而不使子弟读书之辈一大哭。亲自带了秦钟来代儒家拜见了，然后听宝玉上学之日，好一同入塾。[朱夹]不想浪酒旆（原误旒）之文后，忽用此等寒瘦古拙之词收住，亦行闲茶一段，金玉旖 文之大变体处。《石头记》多用此法，历观后文便知。

正是：

> 早知日后闲争气，岂肯今朝错读书！[朱旁]这是隐语微词，岂独指此一事哉？
>
> [朱旁]余则谓（原误为）：读书正为争气，但此争气与彼争气不同。写来一笑！

校 注

①"坡〔仙〕"，据唯一共有此批的甲辰本补"仙"字。

②"逗"，犹透也，露也。梁武帝《藉田诗》"严驾仁霞昕，泄露逗光晓"，宋·张榘《浪淘沙》"杏花疏雨逗清寒"，其"逗"字皆此义。除台湾版《中文大词典》外，目前内地编印的字词典均无此义项，故此注明。

③"使人"，原作"使其人"。此批独出，无从对校，权作衍文删"其"字。

④"五色蝴蝶赤金（原误鏊）绦"，据列藏、舒序、梦稿、卞藏本改"赤金"，甲戌、己卯、庚辰、蒙府本同误"銮"（区别仅在于甲戌本独作繁体之"鑾"；而己、庚、蒙均作简体，后者实更显其讹变致误的轨迹）。其余有此文字的甲辰、戚序、戚宁本则误"鸾"（此为致误"銮"字后的进一步妄改，则使"五色蝴蝶"与"鸾"之纹饰产生冲突）。那么，何谓"五色蝴蝶赤金绦"呢？从字面分析，似为丝绦上绣有五色蝴蝶纹饰，两端配置有赤金（即铜质）带钩的男性外用绦带。清嘉庆、道光年间李雨堂所著《狄青初传》（后易名《万花楼演义》），第三

十六回便有"杨元帅……腰围宝带赤金绦"的描写,这种用在战袍绦带上的"赤金"二字,恐怕也只能理解为是固定绦带的带钩环扣一类物件。然而已故文史专家朱家溍(1914—2003)所著《故宫退食录》,则谓故宫的一种玉钗之顶端,亦"用赤金绦带拴了个约三分长的小葫芦"。此种微型的所谓"赤金绦带",则更像是指铜丝与蚕丝编织而成之物(尚待考);但亦同样可证"赤金绦带"这种东西的真实存在。

然而近年有红学专家明确提出:此处多数早期抄本所称之"赤金绦"和"銮绦"皆误,尤其"赤金绦"更难成立;只有极少数抄本所称之"鸾绦"才是最正确的(见刘世德《三国与红楼论集》,中国社会科学出版社 2013 年第一版第411 页;夏薇《梦·醒·三国》社会科学文献出版社 2012 年第一版第88—89页)。理由是:"绦……是丝织品,不是金属品","'绦'与'赤金'龃龉","腰间所系是'绦'而非'赤金'"。而"'鸾绦'或名'鸾带'",《水浒传》第二十回"就写到了宋江'腰里解下鸾带'",《西游记》第三十回写老妖变作英俊男子,也被形容"足下乌靴花摺,腰间鸾带光明"。此论貌似有理有据,而事实上,此处谓宝玉腰系"鸾绦"才是明显的错误。专家所举古小说之"鸾带"为男人所系,固然不错;但"鸾绦",则明系女人用品。比曹雪芹早生百余年的李渔,在其《闲情偶记·衣衫》里所记"妇人之衣"的一节,便提到了女人之妆"必不可无"的"价廉功倍之二物":"一曰半臂,俗呼'背褡'者是也;一曰束腰之带,俗呼'鸾绦'者是也。女人之腰,宜细不宜粗,一束以带,则粗者细,而细者倍觉其细矣。"且谓"背褡宜着于外"而"鸾绦宜束于内,则虽有若无,似腰肢本细,非有物缩之使细也。"可见,此"鸾绦"乃妇人"宜束于内"的贴身衣物,而非男子外用之"鸾带"。故本书第三十二回,写黛玉疑宝玉近日"弄来的外传野史,多半才子佳人都因小巧玩物上撮合,或有鸳鸯,或有凤凰,或玉环金佩,或鲛帕鸾绦"。这里的"鲛帕鸾绦",亦明系女儿之物,故各本在该处真正的"鸾绦"一词的抄写上,清一色地全作"鸾"。而不像本回所述外用绦带之名目那样产生不同的讹变:其中最有可能直接过录自曹雪芹庚辰原定本的列藏、舒序、卞藏及先于庚辰、己卯的丙子过录本梦稿,皆作"赤金绦";而同样较为可信的甲戌、己卯、庚辰、蒙府四种,则作"銮绦"(这个上"亦"下"金"的"銮"字之误,亦分明可见是将底本中上"赤"下有"金"的"赤金"二字合看成了一个字所致,却仍在一定程度上反映出该词的原貌)。

另据乐行所作《浅谈带钩与收藏》一文(见微信公众号乐行编著《玉润金

辉·青铜系列》栏目),既展示了近年出土文物中诸多玉质或青铜的带钩图片,又结合相关史料作出论证:中国至少从两千年前的春秋战国时期开始,古代的王公贵族男子便已经在所佩双层腰带(内革外丝)的扣合处使用了玉质或金属(黄金、白金、赤金)的带钩环扣——相当于现在的皮带扣。除了王公,一般贵族多以赤金(即铜质)为主。而这类玉质或金属带钩的雕刻铸造工艺,更是各显其能,美不胜收。由此可见,中国古代男性在使用这种内革外丝的双层绦带(而不是单纯的"绦")来束腰时,其配备使用金属尤其是赤金带钩的历史,应该是非常悠久而不足为奇的。

⑤"从项(原误顶)上摘了下来,递与",句中"项"字,舒序本同误"顶",蒙、戚诸本则误"头"(亦似从原误"顶"字改),据其余各本改。"与",卞藏本同,其余各本作"在"。

⑥"恣",原抄作"姿",另笔墨色涂改下部之"女"字作"心"。今从涂改。

⑦"从翻",除梦稿、卞藏本作"从新翻",甲辰本作"从先翻",其余各本皆与此本同。是为历次稿本原文如此。"从翻""从看""从做"等语,至今仍存于南方各省口语中。

⑧"吟",从甲辰本改。

⑨"□〔辞〕",原系过录者因不辨此字而留空,被另笔以朱色添"言"字后画掉,复被另笔以墨色涂写一"论"字——亦不甚佳。俞辑径作"文",不知何据?且亦不佳。今补"辞"字,方可勉强解释过录者何以难辨,而致阙如。

⑩"颈",从陈辑、朱辑改。俞辑亦径改原误之"頭"字作"颈",因未作校勘标识,疑为误识。

⑪除卞藏本此后既不作篆书也不画金锁图形之外,其他各本大都既作篆书又画有图形;唯此本和舒序本二种,是只作篆书而无图形,今仍存原貌。

⑫"半",从俞辑、陈辑校字改。俞辑脱一"此"字。

⑬"亦如此,还是"数字,因诸本无此批,是为校订者臆补。俞辑在此处加一"□",亦是疑此处有缺文。

⑭"是作〔者〕微露卸春裇(原作挂)之萌耳",此语费解。"卸春挂"不知何指。姑且校"挂"为"裇",略可解。陈辑校"作"为"作〔者〕",姑从之。

⑮此批陈辑录作:"强词夺理,偏他说得如许,真冰雪聪明也。"语意不畅。

⑯"比",原抄作"皆",后用同样的朱笔圈去下半(圈得不明显)。按其意当作"比",陈辑亦录作"比",俞辑缺此字。

⑰"半碗"后,原多"饭"字,己卯、庚辰本同,据其余各本删。

⑱"潄上茶来",这是《红楼梦》原著中首次出现曹雪芹独创的"潄茶"之"潄"字。除梦稿本作"送上茶来",卞藏本作"斟上茶来",甲辰本作"吃了几碗茶",其余各本皆与此本同。这说明,当初雪芹选择这么一个音义皆近的古"潄"字(读如缉,本义为"泉出""鼎沸""水出而急""水沸之貌"等),首创为京语"qī茶"的"qī"字书面语,这在他自己的著书圈内,乃至在后来过录此书的大多数抄手当中(如立松轩、舒元炜、戚蓼生等),显然都并无异议。只有甲辰本抄主(梦觉主人?)和梦稿本抄主(高鹗?)似乎对此稍感意外,以至在本回初遇此字时改用了与这个京语词毫不相干的"送上""吃了"等说法;而在稍后再次出现"潄了一碗枫露茶""怎么又潄了这个来"时,则连梦稿本也放弃了擅改,只剩下甲辰本一种复又改作明显欠通的"斟了一碗"之类。

至于后来这个"潄"字无端被另一个在音义上都更其疏远的"沏"字所取代,则已经是在曹雪芹辞世二十八年之后才出版的程甲本和程乙本的妄改新创了。而程甲、程乙都是在脂评本基础上作了更大篡改和润色的通行印本,可能在某些现代人眼里会觉得它们比地道的脂评本更完整更流畅(胡适就是一个特别偏爱程乙本的现代学者)。但程甲首印于1791年,程乙首印于1792年,距雪芹辞世(1763)已近三十年,距甲戌本问世(1754)更达三十七八年,这对于只活了"四十年华"的曹雪芹来说,无异于经过了又一次生命轮回。姑且不说程高本的许多貌似简洁流畅的改笔大多违背了作者原意,本身又并不高明(如这个再创的"沏茶",其"沏"字原读如切,本义虽然也有"水流疾""浪相拂""水波之叠起"等,却绝无可以引申为"用开水冲泡"之义的"鼎沸""水沸之貌"等原"潄"字所兼备的优点);即使单凭《红楼梦》已问世约四十年才由跟作者毫不相干的后人所妄改和另创这一点,就不应该在已经真相大白的今天,还依然将其视为此书的原创文字而任其泛滥。

但事情的发展竟是如此捉弄人。从《红楼梦》甲戌定本问世(1754年),到俞校本(1963年首印)和人文新校本(1982年首印)出版的两百余年间,真正能够体现其作品原貌的脂评本(特别是甲戌本和庚辰本)的某些优异文字,并没有得以广泛流传,几乎全被以程甲、程乙为代表的各种篡改甚烈之"伪本"(周汝昌语)占据了读者的头脑。这样的篡改之本,又经过如此长时间的大规模普及与流传,《红楼梦》中许多重要情节、重要人物形象的篡改就不用说了,单是包括曹雪芹原创京语"潄茶"在内的许多原汁原味的文字被程甲、程乙的篡改文字（如"沏茶"之类）所取代这一点，就已经在读者甚至专家学者的头脑中，造成了较为严重的"文学失忆"。也许，一些情节和人物形象上的"失忆"，尚可通过像新校本这样更接近原著的通行本来重新占领读者而得以恢复；但对于那些长期以假乱真到深入人心地步的特定词语，却会因约定俗成法则的制约而难以改变。这里面较典型的事例，便是作者原创的"潵茶"被"沏茶"这一后起文词"调了包"。其后果，便是在目前出版的各种大型字词典中（除《汉语大字典》外，包括《辞源》《辞海》《古今汉语大字典》《古今汉语大词典》《现代汉语词典》等在内），凡注明了"沏"字可以用于"沏茶"所派生出来的新音新义的释例或来源出处者，皆首先引证《红楼梦》；而其例句，又全都步新版《辞源》之后尘（旧版《辞源》"沏"字无此音此义），单单挑了第二十六回的一句话："紫鹃，把你们的好茶沏碗我喝。"而颇具讽刺意味的是，所引这句话恰恰只有对原著动了更大手术的程乙本及其校印之本才用了京语；而在现存有此回目的所有脂评本里，甚至连程伟元最早印行的程甲本，这句话都清一色地写作："紫鹃，把你们的好茶倒碗我吃。"是地道的南方声口。因为作者当初生活的家庭环境，原本就是南北口音混杂，所以书中人物的语言便常有这样南北口音混杂的情形。你看，以探求字词渊源为要义的《辞源》，竟带头将一部名著中恰巧被后人篡改得面目全非的一句话，当成了本来就和作品的原著无甚关联的一个新造词语的渊源出处，是不是有点太过离谱了呢？

而最令人沮丧的还是，大约迫于"约定俗成"的强大威力，明确宣称是以更接近原稿真貌的庚辰本为底本而校订出版的权威新校本，以及分明应该是更真切地反映现存最早定本"脂砚斋甲戌抄阅再评本"真貌的本书 2000 年 12 月至 2001 年 3 月的初版前三次印刷本中，竟然都像是迫于无奈似的将底本上雪芹原创"潵"字径作"沏"的异体字处理，从而让后者悄然取代了前者。像这样的"规范化"究竟有多少合理性？这个问题后来一直苦恼着本书的校订者。如今下决心在本书后来的历次修订本里恢复了作者的"潵"字原文，并增补这么一条长篇大论的"另类"校注，正可视为本书校订者对此类问题的一种检讨与反思。至少，在《红楼梦脂评校本丛书》这样较特殊的校订本里，恐怕是可以容许像"潵茶"的"潵"字这样合情合理的作者原创之词存在，而不必非得向后人篡改的新词儿看齐不可吧！如果更进一步，曹氏原创的"潵茶"一词，通过在版本上正本清源重现芳华之后，还能有望正式步入今后重加修订的《辞源》《辞海》《古今汉语大字典》《古今汉语大词典》《中文大字典》《现代汉语词典》等影响面较大的字词典中——不说取代,起码有资格和后人篡改的"沏茶"平分秋色,比如来一个"沏茶,也作漈茶"之类的并列词条和义项——便真正算得上是曹雪芹之幸,《红楼梦》之幸,中华优秀文化之幸了。当然,最好能够像荣获国家图书奖并列入中华人民共和国常备书目的《汉语大字典》(四川辞书出版社、湖北出版社1990年版)那样,在列出"漈"字原有义项和读音的同时,能正式关注并增补只在《红楼梦》脂评本里才有所体现的"漈"字新义项"用沸水泡(茶)"之义。缺点是,并未注出其京语"用沸水泡(茶)"之义的"漈"字新音当为qī(当然,根据本书罗列推考的上述事实证明,并非只有戚序本是现存十二种脂评古抄本里才承认了雪芹原创的京语"漈茶"之"漈"字新音新义;而是,几乎所有的脂评本都不同程度地体现了雪芹这一"漈"字的全新音义)。《汉语大字典》更为可贵的是,还明确征引清末有正书局石印戚序本上狄平子眉批所下的精准判断:"漈,即泡茶,京语也。"这都是当今包括《辞源》《辞海》和《现代汉语词典》在内的所有中文字词典必须得向其学习的好榜样。

这条校注议论的虽是一个"漈"字,其意则不仅限于一个"漈"字。尚望读者及各方面专家明鉴。

⑲"要我",己卯、庚辰本同。其余各本及此前之校印本(包括俞校本和新校本)均作"要我"或"叫我",非是。

⑳"里",甲辰本同缺,卞藏本作"先",据其余各本补。

㉑"开门",是过录者因草书形近而误作"词幻"。

㉒"着",卞藏本另有异文而无此字,据其余各本补。

㉓"在",据列藏、庚辰、梦稿本补。

㉔"的",据各本补。

㉕"父亲",与己卯本同误作"父母"。从各本改。

㉖"这秦业",从列藏、卞藏、舒序本补,其余各本同缺。然卞藏本缺句前紧连之另一"秦业"(相当于只比同缺此三字的各本多一"这"字)。

㉗"出名。秦氏究竟不知系出何氏?所谓'寓褒贬''别善恶'是也。"这句话在俞辑、陈辑中皆标点为:"出名秦氏,究竟不知系出何氏,所谓寓褒贬别善恶是也。"看似文从字顺,实则有违原意。因为整个这条双夹批都是写在"小名唤可儿"之下的,所谓"出名",即指书中首次点出秦氏之小名为"可儿",故须独成一句,岂有和下句之主语"秦氏"连文之理?下句"秦氏究竟不

知系出何氏",则已转至对这个人物姓氏内涵的追问(即"秦"乃"情"之谐音也)。若按俞、陈之断句作"出名秦氏","秦氏"分明指姓,怎可称为"出名"呢?其不通显而易见——且与此批所针对的那句正文"小名唤可儿",也变得毫不搭界。

㉘"如此写出可儿(原误见)来历,亦甚苦矣!"一语,俞辑标点为:"如此写出,可见来历,亦甚苦矣。"陈辑标点为:"如此写出,可见来历亦甚苦矣。"表面看皆通顺。问题却出在:把"亦甚苦矣"坐实到秦氏的"来历"上,便全然与后句"又知作者是欲天下人共来哭此'情'字"不搭界了。实则此批之"亦甚苦矣",并非指秦氏"来历",而是指作者"如此写出"之苦心。故"可见"乃"可儿"之抄误甚明。此处眉批:"写出可儿出身自养生堂,是褒中贬。"即为明证。甲戌本抄手每将"儿"字写作"㒵",将"见"写作"㒵",二者极易混淆。

㉙"贽见礼必须丰厚,一时",据蒙、戚诸本补。各本皆脱漏此九字。

第十三回^①

秦可卿死封龙禁尉　王熙凤协理宁国府

[回前墨]

　　贾珍尚奢，岂有不请父命之理？因敬^②□□□〔**老修炼**〕要紧，不问家事，故得恣（原误姿）意放为。

　　□□□□□〔**不云州名，妙！**〕若明指一州名，似落《西游》□□□□□□□〔**之套。故曰"至中"之**〕地，不待言可知，是光天□□□□□□□□□〔**化日仁风德雨之下**〕矣。

　　不云国名，更妙！□□□□□□□□□□〔**可知是尧街舜巷，衣冠礼**〕义之乡也。直与□□□□□□□□□□〔**第一回呼应相接，前后合榫**〕。

　　今秦可卿托□□□□□□□□□□〔**梦阿凤，作者大有深意存焉。协**〕理宁府，亦□□□□□□□□□□〔**非二玉正文，故遣黛玉回去，方将**〕凤□□□□□□□□□□□□□□〔**秦二人放笔写去，且无单表凤秦而冷落正文之嫌也**〕。

　　□□□〔**可卿事**〕在封龙禁尉写，乃褒中之□〔**贬**〕；□〔**隐**〕去天香楼一节，是不忍下笔也。

诗云：^③

　　　　□………

话说凤姐自贾琏送黛玉往扬州去后，心中实在无趣。每到晚间，不过和平儿说笑一会，就胡乱睡了。^{[朱旁]"胡乱"二字奇！}这日夜间，正和平儿灯下拥炉倦绣，早命浓熏绣被。二人睡下，屈指算行程该到何处，^{[朱旁]所谓"计程今日到梁州"是也。}不知不觉已交三鼓。平儿已睡熟了，凤姐方觉星眼微朦。恍惚只见秦氏从外走了进来，含笑说道："婶婶好睡！我今儿回去，你也不送我一程。因娘儿们素日相好，我舍不得婶婶，故来别你一别。还有一件心愿未了，非告诉婶子，别人未必中用。"[朱旁]一语贬尽贾家一族空〔有〕顶冠束带者。

凤姐听了，恍惚问道："有何心愿，你只管托我就是了。"秦氏道："婶婶，你是个脂粉队内的英雄，连那些束带顶冠的男子也不能过你。你如何连两句俗语也不晓得？常言'月满则亏，水满则溢'；又道是'登高必跌重'。如今我们家，赫赫扬扬已将百载，一日倘或[朱旁]"倘或"二字，酷肖妇女口气。乐极悲生，若应了那句'树倒猢狲散'的俗语，[朱眉]"树倒猢狲散"之语，余（原误全）犹在耳，曲指三十五年矣。□□〔哀哉〕，伤哉，宁不恸杀！④岂不虚称了一世的诗书旧族了？"凤姐听了此话，心胸大快，十分敬畏，忙问道："这话虑得极是，但有何法可以永保无虞？"[朱旁]非阿凤不明，盖今古名利场中患失之同意也。秦氏冷笑道："婶婶好痴也！否极泰来，荣辱自古周而复始，岂是人力能可保常的？但如今能于荣时筹画下将来衰时的世业，亦可谓常保永全了。即如今日诸事都妥，只有两件事未妥，若把此事如此一行，则日后可保永全。"

凤姐便问何事。秦氏道："目今祖茔虽四时祭祀，只是无一定的钱粮；第二，家塾虽立，无一定的供给。依我想来，如今盛时固不缺祭祀、供给，但将来败落之时，此二项有何出处？莫若依我定见，趁今日富贵，将祖茔附近多置田庄、房舍、地亩以备，祭祀供给之费，皆出自此处。将家塾亦设于此。合同族中长幼，大家定了则例，日后按房掌（原误拿）管这一年的地亩、钱粮、祭祀、供给之事。如此周流，又无争竞（原误竞），亦不有典卖诸弊。便是有了罪，凡物可入官，这祭祀产业，连官也不入的。便败落下来，子孙回家读书、务农，也有个退步；祭祀又可永继。若目今以为荣华不绝，不思日后，终非长策。[朱眉]语语见道，字字伤心，读此一段，几不知此身为何物矣！　松斋眼见不日又有一件非常喜事,真是烈火烹油鲜花着锦之盛。要知道,也不过是瞬息的繁华,一时的欢乐,万不可忘了那'盛筵不散'的俗语⑤。此时若不早为虑后,临期只恐后悔无益矣!"凤姐忙问:"有何喜事?"秦氏道:"天机不可泄露。[朱旁]伏得妙! 只是我与婶子好了一场,临别赠你两句话,须要记着。"因念道:

三春去后诸芳尽,各自须寻各自门! [朱旁]此句令批书人哭死! [朱眉]不必

看完,见此二句,即
欲堕泪。 梅溪

凤姐还欲问时,只听得二门上传事云牌连叩四下——正是丧音,将凤姐惊醒。人回:"东府蓉大奶奶没了。"凤姐闻听,吓了一身冷汗,出了一会神,只得忙忙的穿衣服,往王夫人处来。彼时合家皆知,无不纳罕,都有些疑心。[朱眉]九个字写尽天香楼事,是不写之写。那长一辈的想他素日孝顺,平一辈的想他素日和睦亲密,下一辈的想他素日慈爱,以及家中仆从老小想他素日怜贫惜贱、慈老爱幼之恩,莫不悲嚎痛哭者⑥(原误之人)。

闲言少叙,却说宝玉[朱旁]与凤姐反对。因近日林黛玉回去,剩得自己孤恓,[朱旁]淡淡写来,方是二人自幼气味相投。可知后文皆非突⑦(原误实)然文字。也不和人玩耍;每到晚间,便索然睡了。如今从梦中听见说秦氏死了,连忙翻身爬起来,只觉心中似戳了一刀的不忍,哇的一声喷出一口血来。[朱旁]宝玉早已看定,可继家务事者,可卿也。今闻死了,大失所望,急火攻心,焉得不有此血? 为玉一叹! 袭人等慌慌忙忙来搅扶,问是怎么样,又要回贾母来请大夫。宝玉笑道:"不用忙,不相干,这是急火攻心,[朱旁]如何自己说出血不归经。"说着,便爬起来要衣服换了,来见贾母,即时要过来了! 去。袭人见他如此,心中虽放不下,又不敢拦,只是由他罢了。贾母见他要去,因说:"才咽气的人,那里不干净。二则夜里风大,明

早再去不迟。"宝玉那里肯依。贾母命人备车，多派跟从人役，拥护前来。

一直到了宁国府前，只见府门洞开，两边灯笼照如白昼，乱哄哄人来人往，里面哭声摇山振岳。[朱旁]写大族之丧，如此起绪。宝玉下了车，忙忙奔至停灵之室，痛哭一番，然后见过尤氏。谁知尤氏正犯了胃疼旧疾，睡在床上。[朱旁]妙！非此，何以出阿凤。然后又出来见贾珍。彼时贾代儒带领贾敕、贾效、贾敦、贾赦、贾政、贾琮、贾瑞、贾珩、贾珖、贾琛、贾琼、贾璘、贾蔷、贾菖、贾菱、贾芸、贾芹、贾蓁、贾萍、贾藻、贾蘅、贾芬、贾芳、贾兰、贾菌、贾芝等都来了。贾珍哭的泪人一般，[朱旁]可笑！如丧考妣。此作者刺心笔也。正和贾代儒等说道："合家大小，远亲近友，谁不知我这媳妇比儿子还强十倍。如今伸腿去了，可见这长房内绝灭无人了。"说着又哭起来。众人忙劝道："人已辞世，哭也无益，且商议如何料理要紧。"贾珍拍手道："如何料理，不过尽我所有罢了。"

正说着，只见秦业（原误叶）、秦钟并尤氏的几个眷属——尤氏姊妹[朱旁]伏后文。也都来了。贾珍便命贾琼、贾琛、贾璘、贾蔷四个人去陪客。一面吩咐去请钦天监阴阳司来择日，推准停灵七七四十九日，三日后开丧送讣闻。这四十九日，单请一百单八众禅僧，在大厅上拜大悲忏，超度前亡后化诸魂，以免亡者之罪。另设一坛于天香楼上，[朱旁]删，却是未删之笔。⑧是九十九位全真道士，打四十九日解冤洗孽（原作业）醮⑨。然后停灵于会芳园中。灵前另有五十众高僧、五十众高道，对坛按七做好事。那贾敬闻得长孙媳妇死了，因自为早晚就要飞升，如何肯又回家染了红尘，将前功尽弃呢？因此并不在意，只凭贾珍料理。贾珍见父亲不管，亦发恣（原误姿）意奢华。

看板时，几副杉木板皆不中意⑩（原作用）。可巧薛蟠来吊问，因见贾珍寻好板，便说道："我们木店里有一副叫作什么'樯木'，[朱眉]樯者，舟具也，所谓"人生若泛舟"而已。宁不可叹！出在潢海铁网山上，[朱旁]所谓"迷津易堕，尘网难逃"也。作了棺

155

材万年不坏。这还是当年先父带来，原系义忠亲王老千岁要的，因他坏了事，就不曾拿去。现今还封在店里，也没人出价敢买。你若要，就抬来罢了。"贾珍听了，喜之不禁，即命人抬来。大家看时，只见帮底皆厚八寸，纹若槟榔，味若檀麝，以手叩之，叮当如金玉。大家都奇异称赏。贾珍笑道："价值几何？"薛蟠笑道："拿一千两银子来只怕也没处买去。什么价不价，[朱旁]的是阿呆兄口气。赏他们几两工银就是了。"贾珍听说，忙谢不尽，即命解锯糊漆。贾政因劝道："此物恐非常人可享者，[朱旁]政老有深意存焉。殓以上等杉木也就是了。"[朱旁]夹写贾政。此时贾珍恨不能代秦氏之死，这话如何肯听。

因忽又听得秦氏之丫鬟名唤瑞珠者，见秦氏死了，他也触柱而亡。[朱旁]补天香楼未删之文。此事可罕，合族中人也都称赞。[朱眉]写个个皆知，全无安逸之笔，深得《金瓶》壸(原误壶)奥。贾珍遂以孙女之礼殡殓，一并停灵于会芳园之登仙阁。小丫鬟名宝珠者，因见秦氏身无所出，乃甘心愿为义女，誓任摔丧驾灵之任。贾珍喜之不尽，即时传下："从此皆呼宝珠为小姐。"那宝珠按未嫁女之丧，在灵前哀哀欲绝。[朱旁]非恩惠爱人，那能如是。惜哉可卿！惜哉可卿！于是合族人丁并家下诸人，都各遵旧制行事，自不敢紊乱。[朱旁]两句写尽大家。

贾珍因想着贾蓉不过是个黉门监，灵幡经榜上写时不好看，便是执事也不多，因此心下甚不自在。[朱旁]善起波澜。可巧这日正是首七第四日，早有大明宫掌宫内相戴权，[朱旁]妙！"大权"也。先备了祭礼遣人抬来，次后坐了大轿，打伞鸣锣亲来上祭。贾珍忙接着，让至逗蜂轩[朱旁]轩名可思。献茶。贾珍心中打算定了主意，因而趁便就说要与贾蓉捐个前程的话。戴权会意，因笑道："想是为丧礼上风光些。"[朱旁]得！内相机括之快如此。贾珍忙笑道："老内相所见不差。"戴权道："事倒(原误道)凑巧，正□〔有〕⑪个美缺。如今三百员龙禁尉短了两员，昨儿襄阳侯的兄弟老三来求我,现拿了一千五百两银子送到我家里。你知道,咱们都是老相与(原误遇)⑫,不拘怎么样,看着他爷爷的分上,胡乱应了。

[朱旁]忙中写闲。

还剩了一个缺,谁知永兴节度使冯胖子来求,要与他孩子捐,我就没工夫应他。既是咱们的孩子,要捐,快写个履历来。"

[朱旁]奇谈!画尽阉官口吻。

贾珍听说,忙吩咐:"快命书房里人恭敬写了大爷的履历来。"小厮不敢怠慢,去了一刻,便拿了一张红纸来与贾珍。贾珍看了,忙送与戴权。戴权看时,上面写道:

> 江南江宁府江宁县监生贾蓉,年二十岁,曾祖原任京营节度使世袭一等神威将军贾代化,祖乙卯科进士贾敬,父世袭三品爵威烈将军贾珍。

戴权看了,回手便递与一个贴身的小厮收了,说道:"回来送与户部堂官老赵,说我拜上他,起一张五品龙禁尉的票,再给个执照,就把那履历填上,明儿我来兑银子送去。"小厮答应了,戴权也就告辞了。贾珍十分款留不住,只得送出府门。临上轿,贾珍因问:"银子还是我到部兑,还是一并送入老内相府中?"戴权道:"若到部里,你又吃亏了。不如平准一千二百银子,送到我家里就完了。"贾珍感谢不尽,只说待服满后,亲带小犬到府叩谢。于是作别。

接着又听喝道之声,原来是忠靖侯史鼎的夫人来了。

[朱旁]史小姐湘云消息也。

王夫人、邢夫人、凤姐等刚迎至上房,又见锦乡侯、川宁侯、寿山伯三家祭礼摆在灵前。少时三家下轿,贾政等忙接上大厅。如此亲朋你来我去,也不能胜数。只这四十九日,宁国府**一条街上**(原作街上一条)白漫漫人来人往,

[朱旁]是有服亲友并家下人丁之盛。

花簇簇官宦⑬去官来。

[朱旁]是来往祭吊之盛。

贾珍命贾蓉次日换了吉服,领凭回来。灵前供用执事等物,俱按五品职例;灵牌疏上,皆写"天朝诰授贾门秦氏恭人之灵位"。会芳园的临街大门洞开,现在两边起了鼓乐厅,**两班**⑭(原误般)青衣

按时奏乐。一对对执事摆得刀斩斧齐。更有四面朱红销金大字牌对竖在门外,上面大书:

防护内庭紫禁道御前侍卫龙禁尉。

对面高起着宣坛僧道对坛榜文,榜上大书:

世袭宁国公冢孙媳、防护内庭御前侍卫龙禁尉贾门秦氏
恭人之丧。四大部州至中之地,奉天永运太平之国,总理虚无
寂静教门僧录司正堂万虚、总理元始三一教门道录司正堂叶
生等,敬谨修斋朝天叩佛!

以及"恭请诸伽蓝、揭谛、功曹等神,圣恩普锡,神〔威⑮〕远镇","四十九日消灾洗孽平安水陆道场"诸如等语,余者亦不消烦记。

只是贾珍虽然心意满足,但里头尤氏又犯了旧疾,不能料理事务,惟恐各诰命来〔往⑯〕,亏了礼数,怕人笑话,因此心中不自在。当下正忧虑时,因宝玉在侧[朱旁]余正思:如何高搁起玉兄了?问道:"事事都算安贴了,大哥哥还愁什么?"贾珍见问,忙将里面无人的话说了出来。宝玉听说,笑道:"这有何难。我荐一个人[朱旁]荐凤姐须得宝玉,俱龙华会上人也。与你权理这一个月的事,管必妥当。"贾珍忙问是谁。宝玉见座间还有许多亲友,不便明言,走至贾珍耳边说了两句。贾珍听了,喜不自禁,连忙起身笑道:"果然安贴!如今就去。"说着,拉了宝玉,辞了众人,便往上房里来。

可巧这日非正经日期,亲友来的少,里面不过几位近亲堂客。邢夫人、王夫人、凤姐并合族中的内眷陪坐。有人报说:"大爷进来了。"吓得众婆娘嗡的一声往后藏之不迭,[朱旁]素(原误数)日行止可知。作者自是笔笔不空,批者亦字字留神之至矣。独凤姐款款站了起来。贾珍此时也有些病症在身,二则过于悲痛了,因拄了拐踱了进来。邢夫人等因说道:"你身上不好,又连

日事多，该歇歇才是，又进来做什么？"贾珍一面扶拐，扎挣着要蹲身跪下请安道乏。邢夫人等忙叫宝玉搀住，命人挪椅子来与他坐。贾珍断不肯坐，因勉强赔笑道："侄儿进来，有一件事要恳求二位婶婶并大妹妹。"邢夫人等忙问什么事。贾珍忙笑道："婶婶自然知道，如今孙子媳妇没了，侄儿媳妇偏又病倒，我看里头着实不成个体统。怎么屈尊大妹妹一个月，在这里料理料理，我就放心了。"邢夫人笑道："原来为这个。你大妹妹现在你二婶子家，只和你二婶子说就是了。"王夫人忙道："他一个小孩子家，何曾经过这样事？倘或料理不清，反叫人笑话，倒是再烦别人好。"贾珍笑道："婶子的意思侄儿猜着了，是怕大妹妹劳苦了。若说料理不开，我包管必料理得开；便是错一点儿，别人看着还是不错的。从小儿，大妹妹玩笑着就有杀**伐**（原误法）决断；如今出了阁，又在那府里办事，越发历练老成了。我想了这几日，除了大妹妹，再无人了。婶婶不看侄儿、侄儿媳妇的分上，只看死了的分上罢！"说着滚下泪来。

　　王夫人心中怕的是凤姐儿未经过丧事，怕他料理不清，惹人笑话。今见贾珍苦苦的说到这步田地，心中已活了几分，却又眼看着凤姐出神。那凤姐素日最喜揽办，好卖弄才干，虽然当家妥当，也因未办过婚丧大事，恐人还不服，巴不得遇见这事。今日见贾珍如此一来，他心中早已欢喜。先见王夫人不允，后见贾珍说得情真，王夫人有活动之意，便向王夫人道："大哥哥说得这么恳切，太太就依了罢。"王夫人悄悄的道："你可能么？"凤姐道："有什么不能的！外面的大事，大哥哥已经料理清了，不过是里头照管照管。便是我有不知道的，问问太太就是了。"［朱旁］胸中成　王夫人见说得有理，便见已有之语。

不则声。贾珍见凤姐允了。又赔笑道："也管不得许多了，横竖要求大妹妹辛苦辛苦。我这里先与妹妹行礼，等事完了，我再到那府里去谢。"说着，就作揖下去。凤姐儿还礼不迭。贾珍便向袖中取了宁国府对牌出来，命宝玉送与凤姐。又说："妹妹爱怎么样就怎么样。要什么，只管拿这个取去，也不必问我。只别存心替我省钱,只要好看为上;二则也要与那府里一样待人才好,不要存心怕人抱怨。只这两件外,我再没不放心的了。"

凤姐不敢就接牌,只看着王夫人。王夫人道:"你哥哥既这么说,你就照看照看罢了。只是别自作主意,有了事打发人问你哥哥嫂子要紧。"宝玉早向贾珍手里接过对牌来,强递与凤姐了。〔贾珍⑰〕又问:"妹妹还是住在这里,还是天天来呢?若是天天来,越发辛苦。不如我这里赶着收拾出一个院落来,妹妹住过这几日倒安稳。"凤姐笑道:"不用。[朱旁]二字句,有神。那边也离不得我,倒是天天来的好。"贾珍听说,只得罢了。然后又说了一会闲话,方才出去。一时女眷散后,王夫人因问凤姐:"你今儿怎么样?"凤姐儿道:"太太只管请回去。我须得先理出一个头绪来,才回去得呢。"王夫人听说,〔便⑱〕先同邢夫人等回去,不在话下。

这里凤姐来至三间一所抱厦内坐了。因想:"头一件,是人口混杂,遗失东西;第二件,事无专执,临期推委;第三件,需用过**费**(原误废),滥支冒领;第四件,任无大小,苦乐不均;第五件,家人豪纵,有脸者不服**钤**(原误黔)束⑲,无脸者不能上进。此五件实是宁国府中风俗。"[朱]旧族后辈,受此五病者颇多,余家更甚。三十年前事,见书于三十年后,令(原误今)余悲(原误想)恸,血泪盈〔面〕!不知凤姐如何处治,且听下回分解。正是:

　　　　金紫万千谁治国? 裙钗一二可齐家。[朱眉]此回只十页。因删去天香楼一节,少却四五页也。

[回后朱]

　"秦可卿淫丧天香楼",作者用史笔也。老朽因有魂托凤姐贾家后事二件,**的**(原误嫡)是安富尊荣坐享人**难**(原误能)想得到处。⑳其事虽未漏,其言其意则令人悲切感服,姑赦之。因命芹溪删去。

校 注

　①此一回目之前,亦如"凡例"及第五回、第二十五回一样,原有另起一行顶格书写之"脂砚斋重评石头记"字样,表明是此抄本每一册(四回)的开头一

页。所涉及的有关问题,参见第五回校注①。今除保留第一册凡例前的此一行字。另,本回回目联语原误植于正文"诗云"之后,今复移至此。

②"敬",此字原破损左下半,仅存左上之"艹"及右面之"攵"。且自此残缺之"敬"字始,向左上呈斜对角线破失下半面文字。今姑每行原固定抄十七字计算,将缺字补以方框号("□"),并参照庚辰本同一回的相似批语,拟补缺字供参考。从"在封龙禁尉……"起,则已至该叶 B 面,此后除"贬""隐"二字有破损外,余皆不缺。

③"诗云"后原误植回目联语,实乃无诗,应属原缺回前诗而待补之迹。与庚辰本所批之"缺中秋诗,俟雪芹"情况相似。可注意的是,从第十三至十六回(即原来的一整册),全都采用这种回目联语抄到"诗云"之后"充数"的奇怪体例,且清一色无诗。

④此朱眉批与唯一共有此批的庚辰本同误"全"字,然该本有另笔墨色点改"全"字作"今"(现专家征引多据此点改),实不足凭信。以两本皆误"全"字的字形分析,只有"余"字行草书形讹的可能性最大(两本同而皆有朱旁批之"今古"或"古今"二字,其"今"字写法迥异可证)。"哀哉"二字原留空,据庚辰本补。

⑤"万不可忘了那'盛筵不散'的俗语",整个这句话,在现存十余种脂评本中,除戚序、戚宁本改"不散"为"必散"之外,其余各本文字全同(蒙府本同,则说明蒙、戚诸本的共同母本立松轩本亦同。可见作者在历次修订的原稿本中,这句话从未作过一丝改动;传抄中亦基本上未出现常见的擅改或抄误;竟连对底本作了诸多擅改的程高本,在此后流传的一两百年间,也从未改动过此语。然而自从 1927 年胡适和汪原放在标点亚东本时,胡适参照了当时已经印行的戚序本而改"不"作"必",便使此后印行的各种《红楼梦》校勘本,皆悉依戚序、戚宁(实乃戚蓼生一人)之独家擅改文字而成定式。这就不能不令人产生深深的疑惑。试推敲秦氏此语,原只在提醒凤姐注意该俗语,大有点到为止、"天机不可泄露"的意味,因而仅用了该俗语中一个核心的词语加以点示。用现时的口语来解释秦氏这句话,即是:"你千万别忘了那句提醒人们有没有'不散的筵席'的俗语呀!""不散的筵席"实乃该俗语原文核心词语(见本书第二十六回),与此处概括之"盛筵不散"意义全同。若将里面的"不散"擅改作"必散",通则通矣,其微妙提示的语意则大变。更重要的是,作者于此尚无意让读者了解该俗语全貌(否则大可直书);直到第二十六回,才安排小红于

不经意间首次说出,正可达到让读者回味无穷的艺术效果。总之,对于作者历次稿本皆未作改动的一句提示性的话,我们理不理解、同不同意是一回事;可不可以和应不应该想当然地加以擅改则又是一回事。总之,那种硬要给曹雪芹"改作文"的校勘法可以休矣!

⑥"者",甲辰本同缺,据其余各本改。

⑦"突",据己卯、庚辰及蒙、戚诸本改。

⑧"删,却是未删之笔",此语不论俞辑、陈辑所录,抑或历来学者征引,皆断作"删却!是未删之笔"。是将"却"与"删"连文,作祈使句解。然此解之可疑处在于:以"删却"连文,放在此处是不通的。"删却"不同于"删去",已经是"删去了"之意,还如何祈使?今将"删"字单独断开,则可理解为是对"删(天香楼情节)"这件事的一种简洁陈述。与整句话连起来,意思是说:"已经删了,此处却是未删的文字。"

⑨"打四十九日解冤洗孽(原作业)醮",句中"孽"字,从梦稿、戚序、戚宁本改。按常规,原"业"字本与"孽"通,是可以不作校改的,但此处必须改。原因是,作者为秦可卿安排一个"解冤洗孽醮"的名目,是有特殊寓意的。第八回介绍她的身世,点明其父名秦业,脂批就作了注解:"业者,'孽'也,盖云'情因孽而生'也。"即是说,作者用这样一个谐音的"秦业"作其父名,正是为了暗寓秦可卿乃"情孽所生"(在古汉语和当今的南方话里,"业"与"孽"均读如聂,既可谐音,又容易混淆)。故此处为秦氏做"解冤洗孽醮",作者断无用"业"字之理。

⑩"意",据列藏、舒序、甲辰、梦稿本改。

⑪"有",原留空(或破损),据各本补。

⑫"与(原误遇)",己卯、庚辰同误,庚辰本有另笔点改作"与",甲辰本擅改作"好",据其余各本改。

⑬"宦",列藏、舒序本同。其余各本作"官"。

⑭"班",据各本改。

⑮"威",据戚序、戚宁、舒序、甲辰本补。

⑯"往",原留空(或破损),据各本补。

⑰"贾珍",从舒序本补。各本皆缺,实为原稿本誊录者夺漏所致(因不易察觉,历次修订稿本皆未补改)。新校本亦未补此二字。

⑱"便",据各本补。

⑲"不服钤（原误黔）束"，己卯、庚辰、列藏本同误"黔"字，从甲辰本改"钤"。蒙、戚诸本及梦稿、舒序本皆作"约"字，虽通，却未找准"黔"字之误的病根。程高本因曾吸收不少甲辰本的改笔，这个"钤束"的"钤"字也算歪打正着地校改对了。但个别校字的正确，丝毫帮不了"程前脂后"论者的忙。

⑳"的（原误嫡）是安富尊荣坐享人难（原误能）想得到处。"句中"的"字，通常辑录征引，皆照录原误之"嫡"字。盖因这是一条极重要的"经典脂批"之故也。在学术论文中作此谨慎处理，或无不可；本书乃面向广大读者，则以按常规订正一切错讹为佳。"难"字，胡适先生为1961年台湾首印甲戌影印本所作跋语中校作："嫡是安福尊荣坐享人能（难?）想得到处。"（参见本书附录四）今从之。若此字不校，则当校"嫡"为"岂"方妥。

第十四回

林如海捐馆扬州城　贾宝玉路谒北静王[①]

[回前墨]

凤姐用彩明，因自〔己〕识字不多，且彩明系未冠之童。

写凤姐之珍贵。写凤姐之英气。写凤姐之声势。写凤姐之心机。写凤姐之骄大。

昭儿回，并非林文、琏文，是黛玉正文。

牛，丑也。清，属水，子也。柳，**拆**（原误折）卯字。彪，**拆**（原误折）虎字（原作子），寅字寓焉。陈，即辰。翼火为蛇，巳字寓焉。马，午也。魁，**拆**（原误折）鬼，鬼金羊，未字寓焉。侯猴同音，申也。晓鸣，鸡也，酉字寓焉。石，即豕，亥字寓焉。其祖**曰**（原误回）守业，即守夜也，犬字寓焉。——此所谓十二支寓焉。

路谒北静王，是宝玉正文。

诗云：

□………

话说宁国府中都总管来升，闻得里面委请了凤姐，因传齐同事人等，说道："如今请了西府里琏二奶奶管理内事。倘或他来支取东西或是说话，我们须要比往日小心些。每日大家早来晚散，宁可辛苦这一个月过后再歇着，不要把老脸面丢了。那是个有名的烈货，脸酸心硬，一时恼了不认人的。"众人都道有理。又有一个笑道："论理，我们里面也须得他来整治整治，都特不像了。"正说着，只见来旺媳妇拿了对牌，来领取呈文、京榜纸扎，票上批着数目。众人连忙让座、倒茶，一面命人按数取纸来抱着，同来旺媳妇一路行来，至仪门口，方交与来旺媳妇自己抱进去了。

凤姐即命彩明定造簿册,即时传来升媳妇兼要家口花名册来查看。又限于明日一早,传齐家人媳妇进来听差等**语**②(原作话)。大概点了一点数目单册,[朱旁]已有成见。问了来升媳妇几句话,便坐了车回家,一宿无话。

至次日,卯正二刻便过来了。那宁国府中婆娘媳妇闻得到齐,只见凤姐正与来升媳妇分派③,众人不敢擅入,只在窗外听觑。[朱旁]传神之笔。只听凤姐与来升媳妇道:"既托了我,我就说不得要讨你们嫌了。[朱旁]先站地步。我可比不得你们奶奶好性儿,由着你们去。再不要说你们这府里'原是这样'的**话**④(原误这),[朱旁]此话听熟了。一叹!如今可要依着我行。[朱旁]宛转得妙!错我半点儿,管不得谁是有脸的,谁是没脸的,一例现清白处治!"说着便吩咐彩明念花名册,按名一个一个的唤进来看视。[朱眉]宁府如此大家,阿凤如此身份,岂有使贴身丫头与家里男人答话交事之理呢? 此作者忽略之处⑤。一时看完了,便又吩咐道:"这二十个分作两班,一班十个,每日在里头单管人来客往倒茶,别的事不用他们管。这二十个也分两班,每日单管本家亲戚茶饭,别的事也不用他们管。这四十个人也分作两班,单在灵前上[**香**⑥]添油、挂幔守灵、供饭供茶、随起举哀,别的事也不与他们相干。这四个人单在内茶**房**⑦(原作坊)收管杯碟茶器,若少一件,便叫他四个**摊赔**(原误描陪)⑧。这四个人单管酒饭器皿,少一件,便叫他四个**摊赔**(原误描陪)。这八个人单管监收祭礼。这八个人单管各处灯油、蜡烛、纸扎,我总支了来交与你八个,然后按我的定数再往各处去分派。这三十个每日轮流各处上夜,照管门户,监察火烛,打扫地方。这下剩的,按着房屋分开,某人守某处。某处所有桌椅古董起,至于痰□[**盒**]⑨掸帚,一草一苗,或丢或坏,就和守这处的人算账**摊赔**(原误描陪)。来升家的每日揽总察看,或有偷懒的,赌钱吃酒的,打架**拌**⑩(原误办)嘴的,立刻来回我;你要徇情,经我查出，三四辈子的老脸就顾不成了。如今都有了定规，以后那一行乱了，只和那一行说话。素日跟我的，随身自有钟表，不论大小事，我是皆有一定的时辰。横竖你们上房里也有时辰钟。卯正二刻，我来点卯。巳正吃早饭。凡有领牌回事者，只在午初刻。戌初烧过黄昏纸，我亲到各处查一遍，回来上夜的交明钥匙。第二日还是卯正二刻过来。说不得咱们大家辛苦这几日，[朱旁]是协理口气，好听之至。事完，你们家大爷自然赏你们。"

说毕，又吩咐按数发与茶叶、油烛、鸡毛掸子、笤帚等物，一面又搬取家伙——桌围、椅搭、坐褥、毡席、痰盒、脚踏之类。一面交发，一面提笔登记——某人管某处，某人领某物，开得十分清楚。众人领了去，也都有了投奔，不似先时只拣便宜的做，剩下苦差没个招揽。各房中也不能趁乱失迷东西，便是人来客往，也都安静了，不比先前正摆茶又去端饭，正陪举哀又顾接客。如这些无头绪、荒乱、推托、偷闲、窃取等弊，次日一概都⑪（原误独）蠲了。

凤姐儿见自己威重令行，心中十分得意。因见尤氏犯病，贾珍又过于悲哀，不大进饮食，自己每日从那府里煎了各色细粥、精致小菜，命人送来劝食。贾珍也另外吩咐每日送上等菜到抱厦内，单与凤姐。那凤姐不畏勤劳，天天于卯正二刻就过来点卯理事，独在抱厦内起坐，不与众妯娌合群，便有堂客来往也不迎会。

这日正五七正五日上。那应佛僧正开方破狱，传灯照亡，参阎君，拘都鬼，延⑫（原误筵）请地藏王，开金桥，引幢幡；那道士们正伏章申⑬（原误伸）表，朝三清，叩玉帝；禅僧们行香，放焰口，拜水忏（原误谶）；又有十三众青年尼僧搭绣衣，靸红鞋，在灵前默诵接引诸咒……十分热闹。那凤姐必知今日人客不少，在家中歇宿一夜。至寅正，平儿便请起来梳洗。及收拾完备，更衣□〔盥〕⑭手，喝了两口奶子糖粳粥，漱口已毕，已是卯正二刻了。来旺媳妇率领诸人伺候已久。凤姐出至厅前，上了车，前面打了一对明角灯，大书"荣国府"三个大字，款款来至宁府。大门上门灯朗挂，两边一色戳灯照如白昼，白茫茫穿孝仆从两边侍立。请车至正门上，小厮等退去，众媳妇上来揭起车帘。凤姐下了车，一手扶着丰儿，两个媳妇执着手把灯罩，撮^⑮拥着凤姐进来。宁府诸媳妇迎来请安接待。凤姐缓缓走入会芳园中登仙阁灵前，一见了棺材，那眼泪恰似断线珍珠滚将下来。院中许多小厮垂手伺候烧纸。凤姐吩咐得一声："供茶、烧纸！"只听得一棒锣鸣，诸乐齐奏，早有人端过一张大圈椅来，放在灵前。凤姐坐下，放声大哭。于是里外男女上下，见凤姐出声，都忙接声嚎哭。一时贾珍、尤氏遣人来劝，凤姐方才止住。

　　来旺媳妇献茶漱口毕，凤姐方起身别过族中诸人，自入抱厦内来。按名查点各项人数，都已到齐，只有迎送客上的一人未到。即命传到，那人已张惶愧惧。凤姐冷笑道：〔朱旁〕凡凤姐恼时，偏偏用"笑"字，是章法。"我说是谁误了，原来是你。你原比他们有体面，所以才不听我的话。"那人道："小的天天来得早，只有今日醒了，觉得早些，因又睡迷了，来迟了一步，求奶奶饶过这次！"正说着，只见荣国府中的王兴的媳妇来了，在前面探头。〔朱旁〕惯起波澜，惯能忙中写闲，又惯用曲笔，又惯综错。真妙！凤姐且不发放这人，却先问："王兴媳妇作什么？"王兴媳妇巴不得先问他完了事，连忙进来说："领牌取线，打车轿网络。"说着将个帖儿递上去。凤姐命彩明念道："大轿两顶，小轿四顶，车四辆，共用大小络子若干根，用珠儿线若干斤。"凤姐听了，数目相合，便命彩明登记，取荣府对牌掷下。王兴家的去了。

　　凤姐方欲说话时，只见荣府四个执事人进来，都是要支取东西领牌来的。凤姐命彩明要了帖儿念过，听了共四件，凤姐因指两件说道："这两件开销错了，再算清来取。"说着掷下帖子来，那二人扫兴而去。凤姐因见张材家的在旁，因问道："你有什么事？"张材家的忙取帖儿，回说道："就是方才车轿围做成〔了⑯〕，领取裁缝工银若干两。"凤姐听了，便收了帖子，命彩明登记，待王兴〔家的⑰〕交过牌，得了买办的回押，相符，然后方与张材家的去领。一面又命念那一个，是为宝玉外书房完竣，支买纸料糊裱。凤姐听了，即命

167

收帖儿登记,待张材家的缴清,又发与这人去了。

凤姐便说道:"明儿他也睡迷了,后儿我也睡迷了,[朱旁]接上文,一点痕迹俱无,且是仍与方才诸人说话神色口角。将来都没有人了。本来要饶你,只是我头一次宽了,下次人就难管,不如开发的好。"登时放下脸来,喝命:"带出〔去⑱〕,打二十大板!"一面又掷下宁府对牌:"出去说与来升,革他一月银米。"众人听了,又见凤姐眉立,知是恼了,不敢怠慢,拖人的出去拖人,执牌传谕的忙去传谕。那人身不由己,已拖出去挨了二十大板,还要进来叩谢。凤姐道:"明儿再有误的,打四十;后日的六十。有不怕打的,只管误。"说着,吩咐:"散了罢!"窗外众人听说,方各自执事去了。彼时荣国、宁国二处执事领牌交牌的人,来往不绝。那抱愧被打之人含羞去〔了⑲〕,这才知道凤姐的利害。[朱旁]又伏下文。非独为阿凤之威势,费此一段笔墨。众人不敢偷安,自此兢兢业业、执事保守,不在话下。

如今且说宝玉,因见今日人众,恐秦钟受了委曲。因默与他商议,要同他往凤姐处来坐。秦钟道:"他的事多,况且不喜人去,咱们去了,他岂不烦腻?"[朱旁]纯是体贴人情。宝玉道:"他怎好腻我们。不相干,只管跟我来。"说着,便拉了秦钟,直至抱厦。凤姐才吃饭,见他们来了,便笑道:"好长腿子,快上来罢。"宝玉道:"我们偏了。"凤姐道:"在这边外头吃的,还是那边吃的?"宝玉道:"这边同那些浑人[朱旁]奇称!试问:谁是"清人"?吃什么?原是那边,我们两个同老太太吃了来的。"一面归座。

凤姐吃毕饭,就有宁国府中的一个媳妇来领牌,〔为⑳〕支取香灯事。凤姐笑道:"我算着你今日该来支取,总不见来,想是忘了。这会子到底来取。要忘了,自然是你们包出来,都便宜我。"那媳妇笑道:"何尝不是忘了,[朱旁]此妇亦善迎合。方才想起来。再迟一步,也领不成了。"说毕,领牌而去。一时登记交牌。秦钟因笑道:"你们两府里都是这牌,倘或别人私弄一个,支了银子跑了,怎样?"凤姐笑道:"依你说,都没王法了。"宝玉因道:"怎么咱们家没人来领牌子做东西?"凤姐道:"人家来领的时候,你还做梦呢!我且问你,你们这夜书多早晚才念呢?"宝玉道:"巴不得这如今就念才好!他们只是不快收拾出书房来,这也没法。"凤姐笑道:"你请我一请,包管就快了。"宝玉道:"你要快,也不中用,他们该做到那里的,自然就有了。"凤姐笑道:"便是他们做,也得要东西去——搁不住我不给对牌,是难的。"宝玉听说,便猴向凤姐身上**立刻要牌**⑳(原作要牌立刻),说:"好姐姐,给出牌子来,叫他们要东西去。"凤姐道:"我乏得身上生疼,还搁的住你揉搓?你放心罢,今儿才领了纸裱糊去了。他们该要的,还等叫去呢,可不傻了?"宝玉不信,凤姐便叫彩明查册子与宝玉看了。

正闹着,人〔回〕㉒:"苏州去的人昭儿来了。"〔朱旁〕接得好。凤姐急命唤进来。昭儿打千请安。凤姐儿便问:"回来做什么?"昭儿道:"二爷打发回来的。林姑老爷是九月初三日巳时没的;二爷带了林姑娘,同送林姑老爷的灵到苏州,大约赶年底就回来了。〔朱眉〕颦儿方可长居荣府之文。一爷打发小的来报个信请安,讨老太太示下,还瞧瞧奶奶家里好;叫把大毛衣服带几件去。"凤姐道:"你见过别人了没有?"昭儿道:"都见过了。"说毕,连忙退出。凤姐向宝玉笑道:"你林妹妹可在咱们家住长了。"宝玉道:"了不得!想来这几日他不知哭得怎么样呢?"说着蹙眉长叹。

凤姐见昭儿回来,当着人未及细问贾琏,心中自是记挂。待要回去,争奈事情繁杂,一时去了恐有延迟失误,惹人笑话。少不得**耐**(原误奈)到晚上回来,复命昭儿进来,细问一路平安信息。连夜打点大毛衣服,和平儿亲自检点包裹,再细细追想所需何物,一并包藏交付。又细细吩咐昭儿"在外好生小心伏侍,不要惹你二爷生气;时时劝他少吃酒;别勾引他认得混帐㉓女人,〔朱旁〕切心事耶!回来打折你的腿"[朱旁]此一句最要紧。等语。赶乱完了,天已四更将尽,纵㉔(原误总)睡下,又走了困。不觉又是天明鸡唱,忙梳洗,过宁府中来。

那贾珍因见发引日近,亲自坐了车,带了阴阳司吏,往铁槛寺来踏看寄灵所在。又一一嘱咐住持色空,好生预备新鲜陈设,多请名僧,以备接灵使用。色空看晚斋,贾珍也无心茶饭。因天晚,不得进城,就在净室(原误空处)胡乱歇了一夜㉕。次日早,便进城料理出殡之事。一面又派〔人〕先往铁槛寺,连夜另外修饰停灵之处,并厨茶等项接灵人。

里面凤姐见日期在限,也预先逐细分派料理。一面又派荣府中车轿人从跟王夫人送殡,又顾自己送殡去占下处。目今正值缮国公诰命亡故,王、邢二夫人又去打祭送殡;西安郡王妃华诞送寿礼;镇国公诰命生了长男预备贺礼;又有胞兄王仁连家眷回南,一面写家信禀叩父母并带〔往㉖〕之物;又有迎春染疾,每日请医服药㉗等事,亦难尽述。又兼发引在迩,因此忙得凤姐茶饭也没工夫吃得,坐卧不能清净。刚到了荣府,宁府的人又跟到荣府;既回到宁府,荣府的人又找到宁府。凤姐见如此,心中倒十分欢喜,并不偷安推托,恐落人褒贬,因此日夜不暇,筹画得十分的整肃。于是合族上下,无不称赞者。

这日伴宿之夕,里面两班小戏并要百戏的,与亲朋堂客伴宿。尤氏犹卧于内寝。一应张罗款待,都是凤姐一人周全承应。合族中虽有许多妯娌,但或有羞口的,或有羞脚的,或有不惯见人的,或有惧贵怯官的,种种之类,都不及凤姐举止舒徐,言语慷慨,珍贵宽大。因此,也不把众人放在眼内,挥霍指示,任其所为,目若无人。[朱旁]写秦氏之丧,却只为凤姐一人。一夜中灯明火彩,客送官迎,那百般热闹自不用说的。至天明,吉时已到,一班(原误般)六十四名青衣请灵,前面铭旌上大书:

奉天洪建兆年不易之朝,诰封一等宁国公冢孙妇、防护内庭紫禁道御前侍值龙禁尉、享强寿贾门秦氏恭人之灵柩。

一应执事陈设,皆系现赶着新做出来的,一色光艳夺目。宝珠自行未嫁女之礼外,摔丧驾灵,十分哀苦。那时官客送殡的,有镇国公牛清之孙现袭一等伯牛继宗,理国公柳彪之孙现袭一等子柳芳,齐国公陈翼之孙世袭三品威镇将军陈瑞文,治国公马魁之孙世袭三品威远将军马尚,修国公侯晓明之孙世袭一等子侯孝康;缮国公〔**石守业**〕㉙诰命亡故,其孙石光珠守孝不曾来得。这六家与宁、荣二家,当日所称"八公"的便是。【墨眉】不见"守业"字,何故?㉙余者,更有南安郡王之孙,西宁郡王之孙,忠靖侯史鼎,平原侯之孙世袭二等男蒋子宁,定城侯之孙世袭二等男兼京营游击谢鲸,襄阳侯之孙世袭二等男戚建辉,景田侯之孙五城兵马司裘良。余者锦乡伯公子韩奇,神武将军公子冯紫英,陈也俊、卫若兰等诸王孙公子,不可枚数。堂客算来亦共有十来顶大轿,三四十顶小轿,连家下大小轿、车辆不下百十余乘。连前面各色执事、陈设、百耍,浩浩荡荡,一带摆三四里远。

走不多时,路旁彩棚高搭,设席张筵,和音奏乐,俱是各家路祭。第一座是东平王府祭棚,第二座是南安郡王祭棚,第三座是西宁郡王祭棚,第四座是北静郡王祭棚。原来这四王当日惟北静王功高,及今子孙犹袭王爵。现今北静王水溶,年未弱冠,生得形容秀美,情性谦和。近闻宁国府冢孙妇告殂,因想当日彼此祖父相**与**(原误遇)之情,同难同荣,未以异姓相视,因此不以王位自居,上日也曾探丧上祭,如今又设路奠,命麾下各官在此伺候。自己五更入朝,公事已毕,便换了素服,坐大轿鸣锣张伞而来。至棚前落轿,手下各官两旁拥待,军民人众不得往还。一时只见宁府大殡浩浩荡荡,压地银山一般从北而至。早有宁府开路传事人看见,连忙回去报与贾珍。贾珍急命前面驻扎,同贾赦、贾政三人连忙迎来,以国礼相见。水溶在轿内欠身含笑答礼,仍以世交称呼接待,并不妄自尊大。贾珍道："犬妇之丧，累蒙〔郡〕㉚驾下临，荫生辈何以克当？"
水溶笑道："世交之谊，何出此言。"遂回头命长府官主祭代奠。贾
赦等一旁还礼毕，复身又来谢恩。

水溶十分谦逊，因问贾政道："那一位是衔玉而诞者？几次要
见一见，都为杂冗所阻，想今日是来的，何不请来一会。"贾政听说，
忙回去急命宝玉脱去孝服，领他前来。那宝玉素日就曾听得父兄
亲友人等说闲话时，常赞水溶是个贤王，且生得才貌双全，风流潇
洒，每不以官俗国体所缚；每思相会，只是父亲拘束严密，无由得
会，今见反来叫他，自是欢喜。一面走，一面早瞥见那水溶坐在轿
内，好个仪表人材。不知近看时又是怎样，下回便知。

校 注

①回目联语原误植于"诗云"后。

②"语"，据己卯、庚辰、梦稿及蒙、戚诸本改。

③"分派"之后，似有脱讹，然诸本皆同。唯舒序本擅补"各款事件"四字，
语句稍通；甲辰本则在后之"众人"处补"执事"二字，愈显不伦。今仍存原貌。
或谓：将"分派众人"连文，岂不语意通畅！如此通则通矣，却于事理不合——
"众人"尚在窗外"未敢擅入"，其所见被"分派"之"众人"又是谁？

④"话"，据各本改。

⑤此批虽是原稿本上的早期批语，却非曹氏著书圈中人所作。庚辰本有
针对此批的两条眉批，其一为："彩明系未冠小童，阿凤便于出入使令者。老
兄并未前后看明是男是女，乱加批驳，可笑！"其二为："且明写阿凤不识字之
故。壬午春。"署"壬午春"或"壬午夏""壬午秋"的批语，皆畸笏叟（曹氏原稿
本誊录者）所作。从其回驳的语气上看，所针对的此批，与雪芹、脂砚、畸笏等
人似毫不相干。可知现存脂本所保留的早期批语中，实混有一部分著书圈外
借阅者之批无疑。

⑥"香"，据各本补。

⑦"房"，据各本改。

⑧"摊赔（原误描陪）"，己卯、庚辰本同误"描"字。据梦稿本改"摊"字，
据己卯、庚辰二本作"赔"字，下同不另注。梦稿本作"摊陪（赔）"，列藏、舒序

及蒙、戚诸本作"赔"或"赔补"，甲辰本作"分赔"。

⑨"□〔盒〕"，原留空，据各本补。

⑩"拌"，从舒序本改。

⑪"都"，从蒙府、戚序、戚宁、甲辰本改。

⑫"延"，己卯、庚辰、蒙府本同误"筵"，从其余各本改。

⑬"申"，据各本改。

⑭"□〔盥〕"，原留空，据己卯、庚辰及蒙、戚诸本补。

⑮"撮"，除戚序、戚宁、梦稿本作"簇"，其余各本皆与此本同（梦稿本第三回中亦如是）。可见是作者历次原稿本即如此。参见第三回校注⑪。

⑯"了"，从甲辰本补，其余各本同缺。

⑰"家的"，从梦稿、舒序、列藏本补，其余各本同缺。

⑱"去"，从列藏、舒序、甲辰本及庚辰本旁添字补。

⑲"了"，甲辰同缺，据其余各本补。

⑳"为"，据各本补。

㉑"立刻要牌"，从戚序、戚宁、甲辰、梦稿本改。蒙府、己卯本原亦误作"要牌立刻"，后乙改作"立刻要牌"。

㉒"回"，从各本补。

㉓"混帐"，原作"混账"，此处各本皆同。然在其他回目中出现此词时，各本亦时有作"混帐"者。且现存脂本其他词语之"帐""账"二字亦多混用，皆为辗转誊抄讹变所致。故按本书体例，均可视不同情况予以径改，不作校改标识及校注。然此处乃本书首次出现此词，又牵涉到由来已久的一种模糊认识，故须略作申说。"混帐"与"混账"之混用，古今皆然，但以此词之本义论，当以"混帐"为是；而"混账"，似乎只能视为一种借代或误书。"混帐"者，混于同一床帐之谓也，故其原初之义，分明指乱伦或不正当的性事，进而才演变成一种骂人的隐语；其与"账目"之"账"无关。《古今汉语词典》单设"混帐"条而不设"混账"条，仅于释文中注明"也作混账"，是合理的。然不知何故，《辞源》《辞海》及《现代汉语词典》等反倒只设"混账"条而全然不提"混帐"一词。所以，作为一种探索，本丛书在现存各脂本也是二者混用的情况下，破例地独取其更近本义的"混帐"，去统改另一个仅可视为借代或误用之词的"混账"；就像独取"账目""算账"之"账"，去统改原抄中亦属借代或误用的"帐目""算帐"之"帐"一样，以期引起词典学家和文字学家对这一特定字词长期取舍失

当的重视与反思。参见本丛书第二种《脂砚斋重评石头记庚辰校本》第七十七回注㊶。

㉔"纵",从列藏、舒序本改。

㉕"就在净室(原误空处)胡乱歇了一夜",梦稿、舒序、列藏本同误"空"字,从其余各本改"室"。然此本又误"处"字,与梦、舒、列在"空"字后多"房中"二字,均反映出该"空"字之误由来已久,且反映出甲戌原本和丙、己、庚原本所误之"空"字后,已经由原稿本抄录者分别妄添了不同的字词。而其余各本将"空"字改"室"并删去"处"或"房中"字样,则只能理解为是己、庚抄手及立松轩本(即蒙、戚诸本共同母本)抄手的一种合理校改。"净室"非"净空",是显而易见的。本回铁槛寺前文已有"住持色空",下回水月庵又有"老尼净虚",而全书并无"净空"其人。可见"空"乃"室"之草书形讹。下回一再写凤姐"至净室更衣净手""回至净室歇息"等,均可证。

㉖"往",据各本补。

㉗"请医服药"后,原有"看医生启帖、症源、药案"一语,两者明显重复。除梦稿本无后句(是过录者删),蒙府本虽有却点去,其余各本皆同有此重复句。疑此句乃甲戌手稿中原被作者勾删的废弃之句,或因勾删笔迹不甚明显,被阅评后誊录"甲戌自藏本"的脂砚斋和继之誊录"甲戌定本"的畸笏叟一并抄入正文所致。今从梦稿、蒙府本删去此句。

㉘"缮国公〔石守业〕诰命亡故",各本皆缺"石守业"三字,可见乃甲戌本原定本之前的某一定本即被稿本抄录者夺漏。据此本之回前批"石,即豕,亥字寓焉"及后文"其孙石光珠"补"石"字;又据同批"其祖曰(原误回)守业"补"守业"二字。正文所叙六国公,前五位皆在"国公"封号后具名,唯此"缮国公"不具名,其为夺漏甚明。好在有此本脂批泄露其名,实属万幸。

㉙此墨眉批为孙桐生笔迹。所谓"不见'守业'字,何故?"乃指回前墨批中所云六国公寓十二干支之说有遗漏。因末句有"其祖曰守业,即守夜也,犬字寓焉"。细检六国公及其子嗣名,确无此"守业"之称,故孙桐生有此问。

㉚"郡",舒序本作"王",据其余各本补。

第十五回

王熙凤弄权铁槛寺　秦鲸卿得趣馒头庵①

诗云:

　　　□………

话说宝玉举目见北静郡王水溶,头上戴着洁白簪缨银翅王帽,穿着江牙海水五爪坐龙白蟒袍,系着碧玉红鞓带,面如美玉,目似明星,真好秀丽人物。宝玉忙抢上来参见。水溶连忙从轿内伸出手来挽住。见宝玉戴着束发银冠,勒着双龙出海抹额,穿着白蟒箭袖,围着攒珠银带,面若春花,目如点漆。^{〔朱旁〕又换此一句,如见其形}水溶笑道:"名不虚传,果然如宝似玉。"因问:"衔的那宝贝在那里?"宝玉见问,连忙从衣内取了,递与过去。水溶细细看了,又念了那上头的

175

字,因问:"果灵验否?"贾政忙道:"虽如此说,只是未曾试过。"水溶一面极口称奇道异,一面理好彩绦,亲自与宝玉戴上。[朱旁]钟爱之至。又携手问宝玉几岁,读何书。宝玉一一答应。

水溶见他言语清楚,谈吐有致,一面又向贾政笑道:"令郎真乃龙驹凤雏。非小王在世翁前唐突,将来'雏凤清于老凤声',[朱旁]妙极!开口便是西昆体,宝玉闻之,宁不刮目哉。未可量也。"贾政忙赔笑道:"犬子岂敢谬承金奖。赖藩郡余祯,果如是言,亦荫生辈之幸矣。"水溶又道:"只是一件,令郎如是资致,想老太夫人、夫人辈自然钟爱极矣。但吾辈后生,甚不宜钟溺;钟溺则未免荒失学业。昔小王曾陷此辙,想令郎亦未必不如是也。若令郎在家难以用功,不妨常到寒第。小王虽不才,却多蒙海上众名士凡至都者,未有不另垂青目,是以寒第高人颇聚。令郎常去谈会谈会,则学问可以日进矣。"贾政忙躬身答应。水溶又将腕上一串念珠卸了下来,递与宝玉道:"今日初会,仓促竟无敬贺之物,此系前日圣上亲赐蕶(原误菩)苓香②念珠一串,权为贺敬之礼。"宝玉连忙接了,回身奉与贾政。贾政与宝玉一齐谢过。

于是贾赦、贾珍等一齐上来请回舆。水溶道:"逝者已登仙界,非碌碌你我尘寰中之人也。小王虽上叩天恩,虚邀郡袭,岂可越仙辀进也。"贾赦等见执意不从,只得告辞谢恩。回来命手下掩乐停音,滔滔然将殡过完,方让水溶回舆去了,不在话下。

且说宁府送殡,一路热闹非常。刚至城门前,又有贾赦、贾政、贾珍等诸同僚属下各家祭棚接祭,一一的谢过,然后出城,竟奔铁槛寺大路行来。彼时贾珍带贾蓉来到诸长辈前,让坐轿、上马。因而贾赦一辈的各自上了车轿。贾珍一辈的也将要上马。凤姐因记挂着宝玉,[朱旁]千百件忙事内,不漏一丝。怕他在郊外纵性逞强,不服家人的话,贾政管不着这些小事,惟恐有个闪失难见贾母,因此便命小厮来唤他。

宝玉只得来到他的车前。凤姐笑道："好兄弟,你是个尊贵人,女孩儿一样的人品,^{[朱旁]非此一句,宝玉必}别学他们猴在马上。下来,咱们姐儿两个坐车,岂不好!"宝玉听说,便忙下了马,爬入凤姐车上。二人说笑前进。

不一时,只见从那边两骑马压地飞来,离凤姐车不远,一齐蹿下来,扶车回说:"这里有下处,奶奶请歇〔息〕、更衣。"凤姐急命请邢夫人、王夫人的示下。那人回来说:"太太们说不用歇了,叫奶奶自便罢。"凤姐听了,便命歇歇再走。众小厮听了,一带辕马,岔出人群,往北飞走。宝玉在车内急命:"请秦相公!"那时秦钟正骑马随着他父亲的轿,忽见宝玉的小厮跑来,请他去打尖。秦钟看时,只见凤姐的车往北而去,后面拉着宝玉的马,搭着鞍笼,便知宝玉同凤姐坐车。自己也便带马赶上来,同入一庄门内。早有家人将众庄汉撵尽。那村(原误时)庄人家③无多房舍,婆娘们无处回避,只得由他们去了。那些村姑庄妇见了凤姐、宝玉、秦钟的人品衣服,礼数款段,岂有不爱看的?

一时凤姐进入茅堂,因命宝玉等先出去玩玩。宝玉等会意,因同秦钟出来,带着小厮们各处游玩。凡庄农动用之物,皆不曾见过。宝玉一见了锹、锄、镢、犁等物,皆以为奇,不知何项④(原误向)所使,其名为何。^{[朱旁]凡膏粱子弟,齐来着眼。}小厮在旁,一一的告诉了名色,说明原委。^{[朱旁]也盖因未见之故也。}宝玉听了,因点头叹道:"怪道古人诗上说,'谁知盘中餐,粒粒皆辛苦',正为此也。"^{[朱旁]聪明人自是一喝即悟。}一面说,一面又至一间房前,只见炕上有个纺车。宝玉又问小厮们:"这又是什么?"小厮们又告诉他原委。宝玉听说,便上来拧转作耍,自为有趣。只见一个约有十七八岁的村庄丫头跑了来乱嚷:"别动坏了!"众小厮忙断喝拦(原误搁)阻⑤。宝玉忙丢开手,赔笑说道:"我因为无见过这个,所以试他一试。"那丫头道:"你们那里会弄这个?站开了,^{[朱旁]如闻其声见其形。}我纺与你瞧。"秦钟暗拉宝玉,笑道:"此卿大有意趣。"宝

177

玉一把推开,笑道:"该死的!再胡说,我就打了。"[朱旁]的是宝玉**生性**（原误性生）之言。

说着,只见那丫头纺起线来。宝玉正要说话时,只听那边老婆子叫道:"二丫头,快过来!"那丫头听见,丢下纺车一径去了。

宝玉怅然无趣。[朱旁]处处点情。又伏下一段后文。只见凤姐打发人来叫他两个进去。凤姐洗了手,换衣服抖灰土,问他们换不换。宝玉不换,只得罢了。家下仆妇们将带着行路的茶壶、茶杯、什锦屉盒、各样小食端来。凤姐等吃过茶,待他们收拾完备,便起身上车。外面旺儿预备下赏封,赏了本村主人。庄妇等来叩赏,凤姐并不在意,宝玉却留心看时,内中并无二丫头。一时上了车,出来走不多远,只见迎头二丫头怀里抱着他小兄弟,同着几个小女孩子说笑而来。宝玉恨不得下车跟了他去,料是众人不依的,少不得以目相送。争奈车轻马快,一时辗眼无踪。[朱旁]四字有文章。人生离聚亦未尝不如此也。

走不多时,仍又跟上了大殡。早有前面法鼓金铙,幢幡宝盖,铁槛寺接灵众僧齐至。少时到入寺中,另演佛事,重设香坛,安灵于内殿。偏室之中,宝珠安理寝室相伴。外面贾珍款待一应亲友。也有扰饭的,也有不吃饭而辞的,一应谢过乏,从公、侯、伯、子、男一起一起的散去,至未末时分方散尽了。里面的堂客,皆是凤姐张罗接待。先从显官诰命散起,也到晌午大错时方散尽了。只有几个亲戚是至近的,等做过三日安灵道场方去。那时邢、王二夫人知凤姐必不能回家,也便就要进城。王夫人要带宝玉去,宝玉乍到郊外,那里肯回去,只要跟凤姐住着。王夫人无法,只得交与凤姐便回来了。

原来这铁槛寺原是宁荣二公当日修造,现今还是有香火地亩布施,以备京中老了人口,在此便宜寄放。其中阴阳两宅,俱已预备妥帖,[朱夹]大凡创业之人,无有不为子孙深谋至细。今后辈仗一时之荣显,犹自不足,另生枝叶,虽华丽过先,奈不常保,亦足可叹,争及先人之常保其朴哉?

近世浮华子弟来着眼。好为送灵人口寄居。[朱旁]祖宗为子孙之心细到如此。不想如今后辈人口繁盛，其中贫富不一，或性情参商：[朱夹]所谓"源远水则浊，枝繁果则稀"。余为（原误谓）天下痴心祖宗为子孙谋千年业者痛哭！有那家业艰难安分的，[朱旁]妙在艰难就安分，富贵则不安分矣。便住在这里了；有那上排场有钱势的，只说这里不方便，一定另外或村庄或尼庵寻个下处，为事毕宴退之所。[朱旁]真真辜负祖宗体贴子孙之心！即今秦氏之丧，族中诸人皆权在铁槛寺下榻，独有凤姐嫌不方便，[朱旁]不用说，阿凤自然不肯将就一刻的。因而早遣人来和馒头庵的姑子净虚说了，腾出两间房子来作下处。

原来这馒头庵就是水月寺⑥，因他庙里做的馒头好，就起了这个浑号，离铁槛寺不远。[朱夹]前人诗云"纵有千年⑦铁门限，终须一个土馒头"，是此意。故"不远"二字有文章。当下和尚功课已完，奠过晚茶，贾珍便命贾蓉请凤姐歇息。凤姐见还有几个妯娌陪着女亲，自己便辞了众人，带了宝玉、秦钟往水月庵来。原来秦业年迈多病，[朱旁]伏一笔。不能在此，只命秦钟等待安灵罢了。那秦钟便只跟着凤姐、宝玉。一时到了水月庵，净虚带领智善、智能两个徒弟出来迎接，大家见过。凤姐等来至净室更衣净手毕，因见智能儿越发长高了，模样儿越发出息了，因说道："你们师徒怎么这些日子也不往我们那里去？"净虚道："可是这几天都无工夫。因胡老爷府里产了公子，太太送了十两银子来这里，叫请几位师傅念三日《血盆经》，忙得无个空儿，[朱旁]虚陪一个胡姓，妙！言是"糊涂人之所为"也。就无来请太太的安。"

不言老尼陪着凤姐，且说秦钟、宝玉二人正在殿上玩耍，因见智能过来，宝玉笑道："能儿来了。"秦钟道："理那个东西做什么？"宝玉笑道："你别弄鬼，那一日在老太太屋里，一个人无有，你搂着他做什么？[朱旁]补出前文未到处。细思秦钟近日在荣府所为，可知矣！这会子还哄我。"秦钟笑道："这可是没有的话。"宝玉笑道："有无有，也不管你。你只叫住他，倒碗茶来我吃，就丢开手。"秦钟笑道："这又奇了，你叫他倒去，还怕他不倒？何必要我说呢。"宝玉道："我叫他倒的是无情意的，不及你叫他倒的是有情意的。"［朱旁］总作如是等奇语。秦钟只得说道："能儿,倒碗茶来给我。"那智能儿自幼在荣府走动,无人不识,因常与宝玉、秦钟玩耍。他如今大了,渐知风月,便看上了秦钟人物风流。［朱旁］不爱宝玉,却爱秦钟,亦是各有情孽。那秦钟也极爱他妍媚。二人虽未上手,却已情投意合了。今能儿见了秦钟,心眼俱开,走去倒了茶来。秦钟笑说:"给我。"［朱旁］如闻其声。宝玉叫:"给我。"智能儿抿嘴笑道:"一碗茶也来争,我难道手里有蜜?"［朱旁］一语毕肖,如闻其语,观者已自酥倒。不知作者从何着想?宝玉先抢得了,吃着,方要问话,只见智善来叫智能去摆茶碟子。一时,来请他两个去吃茶果点〔心⑧〕。他两个那里吃这些东西,坐一坐仍出来玩笑。

凤姐也略坐片时,便回至净室歇息,老尼相送。此时,众婆娘媳妇见无事,皆陆续散了,自去歇息。跟前不过几个心腹②(原误服)常侍小婢。老尼便趁机说道:"我正有一事要到府里求太太,先请奶奶一个示下。"凤姐因问何事。老尼道:"阿弥陀佛!［朱旁］开口称佛,毕肖(原误有)!可叹,可笑!只因当日我先在长安县内善才庵［朱旁］"才"字妙!内出家的时节,那时有个施主姓张,是大财主,他有个女儿,小名金哥。［朱旁］俱从"财"一字上发生。那年都往我庙里来进香,不想遇见了长安府府太爷的小舅子李衙内。那李衙内一心看上要娶金哥,打发人来求亲。不想金哥已受了原任长安守备的公子的聘礼,张家若退亲,又怕守备不依,因此说有了人家。谁知李公子执意不依,定要娶他女儿。张家正无计策,两处为难,不想守备家听了此信,也不管青红皂白,便来作践辱骂说:'一个女儿许几家,偏不许退定礼!'就要打官司告状起来。［朱夹］守备一闻便问,断无此理。此不过张家俱府尹之势,必先退定礼,守备方不从,或有之。此时老尼只欲与张家完事,故将此言遮饰以便退亲——受张家之贿也。那张家急了,［朱夹］如何便急了?话无头绪。可知张家理缺。此系作者巧摹老尼无头绪之语,莫认作者无头绪。正是神处、奇处,摹一人,一人必到纸上活见。只得着人上京求寻门路,

赌气偏要退定礼。[朱旁]如何！的是张家要与府尹攀亲。我想，如今长安节度云老爷与

府上最契，可以求太太与老爷说声，打发一封书去求云老爷和那守

备说一声，不怕那守备不依。若是肯行，张家连〔倾⑩〕家孝敬也都

情愿。"[朱夹]坏极，妙极！若与府尹攀了亲，何惜张财不能再得。小人之心如此，良民遭害如此。凤姐听了，笑道："这事倒

不大。[朱旁]五字是阿凤心迹。只是太太再不管这样的事。"老尼道："太太不管，

奶奶也可以主张了。"凤姐听说，笑道："我也不等银子使，也不做这

样的事。"净虚听了，打去妄想，半晌叹道："虽如此说，只是张家已

知我来求府里。如今不管这事，张家〔不⑪〕知道没工夫管这事，不

稀罕（原误罕稀）⑫他的谢礼，倒像府里连这点子手段也无有的

一般。"

　　凤姐听了这话，便发了兴头，说道："你是素日知道我的，从来

不信什么阴司地狱报应的，凭是什么事，我说要行就行。你叫他拿

三千两银子来，我就替他出这口气。"老尼听说，喜之不尽，忙说：

"有有有，这个不难！"凤姐又道："我比不得他们，**拉篷扯纤**（原作拉

篷扯牵）的图银子⑬。这三千银子，不过是给打发说去的小厮做盘

缠，使他赚几个辛苦钱，我一个钱也不要他的。便是三万两，我此

刻还拿得出来。"[朱旁]阿凤欺人如此。老尼连忙答应。又说道："既如此，奶奶

明日就开恩也罢了。"凤姐道："你瞧瞧我忙的，那一处少了我？既

应了你，自然快快的了结。"老尼道："这点子事，在别人跟前就忙得

不知怎么样；若是奶奶跟前，再添上些也不够奶奶一发挥的。只是

俗语说的'能者多劳'，太太因大小事见奶奶妥帖，越性都推给奶奶

了。奶奶也要保重金体才是。"一路话奉承的凤姐越发受用了，也

不顾劳乏，[朱旁]总写阿凤聪明中的痴人。更攀谈起来。

　　谁想秦钟趁黑无人，来寻智能。刚到后面房中，只见智能独在

房中洗茶碗，秦钟跑来便搂着亲嘴。智能急得跺脚，说："这算什么

呢？再这么我就叫唤了。"秦钟求道："好人，我已急死了，你今儿再不依，我就死在这里！"智能道："你想怎么样？除非等我出了这个牢坑，离了这些人，才依你。"秦钟道："这也容易，只是远水救不得近渴。"说着一口吹了灯，满屋漆黑，就将智能抱在炕上，就云雨起来。那智能百般挣挫不起，又不好叫的，少不得依他了。正在得趣，只见一人进来，将他二人按住，也不则声。二人不知是谁，唬得不敢动一动。只听那人嗤的一声撑（原误掌）不住笑了。二人听声，方知是宝玉。秦钟连忙起身抱怨道："这算什么？"宝玉笑道："你倒不依，咱们就叫喊起来。"羞得智能趁黑地跑了。宝玉拉了秦钟出来道："你可还和我强？"秦钟笑道："好人，你只别嚷得众人知道；你要怎么样，我都依你。"宝玉笑道："这会子也不用说，等一会睡下，再细细的算账。"一时宽衣安歇的时节，凤姐在里间，秦钟、宝玉在外间，满地下皆是家下婆子打铺、坐更。凤姐因怕通灵玉失落，便等宝玉睡下，命人拿来塞在自己枕边。宝玉不知与秦钟算何账目，未见真切，未曾记得，此系疑案，不敢纂创。〔朱夹〕忽又作如此评断。似自相矛盾，却是最妙之文。若不如此隐去，则又有何妙文可写哉？这方是世人意料不到之大奇笔。若通部中万万件细微之事俱备，《石头记》真亦太觉死板矣。故特用此二三件隐事，借石之未见真切，淡淡隐去，越觉得云烟渺茫之中，无限丘壑在焉。

一宿无话，至次日一早，便有贾母、王夫人打发人来看宝玉，又命多穿两件衣服，无事宁可回去。宝玉那里肯回去，又有秦钟恋着智能，挑唆宝玉求凤姐再住一天。凤姐想了一想，〔朱旁〕一想便有许多好处。真好阿凤！凡丧仪大事虽妥，还有一〔星〕半点小事未曾安插，可以借⑭（原误指）此再住一天。岂不又在贾珍跟前送了满情，二则又可以完净虚的那事，三则顺了宝玉的心，贾母听见岂不欢喜？因有此三益，〔朱旁〕世人只云一举两得，独阿凤一举更添一〔得⑮〕。便向宝玉道："我的事都完了，你要在这里逛，少不得越性辛苦一日罢了，明日可是定要走的了。"宝玉听说，千姐姐万姐姐的央求："只住一天，明日必回去的。"于是又住了一夜。

凤姐便命悄悄将昨日老尼姑之事说与来旺儿。来旺儿心中俱已明白，急忙进城，找着主文的相公，假托贾琏所嘱修书一封。[朱旁]不细。连夜往长安县来，不过百里路程，两日工夫俱已妥协。那节度使名唤云光，久欠贾府之情，这一点小事岂有不允之理。给了回书，旺儿回来，且不在话下。[朱旁]一语过下。

却说凤姐等又过了一日，次日方别了老尼，着他三日后往府里去讨信。[朱旁]过至下回。那秦钟与智能百般不忍分离，背地里多少幽情密约，俱不用细述，只得含泪而别。凤姐又至铁槛寺中照望一番。宝珠执⑯（原误致）意不肯回家，贾珍只得派妇女相伴。后文再见。

校　注

①回目联语原误植于"诗云"后。

②"蓍（原误蓍）苓香念珠"，从甲辰本改"蓍"字（下回甲辰本又作"零"，亦通）；其余各本同误"蓍"。按"蓍苓香"，又作"零苓香"或"零陵香"，因湖南零陵县所产最佳，故名。唐代刘禹锡《潇湘神二曲》诗有云："君问二妃何处所，零陵芳（一作香）草露中秋"，此"零陵芳草"，即制作此香之原料也。各本所误之"蓍"，素无此字，实乃"蓍"字草书形讹，且始自原稿本抄录者的误识误书，故致各本传抄多误。第十六回又作"鹡鸰香"，则属原稿本抄录者的再度臆改。甲辰本异文，虽属臆改，却合情理。俞校本、新校本均校作"鹡鸰香"，实不妥。另，此所谓"蓍苓香念珠"，应指用湖南零陵县所产蓍苓香浸泡过的上等木材制作的念珠。

③"村（原误时）庄人家"，此语及原误之"时"字，唯己卯、庚辰本全同。其余各本则无"时"字，并各有异文：列藏本作"庄人家"，梦稿、舒序本作"庄村人家"，蒙府本作"庄家人"，戚序、戚宁本作"庄的人家"，甲辰本作"庄农人家"，均系对底本原误"时"字所形成的擅改。亦足见此一"时"字之误，当源于甲戌原定本之前的更早期稿本，实乃原稿本誊录者因"村"字草书形讹所致。本回后文有"村庄丫头"一语，可证。

④"项"，从梦稿、蒙府、舒序、列藏本改，各本皆误。

⑤"拦（原误搁）阻"，除甲辰本另有异文（作"住了"，属妄改），据其余各

本改"拦"字。

⑥"寺",各本皆同,唯戚序、戚宁本作"庵",己卯本点改亦作"庵"。然此本及各本后文又同作"庵"。故此处多数脂本皆同之"寺"字,究竟是原定本誊录者的抄误,还是作者早期命名痕迹的残留,颇值得研究。此处仍存原貌。

⑦"年",原朱笔误抄作"门",后墨笔涂改作"年"。

⑧"心",己卯、庚辰、甲戌、甲辰本同缺,据其余各本补。

⑨"腹",己卯、庚辰蒙府本同误"服",从其余各本改。

⑩"倾",据各本补。

⑪"不",据各本补。

⑫"稀罕(原误罕稀)",列藏本同误而作"罕希",据其余各本改。

⑬"我比不得他们,拉篷扯纤(原误拉蓬扯牵)的图银子",从列藏本改"篷""纤"二字。原误之"蓬",乃讹写"艹"头;原误之"牵",则漏写或擅删"糸"旁("纤"之繁体为"縴")。疑"拉篷扯纤"四字在原誊录之历次定本中即被误抄,故现存有此回目的脂本中多有异文:甲辰、舒序本与此本同误"拉蓬扯牵",蒙、戚诸本作"扯蓬扯牵",己卯、庚辰本作"扯蓬拉牵",梦稿本作"拉蓬拉牵",唯列藏本作"拉篷扯縴"。细辨之,显然以列藏本更近作者原意。可注意的是,最早印行的程高本(包括程甲、程乙),均作"扯蓬拉牵",与其所据之梦稿、甲辰皆异,却独与己、庚同。

⑭"借",从戚序、戚宁本改;梦稿本作"至",其余各本同误"指"(己卯本点改作"借")。

⑮"得",在共有此批的五种本子中,己卯、庚辰本同缺,从蒙、戚诸本补。

⑯"执",己卯、庚辰本同误"致",除蒙府、舒序、列藏、梦搞本另有异文,从其余各本改。

第十六回

贾元春才选凤藻宫　秦鲸卿夭逝黄泉路[①]

[回前墨]

　　幼儿小女之死,得情之正气,又为痴贪辈一针灸(原误疚)。

　　凤姐恶迹多端,莫大于此件者——受赃〔逼〕婚,以致人命。

　　贾府连日热闹非常,宝玉无见无闻,却是宝玉正文。夹写秦、智数句,下半回方不突然。

　　黛玉回,方解宝玉为秦钟之忧闷,是天然之章法。

　　平儿借香菱答话,是补菱姐近来着落。

　　赵姬讨情闲文,却引出通部脉络,所谓由小及大。譬如"登高必自卑"之意。

　　细思大观园一事,若从如何奉旨起造,又如何分派众人,从头细细直写,将来几千样细事,如何能顺笔一气写清?又将落于死板拮据之乡。故只用琏、凤夫妻二人一问一答,上用赵姬讨情作引,下文蓉、蔷来说事作收,余者随笔顺笔略一点染,则耀然洞彻矣。此是"避难法"。

　　大观园用省亲事出题,是大关键处,方见大手笔行文之立意。

　　借省亲事写南巡,出脱心中多少忆昔(原误惜)感今。

　　极热闹极忙中写秦钟夭逝,可知除"情"字俱非宝玉正文。

　　大鬼小〔鬼〕论势力兴衰,骂尽趋(原误攒)炎附势之辈。

诗曰:

　　□………

　　却说宝玉见收拾了外书房,约定与秦钟读夜书。偏那秦钟秉性最弱。因在郊外受了些风霜,又与智能儿偷期缱绻,未免失于调养,回来时便咳嗽伤风,懒进饮食,大有不胜之态,遂不敢出门,只在家中养息。[朱旁]为下文伏线。宝玉便扫了兴头，只得付于无可奈何，且自静候大愈时再约。[朱旁]所谓"好事多磨"也。

那凤姐儿已是得了云光的回信，俱已妥协。老尼达知张家，果然那守备忍气吞声的收了前聘之物。谁知那个张财主虽如此爱势贪财，却养了一个知义多情的女儿。闻得父母退了亲事，他便一条绳索悄悄的自缢了。那守备之子闻得金哥自缢，他也是个极多情的，遂也投河而死。只落得张、李两家没趣，真是人财两空。这里凤姐却坐享了三千两。王夫人等连一点消息也不知道。自此凤姐胆识愈壮，以后有了这样的事，便恣（原误姿）意的作为起来，也不消多记。[朱夹]一段收拾过。阿凤心机胆量，真与雨村是对乱世之奸雄，后文不必细写其事，则知其平生之作为。回首时，无怪乎其惨痛之态。使天下痴心人同来一警，或可期共入于恬然自得之乡矣。

一日，正是贾政的生辰。宁、荣二处人丁，都齐集庆贺，热闹非常。忽有门吏忙忙进来，至席前报说："有六宫都太监夏老爷降旨。"吓得贾赦、贾政等一干人不知是何消息，忙止了戏文，撤去酒席，摆香案启中门跪接。早见六宫都〔太〕监夏守忠乘马而至，前后左右又有许多内监跟从。那夏守忠也不曾负诏捧敕，至檐〔前②〕下马，满面笑容走至厅上，南面而立，口内说："特旨：立刻宣贾政入朝，在临敬殿陛见。"说毕，也不及吃茶，便乘马去了。贾政③（原误赦）等不知是何兆头，只得急忙更衣入朝。

贾母等合家人等心中皆惶惶不定，不住的使人飞马来往报信。有两个时辰工夫，忽见赖大等三四个管家，喘吁吁跑进仪门报喜。又说"奉老爷命，速请老太太带领太太等进朝谢恩"等语。那时贾母正心神不定，在大堂廊下伫立；邢夫人、王夫人、尤氏、李纨、凤姐、迎春姊妹以及薛姨妈等皆在一处。听如此信至，贾母便唤进赖大来细问端的。赖大禀道："小的们只在临敬门外伺候，里头的信息一概不能得知。后来还是夏太监出来道喜，说咱家大小姐晋封为凤藻宫尚书加封贤德妃。后来老爷出来，亦如此吩咐小的。如今老爷又往东宫去了，速请老太太领着太太们去谢恩。"贾母等听了，方心神安定，不免又都洋洋喜气盈腮。于是都按品大妆起来。贾母带领邢夫人、王夫人、尤氏一共四乘大轿入朝。贾赦、贾珍亦换了朝服，带领贾蓉、贾蔷奉侍贾母大轿前往。于是宁、荣二处上下里外，莫不欣然踊跃，个个面上皆有得意之**状**（原误壮），言笑鼎沸不绝。

谁知近日水月庵的智能私逃进城，[朱旁]好笔仗（原误伏），好机轴！④ 找至秦钟家下看视秦钟。不意被秦业知觉，将智能逐出，将秦钟打了一顿，自己气得老病发作，三五日的光景呜呼死了。秦钟本自怯弱，又值带病未愈，受了笞打，今见老父气死，此时悔痛无及，更又添了许多症候。因此，宝玉心中怅然如有所失，虽闻得元春晋封之事，亦未解得愁闷。[朱夹]眼前多少文字不写，却从外人⑤意外撰出一段悲伤。是别人不屑写者，亦别人之不能处。

[朱眉]忽然接水月庵，似大脱泄；及读至后〔文〕，方知〔为〕紧收此大段。有如歌急调迫之际，忽闻戛然檀板截断，真见其大力量处，却便于写宝玉之文。 贾母等如何谢恩、如何回家，亲朋如何来庆贺，宁、荣两处近日如何热闹，众人如何得意，独他一个皆视有如无，毫不曾介意。因此众人嘲他越发呆了。[朱夹]大奇至妙之文！却用宝玉一人，连用五"如何"，隐过多少繁华势利等文。试思：若不如此，必至种种写到，其死板、拮据、琐（原误锁）碎、杂乱，何不胜哉！故只借宝玉一人如此一写，省却多少闲文，却有无限烟波。

且喜贾琏与黛玉回来，先遣人来报信：明日就可到家。宝玉听了，方略有些喜意。[朱夹]不如此，后文秦钟死去，将何以慰宝玉？ 细问原由，方知贾雨村亦进京陛见。皆由王子腾累上保本，此来候补京缺，与贾琏是同宗弟兄，又与黛玉有师徒之谊，故同路做伴而来。林如海已葬入祖坟了，诸事停妥，贾琏方进京的。本该出月到家，因闻得元春喜信，遂昼夜兼程而进，一路俱各平安。宝玉只问得黛玉"平安"二字，余者也就不在意了。[朱夹]又从天外写出一段离合来，总为掩过宁、荣二处许多琐细闲笔。

处处交**待**（原误代）清**楚**（原误处），方好起大观园也。 好容易盼至明日午错，果**报**⑥（原误然）："琏二爷和林姑娘进府了。"见面时彼此悲喜交接,未免又大哭一阵。后又致喜庆之词。[朱夹]世界上亦如此,不独书中瞬息。观此,便可省悟。宝玉心中品度黛玉,越发出落得超逸了。黛玉又带了许多书籍来,忙着打扫卧室,安插器具,又将些纸笔等物分送宝钗、迎春、宝玉等人。宝玉又将北静王所赠蕶苓(原误鹡鸰)香⑦串珍重取出来,转赠黛玉。黛玉说:"什么臭男人拿过的?我不要他!"遂掷而不取。宝玉只得收回,暂且无话。[朱夹]略一点黛玉性情,赶忙收住,正留为后文地步。

　　且说贾琏,自回家参见过众人,回至房中。正值凤姐近日多事之时,无片刻闲暇之工,[朱夹]补阿凤二句,最不可少。见贾琏远路归来,少不得拨冗接待。房内无外人,便笑道:"国舅老爷大喜!国舅老爷一路风尘辛苦![朱旁]娇音如闻,俏态如见,少年夫妻常事,的确有之。小的听见昨日的头起报马来报,说今日大驾归府,略预备了一杯水酒掸尘,不知可赐光谬领?"贾琏笑道:"岂敢,岂敢!多承,多承!"一面平儿与众丫鬟参拜毕,献茶。贾琏遂问别后家中的事,又谢凤姐操持劳碌。凤姐道:"我那里照管得这些事?见识又浅,口角又夯,心肠又直率,人家给个棒槌,我就认做针;脸又软,搁不住人给两句好话,心里就慈悲了。况且又无经历过大事,胆子又小,太太略有些不自在,就吓得我连觉也睡不着了。我苦辞了几回,太太又不容辞,倒反说我图受用了,不肯习学了。殊⑧(原作除)不知我是捻着一把汗⑨(原误汉)儿呢,一句也不敢多说,一步也不敢多走。[朱眉]此等文字,作者尽力写来,欲诸公认识阿凤,好看后文,勿为泛泛看过。你是知道的,咱们家所有的这些管家、奶奶们,那一位是好缠的?[朱旁]独这一句不假。错一点儿,他们就笑话打趣;偏一点儿,他们就指桑说槐的抱怨。'坐山观虎〔斗⑩〕','借剑杀人','引风吹火','站干岸儿','推倒油瓶不扶',都是全挂子的武艺。况且〔我〕⑪年纪轻,头等不压众,怨不得不放我在眼里。更可笑那府里忽然蓉儿媳妇死了,珍大哥又再三再四的在太太跟前跪着讨情,只要请我帮他几日。我是再四推辞，太太断不依，只得从命，依旧被我闹了个马仰人翻，更不成个体统。至今珍大哥还抱怨后悔呢。你这一来了，明儿你见了他，好歹描补描补，就说我年纪小，原没见过世面，谁叫大爷错委他的。"〔朱眉〕阿凤之**待**（原误带）琏兄，如弄小儿。可**畏**⑫（原误思）之至！

正说着，只听外间有人说话。〔朱夹〕又用断法，方妙。盖此等文断不可无，亦不可太多。凤姐便问："是谁？"平儿进来回道："姨太太打发香菱妹子来问我一句话。我已经说了，打发他回去了。"贾琏笑道："正是呢，方才我见姨妈去，不**防**（原误妨）和一个年轻的小媳妇子撞了个对面，生得好齐整模样。我疑惑咱家并无此人，说话时因问姨妈，谁知就是上京来买的那小丫头名叫香菱的。竟与薛大傻子做了房里人，开了脸，越发出挑得标致了。那薛大傻子真玷辱了他！"〔朱夹〕垂涎如见。试问兄：宁不有玷平儿乎？凤姐道："嗳！往苏杭走了一**趟**（原误淌）回来，也该见些世面了，〔朱旁〕这"世面"二字，单指女色也。还是这么眼馋肚饱的。你要爱他，不值什么，我去拿平儿换了他来如何？〔朱夹〕奇谈！是阿凤口中，〔方〕有此等语句。〔朱眉〕用平儿口头谎言，写补菱卿一项实事，并无一丝痕迹，而有作者多少机括。⑬那薛老大〔朱旁〕又一样称呼，各得神理。也是'吃着碗里，望着锅里'，这一年来的光景，他为要香菱不能到手，〔朱旁〕补前文之未到，且并将香菱身份写〔出〕。⑭和姨妈打了多少饥荒。也因姨妈看着香菱的模样儿好还是末则，其为人行事却又比别的女孩儿不同，温柔安静——差不多的主子姑娘也跟他不上呢，〔朱夹〕何曾不是主子姑娘？盖卿不知来历也。作者必用阿凤一赞，方知莲卿尊重不虚。故此摆酒请客的费事，明堂正道的与他作了妾。过了没半月，也看得马棚风的一般了，我倒心里可惜了的。"〔朱夹〕一段纳宠之文，偏于阿凤口中补出，亦奸猾幻妙之至。一语未了⑮，二门上小厮传报："老爷在大书房等二爷呢。"贾琏听了，忙忙整衣出去。

这里凤姐乃问平儿："方才姨妈有什么事，巴巴的打发香菱来？"〔朱旁〕必有此一问。平儿笑道："那里来的香菱？我借他暂撒个**谎**（原误慌）。[朱旁]卿何尝谎言，的是补菱姐正文。奶奶说说，旺儿嫂子越发连个承算也没了。"

说着又走至凤姐身边，悄悄说道："奶奶的那利钱银子，迟不送来早不送来，这会子二爷在家，他且送这个来了。[朱旁]总是补遗。幸亏我在堂屋里撞见，不然时走了来回奶奶，二爷倘或问奶奶是什么利钱，奶奶自然不肯瞒二爷的，[朱旁]平姐欺看（原误看欺）书人了。少不得照实告诉二爷。我们二爷那脾气，油锅里的钱还要找出来花呢，听见奶奶有了这个梯己，他还不放心的花了呢。所以我赶着接了过来，叫我说了他两句。谁知奶奶偏听见了，问我，就撒谎说香菱了。"[朱夹]一段平儿的见识作用，不枉阿凤生平刮目。又伏下多少后文，补尽前文未到。凤姐听了，笑道："我说呢，姨妈知道你二爷了，忽喇八的反打发个房里人来了；原来你这蹄子侦鬼！"

说话时，贾琏已进来。凤姐便命摆上酒馔来，夫妻对坐。凤姐虽善饮，却不敢任性，[朱夹]百忙中又点出大家规范。所谓无不周详，无不贴切。只陪着贾琏。一时贾琏的乳母赵嬷嬷（原作妈妈）走来，贾琏与凤姐忙让他一同吃酒，令其上炕去。赵嬷〔嬷〕执（原作致）意不肯，平儿等早已炕沿下设下一杌子，又有一小脚踏。赵嬷嬷在脚踏上坐了。贾琏向桌上拣（原误栋）两盘看馔，与他放在杌上自吃。凤姐又道："妈妈很咬不动那个，倒没的硌了他的牙。"因向平儿道："早起我说那一碗火腿炖肘子很烂，正好给妈妈吃，你怎么不取去赶着叫他们热来？"又道："妈妈，你尝一尝你儿子带来的惠泉酒。"赵嬷嬷道："我喝呢，奶奶也喝一钟。怕什么，只不要过多了就是了。[朱夹]宝玉之李嬷，此处偏又写一赵（原误李）嬷，特（原误持）犯不犯。先有"梨香院"一回，今又写此一回，两两遥对，却无一笔相重，一事合掌。我这会子跑来，倒也不为酒饭，倒有一件正经事，奶奶好歹记在心里，疼顾我些罢。我们的爷，只是嘴里说得好，到了跟前就忘了我们。幸亏我从小儿奶了你这么大。我也老了，有的是那两个儿子，你就另眼照看他们些，别人也不敢龇（原作趾）牙儿的。我还再四的求了你几遍，你答应的倒好，到如今还是燥屎。这如今又从天上跑出这样一件大喜事来，那里用不着人？所以倒是来求奶奶是正经；靠着我们爷，只怕我还饿死了呢。"

凤姐笑道："妈妈你放心，两个奶哥哥都交给我。你从小儿奶的，你还有什么不知道他那脾气的？拿着皮肉，倒往那不相干的外人身上贴。可是现放着奶哥哥，那一个不比人强？你疼顾照看他们，谁敢说个不字儿？没的白便宜了外人——我这话也说错了，我们看着是外人，你却看着是'内人'一样呢！"说得满屋里人都笑了。赵嬷嬷也笑个不住，又念佛道："可是屋子里跑出青天来了！若说'内人''外人'这些混帐事，我们爷是没有。[朱旁]千真万真是没有？一笑！不过是脸软心慈，搁不住人求两句罢了。"凤姐笑道："可不是呢！有'内人'求的，他才慈软呢；他在咱们娘儿们跟前，才是刚硬呢。"赵嬷嬷笑道："奶奶说得太尽情了，我也乐了，再吃一杯好酒。从此我们奶奶做了主，我就没的愁了。"

贾琏此时没好意思，只是讪笑吃酒，说"胡说"二字——"快盛饭来，吃碗子还要往珍大爷那边去商议事呢。"凤姐道："可是。别误了正事。才刚老爷叫你说什么？"贾琏道："就为省亲。"[朱夹]二字醒眼之极，却只如此写来。凤姐忙问道：[朱夹]"忙"字最要紧。特于阿凤口中出此字，可知事（原误是）关巨要⑯，是书中正眼矣。"省亲的事，竟准了不成？"[朱夹]问得珍重，可知是万人意外之事。贾琏笑道："虽不十分准，也有八分准了。"[朱夹]如此故顿一笔，更妙！见得事关重大，非一语可了者；亦是大篇文章，抑扬顿挫之至。凤姐笑道："可见当今的隆恩。历来听书、看戏，古时从来未有的。"[朱夹]于闺阁中作此语，直与《击壤》⑰同声。赵嬷嬷又接口道："可是呢。我也老糊涂了，我听见上上下下吵嚷了这些日子，什么'省亲'不'省亲'，[朱旁]补近日之事，启下回之文。我也不理论他去；如今又说'省亲'，到底是怎么个原故？"[朱眉]赵嬷一问，是文章家"进一步门庭"法则。　[朱旁]大观园一篇大文，千头万绪从何处写起？今故用贾琏夫妻问答之间闲闲叙出，观者已省大半。后再用蓉、蔷二人重一渲染，便省却多少赘瘤笔墨。此是"避难法"。贾琏道："如今当今体贴万人之心：世上至大莫如'孝'字，想来父母儿女之性皆是一理，不是贵贱上分别的。当今自为日夜侍奉太上皇、皇太后，尚不能略尽孝意，因见宫里嫔妃、才人等皆是入宫多年，以致抛离父母音容，岂有不思想之理？在儿女，思想父母是分所应当。想父母在家，若只管思念儿女竟不能一见，倘因此成疾致病，**甚**⑱（原误其）至死亡，皆由朕躬禁锢，不能使其遂天伦之愿，亦大伤天和之事。故启奏〔**太**〕上皇、〔**皇**〕太后⑲，每月逢二六日期，准其椒房眷属入宫请候看视。于是太上皇、皇太后大喜，深赞当今至孝纯仁、体天格物。因此二位老圣人又下旨意，说椒房眷属入宫，未免有国体仪制，母女尚不能惬怀。〔**竟**⑳〕大开方便之恩，特降谕诸椒房贵戚，除二六日入宫之恩外，凡有重宇别院之家，可以驻跸关防之处，不妨启请内廷銮舆入其私第，庶可略尽骨肉私情——天伦中之至性。此旨一下，谁不踊跃感戴？现今周贵人的父亲已在家里动了工了，修盖省亲别院呢。又有吴贵妃的父亲吴天佑家，也往城外踏看地方去了。[朱旁]又一**样**㉑（原误樸）这岂不有八九分了？"赵嬷嬷道："阿弥陀佛！原来如此。这样说，咱们家也要预备接咱们大小姐了？"贾琏道："这何用说呢。不然，这会子忙的是什么？"[朱旁]一段闲谈中，补出多少文章。真是费长房"壶中天地"也。

凤姐笑道："若果如此，我可也见个大世面了。可恨我小几岁年纪；若早生二三十年，如今这些老人家也不薄我没见世面了。[朱旁]忽接入此句，不知何意？似属无谓。说起当年太祖皇帝**仿**㉒（原误访）舜巡的故事，比一部书还热闹，我偏没造化赶上。"赵嬷嬷道："嗳哟哟！那可是千载稀逢的。那时候我才记事儿，咱们贾府正在姑苏、扬州一带监造海舫，修理海塘。只预备接驾一次㉓，把银子都花得淌海水似的。说起来——"[朱旁]又截得好！凤姐忙接道：[朱旁]"忙"字妙！上文"说起来"，必未完，"我粗心看去，则说疑阙；殊不知正传神处。们王府也预备过一次。那时我爷爷单管各国进贡朝贺的事，凡有的外国人来，都是我们家养活。[朱旁]点出阿凤所有外国奇玩等物。粤、闽、滇、浙所有的洋船货物,都是我们家的。"赵嬷嬷道:"那是谁不知道的? 如今还有个口号儿呢,说'东海少了白玉床,龙王来请江南王',这说的就是奶奶府上了。还有如今现在江南的甄家,[朱旁]甄家正是大关键大节目,勿作泛泛口头语看。嗳哟哟,好势派! 独他家接驾四次。若不是我们亲眼看见,告诉谁,谁也不信的。别讲银子成了土泥,凭是世上所有的,没有不是堆山塞海的,'罪过可惜'四个字,竟顾不得了。"凤姐道:"我常听见我们太爷们也这样说,岂有不信的。只纳罕他家怎么就这么富贵呢?"赵嬷嬷道:"告诉奶奶一句话:也不过是拿着皇帝家的银子,[朱旁]是不忘本之言㉔。往皇帝身上使罢了;谁家有那些钱买这个虚热闹去!"

[朱旁]最要紧语。人若不自知,能作是语者,吾未尝见。

　　正说得热闹,王夫人又打发人来瞧凤姐吃了饭不曾。凤姐便知有事等他,忙忙的吃了半碗饭,漱口要走。又有二门上小厮们回:"东府里蓉、蔷二位哥儿来了。"贾琏才**漱**(原误嗽)了口,平儿捧着盆盥手,见他二人来了,便问:"什么话? 快说。"凤姐止步稍候,听他二人回些什么。贾蓉先回说:"我父亲打发我来回叔叔,老爷们已经议定了:从东边一带,借着东府里的花园起,转至北边,一共丈量准了三里半大,可以盖造省亲别院了。已经传人画图样去了,明日就得。叔叔才回家,未免劳乏,不用过我们那边去,有话明日一早再请过去面议。"贾琏笑着说道:"多谢大爷费心体谅,我就从命不过去了。正经是这个主意才省事,盖得也容易。若采置别处地方去,那更费事,且倒不成体统。你回去说,这样很好,若老爷们再要改时,全仗大爷谏阻,万不可另寻地方。明日一早,我给大爷请安去,再议细话。"贾蓉忙应几个"是"。贾蔷又近前回说:"下姑苏**新**(原误割)聘教习㉕,采买女孩子,置办乐器行头等事,大爷派了侄儿,带领着来管家两个儿子,还有单聘仁、卜固修两个清客相公一同前往,所以命我来见叔叔。"贾琏听了,将贾蔷打量了打量,笑道:"你能在这一行么? 这个事虽不甚大,里头大有藏掖的。"[朱旁]射利人微露心迹。

贾蔷笑道:"只好学习着办罢了。"贾蓉在身旁灯影下悄拉凤姐的衣襟。凤姐会意,因笑道:"你也太操心了,难道你**大爷**㉖(原误父亲)比你还不会用人?偏你又怕他不在行了。谁都是在行的?孩子们已长的这么大了,'没吃过猪肉,也看见过猪跑'。大爷派他去,原不过是个坐纛旗儿,难道认真的叫他去讲价钱、会经纪去呢?依我说就很好。"贾琏道:"自然是这样。并不是我驳回,少不得替他筹算筹算。"因问:"这项银子动那一处的?"贾蔷道:"才也议到这里。赖爷爷说,[朱旁]此等称呼,令人酸鼻! 竟不用从京里带下去,江南甄家还收着我们五万银子。明日写一封书信,会票我们带去,先支三万;下剩二万存着,等置办花烛彩灯并各色帘栊帐幔的使费。"贾琏点头道:"这个主意好。"

凤姐便向贾蔷道:[朱旁]再不略让一步,正是阿凤一生短处。"既这样,我有两个在行妥当人,你就带他们去办。这个便宜了你呢。"贾蔷忙赔笑道:"正要和婶子讨两个人呢,[朱旁]写贾蔷乖处。这可巧了。"因问名字。凤姐便问赵嬷嬷。彼时赵嬷嬷已听呆了话,平儿忙笑推他,他才醒悟过来,忙说:"一个叫赵天梁,一个叫赵天栋。"凤姐道:"可别忘了!我可干我的去了。"说着便出去了。

贾蓉忙赶出来,又悄悄向凤姐道:"婶子要带什么东西?"凤姐笑道:"别放你娘的屁!我的东西还没处摆呢。稀罕你们鬼鬼祟祟的?"[朱旁]阿凤欺人处如此。[朱旁]忽又写到利弊,真令人一叹!说着,已经去了。这里贾蔷也悄问贾琏:"要什么东西,顺便**带**(原误织)㉗来孝敬叔叔。"贾琏笑道:"你别兴头。才学着办事,倒先学会这把戏,我短了什么,少不得写信去告诉你,且不要论到这里。"说毕,打发他二人去了。接着回事的人来,不止三四次,贾琏害乏,便传与二门上,一应不许传报,俱等明日料理。凤姐至三更时分,方下来安歇,一宿无话。

次日早,贾琏起来,见过贾赦、贾政,便往宁府中来。合同老管事人等,并几位世交门下清客相公,审察两府地方,缮画省亲殿宇,一面参度办理人丁。自此后，各行匠役齐集，金银铜锡以及土木砖瓦之物，搬运移送不歇。先令匠役拆宁府会芳园墙垣楼阁，直接入荣府东大院中。荣府东边所有下人一带群房，尽已拆去。当日宁、荣二宅，虽有一小巷界断不通，[朱旁]补明，使观者如身临足到。然这小巷亦系私地，并非官道，故可以连属。会芳园本是从北角墙下引来一股活水，[朱旁]园中诸景，最要紧是水，亦必写明方妙。　[朱旁]余最鄙近之修造园亭者，徒以顽石土堆为佳，不知引泉一道。甚至丹青惟知乱作山石树木，不知画泉之法，亦是恨事。今亦无烦再引。其山石树木虽不敷用，贾赦住的乃是荣府旧园，其中竹树山石以及亭榭栏杆等物，皆可挪就前来；如此两处又甚近，凑来一处，省得许多财力，纵亦不敷，所添亦有限。全亏一个老明公号山子野者，[朱旁]妙号！随事生名。——筹画起造。

　　贾政不惯于俗务，只凭贾赦、贾珍、贾琏、赖大、来升、林之孝、吴新登、詹光、程日兴等几人安插摆布。凡堆山凿池、起楼竖阁、种竹栽花一应点景之事，又有山子野制度。下朝闲暇，不过各处看望看望；最要紧处，和贾赦商议商议便罢了。贾赦只在家高卧，有芥豆之事，贾珍等或自去回明，或写略节；或有话说，便传呼贾琏、赖大等来领命。贾蓉单管打造金银器皿。贾蔷已起身往姑苏去了。贾珍、赖大等又点人丁、开册籍、监工等事，一笔不能写到——不过是喧阗热闹非常而已。暂且无话。

　　且说宝玉，近因家中有这等大事，贾政不来问他的书，心中是件畅事。无奈秦钟之病一日重似一日，也着实悬心，不能乐业。[朱旁]"天下本无事，庸人自扰之"。世上人个个（原误各各）如此，又非此情种（原误钟）意切（原误功）。㉘　[朱眉]偏于大热闹处，写大不得意之文，却无丝毫牵（原误捽）强，且有许多令人笑不了、哭不〔了〕、叹不了、悔不了，惟以大白酬我作者！这日一早起来，才梳洗完毕，意欲回了贾母去望候秦钟，忽见茗烟在二门照壁前探头缩脑。宝玉忙出来问他做什么。茗烟道：[朱旁]从茗烟口中写出，省却多少闲文。"秦相公不中用了。"宝玉听说，唬了一跳，忙问道："我昨儿才瞧了他来了，还明明白白的，怎么

195

就不中用了？"茗烟道："我也不知道，才刚是他家的老头子特来告诉我的。"宝玉听了，忙转身回明贾母。贾母吩咐："好生派妥当人跟去。到那里尽一尽同窗之情就回来，不许多耽搁了。"宝玉听了，忙忙的更衣出来，车犹未备，[朱旁]顿一笔，方不板。急得满厅乱转。一时催促的车到，忙上了车，李贵、茗烟等跟随。来至秦钟门首，悄无一人，[朱旁]目睹萧条景况。遂蜂拥至内室，唬得秦钟的两个远房婶子并几个弟兄都

藏之不迭。[朱旁]妙！这婶母、兄弟是特来等分绝户家私的，不表可知。

　　此时秦钟已发过两三次昏了，移床易箦多时矣。宝玉一见，便不禁失声。[朱旁]余亦欲哭。李贵忙劝道："不可不可！秦相公是弱症，未免炕上挺扛得骨头不受用，所以暂且挪下来松散些。哥儿如此，岂不反添了他的病？"宝玉听了，方忍（原误认）住。近前，见秦钟面如白蜡，宝玉叫道："鲸兄，宝玉来了！"连叫三声，秦钟不睬。宝玉又道："宝玉来了！"那秦钟早已魂魄离身，只剩得一口悠悠余气在胸，正见许多鬼判持牌提索来捉他。[朱夹]看至此一句，令人失望；再看至后面数语，方知作者故意借世俗愚谈愚论设譬，喝醒天下迷人，翻成千古未见之奇文奇笔。那秦钟魂魄，那里就肯去。又记念着家中无人掌管家务，[朱旁]扯淡之极！令人发一大笑。余谓诸公莫笑，且请再思。又记挂着父母还有留积下的三四千两银子，[朱夹]更属可笑，更可痛哭。又记挂着智能尚无下落，[朱夹]忽从死人心中，补出活人原由。更奇，更奇！因此百般求告鬼判。无奈这些鬼判都不肯徇私，反叱咤秦钟道："亏你还是读过书的人，岂不知俗语说的：'阎王叫你三更死，谁敢留你到五更？'我们阴间，上下都是铁面无私的；不比你们阳间，瞻情顾意，有许多的关碍处。"

　　正闹着，那秦钟的魂魄忽听见"宝玉来了"四字，又央求道："列位神差，略发慈悲，让我回去和这一个好朋友说一句话就来的。"众鬼道："又是什么好朋友？"秦钟道："不瞒列位，就是荣国公孙子，小名宝玉的。"都判官听了，先就唬慌起来，忙喝骂鬼使道："我说你们

放回了他去走走罢,你们断不依我的话;如今只等他请出个运旺时盛的人来才罢。"〔朱夹〕如闻其声。试问:谁曾见都判来?观此,则又见一都判跳出来。调侃世情固深,然游戏笔墨一至于此,真可压倒古今小说。〔朱夹〕这才算是小说。众鬼见都判如此,也都忙了手脚,一面又抱怨道:"你老人家先是那等雷霆电雹,原来见不得'宝玉'二字,〔朱旁〕调侃"宝玉"二字。极妙!〔朱眉〕世人见"宝玉"而不动心者为谁?依我们愚见,他是阳间,我们是阴间,怕他也无益于我们。"〔朱旁〕神鬼也讲有益无益。都判道:"放屁!俗语说得好:'天下的官,管天下的事。'阴阳本无二理。别管他阴也罢,阳也罢,敬着点没错了的。"

众鬼听说,只得将秦魂放回——哼了一声,微开双目,〔见㉙〕宝玉在侧,乃勉(原误免)强叹道:"怎么不肯早来?再迟一步,也不能见了。"宝玉忙携手垂泪道:"有什么话,留下两句。"秦钟道:"并无别话。以前你我见识自为高过世人,我今日才知自误。以后还该立志功名,以荣耀显达为是。"说毕,便长叹一声,萧然长逝。下回分解。

校 注

①回目联语原误植于"诗曰"后。

②"前",从蒙府、梦稿本补。

③"贾政",从甲辰本改,其余各本同误"贾赦",是原稿本誊录误。

④"好笔仗(原误伏),好机轴!"此类提法,在脂批中常见。凡书中转换甚妙,脂批即赞"好机轴"或"好笔仗"(然抄手多误"仗"作"伏",参见第三回注)。据此,即可将第二十八回作者以两句诗作《葬花吟》一段情节之转换处的一条脂批,合理校作:"真好机轴(原误思)笔仗(原误伏)!"

⑤"外人",在共有此批的六种本子中,其余五种(己卯、庚辰及蒙、戚诸本)皆作"万人"。乍看,后者似更通顺;细审之,此本之"外人"方为脂批原貌。或为原稿本抄录者自正式誊抄甲戌定本时即擅改,乃至后来重录之丙、己、庚新定本亦然;唯独脂砚斋自己抄存的甲戌自藏本(即此本之底本),方保留了此批原貌。"外人"者,贾府之外的秦钟也,故谓"从外人意外撰出一段悲伤"。

⑥"报",据各本改。

⑦"蓉苓(原误鹘鸰)香",从甲辰本上回改"蓉苓"(甲辰本此回则作"零苓",亦可通;为求统一,故从其上回字形改)。此处除列藏本作"鹘鸰香",其余各本同误"鹘鸰香"。参见第十五回校注②。

⑧"殊",从舒序及蒙、戚诸本改。

⑨"汗",据各本改。

⑩"斗",据各本补。

⑪"我",据各本补。

⑫"可畏(原误思)",据唯一共有此批的庚辰本改。然该本此批多有异文,如此处即作"可怕可畏",余不赘。

⑬前朱夹批中"方"字,据共有此批的己卯、庚辰及蒙、戚诸本补;后朱眉批因系此本独有,其中"有作者",原作"有作者有",径作衍文删后一"有"字。

⑭据共有此批的己卯、庚辰及蒙、戚诸本补"出"字。

⑮"一语未了",本书前四版曾夺漏"一"字,盖因校订者最初校订时常用之工作本——上海人民出版社1975年影印平装甲戌本即漏印此字(或因修版所致)。现据上海古籍出版社1985年影印本及台湾省影印原版纠正。

⑯"可知事(原误是)关巨要",据共有此批的己卯、庚辰及蒙、戚诸本改"事"字。原误之"是",乃此本抄手音讹所致甚明。且有下面二批中"事关重大"及"万人意外之事"等语为证。

⑰《击壤》,即所谓《击壤歌》。典出东汉王充《论衡·感虚》:"尧时五十之民,击壤于涂。观者曰:'大哉! 尧之德也'。击壤者曰:'吾日出而作,日入而息,凿井而饮,耕田而食,尧何等力?'晋人皇甫谧《帝王世纪》则将击壤者之言改末句为"帝力于我何有哉",并谓之击壤者"歌曰",后世遂称《击壤歌》。此指出自民间的睿智语。

⑱"甚",据各本改(甲辰本无此句)。

⑲"〔太〕上皇、〔皇〕太后",据贾琏这段话的前后文及梦稿本补。其余各本同缺。是历次原定本誊录之误。按,此书前五次印本中,此处只作了校补,却未加注。乃因有前后文两见之"太上皇、皇太后"可参,欲避烦琐之故也。今采读者建议,补注如上。然有读者以为此处不补"太""皇"二字亦可通,却值得商榷。雪芹原文断无前后文皆称"太上皇、皇太后",却独于此处省称"上皇、太后"之理。况"太后"可通,"上皇"易生歧义也。

⑳"竟",据各本补。

㉑"样",据己卯、庚辰及蒙、戚诸本改。

㉒"仿",从戚序、戚宁本改。

㉓"只预备接驾一次",庚辰本此处有一批语:"又要瞒人!"后文"独他家(甄家)接驾四次"处亦有朱旁批:"点正题正文。"皆是在提醒读者:此乃作者将自家之真事("四次接驾"),用画家"烟云模糊法"予以错综掩饰。这便是回前墨批中所云"借省亲事写南巡,出脱心中多少忆昔感今"的真实内涵。

㉔此批原抄在"谁家有那些钱"一语旁,似有误;庚辰本亦有此批,抄在"拿着皇帝家的银子"一语旁,则较合理。从庚辰本移改。

㉕"下姑苏新(原误割)聘教习",原误之"割"字,戚序、戚宁本作"合"(属不妥的校改),甲辰本作"请"(仍属不妥的校改),其余各本则同误。可见是原历次定本即因"新""割"二字草书形近而致误,却未被作者察觉纠正。此处所叙下姑苏聘教习,若称"割聘",明显不通倒在其次;更重要的是,原文"新聘教习"之"新"字,实隐含着这个家族从本回所忆"二三十年"前鼎盛时期跌落至当下衰微"末世"的过程中,还曾有过家道极度衰落而致解散戏班之类的往事。如紧接的十七至十八回,再叙贾蔷已从姑苏采买了十二个女孩子,并聘了教习,置办了戏班的行头,返京后"令教习在此教演女戏",作者特意补出一句:"又另派家中旧有曾学过歌唱的女人们——如今已皤然老妪了——着他们带领管理。"这就用特笔点明:贾府在当年"金陵石头城"旧宅居住的盛世时期(参见第二回冷子兴语),其原有的家庭戏班早已解散不存;少数因故留在贾府的"旧有"人员,如今皆成"皤然老妪"。若非这次借"恩准元妃省亲"而重建,这个外表风光的京城大族竟连自己的家庭戏班也没有。故须火速派人"下姑苏新聘教习"、采买女孩、置办行头,并立刻"教演女戏"——这一切都离不开一个新建戏班之"新"字。

㉖"你大爷(原误父亲)",据各本改"大爷"二字。然各本无"你"字,此处据文意仍保留。此本原误之"你父亲"三字,另笔点改作"珍大哥",非是。

㉗"带(原误织)",从梦稿、舒序、列藏本改。除蒙府本作"置"外,其余各本同误"织"。细审各脂本,可知雪芹原稿多将"带""代""戴"随意混用。故此处原作"戴"字,却被稿本抄录者误作"纖(织字繁体)",二者草书形近。

㉘"'天下本无事,庸人自扰之',世上人人个个(原误各各)如此,又非此情种(原误钟)意切(原误功)。"据共有此批的各本改"个个"二字,并据除己卯

之外的各本改"切"字；然此批最关键的一个错字"钟"，却各本同误，乃意改"种"字。今引本丛书第二种庚辰校本同回注文中有关此语的辨析如下：

> 在共有此批的六种本子中，己卯本与此全同；蒙、戚诸本有一字之别——"情钟"作"秦钟"；甲戌本则有两处差异——"个个"作"各各"，"意切"作"意功"。相比之下，甲戌本所异之"各各"和"功"字，分明是过录者的抄误（前者为音讹，后者为形讹），极易恢复其与己、庚略同的本来面目。可注意的是，唯"情钟"二字，甲戌与己、庚全同。这是否就可以证明"情钟"乃脂砚原文呢？好像还不能。原因就在于，这个词儿用在这里明显不通，所以才会出现蒙、戚诸本之改"情钟"为"秦钟"（当属立松轩改笔）。"秦钟"比起"情钟"来固然通顺些，却仍有一个问题无法解释：难道在差异甚大的反映早期定本面貌的甲戌本和反映后期定本面貌的己、庚二本中，竟会不约而同地把一个本不容易写错的"秦"字误作"情"吗？显然不可能。因而只可能从情理和几率上作逆向推测：只能是先有各本所共同存在的将草书的"种"讹作"钟"，那处于稿本过渡状态而经立松轩整理过的蒙、戚诸本的底本，才会相应地把前面的"情"也校改作"秦"。再据共有此批的所有这些本子之抄误规律，联系此批所议论的对象实乃宝玉而非秦钟（是针对正文所说宝玉为"秦钟之病一日重似一日，也着实悬心，不能乐业"），便可大致判断出：这个在各本颇多歧异却无一可通的"情钟意切""秦钟意功"或"秦钟意切"，实乃"情种意切"之讹。同时也就不难想象，"钟"字之讹，一是由于脂砚原批之"种"字太过潦草，二是由于正文刚写了字形略近的"（秦）钟"易滋淆混，三是由于此处忽以"情种"称宝玉还让稿本抄录者略感生疏。不过，一旦将"情钟"校改为"情种"之后，这条批语也就前后贯通、语意流畅了——不外乎说，此类"庸人自扰"的心情，世上人个个如此，并非宝玉这位"情种"过于意切也。

㉙"见"，据己卯、庚辰及蒙府、戚诸本补。

第二十五回①

魇魔法叔嫂逢五鬼　通灵玉蒙蔽遇双真

话说红玉情思缠绵，忽朦胧睡去，〔遇②〕见贾芸，要拉他，却回身一跑，被门槛子绊了一跤，唬醒过来，方知是梦。因此翻来复去，一夜无眠。至次日天明，方才起来，就有几个丫头来会他〔去③〕打扫屋子地，提洗脸水。这红玉也不梳洗，向镜中胡乱挽了一挽头发，洗了洗手，腰内束了一条汗巾子，便来扫地。

谁知宝玉昨儿见了红玉，也就留了心。若要直点名唤他来使用，一则怕袭人等寒心；〔朱旁〕是宝玉心中想，不是袭人拈酸。二则又不知红玉是何等行为，若好〔朱旁〕不知"好"字是如何讲？答曰：在"何等行为"四字上看，便知。玉兄每"情不情"，况有情者乎！还罢了，若不好起来，那时倒不好退送的。因此心中闷闷的，早起来也不梳洗，只坐着出神。一时下来，隔着纱屉子向外看得真切，只见好几个丫头在那里扫地，都擦胭抹粉、簪花插柳的，〔朱旁〕八字写尽蠢鬟，是为衬红玉。亦如用豪贵人家浓〔妆〕艳饰、插金戴银的衬宝钗、黛玉也。独不见昨儿那一个，宝玉便趿了鞋，晃出了房门，只装着看花儿，这里瞧瞧，那里望望。一抬头，只见西南角上游廊底下栏杆外，似有一个人在那里倚着。却恨面前有一株海棠花遮着，看不真切。〔朱夹〕余所谓此书之妙，皆从诗词句中泛出者，皆系此等笔墨也。试问观者：此非"隔花人远天涯近"乎？可知上几回非余妄拟也。只得又转了一步，仔细一看，可不是昨儿的那个丫头在那里出神！待要迎上去，又不好去的。正想着，忽见碧痕来催他洗脸，只得进去了，不在话下。

却说红玉正自出神，忽见袭人招手叫他，〔朱旁〕此处方写出袭人来，是"衬贴法"。只得走来。袭人道："你到林姑娘那里去，把他们的喷壶借来使使。我们的还没有收拾了来呢。"红玉答应了，便往潇湘馆去。正走上翠烟桥，抬头一望，只见山坡上高处都拦着帷幕，方想起今儿有匠人在里头种树。因转身一望，只见那边远远的一簇人在那里掘土，贾芸正坐在山子石上。红玉待要过去，又不敢过去，只得闷闷的向潇湘馆取了喷壶回来，无精打采，自向房内倒着去。〔众人④〕只说他一时身上不快，都不理论。[朱旁]文字到此一顿。狡猾之甚！

　　展眼过了一日，[朱旁]必云"展眼过了一日"者，是反衬红玉"挨一刻似一夏"也，知乎？原来次日就是王子腾夫人的寿诞。那里原打发人来请贾母、王夫人的，王夫人见贾母不去，自己也便不去了。[朱旁]所谓一笔两用也。倒是薛姨妈同凤姐儿并贾家几（原误四）个姊妹⑤、宝钗、宝玉，一齐都去了。至晚方回。

　　且说王夫人，见贾环下了学，便命他来抄个《金刚咒》唪诵。[朱旁]用《金刚咒》引五鬼法。那贾环在王夫人炕上坐了，命人点上灯，拿腔作势的抄写。[朱旁]小人乍得意者，齐来一玩。一时叫彩云倒茶来，一时又叫玉钏儿来剪剪灯花，一时又叫金钏儿挡了灯影。众丫头们素日厌恶他，都不搭理。只有彩霞还和他合得来，[朱旁]暗中又伏一风月之隙。倒了一钟茶递与他，见王夫人和人说话儿，便悄悄的向贾环说道："你安些分罢，何苦讨这个厌呢！"贾环道："我也知道了，你别哄我。如今你和宝玉好，把我不搭理，我也看出来了。"彩霞咬着嘴唇向贾环头上戳了一指头，说道："没良心的，才是'狗咬吕洞宾，不识好人心'。"[朱夹]风月之情，皆系彼此业障所牵，虽云惺惺惜惺惺，但从业障而来。蠢妇配才郎，世间固不少；然俏女慕（原误摹）村夫者犹多。所谓"业障牵魔，不在才貌"之论。二人正说着，只见凤姐来了。拜见过王夫人，王夫人便一长一短的问他"今儿是那位堂客在那里，戏文如何，酒席好歹"等话。说了不多几句，宝玉也来了。进门见了王夫人，不过规规矩矩说了几句话，[朱旁]是大家子弟模样。便命人除去抹额，脱了袍服，拉了靴子，便一头滚在王夫人怀内，[朱旁]余几几失声哭出。王夫人便用手满身满脸摩挲抚弄他，[朱旁]普天下幼年丧母者，齐来一哭。宝玉也搬着王夫人的脖子，说长说短的。[朱旁]慈母娇儿写尽矣。王夫人道："我的儿，你又吃多了酒，脸上滚热，你还只是揉搓，一会闹上酒来！还不在那里静静的倒一会子呢。"说着便叫人拿个枕头来。宝玉听了，便下来，在王夫人身后倒下，又叫彩霞来替他拍着。宝玉便和彩霞说笑，只见彩霞淡淡的，不大搭理，两眼睛只向贾环处看。宝玉便拉他的手，笑道："好姐姐，你也理我一理儿呢！"彩霞夺了手，道："再闹，我就嚷了。"

二人正说，原来贾环听得见。素日原恨宝玉，如今又见他和彩霞厮闹，心中越发按不下这口毒气，虽不敢明言，却每每暗中算计，[朱旁]已伏金钏回矣。【墨眉】环儿种种行为，毫无大家规范，实实可恨之至！只是不得下手。今见相离甚近，便要用蜡灯里的滚油烫他一下，因而故意装作失手，向宝玉脸上只一推。只听宝玉"嗳哟"了一声，满屋人都唬一跳，连忙把地下的戳灯挪过来，又将里外屋[的⑥]拿了三四盏。看时，只见宝玉满脸满头都是蜡油。王夫人又急又气，一面命人来给宝玉擦洗，一面又骂贾环。凤姐三步两步[朱旁]阿凤活现纸上。跑上炕去，给宝玉收拾着，一面笑道："老三还是这样慌（原误荒）脚鸡⑦似的，我说你上不得高台板。赵姨娘时常也该教导教导他才是。"一句话提醒了王夫人。王夫人便不骂贾环，便叫过赵姨娘来，骂道："养出这样不知道理下流黑心种子来，也不管管！几番几次我都不理论，[朱旁]补出素日来。你们倒得了意了，这不益发上来了！"

那赵姨娘素日虽然也常怀嫉妒之心，不忿凤姐、宝玉两个，也不敢露出来。如今贾环又生了事，受这场恶气，不但吞声承受，而且还要替宝玉来收拾。只见宝玉左边脸上烫了一溜燎泡，幸而眼睛没动。王夫人看了，又是心疼，又怕明日问怎么回答，急得又把赵姨娘数落一顿，[朱旁]总是为楔紧"五鬼"一回文字。然后又安慰了宝玉一回，又命取败毒消肿药来敷上。宝玉道："有些疼，还不妨事。明儿老太太问，就说是我自己烫的罢了。"[朱旁]玉兄自是悌弟之心性。一叹⑧！凤姐笑[朱旁]两笑。坏极⑨（原误急）！道："便说自己烫的，也要骂人：为什么不小心看着，叫你烫了？横竖有一场气生。到明儿凭你怎么说去罢!"[朱旁]坏极（原误急）！总是调唆口吻，赵氏宁不觉乎？王夫人命人好生送了宝玉回房。袭人等见了，都慌得了不得。

　　林黛玉见宝玉出了一天门，就觉得闷闷的，没个可说话的人。至晚，正打发人来问了两三遍回来没有，这遍方才说回来，偏生又烫了脸。林黛玉便赶着来瞧，只见宝玉正拿镜子照呢，左边脸上满满的敷着一脸药。黛玉只当烫得十分利害，忙上来问怎么烫了，要瞧瞧。宝玉见他来了，忙把脸遮着，摇手不肯叫他看，知道他的癖性喜洁，见不得这东西。[朱夹]写宝玉文字，此等方是正经笔墨。林黛玉自己也知道有这件癖性，[朱夹]写林黛玉文字，此等方是正经笔墨。故二人文字虽多，如此等暗伏淡写处亦不少，观者实实看不出。知道宝玉的心内怕他嫌脏，[朱夹]将二人一并。真真写他二人之心，玲珑七窍。[朱旁]二人纯用体贴工夫。因笑道："我瞧瞧，烫了那里了？有什么遮着藏着的。"一面说，一面就凑上来，强搬着脖子瞧了一瞧，问："疼得怎么样？"宝玉道："也不很疼，养一两日就好了。"黛玉坐了一会，闷闷的回房去了。一宿无话。

　　次日，宝玉见了贾母，虽然自己承认是自己烫的，不与别人相干，免不得贾母又把跟从的人骂一顿。[朱旁]此原非正文，故草草写来。过了一日，就有宝玉寄名的干娘马道婆进荣国府来请安，见了宝玉，唬了一跳，问起原故，说是烫的，便点头叹息一回。又向宝玉脸上用指头画了几画，又口内嘟嘟囔囔的持诵了一回，就说道："管保你好了，这不过是一时飞灾。"又向贾母道："〔老⑩〕祖宗老菩萨，那里知道那经典佛法上说得利害。大凡那王公卿相人家的子弟，只一生下来，暗中就有许多促狭鬼跟着他，得空便拧他一下，〔或〕掐〔他〕一下⑪，或吃饭时打下他的饭碗来，或走着推他一跤。所以往往的那大家子的子孙，多有长不大的。"[朱旁]一段无伦无理、信口开河的浑话，却句句都是耳闻目睹者，并非杜撰而有，作者与余实实经过。

贾母听见如此说，便赶着问道："这可有什么佛法解释没有呢?"马道婆道："这个容易。只是替他多多做些因果善事，也就罢了。再那经上还说，西方有位大光明普照菩萨，专管照耀阴暗邪祟，若有那善男子善女人虔心供奉者，可以永佑儿孙康宁安静，再无惊恐邪祟撞客之灾。"贾母道："倒不知怎么供奉这位菩萨呢?"马道婆道："也不值什么。除香烛供养之外，一天多使几斤香油，添在大海灯里。这海灯，就是菩萨的现身法，昼夜是不敢熄的。"贾母道："一天一夜也得多少油? 明白告诉我，我好做这件功德。"马道婆听说，便笑道："这也不拘，随施主们心愿舍罢了。像我们庙里，就有好几处的王妃诰命供奉。南安郡王太妃有许多愿，心大⑫[朱旁]贼婆! 先用大铺排试之。一天是四十八斤油，一斤灯草；那海灯，也只比缸小些。锦田侯的诰命次一等，一天不过二十四斤。再还有几家，也有五斤的、三斤的、一斤的，都不拘数。那小家子舍不起这些，就是四两半斤也少不得替他点。"

　　贾母听了，点头思忖。[朱眉]点头思忖，是量事之大小，非吝啬(原误涩)也。日费香油四十八斤，每月油二百五十余斤⑬，合钱三百余串，为一小儿，如何服众? 太君细心若是。马道婆又道："还有一件，若是为父母尊亲长上点，多舍些不妨；像老祖宗如今为宝玉，若舍多了倒不好，还怕他禁不起，倒折(原误拆)了福，[朱旁]贼盗婆! 是自太君"思忖"上来。后用如此数语收之，使太君必心悦诚服愿行。贼婆，贼婆! 费我作者许多心机摹写也。也不当家，要舍，大则七斤，小则五斤，也就是了。"贾母道："既这样，你就一日五斤合准了，每月来打趸关了去。"马道婆念了一声"阿弥陀佛慈悲大菩萨"。贾母又命人来吩咐道："以后大凡宝玉出门的日子，拿几串钱交给他小子们带着，遇见僧道穷苦之人，好施舍的。"

　　说毕，那马道婆又闲话了一回。便又往各院各房问安闲逛了一回。[朱旁]有"各院各房"，接此方不觉突然。一时来至赵姨娘房内。二人见过，赵姨娘叫小丫头倒了茶来与他吃。马道婆因见炕上堆着些零碎绸缎弯角，赵姨娘正粘鞋呢。马道婆道："可是我正没有鞋面子。赵奶奶，你有零碎缎子，不拘什么颜色，弄一双给我。"[朱旁]见者有分是也。赵姨娘听说，叹口气道："你瞧瞧，那里头还有那一块是成样的？成样的东西也到不了我手里来。有的没的都在那里，你不嫌就挑两块子去。"那马道婆见说，果真挑了两块袖起来。赵姨娘问道："可是前儿我送了五百钱去，在药王跟前上供，你可收了没有？"马道婆道："早已替你上了供了。"赵姨娘叹口气道："阿弥陀佛！我手里但凡从容些，也时常的上个供；只是心有余力量不足。"马道婆道："你只放心，将来熬得环哥儿大了，得个一官半职，那时你要做多大的功德不能？"赵姨娘听了，鼻子里笑了一声，道："罢，罢！再别说起，如今就是个样儿，我们娘儿们跟得上那一个？也不是有了宝玉，竟是得了个活龙！他还是小孩子家，长得得人意儿，[朱旁]赵妪数语，可知玉兄之身份，况在背后之言。大人偏疼他些也还罢了；我只不服这个主儿——"[朱旁]活现赵妪。一面说，一面又伸出俩指头来。[朱旁]活现阿凤。马道婆会意，便问道："可是琏二奶奶么？"赵姨娘唬得忙摇手儿，走到门前掀帘子向外看看无人，[朱旁]是心胆俱怕破。方进来向马道婆悄悄的说道："了不得，了不得！提起这个主儿，这一份家私要不叫他搬送了娘家去，我就不是个人。"马道婆道："我还用你说，难道都看不出来？也亏你们心里都不理论，只凭他去，倒也妙。"赵姨娘道："我的娘！不凭他去，难道谁还敢把他怎么样？"马道婆听说，鼻子里一笑，半晌说道："不是我说句造孽的话，你们没本事也难怪。明不敢怎么样，暗里也就算计了，还等到这时候？"[朱旁]贼婆操必胜之券（原误权），赵妪已堕术⑪（原误街）中，故敢直出明言。可畏，可怕！

赵姨娘听这话有道理，心里暗暗的欢喜，便问道："怎么暗里算计？我倒有这心，只是没这样的能干人。你若交给我这法子，我大大的谢你。"马道婆听说这话打拢了一处，他便又故意说道："阿弥陀佛！【墨眉】"阿弥陀佛"四字念在此处，可叹之至，造孽之至，可恨之至！你快休来问我，我那里知道这些事？罪过，罪过！"[朱旁]远一步却是近一步。贼婆，贼婆！赵姨娘道："又来了！你是最肯济困扶危的人，难道就眼睁睁的看着人家来摆布死了我们娘儿两个不成？还是怕我不谢你？"马道婆听如此说，便笑道："若说我不忍叫你娘儿们受了委屈，还犹可；若说'谢'的这个字，可是你错打了法马⑮了。就便是我希图你的谢，靠你又有什么东西能打动了我？"[朱旁]探谢礼大小，是如此说法。可怕，可畏！赵姨娘听这话口气松了些，便说道："你这么个明白人，怎么也糊涂起来了？你若果然法子灵验，把他两个绝了，明日这家私不怕不是我环儿的，那时你要什么不得！"马道婆听说，低了头，半晌说道："那时候事情妥当了，又无凭据，你还理我呢。"赵姨娘道："这有何难。如今我虽手里没什么，也零零碎碎攒了几两梯己，还有几件衣服、簪子，你先拿了去。下剩的，我写个欠银子的文契给你，你要什么保人也有，到那时我照数给你。"马道婆道："果然这样？"赵姨娘道："这如何撒得谎！"说着，便叫过一个心腹婆子来，在耳根**底**（原误低）下嘁嘁喳喳说了几句话。[朱旁]所谓狐群狗党，大家难免，看官着眼。

那婆子出去了。一时回来，果然写了个五百两的欠契来。赵姨娘便印了手模，[朱旁]痴妇，痴妇！走到橱柜**前**（原作里）将梯己拿了出来，与马道婆看看，道："这个你先拿了去，做香烛供奉使费，可好不好？"马道婆看看，白花花的一堆银子，又有欠契，并不顾青红皂白，[朱旁]有道婆作干娘者，来看此句。"并不顾"三字怕**杀**（原误弑）人，千万件恶事皆从三字生出来。可怕，可畏，可警！可长存戒之！满口里应着，伸手先去接了银子掖起来，然后收了欠契。又向裤腰里掏了半晌，掏出十几个[朱旁]如此现成，更可怕！纸铰的青脸红发的鬼来，并两个纸人递与赵姨娘。又悄悄的道："把他两个的年庚八字写在这两个纸人身上，一并五个鬼都掖在他们各人的床上就完了。我只在家里作法，自有效验。千万小心，不要害怕。"[朱眉]宝玉乃贼婆之寄名儿，况阿凤乎！三姑六婆之为害如此。即贾母之神明，在所不免；其他只知吃斋念佛之夫人、太君,岂能防闲(原误悔)^⑯得来? 此作者一片婆心,不避嫌疑,特为写出。看官再四着眼。吾家儿孙慎之戒之! 正才说完,只见王夫人的丫鬟进来找,道:〔马^⑰〕奶奶可在这里,太太等你呢。"二人方散了,不在话下。

却说黛玉,因见宝玉近日烫了脸,总不出门,倒时常在一处说说话儿。这日饭后,看了二三篇书,自觉无味,便同紫鹃、雪雁做了一回针线,更觉得烦闷。便倚着房门出了一回神,[朱旁]所谓"闲倚绣房吹柳絮"是也。信步出来,看阶下新迸出的稚笋,[朱旁]妙,妙!"笋得鞔儿一见,根稚子无人见",今何幸如之!不觉出了院门。一望园中,四^⑱(原误回)顾无人,惟见花光柳影,鸟语溪声。[朱旁]恐冷落园亭花柳,故有是十数字也。 [朱旁]纯用画家笔写。林黛玉信步便往怡红院来,只见几个丫头舀水,都在回廊上围着看画眉洗澡呢。[朱旁]闺中女儿乐事。听见房内有笑声,林黛玉便入房中看时,原来是李宫裁、凤姐、宝钗都在这里呢。一见他进来,都笑道:"这不又来了一个。"林黛玉笑道:"今日齐全,倒像谁下帖子请来的。"凤姐道:"前儿我打发人送了两瓶茶叶去,你往那去了?"黛玉笑道:"可是我倒忘了,多谢多谢!"[朱旁]该云:我正看《会真记》呢。一笑!凤姐又道:"你尝了,可还好不好?"没有说完,宝玉便道:"论理可倒罢了,只是我说不大甚好,可也不知别人尝着怎么样?"〔宝钗道^⑲〕:"味倒轻,只是颜色不大很好。"凤姐道:"那是暹罗进贡来的。我尝着也没什么趣儿,还不如我每日吃的呢。"黛玉道:"我吃着好。"[朱旁]卿爱,因味轻也。卿如何担得起味厚之物耶!宝玉道:"你果然吃着好,把我这个也拿了去罢。"凤姐道:"你真爱吃,我那里还有呢。"林黛玉道:"果真的,我就打发人取去了。"凤姐道:"不用取去,我叫人送来就是了。我明日还有一件事求你,一同打发人送来。"黛玉听了,笑道:"你们听听,这是吃了他一点子茶叶,就来使唤我来了。"凤姐笑道:"倒求你,你倒说这些闲话。你既吃了我们家的茶,怎么还不给我们家做媳妇?"众人听了,都一齐笑起来。[朱旁]二玉事,在贾府上下诸人——即看书人、批书人——皆信定一段好夫妻,书中

常常每每道及;岂
其不然。叹叹!

　　黛玉便红了脸,一声儿也不言语,回过头去了。宫裁笑向宝钗道:"真真我们二婶子的诙谐是好的。"林黛玉含羞笑道:"什么诙谐,不过是贫嘴贱舌讨人厌恶罢了。"[朱旁]此句还要候查。说着便啐了一口。

凤姐笑道:"你别做梦!给我们家做了媳妇,你想想——"便指宝玉道:"你瞧,人物儿、门第配不上,还是根基配不上?模样儿配不上,[还]是家私配不上?[朱旁]大大一泻,好接后文。那一点玷辱了谁呢?"林黛玉便起身要走,宝钗便叫道:"颦儿急了。还不回来坐着!走了倒没意思。"说着,便站起来拉住。只见赵姨娘和周姨娘两个人进来瞧宝玉。李宫裁、宝钗、宝玉等都让他两个,独凤姐只和黛玉说笑,正眼也不看他。宝钗方欲说话时,只见王夫人房内的丫头来说:"舅太太来了,请姑娘奶奶们出去呢。"李宫裁听了,忙叫着凤姐等要走。周、赵两个也忙辞了宝玉出去。宝玉道:"我也不能出去,你们好歹别叫舅母进来。"又道:"林妹妹,你先站一站,我和你说一句话。"凤姐听了,回头向黛玉笑道:"有人叫你说话呢。"说着,便把林黛玉往里一推,和李纨一同去了。

　　这里宝玉拉着黛玉的袖子,只是嘻嘻的笑,心里有话,只是口里说不出来。[朱旁]已受镇说不出来,勿得错会了意。此时林黛玉只是禁不住把脸红涨起来了,挣着要走。宝玉忽然"嗳哟"了一声,说:"好头疼!"林黛玉道:"该!阿弥陀佛!"只见宝玉大叫一声:"我要死!"将身一纵,离地跳有三四尺高,[朱旁]自黛玉看书起,分三段写来,真无容针之空。如夏日乌云四起,疾闪长雷不绝,不知雨落何时,忽然霹雳一声,倾盆大注。何快如之,何乐如之!其令人宁不叫绝?嘴里乱嚷乱叫,说起胡话来了。林黛玉并丫头们都唬慌了,忙去报知贾母、王夫人等。此时王子腾的夫人也在这里,都一齐来[看⑳]时,宝玉越发拿刀弄杖、寻死觅活的。贾母、王夫人见了,唬得抖衣乱颤,且"儿"一声、"肉"一声恸哭起来。于是惊动众人,连贾赦、邢夫人、贾珍、贾政、贾琏、贾蓉、贾芸、贾萍、薛姨妈、薛蟠并家中一干家人，上上下下里里外外众媳妇丫鬟等，都来园内看视，登时乱麻一般。[朱旁]写玉兄惊动若许人忙乱，正写太君一人之钟爱耳，看官勿被作者瞒〔过〕。㉑

正都没个主见，只见凤姐儿手持一把明晃晃钢刀砍进园来，见鸡杀鸡，见狗杀狗，见人就要杀人。[朱夹]此处焉用鸡犬？然辉煌富丽，非处家之常也。鸡犬闲闲，始为儿孙千年之业。故于此处必用"鸡犬"二字，方是一簇腾腾大舍。众人亦发慌了。周瑞媳妇忙带着几个有力量的胆壮的婆娘，上去抱着夺下刀来，抬回房去。平儿、丰儿等哭得泪天泪地。贾政等心中也有些烦难，顾了这里，丢不下那里。别人慌张自不必讲，独有薛蟠比诸人忙到十分去。[朱旁]写呆兄忙，是愈觉忙中之愈忙，且避正文之絮烦。

好笔仗（原误伏）！写得出！又恐薛姨妈被人挤倒，又恐薛宝钗被人瞧见，又恐香菱被人臊（原误燥）皮——知道贾珍等是在女人身上做工夫的，[朱旁]从阿呆兄意中，又写贾珍等一笔。妙！因此忙得不堪。忽一眼瞥见了林黛玉风流婉转，已酥倒在那里。[朱旁]忙到容针不能，亦（原误以）似唐突颦儿，却是写"情"字万不能禁止者。又可知颦儿之丰神若仙子也。[朱夹]忙中写闲，真大手眼，大章法！

当下众人七言八语，有的说请端公送祟的，有的说请巫婆跳神的，有的又荐什么玉皇阁的张真人，种种喧腾（原误誊）不一。也曾百般的医治、祈祷、问卜、求神，总无效验。堪堪的日落，王子腾的夫人告辞去后，次日王子腾自己亲来瞧问。[朱旁]写外戚，亦避正文之繁。接着小史侯家，邢夫人兄弟辈，并各亲眷都来瞧看。也有送符水的，也有荐僧道的，也都不见效。他叔嫂二人越发糊涂，不醒人事，睡在床上浑身火炭一般，口内无般不说。到夜时，那些婆娘媳妇丫头们都不敢上前。因此，把他二人都抬到王夫人的上房内，[朱旁]收拾得干净，有着落。夜间派了贾芸等带着小子们挨次轮班看守。贾母、王夫人、邢夫人、薛姨妈等寸地不离，只围着干哭。

此时贾赦、贾政又恐哭坏了贾母，日夜熬油费火闹得人口不安，也都没有主意。贾赦还是各处去寻僧觅道。贾政见都不灵效，着实懊恼，[朱旁]四字写尽政老矣。因阻贾赦道："儿女之数，皆由天命，非人力可强者。他二人之病，出于不意，百般医治不效，想天意该当如此，也只好由他们去罢。"[朱旁]念书人自应如是语。贾赦也不理此话，仍是百般忙乱，那里见些效验。看看三日光阴，那凤姐和宝玉躺在床上，益发连气都将没了。合家人口无不惊慌，都说没了指望，忙着将他二人的后世衣履都治备下了。贾母、王夫人、贾琏、平儿、袭人这几个人，更比诸人哭得忘餐废寝、觅死寻活。赵姨娘、贾环等心中欢喜趁愿。[朱旁]补明赵妪进怡红为作法也。

　　到了第四日早晨，贾母等正围着他两个哭时，只见宝玉睁开眼说道：[朱旁]"语不惊人死不休"，此之谓也。"从今以（原误己）后，我可不在你家了，快些收拾打发我走罢！"贾母听了这话，就如同摘去心肝一般。赵姨娘在旁劝道："老太太也不必过于（原误余）悲痛了。哥儿已是不中用了，不如把哥儿的衣裳穿好，让他早些回去罢，也免些苦。只管舍不得他，这口气不断，他在那世里也受罪不安生[朱旁]大遂心人必有是语！②"这些话还没说完，被贾母照脸啐了一口唾沫，骂道："烂了舌根的混帐老婆！谁叫你来多嘴多舌的？你怎么知道他在那世受罪不安生？怎么见得不中用了？你愿他死了有什么好处？你别做梦！他死了，我只和你们要命。素日都是你们挑唆着逼他写字念书，[朱夹]奇语！所谓"溺爱者不明"，然天生必有是一段文字的。把胆子唬破了，见了他老子还不像个避猫鼠儿？都不是你们这起淫妇挑唆的？这会子逼死了他，你们遂了心了，我饶那一个！"一面骂，一面哭。贾政在旁听见这些话，心中越发难过，便喝退赵姨娘，自己上来委婉解劝。一时又有人来回说："两口棺材都作齐备了，[朱旁]偏写"一头不了又一头"之文。真步步紧之文！请老爷出去看。"贾母听了，如火上浇油一般，便骂道："是谁做了棺材？"一叠连声只叫把做棺材的拉来打死。

正闹得天翻地覆没个开交,只闻得隐隐的木鱼声响,[朱旁]不费丝毫勉强,轻轻收住数百言文字。《石头记》得力处全在此处。以幻作真,以真为幻,看书人亦要如是看为幸㉓(原误本)。念了一句:"南无解冤孽菩萨!"又听说道:"有那人口不安、家宅颠倒,或逢凶险、或中邪祟不利者,我们善能医治。"贾母、王夫人等听见这些话,那里还耐得住,便命人去快请来。贾政虽不自在,奈(原误耐)贾母之言如何违拗;又想如此深宅,何得听得如此真切,[朱旁]作者是幻笔,合屋俱是幻耳,焉能无闻?心中亦是稀罕,[朱旁]政老亦落幻中。便命人请了进来。众人举目看时,原来是一个癞头和尚与一个跛足道人。[朱夹]僧因凤姐,道因宝玉,一丝不乱。只见那和尚是怎生模样:

> 鼻如悬胆两眉长,目似明星蓄宝光。
>
> 破衲芒鞋无住迹,腌臢更有满头疮。

看那道人又是怎生模样,但见:

> 一足高来一足低,浑身带水又拖泥。
>
> 相逢若问家何处,却在蓬莱弱水西。

贾政问道:"你道友二人在那庙焚修?"那僧笑道:"长官不须多言,[朱旁]避俗套法。因闻得尊府人口不利,故特来医治。"贾政道:"倒有两个人中邪,不知二位有何符水?"那道笑道:"你家现放着稀世奇珍,如何倒还问我们要㉔(原作有)符水。"贾政听这话有意思,心中便动了,因说道:"小儿落草时虽带了一块宝玉下来,上面说能除邪祟,谁知竟不灵验。"那僧笑道:"长官,你那里知道那物的妙用?只因如今被声色货利所迷,[朱夹]石皆能迷,可知其害不小。观(原误现)者着眼,方可读《石头记》。故此不灵验了。[朱旁]读书者观之。你今且取他出来,待我们持诵持诵,只怕就好了。"

贾政听说，便向宝玉项^㉕（原误顶）上取下那玉来，递与他二人。那和尚接了过来，擎在掌上，长叹一声道："青埂峰一别，展眼已过十三载矣！人世光阴如此迅速，尘缘满日若似弹指，[朱夹]见此一句，令人可叹可惊，不忍往后再看矣。可羡你当时的那段好处：

　　　　天不拘兮地不羁，心头无喜亦无悲；

　　　　却因锻炼通灵后，便向人间觅是非。[朱眉]所谓越不聪明越快活。

可叹你今朝这番经历：

　　　　粉渍脂痕污宝光，绮栊昼夜困鸳鸯。

　　　　沉酣一梦终须醒，[朱旁]无百年的筵席。冤孽偿清好散场。"[朱旁]三次锻炼，焉得不成佛作祖！

念毕，又摩弄一回，说了些疯话，递与贾政道："此物已灵，不可亵渎，悬于卧室上槛。将他二人安在一室之内，除亲身妻母外，不可使外人冲犯。三十三天之后，包管身安病退，复旧如初。"说着，回头便走了。贾政赶着还说让他二人坐了吃茶，要送谢礼，他二人早已出去了。贾母等还只管使人去赶，那里有个踪影。少不得依言将他二人就安在王夫人卧室之内，将玉悬在门上。王夫人亲自守着，不许别个人进来。

　　至晚间，他二人竟渐渐的醒来，[朱旁]能领持诵（原作颂），故如此灵效^㉖。　[朱眉]通灵玉听癫（原误懒）和尚二偈，即刻灵应，抵却前回若干（原误于）《庄子》及^㉗（原误反）语录、机锋偈子，正所谓"物各有主"也。　[朱眉]叹不得见玉兄"悬崖撒手"文字为恨！说腹中饥饿。贾母、王夫人等如得了珍宝一般，旋熬了米汤来，[朱旁]昊天罔极之恩，如何报得？哭杀幼而丧亲者！与他二人吃了，精神渐长，邪祟少退，一家子才把心放下来。李宫裁并贾府三艳、薛宝钗、林黛玉、平儿、袭人等在外间听信，闻得吃了米汤，醒了人事，别人未开口，林黛玉先就念了声"阿弥陀佛"。[朱旁]针对得病时那一声。宝钗便回头看了他半日，嗤的一笑。众人都不会意。惜春问道:"宝姐姐,好好的笑什么?"宝钗笑道:"我笑如来佛比人还忙。又要讲经说法,又要普度众生;这如今宝玉与二姐姐病,又是烧香还愿、赐福消灾;今儿才好些,又要管林姑娘的姻缘了。你说忙得可笑不可笑?"黛玉不觉红了脸,啐了一口道:"你们这起人不是好人,不知怎么死!再不跟着好人学,只跟那些贫嘴恶舌的人学。"一面说,一面摔帘子出去了。

[回后墨]

总批:

先写红玉数行引接正文,是不作开门见山文字。

"灯油"引"大光明普照菩萨","大光明普照菩萨"引"五鬼魔魔法",是一线贯成。

通灵玉除邪,全部只此一见,却又不灵;遇癞和尚、跛(原误疲)道人一点,方灵应矣。写利欲之害如此。

此回本意,是为禁三姑六婆进门。**其**(原误之)害难以防范。

校　注

①此一回目前,亦如"凡例"及第五回、第十三回一样,原有另起一行顶格书写的"脂砚斋重评石头记"字样,表明是此本每一册的开头一页。今删去这一行字。所涉有关问题,参见第五回校注①。

②"遇",据各本补。

③"去",据各本补。

④"众人",据各本补。

⑤"贾家几(原误四)个姐妹",从梦稿本改"几"字。原误"四",与庚辰、蒙府、戚宁、列藏、舒序本均同,是历次原稿本的抄录者因与"四"字草书形近而讹。戚序、甲辰本改作"三",固确;然不及梦稿本改"几"字活络自然。

⑥"的",据庚辰、舒序及蒙、戚诸本补,梦稿、列藏、甲辰本缺此句(属擅删)。然蒙府"的"字后多"灯"字,庚辰亦另笔旁添"灯"字,非是。

⑦"慌(原误荒)脚鸡",甲辰、舒序本同误"荒"字,据其余各本改"慌"。

⑧此批原误植于凤姐所言"便说自己烫的"句旁。

⑨"极",据庚辰及蒙、戚诸本改。

⑩"老"，据梦稿、蒙府、列藏本补，其余各本同缺。

⑪"〔或〕掐〔他〕一下"，"或""他"二字据各本补。

⑫"南安郡王太妃有许多愿，心大"，句中"有许多愿，心大"一语，各本多有异文。庚辰本作"他许多的愿心大"，梦稿、蒙府、甲辰、列藏本作"他许的愿心大"，戚序、戚宁本作"他许多的愿心大约"，舒序本作"也许的愿心火"。溯其源，当以甲戌、庚辰文字为各自定本之原貌（己卯缺此回）；其余各本多系抄手擅改。然以甲、庚更近原文的两种文字再作比较，则仍以甲戌文字为是；庚辰文字疑为原定本抄录者夺漏或妄删一"有"字所致。故现存庚辰本此语，又被另笔旁改作"他许的多愿心大"。新校本以旁改文字为准，不足为训。有人却以古书中多用"许愿心"为由，称本书所校此语不该破读"愿心"二字。殊不知古书中既有"许愿心"，亦有"许愿"。若谓此处"愿心"不当破读，则请拿出一个既尊从原文又不破读却可通的方案试试。另，"心大"一语，至今仍是南北各地方言中形容某人对某事抱有较大期望并下了大"赌注"的常用语。

⑬原文如此。此批所计算的每月费油数字，分明有错，且错得离谱。

⑭"术"，乃其繁体与"街"字形近而讹。据共有此批之庚辰、蒙府本改。

⑮"法马"，即"砝码"。此处"错打了法马"一语，各本皆作"错打算盘"或"错打算"。

⑯"防闲（原误悔）"，原误之"悔"字，在唯一共有此批的庚辰本上则误"慊"，疑皆抄误。此前，本书曾参照与此批内容相近的本回回后墨批"是为禁三姑六婆进门，其（原误之）害难以防范"一语改"范"字。然"范"字何以会在甲戌、庚辰二本中均误作带竖心旁的"悔"和"慊"，实令人费解。今从庚辰校本修订第四版改校"闲"字（以"慊"乃"闲"字之同音假借看待也）。

⑰"马"，据梦稿、蒙府、甲辰、列藏本补，其余各本同缺。

⑱"四"，据各本改。

⑲"宝钗道"，据庚辰、舒序、甲辰及蒙、戚诸本补。列藏、梦稿本作"黛玉道"，表面上亦通；然庚辰本此处有批云："二宝答言，是补出诸艳俱领过之文。乙酉冬，雪窗，畸笏老人。"乙酉（1765）是雪芹逝后第三年，畸笏又是稿本抄录者，他既称"二宝答言"，可见"宝钗道"方是原文。此本乃抄手夺漏，列、梦则属妄改。

⑳"看"，据梦稿、蒙府、甲辰、列藏本补，其余各本同缺。

㉑此批"若许"二字后，原多"多"字，据唯一共有此批的庚辰本删；"过"

字,亦据该本补。

㉒"大遂心人必有是语!"在通行的甲戌本影印本里面无此朱旁批,今据新发现的美国国会图书馆胶片甲戌本(中国书店2024年9月一版一印)增补。因为甲戌本抄本原件不易为一般读者所见,而通行的甲戌本影印本又有个别地方因历史原因有所疏漏,故特此录出,以飨读者。

此批原本在贾母所说"你怎么知道他在那世里受罪不安生"旁边,但放在这里显然是有问题的。这样就成了贾母希望宝玉在另外一个世界"受罪不安生",于情于理都解释不通。"大遂心人"应该是赵姨娘,若放在赵姨娘所说"他在那世受罪不安生"旁就合情合理了。此系错简甚明,赵姨娘的话和贾母的话几乎一模一样,疑是脂砚斋在过录批语时放错位置所致。

㉓"幸",据唯一共有此批的庚辰本改。

㉔"要",甲辰本另有异文,其余各本同误"有"字,从梦稿本改。

㉕"项",从梦稿、舒序、甲辰、列藏本改,其余各本同误"顶"。是历次原定本之误。

㉖"能领持诵(原作颂),故如此灵效",据本回前文之"持诵"改"诵"字。其实"持诵"与"持颂"均可通,此改乃求正文、批语之统一耳。此"持诵"二字,与佛经中常提及的"受持读诵"之类颇相仿佛。如《金刚般若波罗蜜经》即有"发菩提心者,持于此经乃至四句偈等,受持读诵"等语。然在庚辰本中,本回正文却作"持颂",后面的批语反作"持诵",与正文恰好颠倒。考其源,似为原稿本抄录者在誊写不同定本时,或因随兴更改原文及原批此语所致。

㉗"及",据唯一共有此批的庚辰本改。

第二十六回

蜂腰桥设言传蜜意　潇湘馆春困发幽情

话说宝玉养过了三十三天之后，不但身体强壮，亦且连脸上疮痕〔也〕平服，仍回大观园内去。这也不在话下。

且说近日宝玉病的时节，贾芸带着家下小厮坐更看守，昼夜在这里。那红玉同众丫鬟也在这里守着宝玉。彼此相见多日，都渐渐的混熟了。那红玉见贾芸手里拿的手帕子，倒像是自己从前**掉**（原作吊）的，待要问他，又不好问的。不料那和尚道士来过，用不着一切男人，贾芸仍种树去了。这件事待要放下，心内又放不下；待要问去，又怕人猜疑。正是犹豫不决、神魂不定之际，忽听窗外问道：[朱旁]岔开正文却是为正文作引。“姐姐在屋里没有？”红玉闻听，在窗眼内望外一看，原来是本院的小丫头叫佳蕙的，因答说：“在家里，你进来罢。”佳蕙听了跑进来，就坐在床上，笑道：“我好造化！才刚在院子里洗东西，宝玉叫往林姑娘那里送茶叶，[朱旁]交代井井有法。花大姐姐交给我送去，可巧老太太那里给林姑娘送钱来，正分给他们的丫头们呢，[朱旁]潇湘常事，出自别院婢口中，反觉新鲜。见我去了，林姑娘就抓了两把给我。也不知多少，你替我收着。”便把手帕子打开，把钱倒了出来。红玉替他一五一十的数了收起。

佳蕙道：“你这一程子心里到底觉怎么样？依我说，你竟家去住两日，请一个大夫来瞧瞧，吃两剂药就好了。”红玉道：“那里的话，好好的，家去做什么！”佳蕙道：“我想起来了，林姑娘生得弱，时常**也**（原误他）吃药，你就和他要些来吃，也是一样。”[朱旁]闲言中叙出黛玉之弱，

草蛇灰线。【墨眉】暗暗言其红玉之病 红玉道："胡说！药也是混吃的？"佳
与黛玉相同,皆系"情"字上害出来的。
蕙道："你这也不是个长法儿,又懒吃懒喝的,终久怎么样？"红玉
道："怕什么！还不如早些死了倒干净。"[朱旁]此句令人气噎,红玉
总在无可奈何上来。 佳蕙道：
"好好的,怎么说这些话？"红玉道："你那里知道我心里的事！"

佳蕙点头想了一会,道："可也怨不得,这个地方难站。就像昨
儿,老太太因宝玉病了这些日子,说跟着服侍的这些人都辛苦了,
如今身上好了,各处还完了愿,叫把跟着的人都按着等儿赏他们。
我算年纪小,上不去——不得,我也不怨;像你,怎么也不算在里
头？我心里就不服。袭人那怕他得十个分儿也不恼他,原该的。
说良心话,谁还敢比他呢？【墨眉】此处云比不得袭人,乃羡袭人是宝 别说他
玉之爱妾也,为后文伏线。无怪后来被逐。
素日殷勤小心,便是不殷勤小心,也拼不得。可气晴雯、绮霰他们
这几个,都算在上等里去,仗着老子娘的脸面,众人倒捧着他去。
你说可气不可气？"红玉道："也不犯着气他们。俗语说的:'千里搭
长棚,没有个不散的筵席。'[朱旁]此时写出此 谁守谁一辈子呢？不过
等言语,令人堕泪!
三年五载,各人干各人的去了,那时谁还管谁呢？"这两句话,不觉
感动了佳蕙的心肠,由不得眼睛红了,又不好意思好端〔端〕的哭,
【墨眉】小小黄毛丫头,亦有 只得勉(原误免)强笑道："你这话说得却是。
这等病,可见余前批不谬也。
昨儿宝玉还说,明儿怎么样收拾房子,怎么样做衣裳,【墨眉】借佳蕙口
中,补出宝玉平日
闲谈 倒像有几百年的熬煎。"[朱夹]却是小女儿口中无味之 红玉听了,冷
之言。 谈,实是写宝玉不如一鬟婢。
笑了两声,方要说话,[朱旁]文字又一顿。 [朱眉]红玉一腔委曲怨愤,系身在
怡红不能遂志。看官勿错认为芸儿害相思也。 [朱眉]
"狱神庙"红玉、茜雪一 只见一个未留头的小丫头子走进来,手里拿着些
大回文字,惜迷失无稿。
花样子并两张纸,说道："这是两个样子,叫你描出来呢。"说着,向
红玉掷下,回身就跑了。

红玉向外问道："到底是谁的？也等不得说完就跑,谁蒸下馒

头等着你,怕冷了不成!"那小丫头在窗外只说得一声:"是绮大姐姐的。"[朱旁]又是不合式〔之①〕言,戳(原误撮)心语。抬起脚来咕咚咕咚又跑了。[朱旁]活龙②(原误现)活现之文。

红玉便赌气把那样子掷在一边,向抽屉内找笔,找了半天,都是秃了的。因说道:"前儿一支新笔放在那里了,怎么一时想不起来?"一面说一面出神,[朱旁]总是画境。想了一会方笑道:"是了,前儿晚上莺儿拿了去了。"便向佳蕙道:"你替我取了来。"佳蕙道:"花大姐姐还等着我替他抬箱子呢,你自取去罢。"红玉道:"他等着你,你还坐着闲打牙儿? 我不叫你取去,他也不等着你了。坏透了的小蹄子!"说着自己便出房来,出了怡红院,一径往宝钗院内来。

刚至沁芳亭畔,只见宝玉的奶娘李嬷嬷从那边走来。[朱旁]奇文! 真令人不得机关。红玉立住③(原误柱)问道:"李奶奶,你老人家那去了,怎打这里来?"李嬷嬷站住,将手一拍道:"你说说,好好的,又看上了那个种树的[朱旁]囫囵不解语。什么'云哥儿''雨哥儿'的,[朱旁]奇文,神文!这会子逼着我叫了他来。明儿叫上房里听见,[朱旁]更不解。可又是不好。"红玉笑道:"你老人家当真的就依着他,去叫了?"[朱旁]是遂心语。李嬷嬷道:"可怎么样呢?"[朱旁]妙! 的是老妪口气。红玉笑道:"那一个要是知道好歹,[朱旁]更不解。就回'不进来'才是。"[朱夹]是私心语。神妙!李嬷嬷道:"他又不痴,为什么不进来?"红玉道:"既是来了,你老人家该同他一齐来;回来叫他一个人乱碰,可是不好呢。"[朱夹]总是私心语。要直问,又不敢,只用这等语慢慢(原误漫漫)套出。有神理!李嬷嬷道:"我有那样工夫和他走? 不过告诉了他,回来打发个小丫头子或是老婆子,带进他来就完了。"说着,拄着拐一径去了。

红玉听说,便④(原误他)站着出神,且不去取笔。[朱夹]总是不言神情,另出花样。一时,只见一个小丫头子跑来,见红玉站在那里,便问道:"林姐姐,你在这里做什么呢?"红玉抬头,见是小丫头子坠儿。[朱夹]坠儿者,"赘儿"也。人生天地间,已是赘疣(原误戾),况又生许多冤情□〔孽〕债。叹〔叹⑤〕! 红玉道:"那去?"坠儿道:"叫我带进芸二爷来。"说着一⑥(原误已)径跑了。这里红玉刚走至蜂腰桥门前,只见那边坠儿引着贾芸来了。[朱夹]妙!不说红玉不走,亦不说不走,只说"刚走到"三字,可知红玉有私心矣。若说出必定不走、必定走,则文字死板,亦且棱角过露,非写女儿之笔也。那贾芸一面走,一面拿眼把红玉一溜。那红玉只装作和坠儿说话,也把眼去一溜贾芸。四目恰相对时,红玉不觉脸红了,[朱夹]看官至此,须掩卷细想:"红"字处,可与此处相比(原误想),何如?⑦上〔二〕三十回中,篇篇句句点一扭身往蘅芜苑(原误院)⑧去了。不在话下。

这里贾芸随着坠儿,逶迤来至怡红院中。坠儿先进去回明了,然后方领贾芸进来。贾芸看时,只见院内略略的有几点山石,种着芭蕉;那边有两只仙鹤,在松树下剔翎。一溜回廊上吊着各色笼子,各色仙禽异鸟。上面小小五间抱厦,一色雕镂新鲜花样。隔扇上面悬着一个匾额,四个大字题道是:"怡红快绿"。[朱夹]伤哉!展眼便红稀绿瘦矣。叹叹⑨! 贾芸想道:"怪道叫'怡红院',可知原来匾上是恁样四个字。"正想着,只听里面隔着纱窗子笑道:[朱旁]是文若僧□〔繇⑩〕点睛之龙,破壁(原误璧)飞矣。焉得不拍案叫绝!"快进来罢,我怎么就忘了你两三个月!"贾芸听的是宝玉的声音,连忙进入房内。抬头一看,只见金碧辉煌,[朱旁]器皿叠叠。文章闪灼,[朱旁]陈设垒垒。却看不见宝玉在那里。[朱旁]武夷九曲之文。⑪一回头,只见左边立着一架大穿衣镜。从镜后转出两个一般大的十五六岁的丫头来,说:"请二爷里头屋里坐。"贾芸连正眼也不敢看,连忙答应了。又进一道碧纱橱,只见一张小小填漆床上,悬着大红销金撒花帐子。宝玉穿着家常衣服,靸着鞋,倚在床上,拿着本书看,见他进来,将书掷下,早堆着笑立起身来。[朱旁]这是等芸哥看,故作款式者;果真看书,在隔纱窗子说话时,已放下了。——玉兄若见此批,必云:"老货,他处处不放松我,可恨可恨!"回思将余比作钗、颦乃一知己,余⑫(原误全)何幸也。一笑!【墨眉】批书者真欲效颦乎? 贾芸忙上前请了安。

宝玉让座，便在下面一张椅子上坐了。

　　宝玉笑道："只从那日见了你，我叫你往书房里来，谁知接接连连许多事情，就把你忘了。"贾芸笑道："总是我无福，偏偏又遇着叔叔身上欠安。叔叔如今可大安了？"宝玉道："大好了。我倒听见说你辛苦了好几天。"贾芸道："辛苦也是该当的。叔叔大安了，也是我们一家子的造化。"［朱旁］不伦（原误论）不理迎合字样。口气毕肖，可笑可叹！说着，只见有个丫鬟端了茶来与他。那贾芸口里和宝玉说着话，眼睛却溜瞅那丫鬟：［朱旁］前写不敢正眼，今又如此写，是因（原误用）茶来，有心人故留此神，于接茶时站起方不突然。细条身材，容长脸面，穿着银红袄子，青缎背心，白绫细褶裙，不是别人，却是袭人。［朱旁］《水浒》文法，用得恰当，是芸哥眼中也。那贾芸自从宝玉病了，他在里头混了两天，他却把那有名人口认记了一半。［朱夹］一路总写（原误是）贾芸（原误云）是个有心人。一丝不乱。他也知道袭人在宝玉房中比别个不同，今见他端了茶来，宝玉又在旁边坐着，便忙站起来笑道："姐姐怎么替我倒起茶来？我来到叔叔这里又不是客，让我自己倒罢了。"［朱夹］总写贾芸（原误云）乖觉。一丝不乱。宝玉道："你只管坐着罢，丫头们跟前也是这样。"贾芸笑道："虽如此说，叔叔房里姐姐们，我怎么敢放肆呢？"［朱旁］红玉何以使得？一面说，一面坐下吃茶。

　　那宝玉便和他说些没要紧的散话。［朱夹］妙极，是极！况宝玉又有何正经可说的。又说道谁家的戏子好，谁家的花园好，又告诉他谁家的丫头标致，谁家酒席丰盛，又是谁家有奇货，又是谁〔家〕⑬有异物。［朱夹］几个"谁家"，自北静王、公侯、驸马诸大家，包括尽矣。写尽纨绔口角。那贾芸口里只得顺着他说。说了一会，见宝玉有些懒懒的了，便起身告辞，宝玉也不甚留，只说："你明儿闲了，只管来。"仍命小丫头子坠儿送他出去。

　　出了怡红院，贾芸见四顾无人，便把脚慢慢的停着些走，口里一长一短和坠儿说话。先问他几岁了，名字叫什么，你父母在那一行,在宝叔房内几年了,一个月多少钱,共总宝叔房内有几个女孩子。^[朱旁]渐渐入港。那坠儿见问,一桩桩都告诉他了。贾芸又道:"刚才那个与你说话的,他可是叫小红?"坠儿笑道:"他倒叫小红。你问他做什么?"贾芸道:"方才他问你什么手帕子?我倒拣了一块。"坠儿听了,笑道:"他问了我好几遍,可有看见他的帕子。我有那们大工夫管这些事?今儿他又问我,他说我替他找着了他还谢我呢——才在蘅芜苑(原误院)门口说的,二爷也听见了,不是我撒谎。好二爷,你既拣着了,给我罢,我看他拿什么谢我。"

原来上月贾芸进来种树之时,便拣了一块罗帕,便知是所在园内的人失落的,但不知是那一个人的,故不敢造次。今儿听见红玉问坠儿,便知是红玉的,心内不胜(原误甚)喜幸。又见坠儿追索,心中早已得了主意,便向袖内将自己的一块取了出来,向坠儿笑道:"我给是给你,你若得了他的谢礼,可不许瞒着我。"坠儿满口里答应了,接了手帕子,送出贾芸,回来找红玉,不在话下。^[朱夹]至此一顿,狡猾之甚!原非书中正文之人,写来间⑭(原误门)色耳。

如今且说宝玉,打发了贾芸去后,意思懒〔懒〕的歪在床上,似有朦胧之态。袭人便走上来坐在床沿上推他,说道:"怎么又要睡觉?闷得很,你出去逛逛不是。"宝玉见说,便拉他的手,笑道:"我要去,只是舍不得你。"袭人笑道:"快起来罢!"^[朱旁]不答的妙。一面说,一面拉了宝玉起来。宝玉道:"可往那里去呢?怪腻腻烦烦的。"袭人道:"你出去了就好了,只管这么葳蕤,越发心里烦腻。"

宝玉无精打彩的只得依他。晃出了房门,在回廊上调弄了一回雀儿。出至院外,顺着沁芳溪看了一回金鱼。只见那边山坡上,两只小鹿箭也似的跑来,宝玉不解何意。^[朱旁]余亦不解。正自纳闷,只见贾兰在后面拿着一张小弓儿追了下来。^[朱旁]前文。一见宝玉在前面,便站住了,笑道:"二叔叔在家里呢,我只当出门去了。"宝玉道:"你又淘气了,好好的射他做什么?"贾兰笑道:"这会子不念书,闲着做什么? 所以演习演习骑射。"［朱旁］奇文奇语! 默思之,方意会:为玉兄毫无一正事,只知安富尊荣而写。宝玉道:"把牙栽了,那时才不演呢。"

　　说着,顺着脚一径来至一个院门前。只见凤尾森森,龙吟细细,［朱夹］与后文"落叶萧萧,寒烟漠漠"一对。可伤可叹! 举目望门上一看,［朱旁］无一丝心迹,反似初至者,故接有忘形忘情话来。只见匾上写着"潇湘馆"三字。宝玉信步走入,只见湘帘垂地,悄无人声。走至窗前,觉得一缕幽香［朱旁］写得出,写得出! 从碧纱窗中暗暗透出。宝玉便将脸贴在纱窗上往里看时,耳内忽听［朱夹］未曾看见,先听见,有神理! 得细细的长叹了一声,道:"每日家情思睡昏昏!"［朱旁］用情,忘情。神化之文! 宝玉听了,不觉心内痒将起来。再看时,只见黛玉在床上伸懒腰。［朱旁］有神理。真真画出! 宝玉在窗外笑道:"为什么'每日家情思睡昏昏'?"一面说一面掀帘进来了。林黛玉自觉忘情,不觉红了脸,拿袖子遮了脸,翻身向里装睡着了。

　　宝玉才走上来要搬他的身子,只见黛玉的奶娘并两个婆子都跟了进来,［朱旁］一丝不漏,且避若干嚼(原作咬)蜡之文。说:"妹妹睡觉呢,等醒了再请来。"刚说着,黛玉便翻身向外坐起来,笑道:"谁睡觉呢!"［朱旁］妙极! 可知黛玉是怕宝玉去也。那两三个婆子见黛玉起来,便笑道:"我们只当姑娘睡着了。"说着,便叫紫鹃说:"姑娘醒了,进来伺候。"一面说,一面都去了。黛玉坐在床上,一面抬手整理鬓⑮发,一面笑向宝玉道:"人家睡觉,你进来做什么?"【墨旁】余代答云:来看看妹妹,说说话儿,解解妹妹的午倦,可好不好! 宝玉见他星眼微饧,香腮带赤,不觉神魂早荡,一歪身坐在椅子上,笑道:"你才说什么?"黛玉道:"我没说什么。"宝玉笑道:"给你个榧子呢——我都听见了。"

　　二人正说话,只见紫鹃进来。宝玉笑道:"紫鹃,把你们的好茶

223

倒碗我吃。"紫鹃道："那里是好的呢？要好的，只是等袭人来。"黛玉道："别理他，你先给我舀水去罢。"紫鹃笑道："他是客，自然先倒了茶来再舀水去。"说着倒茶去了。宝玉笑道："好丫头，'若共你多情小姐同鸳帐，[朱旁]真正无意忘情。怎舍得叠被铺床'！"林黛玉登时撂下脸来，[朱旁]我也要恼。说道："二哥哥，你说什么？"宝玉笑道："我何尝说什么。"黛玉便哭道："如今新兴的，外头听了村话来，也说给我听；看了混帐书，也来拿我取笑儿。我成了替爷们解闷的。"一面哭着，一面下床来往外就走。宝玉不知要怎样，心下慌了，忙赶上来〔笑道⑯〕："好妹妹，我一时该死，你别告诉去。我再要敢，我嘴上就长个疔，烂了舌头！"

　　正说着，只见袭人走来，说道："快回去穿衣服，老爷叫你呢。"宝玉听了，不觉的打了个焦雷一般，[朱旁]不止玉兄一惊，即阿颦亦不免一唬。作者只顾写来收拾二玉之文，忘却颦儿也。想作者亦似宝玉道《西厢》之句，忘情而出也。也顾〔不⑰〕得别的，急忙回来穿衣服。出园来，只见焙茗在二门前等着，宝玉便问道："是做什么？"焙茗道："爷，快出来罢，横竖是见去的，到那里就知道了。"一面说，一面催着宝玉。转过大厅，宝玉心里还自狐疑，只听墙角边一阵呵呵大笑。回头看时，见是薛蟠拍着手跳了出来，笑道："要不说姨父叫你，你那里出来得这么快。"焙茗也笑着跪下了。宝玉怔了半天，方解过来是薛蟠哄他出来。[朱旁]如此戏弄，非呆兄无人；欲释二玉，非此戏弄不能立解。勿得泛泛看过。不知作者胸中有多少丘壑！

　　薛蟠连忙打躬作揖赔不是，又求："不要难为了小子，都是我逼他去的。"宝玉也无法了，只好笑，因说道："你哄我也罢了，怎么说我父亲呢？我告诉姨娘去，评评这个理，可使得么？"薛蟠忙道："好兄弟，我原为求你快些出来，就忘了忌讳这句话。改日你也哄我说我的父亲就完了。"[朱旁]写粗豪无心人。毕肖！宝玉道："嗳，嗳！越发该死了。"又向焙茗道："反叛肏的，还跪着做什么！"焙茗连忙叩头起来。薛蟠道："要不是我也不敢惊动，只因明儿五月初三日是我的生日。谁知古董行的程日兴，他不知那里寻了来的——这么粗、这么长粉脆的鲜藕，这么大的大西瓜，这么长的一尾新鲜的鲟鱼，这么大的一个暹罗国进贡的灵柏香熏的暹猪。你说他这四样礼可难得不难得？那鱼、猪不过贵而难得，这藕和瓜亏他怎么种出来的。我连忙孝敬了母亲，赶着给你们老太太、姨父姨母送了些去。如今留了些，我要自己吃，恐怕折福。[朱旁]呆兄亦有此语！批书人至此，诵《往生咒》至恒河沙数也。左思右想，除我之外惟有你还配吃，[朱旁]此语令人哭不得，笑不得，亦真心语也。所以特请你来。可巧，唱曲儿的一个小子又才来了，我同你乐一日何如？"一面说，一面来至他书房里。只见詹光、程日兴、胡斯来、单聘仁等并唱曲儿的都在这里，见他进来，请安的、问好的，都彼此见过了。吃了茶，薛蟠即命人摆酒来。话犹未了，众小厮七手八脚摆了半天才停当归座。宝玉果见瓜藕新异，因笑道："我的寿礼还未送来，倒先扰⑱（原误饶）了。"薛蟠道："可是呢，明儿你送我什么？"宝玉道："我可有什么可送的？若论银钱吃穿等类的东西，究竟还不是我的；[朱旁]谁说得出？经过者方说得出。叹叹！惟有或写一张字，画一张画，才算是我的。"薛蟠笑道："你提（原误题）画儿，我想起来了。昨儿我看人家一张春⑲（原误眷）宫，画得着实好，上面还有许多的字，我也没细看，只看落的款，原来是庚黄画的。[朱旁]奇文，奇文！真真好得了不得！"宝玉听说，心下猜疑道："古今字画也都见过些，那里有个'庚黄'？"想了半天，不觉笑将起来，命人取过笔来，在手心里写了两字，又问薛蟠道："你看真了是'庚黄'？"薛蟠道："怎么看不真。"宝玉将手一撒，与他看道："别是这两个字罢？其实与'庚黄'相去不远。"众人都看时，原来是"唐寅"两个字，[朱眉]闲事顺笔，骂死不学之纨绔。叹叹！都笑道："想必是这两字，大爷一时眼花了，也未可知。"薛蟠自觉没意思，笑道："谁知他'糖银''果银'的！"

正说着，小厮来回："冯大爷来了。"宝玉便知是神武将军冯唐之子冯紫英来了。薛蟠等一齐都叫："快请!"话犹未了,只见冯紫英一路说笑已进来。[朱旁]一派英气如在纸上,特为金闺润色也。众人忙起席让座。冯紫英笑道："好呀! 也不出门了,在家里高乐罢。"宝玉、薛蟠都笑道："一向少会,老世伯身上康健!"紫英答道："家父倒也托庇康健。近来家母偶着了些风寒,不好了两天。"薛蟠见他面上有些青伤,便笑道："这脸上,又和谁挥拳的? 挂了幌子了。"冯紫英笑道："从那一遭把仇都尉的儿子打伤了,我就记了再不怄㉓(原误沤)气,如何又挥拳? 这个脸上,是前日打围,在铁网山教兔鹘㉑(原误虎)捎一翅膀。"宝玉道："几时的话?"紫英道："三月二十八日去的,前儿也就回来了。"宝玉道："怪道前儿初三四儿,我在〔沈㉒〕世兄家赴席不见你呢。我要问,不知怎么就忘了。单你去了,还是老世伯也去了?"紫英道："可不是家父去,我无法儿,〔跟〕去罢了。难道(原误到)我闲疯了,咱们几个人吃酒听唱不乐,寻那个苦恼去? 这一次,大不幸之中又大幸……"[朱旁]似又伏一大事样。英侠人,累累如是,令人猜摹。

　　薛蟠众人见他吃完了茶,都说道："且入席,有话慢慢的说。"冯紫英听说,便立起身来说道："论礼,我该陪饮几杯才是,只是今儿有一件大大要紧事,回去还要见家父面回,实不敢领。"薛蟠、宝玉众人那里肯依,死拉着不放。冯紫英笑道："这又奇了。你我这些年,那一回有这个道理的? 果然不能遵命。若必定叫我领,拿大杯来,我领两杯就是了。"众人听说,只得罢了。薛蟠执壶,宝玉把盏,斟了两大海。那冯紫英站着,一气而尽。[朱旁]令人快活煞!宝玉道："你到底把这个'不幸之幸'说完了再走。"冯紫英笑道："今儿说得也不尽兴。我为这个,还要特治一东请你们去细谈一谈;二则,还有所恳之处。"说着,执手就走㉓。薛蟠道："越发说得人热剌剌的丢不下。多早晚才请我们,告诉了也免得人犹疑㉔(原作预)。"冯紫英道："多则十日,少则八天。"一面说,一面出门上马去了。众人回来,依席又饮了一回方散。[朱旁]收拾得好!

宝玉回至园中，袭人正记挂他去见贾政，不知是祸是福。［朱旁］本是㉕（原误生员）切己之事，时刻难忘。只见宝玉醉醺醺的回来，问其原故，宝玉一一向他说了。袭人道："人家牵肠挂肚的等着，你且高乐去，也到底打发人来给个信儿。"宝玉道："我何尝不要送信儿，只因冯世兄来了，就混忘了。"正说着，只见宝钗走进来，笑道："偏了我们新鲜东西了。"宝玉笑道："姐姐家的东西，自然先偏了我们了。"宝钗摇头笑道："昨儿哥哥倒特特的请我吃，我不吃他，叫他留着送人请人罢。我知道我的命小福薄，不配吃那个。"［朱旁］暗对呆兄言宝玉"配吃"语。说着，丫鬟倒了茶来，吃茶说闲话儿，不在话下。

却说那林黛玉，听见贾政叫了宝玉去了，一日不回来，心中也替他忧虑。［朱旁］本是切己事。至晚饭后，闻得宝玉〔回〕来了，心里要找他问是怎么样了。［朱旁］呆兄此（原误比）席的是合和筵也。一笑！一步步行来，见宝钗进宝玉的院内去了，［朱旁］《石头记》最好看处，〔是〕此等章法。㉖【墨眉】此层尚虚。自己也便随后走了来。刚到了沁芳桥，只见各色水禽都在池中浴水，也认不出名色来，但见一个个文彩炫耀，好看异常，因而站住看了一会。再往怡红院来，只见院门关着，黛玉便以手扣门。

谁知晴雯和碧痕正拌（原误辩）了嘴，没好气，忽见宝钗来了，那晴雯正把气移在宝钗身上，正在院内抱怨说："有事没事跑了来坐着，［朱旁］犯宝钗，如此写法。叫我们三更半夜［朱旁］指明人，则暗写。不得睡觉。"忽听又有人叫门，晴雯越发动了气，也并不问是谁，［朱旁］犯黛玉，如此写明。便说道："都睡下了，［朱旁］不知人，则明写。【墨眉】颦卿天真烂漫。使我闻此四字，不待再问，不能无疑矣。及至后话，黛玉焉得不气征哉？【墨眉】此批欠细。此文明明写宝钗在宝玉院中，而晴雯说"都睡下了"；又说"二爷吩咐一概不准放人进来"。此正黛玉酸心处也。思其唐突宝钗，与"绣鸳鸯"正同。明儿再来罢。"林黛玉素知丫头们的情性，他们彼此玩耍惯了，恐怕院内的丫头没听真是他的声音，只当是别的丫头们了，所以不开门。因而又高声说道："是我，还不开么！"晴雯偏生还没听出来，[朱旁]想黛玉高声,亦不过你我平常说话一样耳。

况晴雯素昔浮躁多气之人，如何辨得出！此刻须得批书人唱"大江东〔去〕"的喉咙，嚷着"是我林黛玉叫门"方可。又想：若开了门，如何有后面许多好字样、好文误官）者意为是否？

便使性子说道："凭你是谁，二爷吩咐的，一概不准放人进来呢。"

林黛玉听了，不觉气怔在门外。待要高声问他，斗起气来，自己又回思一番："虽说是舅母家，如同自己家一样，到底是客边。[朱旁]寄食者着眼,况颦儿何等人乎。如今父母双亡，无依无靠，现在他家依栖。如今认真淘气，也觉没趣。"一面想，一面又滚下泪珠来。正是回去不是，站着不是，正没主意，只听里面一阵笑语之声。细听了一听，竟是宝玉、宝钗二人。【墨眉】索性顿②得十分足、十分圆满。林黛玉心中亦发动了气。左思右想，忽然想起早起的事来："必定②（原作竟）是宝玉恼我告他的原故。但只我何尝告你去了？你也不打听打听，就恼我到这步田地！你今儿不叫我进来，难道明儿就不见面了？"越想越伤感，也不顾苍苔露冷，花径风寒，独立墙角边花阴之下，悲悲戚戚呜咽起来。[朱旁]可怜杀,可疼杀! 余亦泪下。

原来这林黛玉秉绝代姿容，具稀世俊美，不期这一哭，那附近柳枝花朵上的宿鸟栖鸦，一闻此声，俱忒楞楞飞起远避，不忍再听。[朱旁]"沉鱼落雁""闭月羞花",原（原误来)来〔是〕哭出（原误止)的?③一笑! 真是：

花魂默默无情绪，鸟梦痴痴何处惊！

因有一首诗道：

颦儿才貌世应稀，独抱幽芳出绣闺。

呜咽一声犹未了，落花满地鸟惊飞。

那林黛玉正自啼哭，忽听吱喽一声，院门开处，不知是那一个来，且看下回。[朱夹]每阅此本掩卷者，十有八九不忍下阅看完。想作者此时，泪下如豆矣！

［回后墨］

此回乃颦儿正文，故借小红许多曲折琐琐之笔作引。

怡红院见贾芸，宝玉心内似有如无，贾芸眼中应接不暇。

"凤尾森森，龙吟细细"八字，"一缕幽香从碧纱窗中暗暗透出"，又"细细的长叹一声"等句，方引出"每日家情思睡昏昏"仙音妙音，俱纯化工夫之笔。

二玉这〔回^①〕文字，作者亦在无意上写来，所谓"信手拈来无不是"是也。

收拾二玉文字，写颦无非哭玉、再哭、恸哭，玉只以陪事小心软求慢恳，二人一笑而止。且书内若此亦多多矣，未免有犯雷同之病。故险语结住，使二玉心中不得不将现事抛却，各怀以惊心意，再作下文。

前回倪二、紫英、湘莲、玉菡四样侠文，皆得传真写照之笔；惜"卫若兰射圃"文字迷失无稿，叹叹！

晴雯迁怒，系常事耳。写于钗、颦二卿身上，与踢袭人、打平儿之文，令人于何处设想着笔？

黛玉望怡红之泣，是"每日家情思睡昏昏"上来。

校　注

①"之"，据庚辰本补。此批原误抄作两条："又是不合式"，"言擢（戳）心语"；庚辰本则抄作一条："又是不合式之言擢（戳）心语。"

②"龙"，据庚辰本改。此批原误抄作两条："活现""活现之文"；庚辰本则抄作一条："活龙活现之文。"

③"住"，据各本改。

④"便"，据各本改。

⑤"疣""孽""叹"，皆据庚辰本改补。"□〔孽〕"字原留空，已有另笔墨色添补。"儿"字原抄略似"见"字，亦有另笔墨色涂改。其补改与庚辰本合。

⑥"一"，据各本改。

⑦庚辰及蒙、戚诸本均有此批，且和此本一样均作双夹批（可见是甲戌定本之前的早期批语）。除庚辰及此本作"上三十回"外，蒙、戚诸本作"上二十回"。皆不确。今按其语意改。末句"可与此处想，如何"，各本亦同。按"想"字实乃"相比"二字的抄误（如同"袭人标昌"实为"袭人标目曰"的抄误一样）。然此抄误似应源自甲戌修订本之前的某一次稿本誊抄者之手，且后来一直不曾被作者及批者察觉，方有此各本皆误的现象。

⑧"蘅芜苑(原误院)",蒙府、甲辰本同误"院"字,据其余各本改"苑"字。此"院""苑"二字之别,或反映出早期甲戌系统之本与作者后期定本丙、己、庚系统之间的文字差异(同属早期本系统的蒙府应属抄手所改,甲辰则是参校了蒙府所致,这方面证据甚多),特此注明。

⑨此批原误植于后文"原来匾上是怎样四个字"之后。

⑩"繇",原残缺,据庚辰本补。

⑪"武夷九曲之文",俞辑依庚辰本录作"武彝九曲之文",非是。"武夷九曲",盖指武夷山峰峦绵亘,且有"清溪九曲"萦绕其间也。此乃喻文章之隐曲多姿、扑朔迷离。庚辰本改"彝"字,是有意避满人"夷狄"之讳。甲戌本不避此讳,亦足见民间抄本与官场或宗室旗人抄本之微妙差异。

⑫"余",据庚辰本改。

⑬"家",据各本补。若无此"家"字,后面的一条双夹批"几个谁家"便不能置于此处,故知是过录者夺漏。

⑭"间",原作"门",庚辰本作"闲",均为"间"字的抄误。

⑮"鬈",原作"髻",实乃"髻"("鬈"的异体字)之误书。

⑯"笑道",从列藏、梦稿本补。庚辰、戚序、戚宁、甲辰本皆缺,是为原稿本夺漏。蒙府本旁添"央着说",舒序本作"道",均为抄手各行其是的校补。

⑰"不",据各本补。

⑱"扰",据各本改。

⑲"春",据各本改。

⑳"怄",从甲辰本改。除舒序及戚序、戚宁本作"呕",其余各本同作"沤"。

㉑"鹊",从戚序、戚宁、甲辰本改。除此,各本皆同作"虎"。是原稿本之误。

㉒"沈",据各本补。

㉓"执手就走",各本皆同,本无可疑。然"执手"一词,通常只有拉手、握手之义,如"执子之手,与子偕老"(《诗经·邶风》)、"执手相看泪眼"(柳永《雨霖铃》)等;似与冯紫英急于离去的情景不合。其实在中国古典小说中,"执手"也是自执其手向人致意的礼节。如:《水浒传》第八回,林冲钉了"七斤半团头铁叶护身枷",仍能"执手对丈人说道:'泰山在上……'";《三侠五义》第三回,"包公……立起身来,执手当胸道:'尊兄请了……'";《儿女英雄传》

第十七回,"说罢,便向姑娘执手鞠躬,行了半个礼"。皆属自己执手(略似拱手)向人行礼,而非执对方的手。

㉔"疑",从列藏、庚辰本改。

㉕"本是",参照本回后文之批"本是切己事"改。俞辑、陈辑皆照录作"生员",不予校改,是乃大谬。

㉖《石头记》最好看处,〔是〕此等章法。"此批独出。"最"字前,原多"是"字,乃抄手误植后句之"是"字所致。今按衍文删前一"是"字,并于后句补"是"字。

㉗"观",据庚辰本改。陈辑末句不校"官"字,竟录作:"如何后面许多好字好样文章,看官者意为是否?"断句乖谬,几不成文。

㉘"顿",原书写潦草,本书前四版中曾校印作"赖";今细审台湾影印原版字迹,改校"顿"字。此批颇似孙小峰笔迹。

㉙"定",从列藏、梦稿本改。

㉚"原(原误来)来〔是〕哭出(原误止)的?"据庚辰本改补"原""是""出"三字。然此处原误之"哭止的",庚辰本作"哭了出来的"。

㉛"回",据唯一共有此批的庚辰本补(庚辰乃眉批)。

第二十七回

滴翠亭杨妃戏彩蝶　埋香冢飞燕泣残红

话说林黛玉正自悲泣,忽听院门响处,只见宝钗出来了,宝玉、袭人一群人送了出来。待要上去问着宝玉,又恐当着众人问,羞了他,倒不便。因而闪过一旁,让宝钗去了,宝玉等进去关了门,方转过来。犹望着门洒了几点泪。自觉无味,便转身回来,无精打采的卸了残妆。

紫鹃、雪雁素日知道他的情性,无事闷坐,不是愁眉便是长叹;且好端端的不知为了什么,便常常的就自泪自干。先时还解劝,怕他思父母、想家乡、受了委屈,用话来宽慰解劝。谁知后来一年一月竟常常的如此,[朱旁]补潇湘馆常文也。把这个样儿看惯,也都不理论了。所以没人去理,由他去闷坐,只管睡觉去了。那林黛玉倚着床栏杆,两手抱着膝,[朱旁]画美人秘诀。眼睛含着泪,好似木雕泥塑的一般。[朱旁]木是㮌檀,泥是金沙方可。直坐到三更多天,方才睡了。一宿无话。

至次日,乃是四月二十六日,原来这日未时交芒种节。尚古风俗,凡交芒种节的这日,都要设摆各色礼物,祭饯花神。言芒种一过,便是夏日了,众花皆谢(原误卸),花神退位,须要饯行①。然闺中更兴这件风俗,所以大观园中之人,都早起来了。那些女孩子,或用花瓣柳枝编成轿马的,或用绫锦纱罗叠成干旄旌幢的,都用彩线系了。每一棵树、每一枝花上,都系上了这些事物,满园中绣带飘飘、花枝招展。[朱旁]数句大观园景,倍胜省亲一回,在一园人俱得闲闲寻乐上看。彼(原误被)时,只有元春一人闲耳。更又兼这些人打扮得桃羞杏让、燕妒莺惭，[朱旁]桃、杏、燕、一时也道不尽。
莺是这样用法！

　　且说宝钗、迎春、探春、惜春、李纨、凤姐等，并巧姐大姐、香菱与众丫鬟们，都在园内玩耍，独不见林黛玉。迎春因说道："林妹妹怎么不见？好个懒丫头，这会子还睡觉不成。"宝钗道："你们等着，我去闹了他来。"说着，便丢下众人，一直的往潇湘馆来。正走着，只见文官等十二个女孩子也来了。见宝钗问了好，说了一回闲话。宝钗回身指道："他们都在那里呢，你们找去罢，我叫林姑娘去就来。"[朱旁]安插一处，好写一处。
正一张口难说两家话也。说着，便往潇湘馆来。忽见宝玉进去了，宝钗便站住低头想了一想："宝玉和黛玉是从小一处长大，他二人间多有不避嫌疑之处，嘲笑喜怒无常，况且黛玉素习猜忌，好弄小性儿。此刻自己也进去，一则宝玉不便，二则黛玉嫌疑，倒是回来的妙。"[朱旁]道尽黛玉每每小
性，全不在宝钗身上。想毕，抽身要寻别的姊妹去。忽见面前一双玉色蝴蝶，大如团扇，一上一下的迎风翩跹，十分有趣。宝钗意欲扑了来玩耍，[朱旁]
可是一味知书识礼女夫子行
止？写宝钗无不相宜。遂向袖中取出扇子来，向草地下来扑。只见那一双蝴蝶忽起忽落，来来往往，穿花渡柳，将欲过河，倒引得宝钗蹑手蹑脚的一直跟到池中的滴翠亭，香汗淋漓，娇喘细细，也无心扑了。刚欲回来，只听亭子里面嘁嘁喳喳有人说话。[朱旁]无闲纸
闲笔之文如此。

　　原来这亭子四面，俱是游廊曲桥盖在池中，周围都是雕镂槅子糊着纸。宝钗在亭外听见说话，便站住往里听。只听说道："你瞧瞧，这手帕子果然是你丢的那块，你就拿着；要不是，就还芸二爷去。"又有一人道："可不是那块！拿来给我罢。"又听说道："你拿什么谢我呢？难道白寻了来不成。"又答道："我既许了谢你，自然不哄你。"又听说道："我寻了来给你，自然谢我；但只是拣的人，你就不拿什么谢他？"又回道："你别胡说！他是个爷们家，拣了我们的东西，自然该还的，叫我拿什么给他呢？"又听说道："你不谢他，

233

我怎么回他呢？况且他再三再四的和我说了，若没谢的，不许给你呢。"半晌又听答道："也罢，拿我这个给他，就算谢他的罢。你要告诉别人呢？须说个誓来。"又听道："我要告诉一个人，就长一个疔，日后不得好死！"又听说道："嗳哟！咱们只顾说话，看有人来悄悄的在外头听见。不如把这槅子都推开了，便是有人见咱们在这里，他们只当我们说玩话呢。若走到跟前，咱们也看得见，就别说了。"

宝钗在外面听见这话，心中吃惊，[朱旁]四字写宝钗守身如此。想道："怪道从古至今那些奸淫狗盗之人心机都不错。这一开了，见我在这里，他们岂不臊了？况才说话的语音儿，大似宝玉房里的红儿，他素习眼空心大，最是个头等刁钻古怪的东西。今儿我听了他的短儿，一时人急造②（原误遭）反、狗急跳墙，不但生事，而且我还没趣。如今便赶着躲了，料也躲不及，少不得要使个金蝉脱③（原误退）壳的法子。"犹未想完，只听"咯吱"一声，宝钗便故意放重了脚步，笑着叫道："颦儿，我看你往那里藏！"一面说，一面故意往前赶。那亭子里的红玉、坠儿刚一推窗，只见宝钗如此说着往前赶，两个人都唬怔了。宝钗反向他二人笑道："你们把林姑娘藏在那里了？"坠儿道："何曾见林姑娘了！"宝钗道："我才在河边看着他在这里蹲着弄水儿的，我要悄悄的唬他一跳，还没走到跟前，他倒看见我了，朝东一绕就不见了。必是藏在这里头了。"一面说，一面故意进去寻了一寻，抽身就走，口里说道："一定又是在那山子洞里，去遇见蛇咬一口也罢了。"一面说一面走，心里又好笑：这件事算遮过去了，[朱旁]真弄婴儿，轻便如此。

即余至此，亦要发笑。不知他二人是怎么样。

谁知红玉[听④]见了宝钗的话，便信以为真，[朱旁]宝钗身份。让宝钗去远，便拉坠儿道："了不得了！林姑娘蹲在这里，一定听了话去了。"坠儿听说，也半日不言语。红玉又道："这可怎么样呢？"[朱旁]二句系黛玉身份。

坠儿道:"便听见了,管谁筋疼? 各人干各人的就完了。"红玉道:"若是宝姑娘听见,还倒罢了;林姑娘嘴里又爱刻薄人,心里又细,他一听见了,倘或走露了,怎么样呢?"二人正说着,只见文官、香菱、司棋、待书等上亭子来了。二人只得掩住这话,且和他们玩笑。

只见凤姐站在山坡上招手叫红玉,红玉连忙弃了众人,跑至凤姐前笑问:"奶奶使唤做什么?"凤姐打量了一打量,见他生得干净俏丽,说话知趣,因说道:"我的丫头今儿没跟进来。我这会子想起一件事,来使唤个人出去,可不知你能干不能干,说得齐全不齐全?"红玉道:"奶奶有什么话,只管吩咐我说去。若说不齐全,误了奶奶的事,凭奶奶责罚罢了。"〔朱旁〕操必胜之**券**(原误权)! 红儿机括志量,自知能应阿凤使令意。凤姐笑道:"你是谁房里的? 我使出去,他回来找你,我好替你答应。"红玉道:"我是宝二爷房里的。"凤姐听了,笑道:"嗳哟! 你原来是宝玉房里的,怪道呢!〔朱旁〕"嗳哟""怪道"四字,一是玉兄手下无**难**(原误能)为者;〔与〕前文打量生的"干净俏丽"四字合而观之,小红则活现于纸上矣。也罢了⑤,你到我家告诉你平姐姐:外头屋里桌子上汝窑盘子架儿底下,放着一卷银子,那是一百二十两,给绣匠的工价,等张材家的来要,当面称给他瞧了,再给他拿去。再,里头屋里床上有个小荷包,拿了来给我。"

红玉听了,撤身去了。回来,只见凤姐不在这山坡上了。因见司棋从山洞里出来,站着系裙子,便上来问道:"姐姐,不知道二奶奶往那去了?"司棋道:"没理论。"红玉听了,又往四下里看,只见那边探春、宝钗在池边看鱼。红玉便走来赔笑问道:"姑娘们可看见二奶奶没有?"探春道:"往大奶奶院里找去。"红玉听了,才往稻香村来。顶头只见晴雯、绮霰、碧痕、紫绡⑥、麝月、待书、入画、莺儿等一群人来了。晴雯一见了红玉,便说道:"你只是疯罢! 花儿也不浇,雀儿也不喂,茶炉子也不笼,就在外头逛。"红玉道:"昨儿二爷说了,今儿不用浇花,过一日再浇罢。我喂雀儿的时候,姐姐还睡觉呢。"碧痕道:"茶炉子呢?"〔朱旁〕岔一人问,俱是不受用意。红玉道:"今儿不是我笼的班儿,有茶没茶别问我。"绮霰道:"你听听他的嘴! 你们别说了,让他逛去罢。"红玉道:"你们再问问,我逛了没有? 二奶奶才使唤我说话、取东西去的。"[朱旁]非小红夸耀,系尔等逼出来的。离怡红意已定矣。说着,将荷包举给他们看,方没言语了。[朱旁]众女儿何苦自讨之。大家分路走开,晴雯冷笑道:"怪道呢,原来爬上高枝儿去了,把我们不放在眼里。不知说了一句半句话,名儿姓儿知道了不曾呢? 就把他兴得这样。这一遭儿半遭儿的算不得什么,过了后儿还得听'呵'。有本事的从今儿出了这园子,长长远远的在高枝儿上才算得。"一面说着走了。

　　这里红玉听说,也不便分证,只得忍着气来找凤姐。到了李氏房中,果见凤姐在那里说话儿呢。红玉便上来回道:"平姐姐说,奶奶刚出来了,他就把银子收起来了。[朱旁]交代不在盘架下了。才张材家的来取,当面称了给他拿去了。"说着⑦,将荷包递了上来,又道:"平姐姐叫回奶奶:说旺儿进来讨奶奶的示下,好往那家子去的,平姐姐就把这话按着奶奶的主意,打发他去了。"凤姐笑道:"他怎么按我的主意打发去了?"[朱旁]可知前红玉云"就把那按奶奶的主意","主意"是欲简(原误俭),但恐累赘耳。故阿凤有是问,彼能细答。红玉道:"平姐姐说,我们奶奶问这里奶奶好。原是我们二爷不在家,虽然迟了两天,只管请奶奶放心。等五奶奶[朱旁]又一门。好些,我们奶奶还会了五奶奶来瞧奶奶呢。五奶奶前儿打发人来说,舅奶奶[朱旁]又一门。带了信来了,问奶奶好,还要和这里的姑奶奶[朱旁]又一门。寻两丸延年神验万全丹。若有了,奶奶打发人来,只管送在我们奶奶这里,明儿有人去,就顺路给那边舅奶奶带去的。"话未说完,李纨笑道:"嗳哟哟! 这话我就不懂了,什么'奶奶''爷爷'的一大堆?"凤姐笑道:"怨不得你不懂,这是四五门子的话呢。"说着,又向红玉笑道:"好孩子,倒难为你说得齐全。别像他们扭扭捏捏蚊子似的。"〔**又向李纨道**⑧〕:"嫂子不知道,如今除了我随手使的这几个人之外,我就怕和别人说话。他们必定把一句话拉长了作两三截儿,咬文咬字拿着腔哼哼吸吸的,急得我冒火。先时我们平儿也是这么着的,我就问着他:'必定装蚊子哼哼,难道就是美人了?'说了几遭才好些了。"李宫裁笑道:"都像你破落户才好?"凤姐又道:"这个丫头就好。[朱旁]红玉听见了么?方才说话虽不多,听那口气就简断。"[朱旁]红玉此刻心内想:可惜晴雯等不在旁!

说着,又向红玉笑道:"你明儿伏侍我去罢,我认你做女儿。我再调理调理你,就出息了。"[朱旁]红玉今日方遂心如意,却为宝玉后〔文〕伏线。⑨

红玉听了,扑嗤一笑。凤姐道:"你怎么笑?你说我年轻,比你能大几岁,就做你的妈了?你别做春梦呢!你打听打听,这些人头(原作都)比你大得多(原误大)的⑩,赶着我叫妈,我还不理呢。"红玉笑道:"我不是笑这个。我笑奶奶认错了辈数了——我妈是奶奶的女儿,这会子又认我做女儿。"凤姐道:"谁是你妈?"李宫裁道:"你原来不认得他?他就是林之孝之女。"[朱旁]管家之女,而晴卿辈挤之,招祸之媒也。凤姐听了,十分诧异(原误意),因笑道⑪:"哦![朱旁]传神!原来是他的丫头。"又笑道:"林之孝两口子都是锥子扎不出一声儿来的。我成日家说他们:'倒是配就了的一对夫妻——一双天聋地哑。'[朱旁]用得是!阿凤口角。那里承望养出这么个伶俐丫头来。你十几岁了?"红玉道:"十七了。"又问名字。[朱旁]真真不知名。可叹!红玉道:"原叫红玉的,因为重了宝二爷,如今叫红儿了。"凤姐听了,将眉一皱,把头一回,〔说道⑫〕:"讨人嫌得很!得了玉的〔便⑬〕宜似的,你也'玉',我也'玉'。"因说道:"既这么着,上月(原误肯跟)我还和他妈说⑭,'赖大家的如今事多,也不知这府里谁是谁,你替我好好的挑两个丫头我使。'他一般的答应,他饶不挑,倒把他这女孩子送了别处去。难道跟我必定不好?"李纨笑道:"你可是又多心了。他进来在先,你说话在后,怎么怨得他妈呢!"凤姐道:"既这么着,明儿我和宝玉说,[朱旁]有悌弟之心。叫他

237

再⑮（原误在）【墨眉】"在"，徐本作"再"。 适之 要人，叫这丫头跟我去。可不知本人愿意不愿意？"［朱旁］总是追写红玉十分心事。 红玉笑道："愿意不愿意，我们不敢说。

［朱旁］好答！可知两处俱是主儿。 只是跟着奶奶，我们也学些眉眼高低，出入上下，大小的事也得见识见识。"［朱旁］且系本心本意，"狱神庙"回内方见⑯。 刚说着，只见王夫人的丫头来请。凤姐便辞了李宫裁去了。红玉回怡红院，不在话下。

　　如今且说林黛玉，因夜间失寐，次日起迟了。闻得众姊妹都在园中作饯花会，恐人笑他痴懒（原误癫），连忙梳洗了出来。刚到了院中，只见宝玉进门来了，笑道："好妹妹，昨儿可告我不曾？［朱旁］明知无是事，不得不作开谈⑰（原误设）。 叫我悬了一夜心。"林黛玉便回头叫紫鹃道："把屋子收拾了，下一扇纱屉子。看那大燕子回来，把帘子放下来，拿狮子倚住。烧了香，就把炉罩上。"［朱旁］不见宝玉，阿颦断无此一段闲言。总有（原误在）欲言〔又止〕、不言难禁之意，了却"情情"之正文也。 一面说，一面仍往外走。宝玉见他这样，还认作是昨日中晌的事，［朱旁］逼真，不错。 那知晚间的这段公案，还打恭作揖的。黛玉正眼也不看，各自出了院门，一直找别的姊妹去了。宝玉心中纳闷，自己猜疑："看起这个光景来，不像昨日的事；但只昨日我回来得晚了，又没见他，再没有冲撞了他的去处。"一面想，一面走，又由（原误犹）不得从后面追了来。

　　只见宝钗、探春正在那边看仙鹤，见黛玉来了，三个一同站着说话儿。又见宝玉来了，探春便笑道："宝哥哥身上好！整整三天没见了。"［朱旁］"横云截（原误裁）岭"⑱，好极，妙极！二玉文原不易写，《石头记》得力处在兹。 宝玉笑道："妹妹身上好！我前儿还在大嫂子跟前问你呢。"探春道："哥哥往这里来，我和你说话。"宝玉听说，便跟了他来到一棵石榴树下。探春因说道："这几天老爷可叫你没有？"宝玉道："没有叫。"探春道："昨儿我恍惚听见说老爷叫你出去的。"[朱旁]老爷叫宝玉,再无喜事,故园中合宅皆知。宝玉笑道:"那想是别人听错了,[朱旁]非谎也,避繁也。并没叫的。"探春又笑道:"这几个月,我又攒下有十来吊钱了。你还拿去,明儿逛去的时候,或是好字画、书籍卷册、轻巧玩意儿,给我带些来。"宝玉道:"我这么城里城外、大廊小庙的逛,也没见个新奇精致东西,左不过是金玉铜器,没处撂的古董,再就是绸缎、吃食、衣服了。"探春道:"谁要那些。像你上回买的,那柳条儿编的小篮子,整竹子根抠的香盒子,胶泥垛的风炉儿,这就好,把我喜欢的什么似的。谁知他们都爱上了,都当宝贝似的抢了去了。"宝玉笑道:"原来要这个。这不值什么,拿五百钱出去给小子们,管拉两车来。"探春道:"小厮们知道什么?你拣那朴而不俗、直而不做者,[朱旁]是论物?是论人?看官着眼。这些东西你多多的替我带了来。我还像上回的鞋做一双你穿——比那双还加工夫,如何呢?"

宝玉笑道:"你提起鞋来,我想起故事来。那一回我穿着,可巧遇见了老爷,就不受用,问是谁做的。我那里敢提'三妹妹'三个字,我就回说:'是前儿我的生日,是舅母给的。'老爷听了是舅母给的,才不好说什么,半日还说:'何苦来!虚耗人力,作践绫罗,做这样的东西。'因而我回来告诉袭人,袭人说:'这还罢了。赵姨娘气的,抱怨得了不得:正经兄弟,鞋搭拉袜搭拉的,[朱旁]何至如此?写妒妇信口逼(原作⑲)。没人看见,且做这些东西!'"探春听说,登时沉下脸来,道:"你说,这话糊涂到什么田地!怎么,我是该做鞋的人么?环儿难道(原误到)没有分例的?没有人的?衣裳是衣裳,鞋袜是鞋袜,丫头一屋子,怎么抱怨这些话——给谁听呢?我不过闲着没有事,做一双半双的,爱给那个哥哥兄弟随我的心,谁敢管我不成!这也是他气〔的〕⑳?"宝玉听了,点头笑道:"你不知道,他心里自然又有个想头了。"探春听说,益发动了气。把头一扭,说道:"连你也糊涂了。他那想头自然有的,不过是那阴微卑贱的见识。他只管这么想。我只管认得老爷、太太两个人,别人我一概不管。就是姊妹兄弟跟前,谁和我好我就和谁好,什么偏的庶的,我也不知道理论他。我不该说他,但他特昏愦得不像了!还有笑话儿呢。［朱旁］开一步。妙,妙!就是上回,我给你那钱替我带那玩的东西。过了两天他见了我,也是说没钱使怎么难,我也不理论。谁知后来丫头们出去了,他就抱怨起我来,说我攒了钱为什么给你使,倒不给环儿使了。我听见这话又好笑又好气,我就出来往太太屋里去了。"正说着,只见宝钗那边笑道:"说完了?来罢!显见的是哥哥妹妹了,丢下别人且说梯己去。我们听一句儿,就使不得了?"说着,探春、宝玉二人方笑着来了。

　　宝玉因不见林黛玉,便知他是躲了别处去了。［朱旁］兄妹话虽久长,心事总未少歇。接得好!想了一想:越性迟两日,等他的气息一息㉑(原误叹一叹)［朱旁］作书人调侃耶!再去也罢了。因低头看见许多凤仙、石榴等各色落花,锦重重落了一地。因叹道:"这是他心里生了气,也不收拾这花儿了。待我送了去,明儿再问他。"［朱旁］至埋香冢方不牵强。好情理!说着,只见宝钗约着他们往外头去。［朱旁］收拾得干净。宝玉道:"我就来。"说毕,等他二人去远了,［朱旁］怕人笑说㉒便把那花兜了起来,登山渡水,过柳穿花,一直奔了那日同林黛玉葬桃花的去处。犹未转过山坡,只听山坡那边有呜咽之声,一行数落着,哭得好不伤感。［朱旁］奇文异文,俱出《石头记》上——且念出,愈奇文。宝玉心中想道:"这不知是那房里的丫头受了委屈,［朱旁］盆开线络。活泼之至!跑到这个地方来哭。"一面想,一面煞住脚步,听他哭道是［朱夹］诗词歌赋,〔有㉓〕如此章法写于书上者乎?

　　　　花谢花飞飞满天,红消香断有谁怜?
　　　　游丝软系飘春榭,落絮轻沾扑绣帘。
　　　　闺中女儿惜春暮,愁绪满怀无释处。
　　　　手把花锄出绣帘,忍踏落花来复去。
　　　　柳丝榆荚自芳菲,不管桃飘与李飞。

桃李明年能再发,明年闺中知有谁?

三月香巢已垒成,梁间燕子太无情!

明年花发虽可啄,却不道,人去梁空巢也倾。

一年三百六十日,风刀霜剑严相逼。

明媚鲜妍能几时,一朝飘泊难寻觅。

花开易见落难寻,阶前闷死㉔葬花人。

独倚花锄泪暗洒,洒上空枝见血痕。

杜鹃无语正黄昏,荷锄归去掩重门。

青灯照壁人初睡,冷雨敲窗被未温。

怪奴底事倍伤神,半为怜春半恼春。

怜春忽至恼忽去,至又无言去不闻。

昨宵庭外悲歌发,知是花魂与鸟魂。

花魂鸟魂总难留,鸟自无言花自羞。

愿奴胁下生双翼,随花飞到天尽头。

天尽头,何处有香丘?

未若锦囊收艳骨,一抔㉕(原误坯)净土掩风流!

质本洁来还洁去,强于污淖陷渠沟。

尔今死去侬收葬,未卜侬身何日丧?

侬今葬花人笑痴,他年葬侬知是㉖(原误有)谁?

试看春残花渐落,便是红颜老死时。

一朝春尽红颜老,花落人亡两不知!　[朱眉]开生面立新

场,是书多多矣,惟

此回更(原误处)生更新。非颦儿断无是佳吟,非石兄断

无是情聆〔赏〕——难为了作者了! 故留数字以慰之。㉗

宝玉听了,不觉痴倒。要知端底,再看下回。　[朱旁]㉘余读《葬花吟》

至再至三四,其凄楚感

慨,令人身世两忘,举笔再四,不能下批。有客曰:"先生身非宝玉,何能下笔? 即字字双

圈,批词通仙,料难遂颦儿之意,俟看玉兄之后文再批。"噫唏! 阻余者,想亦《石头记》来

的,故停

笔以待。

[回后墨]

"饯花辰"不论典与不典,只取其韵致生趣耳。

池边戏蝶,偶尔(原误而)适兴,亭外急智,〔金蝉〕脱壳,明写宝钗非拘拘然一迂女夫子。

凤姐用小红,可知晴雯等埋(原误理)没其人久矣。无怪有私心私情。且红玉后有宝玉大得力处,此于千里外伏线也。《石头记》用"截法""岔法""突然法""伏线法""由近渐远法""将繁改简(原作俭)法""重作轻抹法""虚敲(原误稿)实应法"种种诸法,总在人意料之外,且不见一丝牵强。所谓"信手拈来无不是"是也。

不因见落花,宝玉如何突至埋香冢? 不至埋香冢,又如何写《葬花吟》?

埋香冢葬花,乃诸艳归源。《葬花吟》又系诸艳一偈也。

校　注

①"众花皆谢(原误卸),花神退位,须要饯行",句中原误之"卸"字,各本皆同,甚至古今所有校印本亦同,看来只有不据任何版本作校改了。但这是一个非常明显的错字。此处一开篇即点明"众花皆谢",正为本回后文黛玉《葬花吟》起句之"花谢花飞飞满天,红消香断有谁怜"预作铺垫。然不知何故,不仅为作者抄录稿本的人一开始就抄错了,而且此书问世二百多年来,那么多传抄者和印本校订者,竟无一人对此作过正确校改,岂非咄咄怪事!

②"造",据各本改。

③"脱",据各本改。

④"听",庚辰、舒序、甲辰本同缺,从其余各本补。

⑤"也罢了"三字后,各本尚有"等他来问,我替你说",属此本脱漏。因脱漏后仍勉强可通,仍存原貌。

⑥"紫绡",庚辰、戚序、戚宁、甲辰本同;梦稿本无此句,列藏本漏"绡"字,唯蒙府本作"绢",舒序本作"鹃"(列藏、庚辰本亦有另笔添改的"鹃"字)。

⑦"说着"二字后,原多一"说着",据各本删。

⑧所补"又向李纨道"五字,各本同缺,乃校订者意补。应为原稿本抄录者抄录较早的某次定本起,便不慎漏抄此句。后来一直未察觉添补,致使现存各传抄本皆缺。但如此重要的一处转变说话对象(包括改了称呼)的语句,实在是非加不可。

⑨此批原抄在前文"李纨笑道:'嗳哟哟……'"句旁,置于该句及前后句均似不合,故移此。

⑩"这些人头(原作都)比你大的多(原误大)的",据各本改"头"字(梦稿、列藏本却作"里头",实则"这些人头"即"这些人里头"之意,至今南方尚存此语)。原误后一"大"字,除梦稿、舒序及蒙、戚诸本缺(属擅删,并多删"的"字),其余各本同。似为原定本誊录者抄误。

⑪"因笑道","笑"字后原多"问"字,舒序本同(亦被点去),据其余各本删。

⑫"说道",据各本补。

⑬"便",从甲辰本补。

⑭"既这么着,上月(原误肯跟)我还和他妈说",从梦稿、列藏本改"上月"二字。除甲辰本缺此二字,其余各本同误"肯跟"。这是在历次原定本中即被抄误(将"上月"误作"肯")加妄改(即在误抄的"肯"字后擅添"跟"字)所致,却在多数脂评抄本和当今的通行印本中长期未予校正。参见本丛书第二种《脂砚斋重评石头记庚辰校本》修定四版同回注。

⑮"再",据各本改。胡适作于此处的墨眉批,亦提醒"徐本"(即庚辰本)此字作"再"。另,墨眉批后所署"适之"二字乃用朱色。

⑯"方见",在《胡适文存》(黄山出版社1996年版)第三集301页所引此批中原有此二字。但台湾1961年首次影印出版甲戌本以来,在各种版本的影印本上皆无此二字。此前各版之注,我均敦请"有机会目验此本原件者一证之"。现据学者沈治均查验,美国所存微缩胶片上确有此二字。

⑰"谈",据庚辰本批语改。

⑱"横云截(原误裁)岭",从俞辑、朱辑改"截"字,本回回后批"用'截法'",亦可证。陈辑则校原误之"裁"为"断",因第四回和第六回确有批云"横云断岭法"和"横云断山法",然此处以原误字形论,则当作"截"。

⑲"逗",疑为"遛"字草书形近而讹。各本皆无此批。

⑳"的",从列藏、舒序本补,其余各本同缺。

㉑"息一息",从甲辰本改。列藏、梦稿、舒序本同误"叹一叹",其余各本作"消一消"。

㉒"笑说",庚辰本作"说笑",其余各本同。

㉓"有",据庚辰本补。庚批为:"诗词文章,试问有如此行笔者乎?"

㉔"闷死",各本作"闷杀"。

㉕"抔",从程高本改。甲辰、舒序本同误"坏(坏)",列藏本误"盃",梦稿本误"杯",庚辰及蒙、戚诸本作"堆"。以"一抔土"代指坟茔,语出《汉书》:"取长陵一抔土。"亦见于骆宾王名句:"一抔之土未干,六尺之孤何托?"

㉖"是",据各本改。本来此处作"有"字亦可通,然紧接第二十八回,叙宝玉听到此句,却作"是",可知此处系误抄,非稿本修订之差异。

㉗此批中"更"字,参照庚辰本类似眉批改;"赏",参照现已佚失的南京靖应鹍藏本原抄存的残批补。从版本考证的角度来判断,庚辰本该眉批,应为畸笏所作之原批;甲戌本此批,则是后来畸笏对现存甲戌本的底本作整理时,从庚辰原本上移录改写而添补上去的。

㉘此批虽抄于回后,实乃畸笏从庚辰原本上移录过来的原脂砚朱眉批。但在移录时,从语气到内容均有所改造。此批在庚辰本上原是脂砚与作者互相续批的对答口气,移至此本时却改成了作批者一人的叙述语气。二十八回首段第一条朱眉批,亦是此批的后续之批。

第二十八回

蒋玉菡情赠茜香罗　薛宝钗羞笼红麝串

话说林黛玉,只因昨夜晴雯不开门一事错疑在宝玉身上,至次日又可巧遇见饯花之期,正是一腔无明正未发泄,又勾起伤春愁思。因把些残花落瓣去掩埋,由不得感花伤己,哭了几声,便随口念了几句。不想宝玉在山坡上,听见是黛玉之声,先不过是点头感叹,听到"侬今葬花人笑痴,他年葬侬知是谁""一朝春尽红(原误花)颜老,花落人亡两不知"等句,不觉恸倒山坡之上,怀里兜的落花撒了一地。试想:林黛玉的花颜月貌,将来亦到无可寻觅之时,宁不心碎肠断?既黛玉终归无可寻觅之时,推之于他人,如宝钗、香菱、袭人等,亦可以到无可寻觅之时矣!宝钗等终归无可寻觅之时,则自己又安在哉?且自身尚不知何在何往,则斯处、斯园、斯花、斯柳又不知当属谁姓矣(原作已)!因此一而二、二而三反复推求了去,[朱眉]不言炼句炼字、词藻工拙,只想景想情、想事想理,反复追求悲伤感慨,乃玉兄一生天性。真颦儿之(原误不)知己,则实再无有者。昨阻余批《葬花吟》之客,嫡是玉兄之化身无疑。余几〔作〕点金成铁之人。笨甚,笨甚!① 真不知此时此际欲为何等蠢物,杳无所知;逃大造,出尘网,始(原作使)可解释这段悲伤。[朱旁]非大善知识,说不出这句话来。

正是:

> 花影不离身左右,鸟声只在耳东西。[朱旁]二句作禅语参。[朱眉]一大篇《葬花吟》,却如此收拾,真好机轴(原作思)笔仗(原误伏),令人焉得不叫绝称奇!

那黛玉正自悲伤,忽听山坡上也有悲声,心下想道:"人人都笑我有些痴病,难道还有一个[朱旁]岂敢岂敢!痴子不成?"想着,抬头一看,见

245

是宝玉,林黛玉看见便道:"啐!我当是谁,原来是这个狠心短命的。"刚说着"短命"二字上,又把口掩住, [朱旁]"情情"!不忍道出"的"字来。 长叹了一声,自己抽身便走了。这里宝玉悲恸了一回,见黛玉去了,便知黛玉看见他躲开了。自己也觉无味,抖抖土,起来下山,寻归旧路往怡红院来。 [朱旁]折得好!暂不写开门见山文字。

可巧看见林黛玉在前头走,连忙赶上去说道:"你且站住。我知道你不理我,我只说一句话,从今以(原误已)后撂开手。" [朱旁]非此三字,难留莲步,玉兄之机变如此。 林黛玉回头见是宝玉,待要不理他,听他说"只说一句话,从今撂开手"这话里有文章,少不得站住,说道:"有一句话,请说来。"宝玉笑道:"两句话说了你听不听?" [朱旁]相离尚远,用此句补空,好近阿颦。 黛玉听说,回头就走。宝玉在身后面叹道:"既有今日,何必当初!" [朱旁]自言自语,真是一句话。 林黛玉听见这话,由不得站住,回头道:"当初怎么样?今日怎么样?"宝玉叹道: [朱旁]以下乃答言,非一句话也。 "当初姑娘来了,那不是我陪着玩笑?凭我心爱的,姑娘要就拿去;我爱吃的,听见姑娘也爱吃,连忙干干净净收着等姑娘吃。一桌子吃饭,一床上睡觉。丫头们想不到的,我怕姑娘生气,我替丫头们想的到。 [朱旁]我阿颦之恼,玉兄实摸不着,不得不将自幼之苦心实事一诉,方可明心,以白今日之故。勿作闲文看。 我心里想着:姊妹们从小儿长大,亲也罢,热也罢,和气到了头,才见得比人好。如今谁承望姑娘人大心大,不把我放在眼里。倒把外四路的什么宝姐姐、凤姐姐 [朱旁]用此人瞒看官也,瞒颦儿也。心动阿颦,在此数句也。一节颇似说辞②(原误闻),玉兄口中却是衷肠话。 的放在心坎儿上,倒把我三日不理四日不见的。我又没个亲兄弟亲姊妹——虽然有两个,你难道不知道是和我隔母的?我也和你是独出,只怕同我的心一样。谁知我是白操了这个心,弄得我有冤无处诉!"说着,不觉滴下泪来。

246 [朱旁]玉兄泪非容易有的③。 林黛玉耳内听了这话,眼内见了这形景,心内不觉灰了大半，也不觉滴下泪来，低头不语。宝玉见他这般形景，遂又说道："我也知道，我如今不好了。但只凭着怎么不好，万不敢在妹妹跟前有错处。便有一二分错处，你倒是或教导我戒我下次，或骂我两句打我两下，我都不灰心。谁知你总不理我，叫我摸不着头脑，少魂失魄不知怎么样才是。就便死了也是个屈死鬼，任凭高僧高道忏悔也不能超升；还得你申明了缘故，我才得托生呢！"

黛玉听了这话，不觉将昨晚的事都忘在九霄云外了。[朱旁]"情情"本来面目也。便说道："你既这么说，昨儿为什么我去了，你不叫丫头开门？"宝玉**诧异**④（原误叱意）道："这话从那里说起？我要是这么样，立刻[朱旁]急了就死了！"黛玉啐道："大清早，死**呀**⑤（原作吓）活的，也不忌讳！你说有呢就有，没有就没有，起什么誓呢？"宝玉道："实在没有见你去。就是宝姐姐坐了一坐就出来了。"林黛玉想了一想，笑道："想必是你丫头懒**得**（原误急）动，丧声歪气的也是有的。"宝玉道："想必是这个原故。等我问去，问了是谁，教训教训他们就好了。"林黛玉道："你的那些姑娘们也该教训教训，只是论理我不该说。今儿得罪了我的事小，明儿宝姑娘来，什么贝姑娘来，也得罪了，事情岂不大了？"[朱旁]至此心事全无矣。说着，抿着嘴笑。宝玉听了，又是咬牙，又是笑。

二人正说话，只见丫头来请吃饭，[朱旁]收拾得干净。遂都往前头来了。王夫人见了林黛玉，因问道："大姑娘，你吃那鲍太医的药可好些？"林黛玉道："也不过这么着。老太太还叫我吃王大夫的药呢。"宝玉道："太太不知道，林妹妹是内症，先天生得弱，所以禁不住一点风寒。不过吃两剂煎药，疏散了风寒，还是吃丸药的好。"[朱旁]引下文。王夫人道："前儿大夫说了个丸药的名字，我也忘了。"宝玉道："我知道那些丸药——不过〔叫⑥〕他吃什么人参养荣丸。"王夫人道："不是。"宝玉又道："八珍益母丸，左归，右归，再不就是麦味地黄丸。"

王夫人道:"都不是。我只记得有个'金刚'两个字的。"^[朱旁]奇文,奇语! 宝玉扎手^[朱旁]慈母前放肆了。笑道:"从来也没听见有个什么'金刚丸'。若有了'金刚丸',也自然有'菩萨散'了。"^[朱旁]宝玉因黛玉事完,一心无挂碍,故不知不觉手之舞之,足之蹈之。说得满屋里人都笑了。宝钗笑道:"想是天王补心丹。"^[朱旁]慧心人自应知之。王夫人道:"是这个名儿! 如今我也糊涂了。"宝玉道:"太太倒不糊涂,都是叫金刚、菩萨支使糊涂了。"^[朱旁]是语甚对,余幼时所⑦(原误可)闻之语合符。哀哉伤哉! 王夫人道:"扯你娘的臊(原误燥)! 又欠你老子捶你了。"宝玉笑道:"我老子再不为这个捶我的。"^[朱旁]此语亦⑧(原误耳)不假。

王夫人又道:"既有了这个名儿,明日就叫人买些来。"宝玉道:"这些药都是不中用的。太太给我三百六十两银子,我给妹妹配一料丸药,包管一料不完就好了。"王夫人道:"放屁! 什么药就这么贵?"宝玉道:"当真的呢。我这方子比别个不同,这个药名儿也古怪,一时也说不清。只讲那头胎紫河车、人形带叶参,三百六十两〔也〕不足⑨。龟大何首乌,千年松根茯苓脂(原作胆)⑩,诸如此类的药都不算为奇;只在群药里算那为君的药,说起来吓人一跳——前儿薛大哥求了我有一二年,我才给了他这个方子,他拿了方子去,又寻了二三年,花了有上千的银子才配成了。太太不信,只问宝姐姐。"宝钗听说,笑着摇手儿,道:"我不知道,也没听见,你别叫姨娘问我。"王夫人笑道:"到底是宝丫头,好孩子不撒谎。"宝玉站在当地,听见如此说,一回身把手一拍,说道:"我说的倒是真话呢,倒说我撒谎。"说着一回身,只见黛玉坐在宝钗身后抿着嘴笑,用手指在脸上画着羞他。

凤姐因在里间屋里看着人放桌子,听如此说,便走来笑道:"宝兄弟不是撒谎,倒是有的。上月薛大哥亲自和我寻珍珠,我问他做什么,他说是配药。他还抱怨说:'不配也罢了,如今那里知道这么费事。'我问他什么药,他说是宝兄弟的方子,说了多少药,我也没工夫听。他说：'不然我就买几颗珍珠了，只是定要头上戴过的，所以来和你寻。'他〔**还**〕说：'妹妹若没散的，花儿上也得掐下来，过后儿，我拣好的再给妹妹穿了来。'我没法儿，把两支珠花现拆了给他；还要了一块三尺大红库纱，去乳钵乳了隔面子呢。"凤姐说一句，宝玉念一句佛，说："太阳在屋里呢！"凤姐说完了，宝玉又道："太太想，这不过是将就呢——正经按那方子，这珍珠宝石定要古坟里的，有那古时富贵人家妆裹的头面，拿了来才好。如今那里为这个去偷坟掘墓？所以只要活人戴过的也可以使得。"王夫人随念："阿弥陀佛！不当家花花的！就是坟里有这个，人家死了几百年，如今翻尸盗骨的做了药，也不灵。"〔朱旁〕不止阿凤圆谎，今作者①亦为圆谎了。看此数句则知矣！

宝玉向黛玉说道："你听见了没有？难道二姐姐也跟着我撒谎不成？"脸望着黛玉说，却拿眼睛飘着宝钗。黛玉便拉王夫人道："舅母听听，宝姐姐不替他圆谎，他直问着我。"王夫人也道："宝玉很会欺**负**（原作服）你妹妹。"宝玉笑道："太太不知道原故。宝姐姐先在家里住着，那薛大哥的事他就不知道，何况如今在里头住着呢，自然是越发不知道了。林妹妹才在背后以为是我撒谎，就羞我。"说着，只见贾母房里的丫头找宝玉、黛玉吃饭。林黛玉也不见⑫宝玉走，便起身拉了那丫头就走。那丫头说等着宝玉一块走。林黛玉道："他不吃饭了，咱们走。我先走了。"说着便出去了。宝玉道："我今儿还跟着太太吃罢。"王夫人道："罢，罢！我今儿吃斋，你正经吃去罢。"宝玉道："我也跟着吃斋。"说着，便叫那丫头："去罢。"自己先跑到炕上坐了。王夫人向宝钗道："你们只管吃你们的去，由他罢。"宝钗因笑道："你正经去罢！吃不吃，陪着林妹妹走一**趟**（原误蹚）。他心里打紧的不自在呢。"宝玉道："理他呢！过一会子就好了。"

一时吃过饭，宝玉一则怕贾母记挂，二则也记挂着黛玉，忙忙的要茶漱口。探春、惜春都笑道："二哥哥，你成日家忙些什么？吃饭吃茶也是这么忙碌碌的。"宝钗笑道："你叫他快吃了瞧林妹妹去罢，[朱旁]冷眼人自然了了。叫他在这里胡羼些什么!"宝玉吃了茶便出来,直往西院走。可巧走到凤姐院前,只见凤姐蹬着门槛子,拿耳挖子剔牙,看着小子们挪花盆呢。见宝玉来了,笑道:"你来得正好,进来替我写几个字儿。"宝玉只得跟了进来。到房里,〔凤姐⑬〕命人取过笔砚来,向宝玉道:"大红妆缎四十匹,蟒缎四十匹,上用纱各色一百匹,金项圈四个。"宝玉道:"这算什么? 又不是账,又不是礼物,怎么个写法?"凤姐道:"你只管写上,横竖我自己明白就罢了。"宝玉听说,只得写了。凤姐收起来,笑道:"还有句话告诉你,不知你依不依? 你屋里有个丫头叫红玉,我和你说说⑭,要叫了来使唤,也总没得说,今儿见你才想起[朱旁]字眼。来。⑮"宝玉道:"我屋里的人也多得很,姐姐喜欢谁,只管叫了来,何必问我。"[朱旁]红玉接杯倒茶,自纱屋内觅至回廊下,再见此处如此写来,可知玉兄除颦儿外俱是行云流水。⑯又了却怡红一擘冤。一叹! 凤姐笑道:"既这么着,我就叫人带他去了。"宝玉道:"只管带去。"说着,便要走。[朱旁]忙极! 凤姐道:"你回来,我还有句话说。"宝玉道:"老太太叫我呢,[朱旁]非也,"林妹妹叫我"。一笑! 有话等我回来〔说⑰〕罢。"

　　说着,便来至贾母这边。已经都吃完了饭。贾母因问他:"跟着你母亲吃什么好的了?"宝玉笑道:"也没什么好的,我倒多吃了一碗饭。"[朱旁]安慰祖母之心也。因问:"林妹妹在那里呢?"[朱旁]何如? 余言不谬。贾母道:"里头屋里呢。"宝玉进来,只见地下一个丫头吹熨斗,炕上二个丫头打粉线,黛玉弯着腰拿着剪子裁什么呢。宝玉走进来笑道:"哦! 这是做什么呢? 才吃了饭,这么空着头,一会子又头疼了。"黛玉并不理,只管裁他的。有一个丫头道:"这块绸子角儿还不好呢,再熨他一熨。"黛玉把剪子一撂,说道:"理他呢! 过一会子就好了。"宝玉听了,只是纳闷。[朱旁]有意无意,暗合针对,无怪玉兄纳闷⑱。

　　只见宝钗、探春也来了,和贾母说了一会话。宝钗也进来问:"林妹妹做什么呢?"见黛玉裁剪,因笑道:"越发能干了,连裁

〔剪⑲〕都会了。"黛玉笑道:"这也不过撒谎哄人罢了。"宝钗笑道:"我告诉个笑话儿。才刚为那个药,我说了个'不知道',宝玉心里不受用了。"林黛玉道:"理他呢,过一会子就好了。"〔朱眉〕连重二次前言,是颦、宝气味暗合,〔勿⑳〕认作有小人过也。宝玉又向宝钗道:"老太太要抹骨牌,正没人,你抹骨牌去。"宝钗听说,便笑道:"我是为抹骨牌才来了?"说着便走了。林黛玉道:"你倒是去罢。这里有老虎,看吃了你。"说着,又裁。宝玉见他不理,只得还陪笑说道:"你也去逛逛,再裁不迟。"黛玉总不理。宝玉便问丫头们:"这是谁叫裁的?"黛玉见问丫头们,便说道:"凭他谁叫裁,不**关**(原作管)二爷的事㉑。"宝玉听了,方欲说话,只见有人进来说:"外头有人请你呢。"宝玉听说,忙撒身出来。黛玉向外说道:〔朱旁〕仍丢不下。叹叹!"阿弥陀佛!赶你回来,我死了也罢了。"〔朱旁〕何苦来!余不忍听。

宝玉出来,到外头,只见焙茗说道:"冯大爷家请。"宝玉听了,知道是昨日的话,便说:"要衣裳去。"自己便往书房里来。〔朱旁〕此门请出玉兄来,故信步又至书房。文人弄笔,虚点**缀**㉒(原作赘)也。焙茗一直到了二门前等人,只见出来个老婆子。焙茗上去说道:"宝二爷在书房里等出门的衣裳,你老人家进去带个信儿。"那婆子道:"你妈的屁倒好!宝二爷如今在园子里住着,〔朱旁〕与夜间叫人对看。跟他的人都在园子里,你又跑了这里来带信儿。"焙茗听了,笑道:"骂的是,我也糊涂了。"说着,一径往东边二门上来。可巧门上小厮在甬路底下踢球,焙茗将原故说了。有个小厮跑了进去,半日才抱了一个包袱出来,递与焙茗。回到书房里,宝玉换了,命人备马,只带着焙茗、锄药、双瑞、双寿四个小厮,一径来到冯紫英门口。有人报与冯紫英,出来迎接进去。只见薛蟠早已在那里久候。还有许多唱曲儿的小厮,并唱小旦的蒋玉菡,锦香院的妓女云儿。大家都见过了,然后吃茶。

宝玉擎茶笑道:"前儿所言'幸与不幸'之事,我昼悬夜想,今日一闻呼唤即至。"冯紫英笑道:"你们令姑表弟兄倒都心实。前日不过是我的设辞,诚心请你们一饮,恐又推托,故说下这句话,今日一邀即至,谁知都信真了。"[朱眉]若真有一事,则不成《石头记》文字矣。作者得三昧在兹,批书人得书中三昧亦在兹。说毕,大家一笑。然后摆上酒来,依次坐定。冯紫英先命唱曲儿的小厮过来让酒,然后命云儿也来敬。那薛蟠三杯下肚,不觉忘了情,拉着云儿的手笑道:"你把那梯己新样儿的曲子唱个我听,我吃一坛如何?"云儿听说,只得拿起琵琶来唱道:

> 两个冤家都难丢下,想着你来又记挂着他。两个人,形容俊俏都难描画。想昨宵,幽期私订在荼䕷架。一个偷情,一个寻拿,拿住了,三曹对案我也无回话。[朱夹]此唱一曲,为直刺宝玉。

唱毕笑道:"你喝一坛子罢了。"薛蟠听说,笑道:"不值一坛,再唱好的来。"

宝玉笑道:"听我说来。如此滥饮,易醉而无味。我先吃一大海,发一新令,有不遵者,连罚十大海,[朱旁]谁曾经过?叹叹!——西堂故事也。㉓逐出席外与人斟酒。"冯紫英、蒋玉菡等都道:"有理,有理!"宝玉拿起海来一气饮尽,说道:"如今要说'悲''愁''喜''乐'四字,都要说出女儿来,还要注明这四字的原故。说完了,饮门杯——酒面,要唱一个新鲜时样的曲子;酒底,要席上生风一样东西,或古诗旧对、四书五经成语。"薛蟠未等说完,先站起来拦住道:"我不来,别算我。[朱旁]爽人爽语。这竟是捉弄我呢!"云儿便站起来推他坐下,笑道:"怕什么!这还亏你天天吃酒呢,难道连我也不如?我回来还说呢。说是了,罢;不是了,不过罚上几杯酒,那里就醉死了?你如今一乱令,倒喝十大杯,下去给人斟酒不成?"众人都拍手道妙。薛蟠听说,无法可治,只得坐下,听宝玉先说。宝玉便道:

女儿悲，青春已大守空闺。

女儿愁，悔教夫婿觅封侯。

女儿喜，对镜晨妆颜色美。

女儿乐，秋千架上春衫薄。

众人听了，都道："说得有理。"薛蟠独扬着脸，摇头说："不好，该罚。"众人问道："如何该罚？"薛蟠道："他说的我都不懂，怎么不该罚？"云儿便拧他一把，笑道："你悄悄的想你的罢。回来说不出，才是该罚呢！"于是拿琵琶听宝玉唱道：

滴不尽相思〔血㉔〕泪抛红豆，开不完春柳春花满画楼，睡不稳纱窗风雨黄昏后，忘不了新愁与旧愁。咽不下玉粒金莼噎满喉，照不见菱花镜里形容瘦，展不开的眉头，捱不明的更漏。呀！恰便是遮不住的青山隐隐，流不**断**㉕（原作住）的绿水悠悠。

唱完大家齐声喝彩，独薛蟠说"无板"。宝玉饮了门杯，便拈起一片梨来，说道：

雨打梨花深闭门。

完了令，下该冯紫英。听冯紫英说道：

女儿悲，儿夫染病在垂危。

女儿愁，大风吹倒梳妆楼。

女儿喜，头胎养了双生子。

女儿乐，私向花园掏蟋蟀。　[朱夹]紫英口
　　　　　　　　　　　　　中应当如是。

说毕端起酒来唱道：

你是个可人，你是个多情，你是个刁钻古怪鬼灵精，你是个神仙也不灵。我说的话儿你全不信，只叫你去背地里细打听，才知道我疼你不疼！

唱完,饮了门杯,说道:

> 鸡鸣茅店月。

令完,下该云儿。云儿便说道:

> 女儿悲,将来终身指靠谁? [朱夹]道着了。

薛蟠叹道:"我的儿,有你薛大爷呢,你怕什么?"众人都道:"别混他,别混他。"云儿又道:

> 女儿愁,妈妈打骂何时休?

薛蟠道:"前儿我见了你妈,还吩咐他不叫他打你呢。"众人都道:"再多言者,罚酒十杯。"薛蟠连忙自己打了一个嘴巴子,说道:"没耳性! 再不许多说了。"云儿又道:

> 女儿喜,情郎不舍还家里。
> 女儿乐,住了箫管弄弦索。

说完了,又唱道:

> 豆蔻开花三月三,一个虫儿往里钻,钻了半日不得进去,
>
> 爬到花上打秋千。"肉儿小心肝,我不开了你怎么钻?"[朱夹]双关。妙!

唱毕饮了门杯,说道:

> 桃之夭夭。

令完了,下该薛蟠。薛蟠道:"我可要说了——"

> 女儿悲……

说了半日不见说底下的。冯紫英笑道:"'悲'什么? 快说来。"薛蟠登时急得眼睛铃铛一般,瞪了半日,才说道:

女儿悲……

又咳嗽了两声，^[朱旁]受过此急者，大都不止呆兄一人耳。说道：

女儿悲，嫁了个男人是乌龟。

众人听了都大笑起来。薛蟠道："笑什么？难道我说得不是——一个女儿嫁了，汉子要当忘八^㉖，他怎么不伤心呢？"众人笑得弯腰，说道："你说得很是！快说底下的。"^[朱眉]此段与《金瓶梅》内西门庆、应伯爵在李桂姐家饮酒一回对看，未知孰家生动活泼（原误发）？薛蟠瞪了瞪眼，说道：

女儿愁……

说了这句，又不言语了。众人道："怎么愁？"薛蟠道：

女儿愁，绣房蹿出个大马猴。

众人呵呵笑道："该罚，该罚！这句更不通，^[朱旁]不愁。一笑！先还可恕。"说着便要斟酒。宝玉笑道："押韵就好。"薛蟠道："令官都准了，你们闹什么！"众人听说，方罢了。云儿笑道："下两句越发难说了，我替你说罢。"薛蟠道："胡说！当真的我就没好的了？听我说罢——"

女儿喜，洞房花烛朝慵起。

众人听了，都诧异（原误叱意）道："这句何其太韵？"薛蟠又道：

女儿乐，一根毡耄往里戳。^[朱旁]有前韵句，故有是句。

众人听了都扭着脸，说道："该死，该死！快唱了吧。"薛蟠便唱道：

一个蚊子哼哼哼，

众人都怔了，说道："这是个什么曲儿？"薛蟠还唱道：

两个苍蝇嗡嗡嗡。

众人都道:"罢罢罢!"薛蟠道:"爱听不听。这个新鲜曲儿叫做《哼哼韵》,你们要懒得(原误待)听,连酒底都免了,[朱旁]何尝(原误常)呆!我就不唱。"众人都道:"免了罢,倒别耽误了别人家。"于是蒋玉菡说道:

女儿悲,丈夫一去不回归。

女儿愁,无钱去打桂花油。

女儿喜,灯花并头结双蕊。[朱旁]佳谶也。

女儿乐,夫唱妇随真和合。

说毕唱道:

可喜你天生成百媚娇,恰便似活神仙离云霄。度青春,年正小;配鸾凤,真也着㉑。呀!看天河正高,听谯楼鼓敲,剔银灯同入鸳帏悄。【墨眉】曲内暗伏:将来与袭人配偶。

唱毕饮了门杯,笑道:"这诗词上我倒有限,幸而(原误儿)昨日见了一幅对子,可巧[朱旁]真巧!只记得这句,幸而席上还有这件东西。"[朱旁]瞒过(原误至㉒)说毕,便饮干了酒,拿起一朵木樨来,念道:

花气袭人知昼暖。

众人倒都依了,完令。薛蟠又跳了起来,喧嚷道:"了不得,了不得!该罚,该罚!这席上并没有宝贝,[朱旁]奇谈!你怎么念起宝贝来?"蒋玉菡怔了,说道:"何曾有宝贝?"薛蟠道:"你还赖呢,你再念来。"蒋玉菡只得又念了一遍。薛蟠道:"袭人可不是宝贝是什么?你们不信只问他。"说着,指着宝玉。宝玉没有意思起来,说道:"薛大哥,你该罚多少?"薛蟠道:"该罚,该罚。"说着端起酒来,一饮而尽。

冯紫英与蒋玉菡等不知原故,犹问原故。云儿便告诉了出来。

[朱旁]用云儿细说,的是章法。蒋玉菡忙起身赔罪。众人都道:"不知者不作罪。"少刻,宝玉席外解手,蒋玉菡便随了出来,二人站在廊檐底下,蒋玉菡又赔不是。宝玉见他妩媚温柔,心中十分留恋,便紧紧的搭着他的手,叫他:"闲了往我们这里来。还有一句话借问:也是你们贵班中,有一个叫琪㉙(原误棋)官的,他在那里?如今名驰天下,我独无缘一见。"蒋玉菡笑道:"就是我的小名儿。"宝玉听说,不觉欣然跌足㉚(原误跳足),笑道:"有幸,有幸!果然名不虚传。今儿初会,便怎么样呢?"想了一想,向袖中取出扇子,将一个玉玦扇坠解下来递与琪(原误棋)官,道:"微物不堪,略表初见之谊。"琪(原误棋)官接了,笑道:"无功受禄,何以克当。也罢,我这里也得了一件奇物,今日早起方系上,还是簇新,聊可表我一点亲热之意。"说着,将系小衣儿一条大红汗巾子解下来,递与宝玉,道:"这汗巾是茜香国女国王进贡来的,夏天系着,肌肤生香,不生汗渍。昨日北静王给我的,今日才上身,若是别人,我断不肯相赠。二爷请把自己系的给我系着。"宝玉听说,喜不自禁,连忙接了,将自己一条松花汗巾[朱旁]"红绿牵巾"是这样用法。一笑!解了下来,递与琪(原误棋)官。

二人方束好,只听一声大叫:"我可拿住了!"只见薛蟠跳了出来,拉着二人道:"放着酒不吃,两人逃席出来干什么?快拿出来我瞧瞧。"二人都道没什么,薛蟠那里肯依,还是冯紫英出来才解开了。于是复又归座,饮酒至晚方散。

宝玉回至园中,宽衣吃茶。袭人见扇子上的扇坠儿没了,便问他㉛那里去了。宝玉道:"马上丢了。"睡觉时,只见腰里一条血点似的大红汗巾子,袭人便猜了八九分,因说道:"你有了好的系裤子,把我那条还我罢。"宝玉听说,方想起那条汗巾子原是袭人的,不该给人才是。心里后悔,口里说不出来,只得笑道:"我赔你一条罢。"袭人听了,点头叹道:"我就知道又干这些事,也不该拿着我的东西给那起混帐人去。【墨眉】"混帐人"是卿卿甚么人?也难为你,心里没个算计儿。"再要说上几句，又恐怕怄上他的酒来，少不得睡了，一宿无话。

至次日，天明起来，只见宝玉笑道："夜里失了盗也不晓得，你瞧瞧裤子上。"袭人低头一看，只见昨日宝玉系的那条汗巾子系在自己腰里，便知是宝玉夜间换了。忙一顿把解下来，说道："我不稀罕这行子，趁早儿拿了去。"宝玉见他如此，只得委婉解劝了一回。袭人无法，只得系上。过后宝玉出去，终久解下来，掷在个空箱子里，自己又换了一条系着。宝玉并不理论。因问起昨日可有什么事情。袭人便回说道："二奶奶打发了人叫了红儿去了。他原要等你来，我想什么要紧，我就做了主打发他去了。"宝玉道："很是。我已知道了，不必等我罢了。"袭人又道："昨儿贵妃差了夏太监出来，送了一百二十两银子，叫在清虚观初一到初三打三天平安醮，唱戏献供，叫珍大爷领着众位爷们等跪香拜佛呢。还有端午儿的节礼也赏了。"说着命小丫头来，将昨日的所赐之物取了出来，只见上等宫扇两柄，红麝香珠二串，凤尾罗二端，芙蓉簟一领。宝玉见了喜不自胜，问道："别人的也都是这个么？"袭人道："老太太的多着一柄香如意，一个玛瑙枕。老爷、太太、姨太太的，只多着一柄如意。你的同宝姑娘的一样，[朱旁]"金姑玉郎"是这样写法。林姑娘同二姑娘、三姑娘、四姑娘，只单有扇同数珠儿。别人都没了。大奶奶、二奶奶他两个，每人两匹纱、两匹罗、两个香袋儿、两个锭子药。"宝玉听了笑道："这是怎么个原故？怎么林姑娘的倒不同我的一样，倒是宝姐姐的同我一样，别是传错了罢！"袭人道："昨儿拿出来都是一分一分的写着签子，怎么就错了？你的是在老太太屋里来着，我去拿了来了。老太太说明儿叫你一个五更天进去谢恩呢。"宝玉道："自然要走一趟。"说着，便叫紫绡②（原误绢）来："拿了这个到林姑娘那里去，就说是昨儿我得的，爱什么留下什么。"紫绡（原误绢）答应了，便拿了去。不一时回来说③："林姑娘说了，昨儿也得了，二爷留着罢。"宝玉听说，便命人收了。

刚洗了脸出来，要往贾母那边请安去，只见林黛玉顶头来了。

宝玉赶上去笑道:"我的东西叫你拣,你怎么不拣?"林黛玉昨日所
恼宝玉的心事早又丢开,只顾今日的事了,因说道:"我没这么大福
禁受,比不得宝姑娘什么金什么玉的,我们不过是草木之人。"
[朱旁]自道本
是绛珠草也。宝玉听他提(原误题)出"金玉"二字来,不觉心动疑猜,
便说道:"除了别人说什么金什么玉,我心里要有这个想头,天诛地
灭,万世不得人身!"林黛玉听他这话,便知他心里动了疑,忙又笑
道:"好没意思!白白的说什么誓?管你什么金什么玉的呢!"宝玉
道:"我心里的事也难对你们说,日后自然明白。除了老太太、老
爷、太太这三个人,第四个就是妹妹了;要有第五个人,我就说个
誓。"黛玉道:"你也不用说誓,我很知道你心里有妹妹,但只是见了
姐姐,就把妹妹忘了。"宝玉道:"那是你多心,我再不的。"黛玉道:
"昨儿宝丫头不替你圆谎,为什么问着我呢?那要是我,你又不知
怎么样了。"正说着,只见宝钗从那边来了,二人便走开了。[朱眉]峰
峦全露,
又用烟云截
断。好文字!

　　宝钗分明看见,只装看不见,低着头过去了。到了王夫人那
里,坐了一回,然后到了贾母这边,只见宝玉在这里呢。[朱旁]
宝钗往
王夫人处去,故宝玉先宝钗因往日母亲对王夫人等曾提过"金锁是个和
在贾母处。一丝不乱。
尚给的,等日后有玉的方可结为婚姻"等语,[朱旁]此处表明,以后
二宝文章宜换眼看。所以
总远着宝玉。昨日见了元春所赐的东西,独他与宝玉一样,心里越
发没意思起来。幸亏宝玉被一个黛玉缠绵住了,心心念念只记挂
着黛玉,并不理论这事。此刻忽见宝玉笑问道:"宝姐姐,我瞧瞧你
的那红麝串子。"可巧宝钗左腕上笼着串,见宝玉问他,少不得褪了
下来。宝钗原生得肌肤丰泽,容易褪不下来,宝玉在旁边看着雪白
一段酥臂³⁴(原误背),不觉动了羡慕之心,暗暗想道:"这个膀子要
长在林妹妹身上,或者还得摸一摸,偏生长在他身上。"正是恨没福
得摸,忽然想起金玉一事来。再看看宝钗形容,只见脸若银盆,

259

[朱旁]太白所谓 眼似水杏,唇不点而红,眉不画而翠,比黛玉另具一种
"清水出芙蓉"。 妩媚风流,不觉就呆了。 [朱旁]忘情,非呆也。 宝钗褪下串子来递与他,也忘
了接。

宝钗见他怔了,自己倒不好意思的丢下串子。回身才要走,只
见黛玉蹬着门槛子,嘴里咬着手帕子笑呢。宝钗道:"你又禁不得
风儿吹,怎么又站在那风口里呢?"黛玉笑道:"何曾不是在屋里呢。
只因听见天上一声叫,出来瞧了一瞧,原来是个呆雁。"宝钗道:"呆
雁在那里呢? 我也瞧瞧。"黛玉道:"我才出来,他就'忒儿'一声飞
了。"口里说着,将手里的帕子一甩——向宝玉脸上甩来,不防正打
在眼上,"嗳哟"了一声。再看下回分明。

[回后墨]

总评:

茜香罗、红麝串写于一回。琪(原误棋)官虽系优人,后回与袭人供奉玉
兄、宝卿得同终始者,非泛泛之文也。自"闻曲"回以后,回回写药方,是白描
颦儿添病也。

前"玉生香"回中,颦云:"他有金,你有玉,他有冷香,你岂不该有暖香?"
是宝玉无药可配矣。今颦儿之剂,若许材料皆系滋补热性之药,兼有许多奇
物,而尚未拟名,何不竟以"暖香"名之,以代补宝玉之不足,岂不三人一体矣。
【墨夹】倘若三人一体,固是美事,但又非《石头记》之本意也。 宝玉忘情,露于宝钗,是后回累累忘情之引。茜香
罗暗系于袭人腰中,系伏线之文。

校 注

①此批及二十七回末之朱旁批,皆是在雪芹、脂砚逝后,畸笏从庚辰原本
移录到脂砚甲戌自藏本上来的,且作了不必要的修改。此批及二十七回末之
批的原貌,尚保留在现存庚辰本上。现将该两处原批录出,供对比参考:

[朱眉]余读《葬花吟》凡三阅。其凄楚感慨,令人身世两忘;举笔再
四,不能加批。 [朱眉]先生想身[非]宝玉,何得而下笔? 即字字双圈,

料难遂颦儿之意;俟看过玉兄后文再批。　　[朱眉]噫嘻! 客亦《石头记》化来之人! 故掷笔以待。(见庚辰本二十七回末页)

　　[朱眉]不言炼字炼句、词藻工拙,只想景想情、〔想〕事想理,反复推求悲感,乃玉兄一生之天性。真颦儿之知己,玉兄外实无一人。想昨阻批《葬花吟》之客,嫡是宝玉之化身无疑(原误移)。余几作点金为铁之人。幸甚,幸甚! (见庚辰本二十八回首页)

庚辰本上的这两处原批,其最大的特色,是前一组批里有雪芹与脂砚在稿本上互相续批的痕迹。后一组批,则反映了脂砚受雪芹指点之后,细细咀嚼下回所写宝玉对《葬花吟》反复推求悲感,竟至"恸倒山坡之上"等描写,终于豁然开朗,领悟到真正能体会颦儿《葬花吟》诗意的"知己",除"玉兄外实无一人"。并由此向读者暗示:"昨阻批《葬花吟》之客,嫡是宝玉之化身(即此书作者)无疑。"同时亦为自己避免了昨日对《葬花吟》的妄加评议而深感庆幸。其对雪芹由衷的敬慕倾倒之情,跃然纸上。从时间上判断,脂砚写作这两处批语,当在己卯冬四次阅评期间。故原批应该是在庚辰原本上,畸笏于雪芹逝后,方从庚辰原本整理移录至脂砚甲戌自藏本。

　　②"辞",据庚辰本改。此本所据之底本,或原作"词",传抄者因草书形讹而误作"闻"。

　　③此批原抄在后文黛玉"也不觉滴下泪来"句旁,误。今参照庚辰本同一批语位置移此。

　　④"诧异",从庚辰及蒙、戚诸本改。列藏本原抄亦误"叱意"(被另笔点改为"咤异"),似可证甲戌原定本即误。舒序、甲辰作"咤异",显然与庚辰及蒙、戚诸本一样,皆属过录者所改。

　　⑤"呀",据各本改。

　　⑥"叫",据各本补。

　　⑦"所",据庚辰本同一旁批改。

　　⑧"亦",据庚辰本同一旁批改。

　　⑨"三百六十两〔也〕不足",庚辰、舒序本同缺"也"字,从甲辰本补。本来不补亦勉强可通,但因"三百六十两不足"一语,在整个这段话中略显突兀,常令人在前后文的连接上产生歧解与误断(如将"不足"下连,断作"不足龟大何首乌"等),故聊补此字免滋误会。其余各本,除列藏、梦稿本无此句(属擅删),蒙、戚诸本皆作"三百六十两还不够"(语意实同,应属立松轩改笔)。可

见此本及庚辰、舒序之文字,实乃历次定本原貌。故程高首印之程本与此全同。由于原定本此句在语感上稍有不畅,历来学者多怀疑其文字有误。生于嘉庆年间的"桐花凤阁主人"陈其泰,即曾在程乙本上作批云:"此句有误字。"周汝昌先生近著《红楼十二层》(书海出版社 2005 年 1 月版),亦据《大明会典》所载"暹罗国曾献六足龟"之语,断定此"不足"二字当为"六足"之讹,应与"龟"字连文作"六足龟"。如此一来,这段文字便多出一件奇物"六足龟"。将其与"大何首乌"相连,倒也文从字顺;但这样一来,便让"三百六十两"只可能与前面的"人形带叶参"连文,就特别费解了——何独彼一味药须注明剂量,且达"三百六十两"之巨耶?这既不合乎情理,也不合整段话的语气。

所以本书校订者反复斟酌,仍觉必须将"不足"二字直接与前面的"三百六十两"连文,方合作者原意。如此,其"三百六十两"便与前文宝玉口称须由"太太给我三百六十两银子,我给妹妹配一料丸药"相吻合,表明是配药所需的银两数,而非"人形带叶参"的剂量数。且此处非加"不足"二字不可,那意思是:单是"那头胎紫河车、人形带叶参",便三百六十两银子还不足以支付;若按"前儿薛大哥"拿这方子去配制的先例,竟"花了有上千的银子才配成"呢。所以必须在"三百六十两"之后连上各本皆同的"不足"二字,宝玉的这段大话才能前后接榫。若将"不足"校作"六足"而与"龟"字连文,后面倒是通了,前文之"三百六十两"则如何能解?

⑩"千年松根茯苓脂(原作胆)",从舒序本改"脂"字,其余各本同作"胆"。葛洪《抱朴子·内篇》:"松柏脂沦入地,千岁化为茯苓。"《淮南子·说山训》:"千年之松,下有茯苓,上有兔丝。"均可证此语。参见刘世德《红楼梦版本探微》(华东师范大学出版社 2003 年版)。

⑪"作者",原误"作作者",据庚辰本删一"作"字。

⑫"不见",各本作"不叫",皆可通。若以后文宝玉执意留在王夫人处吃饭观之,"不见(宝玉走)"似更合理。

⑬"凤姐",原夺漏,据各本补。

⑭"和你说说"四字,各本皆无。

⑮"也总没得说,今儿见你才想起来"(包括"想起"二字旁边的批语:"字眼"),各本皆无,却另有"明儿再替你挑几个(丫头),可使得?"一句。

⑯此批前段,俞辑、陈辑皆录作:"红玉接杯倒茶,自纱厨内觅,至回廊下再见。此处如此写来,可知玉兄除颦儿外,俱是行云流水。"

⑰"说",从蒙府本补。其余各本皆无此字。

⑱"玉兄纳闷",据庚辰本补。按此前"无怪"二字,已抄至正文末字,疑所缺四字或因抄写至书页底部,被影印本漏印。类似情形参见第二十七回注⑯。

⑲"裁〔剪〕",据各本补"剪"字。然蒙府本作"剪裁"。

⑳"勿",据庚辰本相似眉批补。庚辰本此批为:"连重两遍前言,是颦、玉气味相仿,无非偶然暗合相符,勿认作有过言小人也。"

㉑"不关(原作管)二爷的事",从甲辰本改"关"字。戚序、戚宁本作"干",其余各本同作"管"。

㉒"缀",据庚辰本改。

㉓庚辰本此处尚有眉批云:"大海饮酒,西堂产九台灵芝日也。批书至此,宁不悲乎!　壬午重阳日"。可与此批对看。

㉔"血",据各本补。

㉕"断",据各本改。

㉖"一个女儿嫁了,汉子要当忘八",明指乃汉子要当忘八,即"嫁了个男人是乌龟"之谓也。然此前印行的各种《红楼梦》校本(包括新校本),皆断作:"一个女儿嫁了汉子,要当忘八"。变成了女儿本人要当忘八,实有违作者原意。足见断句之异,差之毫厘,谬以千里。此种误断,其源盖出于上海有正书局石印戚序本的圈点。后之校订者,大都陈陈相因,以讹传讹。另,"忘八",原文如此,且除列藏本作"王八"外,其余各本皆与此本同。至于为什么"忘八"才是作者原文,且优于传抄中个别抄手擅改之"王八",可参阅本丛书之庚辰校本第四版同回注㉝,或庚辰校本第四版重印本(总第7次印刷本)第二十三回新增注㊾所作辨析。

㉗"着",庚辰、梦稿、列藏及蒙、戚诸本同(只是有的抄写似"著");唯舒序本作"俏",甲辰本作"巧"(程本沿袭甲辰本妄改,亦作"巧")。此本原亦另笔点改作"巧"(如同前面各回另笔所改,均据程本)。

㉘"至",系"过"字草书形讹,乃传抄之误。

㉙"琪",甲辰本同误"棋",据其余各本改。下同。

㉚"跌足",据庚辰、梦稿、戚序、戚宁、舒序、甲辰本改。列藏本误"失足",蒙府本误"足跌",亦皆"跌足"之抄误。

㉛"问他"后,原多"往"字,各本皆同。当属原稿本誊录中出现的衍文或妄添之字,后来未被作者察觉。此字乍看无关紧要,实则断不可有。"问他那

里去了",是追问扇坠儿那里去了;"问他往那里去了",则变成追问人的行踪,与后面答语不相吻合。故此处必删"往"字。新校本非但不删"往"字,还将此语明白标点为问答句式——"(袭人)便问他:'往那里去了?'宝玉道:'马上丢了。'"全然成了答非所问。

㉜"绡",据庚辰及蒙、戚诸本改。此"绡"字,其余各本同误"绢"或"鹃"(庚辰本此处亦被另笔点改作"鹃")。实则怡红院的"紫绡"非潇湘馆的"紫鹃",甚为明显。

㉝"说",原误"道说",据各本删"道"字。

㉞"臂",据各本改。

附录一：

影印甲戌本上可以见到的跋文

刘铨福跋

李伯盂郎中言：翁叔平殿撰有原本而无脂批，与此文不同。

《红楼梦》纷纷效颦者，无一可取。惟《痴人说梦》一种及二知道人《红楼梦说梦》一种，尚可玩。惜不得与佟四哥三弦子一弹唱耳！

此本是《石头记》真本。批者事皆目击，故得其详也。

癸亥春日，白云吟客笔（钤"白云吟客"朱文方印）。[1]

脂砚与雪芹同时人，目击种种事，故批笔不从臆度。原文与刊本有不同处，尚留真面。惜止存八卷[2]，海内收藏家处有副本，愿抄补全之，则妙矣。

五月廿七日阅，又记（钤"铨"朱文方印）。

《红楼梦》非但为小说别开生面，直是另一种笔墨。昔人文字有翻新法，学梵夹书；今则写西法轮齿，仿《□〔考〕[3]工记》。如《红楼梦》，实出四大奇书之外，李贽、金圣叹皆未曾见也。

戊辰秋记（钤"福"朱文方印）。

近日又得妙复轩手批十二巨册。语虽近凿，而于《红楼梦》味之亦深矣。

此批本[4]丁卯夏借与绵州孙小峰太守，刻于湖南。

云客又记（钤"阿癯癯"朱文方印）。　【朱眉】大兴刘铨福，字子重，是北京藏书家。他初

跋此本，在同治二年癸亥（一八六三）。五月廿七日跋，当在同年。他最后跋在戊辰，为同治七年（一八六八）。胡适。[5]

濮文暹、濮文昶跋

《红楼梦》虽小说，然曲而达，微而显，颇得史家法。余向读世所刊本，辄逆以己意，恨不得起作者一谭。睹此册，私幸予言之不谬也。

子重其宝之。

青士、椿余同观于半亩园，并识（钤"青士""椿余"朱文方印）。乙丑孟秋⑥。【朱旁】乙丑为同治四年（一八六五）。适之。

校 注

①"白云吟客"，即现在所知甲戌本最早的收藏者刘铨福的号。刘铨福字子重，约生于清嘉道年间，咸同时官至刑部主事。博学多才艺，金石、书画、诗词皆精，亦是著名的藏书家。其获藏此本的时间，大约与这一条跋语所署"癸亥春日"（同治二年，1863）相去不远。

②甲戌本每一页中缝的编序，是以每一回为一卷。这里所称"惜止存八卷"，则显然不是就中缝编序而言，或当实指存八册。而甲戌本现存只十六回，分装四册，是以每四回为一卷册。对于刘铨福所称"惜止存八卷"，胡适曾猜测说："大概当时十六回，分装八册，故称八卷；后来才合并为四册。"其实这样猜测并不合乎实际情况。甲戌本以四回为一册，应是在过录本形成之际，便按原底本格式装订成这样了。其每一册开头的一回（即第一、五、十三、二十五各回），皆于回目前多抄一行与原抄字迹相同的书名，即是明证。这是为了让阅读的人不论拿到哪一分册，皆能清楚地辨别是何书。可见，此处所云"惜止存八卷"，正说明刘铨福初获此抄本时，尚存八册共三十二回；今存此本，仅及刘氏当初所藏之一半。而胡适以其未必可信的猜测，进而推断"曹雪芹在乾隆甲戌年写定的稿本止有这十六回"，则更其荒谬也。

③"□〔考〕"，原填改模糊难辨，几成墨团，揆其意当如是。胡适跋文引用此语，亦作"考"。

④"此批本"，并非指甲戌本，而是前跋所称之"妙复轩手批十二巨册"。"妙复轩"，即"太平闲人"张新之批《红楼梦》所署的斋名。光绪七年（1881）

湖南卧云山馆刻本《妙复轩评石头记》，有孙桐生（字小峰）作于同治十二年（1873）的序文及作于刻印当年的两首题诗的诗注，均述及整理刻印此本的情形。可见孙桐生其人，亦是一位研读推广《红楼梦》的有心人；在甲戌本上每有其批语及改笔（多属据程高本擅改），亦非偶然。

⑤此批及后面濮氏跋语处的一条朱旁批，皆为胡适手迹。

⑥据胡适《跋〈乾隆甲戌脂砚斋重评石头记〉影印本》一文介绍："青士是濮文暹，同治四年三甲十二名进士；椿余是他的弟弟文昶，同治四年三甲五十九名进士。他们是江苏溧水人。半亩园是侍郎崇实家的园子。濮氏兄弟都是半亩园的教书先生。"胡适此文见本书附录四。

附录二：
影印甲戌本上被胡适删去的跋文^①

胡适跋一

现存的八十回本《石头记》,共有三本:一为有正书局石印的戚蓼生本,一为徐星署藏八十回钞本(我有长跋),一为我收藏的刘铨福家旧藏残本十六回(我也有长跋)。三本之中,我这个残本为最早写本,故最近于雪芹原稿,最可宝贵。今年周汝昌君(燕京大学学生)和他的哥哥借我此本去钞了一个副本。我盼望这个残本将来能有影印流传的机会。

胡适 一九四八,十二,一,

胡适跋二

我得此本在一九二七年。次年二月我写长跋,详考此本的重要性。一九三三年一月我写长跋,考定徐星署藏的八十回本(缺六四、六七回,又廿二回不全)脂砚斋四阅评本。一九四八年七月,我偶然在清《进士题名录》发见^②德清戚蓼生是乾隆三十四年(1769)三甲廿三名进士,这就提高戚本的价值了。

胡适 一九四九,五,八,夜(在纽约)

胡适跋三

王际真先生指出:俞平伯在《红楼梦辨》里,已引余姚戚氏家谱,说蓼生是乾隆三十四年进士,与《题名录》相合。

胡适 一九五〇,一,廿三,

俞平伯跋

此余所见《石头记》之第一本也。脂砚斋似③与作者同时，故每抚今追昔，若不胜情。然此书价值亦有可商榷者：非脂评原本，乃由后人过录，有三证焉。自第六回以后，往往于抄写时将墨笔先留一段空白，预备填入朱批，证一；误字甚夥，触处可见，证二；有文字虽不误而抄错了位置的，如第二八回（页三）宝玉滴下泪来无夹评，却于黛玉滴下泪来有夹评曰"玉兄泪非容易有的"，此误至明，证三。又凡朱笔所录，是否出于一人之手，抑有后人附益，亦属难定。其中有许多极关紧要之评，却也有全没相干的，缅览可见。例如"可卿淫丧天香楼"，得此书益成定论矣；然十三回（页三）于宝玉闻秦氏之死，有夹评曰："宝玉早已看定可继家务事者可卿也，今闻死了大失所望，急火攻心，焉得不有此血，为玉一叹。"此不但违反上述之观点，且与全书之说宝玉亦属乖谬，岂亦脂斋手笔乎？是不可解者。以适之先生命为跋语，爰志所见之一二于右方，析疑辩④惑，以俟君子。

二十年六月十九日，俞平伯阅后记。⑤

周汝昌跋

卅七年六月自适之先生借得，与祜昌兄同看两月，并为录副。

周汝昌谨识　卅七、十、廿四、⑥

校注

①这是 1980 年，冯其庸、周汝昌、陈毓罴赴美国参加首届国际《红楼梦》研讨会期间，冯其庸先生翻阅从康奈尔大学图书馆借去展览的甲戌本原件，所抄录回来的五条过去影印本不曾披露的跋文。曾发表于《红楼梦学刊》1982 年第三辑，并收入冯先生所著《漱石集》。本书前四版据《漱石集》转录；

今核对甲戌本原件照片(见本书图版),纠正了原录文字中的个别错讹。

②"我偶然在清《进士题名录》发见",句中"在清《进士题名录》"七字,本书前四版曾据冯先生《漱石集》录在"发见"二字后,且置于括号中;现核对原件照片,改在"发见"二字之前,并取消括号。按原件(见本书图版),该七字乃胡适先生旁添,且于"发"字前加楔入符号(ノ)以示旁添字的位置,并无括号。

③"似",本书前四版据《漱石集》所录文字作"以"。我曾向冯先生求证:所录"以"字是否有误。冯称不误。当时仍加注云:"'以',疑为'似'字之误。"至本书印第五版时,已觅机会核对甲戌本原件(见本书图版),方证实确为"似"字。

④"辩",原文如此。

⑤此跋所署"二十年",指民国二十年(1931)。

⑥此跋所署"卅七",指民国三十七年(1948)。

附录三：
影印《乾隆甲戌脂砚斋重评石头记》的缘起

胡　适

民国十六年夏天，我在上海买得大兴刘铨福旧藏的"脂砚斋甲戌抄阅再评"的《石头记》旧钞本四大册，共有十六回：第一到第八回，第十三到第十六回，第二十五到第二十八回。甲戌是乾隆十九年，一七五四，这个钞本后来就称为"甲戌本"。

民国十七年二月，我发表了一篇一万七八千字的报告，题作《考证〈红楼梦〉的新材料》。我指出这个甲戌本子是世间最古的《红楼梦》写本，前面有"凡例"四百字，有自题七言律诗，结句云："字字看来皆是血，十年辛苦不寻常"，都是流行的钞本刻本所没有的。此本每回有朱笔眉评，夹评，小字密书，其中有极重要的资料，可以考知曹雪芹的家事和他死的年月日，可以考知《红楼梦》最初稿本的状态，如第十三回作者原题"秦可卿淫丧天香楼"，后来"姑赦之"，才"删去天香楼事，少却四五页"。评语里还有不少资料，可以考知《红楼梦》后半部预定的结构，如云，"琪官后回与袭人供奉玉兄宝卿，得同始终"（二十八回评），如云，"红玉（小红）后有宝玉大得力处"（二十七回评），此皆可见高鹗续作后四十回，并没有雪芹残稿本作根据。

自从《考证〈红楼梦〉的新材料》发表之后，研究《红楼梦》的人才知道搜求《红楼梦》旧钞本的重要。

民国二十二年，王叔鲁先生替我借得他的亲戚徐星署先生藏的"庚辰（乾隆二十五，1760）秋定本"脂砚斋评本石头记八十回钞本，其实止有七十七回有零：六十四回与六十七回全缺，二十二回不全,有批语说,"此回未成而芹逝矣"。我又发表了一篇《跋乾隆庚辰本〈脂砚斋重评石头记〉钞本》。我提出了一个假设的结论:"依甲戌本与庚辰本的款式看来,凡最初的钞本《红楼梦》必定都称为《脂砚斋重评石头记》"。

在这二十多年里,先后又出现了几部"脂砚斋评本",我的假设大致已得到证实了。我现在把我们知道的各种脂砚斋重评石头记本子作一张总表,如下:

(1)乾隆甲戌(1754)脂砚斋钞阅再评本,即此本,凡十六回,目见上。

(2)乾隆己卯(1759)冬月脂砚斋四阅评本,凡三十八回:一至二十回,三十一至四十回,六十一至七十回,内缺六十四、六十七回,是钞配的。此本我未见。

(3)乾隆庚辰(1760)秋脂砚斋四阅评本,凡七十七回有零,目见上。

以上钞本的年代皆在雪芹生前,以下钞本,皆在雪芹死后。

(4)有正书局石印的戚蓼生序本,此本也是脂砚斋评本,重钞付石印,妄题"国初钞本",底本年代不可知,戚蓼生是乾隆三十四年己丑(1769)的进士,暂定为己丑本,凡八十回。

(5)乾隆甲辰(1784)菊月梦觉主人序本,凡八十回。此本近年在山西出现,我未见。

直到今天为止,还没有出现一部钞本比甲戌本更古的,也还没有一部钞本上面的评语有甲戌本那么多的。甲戌本虽止有十六回,而朱笔细评比其他任何本子多得多(庚辰本前十一回无一条评语),其中有雪芹死后十二年的"脂批",使我们确知他死在"壬午除夕",像这类可宝贵的资料多不见于其他各本。

所以到今天为止,这个甲戌本还是世间最古又最可宝贵的《红楼梦》写本。

三十年来,许多朋友劝我把这个本子影印流传。我也顾虑到这个人间孤本在我手里,我有保存流传的责任。民国三十七年我在北平,曾让两位青年学人兄弟合作,用朱墨两色影钞了一本。三十七年十二月十六日,中央政府派飞机到北平接我南下,我只带出来了先父遗稿的清钞本和这个甲戌本《红楼梦》。民国四十年哥伦比亚大学为此本做了三套显微影片:一套存在哥大图书馆,一套我送给翻译《红楼梦》的王际真先生,一套我自己留着,后来送给正在研究《红楼梦》的林语堂先生了。

今年蒙中央印制厂总经理时寿彰先生与技正罗福林先生的热心赞助,这个朱墨两色写本在中央印制厂试验影印很成功,我才决定影印五百部,使世间爱好《红楼梦》与研究《红楼梦》的人都可以欣赏这个最古写本的真面目。

曹雪芹死在乾隆二十七年壬午除夕,即西历一七六三年二月十二日。再过两年的今天,就是他死后二百年的纪念了。我把这部最近于他的最初稿本的甲戌本影印行世,作为他逝世二百年纪念的一件献礼。

五十年,二月十二日,在南港。

(转录自 1961 年胡适出版,台湾中央印制厂印制,台湾商务印书馆、台湾启明书店、香港友联出版社联合发行的首次影印《乾隆甲戌本脂砚斋重评石头记》一书)

附录四：

跋《乾隆甲戌脂砚斋重评石头记》影印本

胡　适

　　我在民国十七年已有长文报告这个脂砚斋甲戌本是"海内最古的石头记钞本"了。今天我写这篇介绍脂砚甲戌本影印本的跋文，我止想谈谈三个问题：第一，我要指出这个甲戌本在四十年来《红楼梦》的版本研究上曾有过划时代的贡献。第二，我要指出曹雪芹在乾隆甲戌年（1754）写定的《石头记》初稿本止有这十六回。第三，我要介绍原藏书人刘铨福，并附带介绍此本上用墨笔加批的孙桐生。

一、甲戌本在《红楼梦》版本史上的地位

　　我们现在回头检看这四十年来我们用新眼光、新方法，搜集史料来做"《红楼梦》的新研究"的总成绩，我不能不承认这个脂砚斋甲戌本《石头记》是近四十年内"新红学"的一件划时代的新发现。

　　这个脂砚甲戌本的重要性就是：在此本发见之前，我们还不知道《红楼梦》的"原本"是个什么样子；自从此本发见之后，我们方才有一个认识《红楼梦》"原本"的标准，方才知道怎样方寻那种本子。

　　我可以举我自己做例子。我在四十年前发表的《红楼梦考证》里，就有这一大段很冒失的话：

　　　　上海有正书局石印的一部八十回本的《红楼梦》，前面有一篇德清戚蓼生的序，我们可叫他作"戚本"。……这部书的

　　封面上题着"国初钞本《红楼梦》"，……首页题着"原本《红楼梦》"。"国初钞本"四个字自然是大错的。那"原本"两字也不妥当。这本已有总评、有夹评、有韵文的评赞，又往往有"题"诗，有时又将评语钞入正文(如第二回)，可见已是很晚的钞本，决不是"原本"了。……戚本大概是乾隆时无数展转传钞本之中幸而保存的一种，可以用来参校程本，故自有他的相当价值，正不必假托"国初钞本"。

我当时就没有想象到《红楼梦》的最早本子已都有总评、有夹评，又有眉评的！所以我看见"戚本"有总评、有夹评，我就推断他已是很晚的展转传钞本，决不是"原本"。(俞平伯先生在《红楼梦辨》里也曾说"戚本""决是展转传钞后的本子，不但不免错误，且也不免改窜"。)

　　因为我没有想到《红楼梦》原本就是已有评注的，所以我在民国十六年差一点点就错过了收买这部脂砚甲戌本的机会！我曾很坦白的叙说我当时是怎样冒失、怎样缺乏《红楼梦》本子的知识：

　　　　去年(民国十六年)我从海外归来，接着一封信，说有一部抄本《脂砚斋重评石头记》愿让给我。我以为"重评"的《石头记》大概是没有价值的，所以当时竟没有回信。不久，新月书店的广告出来了，藏书的人把此书送到店里来，转交给我看。我看了一遍，深信此本是海内最古的《石头记》抄本，就出了重价把此书买了。

近年上海中华书局出版的"一粟"编著的《红楼梦书录》新一版，记录我买得乾隆甲戌脂砚斋重评本《石头记》的故事已曲解成了这个样子：

　　　　此本刘铨福旧藏，有同治二年、七年等跋；后归上海新月书店，已发出版广告，为胡适收买，致未印行。

大概三十多年后的青年人已看不懂我说的"新月书店的广告出来

了"一句话了。这句话是说：当时报纸上登出了胡适之、徐志摩、邵洵美一班文艺朋友开办新月书店的新闻及广告。那位原藏书的朋友（可惜我把他的姓名地址都丢了）就亲自把这部脂砚甲戌本送到新开张的新月书店去，托书店转交给我。那位藏书家曾读过我的《红楼梦考证》，他打定了主意要把这部可宝贵的写本卖给我，所以他亲自寻到新月书店去留下这书给我看。如果报纸上没有登出胡适之的朋友们开书店的消息，如果他没有先送书给我看，我可能就不回他的信，或者回信说我对一切"重评"的《石头记》不感觉兴趣，——于是这部世间最古的《红楼梦》写本就永远不会到我手里，很可能就永远被埋没了！

我举了我自己两次的大错误，只是要说明我们三四十年前虽然提倡搜求《红楼梦》的"原本"或接近"原本"的早期写本，但我们实在不知道曹雪芹的稿本是个什么样子，所以我们见到了那种本子，未必就能识货，可能还会像我那样差一点儿"失之交臂"哩。

所以这部"脂砚斋甲戌钞阅再评"的《石头记》的发现，可以说是给《红楼梦》研究划了一个新的阶段，因为从此我们有了一部"《石头记》真本"（这五个字是原藏书人刘铨福的话）做样子，有了认识《红楼梦》"原本"的标准，从此我们方才走上了搜集研究《红楼梦》的"原本""底本"的新时代了。

在报告脂砚甲戌本的长文里，我就指出了几个关于研究方法上的观察：

①我用脂砚甲戌本校勘戚本有评注的部分，我断定戚本也是出于一部有评注的底本。

②程伟元高鹗的活字排印本是全删评语与注语的，但我用甲戌本与戚本比勘程甲本与程乙本，我推断程高排本的前八十回的底本也是有评注的钞本。

③我因此提出一个概括的结论，说：《红楼梦》的最初底本就是有评注的。那些评注至少有一部分是曹雪芹自己要说的话；其余可能是他的亲信朋友如脂砚斋之流要说的话。

这几条推断都只是要提出一个辨认曹雪芹的原本的标准。一方面，我要扫清"有总评，有夹评，决不是原本"的成见。一方面，我要大家注意像脂砚甲戌本那样"有总评，有眉评，有夹评"的旧钞本。

果然，甲戌本发见后五六年，王克敏先生就把他的亲戚徐星署先生家藏的一部《脂砚斋重评石头记》钞本八大册借给我研究。这八大册，每册十回，每册首叶题"脂砚斋凡四阅评过"；第五册以下，每册首叶题"庚辰秋月定本"，庚辰是乾隆二十五年（1760），此本我叫做"乾隆庚辰本"，我有《跋乾隆庚辰本〈脂砚斋重评石头记〉钞本》长文（收在《胡适论学近著》第一集，即台北版《胡适文存》第四集）讨论这部很重要的钞本。这八册钞本是徐星署先生的旧藏书，徐先生是俞平伯的姻丈，平伯就不知道徐家有这部书。后来因为我宣传了脂砚甲戌本如何重要，爱收小说杂书的董康、王克敏、陶湘诸位先生方才注意到向来没人注意的"脂砚斋重评本石头记"一类的钞本。大约在民国二十年，叔鲁就向我谈及他的一位亲戚家里有一部脂砚斋评本《红楼梦》。直到民国二十二年我才见到那八册书。

我细看了庚辰本，我更相信我在民国十七年提出的"《红楼梦》的最初底本是有评注的"一个结论。我在那篇跋文里就提出了一个更具体也更概括的标准，我说：

> 依甲戌本与庚辰本的款式看来，凡最初的钞本《红楼梦》必定都称为《脂砚斋重评石头记》。

我们可以用这个辨认的标准去推断"戚本"的原本必定也是一部"脂砚斋重评本"；我们也可以推断程伟元、高鹗用的前八十回"各原本"必定也都题着"脂砚斋重评本"。

近年武进陶洙家又出来了一部"乾隆己卯（二十四年，1759）冬月脂砚斋四阅评本《石头记》"，止残存三十八回：第一至第二十回，第三十一至第四十回，第六十一至第七十回，其中第十七、十八回还没有分开，又缺了第六十四、六十七回，是补钞的。这个己卯本我没有见过。俞平伯的《脂砚斋红楼梦辑评》说,己卯本三十八回,其中二十九回是有脂评的。据说此本原是董康的藏书,后来归陶洙。这个己卯本比庚辰本正早一年,形式也最近于庚辰本。

近年山西又出来了一部乾隆四十九年甲辰(1784)菊月梦觉主人序的八十回本,没有标明"脂砚斋重评本",但我看俞平伯辑出的一些评语,这个甲辰本的底本显然也是一个脂砚斋重评本。此本第十九回前面有总评,说:"原本评注过多,……反扰正文。删去以俟观者凝思入妙,愈显作者之灵机耳。"

※　　　　※　　　　※

总计我们现在知道的《红楼梦》的古本,我们可以依各本年代的先后,作一张总表如下:

①乾隆十九年甲戌(1754)脂砚斋钞阅再评本,止有十六回。有今年胡适影印本。

②乾隆二十四年己卯(1759)冬月脂砚斋四阅评本,存三十八回:第一至第二十回(其中第十七、第十八两回未分开),第三十一至第四十回,第六十一至七十回(缺第六十四、六十七回)。

③乾隆二十五年庚辰(1760)秋月定本"脂砚斋凡四阅评过",共八册,止有七十八回。其中第十七、第十八两回没有分开,第十七回首叶有批云,"此回宜分二回方妥"。第十九回尚无回目,第八十回也尚无回目。第七册首叶有批云,"内缺六十四、六十七两回"。又第二十二回未写完,末尾空叶有批云:"此回未成而芹逝矣!叹叹!丁亥(乾隆三十二年,1757)夏,畸笏叟。"第七十五回的前叶有题记:"乾隆二十一年(1756)五月初七日对清。缺中秋诗,俟雪芹。"此本有一九五五年"文学古籍刊行社"影印本,用己卯本补钞了第六十四、六十七回。民国四十八年有台北文渊出版社翻影印本。

④上海有正书局石印的戚蓼生序的八十回本,即"戚本"。此本也是一部脂砚斋评本,石印时经过重钞。原底本的年代无可考。此本已有第六十四、六十七回了;第二十二回已补全了,

故年代在庚辰本之后。因为戚蓼生是乾隆三十四年己丑(1769)的进士,我们可以暂定此本为己丑本。此本有宣统末年(1911)石印大字本,每半叶九行,每行二十字;又有民国九年(1920)及民国十六年(1927)石印小字本,半叶十五行,每行三十字。小字本是用大字本剪粘石印的。大字本前四十回有狄葆贤的眉批,指出此本与今本文字不同之处。小字本的后四十回也加上了眉批,那是有正书局悬赏征文得来的校记。

⑤乾隆四十九年甲辰(1784)梦觉主人序的八十回本。此本虽然有意删削评注,但保留的评注使我们知道此本的底本也是一部脂砚斋重评本。

⑥乾隆五十六年辛亥(1791)北京萃文书屋木活字排印的《新镌全部绣像红楼梦》。这是程伟元、高鹗第一次排印的一百二十回本。我叫他做"程甲本"。"程甲本"的前八十回是依据一部或几部有脂砚斋评注的底本,后四十回是高鹗续作的。此本是后来南方各种雕刻本、铅印本、石印本的祖本。

⑦乾隆五十七年壬子(1792)北京萃文书屋木活字排印的《新镌全部绣像红楼梦》。这是程伟元、高鹗第二次排印的"详加校阅,改定无讹"的一百二十回本。我叫他做"程乙本"。因为"程甲本"一到南方就有人雕版翻刻了,这个校阅改订过的"程乙本"向来没有人翻版,直到民国十六年(1927)上海亚东图书馆才用我的"程乙本"去标点排印了一部。这部亚东排版的"程乙本"是近年一些新版的《红楼梦》的祖本,例如台北远东图书公司的排印本、香港友联出版社的排印本、台北启明书局的影印本,都是从亚东的程乙本出来的。

※　　　　　※　　　　　※

这一张《红楼梦》古本表可以使我们明白:从乾隆十九年(1754)曹雪芹还活着的时期,到乾隆五十七年(1792)——就是曹雪芹死后的第三十年,在这三十八九年之中,《红楼梦》的本子经过了好几次重大的变化:

第一，乾隆甲戌（1754）本：止写定了十六回，虽然此本里已说"曹雪芹披阅十载，增删五次"；已有"十年辛苦不寻常"的诗句。

第二，乾隆己卯（二十四年，1759）庚辰（二十五年，1760）之间，前八十回大致写成了，故有"庚辰秋月定本"的检订。现存的"庚辰本"最可以代表雪芹死之前的前八十回稿本没有经过别人整理添补的状态。庚辰本仍旧有"披阅十载，增删五次"的话，但八十回还没有完全，还有某些残缺情形：

　　①第十七回还没有分作两回。

　　②第十九回还没有回目，还有未写定而留着空白之处（影印本二〇二叶上）。

　　③第二十二回还没有写完。

　　④第六十四回、六十七回，都还没有写。

　　⑤第七十五回还缺宝玉、贾环、贾兰的中秋诗。

　　⑥第八十回还没有定回目。

第三，曹雪芹死在乾隆二十七年壬午除夕。周汝昌先生曾发见敦敏的《懋斋诗钞》残本有《小诗代简，寄曹雪芹》的诗，其前面第三首诗题着"癸未"（乾隆二十八年）二字，故他相信雪芹死在癸未除夕。我曾接受汝昌的修正。但近年那本《懋斋诗钞》影印出来了，我看那残本里的诗，不像是严格依年月编次的；况且那首"代简"止是约雪芹"上巳前三日"（三月初一）来喝酒的诗，很可能那时敦敏兄弟都还不知道雪芹已死了近两个月了。所以我现在回到甲戌本（影印本九叶至十叶）的记载，主张雪芹死在"壬午除夕"。

第四，从庚辰秋月到壬午除夕，止有两年半的光阴，在这一段时间里，雪芹（可能是因为儿子的病，可能是因为他的心思正用在试写八十回以后的书）好像没有在那大致写成的前八十回的稿本上用多大功夫，所以他死时，前八十回的稿本还是像现存的庚辰本的残缺状态。最可注意的是庚辰本第二十二回之后（影印本二五四叶）有这一条记录：

　　此回未成而芹逝矣！叹叹！丁亥（一七六七）夏，畸笏叟。

　　这就是说，在雪芹死后的第五年的夏天，前八十回本的情形还大致像现存的庚辰本的样子。

　　第五，在雪芹死后的二十几年之中——大约从乾隆三十二年丁亥（1767）以后，到五十六年辛亥（1791）——有两种大同而有小异的《红楼梦》八十回稿本在北京少数人的手里流传钞写：一种稿本流传在雪芹的亲属朋友之间，大致保存雪芹死时的残缺情形，没有人敢作修补的工作，此种稿本最近于现存的庚辰本。另一种稿本流传到书坊庙市去了——"好事者每传钞一部，置庙市中，昂其值，〔可〕得数十金"——就有人感觉到有修残补缺的需要了，于是先修补那些容易修补的部分（第十七回分作两回，加上回目；十九回也加上回目，抹去待补的空白；二十二回潦草补完；七十五回仍缺中秋诗三首；八十回补了回目）；其次补作那比较容易补的第六十四回。最后，那很难补作的第六十七回就发生问题了。高鹗在程乙本的引言里说："六十七回，此有彼无，题同文异，燕石莫辨。"可见当时庙市流传的本子，有不补六十七回的，也有试补此回而文字不相同的。戚本的六十七回就和高鹗的本子大不相同，而高本远胜于戚本。

　　第六，据浙江海宁学人周春（1729——1815）的《阅〈红楼梦〉随笔》，他在乾隆庚戌秋（五十五年，1790）已听人说，有人"以重价购钞本两部，一为《石头记》八十回，一为《红楼梦》一百二十回，微有异同。……壬子（五十七年，1792）冬，知吴门坊间已开雕矣。……"。周春在乾隆甲寅（五十九年，1794）七月记载这段话，应该可信。高鹗续作后四十回，合并前八十回，先钞成了百二十回的"全部《红楼梦》"，可能在乾隆庚戌秋天已有一百二十回的钞本出卖了。到次年辛亥（五十六年，1791），才有程伟元出钱用木活字排印，是为"程甲本"。周春说的"壬子冬，知吴门坊间已开雕矣"，那是苏州书坊得了"程甲本"就赶紧雕版印行，他们等不及高兰墅先生"聚集各原本详加校阅,改订无讹"的"程乙本"了。

这是《红楼梦》小说从十六回的甲戌(1654)本变到一百二十回的辛亥(1791)本和壬子(1792)本的版本简史。如果没有三十多年前甲戌本的出现,如果我们没有认识《红楼梦》原本或最早写本的标准,如果没有这三十多年陆续发现的各种脂砚斋重评本,我们也许不会知道《红楼梦》本子演变的真相这样清楚吧?

二、试论曹雪芹在乾隆甲 戌年写定的稿本止有这十六回

我在三十四年前还不敢说曹雪芹在乾隆十九年甲戌(1754)——在他死之前九年多——止写成了或止写定了这十六回书。我在那时只敢说:

> 我曾疑心甲戌以前的本子没有八十回之多,也许止有二十八回,也许止有四十回。……如果甲戌以前雪芹已成八十回,那么,从甲戌到壬午〔除夕〕,这九年之中雪芹做的是什么书?……

我在当时看到的《红楼梦》古本很少,但我注意到高鹗的乾隆壬子(1792)本——即程乙本——的引言里说的"如六十七回,此有彼无,题同文异"。我就推论:"这一点使我疑心八十回本是陆续写定的。"

后来我看到了庚辰(1760)本,我仔细研究了那个"庚辰秋月定本"的残缺状态——如六十四,六十七回的全缺,如第二十二回的未写完——我更相信那所谓八十回本不是从头一气写下去的,实在是分几个段落,断断续续写成的;到了壬午除夕雪芹死时,八十回以后只有一些无从整理的零碎残稿,就是那比较成个片段的前八十回也还没有完全写定。

最近半年里,因为我计划要影印这个甲戌本,我时常想到这个

很工整的清钞本为什么只有十六回,为什么这十六回不是连续的,为什么中间缺少第九到第十二回,又缺少第十七到第二十四回。

在我进医院的前一天,我写了一封短信给香港友联出版社的赵聪先生,在那封信里我第一次很简单地指出我的新看法:就是说,曹雪芹在乾隆十九年甲戌写的《红楼梦》初稿只有这十六回。我说:

> ……故我现在不但回到我在民国十七的看法:"甲戌以前的本子没有八十回之多,也许止有二十八回,也许止有四十回。"我现在进一步的说:甲戌本虽然已说"披阅十载,增删五次",其实止写成了十六回。……故我这个甲戌本真可以说是雪芹最初稿本的原样子。所以我决定影印此本流行于世。

这封短信的日子是"五十、二、二十四下午"。在二十六七小时之后,我就因心脏病被送进台湾大学医学院的附属医院了。

今天我要把那封信里的推论及证据稍稍扩充发挥,写在这里,请研究《红楼梦》本子沿革演变的朋友不客气地讨论教正。

※　　　　　※　　　　　※

甲戌本的十六回是这样的:

第一到第八回,缺第九到第十二回。

第十三到第十六回,缺第十七到第二十四回。

第二十五回到第二十八回。

我可以先证明第十七回到第二十四回是甲戌本没有的,是后来补写的。试看乾隆庚辰(二十五年,1760)秋月定本的状态:

①第十七回"大观园试才题对额,荣国府归省庆元宵"有二十七叶半之多,首叶题作"第十七回至十八回"。前面空叶上有批语一行:此回宜分二回方妥。

②第十九回虽然另起一叶,但还没有回目,也还没有标明"第十九回"。

③庚辰本的第二十二回没有写完,只写到元春、迎春、探春、

惜春的四字灯谜，下面就没有了。下面有一页白纸，上面写着：

暂记宝钗制谜云：

朝罢谁携两袖烟？琴边衾里总无缘。

晓筹不用鸡人报，五夜无烦侍女添。

焦首朝朝还暮暮，煎心日日复年年。

光阴荏苒须当惜，风雨阴晴任变迁。

此回未成而芹逝矣！叹叹！丁亥夏　畸笏叟。

这都可见第十七、十八、十九回是很晚才写成的，所以在庚辰秋月的定本里，那三回还止有一个回目。第二十二回写的更晚了，直到雪芹死后多年还在未完成的状态，所以后人有不同的补本，戚本补的第二十二回就和高鹗补的大不相同。（戚本保存惜春的谜，也用了宝钗的谜，还接近庚辰本；高鹗本删了惜春的谜，把宝钗的谜送给黛玉，又另作了宝钗、宝玉两人的谜。）

这样看来，甲戌本原缺的第十七到第二十四回是甲戌以后才补写的，其中最晚写的是第二十二回："此回未成而芹逝矣！"

※　　　　　※　　　　　※

其次，我要指出甲戌本原缺的第九到第十二回也是后来补写的，写的都很潦草，又有和甲戌本显然冲突的地方。这四回的内容是这样的：

第九回写贾氏家塾里胡闹的情形，是八十回里很潦草的一回。

第十回写秦可卿忽然病了，写张太医诊脉开方，说"这病尚有三分治得"，又说，"今年一冬是不相干的，总是过了春分，就可望全愈了"。这就是说，秦氏不能活过春分了。

第十一回写秦氏病危了。"这年正是十一月三十日冬至。到交节的那几日，贾母，王夫人，凤姐儿，日日差人去看秦氏。"王夫人向贾母说，"这个症候遇着这样大节，不添病，就有大好的指望了"。过了冬至，十二月初二，凤姐奉命去看秦氏，"那脸上身上的肉全瘦干了"。凤姐儿从秦氏屋里出来，到尤氏上房坐下，尤氏道："你冷眼瞧媳妇是怎么样?"凤姐儿低了半日头,说道:"这实在没法儿了。你也该将一应的后事用的东西料理料理,冲一冲也好。"尤氏道:"我也叫人暗暗的预备了。就是那件东西不得好木头,暂且慢慢的办罢。"这是很明白清楚的说秦氏病危了,"实在没法儿了","一应的后事用的东西"都暗暗的预备好了。

这就到了第十一回的末尾了,忽然接上贾瑞"合该作死"的故事,于是第十二回整回写的是"贾瑞正照风月宝鉴"的故事——这一回里,贾瑞受了凤姐儿两次欺骗,得了种种重病,"诸如此症,不上一年都添全了。……倏又腊尽春回"——这分明又过了整一年了。这整整一年里,竟没人提起秦可卿的病了!

我们试把这四回的内容和甲戌本第十三回关于秦氏之死的正文、总评、眉评,对照着看,我们就可以明白前面的四回是后来补加进去的,所以其中有讲不通的重要冲突。

甲戌本的第十三回是这本子里最有史料价值的一卷,此回有几条朱笔的总评,眉评、夹评、是一切古本《红楼梦》都没有保存的资料。此回末尾有一条总评,说:

"秦可卿淫丧天香楼",作者用史笔也。老朽因有魂托凤姐贾家后事二件,嫡是安富尊荣坐享人能(难?)想得到处;其事虽未漏,其言其意则令人悲切感服,姑赦之。因命芹溪删去。

同叶又有眉评一条:

此回只十页。因删去天香楼事,少却四五页也。

"秦可卿淫丧天香楼"的"史笔"是删去了,那八个字的旧回目也改成"秦可卿死封龙禁尉"了。但甲戌本此回的本文和脂砚评语都还保存一些"不写之写",都是其他古本《红楼梦》没有的。甲戌本写凤姐在梦里:

还欲问时,只听得二门传事云牌连叩四下,正是丧音,将
凤姐惊醒。人回东府蓉大奶奶没了。凤姐闻听,吓了一身冷
汗。出了一回神,只得忙忙的穿衣服往王夫人处来。彼时合
家皆知,无不纳罕,都有些疑心。

此本"无不纳罕,都有些疑心"之上有眉评说:

九个字写尽天香楼事,是不写之写。

那九个字,庚辰本与甲戌本完全相同。己卯本我未见得,但据俞平
伯《红楼梦八十回校本》的"校字记"九五页,己卯本与庚辰本都作:

无不纳罕,都有些疑心。

戚本改作了:

无不纳叹,都有些伤心。

程甲本原作:

无不纳闷,都有些疑心。

程乙本就改作了:

无不纳闷,都有些伤心。

但因为南方的最早雕本都是依据程甲本作底本的,所以后来的刻
本和铅印本、石印本,也还有作"都有些疑心"的(看俞平伯《红楼梦
研究》,"论秦可卿之死",一七七——一七八页)。但多数的流行本
子都改成了"无不纳闷,都有些伤心"。

我们现在看了甲戌、己卯、庚辰三个最古的脂砚斋评本,我们
可以确知雪芹在甲戌年决心删去了"淫丧天香楼"四五叶原稿后,
还保留了"彼时合家皆知,无不纳罕,都有些疑心"十五个字的"不
写之写"的史笔。

秦可卿是自缢死的,《红楼梦》的第五回画册上本来说的很清

楚。画册的正册最后一幅：

> 画着高楼大厦，有一美人悬梁自缢。（此句文字从甲戌、
> 庚辰两本及戚本。）其判云：
>> 情天情海幻情身，情既相逢必主淫。
>> 漫言不肖皆荣出，造衅开端实在宁。

曹雪芹在原稿里对于这位东府蓉大奶奶的种种罪过，原抱着一种
很严厉的谴责态度。画册的判词是一证。第五回写宝玉在秦氏屋
里睡觉，是二证。第七回写焦大乱嚷乱叫"我要往祠堂里哭太爷
去。那里承望到如今生下这些畜生来，……爬灰的爬灰，养小叔子
的养小叔子！我什么不知道！咱们胳膊折了往袖子藏"是三证。
第十三回原标"秦可卿淫丧天香楼"的回目，又直写天香楼事至四
五叶之多，是四证。在甲戌本写定之前，雪芹听从了他最亲信的朋
友（?）的劝告，决心"姑赦之"，才删去了那四五叶直写天香楼的事，
才改十三回的回目作"秦可卿死封龙禁尉"。四证之中，删去了一
证。但其余三证，都保存在甲戌本以及后来几个写本里。在第十
三回里，雪芹还故意留着"无不纳罕，都有些疑心"九个字的史笔。

　　我们不必追问天香楼事的详细情形了。我现在只要指出第十
三回写秦可卿突然死去，无论是甲戌以前最初稿本直写"淫丧天香
楼"的史笔，或是甲戌、己卯、庚辰各本保存的"无不纳罕，都有些疑
心"的委婉写法，都可以用作证据，证明甲戌写定的《石头记》稿本
还没有第十回到第十一回那样详细描写秦可卿病重到垂危的几回
文字。如果可卿早已病重了，早已病到"一应的后事用的东西"都
已"暗暗的预备了"，这样病到垂危的一个女人死了，怎么会叫人
"无不纳罕，都有些疑心"呢？

　　所以我们很可以推断：曹雪芹写"秦可卿淫丧天香楼"的原稿
的时候，他压根儿就没有想写秦氏是病死的。后来他决定删去了
"淫丧天香楼"的四五叶，他才感觉到不能不给秦氏捏造出"很大的
一个症候"，在很短的一个冬天，就病到了要预备后事的地步。在

那原空着的四回里,秦氏的病况就占了两回的地位。但因为写秦氏病状的许多文字不是雪芹原来的计划,所以越写越不像了!本来要写秦氏活过了冬至,活不过春分的,中间插进了"正照风月宝鉴"的雪芹旧稿,于是贾瑞病了一年,秦氏也就也得挨过整整一年,到贾琏送林黛玉回南去之后,凤姐儿才梦见秦氏,接着就是丧钟四下,人回东府蓉大奶奶没了。

试看第八回末尾写贾氏家塾"现今司塾的贾代儒乃当代之老儒",是何等郑重的描写!再看第十三回凤姐儿梦里秦氏说贾氏家塾,又是何等郑重的想法!何以第九回写贾氏家塾竟是那样儿戏,那样潦草呢?何以第十一回写那位"当代之老儒"和他的长孙又是那样的不堪呢?

甲戌本第一回有一长段叙说《石头记》的来历,其中说:

> ……空空道人……遂易名为"情僧",改《石头记》为《情僧录》。至吴玉峰题曰《红楼梦》。东鲁孔梅溪则题曰《风月宝鉴》。……

甲戌本这里有朱笔眉评一条,说:

> 雪芹旧有《风月宝鉴》之书,乃其弟棠村序也。今棠村已逝,余睹新怀旧,故仍因之。

这一条评语是各种脂砚斋评本都没有的。这句话好像是说,《风月宝鉴》是曹雪芹写的一本短篇旧稿,有他弟弟棠村作序;那本旧稿可能是一种小型的《红楼梦》;其中可能有"正照风月宝鉴"一类的戒淫劝善的故事,故可以说是一本幼稚的《石头记》。雪芹在甲戌年写成十六回的小说初稿的时候,他"睹新怀旧",就把"风月宝鉴"的旧名保留作《石头记》许多名字的一个。在甲戌年之后,他需要补作那原来缺了许久的第九回到第十二回,他不能全用那四回的地位来捏造秦氏的病情,于是他很潦草地采用了他的《风月宝鉴》旧稿来填满那缺卷的一部分。因为这个故事本是从前写的,勉强插在这里，所以就顾不到前面叙说秦氏那样垂死的病情，在时间上就不得不拖延了一整年了。

我提出这四回的内容和第十三回的种种冲突，来证明第九回到第十二回是甲戌初稿没有的，是后来补写的。

※　　　　　※　　　　　※

所以我近来的看法是，曹雪芹在甲戌年写定的稿本止有这十六回，——第一到第八回，第十三到第十六回，第二十五回到第二十八回。中间的缺卷，第九到第十二回，第十七到第二十四回，都是雪芹晚年才补写的。

三、介绍原藏书人刘铨福，附记墨笔批书人孙桐生

我在民国十六年夏天得到这部世间最古的《红楼梦》写本的时候，我就注意到首叶前三行的下面撕去了一块纸：这是有意隐没这部钞本从谁家出来的踪迹，所以毁去了最后收藏人的印章。我当时太疏忽，没有记下卖书人的姓名住址，没有和他通信，所以我完全不知道这部书在那最近几十年里的历史。

我只知道这部十六回的写本《石头记》在九十多年前是北京藏书世家刘铨福的藏书。开卷首叶有"刘铨畐子重印""子重""髣眉"三颗图章；第十三回首叶总评缺去大半叶，衬纸与原书接缝处印有"刘铨畐子重印"，又衬纸上印有"专祖斋"方印。第二十八回之后，有刘铨福自己写的四条短跋，印有"铨""福""白云吟客""阿瘟瘟"四种图章。"髣眉"可能是一位女人的印章？"阿瘟瘟"不是别号，是苏州话表示大惊奇的叹词，见于唐寅题《白日升天图》的一首白话诗："只闻白日升天去，不见青天降下来。有朝一日天破了，大家齐喊'阿瘟瘟'。"刘铨福刻这个图章，可以表示他的风趣。

十三回首叶的"专祖斋"方印，是刘铨福家两代书斋，"专祖"就是"砖祖"，因他家收藏有汉朝河间献王宫里的"君子馆砖"，所以他家住宅称为"君子馆砖馆"，又称"砖祖斋"。叶昌炽《藏书纪事诗》

卷六有一首记载刘铨福和他父亲刘位坦的诗,有"河间君子馆砖馆,厂肆孙公园后园"之句,叶氏自注说:

> 刘宽夫先生名位坦,〔其子〕子重名铨福,大兴人,藏弃极富。……先生……因得河间献王君子馆砖,名其居曰君子馆砖馆,又曰"砖祖斋"。所居在后孙公园。其门帖云:"君子馆砖馆,孙公园后园。"今其孙尚守旧宅,而藏书星散矣。

"专祖"就是说那是砖的老祖宗。刘位坦是道光五年乙酉(1825)的拔贡,经过廷试后,"爰自比部,逮掌谏垣",咸丰元年(1851)由御史出任湖南辰州府知府。咸丰七年(1857),他从辰州府告病回京,他死在咸丰十一年(1861)。他是一位博学的金石书画收藏家,能画花鸟,又善写篆隶。刘位坦至少有一个儿子,四个女儿。有一个女儿嫁给太原乔松年,一个女儿嫁给贵筑黄彭年,这两位刘小姐都能诗能画,他们的夫婿都是当时的名士。黄彭年《祭外舅刘宽夫先生文》(《陶楼文钞》十四)说他"博嗜广究,语必穷源,书惟求旧",又说他"广坐论学,谓有直横:横浩以博,直一以精",这就颇像章学诚的"横通"论了。

刘铨福字子重,号白云吟客,曾做到刑部主事。他大概生在嘉庆晚年,死在光绪初年(约当1818——1880)。在咸丰初年,他曾随他父亲到湖南辰州府任上。我在台北得看见陶一珊先生家藏的刘子重短简墨迹两大册,其中就有他在辰州写的书札。一珊在民国四十三年影印《明清名贤百家书札真迹》两大册(也是中央印制厂承印的),其中(四四八叶)收了刘铨福的短简一叶,是咸丰六年(1856)年底写的,也是辰州时期的书简。这些书简真迹的字都和他的《石头记》四条跋语的字相同,都是秀挺可喜的。《百家书札真迹》有丁念先先生撰的小传,其中刘铨福小传偶然有些错误(一为说"刘畐字铨福";一为说他"咸同时官刑部,转湖南辰州知府",是误把他家父子认作一个人了),但传中说他:

> 博学多才艺；金石、书画、诗词，无不超尘拔俗；旁及谜子、
> 联语，亦皆匠心独运。

这几句话最能写出刘铨福的为人。

刘铨福收得这部乾隆甲戌本《石头记》是在同治二年癸亥（1863），他有癸亥春日的一条跋，说：

> ……此本是《石头记》真本。批者事皆目击，故得其详也。
> 癸亥春日，白云吟客笔。

几个月之后，他又写了一跋：

> 脂砚与雪芹同时人，目击种种事，故批笔不从臆度。原文
> 与刊本有不同处，尚留真面。 ……五月二十七日阅，又记。

这两条跋最可以表示刘铨福能够认识这本子有两种特点：第一，"此本是石头记真本""原文与刊本有不同处，尚留真面"。第二，"批者事皆目击，故得其详""脂砚与雪芹同时人，目击种种事，故批笔不从臆度"。这两点都是很正确的认识。一百年前的学人能够有这样透辟的见解，的确是十分难得的。

他所以能够这样认识这个十六回写本《红楼梦》，是因为他是一个不平凡的收藏家，收书的眼光放大了，他不但收藏了各种本子的《红楼梦》，并且能欣赏《红楼梦》的文学价值。甲戌本还有他的一条跋语：

> 《红楼梦》非但为小说别开生面，直是另一种笔墨。昔人
> 文字有翻新法，学梵夹书。今则写西法轮齿，仿《考工记》。如
> 《红楼梦》实出四大奇书之外，李贽、金圣叹皆未曾见也。
> 戊辰（同治七年，1868）秋记。

这是他得此本后第六年的跋语。他曾经细读《红楼梦》，又曾细读这个甲戌本，所以他能够欣赏《红楼梦》"直是另一种笔墨……李贽、金圣叹皆未曾见"；所以他也能够认识这部十六回的《红楼梦》

残本是"《石头记》真本",又能承认"脂砚与雪芹同时人,目击种种事,故批笔不从臆度"。

甲戌本还有两条跋语,我要作一点说明。

此本有一条跋语,是刘铨福的两个朋友写的:

> 《红楼梦》虽小说,然曲而达,微而显,颇得史家法。余向读世所刊本,辄逆以己意,恨不得起作者一谭。睹此册,私幸予言之不谬也。子重其宝之。　　青士、椿余同观于半亩园,并识。乙丑(同治四年,1865)孟秋。

青士是濮文暹,同治四年三甲十二名进士;椿余是他的弟弟文昶,同治四年三甲五十九名进士。他们是江苏溧水人。半亩园是侍郎崇实家的园子。濮氏兄弟都是半亩园的教书先生。

※　　　　※　　　　※

还有一条跋语是刘铨福自己写的,因为这条跋提到在这个甲戌本上写了许多墨笔批语的一位四川绵州孙桐生,所以我留在最后作介绍。刘君跋云:

> 近日又得"妙复轩"手批十二巨册,语虽近凿,而于《红楼梦》味之亦深矣。　　云客又记。

此跋题"云客又记",大概写在癸亥两跋之后。此跋旁边有后记一条,说:

> 此批本丁卯(同治六年,1867)夏借与绵州孙小峰太守,刻于湖南。

我们先说那个"妙复轩"批本《红楼梦》十二巨册。"妙复轩"评本即"太平闲人"评本,果然有光绪七年(1881)湖南"卧云山馆"刻本,有同治十二年(1873)孙桐生的长序,序中说:

> 丙寅(同治五年,1866)寓都门,得友人刘子重贻以"妙复

292

轩《石头记》评本"。逐句疏栉，细加排比，……如是者五年。……

刻本又有光绪辛巳（七年，1881）孙桐生题诗二首，其诗有自注云：

> 忆自同治丁卯得评本于京邸，……而无正文；余为排比，添注刻本之上；又亲手合正文评语，编次钞录。……竭十年心力，始克成此完书。……

这两条都可以印证刘铨福的跋语。

刻本有光绪二年（1876）孙桐生的跋文，他因为批书的"太平闲人"自题诗有"道光三十年秋八月在台湾府署评《石头记》成"的自记，就考定"太平闲人"是道光末年做台湾府知府的全卜年。这是大错的。

近年新出的一粟的《红楼梦书录》新一版（页四八——五七）著录《妙复轩评石头记》钞本一百二十回，有五桂山人的道光三十年跋文，明说批书的人是张新之，道光二十一年（1841）和他同客莆田；二十四年（1844）评本成五十卷，新之回北京去了；四五年之后，"同游台湾，居郡署……阅一载，百二十回竟脱稿。……"。张新之的籍贯生平无可考，可能是汉军旗人，但他不是台湾府知府，只是知府衙门里的一位幕客，这一点可以改正孙桐生的错误。

孙桐生，字小峰，四川绵州人，咸丰二年（1852）三甲一百十八名进士，翰林散馆后出知酆县，后来做到湖南永州府知府。他辑有《国朝全蜀诗钞》。

这部甲戌本第三回二叶下贾政优待贾雨村一段，有墨笔眉评一条，说：

> 予闻之故老云，贾政指明珠而言，雨村指高江村（高士奇）。盖江村未遇时，因明珠之仆以进身，旋膺奇福，擢显秩。及纳兰执败，反推井而下石焉。玩此光景，则宝玉之为容若（纳兰成德）无疑。请以质之知人论世者。同治丙寅（五年）季

冬,左绵痴道人记。(此下有"情主人"小印)

这位批书人就是绵州孙桐生。(刻本"妙复轩"批《红楼梦》的孙桐生序也说:"访诸故老,或以为书为近代明相而作,宝玉为纳兰容若。……若贾雨村,即高江村也。……")我要请读者认清他这一条长批的笔迹,因为这位孙太守在这个甲戌本上批了三十多条眉批,笔迹都像第三回二叶这条签名盖章的长批(此君的批语,第五回有十七条,第六回有五条,第七回有四条,第八回有四条,第二十八回有两条)。他又喜欢校改字,如第二回九叶上改的"疑"字;第三回十四叶上九行至十行,原本有空白,都被他填满了;又如第二回上十一行,原作"偶因一着错,便为人上人",墨笔妄改"着错"为"回顾",也是他的笔迹(庚辰本此句正作"偶然一着错")。孙桐生的批语虽然没有什么高明见解,我们既已认识了他的字体,应该指出这三十多条墨笔批语都是他写的。

五十年,五月十八日。

(转录自 1961 年胡适出版,台湾中央印制厂印制,台湾商务印书馆、台湾启明书店、香港友联出版社联合发行的首次影印《乾隆甲戌本脂砚斋重评石头记》一书)

附录五：
台湾版甲戌影印本再版重印序跋①

毛子水

一、再版序

适之先生于民国四十九年冬天将他所藏的《乾隆甲戌脂砚斋重评石头记》付中央印制厂影印；五十年二月出版。在印刷中，一千五百部的书便已预约完了。许多爱好书籍和研究文学史的人，都以没有能够买得这本书为憾事。因为这个缘故，先生在世时，曾有再印这部书的意思。但因中央研究院的事务以及他自身康健的关系，便把这件事搁下了。这次的重印，一以完成先生生前的一种心愿，一以应许多收藏家和文学史研究者的希望。

这个本子的价值，先生的许多文章里已说得很清楚了；我不需再多讲。我们若把《红楼梦》比作德国歌德的"Faust"，则从文学史家的立场，在没有发现更古的《石头记》本子以前，我们尽可把这个写本比作"Urfaust"。这似乎就是先生珍贵这个本子的原因。

在这里，有一些事情是值得一述的。适之先生生平虽然极喜欢买书，但他并不是一个以收藏珍本或孤本为豪举的人。他见到一部古书，只要是和做学问有关的，可以出很大的价钱去买；如果是一部在研究工作上没有什么意义的书，即使是市价极高的珍本，他并不十分重视。他的重视这部《石头记》，完全是因为这个本子可以告诉我们我国文学中一部巨著的历史的缘故。这和他的重视伦敦大英博物馆所藏的敦煌写本《六祖坛经》有同样的意思。他所以要把这部《石头记》影印出来，则完全是为了要便利收藏家和文学史研究者。他生平对于一个能够研究学问的人，无论怎样贵重的书籍，他都乐意借与；他也很赞成一个藏书家或图书馆能够把所藏的有用的善本书影印流传。

很可喜的，这个重印本比第一次印本多了两样珍贵的东西。去年这个影印本出版以后，国史馆的王蔼云先生将他所藏的《竹楼藏书图》给适之先生看；先生曾为题一跋。现在王先生慷慨地允许把这幅图和适之先生的跋附印在这个重印本里。这部《石头记》，似不可能会在竹楼中藏过，但这幅含有动人的故事的藏书图，则足供书籍爱好者的观玩，而先生的跋语，更可以使人懂得怎样做一个叫人尊敬的藏书家。这两样东西，使现在这个印本成为一种极有价值的再版。王先生的盛意，应该是喜欢图书的人士所共同感谢的。

五十一年六月四日毛子水谨序

二、第二次重印跋

这个对《红楼梦》版本的研究具有很大价值的《乾隆甲戌脂砚斋重评石头记》十六回写本，于民国五十年影印行世，胡适之先生曾为写一篇跋文。到五十一年，重印一次。

前几天，胡适纪念馆主任王志维先生告诉我，现在外间需要这书的人很多，胡适纪念馆拟把它再重印一次。我以为这是很好的事情。胡先生生平每得一善，喜欢和人共有。他对自己求得的知识这样，对自己收藏的书籍亦这样。这个人间孤本《石头记》写本的影印，可以说是胡先生"与人同善"存心的表现，这次重印，自然是研究《红楼梦》和爱好珍本书籍的人士所欣喜的。

我现在要借这个重印的机会把一件和这个影本有关的事情告诉读者。影印本的第一页第一行的"多"和"红楼"三字，潘石禅教授疑为胡先生所补写的；曾于今年夏间写信嘱我代为查询。我函商胡先生哲嗣祖望兄；祖望兄即转请蒋硕傺教授代为校对。上月中，蒋教授给祖望兄的信有下面一段：

> 潘重规先生之推测，完全正确。原书是页表纸破损一角，自"极"字以下第一行之原文尽失，"多"及"红楼"三字，显是适之先生补写于里纸上者。自原书上犹可辨纸色略有不同；但自影印本中则不易辨矣。唯字体与原书其他各字显然不同；且"多"及"红楼"三字上均盖有"胡适"图章，显系适之先生指示后人此三字乃其补写也。

在这里，我可以说，由于潘教授读书的仔细，蒋教授考订的精审，这个影印本仅有的疑点实已焕然冰释。这两位学者，都是这个影印本的读者所应深深感谢的。

六十四年十一月二十一日毛子水

（转录自 1975 年台湾胡适纪念馆出版发行的影印
《乾隆甲戌脂砚斋重评石头记》第三版精装本）

校　注：

①本文题目及后面的两个小标题，均为本书校订者所加。原文是各自独立的两篇，前者题为《影印本再版序》，后者题为《脂砚斋重评石头记影印本第二次重版跋》。

附录六：

访周汝昌

张　者

周汝昌——红学家。人们都会这样认为。可是，周汝昌本人却说："简单地把我当成红学家是外界的一种误会。我很不喜欢'红学家'这个称谓，也不喜欢'红学界'这个说法。"

这种回答让人大感意外。是什么原因使他把毕生精力和时间都倾注在《红楼梦》这本书上？又是什么原因使他在八十二岁高龄的今天，却矢口否认自己是红学家呢？面对这位白发苍苍、身材瘦弱的老人，让人一时不知该问他些什么？

一部《红楼梦新证》的出版，使他红极一时，成为当时的热点人物，因"红学"成了"红人"。这部《红楼梦》也曾经给他带来过厄运，使他因"红学"成为"黑人"。《红楼梦》影响了他的一生，"红"与"黑"的人生经历不断转换伴随着他。这其中有成功也有失败；有欣喜也有酸楚。他品尝够了其中的苦与乐、悲与喜、荣与衰的人生大滋味。

曹雪芹十年辛苦，滴泪为墨，沥血成字，成了《红楼梦》。

周汝昌却用了五十年心血，完成了几百万字的专著，对中国传统文化进行了系统的研究。用他自己的话说，一生的精力与其说用在了研究《红楼梦》上，不如说用在了研究中国的传统文化上。

抵御声色要招

走进周汝昌的书房，见他背对着门正伏案甚低，对我的到来充耳不闻。周汝昌的女儿走过去在他耳边大声喊道："客人来了。"他抬头用一只手搭在耳边问："你说什么？"转过身见我，笑了，迎上来握着了我的手说："不好意思，我耳朵不好使了。""没关系。"我说，"我可以用纸条提问题。"他女儿说："用纸条恐怕也不行，他一只眼完全看不到了，另一只眼只有 0.01 的视力，只能算是半只眼。"我不由望了望他书桌上写的东西，见满是字，可我几乎认不出。周汝昌的女儿又说："他的字只有我一个人能认。"

我坐下后，开始为自己发愁，我不知用什么方法和他交流。其实这种担忧是多余的，因为先生是一个十分有经验的采访对象。他让我坐在沙发上，自己顺手拉了只小椅，面对面坐了，膝盖刚好顶住我的膝盖。他说："你问吧！你可以趴在我耳边嚷嚷，我基本上能听到。"这样，我一下就放松了，这哪里是采访，是一次名副其实的促膝谈心。

既然是谈心，我便把事先准备好的采访提纲扔到了一边。我问："您的耳朵是什么时候听不到的？"

"那是 1954 年，我奉调回京，住东城北面门楼胡同。我住正房，南有大窗，北有小窗。一日，天降大雨，电闪雷鸣，我正站立窗边看雨，冷不防一声霹雳，一条火龙从北窗入，又从南窗出，这条火龙从我左耳边走过，相距不过一寸。我当时只觉得天崩地裂，脑袋嗡地一响，天地便一片寂静，从此非有雷鸣般之声我是听不到的。你想有龙从耳边过，我不'聋'才怪呢！"

听了老人的叙述，我不由露出惊异之色，望望先生的女儿，想从她那里得到证实，她笑了笑说："这只是一个原因，和小时候得病也有关。"

我又问："您的眼睛又是怎么失明的？"

"由于长期搞研究工作，1974 年忽然两眼要失明。周恩来总理闻知后亲切关怀，指示人民文学出版社：给周汝昌一定要找个好医生，不能让他失明。后来找到协和医院最有名的大夫。我现在还剩下这半只眼，要感谢周总理，感谢那个眼科大夫。眼睛总算没有彻底失明，可再也不能做编辑工作了。"

"您从 1974 年开始眼睛就不行了,耳朵也听不见了,是什么原因使您把文化研究工作坚持到今日的?"

"老子说:'五色令人盲,五音令人聋。'看来不见不闻乃是抵御声色的要招。怎奈耳目虽可掩住,还有一颗心呀!心还不肯闲着,又要听又要看的。从 1974 年到今天,凭着这半只眼苦作,又写出了几百万字。有关于《红楼梦》研究的,也有关于诗词书法的。"

三十四岁由"红"变"黑"

"是什么契机使您走上了《红楼梦》研究之路的?"

"那真是机缘巧合,同时这也和胡适分不开。

"那时候我还是燕京大学的学生。1947 年一次偶然的机遇,我在燕京大学图书馆发现了曹雪芹好友敦敏的诗集。这是胡适先生多年以来为了考证曹雪芹想找而没找到的。我翻开一看大为惊喜,里面有六首直接咏及曹雪芹的诗。这不单是文学作品,也是重要的史料呀!"

周汝昌由此写下了第一篇红学文章,这篇文章发表在当年的《民国日报》。此文引出了周汝昌和胡适的一段佳话。胡适看到周汝昌的文章之后,非常高兴,主动给周汝昌写了一封信,此信也在报上发表。这样一来,引起了学术界的关注。

周汝昌说:"我是十分感念胡适先生的,但是我们的学术观点有所不同。胡适先生的信,当时对我的考证只同意一半,另一半有所保留。我当时是一个少年,少年气盛,也不知道天高地厚,也不知道言语轻重,就又写了一篇文章和胡适先生辩论。"

胡适不久就回了信。一来二去,从 1947 年的冬天到第二年的秋天,胡适共给周汝昌写了六封信,探讨红学问题。胡适也许没想到,他的六封信给了一位年轻学生极大的鼓舞,使周汝昌从此走上了长达半个世纪的红学研究之路。我不由好奇地问:"这些信都还在吗?"

周汝昌回答："这些信都成文物了。在'文革'中，我所有有历史价值的旧信件大都散失了，而'胡函六通'（胡适的六封信）由于是极重要的政治罪证，反而被完好地保存了下来。"

与胡适的书信往来，成了周汝昌红学研究生涯的开始。随着研究的深入，周汝昌冒昧向胡适借阅由胡适收藏的极为珍贵的甲戌本。

周汝昌说："当时我和胡适没有见过面，他就敢把那样一部珍贵的藏本借给我。是由一位叫孙楷第的先生从城里带来，用旧报纸裹着，上面用很浓的朱笔写了'燕京大学四楼周汝昌先生收'。我当时是一个学生，胡先生很讲礼貌，用了'先生'这样的字眼，这张旧报纸我一直珍藏至今。"

周汝昌看到这个藏本大为震惊，曹雪芹的原本和当时流行的本子有如此不同。1948年暑假，周汝昌将这部世人未见的奇书带回了老家，周汝昌的四哥周祜昌一见惊呆了——原来曹雪芹的《红楼梦》被程（伟元）高（鹗）歪曲篡改得如此厉害！可惜原本纸张已经黄脆，让人不忍翻阅。

"这怎么办呢！没法研究。我的哥哥说：'好！我下决心现在就用墨笔和朱笔工楷把书抄录一遍。'当时没有复印技术。可惜这个本子现在找不到了。1949年北平解放前夕，局势紧张，我想到甲戌本还在我手中，担心若有失损，无法补偿，应将书归还原主。于是我专程赶到胡府——东城东厂胡同一号。当时未见胡适本人，有一男子开的门，称其为胡适公子。我便把书交给了胡公子，匆匆告辞。"

据史料记载，胡适离开北平南下时，他抛下了家中的万卷藏书，只带走了两部书，其中一部就是周汝昌还给他的甲戌本《红楼梦》。可见此书之宝贵。通过几年的研究，周汝昌完成了近四十万字的《红楼梦新证》。此书由其兄周祜昌用蝇头小楷清缮出来，交付出版社。1953年，《红楼梦新证》出版，立即轰动了海内外学界。当时周汝昌正在四川大学任教。出书后，上海长风书店门前排起了长队,书脱销了,三个月内赶出三版。在北京文代会上几乎人手一部。远在大洋彼岸的胡适后来在文章中写道:"汝昌的书功力真可佩服,可以算是我的一个好徒弟。"《新证》出来后,毛泽东也看了,在《毛泽东读评五部经典小说》中有两处提到《新证》。

1954年,周汝昌被中宣部特电从四川大学调回北京,在人民文学出版社当了一个编辑。后来批俞(平伯)批胡(适)运动逐步升级,周汝昌很快变成了"资产阶级胡适派唯心主义"的"繁琐考证"的典型代表。周汝昌由"红"变"黑",时年三十四岁。有趣的是,当时美国一个红学家叫米乐山的,还在著作中称周汝昌为"红色红学家"。

红学界让我受不了

我问周先生:"您说起《红楼梦》简直如数家珍,可是为什么您却不愿让人称您为红学家呢?"

"首先,我已不是红学界的人了。我在海外住了一年,1987年回来之后,我就向当时的艺术研究院常务副院长李希凡同志谈了我的愿望,不想在红楼梦研究所了,我退出。红学界的人事,种种复杂关系太费神,我是一个老书生,几十年的经验教训告诉我,我没有那种能力处理红学界中的利害关系,我何必在那方面费精力呢!还有,目前舆论界,一般的群众对红学不了解,认为你们这些人吃饱了没事研究些哥哥妹妹恋爱⋯⋯这简直是糟透了。再者,所谓红学界的某些人和某些事让人起不了敬意,一般人有微词,我混在里面,什么事都扣在我头上,让我受不了。我退出不参与这其中的事,我做自己的学问。"

"但是,大家都知道当年把您从四川调到北京,就是因为您的《红楼梦新证》的出版。"

"可是,我调京之后,当年的10月我就一步步地成为了批判的对象。以后所有红学界的事情不但不是我参与主持,我连知道的权利都没有。可是,不明真相的人,特别是学术界的一些人,仍然认为我当初调来是主持红学的一切。还有一点就是我和红学界的一些红学家没有共同语言。"

"一部《红楼梦》,在中国有其特殊的地位,它也是和我们新中国的政治文化生活紧密地联系在一起的。您能谈谈这是为什么吗?"

"红学的位置是由毛主席提高的,这事人人皆知。但是后来运动扩大化了,有些一发而不可收。这已不是红学的问题了,这是学术思想的大运动,震惊了世界。"

"《红楼梦》不但对中国人的政治生活影响深远,同时也影响到文化生活。在中国的历史上恐怕没有一部文学作品能有这样大的影响。"

"是的。《红楼梦》这样普遍地被重视、爱好、谈论、研究、表现、表演,这已不是简单的一部书的问题了,这是一种现象。我们可称其为红楼梦现象。这种现象不仅包含了对它的研究,还包含了许多红学研究者,也包含了红学界这个特殊的团体。这种现象的根本是中华民族传统文化。"

死我还没想过

"刚才我们谈论的大多是一些学术性话题,我现在想问一点您个人的问题。您的一生可谓是大起大落,由红变黑,由黑变红,您能否谈一下在您一生中最痛苦的记忆是什么?"

"说实话,红学是一门悲剧性的学术,选择了它,本身就是一种悲剧。第一流的大学者不屑为之,对它有兴趣的又有好些不够资格,于是就落到了我辈之手。从某种意义上来说,这也是一种痛苦。当然,这种痛苦只是我个人的小悲痛;真正的大悲痛,是和整个民族的生死存亡联系在一起的。"

周汝昌说到这里沉默了。我望着他,默默地体会着他说的那种痛。过了一会儿，他说："你刚才问我一生最痛苦的回忆是什么，我告诉你，那是在抗战时期。当时我正在燕京大学读书，珍珠港事件后，日本人把燕京大学封了，把学生遣散了。当时辅仁大学登出广告招编，很多同学都去了，很多同学为了求学都去了。我坚决没去，回到了天津老家。回到老家也不安宁。当地有一个叫新民会的汉奸组织，专门搜罗失学失业的青年学生为他们服务。我当时只有藏在地窖里。我的老家离天津市四五十里，属于一个大镇。有一天。我亲眼看见当地唯一的一所小学，教师领着一队小学生，打着新制的太阳旗，去村口迎接日本驻军。那小太阳旗是用白纸制的，就是一张白纸中间用红墨水画了一个红圈圈。当时在阳光下，小学生手中的小太阳旗刺痛了我的眼睛，我觉得我当时的心在流血，心都碎了。所以今天你问我最痛苦的记忆，那伤口一下便被触动了。唉——"

周汝昌的痛是我们民族的痛。眼前的老人几乎被一种痛苦的回忆攫住了。为了改变一下他的情绪，我连忙又问："一生中让您最高兴的事是什么？"

"我1968年被关进'牛棚'隔离审查，差不多一年后，我被下放到湖北咸宁'五七'干校劳动。由于我的身体不好干不了重活，让我看菜园子。有一天队部头头对我说，北京工作需要你，要调你回去。我当时一点都不敢相信。到总部去拿公函，拿到一看，天哪！是周总理办公室给湖北军区司令的专电：调周汝昌回北京工作。你可以想象我当时的心情是什么样的——这是我平生最高兴的一件事。至今我还保存着专电的复制件。由此，我一下又从'黑人'变成了'红人'——那是1970年9月5日，是我的纪念日。外面风传我和周总理有联系，这不是胡说吗！我一个小民，当时哪能和周总理联系上呀！"

我被周汝昌的大起大落的经历所震撼。面对眼前的耄耋老人，我问了一个十分尖锐的问题："您今年已是八十二岁的高龄了，您是怎么看待生与死这个问题的？"

　　"我希望多活几年。不是贪生怕死，像我这样年纪的人积累一些学识很艰苦。刚积累了一些东西，人刚成熟，理解认识刚开始深刻了，可是已到了快结束生命的时候。这是人类的不幸，也是人类文化的损失。我对生命的理解是综合性的，主要是精神智力，而不是纯自然的生命。说到我自己，我是留恋人间事的。虽然我的一生有那么多艰难困苦，有那么多不如意。我现在半只眼睛拼命干，就是因为我还有没做完的工作，这是任何人都无法代替的。我觉得自己的身体还很健康，对于死我还没有想过，至少还没来得及提到日程上去想。人的生命不是到他身体死亡为止，用另外一个方式还可以延续，还可以作贡献。因为他死后思想还存在，他还有弟子、子女作为他的继承人，他还有著作存于世。"

（原载《英才》2000 年第 9 期，转录自《读者》2000 年第 22 期）

附录七：

红坛登龙术

——从甲戌校本引出的话题

邓遂夫

　　七十五年前，章克标先生所著《文坛登龙术》，对当时文坛中人的种种投机妙术，爬罗剔抉甚详，终不免有所遗漏。鲁迅先生后来续作《登龙术拾遗》，亦只增列了一项。笔者此文自然是借题发挥，且仅限于当今的红学界，即专指近年来风靡中国红坛的一项顶级"绝活儿"。这是从梅节先生谈论甲戌校本的一篇妙文里引出的话题。此刻来议论它一番，或许正是时候。

　　真得感谢互联网的有效传播，竟使并不熟谙香港世风文情的我辈，亦能及时欣赏到梅节先生发表在香港《城市文艺》2008 年 6 月号的一篇文章：《草根，不应是草包》。从这个一开口就骂人的标题，即可略见梅先生骄横无礼的文品学风之一斑。该文通篇都用一种颇为自得的笔调和极其轻蔑的口吻，给笔者校订出版的《脂砚斋重评石头记甲戌校本》（简称甲戌校本）2000 年 12 月初版——而不是 2007 或 2008 年所出第五、第六版——指出了十多处错误。虽然他在文中亦含糊其词地承认，他最为津津乐道的几处，是别人早在若干年前就提出过的（当然他也故意不说明这些问题其实早在该书的第二版就已经改正）。我后来统计了一下，真正是他自己"首创"并且说对了的，总共也就四处。但他由此竟认定：这部在多年来广受欢迎并反复重印，其本身又纠正了此前的《红楼梦》权威校本数以千计的误校的脂评校本，由于我梅节能从你的初版中挑出几处错误，那么，你这个自称"草根红学家"的校订者，就终究是个"草包"；进而引申开来，你这套包括甲戌校本、庚辰校本在内"销得不错"的脂评校本丛书，连同你自己虽不承认、我梅节却铁定你是其中重要成员的"周（汝昌）派"，便可以"休矣"。

当然，梅先生这篇妙文的表述方式，并非如我现在概述的这般赤裸，但以其行文逻辑和态度来归纳，他整个立论的实质确乎如此。既然冒出了梅先生这篇妙文的种种高论，我觉得由此而引发出来的涉及甲戌校本的一些话题，实在有略作澄清的必要。

（一）

在八年前的世纪之交首次面世的甲戌校本，和2006年接踵面世的庚辰校本（全称《脂砚斋重评石头记庚辰校本》），再加上将于近期面世的蒙府校本（全称《蒙古王府本石头记校本》），均属笔者独立校订整理、作家出版社统一出版的《红楼梦脂评校本丛书》系列。这是从近百年来陆续发现的十二种比过去的程高本更接近曹雪芹原著的《红楼梦》古抄本中精选出来的三种，经校勘整理后首次出版的一套既具学术价值又具普及意义的《红楼梦》特殊版本。从已经面世并经多次修订重版的前两种（即甲戌、庚辰二校本）的出版发行情况来看，该丛书一经推出，便受到海内外华文读者的普遍欢迎；更在整个红学领域尤其在《红楼梦》的版本学、校勘学、脂学、探佚学等诸多方面，已经迅速产生并将继续产生广泛而深远的影响。尽管红学界一些颇有"酸葡萄心理"和学霸思想的人对此十分不悦，却不能不承认，这已经是整个学术界和读书界普遍认同的客观事实。别的不说，单是校订者在对《红楼梦》版本作深入研究的基础上，为甲、庚二校本所写五千余条、约五十余万字的校注中，以及在另外一些虽未作注却通过实际的校点处理，切实纠正了此前各权威校本和脂砚斋辑评类书籍数以千计的误校所体现的初步成果中，就已经在近年来起到了推动相关学术领域迅速反思改进的积极作用。这恐怕也是谁都无法否认的客观事实吧。

诚然，学术上的任何一种进步，都不可能一蹴而就，更不可能一开始就达到十全十美,它必然会在取得一定进展的基础上,仍须对某些积重难返的或新产生的错误,作进一步的改进。正因为明白这一点,我从甲、庚二校本问世之初,便开始在与热心读者和网友的交流中,以及在各新版的后记中,都反复强调指出:我真诚地欢迎有关专家及广大读者踊跃提出批评建议,以便及时加以改进,使之日臻完善。我甚至独创了一套与读者交流互动以利改进提高的特殊运作程序。事实证明,广大读者(亦包括不少学者)在对这套丛书普遍表示欢迎和给以积极评价的同时,也以对《红楼梦》版本学和校勘学空前未有的热情,在近几年间结合对甲、庚二校本的深入研读和与各脂评影印本作比对,不断地给我和出版社提出了许多宝贵意见。甲戌校本在这八年间作了六次修订、十次重印,庚辰校本在三年间作了三次修订、五次重印,几乎每次都是在充分吸取专家和读者意见的基础上进行的。当然,这其中亦有相当数量的改进,是校订者自身学术思想的发展与提升。

然而梅先生对这些既平常又合理的修订改进工作,却有着十分奇特的思维方式和心理反应。竟在文中写道:

> 邓先生(的甲戌校本)出了五个修订版,究竟改了几个错。哪个是自己发现的,哪个是别人指出才改过来的。如果确实没有多少改进,那么三天两头就出"修订版",不是炒作是什么? 不是骗钱是什么?

真不知梅先生到底要说明什么,到底希望别人怎么做才合乎他的心意。难道一本书应读者的要求(或曰市场需求)须一再重印,作者或校订者明知有错也不应该借此机会加以修订改进? 难道不改进而原样重印反而叫正常,改了修订了就叫"炒作",就叫"骗钱"? 揣度梅先生的真意,是不是以为甲、庚二校本也应该像从前那个错误百出的权威新校本一样,原版重印至十年二十年都不作修订,才可以充分凸显梅先生自己对甲戌校本初版"迟到的纠错"的合理性与高明度? 还有,梅先生质问"出了五个修订版,究竟改了几个错"，你是希望改多还是改少才合自己的意呢？我想,怕是改多改少都总有话说吧——改多了,说明初版的质量果真大有问题,我梅某八年之后才拿初版来说事是多么"英明",多么"及时";改少了呢,则说明你终究是"改进有限,修订无益"。

更奇怪的是,梅先生竟然煞有介事地质问:以前那些修订之处"哪个是校订者自己发现的,哪个是别人指出才改过来的"。难道区分出这些,对于一本书的质量提升非常重要吗？依梅先生的逻辑,是不是以为"自己发现的"改了就光荣,"别人指出的"改了就耻辱？况且,梅先生历八年之功,只给甲戌校本挑对了寥寥四处错漏,就如此张狂无礼地骂人;而对笔者在甲、庚二校本中给当今的权威校本指出了数以千计的错漏,人家自己都在对比着作改进了,他却从不吱声。两相比较,正常吗？当然不只梅氏如此,在近年《红楼梦学刊》编发的同类文章亦如是。从这两种态度的鲜明对比中,不也足可窥见当今红坛采用双重标准评判是非之一斑吗？

（二）

正是那个错误成堆的人文新校本,自 1982 年首次面世以来,尽管专家和读者提了五百箩筐的意见,却长时间地原版重印不作改进。乃至初版问世到现在已经二十五年,还只在十三年前极其草率地修订过一次。去年,在甲、庚二校本为其大量纠错等诸多因素的压力下,终于要再次修订了,并称已在即将推出的"修订三版"中改正前八十回中的错误四百余处。这本来是件好事,大约就因为在潜意识里觉得"别人指出的改正了就耻辱"吧（何况还是他们最为不满的所谓"周派"中人指出的）,所以在先期发表于《红楼梦学刊》二〇〇七年第五期的"修订三版序言"中,非但绝口不提甲、庚二校本的"指出"之功,反倒"猪八戒过河——倒打一耙",指责"〇六年的作家本（按即庚辰校本）"中校文"有百分之九十以上是我们早就校订出来的";还说"作家本的校订者,并不说明他的校本上的校文,基本上是用了前人的成果"——请注意! 这正是梅先生妙文中所称"红学界专业人士对庚辰校本似乎评价不高,有人讥他手脚不干净"的依据。现在就来看看,事实真相到底如何,又是谁才真正地"手脚不干净"。

首先,我在甲、庚二校本的《校勘说明》中,早就明确指出"本书的校订,尽可能吸取了前人的校勘成果",并详列了包括该权威校本在内的一二十种参校书目。反倒是该权威校本,分明其初版就不可避免地参校了包括亚东本、作家旧本、人文旧本尤其是俞校本等在内的"前人校勘成果",如今的修订三版更是主要参校了拙校甲、庚二本的大量校勘成果(对此我有足够证据),却在此前两版的相关说明文字和这次的新版序言中对此只字不提,更别说详列其参校书目了。试问,这究竟是邓遂夫校书"手脚不干净"呢,还是权威们自己才真正是手脚不干净? 白纸黑字的答案就摆在那儿,偏偏梅先生却"独具只眼",看朱成碧。

此外,权威们提出的所谓"百分之九十以上"是他们"早就校订出来的"之说,亦着实荒唐可笑。凡以脂评本为主要底本校订的本子——甚至以程高本为底本校订的其他通行本也不例外——毕竟都出自同一部小说,它们之间有"百分之九十以上"的校文相同有什么奇怪的? 难道该权威校本的"百分之九十以上"校文,不也同样是它以前的亚东本、作家旧本、人文旧本、俞校本等"早就校订出来的"吗? 笔者后来所写的一篇答辩文章曾称他们这种怪论为"权威的瞎话",还算是客气的;更准确地形容,恐怕只能是"权威的傻话"。他们"好意思"讲出这类"瞎话"或"傻话"的真实用心,正是为了掩盖其极不情愿提及的本次修订主要是参考了甲、庚二校本那"不足百分之十"的不同之处这一铁的事实(他们非常清楚其间的差距有多么巨大)。这不是典型的掩耳盗铃倒打一耙是什么?

权威们至今都无颜正视的另一关键问题是:别人公开表明继承前人成果,那叫"吸取";自己暗中将别人的成果据为己有而不认账,则叫"窃取";如今发展到把前人累积的"百分之九十以上"的校勘成果和这次要窃取的甲、庚二校本"不足百分之十"纠正其误校的成果统统归到他们自己的账上，这该叫什么？只有让他们自己去对号入座了——总之绝非一个"手脚不干净"可以了得的。

我在此前所作《权威的瞎话》一文中，曾真诚地建议权威们在其"修订三版"尚未公开发行之前，赶紧把那篇充满了"瞎话"的序言改了重印；甚至建议他们把原来的"校勘说明"也合理地重写一遍（特别是诚实地公布一下参校书目），以免给历史留下太过荒唐的笑柄。如今，半年多的时间如白驹过隙般倏忽而过，该书仍"千呼万唤未出来"。我真希望他们果真是在对其荒谬绝伦的序言之类作改动，就像古人说的："人非圣贤，孰能无过，过而能改，善莫大焉。"担心的是，他们又在玩什么花招，或将梅先生此文亦作为这花招的组成部分来"操作"，那就太令人失望了！

（三）

说实在的，直到动笔写这篇文章之前，我都还在犯嘀咕：会不会是有人假冒了梅先生之名在故意捣蛋？因为梅先生和笔者原本在若干年前就熟识；而且承蒙见赏，他每一次和我见面，总要热情地拍肩拉手，亲密异常，并在席间频频敬酒，以示友好；我当然也从未冒犯过他，连相互之间写文章探讨学术问题的事情亦不曾有过；而他这次写文章，乍看也是在帮助我改错……何至于就一反中国文人最基本的谦恭礼数，或现代社会最起码的文明礼貌——更别说熟人朋友之间的正常情谊了——竟然说翻脸就翻脸，扯根眉毛就不认人？其行文之尖刻，之不讲道理，就像是面对和他有深仇大恨的宿敌，这是为什么呢？

后来反复研读梅先生此文，终于悟出：这确是他治学为文的一贯作风，也是他过去针对其他人的类似文字中常会不自觉流露的特征与"水准"。再结合他这次突然之间抛出这篇发难文章等种种迹象来看，则深感当今中国红坛之现状与走向，委实令人担忧。这便是我要着重谈到的"红坛登龙术"在近年的大行其道。

毋庸讳言,自上世纪八十年代初改革开放以来,在当时刚刚掀起热潮的红学研究领域,便已经开始被人为地划分成两大派了:一个是以居于红学界领导地位的原中国红学会会长冯其庸先生为代表的权势派或曰主流派,一般称之为"冯派";另一个则是以长期专心致志研究红学,并以其著作等身的学术成就卓立于世,却无权无势的当代红学泰斗周汝昌先生为代表的非主流派,一般称之为"周派"。相比之下,另外的一些真正是以不同学术观点而自然凝聚起来的其他学术流派,在当今的国情之下就更显得有些无足轻重了——要么和上述两派都保持距离,要么在情感或关系上对两派有所偏重。但不难想象,"冯派"在学术资源的占有和学术话语权的掌控上,明显地占据着上风。反之,"周派"则在学术实力和学术影响上略占优势,但其学术资源却往往受到制约,特别是其学术话语权更时常被非法剥夺——这在近年更有愈演愈烈之势。如果不是得益于改革开放后在市场经济法则支配下的图书出版自由,以及互联网时代话语权的一定程度自主回归,"周派"的命运更是可想而知。尤其值得一提的是,直到如今,"冯派"中人还试图千方百计地找出某种方式——如希望重新实行"文革"期间的所谓"审查制度"之类——以便轻而易举地就可以把他们视为眼中钉的"周派"或其他看不顺眼者的学术成果,更加干净利落地扼杀于摇篮中。

梅先生在他这篇妙文中就公开呼吁:"出版单位要负起责任",要对被他硬指为"周派"者所出之书"把关严些"。说白了,就是在暗示出版社最好将红学出版物的最后"把关权",仍交回到红学界个别权势者的绝对掌控之中,就像"文革"中只能由学术界的某一家说了算那样。也许在他们看来,果能如此,灭掉"周派"定将指日可待,中国之红坛定可瞬间变成少数人的一统天下,权威指向哪里,学者们便齐刷刷地奔向哪里,这个世界该有多么美好!

正因为在当今红坛的少数人中一直存有这些想头，所以有的聪明人便找到了一条屡试不爽的"红坛顶极登龙术"——"攻周"（包括直接攻击周汝昌先生和攻击所谓的"周派"）。

我这里所说的"攻周"，当然与通常所谓之学术讨论或争议并非同一概念，二者之间的终极目标和所采用的方法都迥然有别。在我看来，此前有的学者对周先生在红学史上的一些思想轨迹包括恩怨情仇的考证，以及对周先生某些学术观点的商榷，便都属于以提升学术为目标的正常研讨。但"攻周"的根本目的却不是提升学术，而是为了从根本上"灭周"和"灭周派"；所采用的方法也绝非正常的学术研讨，而是或转弯抹角、含沙射影，或讥诮谩骂、人身攻击，总之是无所不用其极，只要能把对方搞臭就行，能断了他们的"学路"和"财路"更是上上策。

还有，如果是稍许正常的学术研讨，哪怕是"文革"中和"文革"前的所谓学术"批判"，最起码那拥有权势的一方，还会装模作样地在自己所掌控的报刊向人发起攻势的同时，遵照"最高指示"精神（即所谓"让人讲话，天不会塌下来"之类），留出一定的篇幅让被"攻"的一方发表一点自己的答辩性文字；或在"批判"某种学术观点的会议上，也把那被批的对手叫来展开一点面对面的交锋。可是当今红坛的权势者决不这样做，他们似乎觉得应该做得更加干净利落完全彻底，因而比历史上任何学阀、学霸都更专横更肆无忌惮，可以由着性子尽情打压和排斥异己。好像这个世界就只有他们说了算，无论怎样过分都没有人奈何得了他们。

这就未免太奇怪了！一个中国红学会，通常的民间社团组织；一个红楼梦研究所，中国艺术研究院下属的普通科研机构。尽管都被掌控在同一批人的手里，却哪来那么大的权力与威风，竟然可以拥有操控全国的红学研讨活动及相关研究队伍的生杀予夺之权？此前世界上有过这样的先例吗？它的上级主管单位民政局和艺术研究院为什么不站出来管一管？为什么不对他们的行为与活动方式（如垄断一个学术刊物和垄断全国及国际性红学研讨会等），也像梅先生所说的那样"把关严些"？

（四）

可以说，在当今中国的学术界里，风气最败坏的就数红学界。所存在问题的最大症结，其实并不在于被人为地划分成两大派，而在于有人比古往今来任何文化界的权势者都更肆无忌惮地操纵其中一派，去盗用或曰滥用远超其学术交流职能的行政权和话语权，专门用来排斥、围剿并试图消灭另一派。由此便使得一些混迹于红坛的妄人和趋炎附势之徒，长期如鱼得水，登龙有术。

就说梅先生吧，纵观其在红学上的"成果"，原本乏善可陈。但他有一项至今引以为豪并在这篇妙文中亦不忘一再炫耀的"重大贡献"，即早在二十世纪八十年代初期，他就在香港一些杂志上首开了"攻周"之先河。只因其所论皆不登大雅之堂的鸡毛蒜皮，似乎并未引起人们的重视，进而便有了他最为自负的另一大发明：凭空将周汝昌先生一系列重大学术成果，极其无知地戏称为所谓"龙门阵红学"（笔者按："龙门阵"，即四川方言中对讲故事或聊闲天儿的俗称），后来则正式定名为"龙门红学"。这几乎成了梅先生从上世纪八十年代初到现在，历次被邀参加全国及国际红学研讨会的"主攻方向"。以至在他现在写这篇借甲戌校本而"发难"的妙文里，亦不忘重弹其"攻周"和发明"龙门红学"的老调。也许在梅先生看来，这正是他一生治学的"丰功伟绩"；而在稍具正常思维的一般学者和普通读者看来，却实在是一件十分荒唐可笑之事。

试想，一个自己不好好地下功夫治学，几十年来连一篇像样的红学论文也不曾写出的三流学者，居然反反复复不厌其烦地去指责一位著作等身的当代红学泰斗是在搞什么"大众消遣性"的"龙门红学"；甚至妄称周先生举世公认的红学巨著"学术含量不高，但娱乐性够丰富"云云。对这样不知天高地厚的妄人，最恰当的比喻便是"蚍蜉撼大树，可笑不自量"——即使比作"关公门前耍大刀"

都不够资格。不是说"关公"门前不可以"耍大刀"，只要是正常的学术讨论，都应该是"真理面前人人平等"。但你起码得拿出点稍具分量的真家伙来和"关公"比试比试呀！即使最终比不过，败下阵来，也虽败犹荣，勇气可嘉。而梅先生则不然，他原本就臂力不足，羸弱得像女娲胯下的"小丈夫"，竟然异想天开地拿一把纸糊的玩具小刀就跑上门去大喊大叫——这已经够可笑了，还硬说"关公"的青龙偃月刀也是"娱人"的小儿玩具，岂不是自己找死！

幸好红学界那位宝刀不老毕竟年事已高的"关公"，早就耳近失聪、目近失明，这些年来只顾关在屋子里自练拳脚，压根儿就不知道他的门前不时会有人在那里瞎蹦乱跳地"叫阵"。所以梅先生"奋斗"多年，除了讨些没趣，自己倒也毫发无损。而他的"武功"始终无长进，则是长期玩这种"独角戏"丑剧的必然结果。

不过这次他的登门叫阵却似"鸟枪换炮"了，显然有一个新形势下扩建起来的"攻周团队"在做他的坚强后盾。甚至可能是"奉旨出征"。何以见得？梅先生妙文中的一段话就泄露了"天机"。他在借攻甲戌校本而重弹了一番"攻周"老调之后，又酸溜溜地提到庚辰校本"更打破了中国出版史上纪录，……可见其受欢迎的程度"，然后笔锋一转，写道：

> 但红学界专业人士似乎评价不高，有人讥他手脚不干净，有人挑他的"常识性"错误。邓先生反唇相讥，指为"瞎话"。

正是这"瞎话"二字，暴露出梅先生此次披挂上阵，原是因红学界"专业人士"的"瞎话"被曝光，急于邀功请赏，而不惜越抹越黑地报一箭之仇来了。此事的内情前文已叙。如今倒是有必要向读者略微披露一下：梅先生在文中闪烁其词提及的他与笔者之间的一点历史渊源的真相，以及笔者与红学界所谓"专业人士"之间存在某种过节的一个重要起因。

（五）

早在二十多年前，当我还是个初出茅庐的"红学新人"时，尽管受到茅盾、周汝昌、李希凡、刘世德、舒芜、白盾也包括冯其庸等前辈学者不同程度的谬奖，毕竟发表的文章还十分有限。当时除了在《红楼梦学刊》和《红楼梦研究集刊》上发表了《脂批就是铁证》和《〈红楼梦〉八十回后的原著是怎样迷失的》之外，影响较大的，反倒是在我家乡的《红岩》文学季刊首发，且被中国人民大学编辑出版的报刊资料选刊《红楼梦研究》加以突出推广的《〈红楼梦〉主题辨》和《曹雪芹续妻考》。这四篇文章中的前两篇，在当时几乎受到各家各派学者一致的好评（至少表面的评价是这样）；而后两篇，特别是那篇三万余字长文《曹雪芹续妻考》，则很有一些不同意见存在（如周汝昌、李希凡先生等即有明确表露），但仍受到当时在世的茅盾老前辈的特别关注与肯定，同时也受到居于红学界领导地位的冯其庸先生的偏爱与支持。冯先生在写给我的一封信中说：

> 估计文章发出后，还有相当的不同意见。但我基本倾向于您的，我认为这方面应该进行探索。

茅盾先生则不仅亲自给我写信表示"可以发表"，还在写给冯先生的信中称赞道：

> 他的文章持之有故，言之成理，在提倡百家争鸣的时候，我看是可以发表的。作者自称是抛砖引玉，也许发表后引起大家注意作新的探索，会有新的发现。

就连对这篇文章颇有些不同意见的周汝昌、李希凡先生，也对我持一种较为友善的鼓励态度，而且时至今日，周、李和我之间在感情上仍十分融洽，丝毫没有因为个别学术观点的歧异而影响关系。这是当今红学界非常难能可贵的正常学风之"历史遗存"。

《曹雪芹续妻考》这篇文章从发表的时间（1981年年末）来看，已是我正式面世的第三篇红学论文；但从我的治学经历来说，则是平生所写的第一篇红学处女作（完稿于1979年年初）。我在这篇文章里既赞同了周汝昌先生的"脂砚斋为史湘云原型"说，又不同意他的"脂砚斋与畸笏叟同为一人"说；再加上我在文中明确赞同冯其庸先生的"曹雪芹箱箧乃真实遗物"说（当然也不同意他的"朋友贺婚赠品"说），周先生对此文的不同意见便更甚。至于我在该文中首次提出并加以论证的主要观点——"脂砚斋乃曹雪芹表妹李兰芳"之说，周先生几乎至今未赞一词，反倒是冯先生在当时一直保持着基本认同的态度。

然而，恰恰就因为这一篇文章，梅先生当时在香港见到吾乡川剧作家魏明伦先生时，不假思索地就给我下了个"周派"和"龙门阵红学"的断语。他的原话大致是这样的：

> 你们自贡很出人才嘛！还出了个红学家邓遂夫。他是"周派"，搞的是"龙门阵红学"。

由于他说这话的语气还算客气，所以被魏明伦完全视为了"香港方面"对我的一种正面评价，及时向我作了转述。我听了只是一笑了之，并没有向魏多作解释，此后也几乎没有向红学界的人提起过。以我当时幼稚而率真的想法，也并不觉得梅先生这种评价有何恶意，因而从来就"不以为忤"——何来什么梅文中所谓"口舌招尤，十三年后算老账"云云？他这是典型的"以己之心，度人之腹"。不过，现在看了梅先生这篇真正是气势汹汹"算老账"的妙文，再来回味当初他说那番话的背景，以及后来的种种异象，则不禁让我生出几分"迟来的惶惑"。

我当时那篇也许并不十分成熟的学术论文，不论观点正确与否，都只在表达一种抛砖引玉式的一己之见，而且在该文中一开始就表明了是在以前人的"研究成果和新的发现作为起点，继续向前探索"，也恳请"读者和各位方家，对此提出更有力的实证或驳议"。

梅先生看了此文,若有什么见仁见智的意见,尽可以毫无保留地公开提出来讨论,怎会仅仅因为我同意了周汝昌先生的某一个观点(而且还明确表示不同意他的另一个观点),就一下子成了"周派"呢? 反过来说,为什么我赞同了冯其庸先生更多的观点(且该文更被冯先生所器重),却不说我是"冯派"呢? 所以现在看来,周、冯之间在学术观点和私人情感上固然有些难以释怀的过节,但发展到今天这样水火不容、你死我活的地步,不能不说有着像梅先生这样的人在其间挑灯拨火、推波助澜的重大责任在。

不过最令人不解的还是,像我这样仅仅是在学术上直抒胸臆,对谁的观点都客客气气地加以讨论,只以追求学术发展为目标的传统型学者,就因梅先生这样的"局外人"下了个极轻率的"结论",居然就果真被打入"另册"。此后包括冯先生在内的学界权势者,渐渐地都相信了我确是"周派",从而将过去的种种好评一笔勾销;在近年更是随着我的学术影响的进一步扩大,发展到莫名其妙地将我过去的红学会理事头衔也一度悄然抹掉,还授意《红楼梦学刊》全面封杀我的文章,连各式各样的红学研讨会亦不再让我参加。古人所谓"三告投杼,贤母生疑",今人所谓"戈培尔哲学:谎言说上三遍,就能变成真理",在我身上算是得到了最真切的验证。

所以我想,梅先生发明的"龙门红学"这个称谓,如果真有什么"现实意义"的话,倒是可以作为留给他自己及其同道们最恰切的一张名片。因为在当今红坛,确乎"登龙有术",而且其"术"既堪称"顶级",又再简单易行不过——只要是转弯抹角或直截了当地攻一攻周汝昌先生或攻一攻所谓"周派",便可以"一登龙门,身价十倍"。于是,在"攻周"的大业中奋斗了多年的梅先生,此时便也按捺不住,再贾(gǔ)余勇,欲与后生试比高。

然而,笔者还是要一如既往地声明:鄙人不才,从学术的层面上讲实在算不上什么"周派"。过去不是,现在不是,将来恐怕也不是。但我特别敬重周汝昌先生则是事实,敬重他的学识,敬重他的人品,敬重他的文风,敬重他半个多世纪以来在红学领域孜孜不倦的追求和硕果累累的建树。尤其最后一条,恰恰是当今任何一个所谓"红学权威"都永难望其项背的,当然就更让那些"轻薄为文"之徒永远徒唤奈何了。戏剥杜甫的一首绝句来形容:

> 红坛大蠢顶天立,轻薄为文哂未休。
> 尔曹身与名俱灭,不废江河万古流!

此外,我也永远不会去跻身于"冯派"或将来的任何非学术流派。如果一定要给自己加一个什么"派"的话,我依然乐意叫"草根派"。我相信历史必将证明:"草根"绝不等同于"草包"。历史还将证明:蔑视"草根"的假贵族,才真正会露出"草包"的原形来。

<h2 style="text-align:center">(六)</h2>

这篇信马由缰的文字,写写停停拖了太长时间,直到北京奥运会开幕以后才勉强改定。但重阅一过,仍觉意犹未尽。主要是对梅先生这篇文章的优点还没有涉及,这不公平。梅先生用了八年时间来推敲或曰挑剔甲戌校本,毕竟下了些查考的功夫。而功夫不负有心人,他对甲戌校本的批评,也确有几条是其他热心读者所不察的新发现。

我这里特别要指出的,是梅先生对现存脂批中一个常用词"笔伏"应校作"笔仗"的查考。这在脂评本的校勘上,真算得一个小小的贡献。我甚至猜想,梅先生之所以在甲戌校本初版已经面世八年之后才来写这篇文章,原因之一,固然与配合那个权威校本修订三版的尴尬出台不无关系;但另一个重要原因,恐怕也是由于查考"笔仗"一词的语源而耽搁了太长时间,乃至在世界上终于诞生了百度或其他搜索引擎这样的便宜事之后,才最终获得解决。

他的查考中最有说服力也从未经人道的,是搜索出了元代高则诚《琵琶记》中有"细端详,这是谁笔仗"之语。因为在我看来,所举清人中的两例,或许还可以被视为抄写刻印之讹;而元人中的这一例,因有戏曲唱词中较常见的同韵母平仄两韵交替相协的现象为佐证,便使得这个在同一曲牌的唱词中必须和其他几个仄韵词语如"模样""无恙""形状"等尾韵相协的"笔仗"一词,足可成为判断其乃脂评本抄手误书"笔伏"之原文的铁证。

然而"笔仗"一词在古人的文论中比较少见,也是事实。不仅最早的《文心雕龙》和《文赋》《文论》等均不见其踪影,即在现代人收罗宏富的《辞源》《辞海》《古今汉语词典》《小说词语汇释》《诗词曲语辞汇释》中亦不曾列入。如此生僻的词语,终于在互联网文史资料广泛共享和搜索引擎已经普及的今天,被梅先生较为简便地搜出了它在前人著述中的几处实例,毕竟值得称道,也值得笔者在此向他表示感谢。但梅先生为了衬托笔者此前的无知,故意把他历八年之久才获得的这一借助于科技发展的新成果,形容为一种似乎早就尽人皆知的"常识",则显然不厚道。

仅以当初我所参阅的俞平伯、陈庆浩两种脂砚斋辑评对"笔伏"一词的校订情形为例。俞先生辑评最早的两种版本(上海文艺联合社 1954 年版和古籍文学社 1958 年版),都是把散见于各回脂批中的"笔伏",或径改为"笔法",或径改为"笔仗",或依原貌照录作"笔伏"。这说明,俞先生当初对脂评本不同回目中的"笔伏"字迹,原本缺乏准确判断,因而产生了各不相同的错觉。而且这些含有不同错觉的径改字词,全都未按俞辑的校勘体例加括号标明,所以无论其对错,都不能算"校改",只能叫"误识"。至于俞先生后来在新出的中华书局 1960 年修订版中,又将大多数"笔伏"统改作"笔仗",是否就表明俞先生对脂批原文中的大多数"笔伏"作了正确校订呢?也不能这样认定。因为在这个修订版上,俞先生依然未对原本清晰可辨的"笔伏"之"伏"作常规校改处理。所以充其量只能视为俞先生后来对脂批原文中的"笔伏"一词,形成了较为整齐划一的误识。因误识而作径改的其他实例,在俞辑中还有不少,总之都和里面明确作了校改标识的真正"校订",不可相提并论。

陈庆浩先生的辑评,则是忠实照录脂批原文作"笔伏",未作校改。而陈辑对脂批的校订，在俞、陈及后来朱一玄的一共三种辑评中都算是校改数量最多也最精细的。这无疑说明，陈先生对梅先生如今搜索出来的"笔伏"一词，在当初亦同样无甚印象。

朱一玄先生的辑评，因在出版时间上晚于俞、陈二辑，且显然着重参考了俞辑1960年之后的修订版。故在"笔伏"一词的校订上，倒是可能参照俞辑修订版所径改的"笔仗"作了统一校改。但朱辑的可贵之处在于，它对脂批中的每一处"笔伏"原文，都在忠实照录的基础上作了明确的校字标识。这和俞辑分明有误识之嫌的"径改"，同样不可相提并论。可惜当初朱先生校辑的《红楼梦脂评校录》初版印数较少（仅三千册），笔者在校订甲戌本时因受条件所限，虽多方搜求，仍未获朱辑作参校（这从甲戌校本此前的校勘说明中明白标出只参校了陈、俞二辑可证）。故对朱辑关于"笔伏"的不同校订并不知情。后来校订庚辰本，虽然增加了朱辑作参校本，仍忽略了朱辑对此词的不同校订。

但从梅先生对待此事的态度来看，他似乎至今都没有见过朱辑。不然，他何以对朱辑正常校订"笔伏"为"笔仗"不置一词，偏偏对俞辑分明有误识之嫌的"径改"反倒赞赏有加呢？以致梅先生竟在文中极度嘲讽地写道：

> 邓先生当然参考过俞辑，但不开窍。……虽有俞先生校正于前，无奈邓先生只懂"笔法"，实不识"笔仗"为何物，俞先生说了等于白说。

请问梅先生：您在什么时候见到俞先生"说"起过"笔仗"为何物？又是以什么标准来判断他曾经对"笔仗"一词"校正于前"？即便是真正校改过"笔伏"为"笔仗"的朱一玄先生，也不曾明确讲解过"笔仗"为何物呀！作为一个学者，梅先生在讨论问题时，除了故意颠倒黑白、张冠李戴，读者想从您嘴里听到一句真话就那么难吗？既然梅先生下了大功夫去研究前人对脂批中"笔伏"一词的校勘现状，何以至今连谁校过、谁没有校过，谁对了、谁错了，都始终不"开窍",而缺乏一个学者最起码的客观判断呢？

我为什么要对梅先生分明提对了的一条意见，作如此详尽地剖析并提出质疑，就在于想让读者更真切地领略一下：由于梅先生戴了深度的有色眼镜或曰别有居心，他是如何将此前在脂评本校订乃至在中国古代小说、古代文论及词典学的研究中都并不为多数学者所察觉认知，因而非常容易被忽略或误判的一个词语，仅仅由于梅先生借助互联网新科技走了一回捷径，便故意把这个在此前连俞平伯、陈庆浩等专家都难以作出正确校订的"高难度错误"，硬说成是只有甲戌校本才会犯的"低级错误"，而且故意将前人对此问题的校订是非，搅和成一锅粥，让你分不清以前谁对谁错。这叫真正做学问吗？不！他除了让我们清楚地看见当前红学界一些人在评判任何学术问题上的双重标准，还让我们充分地见识了一番此类"特种学者"故意颠倒黑白的种种"奇招"。

梅先生若是真的有一点点学术良知，若是真的对当今红学界在版本研究和文本校勘上存在的诸多"低级错误"感兴趣，那他早就应该察觉并勇于揭露纠正这里面存在的大量典型事例。如中国红学会某前任会长，大约从二十年前开始，便公然在其著述和主编的大型工具书中，长期将程伟元、高鹗经篡改而首印的程甲本，极其荒谬地归入到本应特指《红楼梦》古抄本的脂评本行列之中，直到此前不久还公然宣称现存脂评本为"十三种"。又如中国红学会某副会长，在其过去和近年出版的《红楼梦》校订本中，竟用二十世纪二三十年代提倡白话文之后才由刘半农先生新创的女性代词"她"，去逐一"校改"曹雪芹在两三百年前所写的相关原文"他"。诸如此类太过离谱的常识性错误，除了笔者曾在庚辰校本的相关文字中善意地提出批评之外，竟然没有在学术界引起任何异议并加以纠正，就更不用说会被梅先生大加嘲讽而斥之为"自作聪明""不懂装懂"或者什么什么"包"了。

我还是那句话，不论做学问还是搞校勘，要想全然不出错是不可能的。但不论是站在普通读者的立场还是站在专家学者的立场,要求吃这碗"专业"饭的人尽可能地不要犯这类太过离谱的"低级错误",或者要求他们一旦觉察便应当立即予以纠正,恐怕都是理所当然的事情吧。何以梅先生对权威们的此类极其荒唐的错误竟能长时间装聋作哑不置一词,而抓住一点异己者的一般性错漏就大做文章,甚至谩骂攻击呢?

这些年来,国人嘴里总离不开"和谐"二字。当今的所谓红学权威及其追随者们,在口头上恐怕也不例外。然而实际上,在他们长期把持操控的红学领域,"和谐"二字早已像施了魔咒的"睡美人",被囚禁在深宫不见天日久矣。长此下去,不但红学将走入死胡同,便是整个学术领域,都可能受其影响而世风日下。

美国普利策奖获得者贾雷德·戴蒙德先生有一部学术新著叫《崩溃》,今年由上海译文出版社出了中文版。这是一部打破了自然科学与人文科学界限的警世之作,因而此书还有一个颇令人骇异的副题叫"社会如何选择成败兴亡"。乍看,这仅仅是一部从环境问题入手的"忧思录",细品之下,方知作者最为忧虑的核心问题正是"不同社会之间的人类和谐关系"。他最近接受中国记者的专访时说得更严肃:

> 和谐关系,对于今天的我们而言,毋宁说是一种极实际的,关乎生死的命题。

如果相信贾雷德先生的话,在当前的红学界,不也同样面临着这一"关乎生死的命题"吗!

2008 年 7 月 9 日　草拟于北京天通苑

2008 年 9 月 11 日　定稿于北京团结湖

[作者补记]

这篇文章之所以延至今日才与大家见面,是想等到北京奥运会和残奥会都完全结束以后,才来处理梅先生这桩小事,以免败了大家的兴。

但据说,正是在奥运会期间,梅文竟被一些按捺不住自己的狂喜的人士广泛加以传播,影响可谓大焉。那好,就让这篇小文来煞一煞他们的"风景"吧。

对不起了,"红学权威"及其追随者们!

诚如古人之浩叹——

予岂好辩哉? 予不得已也。

知我者谓我心忧,不知我者谓我何求。

2008 年 9 月 17 日残奥会闭幕式后

(转录自"抚琴居"及"红楼星语"网站,有修改增补)

附录八：

十年前国内传媒及部分专家和读者
对甲戌校本的评论摘要

按：在本书的第八版——"出版十周年纪念版"——增加这么一个体现其问世之初新闻媒体及部分专家、读者的最早反映的"附录八"，恐怕也是既具史料性又有"纪念"意义的吧！须得说明的是，这个材料，是当初为了应酬不断增加的媒体采访，草草整理出来供记者参考的一种素材。由于当时互联网并不发达，搜索引擎也尚未普及，所以只能就手边所能见到的有限材料作编纂，所反映的面是非常有限的。现在也没有工夫再去补充。此外，在整理专家评论时，鉴于周汝昌先生在本书的序跋中已经有所论述，且与他后来在新闻发布会上的讲话等内容大体一致，为避免重复，当时即有意省略了周先生的评论。现仍依旧例不作增补。

一、部分传媒的报道及评论

《人民日报》（海外版）

著名红学家邓遂夫先生整理校订的《脂砚斋重评石头记甲戌校本》，于世纪之交由作家出版社隆重推出。这是继1927年胡适先生发现并收藏甲戌本这一珍贵抄本以来，在国内外首次铅印发行。

邓遂夫先生经过多年深入研究，不仅用规范化的体例使甲戌本所包含的1600余条脂批与正文相映生辉，而且以严谨翔实的校注和大量相关资料的附录，为《红楼梦》的阅读增添了许多情趣与魅力。当代红学泰斗周汝昌先生对此书的出版大加赞赏，称其填补了红学领域"八十年间之巨大空白"。

——《〈脂砚斋重评石头记甲戌校本〉出版》

（记者林薇），2001 年 1 月 3 日报道

《光明日报》

《脂砚斋重评石头记甲戌校本》今天与读者见面。这是自 1927 年胡适发现并收藏甲戌本以来，国内外首次校订出版这一珍贵抄本。因此，它的出版立即引起红学界的关注，并得到积极评价。

由红学新人邓遂夫校订的甲戌本，囊括了校订者 20 年来研究脂评本的大量学术新见。周汝昌、刘世德、胡文彬、张庆善等专家看中这一校本的另一重要原因是，它使早期珍贵抄本甲戌本走出了象牙塔，以新面貌、新形式成为"大众读本"。

——《〈红楼梦〉版本史又填空白》

（记者庄建），2000 年 12 月 27 日报道

尽管在此之前，珍贵的甲戌本还有影印本刊行，但此本却以规范的体例，严谨翔实的校注，脂批与正文相映生辉的精彩，以及收入大量相关资料的珍贵价值，旋即引起红学界和《红楼梦》爱好者的关注。

可以说，作家出版社出版包括《脂砚斋重评石头记甲戌校本》在内的《红楼梦脂评校本丛书》，为红学研究走入民众开启了一扇大门。

谈到甲戌本的发现、研究与普及，有三个学人及他们与甲戌本的关联，是应该提到的。

第一个是胡适。他在甲戌本得以重现于世中起了关键作用。

另一个是中国读者都熟悉的周汝昌先生。这是一位被《红楼梦》影响了一生的学者，也是目前健在的红学研究专家中最早亲眼见过甲戌本并对其进行了深入研究的人。

第三个人，便是《脂砚斋重评石头记甲戌校本》的校订者邓遂

夫了。今已八十二岁高龄的周汝昌先生在为甲戌校本作序时感慨地说:"甲戌本《石头记》是国宝。但自胡适先生觅获入藏并撰文考论之后,八十年来竟无一人为之下切实功夫作出专题研究勒为一书,向文化学术界及普天下读者介绍推荐。"人们没有想到,出来填补这八十年之憾的,竟然是半路出家与红学结缘的邓遂夫。

邓遂夫的期望,绝不仅仅是《红楼梦》脂评本的普及。作为新一代学人,在《红楼梦》之谜的破解,红学的发展与突破上,他亦寄希望于大众的参与和由此带来的红学研究的"水涨船高",红学研究人才的脱颖而出。他坚信,大众的参与,会为红学研究的深入提供更多的机遇。因为曹雪芹与《红楼梦》毕竟是中华民族最值得骄傲的作家与作品,理所当然地应当受到全民族更普遍的关注与重视。

——庄建:《写在甲戌校本出版之际》,2001 年 2 月 1 日记者述评

《中国新闻出版报》

此书的原底本,是二十世纪国内外发现的 11 种脂评本中产生时间最早也最能反映曹雪芹原稿真貌的版本。作家出版社改变供专家使用的影印本形式首次推出点校本,是这一珍贵抄本"通于大众的第一次创举",此书的推出使普通读者亦可轻松拥有和阅读甲戌本。

——范占英:《甲戌本〈红楼梦〉走向大众读者》,书情周刊版第 78 期

《中国教育报》

20 世纪《红楼梦》脂评本的发现促使旧有的经学转变成世界性显学;而甲戌本是 20 世纪国内外发现的 11 种脂评本中,其底本产生时间最早也最能反映曹雪芹原稿真貌的珍贵版本;脂砚斋其人及其批语更是《红楼梦》研究中争论不休的一大谜题。

由邓遂夫校订整理、作家出版社出版的《脂砚斋重评石头记甲

戌校本》,用规范化的体例使甲戌本所包含的 1600 余条脂批与正文相映生辉,为《红楼梦》的阅读欣赏增添了别一番魅力;其严谨翔实的校注、附录及大量有关资料,亦具有很强的学术和资料价值。

——《〈脂评甲戌校本〉填补了八十年来的空白》(记者王珺),2001 年 2 月 8 日报道

《中国妇女报》

这次作家出版社出版的甲戌校本,是由我国著名红学专家邓遂夫经过多年深入研究,精心校订而成的。早在二十年前,邓遂夫就和有"巴山鬼才"之称的魏明伦并称为"自贡两大才子",曾经被传媒广泛地加以报道,并受到茅盾、周汝昌、冯其庸等老一辈学者的交口称赞。此次他不仅用规范化的体例使甲戌本所包含的 1600 余条脂批与正文相映生辉,为《红楼梦》的阅读欣赏增添无穷魅力,而且其严谨翔实的校注及附录的大量有关资料,亦具有很强的学术价值和资料价值。周汝昌在双目近乎失明的情况下,热情地用盲书写下了一篇精彩序言,这也给本书增色不少,里面提出许多令人深思的深刻见解。邓遂夫为本书精心撰写的四万七千字的导论《走出象牙之塔》更是一篇不可多得的重要文章,它既可以成为读者认识了解《红楼梦》版本及诸多红学不解之谜的辅助读物,同时又具有一系列突破性的学术创见。

——池雨花:《走近曹雪芹》,2001 年 2 月 12 日

《自贡日报》

早在十多年前,遂夫就着手校勘"甲戌本"并已向重庆出版社交付了部分手稿。由于种种原因,他离开了故乡,去了海南。他漂泊多年之后,终于在 1999 年到了北京。到北京去就是续他十年前校勘"甲戌本"的旧梦。但当他一旦进入角色,方知前功已经尽弃。当初给重庆出版社的手稿,已不知去向;原来积累的资料和工具书,大多荡然无存。一切都得从头做起。对他来说,这又是何等的

艰难呵！

我深知遂夫的秉性，只要他认定了的，他会锲而不舍地坚持下去。在北京，他节衣缩食，购买书籍，租房子，闭门谢客，静下心来，全身心地投入工作。2000 年北京的夏天，是多年来少有的酷暑。他的室内没有空调，又不能开电扇，否则他满桌的资料，会像天女散花那样漫天飞舞。他如坐在火焰山上。尽管挥汗如雨，依然不停地翻书、写作。一任热浪逼人，也不敢丝毫停歇，朋友们誉他为"拼命三郎"不为过也。红学界把《脂砚斋重评石头记甲戌校本》的出版誉为新世纪的一件盛事。这也了却了《红楼梦》的作者和批者的生前夙愿，为《红楼梦》的研究，增添了一笔财富。

——孙贻荪：《十年辛苦不寻常》，2001 年 2 月 27 日

二、部分专家的评论

张庆善　红学家，中国艺术研究院副院长，中国红学会会长，
　　　　《红楼梦学刊》社长、主编

邓遂夫先生在红学界是出名的"拼命三郎"，他治学非常认真。……这几年来，他经历过一些磨难。后来我们希望他赶紧回归。回归以后果然出手不凡，拿出这个成果，确实了不起，值得敬佩。

——2000 年 12 月 26 日在出版甲戌校本的新闻发布会上的讲话

刘世德　红学家，中国社会科学院研究员，中国红学会副会长

邓遂夫先生校订的这部《脂砚斋重评石头记甲戌校本》，在当前来出版，确实很有意义。过去校订出版的《红楼梦》版本，有好几十种，我们社科院也校订出版过。那样的本子，如果再去出新的校订本，可以说已经没有多大价值。因为那是校订者把众多的版本通过比较，选取自己以为最好的文字来确定的。这个"好"的标准，就会因人而异。现在邓遂夫先生校订出版的脂评校本，情况就不

一样了。他是把接近曹雪芹原稿面貌的一些早期抄本加以校订整理后介绍给读者。这就有两个方面的意义。一个是普及的意义，一个是提高的意义。普及，就是把过去普通读者无法看到的，或者是没有条件去读的那些早期抄本，通过细致的校订，让普通读者能够阅读。这对广大读者深入了解《红楼梦》这部书的原貌，是有帮助的。所谓提高，邓遂夫先生在校点中下了很大功夫，里面有许多新的发现和见解，这对于红学研究以及甲戌本的研究，都将会有推动作用。

——同上

胡文彬　红学家，中国艺术研究院研究员，中国红学会副会长

自从八十年代初，北京的《新观察》杂志发表专访文章《红学新人邓遂夫》以来，全国的新闻媒体曾经广泛地报道过遂夫。他在国内各种刊物上也不断地发表一些颇有学术新见的论文，引起红学界很大的关注。

遂夫经常会提出一些新的见解。他这些新的见解不管其他专家学者赞成不赞成，但看得出来，都是经过严肃认真的研究思考以后才提出来的。

——同上

白盾　红学家，教授

获睹《甲戌校本》，真喜从天来。当年你的设想已变为现实，可喜可贺。为之浮一大白！这是一件极有意义也有价值的工作。你作得如此快速，如此游刃有余，实为红坛怪杰也。……读了《走出象牙之塔》，感到和你历来的文章一样：新颖精细，时有创见。对脂本、脂评的评价，对《红楼梦》的看法，都很精彩。对周汝昌氏"新自传说"的阐释，抓住了要害，舍去了它的荒芜，独撷其精粹，是很有创意的。一般看周说，都认为比胡适更"自传"，做到曹贾合一、宝芹合一的地步。你独取这一点(加以阐释)，很好。这正是周的独

到精粹处,撷而出之,确有价值。你是周氏的大功臣,也是对"红"的大贡献。那些咬定曹氏年龄太小即非作者的高论,可以休矣。还有,你对畸笏的看法也很有创意。他为何删脂砚名,你说是掩没曹家秘密,有理。

你对新、旧红学家的评论,也很允当。我觉得二者还有个共同点,就是都停留在"是什么"的第一层次上,而未进入到"为什么"和"怎么样"的深层——中国文人大多"但观大意""不求甚解",甚至"是什么"也均出自臆想。旧红学更如此。新红学比较认真些,也科学些,这是它的进步,高过旧红学的地方,不应"各打五十大板"。连"是什么"都并不清,望文生义,牵强附会,"谬悠之说,揣测之词",能谈得上探寻它的"为什么"和"怎么样"吗?

——2001 年 5 月 3 日致邓遂夫函

梁归智　红学家,教授

邓先生的长序是一篇经过覃思深研而锤打得相当结实的论文。他的一些具体观点,如《石头记》抄本的演变系统,脂砚与畸笏的身份、关系等,是否即终极的真理,自然仍可商榷。……但总的来看,邓先生的见解不失为颇有体系性的一家之言,在自己的逻辑理路中,是能够自圆其说的,其中的确有不少见功夫的"硬货"积淀和智慧的火花闪耀。

邓先生对脂批的价值认定堪称金玉之论。他在序言中谈脂批与小说文本的"一体性"关系,说《红楼梦》是"一座罕见的文学迷宫",指出:"脂批的种种特性,乃至脂批这一形态的产生,都与《红楼梦》的独特内容和它的独特表现手法分不开。换言之,脂批正是《红楼梦》的'独特性'的必然产物。"并直言不讳地说:"有人曾简单化地将脂批与明清小说评点派的文字相提并论,甚至觉得它并不比后者高明。这是很不恰当的。事实上,由于脂批所具有的种种特性,不仅使它大大地超越了明清评点派而独树一帜,就是在整个中国文学批评史上恐怕也算得上一个特例。"这的确是深有所得的灼见真知。这种幽慧孤明,充分认知并彰显脂批的不凡价值,也就是将周先生所标举的"脂学"的意义发扬光大。"过去谁都赞叹《红楼梦》是一部'奇书',谁都觉得这部巨著气象恢宏,意境深远,奥妙无穷;却很少有人充分认识到:可以通过对脂批的深入研究,较为准确地揭示这部'奇书'的诸多奥秘——包括作者真相,创作过程,素材来源,时代背景,表现手法,以及透过这些手法所传达的思想艺术内涵,等等。尤其最后两项,即通过脂批去揭示此书的独特表现手法和潜在的思想艺术内涵,我以为是脂评本研究的重中之重。"

邓先生标举的"重中之重"的"但书",特别富有启迪性。因为这实际上就是表明脂批研究之文献学与文本学的双重意义,红学文献学与红学文本学——乃金乌玉兔,日落月升,珠联璧合,一而二,二而一,可分又不可分,革命家所谓"辩证",佛家所谓"中道"也。

——《红学文献学的内在理路》,载《人民政协报》2001 年 11 月 13 日

淮 茗 学者,教授,文学博士

让红学走出象牙之塔的呼唤,在笔者看来,应该解读为一种将少数人智力游戏的乐趣让公众所分享的高尚行为。因此,对为此所进行的各种尝试和努力,都应当给予肯定和支持。通过这种沟通而引发公众阅读《红楼梦》的兴趣是可能的,倘要由此从民间发掘出一些红学家期盼中的重要研究资料,从理论上讲,也并非不可能;但若幻想由此产生出几个能开红学新风的年轻红学家来,却只能是一种美好的想象。未来的红学家只能是现代教育和学术制度的产物,红学本身即是如此。自学成才,在博士、硕士等专业人才成批制造,职业培训和终身教育制度日益完善的当代社会里,只能成为学术史上的特例,更多的是一种精神感召层面的意义,因为这种成才方式日益不能适应越来越专业化的社会分工需求,不管这

个事实是不是令人感到悲哀或无奈。

以上是笔者阅读邓遂夫先生《脂砚斋重评石头记甲戌校本》书前《走出象牙之塔》一文时所引发的一些感想,并非是对这套丛书得失的具体评论。至于该书体例之谨严、校勘之精良等种种特点,笔者将另文评述。

——《看红学如何走出象牙之塔》,载《博览群书》2002 年第 10 期

申 江 学者,教授

还在中学高考前,就从《红岩》杂志上读到大作,为之折服,并对自己步入红学发生影响。近年从新版甲戌本导论中又睹先生文采,当年若历惊险、侦探的阅读快感有增无减,虽拜读数遍,仍每遍如同初读。

我只读过先生的《曹雪芹续妻考》和《走出象牙之塔》,前者还是二十二年前的模糊印象,然两次均让我体会到阅读的乐趣,堪与读金庸、柯南道尔相比。

先生之境界另有一层令我折服。但凡学问,思之如冷雪,索之如苦行,读之如枯穗。非稻粱所谋,意趣所附,寡适少从也。若能自思想中透警醒,于行文间见生趣,已属不易;再能运思虑如破谜,举证辨如侦探,构文思于惊险,示底蕴于意外,则起学术于枯索,已达学问至境也。

——2002 年 8 月 16 日致邓遂夫函

杨传镛 《红楼梦》版本专家

致以敬礼!

你为《红楼梦》的读者和研究者做了一件大好事,嘉惠学林,功德无量!

——2001 年 1 月 20 日致邓遂夫贺卡

三、部分读者的评论

张鸿远 黑龙江读者

　　从近期的《新华书月报》（社科版第 605 期）上见到贵社出版《脂砚斋重评石头记甲戌校本》的消息后，我就立即去邮局汇款向贵社邮购了此书，时隔半月终于收到这部新书。当时的情景真是喜不自胜。匆匆翻检了一番，率先读了书前周汝昌老先生的《序》和邓遂夫先生的《导论》，单单至此，我的心内即不免七情郁结激动不已，几乎要流下泪来。这实在是喜之至极所致啊！

　　这部书的出版问世，是红学史上的一件大事。我要借用周汝昌老先生为此书题诗中的一句来表达一下我个人的感受——那真是"九重昏瘴一开轩"啊！

——2001 年 3 月 24 日致责任编辑王宝生函

　　"脂评本要走出象牙之塔！红学，也要走出象牙之塔！"你不单通过这样的振臂一呼，明白贴切精警准确地道出了广大《红楼梦》爱好者压抑已久的心声，同时更做出了倾注心力校勘《红楼梦脂评校本丛书》"使成实体"（周先生语）的实际行动。您在来信中说，这仅是"为未来红学的兴旺发达奠定一点基础"。这更加深了我对您的敬意。

——2001 年 4 月 18 日致邓遂夫函

　　孙乃义 江苏读者

　　尊著《甲戌校本》一口气拜读下去，获益匪浅，眼界大开。我是二月份买的书，看完后就想写信求教，谁知单位几件事凑到一起，疲于奔命，寝食不安，以致拖到三月初。业余爱好《红楼梦》者如我，常常是无法可想，无计可施。……作为读者，热忱盼望先生走出象牙之塔后，登上学术之顶。

——2001 年 3 月 4 日致邓遂夫函

钟朗华(1909—2006) 诗人,自贡市政协文史委员,自贡诗词学会
顾问

步周汝昌韵题邓遂夫甲戌校本

红梦探迷不惮繁,奇书校注敞高轩。

雪芹脂砚穷幽秘,甲戌庚辰溯本源。

周序咏诗旗更展,胡文代跋史犹翻。

老夫耄矣停门外,喜见宏编开纪元。

壬午季春

注:此诗作者曾于1934—1935年间,仿林语堂办《论语》之刊名,在上海创
办并主编《诗经》,刊载新诗及旧体诗词。在该刊发表作品的有蒲风、田间、柳
亚子、王亚平、柳倩、赵熙、龙榆生、陈散原等。现作者已于2006年去世,享年
97岁。

附录九：
红学家在出版《脂砚斋重评石头记甲戌校本》新闻发布会上的发言

时间：2000年12月26日下午3:30—5:00

地点：北京市京广大厦三楼1号贵宾厅

周汝昌　中国艺术研究院研究员、资深红学家

我随便说几句参加这次盛会的感想，谈不出什么大道理。因为我没有想到，我们这个会，尽管规模不够大，可是气氛很正规，很严肃，很隆重。这个呢，我认为是适合甲戌校本出版这件大事的。所以大家让我说几句话，我感觉特别荣幸。这个荣幸也不止一层，我在这本新书上还留下了痕迹。这完全是邓遂夫先生的好意，他非得让我说几句话。我就不揣冒昧，大胆地写了一些。我的荣幸感受在于，能够在这样一本重要的书上留下我的痕迹，那是不虚此生，不虚此生啊！但是呢，也非常惭愧，非常惭愧！这是我的开场白。

我坐在这里，真是有点心潮起伏，思绪万千……

最重要的，我要向邓遂夫先生和作家出版社表示最衷心的祝贺！一位著作者，费尽了心力作成这本书，尽管只有十六回，但我最能体会其中的甘苦。出版社肯支持出版这样的书，也很出乎我的意外。我说这话什么意思呢？我是说，别的一般出版社可能不能够认识它的意义，因此接受起来可能犹豫。作家出版社不是这样，大力支持。我还感觉到，出版的这个周期、速度如此之快，大出我的意外。因为我个人也出过一本小书，那个困难可大了！交稿的时候催得你要命，交去了再无下文（大笑）。我说话喜欢这么跑

野马,大家不要笑。因为我觉得太正式了,没意思,咱们就是彼此交流、闲谈。尽管设了这么一个主席台,我不喜欢这个形式,非让我坐在这儿——咱们弄个圈多好啊!

祝贺完了。

我想,这本书出版的时机,应该叫作"天时、地利、人和"。今天我在家里就说了一回这句话。怎么叫"天时"啊? 你看它赶的这个时候,现在报刊上叫得是满天响——"新世纪""世纪之交""跨世纪"。这个"世纪"呢,本来是洋时间观念——Century。我们中国本来没有这个"世纪",可是因为现在全球化了,我们为了和世界各国、各民族、各种文化的交流,也应该采用"世纪"了。这是第一个,就是"世纪之交",再过几天就到 2001 年了。还有一层,就是我们这个庚辰年。庚辰年在红学史上是一个重要的年头。这又是个"龙年","神龙见首不见尾",现在见尾了,神龙见了一个新的尾。还有呢,它正在冬至的时候,冬至是什么时候? 地球转到那个点,过了那一个点,它就是又一个新的一周的开始。你看看这个"天时",这真了不起呀,真了不起呀! 这并非偶然。我就跟遂夫说过,我说你这部新书,是要为红学另开一个新纪元(哈哈大笑)。如果有人嫌我说话总是那么张狂其词地夸张,那我也没办法,就告罪吧! 我认为遂夫这部新书可能真是开一个新纪元。您在当时,您也许认识不到,这个事情不是三言五语、三朝五夕的事。过一个时期,大家如果还能够记得这个话,你们看看,这个书出来过后的反响、影响、作用,我想会越来越鲜明——不是今天的事情。我把这一点说一说,这是"天时"。

"地利"呢,遂夫本来是要在他老家那边出版的(按:指原定出版此书的重庆出版社),没想到在北京出版了。这还不是"地利"吗? 北京是我们的首都,你还往哪儿找去呀? 这是大"地利",可了不起!

第三,就是"人和"。你看看今天在座的这些人。我刚说了,规模不算大,可是你看看,济济满堂,都是来支持、关怀这件大事的。

几位红学专家,也热忱地在如此寒天跑来参加这个会,我都替遂夫感谢呀!这不是一个轻易的事情,这还不是"人和"吗?我这六个字难道说错了吗?你们有谁不同意,站起来反驳我(哈哈大笑)。

好了,嗯……哎呀,我得看看(提纲)。我这个年龄真不行了,我一生啊,大讲演,几千人的会,我都没打过草稿,就是顺嘴说,现在不行,丢三落四,我再看看我写的这些大字。(邓遂夫插话:周先生只有一只眼睛还保留着一点微弱的视力。)看不清,我也不记得我写些什么。就这么说吧!

我说这是一件大事,我祝贺他什么呢?这件大事,不仅仅是遂夫一人的荣幸和高兴,也是我们大家共同的一件大为荣幸、高兴的事情,我想没有人不同意。

至于我个人的感情呢,这是大家尽知的,我年纪大一点,赶上了看到甲戌本原貌的那个年代。所以,遂夫才找我作序。我也不辞。因为呢,这个事情你不能否认,有什么谦虚的呢?也没有什么了不起,你看过嘛!也因此,我忽然又想起来,在1980年,周策纵先生第一次策划"国际红学会"——我说话你们别笑啊!那一次周策纵发来三份请柬:第一份,中国社会科学院,俞平伯第一选,第二选陈毓罴。后来俞先生年老不去,陈先生才去的。第二份,第一选周汝昌,第二选胡文彬。我不想去,我那个时候,眼睛、耳朵已经出问题了,老态龙钟了,我不想到海外去出丑,我想让文彬去。后来因为种种原因,我不能如愿,非得架着我去,我就出了一回丑。就在那一次,周策纵在某一天的晚上,特别开一个晚会,就是为(观赏)这部书。潘重规先生费了九牛二虎之力,从藏主那里把这部书挖出来,请求人家同意,花了多少万美元的保险金,这才敢拿到美国的这一天晚上(来观赏)。尽管那个原本搞出来了,大家都看到了,你猜怎么样?里一群外一群地争看这个甲戌本。你想想看,这个甲戌本要是不重要,会有这个场面吗?我至今不忘。可是呢,我没有看。为什么呢?我不能跟着去挤,因为我见过,让人家没见过的看。余英时看了一眼,坐到这边来,一直陪着我,叼着大烟斗。

他为什么陪着我呢？可能是由于他在香港发表论文的时候，对我那个词句不太恭敬，现在见了我……（哈哈大笑）"我也是燕京大学的。""呵……"他就……（大笑）还有，斯坦福大学的王靖宇先生问我："您在上面题记了吗？"我说没有——我不记得。他又跑去看，看了翻到最后一页，有我的题字，跑回来了："哎，你题过呀！"你说说，这些情景啊……我在这儿说说这个，引起大家的兴趣，你就看看，当时为了这样一部书，各位学者那种表现是怎么样子的。如果这部书不重要，我认为就不可能发生我刚才说的那些情景。

另外，就好像是五六年前吧，台湾举行了一个甲戌本的纪念会，是吗？（问旁边的胡文彬。胡点头）等一会儿让胡先生讲。我当时仅仅是发了一篇小文，就是叙述我怎么和胡适之先生借书，后来我怎么归还胡适之先生的，大概就是这个样子。

这是我在这里顺便跟大家谈谈当时那个情景，使大家觉得有一种亲切感。

现在你们看到的是铅字印的了，邓先生真是一片功德无量的好心啊！说是：我让它从"象牙之塔"当中解脱出来。这一番真是观世音的心胸，大慈大悲。不这样搞不行，你那个影印本没办法看，（普通读者）他也看不了，也看不出首尾的味儿来，是吧？经他这么一整理，铅字，横排，简化字，还得规范化，真是麻烦万分。当然结果也不一定完全妥善。我说这个话没有批评遂夫的意思，也没有批评出版社的意思。因为我们现在弄古典的，这个苦恼哇，真是太大了。比如说，明明遂夫的原意是说，要把曹雪芹的真面貌拿给大家看，可是哪来的真面貌啊？我说得可能错了，姑且举个例子。大家不用以词害意，理解我的意思就行了。我举一个例子，就是"刘姥姥"。北方人不念"刘 lǎo lǎo"，念"刘 lǎo lao"；南方人呢——"刘 lǎo lǎo"。他不懂这个"姥姥"。你看各种抄本的写法就不同。本来就一个老少的"老"，后来又造了一个字，一个"女"字边，一个"寮"，就是一个"燎原"的"燎"，右边那个。现在我们这个书只能排什么呢？一个"女"字边，一个老少的"老"。这个对不对呢？也对。因为现在都那么念、那么认了。但严格说呢，它不对。那个字不念 lǎo，念 mǔ。古时候的庙里有"斗姥宫"，也没有人念"斗 lǎo 宫"的——那是笑话。就这么一个小例子，你想想，我们这个麻烦大了，处处是困难。我不多说了，这个扯起来没完，我占了你们的宝贵时间，不行。

我再想想，我还得说什么——重要一点的。哦，对了，遂夫这个校本很有特色。那个精密，那个认真，那个严肃，给我留下了非常深的印象，这是一部好书。也证明遂夫是一个认真不苟、一个真正做学问做功夫的学者。这一点要首先肯定，由此才决定了这个书的质量。否则的话，那会问题百出。我有经验，那简直麻烦透了。

他还加了一些附录。附录呢，是以题跋为主，他不参加意见。甲戌本问世以后，诸位红学家的研究文章，他一概不采。因为一采就麻烦，种种见解那也采不胜采。这是他一个原则。是否如此？我体会，这是很好的。

涉及到原藏主，一个刘铨福，遂夫略微地通过别人的话涉及了，把刘铨福的那个原跋也附在后面，这个也是应该的，要尊重这个原藏主。在这里我顺便谈一条掌故。我对这个有兴趣，也觉得应该告诉遂夫。那个原藏主（的题记中），有一个叫濮文暹的，他是在"半亩园"题记的。"半亩园"是麟庆的园子，就是在东城的弓弦胡同的一个小园子，正是一个八旗的名家。怎么非在他那里题这个呢？可见，此本的来历，有可能是八旗旗人原藏的。这是我的瞎揣测，不一定对。这是一点提醒，还要追寻那个原藏主到底是谁。

这个本子上有一个小印，很值得注意，研究红学的都知道，可是在座的一些年轻的同志未必还记得——就是刘铨福的一位爱妾，一位才女，诗、文、书、画（都会），还能刻碑、拓碑、刻印，她叫马鬃眉。上面有一个小印，就叫"鬃眉"。我曾经揣测过，这本书可能是马鬃眉原藏的，后来她嫁了刘铨福，可能就把这部甲戌本作为嫁妆带给刘家了。这是一个可能，不一定对啊，咱们就是当有趣的事情来说说。你看她那个印，印在最下面，应该是最早印上去的。因为那后印的印，他没地方印了，才一个个往上挪。因此呢，我请大家，包括新闻界、媒体、诸位研究者，注意一件事：就是刘铨福和马骕眉两个人，得到这个本子以后，两个人到西山去访过那个黛石。《红楼梦》开头就说，贾宝玉要给林黛玉取一个表字，说西山有产黛石的，能够画眉。（刘铨福）他们两个人就到西山去访这个黛石，居然访到了。这个村子叫"斋堂村"，离北京西北二百里。当年胡耀邦同志对此有兴趣，让四季青公社去找找这个黛石，四季青公社居然找到了。这都是红学史上很有意义的事。而刘（铨福）家的后人刘博琴先生，是个治印家，把一幅《翠微拾黛图》拿来让我看。我一看大吃一惊——后面有濮文暹作的一个南北合套的曲子，是咏这个《拾黛图》的。哎呀，那个文采多精神啊！让我佩服得不得了。刘先生用薄纸铺在那个原迹上，双勾勾给我。这个刘先生，我简直感谢极了！后来我这一幅宝物找不着了。别人跟我求，我哪儿也找不着了——有编清代散曲的专家跟我要这套曲子。我希望诸位关怀这些事的，访一访《翠微拾黛图》这个画轴和后面的题跋，包括你（指邓遂夫），包括所有的同仁，因为它是你弄甲戌本必须要找到的一件文物。我趁此机会说一说。

然后就是一个脂砚的问题。同样的，我的用意是说，这样的贵重文物请大家多留意，从各种不同的线索去访寻它，希望它还能复现于世。刚才听遂夫说，说是某人（指江青）曾经在"文革"中调看这个东西，看了之后就不知去向了。我希望，特别是新闻媒体，你们的交往面广，耳目也灵通，你们一定要通过各种渠道去访寻这两件最宝贵的文物。

哎呀，让我想想，我还应该说什么。

这一部书出来以后，为什么我说它可能要开一个新纪元呢？过去对《红楼梦》的版本问题，因为是红学史上最重要的一个组成部分，论文也很多，下功力的学者也最多。而这个甲戌本是其中非常重要的一部。在以往的这一段时期，谈版本的出现了一些混乱，甚至有的同志说，甲戌本是仿造的假古董，程伟元的那个百二十回本——就是那个流行本、我认为它是"假全本"的——那个才是曹雪芹的原稿，是全本、真本。说是我们这些所谓的红学家，整个儿的多年的研究是本末颠倒，是非不辨。这样一来，红学界的问题就不小了。遂夫这一部书出来以后，可能在这些方面能够开拓一个新的境界，提醒大家对这个版本问题应该怎么个看法。

我很抱歉，我占的时间太多。我下面只是诚恳希望刘先生、胡先生、张先生，他们都是版本专家，专门从版本的角度，不谈我这些乱七八糟的小故事，说一说遂夫这一部书的意义。那么，我也和遂夫一样，聆取教义。谢谢！

刘世德 中国社会科学院文学研究所研究员、中国红学会副会长

刚才周汝昌先生谈的几点都很重要：关于出版这本书的价值，关于邓遂夫先生治学的功底，对他的评价，都已经谈到了。我就不再重复，只在这里随便补充几点。首先一点，刚才天鹿鸣公司的总经理张……（东声）先生提到一个问题，可能有一点误会。我是中国社会科学院文学研究所的，前一阵报纸上报道，说是有出版社影印中国社科院收藏的一部程甲本《红楼梦》，是内地现在唯一的一部活字摆印的程甲本。张先生说这是"假新闻"，恐怕是一种误会。就我所知，目前内地各研究机关和国家的图书馆里，的确只有我们社科院才收藏了一部活字摆印的程甲本，这是事实。出版这个程甲本，在当前有什么意义和价值，国内的新闻媒体有一些各种各样的报道和说法，有的东西可能不够准确，也不完全是我们社科院一些研究者的本意。这一点，我想借此机会作这样一个解释和说明。

邓遂夫先生校订的这部《脂砚斋重评石头记甲戌校本》，在当前来出版，确实很有意义。过去校订出版的《红楼梦》版本，有好几十种，我们社科院也校订出版过。那样的本子，如果再去出新的校订本，可以说已经没有多大价值。因为那是校订者把众多的版本

通过比较,选取自己以为最好的文字来确定的。这个"好"的标准,就会因人而异。现在邓遂夫先生校订出版的脂评校本,情况就不一样了。他是把接近曹雪芹原稿面貌的一些早期抄本,加以校订整理后介绍给读者。这就有两个方面的意义。一个是普及的意义,一个是提高的意义。普及,就是把过去普通读者无法看到的,或者是没有条件去读的那些早期抄本,通过细致的校订,让普通读者能够阅读。这对广大读者深入了解《红楼梦》这部书的原貌,是有帮助的。所谓提高,邓遂夫先生在校点中下了很大功夫,里面有许多新的发现和见解,这对红学研究以及甲戌本的研究,都将会有推动作用。

当然,这里面也还存在着一些问题。一是还有一些错别字,我昨天草草翻了一下,刚才我已经把在附录中发现的两个错字告诉了出版社的同志,这里就不说了。另一点,这本书的《校勘说明》里注明了是根据台湾1961年影印本和大陆1975年、1986年三种影印本校点的,也注明了要在附录中收入原底本和影印本上的所有序跋资料。我不知道是邓遂夫先生有意这样做的,还是有所遗漏,实际上在1963年大陆还据台湾版出版过甲、乙两种影印本。甲种本是公开发行的,里面删去了胡适在甲戌本上所作的批语和印章等痕迹。乙种本则是内部发行,要什么什么级别的干部才能借阅。这个乙种本上不单保留了胡适批语和印章,还印制了俞平伯先生关于甲戌本的一篇说明文字,其中对胡适关于甲戌本只有十六回的观点作了驳斥。这一篇东西,不知为什么现在这个校本没有收进去。

以上这些粗浅的意见,仅供邓遂夫先生和作家出版社参考。

胡文彬 中国艺术研究院研究员、中国红学会副会长

我今天参加这个会,非常高兴! 本来我今天还有另外一个会议要参加,我都只在那边匆匆说了几句,就马上往这边赶。

这部书的出版很不容易。邓遂夫先生做学问的精神确是一丝

不苟,非常认真的。自从八十年代初,北京的《新观察》杂志发表专访文章《红学新人邓遂夫》以来,全国的新闻媒体曾经广泛地报道过遂夫。他在国内各种刊物上不断地发表一些颇有学术新见的论文,引起红学界很大的关注。

遂夫经常会提出一些新的见解。他这些新的见解不管其他专家学者赞成不赞成,但看得出来,都是经过严肃认真的研究思考以后才提出来的。不像有的人,草草地看了一遍《红楼梦》,就以为什么都懂了,发表出一些纯属胡说八道的东西来哗众取宠。邓遂夫绝不是这样。比如他在校订这部甲戌本期间,经常为了一个词甚至一个字,不分白天晚上地打电话到我家,请我帮他查证。我也就尽我所能地帮他在各种资料中查找。他这种治学的态度很让我佩服。

但是我们的这种辛苦,往往得不到应有的回报。现在的学者要出版一本书,你不拿出个两三万块钱,根本没有出版社理睬你。所以很多学者都是去问儿女要钱来出书。这次作家出版社能够在这样的时候,以这样快的速度出版这部书,令我非常敬佩。做学问的人很难听说有人赞助的,但是那些歌星、影星,赞助的人就太多了。出钱的有,出力的也大有人在。某某明星裤衩丢了,报纸上也会报道几天。像靳羽西生不生孩子、嫁不嫁丈夫,关我们什么事呢?也值得媒体去大肆宣扬吗?为什么不多关注一下我们的学者呢?就像我这样的人,参加工作几十年,到现在工资还不到一千元。所以我希望社会各界能多多关注和帮助我们的学者。我就说到这里。谢谢大家!

张庆善 中国艺术研究院红楼梦研究所所长、《红楼梦学刊》副主编

很荣幸参加今天这个会议,我很赞同以上各位先生的发言,不过他们发言以后呢,把我所想要讲的话都讲完了。但来了以后不说两句,好像又下不了这个主席台,所以我还想再讲一点。

我认为今天这个会很有意义。意义就在于,这个本子的出版,标志着早期抄本将以一种新的面貌、新的形式,在读者中、在社会中流传。这个意义很大!因为,我们都知道,脂本最早是以手抄的形式流传的,那个时候所能看到的人很少。近二三十年以来,随着各种脂本的发现,大量地出了一些影印本。但影印本的发行范围是有限的,读者阅读的时候也有诸多不便。现在作家出版社出版的这个校订本,用铅字排版的形式出版,我觉得非常有意义。

正如刚才刘世德先生所说的,这个本子具有两种功能。第一个功能是提高的功能。就是说,邓遂夫先生在校订这个本子的时候,倾注了很多心血,体现了他的学术功力,对研究者来讲这个本子也很有意义。对普通读者来讲呢,它具有普及的功能。如果一个普通的读者读那个早期抄本,或者读影印本,有诸多不便,那么他读这个本子,可能就要方便好多。脂本普及到广大读者当中的意义,在于让广大的读者更了解脂本的实际情况,更走近曹雪芹。因为脂本更多地保留了曹雪芹原著的面貌。特别是大量的批语,为我们了解曹雪芹提供了很多资料,提供了很多信息。所以,我认为这个本子的出版确实是值得庆贺一番的。在红学发展史上也是应该记上一笔的。我和以上诸位先生一样,对邓遂夫先生和出版社表示敬意和感谢。

邓遂夫先生在红学界是出名的"拼命三郎",他治学非常认真。我们和他在一起聊天的时候了解到,这几年来,他经历过一些磨难。后来我们希望他赶紧回归。回归以后果然出手不凡,拿出这个成果,确实了不起,值得敬佩。至于作家出版社,做了这些工作也是功德无量。所以在这里,我觉得应该向他们表示深深的敬意和感谢!我就讲这些。谢谢大家!

文莉　格非　据录音整理

(原载《蜀南文学》2016 年第三期;

向前主编《红楼书话》,中国文史出版社 2016 年 9 月出版)

附录十：

斯世当以同怀视之

——纪念周汝昌先生百年诞辰感言

邓遂夫

今天，2018 年 4 月 14 日，是恩师周汝昌先生百周年诞辰纪念日。谨以此文，聊表我的深切怀念之情。我这篇纪念文章写得很苦，数易其稿，甚而数易其审视的角度，均难如意。真正是心乱如麻、百感交集、万言难表……

我实在不能像通常的专家学者乃至周汝昌先生的亲人朋友那样，用更具理性的思维来纪念这位文化学术界巨人的百年诞辰，或平心静气地缅怀总结周先生的辉煌业绩与高尚情操。我只想从周先生去世以来，在我心中萦回不散的深切伤痛里，尽可能梳理出一些我与周先生半世交情中点点滴滴的情感内涵，以及丝丝缕缕的学术文化意蕴，给自己，也给未来的历史，留下一点真正可供参考的原始资料。

在我的心目中，周汝昌先生是我永远的恩师，也是我永远的挚友——而且是知己知彼、掏心掏肺、永难割舍的那种生死之交的挚友。像这样的挚友或曰知己，我平生只此一人。这就如同鲁迅先生当年书赠给比他自己晚生了十八年而纯属晚辈的瞿秋白一副对联，所表达的那种情感："人生得一知己足矣，斯世当以同怀视之。"所谓"同怀"，通常是指具有同样襟怀的挚友，但我更愿意相信鲁迅是在以同胞兄弟般的深挚情谊，来看待这位被他视为"人生得一知己足矣"的青年文友瞿秋白的。

周汝昌先生和我正是这样。他不论年龄、资历、学识、成就，都是让我望尘莫及的前辈。尤其和我的年龄，比起鲁迅和瞿秋白的差距可大多了。但在情感上，不只是我，我相信周先生也定然是用"斯世当以同怀视之"的同样心情，来看待我俩的亲密关系。

别的不说。只举最近的一件事情为例：就在我2011年6月最后一次去看望周先生并向他辞行之前，由于我俩已经相隔了好几个月没有见面，周先生竟然通过他的女儿伦玲，用手机发来他口占的一首绝句《寄怀遂夫》赠我。诗中写道：

> 草根有味散芸香，精校红楼无事忙。
> 能把雪芹编作戏，多情公子记登场。

短短的四句诗，说明了什么？说明周先生在即将辞世的最后日子里，他和我短时间没见面，就开始想念起我来了。不仅想起了我这个人——所谓"怀遂夫"；还想起了和我有关的各种往事。首先是，我曾在国内首倡"草根文化（grass-rooted culture）"特别是"草根红学"——试图向大众普及这一门中国的"新国学"。然后又想起我曾"精校"《红楼梦》的脂评本。他对我试图搞出一套既要攻破《红楼梦》文本的学术难关，又要向普通"红迷"推广这一至关重要的"红楼真本"的努力，幽默地使用了书中一个形容词"无事忙"来赞叹。那是薛宝钗以讥讽的口吻赐给贾宝玉的一个"封号"，意即按世俗的眼光，书中宝玉成天为女儿们的喜怒哀乐、吉凶祸福操心奔忙，纯粹就是"没事找事"。但对于《红楼梦》作者曹雪芹来说，或者用周汝昌先生对此故作反语之世俗"封号"的解读来理解，则应该是作者在提醒读者：世人眼中的宝玉为女儿们"无事忙"，恰恰是书中塑造这位"情教教主"形象最值得称道的本质特征。如今周先生又把咱俩共同推崇共同努力的"精校红楼"，也用"无事忙"三字作幽默评点，自然也是在故作反语，引以为荣。

诗的最后，周先生甚至还想起了我早年曾把曹雪芹这一"多情公子"的形象直接搬上歌剧舞台的往事。

　　何为"记登场"？就是"以戏剧的形式（而不是以理论研究的形式）让曹雪芹登场亮相"。因为"记"，是对中国古代戏剧的一种称谓。比如《牡丹亭》，它原本是明代戏剧家汤显祖所著剧本《临川四梦》之一的《牡丹亭还魂记》（今人以其审美取向简称《牡丹亭》，古人则简称《还魂记》）。《临川四梦》的其余三梦，分别为《紫钗记》《邯郸记》《南柯记》。古人往往将小说和戏曲都统称为"传奇"。但在篇名上，小说多称"传"，而戏曲则多称"记"。《牡丹亭还魂记》，改编自明代话本小说《杜丽娘慕色还魂》；《紫钗记》，改编自唐人蒋防的传奇小说《霍小玉传》；《南柯记》，改编自唐人李公佐的传奇小说《南柯太守传》。但改编后的戏曲作品，清一色地都叫《还魂记》《紫钗记》《邯郸记》《南柯记》。最典型的是长篇小说《水浒传》，后来改编成戏曲剧本来上演，则叫《水浒记》了。周先生自然对此了若指掌，所以他是想说：他自己在思索曹雪芹这一伟大作家的思想艺术观念时，多采用逻辑思维的考据论证方式；而这个邓遂夫，不但考据论证，还用形象思维的"记"——也就是戏剧——直接让曹雪芹这位"多情公子"亮相登场。

　　像这样对一个随时都能见面的人作全方位审视的深情怀念，别说是冲着一个学术上的晚辈，就是冲着一个平辈或长辈的挚友，在当今之世也极为罕见。更何况，作为晚辈，我明明活得好好的，无病无痛无灾无难，和周老也不是三年五载的久别，顶多三五个月没见面而已，何至于就让他老人家如此牵心挂肠地"怀念"起来？且是专门写诗来"寄怀遂夫"。即便是当年曹雪芹的挚友敦诚、敦敏、张宜泉等人因久别而思念，写出《寄怀曹雪芹霑》《怀曹芹溪》等诗作，那也是一种晚辈对自己所心仪、崇拜的挚友兼兄长的怀念呀！从没听说过有曹雪芹写给这些大致属于晚辈的挚友哪怕一首——表达怀念的诗篇。

　　我和周先生的情况恰恰倒过来了。此前我也在随时想念周先生，并且也爱附庸风雅地吟诗作赋什么的，但在周老健在时，却从没想到可以写一首《怀玉言师》或《寄怀周汝昌先生》之类的诗作，来表达我的思念之情;反倒是周先生想起了要"寄怀遂夫"。所以相比之下,我真的特别后悔!最让我后悔莫及的是,当时我接到伦玲发来的这首诗,一看题目,也很感动。但我忘了当时在忙什么,居然并没有仔细阅读,就把它匆匆抄录到一个笔记本上。而这笔记本,很快被我女儿收拾打包捆进了数以百计的书籍资料大纸箱里,旋即运回了几千里外的四川老家。直到周先生辞世五年之后,我才偶然把它翻找出来,直看得我泪如泉涌。这时才更加感叹:当初我和周先生告别的那一瞬间,他紧紧抓住我的手不放,急切地问我:"遂夫,你要多久回北京呐?"我说:"半年左右吧!"可我后来并没有信守诺言如期返京,不到一年,周先生就离我们而去了……怎不叫人痛断肝肠啊!这下我才赶紧写了一首怀念他老人家的乐府诗,题为《长相思·怀汝昌师》。诗中写道:

> 长相思,在川南,云山叠叠雾漫漫。
> 犹忆当年辞汝老,临行总问何时还。
> 枯瘦手拉愣不放,吞声涌泪落君前。
> 后生晚辈耽延久,九四衰翁情何堪?
> 无肺无心都怨我,梦魂从此隔人天。
> 柔肠寸断悔经年。长相思,永熬煎!

诗里充满了我难以言表的悔恨。恨我当初怎会那么糊涂?分别时周先生已过九十四岁高龄,我居然一点都没想到他可能随时离去。就好像周先生是一座铁打的金刚,永远都会在那里不断地写作,不断地出版一本又一本的红学著作、诗词著作、书法著作、文化学著作……直到他老人家去世的消息如惊雷般从天而降,我才从这糊涂透顶的"痴梦"中醒来。但一切都晚了,后悔也来不及了!我的心就像被一下子掏空了似的,整个人都近乎崩溃……

周先生去世的那天晚上,尽管尚存的一点理智仍支撑着我,一边守在电话机旁接听来自全国各地的朋友询问和媒体采访;一边着手撰写悼唁文章。此后,还强自镇定地出席各种会议,参加各种公益性或亲朋间的活动。但在精神上,我真的是彻底垮了!长时间陷入一种身不由己、行尸走肉般的迷茫状态,一直持续到最近。

在这极其艰难的五六年里,为了顾及最起码的生存、生活以及社会责任等诸多应酬,我除了在悼唁与回忆文章里,或专门的讲座与纪念会发言中,可以有所节制地袒露一点自己内心的伤痛之外,几乎连无所顾忌的恸哭,或在亲友面前尽情倾诉,等等,都不敢过分地表露。否则,一定会被人视为"神经病"或"祥林嫂"。因为任何人,都不大可能真正理解我和周先生这种两代学人之间非同寻常的深情厚谊。但是到了今天,尤其是去周先生的家乡天津咸水沽,感受了一番特别温馨的亲情与乡情之后,我有一句话必须公开地讲出来,否则憋在心里会出问题。那就是:我在周汝昌先生辞世的五六年间,曾一度万念俱灰,久久不能从失去亲人和知己的阴影中自拔,曾不止一次地想过要随他而去……

我现在只有鼓起勇气把这话对所有的人袒露,或许才能真正地终止这一念头。大家也才能真正地理解:为什么这些年来,邓遂夫这个人,以及他的那些几乎每年都要重版重印的著作(更别说早就签了出版合同甚至预领了出版社几万元定金的其他新著),怎么会像人间蒸发似的久久不见了踪影?尽管我明明知道,网上书店,早在三四年前就把我的一些书,恶炒到了几百上千元甚至两千元以上的天价;还有众多网上书店在公开出售我这个"活人"的影印本书籍,我依然对此熟视无睹、无动于衷。所以我要借此机会向大家忏悔:我实在是对不起所有的人——对不起红学界的同仁;对不起热爱我支持我的读者;对不起一再催促又一再容忍我的出版社;更对不起周汝昌先生在天之灵!我要在这里向大家深深地鞠躬,再鞠躬!然后,下定决心,重新——站起来!

"站起来"这三个字,是我在写这篇纪念文章的过程中,无数次改变自己的视角,无数次地推倒重来,然后无意之间重温了两篇旧文,忽然像聆听神谕一样获得的启示。

一篇是大约三年前，在我情绪最低落时就已经看见过的新东方教育集团董事长俞敏洪先生谈"男人气质"的演讲稿。当时我对他说的那些，压根儿就不往心里去。最近网上又把他这篇讲稿翻了出来，我又草草浏览了一下，却被他最后的一段话给镇住了。他说，你是人，就一定要站起来。"什么叫站起来？冲破你所有不愿意丢弃的一切，冲破你所有不愿意冲破的障碍，重新开始你新的人生……而最典型的开始，就是打破你自己心里的懦弱、自卑和自己给自己设定的障碍。"我虽然觉得他这番大道理不无老生常谈之嫌，但"站起来"三个字，却让我情不自禁地激灵了一下。

紧接着，我又见到了同样是翻炒几年前曾在北京清华大学和美国宾夕法尼亚大学学习、研究和教学的一位双学位博士，高盛集团董事、总经理的青年才俊唐加文先生的一篇演说辞——当初题为《中华文化的基本脉络》，如今翻新的题目则叫《历劫不死的中华文明》。唐先生这一简洁独到而又颇具新意的演说，的确展示了他这位年轻有为的管理学、金融学双博士，超乎寻常的深厚历史文化功底和哲学功底。但他最终打动我的，依然是在演讲快结束时，对我们这个辉煌与苦难交替上演的民族，在近代历史上被西方列强屡屡打败，却终于还能走上世界强国之路的一个玄妙的比喻。他说：

> 有一个武士被人家打败了，浑身都是鲜血，躺在地上奄奄一息，就在这个时候，他突然听到自己童年的歌声，他又拄着棍子站起来了。

又是一个"站起来"！而且是听到了童年的歌声。我忽然觉得，我也听到了自己童年的歌声。那是在我出生之地一个叫月亮坝的小地方，我和小伙伴们一起做"脚儿扳扳"的游戏。双手把自己的一只脚扳起来悬空，只用另一只脚"金鸡独立"，然后在之前胜出的一个孩子有节奏地依次指点着每一个人头的过程中，大家摇摇晃晃地齐声吟唱一首童谣：

脚儿扳扳，扳上南山。

南山有卫，金银宝贝。

金鼎锅，银鼎锅，

十八罗汉起啵啰。

猪蹄牛蹄，驷马攒蹄。

京官上水，百官扯提。

直到歌谣的最后一个字音落到了谁的头上，谁就胜出了——这个人就可以摆脱困境，双脚站立，担任起依次点人的领头者。歌谣所唱的内容和词语，我一直觉得有点神秘，至今也似懂非懂。现在却突然升华出一个信念：赶紧摆脱困境，稳稳地站起来——面向世界！

今年春节大年初一，我情不自禁地又怀念起周先生来。于是续写了另一首《长相思》：

长相思，思无垠。

人云佳节倍思亲，我逢佳节愈伤神。

食不甘味强颜笑，背人一哭泪满襟。

男儿当自强，缘何自沉沦？

师恩如山重，情谊似海深。

欲酬知己效鲁翁，弘扬遗愿渡迷津。

长相思，溯本真！

以上，是我第一次如此痛快淋漓地释放了郁积在胸中，涉及周汝昌先生的一些隐秘情怀。这下我终于可以真正地回归理性，重新做人了。但我还得用理性追问一下自己，也是回答对此不免好奇的朋友——我和周先生这种深情厚谊，到底建立在什么样的基础之上？

从我第一次和周先生在山东大学见面相识，然后应邀到他下榻的房间愉快交谈开始，在我们亲密交往的三十余年间，可以说每一次见面交流,都并没有通常那种前辈与晚辈之间必然会存在的客套与应酬。而是双方自始至终充满着期待、渴望和欣喜之情。一直到周先生近乎杜门谢客、潜心著述、与生命和时间加紧赛跑的晚年,我俩依然是把不时的见面倾谈视为生活中不可或缺的一件要事。而且可以肯定地说,我和周先生这种双方都充满着渴望的频繁会面,主要还不是为了交流学术心得,更不是有什么具体事情要商谈;我觉得最最重要的一个因素还是,为了我们师徒二人共同的一种情感需求和精神慰藉。

什么叫情感需求、精神慰藉? 一言以蔽之,周先生之于我,不是亲人胜似亲人——我是个从小失去父母的孤儿,我感到从周先生身上,才真正获得了一种类似慈父与兄长却又远远超出这种真正血缘关系的一种特殊的亲情。而我之于周先生呢,用他自己的话来讲就是:"我发觉我俩的心灵最能相通,交谈起来最没有理解的障碍。"这句话,是我们第一次在他下榻的房间里交谈,他两次发出的感叹。

千万别以为,这是在感叹我们首次交流,就已经体现了学术观点的完全一致。绝不是这样——甚至可能恰恰相反。因为当时周先生急于要找我这个在红学界尚属无名小卒的晚辈去他房间里交谈,正是由于他看见了北京的《新观察》杂志刊载的一篇专访文章《红学新人邓遂夫》,他是急于想了解文中提到的我数易其稿的一篇长文《曹雪芹续妻考》,想知道我的主要论点和依据是什么。而我在扼要地对文章作介绍的过程中,又总是直言不讳地指出:我的每一个论点与周先生此前的论点之间,有哪些相同和相异。周先生首先是对我这种直言不讳的表达,甚为赞叹;同时又对我能够迅速领会他的关切和提出的异议,并能清晰地自陈己见,颇感欣慰。你看,由此而产生并日益深化的我们这种亦师亦友的情谊,也就绝不是那种曾被人简单化地理解为是"观点一致"或曰"臭味相投"所能概括的了。若是单从我这篇早期代表作《曹雪芹续妻考》是否与周先生"观点一致"来衡量,则当时我和周先生学术见解的相同点,其实远低于我和另一位处于红学界领导职位且最早给予我支持鼓励的冯其庸先生"观点一致"的程度。这是有冯先生当时写给我的亲笔信作为依据的。冯先生 1979 年 8 月 6 日写给我的信中有这样一段话：

> 您的文章（按：指我的《曹雪芹续妻考》文稿）已看了两遍。第一遍是看的《社会科学战线》寄来的稿子，因我们与他们有联系，请他们寄来了；第二遍是看的您寄我的稿子。我的印象，您的联系和分析思路很宽，也有一定道理，但这是一个很难得到证实的问题，因此估计如果文章发出后，还有相当的不同意见。但我基本上倾向于您的，我认为这方面应该进行探索。

请特别注意冯先生的这一句话"估计如果文章发出后，还有相当的不同意见。但我基本上倾向于您的"，态度非常鲜明。周先生和我第一次见面谈的也是这个话题。但与冯先生的表态形成明显对比。周先生除了细听我的介绍和提出某些异议，他在那次交谈中自始至终对我这篇文章未赞一词。而且在我们后来亲密交往的三十余年间，他都不曾对此有片言只语的肯定。这说明，冯先生信中所说"如果文章发出后，还有相当的不同意见"，其不同意见最甚的一位大学者，或许就是周先生。可是，恰恰就是在我们第一次进行了这种开门见山的不同学术观点的碰撞过程中，奠定了我俩永久的亦师亦友的深厚情谊。

这正是我现在这篇纪念文章首先要非常理性地予以澄清的一个极重要事实。换句话说，就是要指出：我和周先生亲密相交数十年所结下的超乎一般师友的亲密关系，诚然会有学术观点和治学思路比较接近的一面；但这绝非形成此种关系的最关键因素。真正的关键，是基于我和周先生在性情、品格、为人，乃至除红学之外的某些个人爱好、才智、情趣等多方面的相互吸引，或曰惺惺相惜。这从我们后来日益增多的涉及不同话题的见面倾谈中，都可以得到充分的证实。

　　总之，从我们一开始的交往中，我就深深地感觉到：周先生不仅对我当时那种"初生牛犊不怕虎"的直率，以及对事不对人，不存偏见、不含虚伪、不搞攻击的治学态度深表赞赏；而且在他自己的言谈中，也全然放下了一个前辈长者的身份和客套，让我感受到他在我的面前，总能无比轻松自然地尽情袒露与我的个性极为相投的一种直言不讳、亲切温馨的禀性。所以我们每一次的见面——尤其是在周先生身体尚佳、精力充沛的前期——我俩都会深深地体会到这种交流方式的轻松愉悦，以及对各自的研究课题所碰撞出来的相互启迪与促进等收获。至于我俩在哪些研究课题上曾碰撞出灵感的火花，并对各自的学术研究有所促进，我打算在今后再作专题性的回顾、梳理、论述，这里暂不深谈。

　　我现在只从我这个学术晚辈和新手的角度，概述几句我在与周先生较为频繁的交往与交流中，除了受到其治学方法与为人处世的极大影响之外，更在于我从红学研究的方向上，不论是前期的全面耕耘、广泛涉猎，到后期确定长项、深入开掘的转型，都得到了周先生全力的支持、鼓励和促进。所有的这一切，都对我学术转型前后两方面目标的实现，起到了极大的推动促进作用。用一句不尽贴切的比喻来形容：周先生对我前后期学术进程的支持与促进，远远超出了通常的老师成就得意门生、父母培养天才子女的那种用心程度与力度。

　　前期的研究，以我的《红学论稿》和《草根红学杂俎》两部书为代表。几乎是在全方位地研究《红楼梦》的主题、主线、历史背景、思想艺术、作者家世、成书过程、版本考证、文本辨析等诸多课题。尽管在这每一个方面都还处于浅尝辄止的初步探索中，尽管在上世纪八九十年代和新世纪之初确实产生过广泛的影响，并在不同时间段得到过包括茅盾、周汝昌、冯其庸、李希凡、吴组缃、白盾、刘世德、刘梦溪、胡文彬、舒芜、徐恭时、赵卫邦、魏绍昌、郝延霖、傅憎享、王启忠、邓庆佑、梁归智、石昌瀚、程鹏等不计其数的前辈与同辈学人的支持和鼓励;但没有任何一位学者像周先生那样,从一开始便似看到了我不一样的潜质和潜力,并给予了超高的期许。例子就不赘述了。单是他最早写在我笔记本上的第一份题词,以及他为我第一本书所作序言,便堪称惊世骇俗,成为了我后来在学术上锲而不舍、坚持不懈的强大动力。

而后期,当我转型到集中精力深入研究《红楼梦》的版本,和对几部最具代表性的脂评本作开拓性的文本校勘,周先生的强有力支持,在他为我转型后推出的"红楼梦脂评校本丛书"第一种——《脂砚斋重评石头记甲戌校本》(简称甲戌校本)——所作的两份序言、一份跋语中,特别是在甲戌校本、庚辰校本出版时的两次新闻发布会上的重要讲话里,都有着充分的体现。但最让我意想不到的是,当我在这学术转型的基础上,针对当前红学领域存在一定程度固步自封、排斥异己等不良学风问题,倡导"让红学走出象牙之塔",从而实现更大范围的红学普及与推广,并借鉴国外的"草根文化"(grass-rooted culture)概念,倡导一种更带普及意义,也更能吸引广大读者和跨界知识分子广泛参与的"草根红学"概念时,周先生作为当今最为资深的红学大师,竟然成了迄今唯一公开表态支持"草根红学"的专业学者,单是题诗赞赏即有两次。一次是十四年前题写给《草根红学杂俎》专家座谈会的贺诗"草根雨露皆芳草";再就是他辞世前发给我的赠诗"草根有味散芸香"。这类事情看似简单,若是不具备周先生那样满腹经纶的学识和高山仰止的襟怀,是绝难做到的。

这就是为什么——自从周先生猝然辞世后,我每想起从此再也没有与他老人家促膝倾谈及获得他这样亲密前辈无私关爱的机会了,便会陷入一种"知音不再"的沉重失落与无尽相思的原因之所在。我的这种失落与相思,可以说连"肝肠寸断"这样的形容词,或者"与恋人永诀"之类的比喻,都难以表达此中真情于万一……

而每思及此,我又不免仰天长叹:邓遂夫啊邓遂夫,你何德何能?你到底修了几千年的福分?——能在今生今世,得遇如此相濡以沫、肝胆相照的前辈、恩师加知己?

敬爱的周汝昌先生,我将永远怀念您! 永远学习您的高贵品格与高尚情操! 永远学习、继承并发扬您刻苦治学的优良传统,力争取得更丰硕的成果!

2018 年 4 月 14 日 21:28 重订于北京

2018 年 11 月 13 日 9:58 再订于自贡

(原载《海河柳》双月刊,2018 年第一期;

《周妆昌先生百年诞辰纪念专辑》,百花文艺出版社 2018 年出版)

初版后记

新千年的期盼

在出版社的打字室里改完最后一道清样，忽然发觉窗外飘起星星点点的雪花。这是今年北京的第一缕飞雪。虽然远不及"飞雪似杨花"般的绮丽，却使我想起半年前的暮春时节，在我刚刚完成此书的校订，急匆匆赶往友人家去奉还一份很重要的资料时，竟在北太平庄阳光明媚的大街上，惊讶而惬意地领略了"杨花似雪"的诗情画意……

"真讨厌！"一位迎面而来的大嫂拂去眼前飞絮，恨恨地嗔道。我这才猛然惊觉——那被后来的报道称之为"污染物"的漫天飞雪似的杨花，只是因为我内心的喜悦之情，才幻化为一种美景的啊！

的确，能够在新千年的曙光降临之际出版这一部书，实在让我感到一种如释重负的欣慰。

人生能有多少个二十年？从八十年代初萌生出校订这一套丛书的念头，经过漫长而时断时续的研究积累，到今天形成第一枚果实，真让我深深地体味到一个母亲从受孕、十月怀胎到最终产出新生儿的种种酸甜苦辣。只不过我的经历更像一种前所未有的"难产"——个中的曲折与艰辛，还是不说也罢！

然而最令我不能释怀的是，我实在有愧于十二年前和之后将这一套丛书两度列入出版计划的重庆出版社有关领导与责任编辑。尤其是热诚的王致中先生，他在后来由于我的意外拖延，没有等到亲手编辑出版此书，便撒手西归了——这是我永远的痛！

值得庆幸的是，这件事情终于由另一位同样热诚也同样姓王的责任编辑——作家出版社编辑室主任王宝生先生将其完成了。

看来也是一种缘分。记得去年刚刚重拾这一"旧梦"，偶然见到一本装帧精美的书:《女人品——闻香识女人》。作者是现已定居美国的大名鼎鼎的杨二车娜姆,一位从四川泸沽湖畔的原始氏族——摩梭人母系社会形态——中走出来,很快融入现代社会,并以其特有的丰姿与魅力倾倒了世界的传奇人物。这位美丽而前卫的女艺术家兼女作家,在书的《后记》中写道:

> 作家出版社出的书不错,作家出版社特能推书,作家出版社的发行能力很强。这些评语都是这一年来我在北京与出版界朋友们聚会时听来的。听得多了,也看了一些该社出版的书籍,心里慢慢对作家出版社有一种尊重感。……在今天如此激烈的竞争中,该社能够在同行业中赢得这么好的口碑,实在不容易,实在是该恭喜。

读到这样的赞语,我情不自禁地翻看了一下该书责任编辑的名字——王宝生。说实在的,已经好多年没有跟文学界和出版界人士打交道了,这个名字对我来说是陌生的。但我深深地记住了他。原因就在于,以我和杨二车娜姆的乡音念这个名字,简直和几年前身居要职的那位京城腐败分子的名字毫无二致。一笑!

殊不知鬼使神差,我后来和作家出版社签订的第一份出版合同,甲方代表正是王宝生。而且为了操作上的便利,也因为宝生的热诚与厚爱,后来他又征得我的同意,决定将这一套《红楼梦脂评校本丛书》也一并交由该社出版。

丛书的第一种即将付梓了。我想借此机会,向那些曾经给了我许多帮助的师友们表示衷心的感谢——

二十年前,我读到的第一个甲戌本的影印本,是尊敬的冯其庸先生从千里迢迢的北京给我邮到四川南部那座小城的。这一份情意,令我没齿难忘!

在以后的岁月里,在我蹒跚学步的治学征途中,得到了众多师友如茅盾、周汝昌、冯其庸、李希凡、蒋和森、刘世德、刘梦溪、胡文彬、张庆善、端木蕻良、胡德平、邓庆佑、舒芜、白盾、徐恭时、赵卫邦、周雷、魏绍昌、王群生、杨甦、郝延霖、王启忠、傅憎享、吴新雷、黄进德、杨光汉、程鹏、王昌定、李熙风等先生的勉励与支持,亦令我终生铭记!

此次校订这一部书,不仅有劳周汝昌、冯其庸、刘世德、胡文彬、杜春耕等师友在百忙中为我审读书稿、撰写序文或查核资料,还得到了王仂山、沈彤、张东声、于鹏、刘文莉等诸多友人的鼎力相助,同时与重庆出版社李书敏、杨希之、金乔楠先生自始至终的热情支持,和小女格非独具慧眼的最后校阅也分不开,故而一并在此深致谢意!

此外,承蒙张者先生惠赐新近发表的对周汝昌先生的访谈文章,用以充实本书的附录。这对读者更真切地了解甲戌本的收藏传播情况,以及胡适与周汝昌二位学界巨子的交往史事,皆大有裨益,也须在此深表感谢!

一些审读过此书导论的师友,对拙文多有谬奖,亦往往感到惊讶——何以会在一篇不算太长的文字里谈了那么多重要问题?坦白地说,我对这篇东西确实下了些苦功夫。四万余字,六易其稿,字斟句酌。一半是为了对得起这一套丛书的读者;一半则是因为躁动已久的"岩浆",终于找到了一个可以早早喷发的出口。里面几乎浓缩了我想要撰写的几本小书——《脂评本源流考》《新自叙说概论》《东方情圣贾宝玉》的主要精髓。既然把这些不成熟的意见,预先扼要地抛了出来,尚望读者和各位专家不吝赐教!

最后我想说,有的海外学者把我称为"周派",我不大喜欢这种带有门户色彩的定位,而且并不完全合乎事实。我诚然在周汝昌先生的学术秘藏里不断地吮吸着有益的滋养——如同我在其他师友那里也在不断地吮吸着一样——可是我和周先生之间的学术歧见,恐怕也并不比与其他师友的少。这种学人之间的观点异同,无论其多寡,我以为都十分正常。关键在于,我从来就没有因为和任何师友的观点歧异而改变对他们的尊敬和情谊；也从来不会因为对他们学术成果的肯定而放弃自己的探索与直抒己见。我在过去出版的一本学术论著的《后记》中，曾化用杜甫诗句"别裁伪体亲风雅，转益多师是吾师"，来标榜我治学的"个性"。如今，我想再用一位西方先哲的话"吾爱吾师，吾尤爱真理"，来恳请海内外同仁及各位师长给我以充分的理解和谅解。

我想，一个真正意义上的学人，就像一个婴儿的成长，假如他只能吮吸母乳，拒绝接受其他饮食，更不愿意学会自己动手去获取新的食品来源，这样的孩子一定长不大。可惜当前的学术界，有的人似乎并不真正明白这一浅显的道理。

新千年到来了。真希望我们的学术家园在一夜之间面貌一新，洋溢着和煦温馨的气氛，呈现前所未有的欣欣向荣的景象！

邓遂夫

2000 年 11 月 12 日　于北京龙华园

[补　记]

书稿已经出了胶片，就要付印了，忽然接到周汝昌先生的大札云：

> 寄上草稿，补证"命"字义。极重要！务请想一切办法追加——如在序后加"追记"，或在你的《后记》内引录，均可。切不可省略。拜托拜托！

随信所附周先生盲书的一大篇密密麻麻、重重叠叠的补证文字，原来是对他的序文中一条注释所作的追加说明。一位八旬老人，在耳目疾患的严重困扰下，尚能保持这样一种一丝不苟的求索精神，不能不令人感动。经与责编宝生洽商，决定将《校后记》（按：从此书第二版开始，为求统一，则易名为《初版后记》）的末页重新出片，

361

在文末增加这一"［补记］"，以便全文录入周先生的"补证"文字如下：

> 再如第五十回《争联即景诗》，写至"黛玉忙联道：'剪剪舞随腰。煮芋成新赏'"处，又云："一面说，一面推宝玉，命他联。……"再到下文，叙李纨要罚宝玉作诗。湘云说有个好题目。众人问是何题目？湘云道："命他就作《访妙玉乞红梅》，……"请看黛、湘二位，对他们的表兄，皆用"命"字。黛、湘既可于宝玉用"命"字，岂不正好说明脂砚之于雪芹亦可用"命"字乎？我所举例，足破"（畸笏乃雪芹）长辈"论者之惑。至于所谓"靖本批语"之伪文，已有无锡、南京等处诸学者揭其内幕，故更不烦词费了。

应该说，周先生以此来证明畸笏叟的批语"因命芹溪删去"的"命"字不一定就能作为"雪芹长辈"的证据这一点，是合乎逻辑并有一定说服力的。但仅凭此点，我以为还是不足以证明周先生关于脂砚与畸笏乃同一作批者之不同化名的论点，就能站得住脚。因为在脂评本和脂批里面，实在有太多的迹象显示出脂、畸确系不同的作批者，且与雪芹的关系有着微妙的差异。

此外，我还希望周先生对迷失的"靖本"问题能换一个角度去思考，至少不必过早地作出断然否定的结论。靖本的真伪，与脂、畸的身份及辈分问题其实并无必然的联系；但就其版本学本身的意义来说，我以为靖本问题尚有一些不为人知或暂未引起人们重视的线索，有待我们作更深入细致的探讨。

2000 年 12 月 12 日

二版后记

红学的春天与新千年同步降临

　　大约从二十世纪末的九十年代开始,随着我国国民经济的发展和思想观念的变化,人们对中国传统文化的热情似乎有所减退。《红楼梦》和红学的命运还不是最糟的,但用周汝昌先生的话来说,仍然认为红学跌入了"低谷"。这种状况的具体表现当然是多方面的。反映到图书的出版发行上,便是近年来出版的各种装帧精美且定价并不昂贵的新版《红楼梦》,能够印上几千册上万册而不滞销不降价处理就算不错的了,和以前此书的持续畅销相比,真有天壤之别。至于红学专著的出版发行之艰难,更是到了令人寒心的地步。别说一般人,竟连一些在海内外颇有影响的红学专家的新著,其印数也从过去动辄数万册而骤降到了三五千册。这样的现象,不论包含着多少合理的因素,也不论夹杂着多少反常的成分,总之对于像笔者这样酷爱中国传统文化尤其是酷爱《红楼梦》和红学的痴迷者来说,不能不生出一点无可奈何的伤感。

　　可是,在刚刚进入新千年的第一个春天,这部《脂砚斋重评石头记甲戌校本》的出版发行,却让我感到一种久违了的意外惊喜,还似乎从中看到了传统文化与学术复兴的希望。

　　尽管我对这本书的出版发行,从一开始就颇有信心。但我还是没有预料到,自己用近乎殉道者的执着去编校的这一套《红楼梦脂评校本丛书》,会在推出第一种(即这个甲戌校本)时,便获得如此强烈的反响,受到如此众多的普通读者尤其是年轻读者的青睐。记得在此书初版正式开印的前夕,一位熟识的红学专家和另一位看了样书颇为称赞的女作家,均显得有些担心地说:"书是很好,可印一万册太冒险了——没有那么多人买。现在读这种书的人已经很少了!"

然而后来的实际情况,却令所有关心这本书的朋友大跌眼镜。不仅首印的一万册供不应求,而且在不到三个月的时间里接连印了三次达三万册。即使这样,好些地方的读者还是来信来电反映买不到这书。北京一些大型书店每周公布的"图书销售前十名排行榜",此书竟然连续上榜数月。假如不是后来我发现书中还有一些印错的字和我个人校订上的失误,请求出版社允许我作全面修订后再出新版,也许早就印第四次、第五次了。这在近年同类图书的出版发行中,无疑是一个奇迹。

当然我也深知,这本书的发行看好,除了与作家出版社及此书的责任编辑王宝生先生所作的努力分不开之外,众多传媒的热情宣传报道也起了重要作用。《人民日报》(包括海外版)、《光明日报》、《中国新闻出版报》、《中国教育报》、《中国青年报》、《中国妇女报》、《中国民航报》、《中国化工报》、《人民政协报》、《北京晨报》、《海南日报》、《作家文摘》报、《博览群书》杂志、《好书》双月刊、中央电视台、北京电视台以及我家乡的《蜀南文学》、《自贡日报》、自贡电视台等数十家新闻媒体,另外还包括新华、人民、网易、大洋、新浪、搜狐等在内的全国众多互联网站,都在此书刚刚面世之际便作了及时详尽的报道和评论。可以说,在当今的信息社会里,如果没有上述那些新闻媒体和互联网络的厚爱与支持,这本书虽不说还"养在深闺人未识",恐怕至少不会产生那么大的影响。所以我要借此机会,向以上提及的或不曾提及的全国各地新闻媒体和互联网站,还有那些热情报道和评论此书的素不相识的记者、编辑和评论家们,表示我由衷的谢意和敬意!

其次要感谢的,便是热爱、关心此书的所有的读者。他们不仅踊跃地购买此书,好多人还向出版社和校订者来信来电,给以热情鼓励和鞭策。有的读者甚至逐字逐句地推敲,认真仔细地提出修改意见。现在单是看着手边这一摞摞来自全国各地的读者来信,我便禁不住心潮澎湃,充满了感激之情。

其中让我特别感到欣慰的，是一些并非出自高等学府或学术研究机构甚至并非出自文科专业的年轻人，他们居然也有着那样可喜的学识功力和对传统文化的渴求。如西北大学的李建西同学，他本来是学文物保护专业的，可他不仅在上高中时就读了《红楼梦》和好几本研究《红楼梦》的专著，而且熟读了《老子》《陶渊明集》等一般这样年龄的人不大去接触的各类书籍。他正是在衢州上高中时就买了初次面世的甲戌校本细细阅读；进了大学，又从学校图书馆借来影印甲戌本进行对校。不仅发现了甲戌校本的十多处错字，还据陶渊明的一篇不为一般人熟知的《与子俨等疏》，纠正了我的一处误校。另一位，则是毕业于国防科技大学的河南某部二十四岁的年轻军官梁栋。他的古典文学功底之深和对红学（包括红学中的版本学）的了解与理解，都令我惊讶不已。他在来信中对甲戌校本和我在导论中的一些观点，提出了许多独到的分析和批评，还据《千家诗》纠正了我的一处误校（虽然红学家胡文彬先生也向我指出了）。此外，山西一位名叫李衡的二十七岁的年轻人，在来信中提出的一些意见也令我有茅塞顿开之感。

可以毫不夸张地说，这本书出版后，我从上述这类普通读者尤其是年轻读者的来信来电中所受到的教益，远远超过了专家们所反馈给我的信息。这一情况既让我吃惊，也让我感到欣喜。从中似乎可以看出，像红学这样一种在中国古代文化的研究领域中迷雾重重的专学，直到目前仍然拥有广泛的群众基础，甚至蕴藏着不可估量的后继研究人才。二十世纪九十年代红学的低迷，固然有社会发展的阶段性原因，但更重要的，我以为还是当前严重存在着的学术腐败、学风不正以及教育失衡等诸多因素所导致的综合性顽症所致。这类顽症的存在，既败坏了红学的声誉，又挫伤了或者说影响了有良知的研究者的积极性，同时也压抑了或者说扭曲了新人的健康成长。现在，这样的状况已经到了必须立即采取有效措施加以改变的时候了。只要有关方面能下定决心并拿出魄力，也完全有条件借当前深化改革的东风，使这种改变真正得以实现。

但又不能不充分估计到，这一不良现状的既得利益者的顽固性和抗拒力也是惊人的。如果有关方面不下一点大力气，恐怕要真正治愈这种顽症，会非常非常地艰难！

所以就我个人而言，目前更多的还是倾向于对公众的期待。既然《红楼梦》已经理所当然地被视为我们民族文学的代表和全民阅读的范本，那么，对它进行深入的解读或曰研究，便绝不应该成为极少数专业人士的个人智力游戏，更不应该成为喧嚣红尘之外的象牙之塔的清供。我当然同意一位评论家所发表的看法："红学家们可以通过一些切实可行的工作，为公众提供更好的阅读文本和为红学家所公认的背景资料。"但我又不同意这位评论家将红学研究与公众的参与截然对立起来的观点，更不同意他所设想的未来的红学家只能从现代教育体制下通过培养硕士、博士来"成批制造"的观点——至少在可以预见的将来这是绝对行不通的。

因为，目前我国的现代教育体制还极不完善。在教育改革还任重而道远，教师素质还参差不齐，尤其在教育腐败与学术腐败还一时难以根除的今天，我们很难相信，一些仅仅是挂名或本身就徒有虚名的导师所"成批制造"出来的硕士、博士，能够真正承担起像红学这样须得踏踏实实深入其间的研究重任。

我始终有一个偏见，搞文学创作，或者搞中国古代文化方面的研究，似乎和搞哲学、自然科学等方面的发明创造和研究还有所不同。这方面出类拔萃的人才，往往不是在大学课堂里就能造就出来的。古代的文学大师和国学大师就不说了，近现代的大师如鲁迅、巴金、茅盾、郭沫若、王国维、章太炎、梁漱溟、周汝昌……他们中有多少人上过大学，又有多少人学过文学专业并取得过硕士、博士学位呢？胡适、钱锺书、吴恩裕固然是博士，但都不是文学博士，更不是中国文学的博士。大量无可辩驳的事实都说明，这些中国文化的大家巨擘在文学和国学上的扎实功底，除了丰厚的家学渊源，多半都是靠自身的努力，靠扎扎实实一点一滴地下苦功自学得来的。所以，仅仅期望于在目前的教育体制和不尽如人意的学风之中,就能从大学里"成批制造"出合格的红学家,我以为只能是幻想。当然,只要不是遇到误人子弟的教授,在大学里是可以学到一些文学的基本常识和治学的基本方法的;但这些基础性的东西,在大学的课堂之外同样可以学到。而要成为一个真正有作为的文学家或红学家或其他什么家,关键还在于自身长期艰苦的磨炼和锲而不舍的钻研;舍此,实别无他途。

所以,今后不论是诞生于高等学府的年轻精英,还是潜藏于普通大众的世外高人,只要能向《红楼梦》这一中华文化的瑰宝投来关切的目光,并愿意为建造国学之中的红学大厦添砖加瓦者,都应该受到一视同仁的欢迎。《光明日报》2001年2月1日刊出的一篇长文中有一段话,算是道出了我在这个问题上的心声:

> 邓遂夫的期望,绝不仅仅是《红楼梦》脂评本的普及。作为新一代学人,在《红楼梦》之谜的破解,红学的发展与突破上,他亦寄希望于大众的参与和由此带来的红学研究的"水涨船高",红学研究人才的脱颖而出。他坚信,大众的参与,会为红学研究的深入提供更多的机遇。因为曹雪芹与《红楼梦》毕竟是中华民族最值得骄傲的作家与作品,理所当然地应当受到全民族更普遍的关注与重视。(庄建:《走出象牙之塔——写在〈脂砚斋重评石头记甲戌校本〉出版之际》)

最后,我要对这次修订作一点简单的交代。

坦白地说,尽管这本书出版以后受到读者比较普遍的欢迎,但在此书的校对和校勘上的失误实在不少。当然,有的错误出在打字和排印上。因为我至今还是一个顽固不化坚持用钢笔写作的落伍者,所以校订出来的稿子,全得由别人去打印后付排。这之间所反复出现的差错,由于时间精力的关系,我最后只能拜托给两位校对人员去解决。直到初版第三次印刷本出来以后,我才抽出时间对它进行了一次较全面的复核。结果,复查出来的失误和新发现的值得改进之处较多。我把这一情况向责任编辑和朋友们直言相告。尽管一些朋友建议我在下一次重印时悄悄纠正过来就是了，不必公开地去出修订本。但我还是觉得应该通过这种正规修订的方式，将情况如实告诉所有的读者，以便让过去那些厚爱此书的读者都能获得一个明白的订正机会。

许多读者在来信中所指出的疏漏，大都集中在一些比较明显的错字上。这样的错字，数量并不多。更多的倒是那些不为一般人所觉察甚至连专家们也不易觉察的错误——其中包括我个人在当初还没有完全意识到，或虽有所意识却一时还缺乏勇气加以突破的一些"陈陈相因"性质的错误。这些已发现的问题，我在修订本中也都逐一作了纠正。这样一来，虽不敢说尽善尽美，至少把属于技术性的失误尽可能降到了最低点。此外，凡重要的修订，特别是经由专家或普通读者指出而作的重要修订，我都在注释中作了说明。对一些从未被人发现，或至少是从未被人指出过的校订失误，我也在修订后的注释中特意标举出来公开"示众"，指出自己最初失误之要害所在。我这样做，有的朋友或许觉得我太迂腐、太老实；有的学者或许又会觉得我这是"矫情""作秀"。其实我的本意，除了对读者负责，对历史负责，更重要的还是想以自己微薄的实际行动，破除一下过去长期存在于红学界的藏拙掩丑、弄虚作假，或无视甚至故意抹杀别人学术成果的腐败陋习。

概括成一句话，就是想以身作则，从我做起，力求树立良好学风，根除腐败陋习。只有这样，才能逐步做到无愧于中华文化的优良传统，无愧于这个万象更新的新时代！

当然，我更为红学的春天与新千年同步降临而欣喜！

邓遂夫

2003 年 8 月 9 日于蜀南释梦斋

二版跋语

由今视之,斯言不为甚谬

周汝昌

我原是惦记遂夫继甲戌本校订出版之后,下一步庚辰本之校订如何了,希望他不宜分散精力,早日完成付印。他却告知我,《甲戌校本》出版后受到了各地各界读者人士的欢迎,已作出修订,即将再版。闻此佳讯,喜而有感;因曾为此书制序,故拟再作短跋,亦因缘之所至,非偶然也。

记得那是 2000 年 12 月 26 日在本书出版发行会上,我曾作如是断言:这部书的出版问世,必适逢新世纪之肇始,是个好兆头,必将为长期以来沉闷无光的"红学"局面打开一个崭新的纪元。由今视之,斯言不为甚谬,因为从那以后,果然出现了一切少见的新气象。大家所以欢迎并关切遂夫的这一事业,获得好评,认为曹雪芹真本庐山面目,初次让最多数的一般群众得以认识理解,这方是真正的普及工作。再如,新一代的大学生、高中生中,涌现出一批水平很高的文学爱好者,这些有识者已经完全否定了程高本的后四十回伪续书而嘲笑那些把一百二十回本称为"原著"的荒谬主张。还有颇有资历的研究者,如今著书表示:过去把前八十回与后四十回混为"一体"是大错了,自作改正之现身说法者。诸如此类,皆是我说的新纪元的良好例证,令人欣慰鼓舞。再如在本书的带头影响下,不同于以往"一百二十回全本"的假《红楼梦》的新校本也相继出现了,将原本八十回与伪续四十回截然分清,不再惑人耳目头脑。同时在脂砚斋大量批语中所透露出的真本"后三十回"的若干字句、回目、情节也得到了明晰的展示,而这方是大大有助于理解曹雪芹的真文笔、真思想、真义旨、真性情的重要做法。

君不见，目下正有新学派研究者对于脂砚斋其人的究竟有无、谁何、年代早晚等提出了疑问。那么，遂夫的重视脂批本的校订事业，不就更显得有其新一个层次的意义了吗？

遂夫是有度量的，慨然收入了我不同意脂砚、畸笏为二人的若干文字附印于卷尾（"脂砚""畸笏"本一音之转，有人即读为同音字。"笏"乃砚的别称代词，如宋·吴文英《江南春》词中即有力证，兹不多述）。这种作为学人的有容乃大的心地胸襟，足以使得有些一贯自是、自大，自封为王为霸的不良之风相形而黯然失色。我的拙跋，特别强调这一要点，强调需要"双百"的真正落实。而直到今日，"一言堂"的霸权现象，不是还在"大行其道"吗？

至于再版之重加修订，不自掩饰曾有之疏失，那就不在话下，属于次要了。当然，这也是学人自加鞭策、精进不息的美德，与那些文过饰非、怕人指正而且衔恨于心的人，乍一对照，就值得大书一笔了。

是为跋。

2003 年 9 月 19 日于北京

三版后记

盗版者，你是不是找错门儿啦

一部带有浓厚学术气息的古籍残抄本的校订本，能够走出学术界的小圈子，被众多普通读者所接受，已经是很不容易的了；而能一版再版地印到五六次，更是出乎大家的意料。老实说，这倒还在校订者本人的大致预计中。真正让我感到惊讶的，是本书竟然出现了盗版——据说在某些地方还比较普遍。这是《杂文月刊·选刊版》执行主编吴营洲先生首先打电话告诉我的。

我真的有点想不通，这书有什么好盗版的？四年多时间，总共才印了几万册，比起那些一开印就一二十万册的其他类型的真正畅销书来，实在是微不足道。所以我真想问问此书的盗版者：你是不是找错门儿啦？

两千多年前的盗跖先生就曾告诫他的门徒——"盗亦有道"。怎么到了今天，这些门徒的门徒连起码的"道"也不讲了？竟忍心把手伸进我们这样穷酸学者干瘪的钱袋中来？用我家乡的话来说，这叫"抠鼻子屎吃"。

为了应付这些无孔不入的盗版者，只好建议出版社借重印之机再出一个新的修订版。这样，不仅可以改变一下封面的色调，增加一个防伪的标志，还可以本着精益求精的原则，对全书作一次更严密的修订。

这次修订，我要特别感谢孙志超和明科两位读者的劳绩。尤其是明科同学，他在准备大学期末考试和下学期毕业论文的双重忙碌之中，还特意抽出时间把上次的修订版重读了一遍，把他所能感知的一些失误和疑问及时告诉我。我真为有这样勤奋好学又极具责任心的年轻人而感到欣慰、鼓舞。

但愿此书在读者、校订者和出版社的持续互动中日臻完美！

邓遂夫

2005 年 2 月 3 日于釜溪河畔

[补记]

本书曾在一些版次的后记中，留下过不同时期的不同联系方式（包括不同的通信地址和电子邮箱号码），后来大多因故废弃。

为了今后不致生误，特于本书第九版问世之际，选择在此一空白较多的早期后记之末，略作说明，并留下一个相对较稳定不变的电子邮箱号码：dsf4311@163.com。这个邮箱号，亦将同时留在九版后记之末。

请读者诸君务必先通过此电子邮箱联系之后，再酌情告知其他联系方式。

2018 年 12 月 18 日于核对清样后

四版后记

向我的第二故乡重庆致谢致歉

刚刚完成本书第四版的修订工作,便意外地接受了《重庆日报》记者强雯女士的采访。提了十多个问题,我大都作了坦率的回答。这算得上是近几年来接受传媒采访回答问题最广泛最无遮拦的一次。其原因,我在一开始就讲了:

> 重庆是我的第二故乡。我的童年是在重庆度过的,当时住在磁器口,六岁以后才回到故乡自贡。十六岁初中毕业考入自贡市歌舞剧团做舞蹈演员,也是被送到重庆市歌舞团代培训练的。后来改行搞文艺创作,想给本单位写一部大型歌剧《曹雪芹》(又名《燕市悲歌》),由此涉足红学,竟然也和重庆的支持分不开。歌剧正式排演,是请重庆市歌剧院名导演王松柏先生来担纲执导的;最早写出的红学论文《曹雪芹续妻考》《〈红楼梦〉主题辨》,虽然受到茅盾、周汝昌、冯其庸等前辈大师的赞扬,却因学术界一些人有不同意见而迟迟不能发表,最终也是在重庆老作家王群生、杨甦等人的极力推荐下,得以在《红岩》文学季刊全文登载;我的第一部学术专著《红学论稿》,也是1987年由重庆出版社出版。可见,重庆,既是我生命的摇篮,又是我事业的发祥地。

之所以在这个后记中重提此事,有一个很重要的原因,便是这个甲戌校本问世的本身,也同样包含着重庆的支持。这一点,我在接受重庆记者的采访中并没有谈到,不妨在此顺便一提。

1989年年初,我在遭遇一场无妄之灾而被迫到海南下海经商之前,重庆出版社本来已经把我当时着手校订的甲戌、庚辰二校本列入了重点出版计划。十年之后,我从商海"弃舟登岸"重拾旧梦,也是首先和该社约定,俟完稿后交由他们出版。可是后来因种种客观情况发生变化,我在求得当时的社长李书敏先生和重点策划部主任杨希之先生的谅解之后,将先期完成的甲戌校本及整个这套《红楼梦脂评校本丛书》的出版权,都转移到作家出版社。李、杨二先生虽表示尊重我的决定,言语之间仍流露出遗憾。多年来,我对此深怀愧疚。所以想借此机会,向我母亲般的第二故乡表达我深深的歉意和谢忱。

甲戌校本的此次修订,一部分属于校订者在近两年来因学术观点的深化而作的改进,另一部分则是在热心读者的帮助下新发现的一些打字排版方面的差错。按本丛书惯例,再一次地对那些曾经在此次修订中提出过合理意见的热心读者,表示衷心的感谢。他们是吴全鑫、明科、于鹏、汪炳泉、田晓爽、孙甲智等。其中吴、明二位,用力最勤。

希望今后有更多的读者来关心这套丛书。为了方便联系,我在庚辰校本的后记中留了一个 E-mail:dsf0611@126.com。这里再留一个通信地址:(643000)四川省自贡市同兴路同心苑 2-12B。

顺便说一句。最早给甲戌校本初版提出宝贵意见的原西北大学李建西同学及洛阳梁栋、山西李衡二先生,你们的地址是否有变?盼速告。好久都无法与你们联系了,十分想念。

邓遂夫

2006 年 8 月 2 日于蜀南释梦斋

五版后记

从"然"字的古今释义变迁谈起

前不久,扩大版面重排的《脂砚斋重评石头记庚辰校本》(简称庚辰校本)修订三版刚刚问世,转眼之间,同样是扩版重排并作了重要增订的这个甲戌校本新五版,又将和读者见面。

如今呈现在读者面前的甲戌新版,可谓地道的"升级版",一定会给大家带来新的惊喜。因为它的新,不仅体现在校订者对全书又作了更严密的修订,也不仅体现在扩大了版面、改变了封面和装帧设计,更重要的是,还增补了一些极具参考价值的珍贵图片和附录资料。这对读者和研究者更全面地了解甲戌本的诸多真相颇有帮助,从而也就更进一步地提升了本书的阅读欣赏价值、学术研究价值和版本收藏价值。

单就校勘方面的再次修订而言,除与刚面世的庚辰校本新三版一样,引入了去年新发现的卞藏本版本信息之外,自然也和此前这套丛书的历次修订版一样,再次结合众多热心读者的合理意见,对全书作了更全面深入的改进。故按本丛书惯例,首先要在这里对较突出的十五位热心读者,表示深切的感谢!他们是(以被采纳意见之多寡和时间先后为序):汪炳泉、半痴、付志坚、孙志超、秦昕、明科、吴全鑫、王小龙、侯项乾、朱江、高一帆、董以民、张向东、孙甲智、许果等。另有一些热心读者,也曾不同程度地提出过一些合理意见,但因时间稍后,与此前其他读者所提意见相同,故未列名,亦当在此一并致谢!此外,由于这次修订时间紧迫,我曾临时拜托于鹏、王小龙两位青年朋友,为我编制了一部分卞藏本的异文索引,还从另一位青年朋友孔祥浩馈赠的影印甲戌本台湾第三版中获取了更多有益的信息,均在此一并致谢!

　　校订者在一如既往地敦请广大读者对本丛书踊跃挑错的过程中,由于时间关系,一般都不对所提问题详细作答,更不对其中未必妥当的一些意见作解释,采取的是"有则改之,无则加勉"的方针。但有的热心读者,或因意见未被尽行采纳,往往通过网络反复申说,让人莫衷一是。这里面有一些带普遍性的认识差异,我想借此机会略谈一谈自己的看法,以供读者参考。

　　还是从一个具体的例子谈起吧。本书第二回正文之前有几条回前批,其中有句云:"盖不肯一笔直下,有若放闸之水,燃(原误然)信之爆,使其精华一泄而无余也。"有读者反复提出:此"然"字可不作校改。理由是,"然"乃"燃"之本字,在古代是可通的。

　　这个意见——也包括其他某些类似的意见——我一直没有采纳,也未作解释。在我看来,这位读者只说对了一半,即"然"乃"燃"之本字。岂止是本字,在相当长一段历史时期,压根儿就没有加了"火"旁的"燃"字存在,那时候表"燃烧"之义的唯一用字只有"然"。但其有欠考虑的另一半,即所谓"古代可通"这个概念,运用到具体的"然"字上,未免外延太宽。上下五千年,迄至鸦片战争之前,都可以称为古代,是不是一直都可以通呢?尤其是距今二百余年前曹雪芹所生活的"近古"时期,人们是不是依然习惯于使用原初的"然"字来表达"燃烧"之义呢?情况并非如此。

　　汉字的发展演变过程十分漫长。几千年来,最初产生的一些数量有限的汉字,大都随着时间的推移,不同程度地作了分化与重组,逐渐演变出数量繁多的新字新词来。那些原本包罗万象的"本字",也在这个演变过程中,逐渐地被加上各种偏旁而作了更详细的分工。但情况又各有不同。

　　比如"助"字,两千年前的《说文解字》释为"左也",稍后的《尔雅》释为"佐也",都表明是辅助、帮助之义。然而慢慢地,随着一种有助于松土的金属农具的出现,本义的"助"字便被加上"金"旁,派生出一个"锄"字来;随着有助于进食的一种竹制餐具的出现,"助"字又被加上"竹"头,派生出一个"箸"(即后来的箸)字来;如此等等。尽管加上了不同的偏旁，其"助"字本义"佐也"，在这些新创之字的含义中还依然存在，但在实际的功能上乃至读音上，却发生了微妙的变化，不可与原字再行混用；而那原字（助）的本义与功能，则历数千年之久而未变。这是汉字发展的一种类型。

另一种类型。比如前面提到的"然"字，按《说文》所释："然，烧也。"而后来所习惯使用的"燃"字，在两千年前的《说文》里压根儿就没有。原因很简单，"然"字下面已经有了一个"火"旁——"灬"，何须再去叠床架屋地旁添另一个"火"。但问题却出在，古人对点火这件事情大概过于珍重，一当某个物体（如油灯、蜡烛、柴火之类）被顺利地点燃，往往会让所有的在场者都显示出欣喜、赞叹、认可、点头称是等种种情绪。久而久之，这个伴随着称许、赞叹之声而不断被提起的"然"字，便渐渐地派生出诸如"成也""应也""许也""是也""如是也"等十余个引申再引申的义项来（参见《尔雅》《玉篇》《广韵》《集韵》以及《礼记》《庄子》《史记》《淮南子》等）。这些派生出来的众多新义，偏偏又和"烧也"之本义相去甚远，却并没有像上举"助"字那样给派生之义附加上各种偏旁。所以渐渐地，这个原本只表"烧也"之义的"然"字，反倒自我异化，越来越远离了原初的本义，而将其"本职工作"拱手让给了一个被重复加上"火"旁的晚出的"燃"字。

说它晚出，是因为在现存的古字书、古韵书里，几乎见不到它的身影；其最早也最有名的现身，当数南北朝时期的《世说新语》所引曹植诗"煮豆燃豆萁"。稍后的《旧唐书》又有了"燃薪读书"的记载。有了这两个著名的典故开道，"燃"字的逐渐大行其道，也就不足为奇了。至少在雕版印刷较为盛行的宋代，这个"燃"字已经用得相当普遍。到了明清之际，以"燃烧"之义而仍用"然"字者，不能说绝对没有，至少是微乎其微。

最关键的问题还是，在曹雪芹写作《红楼梦》时，他和他的助手们，以及同时代的或稍后的过录本抄手们，乃至后来整理印行《红楼梦》的程伟元、高鹗们，在表"燃烧"之义的用字上，到底是用的古字"然"还是今字"燃"？查现存各古抄本及古印本，虽然书中较少提到与"燃烧"有关的词语，但仅凭第五回一个赫然在目的《燃藜图》，而且各本无异，问题也就迎刃而解了。说明曹氏本人及其助手们，以及当初的众多《红楼梦》爱好者们（包括进士及第的高鹗、戚蓼生等），全都没有复古使用"然"字本义的特殊癖好。

那么，甲戌本第二回回前批原抄之"然信之爆"又当作何解释呢？以我的理解，这个"然"字其实并非原文，它极可能是当初那位文化不高的甲戌本过录抄手，因不解"燃信"为何物而作的妄改或误抄，甚至可能是一种省笔书写——如同现存庚辰本上的许多"黛玉"被省写作"代玉"，"丫鬟"被省写作"丫环"一样，难道校印时也该原样保留？

或许有人还是会问：你这算不算双重标准呢？既然当初通用了"燃"字，对传抄本上个别同义的"然"字，就可以视为抄误而不予采纳；那么，在《红楼梦》正式印行面世以来，人们一直都在广泛使用的京语"沏茶"一词，到了你这甲戌、庚辰校本里，为什么又非得按各传抄本所体现出来的极生僻的"潨茶"原文为准？

是的，"沏茶"的"沏"字，的确是自程高本首印以来就一直存在着的，流行了至少两百余年，且被当今的字词典所沿袭和公认。但这一约定俗成的事实本身，并不能证明在曹雪芹的原著中就真的使用过"沏"字。事实上，在曹氏写作此书之前，不论是"潨茶"还是"沏茶"，都从未在任何典籍中出现过，作者在《红楼梦》中选取古书上一个音义相近的"潨"字来表现北京人对"冲茶""泡茶"的独特口语，显然属于一种破天荒的发明创造。而这独创的新词，是在作者辞世近三十年之后才被程伟元、高鹗改用另一个"再创造"的"沏茶"给调了包，让不知情的读者误以为这个"沏"字是作者的原创。如今通过版本考证已经查明了真相，难道还应该把这个和原著毫不相干而且音义皆殊的后起之词，继续强加到曹雪芹头上？所以，这个曹氏自创新词的问题，和前述分明是后人误书而形成的复古式用字，完全不可相提并论。

说到这里,不禁联想起国画大师齐白石老人的一件趣事。据说他在上世纪四五十年代应邀为北京某烤肉店题写店名。题完之后,特意在落款处写上一行小字,大意是:"烤字无考,自我作古。"这件事情,一方面体现出白石老人在书法绘画创作上的严谨,另一方面也体现出:在旧时的文人墨客尤其是书画名家当中,往往会有一些人在写字上习惯于"泥古",凡古代字书、韵书中不曾收录的俗字、新词,他们往往刻意地加以回避。事实上,如果不是拘泥于古字书、古韵书,其"烤"字又何尝无考呢? 不说别的,单是这一部流传了二百余年,在白石老人在世期间早已被公认为中国文学之经典的《红楼梦》里,不就大量存在着"烤火"之类的字眼吗?

我举这个例子,不外乎想说明:即便在此前的个别名家当中,还偶尔可以见到诸如以"然"字作燃烧之义来使用的特例,亦并不证明这类字词就理当"复古",当然更不证明曹雪芹及其助手们在用字上就真有使用原初古义的癖好。

另外还须指出:像目前这样根据现存脂评抄本所作的文字校勘,绝不能够理解为是在"纠正"原著,倒恰恰相反,是在力求恢复原著的本来面目。当然,要透过经辗转传抄而形成的脂评本上的诸多讹误,去恰如其分地考订出这部古代文学经典的原文真貌,的确不是一件简单容易的事情,再细心再高明的校订者,恐怕都难免不出错。所以,仍然真诚地欢迎广大读者和各位专家学者,继续给这套丛书多多提出宝贵意见。

邓遂夫

2007 年 8 月 7 日于北京

六版后记

一个神圣时刻的遐思

写这篇修订六版后记,适逢一个神圣时刻的来临:2008 年 3 月 24 日,北京时间 17 时 45 分至 18 时许,电视里正在实况转播古希腊奥林匹亚遗址举行的北京奥运会圣火取火仪式。此时,扮演最高女祭司的希腊演员玛利亚·娜芙普利都,在赫拉神庙前的凹面镜中成功地取了圣火,点燃第一火炬手亚历山大·尼克拉泽斯手中的火炬,并用古希腊语对他说:"将圣火传递给全世界!……"

这庄严神圣的话语,顿时点燃我心中的激情,脑海里不断地轰鸣着:"将圣火传递给全世界!"由此而启动的圣火传递,也让我浮想联翩……

于是,我情不自禁地想到,当今许多有志之士,为了更好地继承和发扬中华传统文化之精粹所作的种种努力,不也像是在传递圣火吗?那取火的艰辛,一棒又一棒的接力,无不庄严而神圣。此刻摆在读者面前的这部《红楼梦》甲戌校本,也可以视为这一文化传承的小小一环。此书自新千年第一个春天出版问世以来,已历八载,先后出了五版,印过九次,如今又再出新版。这说明,读者对它的欢迎与厚爱仍在不断地持续着,它的读者面也在不断地扩大着、延伸着。正因如此,为了更切实地回报读者的厚爱,同时也为了对这一伟大的文学经典更加负责,校订者对其所作的进一步修订也一刻不曾停止。

听到过一种反映:不就一本经典小说的特殊版本吗?在短短的几年里这样不断地推出修订新版,有什么必要?我的回答则是:当然有必要。一本具有学术探索性质的《红楼梦》特殊文本的校勘本,能够在不长的时间里反复地重印再版,这首先表明它顺应了时代的发展趋势,符合了当今广大读者的精神文化需求,也经受住了图书市场经济法则的严峻考验。但问题还有另一面:任何一本受读者欢迎的书,都不可能一下子就达到十全十美,更不可能认为它就没有一点值得改进提高的地方。而我本人向来的原则都是:第一,自己的书越是受读者欢迎,就越要精益求精地让它更趋完善;第二,决不能光听读者的赞美之词,还得尽可能地倾听读者的批评建议;第三,有错必纠,及时改正。

对这后一点,还得稍作说明。因为有些热爱此书的读者也在担心:"像这样不断地出修订版,买了早期版本的读者怎么办呀?还是别修订得那么频繁吧!"这想法可以理解,但在逻辑上有毛病。须知,一本书每出一次修订版,虽然都有改进提高之意,但更直接的原因还是为了满足未购此书的读者之需求。重版的次数越多、越频繁,则表明读者的需求越广阔、越迫切。既然有了更多重印再版的机会,难道还可以像过去某些权威校订本那样,明知有错却长年原版重印而不作改进?那样做,非但对经典名著不负责任,非但对学术的深化和图书质量的提高不利,就是对早期购买过该书的读者,又能带来什么好处呢?

所以,在这举世瞩目的传递奥运圣火的神圣时刻,此书的第六次修订版又将在读者的厚爱和热心参与中面世了。当然同样要对那些为这次修订提出过宝贵意见的热心读者,表示深切的感谢。他们是朱江、秦昕、汪炳泉、付志坚、明科、顾斌、王小龙、张勤龙、罗连国、万露、陈迪中、孟令中等十二位读者。有意思的是,后面三位是临到这个修订本的排版工作已经完成并出了胶片,正准备送工厂开印,才临时撤下几页胶片来添加上去的。这是因为在此次修订的过程中,插入了我和西岭雪女士合作的一部评点本续红新著《释梦斋评西续红楼梦之黛玉之死》出版前后的诸多扫尾工作,以及为周汝昌先生4月14日的九十周年华诞筹办一个较妥善的庆祝活动等,竟忙得连上网收发邮件的日常功课也顾不上了。以至在昨天上网查找一份资料时,才突然发现这后三位热心读者所提的两处值得一改的合理意见,而作了临时增补。为什么三位读者所提的意见仅两处呢,是其中的两位读者不约而同地提了同一条意见吗? 也是,也不是。按惯例,在提同一条意见的读者中,应按时间顺序只计先提者。但这次我破例把两位都算上了——那就是陈迪中和孟令中。前者在《咬文嚼字》杂志2007年第9期发表了一篇文章:《"一对双璧"和"莫齿难忘"》,是纠正本书导论和初版后记中的两个误用词语,提得非常好。可惜我好长时间没有购阅这本素来十分喜爱的杂志了,也就没有及时见到这篇文章,而是由另一位素不相识的热心读者孟令中把这信息发邮件告诉我的。陈迪中文章所提,依据的是此书初版,里面的"莫"字之误,我发觉后已在五年前的修订二版中改过;但"一对"之误,却一直到此前的修订五版都忽略未改。我真为有他们这样热心、精细的读者而欣喜,而感动。尤其孟令中的及时转告——以前王小龙、史鑫也曾这样转告过——让我联想到了前文提到的圣火传递。

不言而喻,以上所列这一公开感谢的热心读者名单,仍是以所提合理意见之先后多寡为序。但这次的"并列榜首",是正在上大学二、三年级的"资深红迷"朱江和秦昕,则更令人欣慰。这两位身居异地的同龄人对《红楼梦》的痴迷,不仅堪称资深,而且每一次阅读都特别深细、敏锐。他俩都是在并无任何脂评影印本可供参照的情况下阅读本书的,一些并不引人注意的错漏(包括标点符号),竟然大多逃不过他们的眼睛。

北京读者付志坚以往也曾名列榜首,他这次提的问题数量不多却极有质量。特别是敏锐地觉察到甲戌影印本第三回的三处"碧纱幮"的"幮"字,均不似其他脂本或通行印本所习惯书写的"厨"。这可以说是极能体现曹雪芹原著真貌的一个重要发现。

查"碧纱幮"一语的最早源头,似出自唐代王建《赠王处士》诗:"松树当轩雪满地,青山掩障碧纱幮。"这里面的"幮",即后来简化的"幮"之本字(另一个简化的异体则为"幮")。其用法,亦合乎《广韵·虞韵》所释:"幮,帐也,似厨形。出陆该《字林》。"所以稍后的司空图诗"尽日无人只高卧，一双白鸟隔纱幮"，周邦彦词："薄薄纱幮望似空"，董解元《西厢记诸宫调》："初夏永，薰风池馆，有藤床、冰簟、纱幮"，以及其"幮"字，在原著中均为带"巾"旁的"幮""幮"或"幬"。至于后来的以及李清照《醉花阴》词："玉枕纱厨，半夜凉初透。"里面取消了"巾"旁的"厨"字，乃庖厨之属，和"碧纱幮"的原意并不吻合，不足为训——充其量可以视为一种借代或省笔之字。所以直到现在，这一释义为"帏障之属，以木作架，顶及四周蒙以绿纱，夏令张之以避蚊蝇"（见新版《辞源》释文）的"碧纱幮"之"幮"，其规范化的简体仍为"幮"（见《现代汉语词典》）。而在《红楼梦》人文新校本的注释中，却举清代《装修作则例》中有"隔扇碧纱橱"之称，便径依甲辰本明系擅改之"橱"字，更是大可商榷。愚以为，在建筑行业用语中有此写法，顶多表明后世的建筑师曾将"碧纱幮"统归入木匠活计之"橱柜"类，并不能证明"幮"之本字当作"橱"，更不能证明曹雪芹原文即为"橱"。

　　总之，要让中国古代小说中的这部伟大经典，更准确无误地像圣火一样传播到全世界，传播给子孙后代，尚有许多亟待深入的工作需要我们薪火相传地努力去做。

　　在乘坐地铁前往排字间修改后记的途中，阅读今天（4月11日）的《参考消息》。一眼瞥见头版头条的通栏标题《旧金山挺奥声浪压倒"藏独"喧嚣》，再看美联社所发挺奥的华人青年在旧金山火炬传递终点赫尔曼广场挥舞中国国旗的新闻图片，顿时鼻子酸酸的，想哭。是啊，在圣火传递的过程中，尽管会有不可预料的"喧嚣"，正义的"声浪"终将保驾护航，让火炬安全到达珠穆朗玛峰顶和北京的圣火台！

邓遂夫

2008 年 3 月 24 日晚　草拟于北京天通苑

2008 年 4 月 11 日上午　补改于北京马连洼西

七版后记

终结版，在压力下诞生

所谓终结版，是指这个甲戌校本在作家出版社的简体横排本，今后不会再出修订版了。即使重印时，须对个别地方作一点小修订，也顶多在后记之后附一个简要的补记说明一下。等这套丛书的最后一种（蒙府校本）出齐之后，明年可能会推出另一种繁体竖排本，也只是在这个终结版的基础上，略作一些校注方面的小调整而已。

然而，现在这个甲戌校本终结版——亦包括同期推出的庚辰校本终结版——却是顶着诸多压力，花了几乎整整一年的工夫反复斟酌改进才终于诞生的。

让我始料未及的是，它现在的面世，恰好赶上了中华人民共和国六十周年庆典。中华人民共和国诞生时，校订者刚刚六岁，如今中华人民共和国六十花甲了，我亦步入六六大顺之年。这些传统吉祥数字的巧合，又恰好让这个位列第七的终结版成了名副其实的"七巧版"。如果算上书后所附的参考资料亦恰好增加到"附录七"，岂不又成了"双七巧"？若再加上此书于新千年第一个春天首印面世至今，恰好在第九个年头的9月份推出终结版，且共印了十一次，这些"双六""双七"的巧合，岂不又统一到了"九九归一"之中？

以上这些纯属说着好玩的开场白，自然都是在卸去压力之后的一种精神放松。而每想起当初顶着多重压力去作最后一次全面修订的种种"状况"，仍不免心怀忐忑。

所谓多重压力，举其要者有三。

一是此前的第六版，在2008年4月面世以来，大约到北京奥运会期间即已脱销断档。本来我当时已经对几处该版原已修订却在排印中漏改或误植的地方作了补正，并于后记之末加了一个简短的补记,连印刷的胶片都制作好了,最终还是顶着出版社亟待重印甲、庚二校本的压力而请求暂缓,坚持要作一次更精细的全面修订。我这样做,不仅对急欲满足读者需求的出版社和国内外各书店深感歉意,甚至还明显影响到出版社和我个人的经济效益。但我执意不悔。从现在的结果看,我觉得这样做是值得的,应该说大有利于此书质量的进一步提升。

第二重压力,来自那些特别热爱这套丛书的读者。他们早就希望我能暂时抛开对已出版的甲、庚二校本的"锦上添花",而去全力以赴地完成并尽快出版这套丛书的最后一种——蒙府校本,给翘盼了该书多年的读者"雪中送炭"。对于这一层压力,我当然是既感动又十二万分地抱歉。我只能借此机会向这些读者保证:这次真的是下不为例了,至少在今后相当长一段时间里都不会再出甲、庚二校本的修订版;而且一定会在今年底明年初正式出版蒙府校本。

第三重压力,则来自香港学者梅节先生对于此书及庚辰校本的一种奇怪论调。他在 2008 年发表的一篇文章中写道:

> 据说邓先生的甲戌校本七年出了五个修订版,印了九次(引者按:梅先生其实当时少算了一次,是出了六个修订版,印了十次)。庚辰校本更打破了中国出版史上的纪录,2006 年 5 月出版,6 月就出了"修订版",一年重印四次,可见其受欢迎的程度……邓先生出了五个修订版,究竟改了几个错。哪个是自己发现的,哪个是别人指出才改过来的。如果确实没有多少改进,那么三天两头就出"修订版",不是炒作是什么? 不是骗钱是什么?

看来梅先生也在抱怨出多了修订版,但他的出发点与盼望早一点见到蒙府校本的读者大相径庭。他是在断然作出"(五个修订版)如果确实没有多少改进"的假设性推论之后提出来的。而这个推论,又是建立在梅先生以八年前的甲戌校本初版为依据提了六条新意见的基础上(这六条新意见,除有两条是笔者不赞同的,其余

385

四条也确实提对了）。让人颇感意外的则是,梅先生历八年之功,
只给甲戌校本初版提了寥寥四条合理意见(尚不及八年前首次给
初版提了近二十条合理意见的一个普通中学生李建西同学的四分
之一呢),怎么就敢大胆地假设此前的修订"确实没有多少改进"
呢? 甚至由此得出结论:"那么三天两头就出'修订版',不是炒作
是什么? 不是骗钱是什么?"换句话来理解梅先生这一高论,便是:
你的甲、庚二校本如此受读者欢迎,却还能被我挑出几处错误来,
那就注定不可以出修订版。该怎样做才合梅先生的意呢? 当然只
能理解为:要么你必须在一开始就校订得一丝不差、完美无缺;要
么就得学习某权威校本的"经验",明知有错也原版重印不去修
订——修订了或者多次修订了,就叫"炒作",就是"骗钱"。

梅先生用这种"反逻辑"的思维方式说话,在内心深处,其实有
一个"受命而来"的直接参照物。这个参照物,便是在梅文发表之
前就已经造了声势即将面世的人文新校本修订三版。我在兼答梅
先生的一篇文章里曾写道:

正是那个错误成堆的人文新校本,自1982年首次面世以
来,尽管专家和读者提了五百箩筐的意见,却长时间地原版重
印不作改进。乃至初版问世到现在已经二十五年,还只在十
三年前极其草率地修订过一次。去年,在甲、庚二校本为其大
量纠错等诸多因素的压力之下,终于要再次修订了,并称已在
即将推出的"修订三版"中改正前八十回中的错误四百余处。
这本来是件好事,大约就因为在潜意识里觉得"别人指出的改
正了就耻辱"吧(何况还是他们最为不满的所谓"周派"中人指
出的),所以在先期发表于《红楼梦学刊》二○○七年第五期的
"修订三版序言"中,非但绝口不提甲、庚二校本的"指出"之
功,反倒"猪八戒过河——倒打一耙"……(详见本书附录七)

难道这就是梅先生给甲、庚二校本树立的"榜样"? 一个错误百出的
《红楼梦》"权威校本",长期将错就错地原版重印就可以叫"对读者

负责"？而等到贻误了读者数十年之后才终于吸取别人的成果作了些改进，却又拒不承认反而倒打一耙，这就叫"不炒作""不骗钱"？

虽然梅先生这种论调太违背常理，却也给笔者当时要再作修订的决心平添了不少压力（当然后来也变成了动力）。在如今这个甲戌新版所呈现出来的铁一般的事实面前，梅先生所谓重印时作修订就叫"炒作""骗钱"的怪论，自会不攻自破。试想，世界上哪有这么愚蠢的"炒作"方式和"骗术"？图书市场分明在强烈地需求此书，"炒作者"偏放着梅先生所倡导的原版重印的极简单方式不用，非得任其脱销断档达一年之久而去重作修订才印行。若梅先生能摸着自己的心窝子说句公道话，怕也不得不承认，像这样去"炒作"图书的"笨蛋"应该是多多益善才有利于社会人心，而不是相反吧。

据一些读者初步统计，在梅文发表之后数月终于面世的人文新校本第三版，其参照甲、庚二校本改校的原误文字，至少达一二百处。虽然我们从该校本的新版序言中没有得到一句感谢的话，毕竟为阅读该本的读者作了一点间接的贡献，仍会为此而感到欣慰。但在这个后记里，我却不能以该本的新版序言为"榜样"，去抹杀梅先生给本书提对了四条意见的功劳，而必须将其列入到这一修订新版所要感谢的读者名单之中。

仍按过去的惯例，以被吸收意见的多寡与先后为序。他们是汪炳泉、孙甲智、朱江、顾斌、孟令中、明科、梅节、陈迪中、高一帆、罗连国、徐晓慧、张平、王小龙、高永胜、黄克先、蔡四宽、杨文荣等十七位读者。我在这里既代表我个人，也代表出版社，向这些读者表示深深的感谢，并给每一位签赠一册新书以作纪念。

为了方便联系，请以上这些读者（顺便也请马来西亚读者方美富先生），把你们的详细通信地址和电话号码发到我的电子邮箱里。我常用的邮箱是 dsf4311@163.com。

邓遂夫

2009 年 8 月 13 日　于北京天通苑

八版后记

一个特殊的纪念版

去年 9 月出第七版时,已经在后记中宣称是终结版——表明以后不再对此书的简体横排本作大的修订,也不再出新版了;重印时即使有一点小改,也只在原版后记之末说明一下便罢。为什么现在又要出第八版呢? 因为这是一个很特殊的"纪念版"。这一建议,还是香港文友——美丽的艾菁茹小姐提出来的。

这个甲戌校本,自新千年第一个春天的 1 月中旬面世以来,至此 2010 年 10 月再印,刚好赶上 10 周年,又恰巧累积印了 10 万册。这么多"10"凑到一块儿,按中国习俗,算得上圆圆满满地告一段落。趁机出一个"十周年纪念版",对出版社,对校订者,对多年来关爱此书的读者,都是一种纪念。

当然,出这个新版还有一个原因,便是我在加紧校订这套丛书的最后一种——《蒙古王府本石头记校本》(简称蒙府校本)——的过程中,结合所遇到的新问题,又对甲戌、庚辰这两种校本的相关内容,作了一次涉及面稍广的再修订(当然也包括对一些热心读者提出的合理意见的吸收改进)。这样一来,若不以新版加以标示,似不足以引起新老读者的注意。

十年来,海内外读者对此书的厚爱,是我一次又一次重校此书、不断改进使之日臻完善的基本动力。这次所作的更精细的修订,既包含了对过去某些技术性失误的彻查与改进,也包含了校订者永无止息的版本探索与文本求真的持续积累。

世间的一切事物,都难以达到绝对的尽善尽美。人们通常追求的所谓完美,也只是相对而存在。学术上的进展同样如此,不可能一蹴而就地抵达终点。学人的探索步伐有大有小,钻研程度有浅有深,只要是在不断地向真理挺进,便是进步。但绝不可轻言终极真理。别说是人文科学,就是自然科学,也多半会像不断地发现物质的最小单位——分子、原子、核子、质子、中子等等一样,永无止境。然而,一个事物相对的日臻完善,稳妥的去伪存真,还是可以通过不懈的努力去一步一步实现的。

我相信,甲戌校本再次精修之后的第八版,一定会让读者耳目一新。至于这一次能否实现此书在技术上的零差错或接近零差错,尚待热心读者的"火眼金睛"加以检验。总之,不要再出现双行小字批语的跳行错乱便谢天谢地了!

这些年的实践让我深深地感觉到:出版古籍常会遇到的正文后面加双行小字批注这样的自动排版功能的科技开发,是一个亟待电脑科研工作者攻关解决的课题(照理说并不难攻克)。目前这方面的落后,给本书,也给我所校订的庚辰校本及我所评点的《西续红楼梦之黛玉之死》,带来了诸多防不胜防的排版故障。每次修订重印,都会没完没了地留下一些后患。这次我是反反复复下了大功夫去逐一核查的,希望能够彻底杜绝。

毫不例外,本次修订依然得到一些热心读者的帮助。他们是:刘登庆、汪炳泉、王者玉、付志坚、夏杰林、王小龙、孙甲智、秦昕、钟琴、艾苦茹。哈,正好十位——又一个"10"!除向他们深表感谢,扔按本丛书的惯例,给每一位签赠一册新版作纪念。

为了回报更多的读者,这个相对比较完善的"十周年纪念版",新增了一个史料性的附录八——《十年前国内传媒及部分专家和读者对甲戌校本的评论摘要》;还在每一本书中附赠一二枚独特的纪念笺。此外,还破天荒地用另一书号发行 2000 册"限量精装本"。这是为少数收藏爱好者准备的,但定价不会离谱,也绝无暗藏真金白银之类的噱头;里面会密封一点小小的神秘礼品则是肯定的。

邓遂夫

2010 年 10 月 16 日　于北京　*389*

九版后记

百龄华诞谢师恩

今年 4 月 14 日,是恩师周汝昌先生的百年诞辰;5 月 31 日,又是他老人家辞世六周年的纪念日。前者,我提前赶到周先生的出生地天津塘沽,以表纪念之忱;后者,则是我在北京独自斋戒一日,闭门思过,才返回了家乡。

但这一切,丝毫不能减轻压在我心头整整六年的负罪感。

三年前,我应邀赴京参加纪念周汝昌先生逝世三周年座谈会,即在发言里作过一次沉痛的忏悔。我是这样讲的——

> 周汝昌先生即将辞世的前夕,我因家人的敦促,意外地离开北京返回了家乡四川自贡。离京时,我分明答应了周先生,一定要(力争在半年左右)尽快返京,并在第一时间先去看望他老人家。可是我因种种意外事故而食言,以致很快就传来了周先生猝然辞世的晴天霹雳。这一噩耗真的把我击倒了。我带着深深的悔恨,从此一蹶不振,近乎沉沦。任由出版社及众多热心读者一再催促,我始终提不起精神来完成我的不止一项著作的出版任务。我明知这是不对的,有违周先生对我的长期勉励与厚望。但我就是振作不起来,甚至怀疑是否得了抑郁症。

> 所以,在我壬午马年本命年岁末的生日即将来临和 2015 年的新年钟声已然敲响(也是我阳历生日降临)之际,曾口占一首五律《岁末抒怀》,来忏悔我的愧疚之情:

> 岁末惊回首,流光枉自抛。

> 不闻莺恰恰,何见马萧萧?

梦魇犹蜗退,年钟似鼓敲。

雕鞍重上路,一世作英豪!

结尾的两句,是一种自我励志式的痛苦挣扎。但愿我今后能够真正地振作起来,不负恩师周汝昌先生在天之灵的期盼!

可是我下了这么大决心讲出来的话:要"真正地振作起来";信誓旦旦写出的励志诗:"雕鞍重上路,一世作英豪"——却拖了又一个三年,仍未兑现。直到纪念周先生百年诞辰的今天,才咬紧牙关真正走出了悔过自新的第一步:通过连续几个月的夜以继日、加班加点,终于再次修订出版了被我自己停印整整八年的这部甲戌校本和另一部庚辰校本(四卷集)。

一般不知内情者,或许会觉得我说这话太过矫情。一个学者、作家,过了几年没重印重版自己的某一两部旧著,这不是很平常的事情吗? 谈何"忏悔",谈何"悔过自新"?

可问题是,我的情况确实有点特殊。比如这部甲戌校本,自2001年1月印出第一版至2010年12月出第八版,共印了12次,累计发行102000册(包括2000册限量精装本);另一部庚辰校本(四卷集),自2006年出第一版至2010年出第四版,共印了6次,累计发行48000部。也就是说,我在新世纪面世的这两部书,确如周先生在甲戌校本的序言和随后的新闻发布会上所预言的——"九十年代,红学低谷,剥极必复,大道难违","(遂夫)这部新书,是要为红学另开一个新纪元"。事实证明,在经历了二十世纪九十年代各种各样的红学类书籍难以出版发行,《红楼梦》的各种版本也纷纷降价销售的"红学低谷"之后,我这部曾被一些好心的红学家力劝"千万别印到一万册,没有那么多人买"的甲戌校本,以及随后出版似乎更受读者欢迎的庚辰校本,的确是在新世纪之初,为红学的再度兴旺和红学类书籍的出版畅销开了一个"新纪元"。单是我这两部书,甫一问世便"市场大卖"(《中国新闻出版报》报道庚辰校本畅销用语)。甲戌校本在新世纪第一个春天竟连印三次达三万册;庚辰校本(四卷集)首印一万五千部竟两周脱销。此后这两部书几乎年年重版或重印。

可偏偏在我跟周先生见了最后一面他就猝然辞世之后,这两部书整整八年都没有再版再印——而且是在出版社一再催促我出新版,或至少要我答应旧版重印的情况下;更是在网上的两种旧版持续涨价(有的甚至暴涨到一二十倍的天价),读者纷纷来函来电质问的压力下;我都一再地拖延,貌似无动于衷……

原因何在? 主要就是我前引那段发言所述"从此一蹶不振,近乎沉沦"。或者如我最近一篇文章《斯世当以同怀视之》里更确切表达的:"我在周汝昌先生辞世的五六年间,曾一度万念俱灰,久久不能从失去亲人和知己的阴影中自拔,曾不止一次地想过要随他而去……。"这千真万确就是我近几年的生存状态与特殊心境。在此期间,我并不是没有自责过,也不是没有赌咒发誓要改变自己,但一直收效甚微。

细心的读者可能会问:周先生去世才六年,这书八年没再版再印,最初两年的中止又是何故? 是的,最初两年的中止确实另有缘故。这一缘故和随之而来的周先生辞世相叠加,才演化出我此生唯一的一次"生命不能承受之重"。

简而言之,我其实在 2010 年推出甲、庚新版后,立即用了一年左右的时间,便下足功夫将两部书作了一次前所未有的学术性升华与整体性质量提升,目的就是要给已经签约而尚未完成的这套丛书第三种——《蒙古王府本石头记校本》(简称蒙府校本)——奠定一个更牢靠的基础,使之加快进度完成。当时对甲、庚二校本精心重订的页码加起来不下千页,且在因故匆匆离京返家之前已在排字房基本校改完了庚辰重订的整个四卷书,只差最后一道校样没来得及核对完交付排字员改出清样。问题恰恰就出在这一尚未杀青而匆促搬迁的环节。

当我匆匆回到自贡,对随后托运到家的满满一卡车在京中使用十余年的书籍进行拆包清理时,首先发现已修订完成暂未交付改版的甲戌修订稿迷失无踪;旋即发现庚辰修订稿及最后没核对完毕的校样也不翼而飞(当然还发现一些其他重要书籍亦有缺失)。当时对其他书籍和已作了初步改版的庚辰修订稿并不在意,只顾去反复寻觅尚未改版的甲戌修订稿。在遍寻无果之后,我在自己的网易、新浪、凤凰网博客公开发文"悬赏征集"的也仅限于失踪的甲戌修订稿。声称对提供线索者亦同样"奖赏";还发动一些网友帮我把"悬赏征集"的博文广泛转发到其他各网络,亦始终杳无音讯。这才下决心从新再订甲戌校本。这种从头再来一遍的活儿,自然远不及初订那么舒心顺畅;再叠加上周先生猝然辞世所带来的巨大心理创伤,便迅速演化为沉重的心灰意懒、自暴自弃、不思进取,从而举步维艰⋯⋯

但更要命的打击还在后头。当我像蜗牛负重般搞了好几年,才大致完成甲戌修订九版的返工,再请出版社把我当年已改排好的庚辰五版修订样稿打一份寄给我(一方面做完该修订版的最后核对,同时也和甲戌重订稿作一次协调),这下才发现:离京前辛辛苦苦改排却并未最后杀青的庚辰修订新稿的系统存盘,在这些年排字员几度易人中可能不慎删除——能找到的依然只有第四版的文字。这就是说,我还必须对工程量更大的庚辰四卷集的修订,也"从头再来一遍"!

当初在京意气风发地完成甲、庚重版的全面修订,只用了一年左右的时间;如今在极度痛苦低迷的情绪中全面返工,其难度之大可想而知。所以,我说我在周先生辞世后连死的心都有,虽然确属实情;但在这极度伤痛的颓唐里,也还包含着甲戌、庚辰修订稿接踵消失所带给我的有如五雷轰顶般痛不欲生的成分在内。问题的复杂性更在于,我在如此难以自拔的沉沦中,为什么还要谢绝出版社一再提出的"先原版重印以满足市场需求"的建议,而始终坚持只能出修订新版呢?这里面其实还有更深层的学术性原因。即我在前些年断断续续校订蒙府校本的过程中,以及在 2010 年甲、庚

393

新版面世后,之所以迫不及待地要对已宣称的"终结版"再作全面修订,即因我当时已经对新发现的卞藏本有了更深入的研究,从而体察到了现存 12 种脂评本之间的更多奥秘。这就给我此前在校勘上遇到的一些未解之谜提供了更多破解的机会,可望通过再次深入的校勘,能更真实地彰显曹雪芹原著的本来面目。

由此可见,假若将甲、庚二校本在新世纪前十年的每年重版重印,与第二个十年的整整八年停印做一次客观公正的研判,是否既反映了我近年在个人的生存环境、研究条件、精神生活上所面临的种种困境、困顿、困惑;同时又在一定程度上体现了我这个原本就比较另类的学者,在学术上,乃至在情感和个人品格上的某种执着(或曰固执)、坚持(或曰认死理儿),以及诸多的无奈与无助呢? 我想把这个问题留给我亲爱的读者和历史去作评判。

好了,关于甲戌、庚辰两种修订新版久拖未出的内情,已鞭辟入里地坦白交代完毕。

尚须稍加说明的一点是,这次的甲戌修订新版,之所以命名为"周汝昌百年诞辰纪念版",既是一种有如神助的巧合,又是于公于私都必须要做的一件千载难逢的大事。因为不论从甲戌古抄本的发现与深入研究,还是从我这个甲戌校订本问世的全过程去着眼,周先生在其间所起的重要作用,均可谓是"历史性"的。这从我此版新增加的附录九《红学家在出版〈脂砚斋重评石头记甲戌校本〉新闻发布会上的发言》(录音记录)文献里,以及他之前为此书所作的序言中,都可以略见端倪。所以在这个有重大意义的"周汝昌百年诞辰纪念版"里,我和出版社特意为读者准备了一点相关的纪念赠品。其中包括在第八版中因平装、精装数量有别且封装上有所遗漏的"十周年纪念版"的几张图片,也在这次重加设计并作增补后,集中安排为此书平装、精装的统一赠品之一(自然还有更重要的之二)。此外,由于在出甲戌第八版所印一万册平装本的同时,以另一书号印制的"十周年纪念版限量精装本"二千册,读者普遍反映印数太少,且在海外发行中并无此精装本;故这次的"百年诞辰纪念版限量精装本"准备多印一些。"限量精装本"在包含平装本统一赠品的基础上,亦另有特殊礼品,希望读者能够喜欢。

至于经过这几年蜗牛负重般的拖延,加上这大半年咬紧牙关夜以继日的赶工所仓促面世的甲戌、庚辰新版,其总体质量到底如何,我就不在这里饶舌了,一并留待我亲爱的读者去细酌与品评吧。我只借此机会对此书的读者,特别是长期关注、敦促甚至不时向我提出宝贵意见的那些挚友般的读者和学界朋友,既深表歉意,又略陈我由衷的感念之情!而对以各种方式给我直接间接提过意见且被此新版所采纳的朋友,我依然要在这里列名致谢,并照例签赠新版以作留念。他们是:王者玉、古毅、汪炳泉、林菲、林森、李宝山、王贵东、孙甲智、詹健、王小龙、梁岳标、艾莙茹、沈治钧、白沙海、乐行、朱建、刘世德、夏薇等。

请以上列名的朋友或师长,将你们的电话和收件地址重发到我的电子邮箱 dsf4311@163.com 里。

还须说明的是,列在名单之末的刘世德先生和夏薇女士。前者是我步入红坛三十余年间,一直对我关爱有加的前辈师长,中国社会科学院文学研究所资深研究员和博士生导师;后者大约是刘先生的博士后。在此列出他们的名字,并非因其对这新版的修订提出过直接的建议。而是他们各自的近著——《三国与红楼论集》(刘世德著,中国社会科学出版社2013年版)、《梦·醒·三国:名清小说新论》(夏薇著,社会科学文献出版社2012年版)——里面都有一篇相同题目相同内容的文章《何谓赤金绦》(应属师生二人合作),所给我带来的启发。

他们二位的文章,针对《红楼梦》第八回宝玉"(腰)系着五色蝴蝶××绦"一语中的"××绦",在现存各脂本中存在三种异文这一情况,作了专题研究和论述。认为第一种异文"赤金绦"的"赤金"是金属品,与丝织品的"绦"相龃龉,必定有误;第二种异文"銮绦"之"銮",本属铃铛,也和"绦"字无涉;只有第三种异文"鸾绦",

或名"鸾带"（举《水浒传》有宋江"腰里解下鸾带"之语为例），"才是最正确的"。此论虽包含有对我甲、庚二校本此前所校文字的间接批评（我此前各版均依甲、庚底本上一作繁体"鑾"、一作简体"銮"之"銮绦"未作校改）；但细读他俩对"何谓赤金绦"的种种质疑性分析后，反倒引起了我相反的质疑，进而对此问题再作深入研究。最终促使我以古书及古文物中皆存在"赤金绦"的确切旁证，反依列藏、舒序、梦稿本等来源更可靠的此处文字，校改为被刘先生等重点质疑的"赤金绦"。在我看来，甲、庚之"銮绦"虽误，正可视为抄手误将竖写的"赤金"二字上下合体误作"銮"字所致，亦间接佐证了列藏、舒序、梦稿本之"赤金绦"方为雪芹原文的事实（参见第八回校注④）。这样校改的结果，虽有"歪打正着"的意味，却与刘世德先生、夏薇女士的专题论述给我带来的启发与推动直接相关，故仍须在此深表感谢。

写完这篇稍有些特殊的后记，不禁诗兴又发，吟成一首与三年前的《岁末抒怀》相对应的七律，用以结束全文。诗云：

> 百龄华诞谢师恩，一洗沉沦负罪身。
> 骏马雕鞍驰万里，英豪奋臂举千钧。
> 拼将绿蜡分分焰，染就红尘片片春。
> 解味芹脂堪慰藉，当年料事信如神！
> 注："解味芹脂"，分指周先生和雪芹脂砚。周有署号曰解味道人。

邓遂夫
2018 年 9 月 23 日 18：58 匆草于蜀南释梦斋

［补记］

写出此后记的初稿，旋即发给一些朋友指正。意外收到书法家、文史专家韦冰先生对我文末题诗的步韵唱和之作。一看颇佳，顿时灵光闪现，欲效古人"汉上题襟"之雅兴。复请好作诗词且与周先生关系甚洽的红坛挚友赵建忠（中国红学会副会长，天津师大教授、博导）、周岭（87版《红楼梦》电视剧编剧，北大特聘教授）和远在南美洲的亚马孙河乘船旅游的梁归智（中国红学会理事，辽宁师大教授）诸位先生也参与唱和，各抒怀抱。然后请我故乡的书画家、诗人黄宗壤先生挥毫泼墨，书写为行草书长卷，进而印制成此修订版的限量精装本特殊赠品，岂不妙哉！

赵、周、梁接信后，均于数小时内吟咏成篇，可谓异彩纷呈。宗壤兄阅后欣然命笔，火速书写完成。不料此后忽接并不知情的周先生已故兄长周祜昌之子、文史专家周贵麟先生发来的一首，写得也很不错。我便请宗壤兄将贵麟此诗补写粘接到落款之前，凑成一幅六人唱和之卷。宗壤竟重写了一遍，且次日便告完成。展卷阅之，顿觉神清气爽，美不胜收也！

为使平装本读者亦能共赏，现将此长卷全诗原文引录如下：

题百年诞辰纪念版再怀汝昌师
邓遂夫

百龄华诞谢师恩，一洗沉沦负罪身。
骏马雕鞍驰万里，英豪奋臂举千钧。
拼将绿蜡分分焰，染就红尘片片春。
解味芹脂堪慰藉，当年料事信如神！

步韵唱和之一
赵建忠

犹忆东风化雨恩，平生志气等同身。
扶摇既可超千里，扛鼎何妨试万钧。
泪洒庚辰燃赤焰，心随甲戌铸青春。
三生石畔当欣慰，不枉芹脂煞费神。

步韵唱和之二
梁归智

亚马孙河思雨恩，神州回首岂分身？

会真新证梦扛鼎,甲戌庚辰力运钧。
红庙月斜迟坠露,峨眉霞赤早犁春。
纷纭坛坫二三子,或会玉言凝入神。

步韵唱和之三

周　岭

濂溪之后甫承恩,不借梧桐栖老身。
十载斯文知大块,一朝瑞曲唱洪钧。
程门此日空吹雪,绛帐何时可报春。
每忆先生曾惠我,自嗟謦欬自伤神。

步韵唱和之四

韦　冰

百年孤寂有遗恩,业绩操行惠众身。
考据曹红传至道,弘扬风雅奏韶钧。
重刊经典燃薪火,再著鸿篇报早春。
周老邓公先后继,新书展卷且潜神。

步韵唱和之五

周贵麟

百年华诞忆师恩,九版新装著一身。
甲戌庚辰弘国宝,存真去伪识陶钧。
峨眉才子拿云手,红学草根焕梦春。
解味预言新世纪,好书展卷见丰神。

遂夫老友大雅之属

岁次戊戌霜降后六日

病鹤轩隐者 黄宗壤

沐手恭录(钤印二枚:黄氏　宗壤)